生地醉歌

李德禄 ◎ 著

上卷

中国言实出版社

图书在版编目（CIP）数据

生地醉歌：上、中、下 / 李德禄著. -- 北京：
中国言实出版社，2022.1
ISBN 978-7-5171-3883-9

Ⅰ. ①生… Ⅱ. ①李… Ⅲ. ①长篇小说－中国－当代
Ⅳ. ①I247.5

中国版本图书馆CIP数据核字（2021）第190017号

生地醉歌

责任编辑：宫媛媛
责任校对：张国旗

中国言实出版社出版发行
地址：北京市朝阳区北苑路180号加利大厦5号楼105室（100101）
编辑部：北京市海淀区花园路6号院B座6层（100088）
电话：64924853（总编室）　64924716（发行部）
网址：www.zgyscbs.cn
E-mail：zgyscbs@263.net

经销：新华书店
印刷：北京温林源印刷有限公司
版次：2022年5月第1版　2022年10月第2次印刷
规格：880毫米×1230毫米　1/32　25.25印张
字数：520千字

定价：96.00元（全三卷）
书号：ISBN 978-7-5171-3883-9

故乡是一片生地，无论你撒不撒种子，它都会开花结果。

——题记

生生不息的大地

——李德禄长篇小说《生地醉歌》序

邱华栋

李德禄是有文学梦的。我认识他十多年了，认识他，也是因为我所在的杂志在武汉搞的一场文学活动。当时他在汉阳区政协工作。我和他聊起来，发现他很有文学修养，阅读广博，且一直在写作。报告文学、散文、诗歌等都有涉猎，且发表了大量的作品。但因长期在行政部门工作，文学就是一个业余爱好，他平时也不怎么谈起。直到二〇二一年的春夏，他拿出来了这部数十万字的长篇小说《生地醉歌》，让我大吃一惊。这部小说在体量上，在谋篇布局上，在汪洋恣肆的叙事上，呈现出的生生不息的人间景象上，都让我这个写小说的感到惊喜和感佩。

你来读一读就知道了。在小说中，那翠绿翠绿的生地，在李德禄的眼里是一沓纯洁的宣纸，任他在上面虔诚地铺陈出一幅幅风俗画、风物画和风情画，这是自然的魅力，也是原生态的魔力。正是这种力量，驱使他在那片原生态的土地上窜进窜出，写来写去。

大自然是需要人的劳动和热爱的，没有人的风景便是一片茂盛的寂寞，而人则更离不开自然，人脱离了自然，更将是窒息荒芜的空虚。人与自然的关系本应是原生态的，可在长期的相互依存和对视中，大自然有时候会被漠视了。在作家李德禄的笔下，大自然始终在源源不断为人提供着和谐的原动力和美好的生存空间，在这个和谐美丽的空间里，滋生了被诗祖尹吉甫采风而成的中国第一部诗歌总集《诗经》，在当地被称作《诗经》民歌，这里还口口相传了汉民族创世史诗《黑暗传》。无论是《诗经》还是《黑暗传》，都是作家故土乡民们的婚丧嫁娶、生活劳作的日常歌唱，作家正是用笔记录下了雷村乡亲们在这片生地里、生活中，最原始、最普通、最微不足道的经历。立足一个村的原点，看似题材很小，但它所反映的应该说是整个中国乡村，是乡村生存生活的缩影，甚至是整个人类社会与生态自然关系的写照，从这个意义上讲，《生地醉歌》确实是一部现实大题材，它唱响的是一曲原汁原味、感天动地的醉歌。

我很喜欢这部小说的章节小标题，趣味横生。章节的题目是提示，也是邀请你进入他的小说世界的门径。从作品的十二章小标题上可见李德禄巧妙的艺术构思和谋篇布局，初见到书稿时，我是眼前一亮的，不仅每个标题都是由动植物组成，而且呈现出不同的颜色组合，甚至能让你感觉到它的声音韵味，像牛角叫口、绿雪白狼、黑蚂蚁青窝棚、八哥小红……

我想，李德禄之所以这样写，是与他对生态自然的热爱及孜孜探寻分不开的。他从小生活在鄂西北偏远的原始山村，对那里熟悉的乡亲和动植物有着深厚的奇特情感，他爱那片土地及那土地上的一切。从二十世纪七十年代参军入伍离开家乡雷村起，他便开始以那里为背景从事生态文学的写作，可以说四十多年来，一刻也没离开过魂牵梦绕的家乡。二十世纪八十年代，他与曾凡华合著的长篇报告文学《神农架之野》，反映的就是人与自然的对话。1991年大雪纷飞的3月12日，北京五十多位著名作家、评论家、环保专家踏着积雪出席《神农架之野》暨神农架自然保护研讨会，《人民日报》《光明日报》《解放军报》等分别刊发消息，时任中国作协副主席冯牧称之为中国环境文学的奠基之作，该著作于当年获得全国优秀报告文学大奖。1992年植树节前夕，以"保护大自然、改造大自然，让大自然为人类造福"为主题的第二届中国纪实文学颁奖大会在人民大会堂举行，《神农架之野》等八部作品获奖。此间，他还陆续创作发表了一系列以反映人与自然和谐相处和保护动植物为主题的中短篇小说，《生地》《蛇谷》《蜂碑》《龙虫》《木城的人猴》……海潮出版社于1995年结集出版了《神农架迷宫》一书。他创作的电影《天堂债》、电视连续剧《抗洪英雄》、电视报告文学《大别山的回声》、电视散文《为了母亲的微笑》等众多作品都深深打上了自然文学的烙印。作家是站在人类及整个地球的高度,用热切的目光关注我们这个唯一能适应人类生存的星球,以执着的笔端关切关照着人与自然的关系。

人类赖以生存的自然环境叫作"第一自然",人类创造的文明或文化叫作"第二自然"。中国大地上的第一自然,孕育了如此灿烂丰富的中国文化。从诗经开始,到《楚辞》、唐诗、宋词,描写与赞颂祖国美丽的大自然都是一些艺术作品的重要内容,中国有句古话叫"天人合一",可以说这个"天"就是我们赖以生存的大自然。关注我们生活的地球,关注大自然,应该成为当代作家的一个重要任务。这是冯牧先生当年发表在《人民日报》海外版上评论《神农架之野》的文字。我之所以引用这么大一段,是想说明李德禄笔下的人与自然万物、人与土地村庄、人与人类社会的一切,其实都是生命的过程而已,这个过程的原始性、多样性、复杂性就是"第一自然"和"第二自然"演化而成的文明生态,或者说生态文明。他把这种文明原原本本、不加修饰地再现出来,以祭奠离他以及我们大家越来越远的,逐渐淡忘模糊了的脐带关系和初始记忆。所以当那些乡土人情、乡村故事、乡野风物活灵活现地来到我们面前时,我们不得不停足注目,去观望和欣赏这多彩的乡土画卷。

社会风俗画的描写,在李德禄这部厚重的小说里占有很重的分量，他写得自然而纯粹。大凡乡土小说，或多或少都免不了风俗画，不仅仅是作者的喜爱，更重要的是一种传统，既是文学的也是乡土的传统，从最早的诗经，到《楚辞》，再到《红楼梦》，或许是一种仪式、形式或样式，在乡民们平凡的礼仪中，由崇高的民族精神情感和博大的乡土文化观念，随着历史长河的洗涤集结而成，又在民间土壤中不断生长，最终成为乡民日常生活中纯粹自然的传统。这种传统成为雷村无法脱离的现实生活，也是雷村区别于其他村庄的标志性符号。李德禄把文学的和乡土的传统风俗画继承了下来，抒写得庄重而神秘，缥缈而灵动。

让我们来一起进入这部杰作。这部小说开头第一章就写到了婚庆和丧葬，这两大绕不开的乡土风俗。雷村这两大风俗的特殊性是我在其他地方从未见过的，在通常的婚俗仪式上，往往施行拜天地、拜高堂、对拜，而雷村亘古至今沿袭的是一拜天、二拜地、三拜亲，在拜堂的过程中，或唱或喊或念，道出天地亲的伟大，拜的目的意义，以及期盼和向往，不能忘了天、地、亲的保佑和养育之恩。念词是格式化的，虔诚却是发自内心……夸父太阳、嫦娥月亮；土地公公、王母娘娘；温床黄香、跪乳羔羊，这些都是终生难忘的。人死了，要打代思，也叫丧锣鼓，热热闹闹，陪亡灵守夜。代思开头是神圣的起歌路，歌把式和锣鼓手从亡家路口，一路敲打念唱，请来各路神仙，涌入灵堂闹丧，歌师们绕着灵棺唱着《黑暗传》和数千年流传下来的各类演义，从盘古开天辟地，直唱到亡人在世时的好义善举，这时的丧场就变成了歌师们打歌擂、比学问、说事理的赛场。几夜过后，出殡前，又要为亡人还阳，把各路神仙送走，还阳是代思的结尾，也是高潮。不仅人死了要闹夜打代思，连那头有功于民的黑牯牛摔死了，乡民们也重情重义地为它隆重的打代思闹夜，还请来百虫吊孝，以示纪念，这虽然令人不可思议，但是细细琢磨又似乎合乎情理，这就是原生态的雷村风俗。

每年正月十三到十六，雷村要玩火龙。舞龙是中国的传统文化，可雷村的火龙却别具一格，舞者和观者共戏同舞，是一种独富民间特色的灯舞。舞者赤身短裤，赤脚草鞋，逗舞者以花子、火把迎龙头龙身处抛甩，以庆丰收，迎新年，消灾驱邪，祈盼平安吉祥。该火龙起于汉，兴于唐，是唐中宗李显的最爱，并赐青小龙一条，由年龄在十四岁以内的少年舞之，以祭奠殁于房县的小太子。青小龙与黄火龙齐舞，连舞四夜，停舞熄火之后，乡民们争相取龙皮回家，为子孙们做消灾、驱邪、驱鬼的肚兜夹背之用。从火龙舞之风俗，可见雷村源远流长、繁荣昌盛的古老遗风。

雷村是小说的舞台，雷村风俗画既是稳定地镶嵌在生老病死、婚丧嫁娶、时令节日中的仪式礼仪，又是支离破碎地散落在乡民邻里日常生活、生产、生存之中的习性习惯，无处不在，无时不有。正如诗经民歌和山锣鼓一样，定亲、结婚、生子会唱；修屋、盖房、搬家要唱；下田插秧、上山砍柴、进地锄草也唱；连洗衣做饭、喂猪放牛、播种收割，甚至连请客送礼、抽烟劝酒都离不开民歌上阵助兴。可以说，这些风俗是与雷村所有的生活联系在一起的。所以，李德禄无论怎么写、写什么都绕不过去，这便成了他写作的重要资源和丰富元素，写人物，写故事，写情感，便首先写的是风俗，而带给我们的则是风景。

风物代表着乡村的地理标志。把独有的标志突显出来，与周围的环境人物及承载的故事相衔接，便显得别具一格，也就拥有了别样的韵味。所有的乡村都拥有着各自不同的风物，形成一张张风物图，有意无意地与其他村庄区别开来，成为这个乡村不一样的现实生活物景，四季更替，久远延续，时看时新。我从作品中发现，雷村的风物与原生态的自然生活是紧紧联系，相依相存的。所以，风物成了他笔下贯穿始终的脉络，或者说是必不可少的情节和细节，以至于每个人都与风物有故事粘连。那座悬在半山腰中的老岩屋，据说是沧海桑田留下的龙宫，无比神奇，炎帝在此尝草找过种，尹太师为创作《诗经》在此采过风，唐李显为复位在此祭过坛，李时珍为本草在此采过药。堂爷生于斯，一生三次出走又三次返回，最终百岁生日死于这里。老岩屋周边还有数十座小岩洞，过去都是穷人的住家，不知从何时起，紧邻大小岩屋的旁边，便有了新搭建的树窝棚，这种过去山民防野兽守夜睡的棚子，和岩屋一样都成了新时代的香饽饽，美其名曰，岩屋树屋，城里游客争相到此游玩、避暑，甚至修身养性，流连忘返。岩屋下的河谷生活着亿万年前的动物活化石——娃娃鱼，岩屋周围还生活着一系列白化动物，白蛇、白狐狸、白狼。堂爷的白狼有一个很美丽动听的名字——小红，这是一只被人掏了狼窝、煮了狼崽的狼，曾经有过疯狂复仇的经历，它老了，伤了，病了，沦落于山林，受到同类欺凌时，被好心的堂爷救回（它也曾救过堂爷的命），小红从此与堂爷和业香其乐融融地生活在同一个岩屋里，成为游人们心目中的明星爱宠。一场激烈的"青蛙批斗会"之后，山乡突遭暴雨袭击，山洪泛滥，从岩屋山上冲出一具墨黑墨黑的火龙蛋石棺材，卧于河中，成了百裕沟小河的河标，也理所当然地成为村庄兴旺发财的象征。还有那棵千年花栎树，巨大的浓荫忠实地履行着为村民遮风挡雨的神圣义务，结实的橡子籽磨成的橡豆腐凉粉，是村民可口的美食，橡碗和橡树皮也被拿去卖钱换物，为乡民们应急救难。就是这棵神树，当堂爷去世，山洪冲垮小桥，远近众多歌师乡亲被河水阻碍时，却毫无征兆地轰然垮塌，横架于小河之上，把祭奠的乡民源源不断地送上老岩屋。李德禄就这样不紧不慢、不慌不忙地，把他所熟悉的风物包括动物植物的多样性，通过或冷静或炽烈的叙述和描写，小心翼翼地雕刻在作品中。那亿年化石、万年岩屋、千年古树、百年白狼和百岁歌师，无不充满神秘和神奇，甚至打上宗教神圣的烙印，令人唏嘘不已，捉摸不透。试问如果这部作品里少了这些使人神往的风物，剩下来的全部是人，那么小说的魂灵和品质是不是会大打折扣呢？

黑格尔在《美学》中把艺术分为三类，即"象征型艺术""古典型艺术"和"浪漫型艺术"。从作品的风物画中，我们看到的是"象征型艺术"和"浪漫型艺术"的结合，而又比

"象征型艺术"更为动人。无论是生地、岩屋、树屋、古树、古棺，还是绿雪、白狼、大鲵，它们共同用一种整体性的象征方式组合起来，并以此为骨架经络，通过贯穿始终的寓意象征性描写，构建起作品大厦。又通过独具风采的个体表象，在表层写实的具象里面隐含着一个个象征的，意会性的，充满神秘地域色彩，但却给我们带来深刻启迪的世界，那独特的寓意极其丰富的层叠性，沉重而有力地叩击着思绪的闸门，达到强烈的艺术效果，这种风物寓意象征，所提供给我们的启示是多方面，和多层次的。

风情是风俗和风物的黏合剂，或者说综合体。在这个综合体里，最重要的元素是人，多元的人。李德禄在描写风俗和风物时，实际上也是在描写人，在描写的过程中，他自觉不自觉地反映着家乡不同人的不同人生、不同人性和不同的人魂，或有心或无心地把他们生活的复杂性、纯洁性，乃至残缺残酷性展现在世人面前，字里行间浸透着深深的崇敬、同情、祝福和期盼。不知是地域、文化的缘故呢，或是其他因素所致，总之，从他笔下走出来的每一个人，都那么纯粹善良，质朴本分，又丰富多彩，个性鲜明。比如堂爷，无疑是雷村风情画中的主角，从其伸着六指唱着歌、不同凡响的出生，便注定了一生的传奇，问世的当晚险些夭折，置之门外，被白狼叼走，幸有野人救回保住一命。奇遇贵人，成为少富书生，却因采风奇遇，阴差阳错地改变了人生。为了民歌女子唐姐儿的一句承诺，不惜倾情倾力奔波，舍家弃学直至倾家荡产，却也由此因祸得福，成为贫农身份，免去了地主帽子的折磨。从此他只为歌活着，成为一个身穿长布衫、肩款长烟袋、手持牛角叫口，游走乡里的歌把式和劁猪人。数十年后，他所收集和歌唱的民歌、代思歌，不承想竟属于中国优秀文化瑰宝，成为非物质文化遗产。失去唐姐儿本已失去了风情，心中再也容不下其他女子，可不知何故，一个又一个痴情女子，却疯狂地奔他而来，为了他和歌以及他迷恋的那片生地而不惜一切。在为收养的儿子举办的婚礼上，从百里开外赶来的尹久香，唱着"关关雎鸠一双鞋，在河之洲送过来"，强行把自己送给了堂爷，成为堂爷的堂客。而那个把尹久香引进厅堂的五岁小女孩雷业香，却懵懂地迷上了堂爷和《诗经》民歌，耗费了四十年的人生期待，最终也成为老堂爷的堂客。为了这一天，业香董事长甚至丢下武汉十几家连锁店的产业，回到雷村，与堂爷一道重新创业。堂爷从大岩屋出发，追寻着心爱的情歌，游来荡去，歌生唱死，演绎着社会历史和人生的悲欢离合、喜怒哀乐。最终，却蛰伏在雷村的大岩屋里，与心爱的女人和一头白狼、一只八哥、一群锦鸡一起，过着其乐融融的生活。不得不承认，这是一种超凡脱俗的世间风情。

在李德禄的这部作品里，不是一门心思为风情而写风情。他会像选择风景一样，审慎地选择那些看似平淡无奇，却在不显山不露水中，具有特殊魅力的原点。突遭横祸失去光明的雷黑磨，虽然像磨驴蒙着眼罩一样，终日推着那盘由火龙蛋石锻凿的大石磨，可驴拉磨是机械的，而他却心甘情愿，主动而为，勤勤恳恳无怨无偿地为全村人精心磨粮，甚至能精细到将麦子磨出二道黑面、三道白面和麦末麸子面来，他由衷地认定自己"推的是日月，磨的是生活"。在不尽的辛劳中，他患上了羊角风病，时常倒在地上，遍地的黑蚂蚁顺着白沫爬满全身，这引起了另一个可怜人——智障傻女子的同情，便一次次地来为他抹去了蚂蚁，又担心蚂蚁还会重来，索性一只只捉了装进竹筒，在下河为大家洗衣裳时放入水中冲走。虽是两个残疾人，在为乡亲磨粮洗衣上尽显大情大义，正是在这种有情有义的相助中，最终他们走到了一起，这是何等义气非凡、别具一格的风情。

"雷瞎子，傻俩子，黑蚂蚁虱子爬。痒吧，痒呀。抓吧，抓呀。抓出一个小娃娃，不瞎也不傻……"杨红嘴似乎有着特殊的意义，本来出生时天生一张红兔嘴就够寒碜人的，偏偏调皮，跟人打赌时又弄豁了一张黑嘴，这样形成一张红嘴唇黑嘴唇，显得格外扎眼。赶上"文化大革命"，红嘴唇成了走运的标志，有趣的是，他又在上红下黑嘴唇中间的牙齿上，贴上一张香烟锡纸，红黑白分外耀眼，奇光闪闪，正是他发明了"青蛙批斗会"，也是他领着红卫兵串联，激怒了黑牯牛，为了救他和红卫兵，童养媳出身的小寡妇俊巧儿只身跳崖摔成重伤，发疯的黑牯牛也摔死了，杨红嘴不顾家人反对和世俗的唾弃，毅然走进了相差二十多岁的巧儿生活，成为最为人羡慕的山里人家。为了旅游，业香董事长不惜重金为杨红嘴进行美容修复，结果嘴变了，声音也变了，红嘴变成了鸟嘴，他却用这张能仿声音的鸟嘴唤回一只又一只"森林舞女"——锦鸡，以留住女大学生们扎根深山的芳心，振兴乡村生态产业。关于小说中的风情，有许许多多的故事，正是这些忠实于乡土、不净化、没提纯的故事，反映了现实生活的原景。雷村的风情表现在生活的方方面面，连斗气骂架都别有味道。久香和郑气因兔子嘴隔河对骂，一开始相互跺着脚拍着屁股大腿骂，骂累了也不解恨，就搬出凳子坐下来，剁着砧板悠着精神骂，骂腻了仍没解气，又编出歌词唱着骂，唱大戏似的。郑气骂病了，眼睛上火看不见了，久香跑过河来，用舌尖舔着郑气眼睛里的白翳子消毒，美其名曰以毒攻毒，还高兴地相互嘲笑：两个毒舌妇，一对冤家头。这是另一种风情。

纯正地道的乡土语言，是这部作品最值得重视的。李德禄孜孜不倦地搜索着属于荆楚文化的鄂西北方言，他是神农架地区走出来的部队作家，在他的作品中渗透着对社会、人生、生活以及文学严峻而深沉、深刻而透彻的思索与顿悟。他是一位眷恋乡村故土和充满原生态情结的报告文学者，又是一位富有思索精神和时代激情的小说作家。在他的作品里，流溢着一种独特的音响、节奏和旋律，有声的无声的动感交相错落，同时又伴随着那种鲜活的颜色、姿态和图案，有声无声的色彩交相辉映。"望着堂爷的大布衫子呼扇呼扇，像火苗子一样往前蹿，蹿出一路火红的希望来。""堂爷的大布衫子飘在晨风中，迎着朝阳，红旗般哗啦啦、哗啦啦地升起来。""萤火虫在黑夜中瞪着笑眯眯的眼睛，一闪一闪的明亮。""雨水开始滴答滴答，接着噼噼啪啪，然后哗哗啦啦……""风扫玉米叶子沙沙沙、沙沙沙，呼啦啦、呼啦啦，像手轻轻拂过扇子悄悄扇过……扇出一片金黄。""叫口吹得硬足，亮晃晃，当当响的，直往眼仁里，耳洞里，精气骨子里钻。""声音依旧洪钟似的，像老岩屋的穿堂风，嗡嗡响，呼呼神……"

李德禄的这部小说的声音和节奏，永远是随时随地千差万别的，而小说的色彩往往也是随着声音节奏飘浮变幻。小说中广泛的象声词、重叠词和前缀后缀词，恰到好处地强化着语言的特异功能和灵动效果。"眼睛红通通、亮透透的，衣裳紧绷绷地绑在身上。""这东西腾腾重，透透湿。""痒得慌、气得慌、疼得慌。""格求外、何求苦、没求用。"这些乡土语言远比城里普通话说出来听起来更形象生动，使人产生联想和共鸣，仿佛置身其中。

民歌也在小说中反复出现，李德禄是用民歌来凸显语言的方言色彩，使原生态的语言更贴近生活，反映民风。"啥莫说哎，听我唱个扯谎歌，早晨看见牛生蛋，晚上又见马长角……""太阳当顶正当中哎，劝人行善你莫行凶啊，霸王行凶乌江死，韩信死在那未央宫哟，想争气，争来争去一场空哦……""天上的星星朗朗稀呀，莫笑旁人穿破衣，十根指头有长短哎，树木棵棵有高低。"

这些民歌中又当属《诗经》民歌用得最多，既有地方性节奏感，又营造环境、渲染意境。"东方发白兮哟，上山岗兮，坎坎伐檀兮呀，日暮而归兮哟……""蓼蓼者莪哟，匪莪伊蒿哦。哀哀父母呀，生我劬劳……""关关雎鸠往前走哎，在河之洲求配偶，窈窕淑女洗衣物哎，君子好逑往陇绣，姐儿羞得低下头……""房陵那个雎山美哟，雎水清，关关那个雎鸠依嗲喂，在河之洲歌儿多，窈窕淑女爱唱歌，君子好逑喜对歌……""深山采花，男女相伴，勾住魂兮；深山采药，一日不见，如丢魂兮；隔山对歌，一日无音，如掉魂兮；隔涧洗澡，一日无影，如无魂兮；大山老林，躲而不露，如找魂兮；日暮下山，一叫无声，如失魂兮……""关关雎鸠张开口，在河之洲抬起了头，窈窕淑女一朵花耶，君子好逑跟姐走，姐儿羞得回树楼……""姐儿生得白漂漂，眉毛弯弯一脸笑，鱼儿见了游上河，喜鹊见了喳喳叫，燕子见了不回巢……""我跟姐儿隔山岗，隔岗听见棒槌响，一气翻过九道岗，原来是啄木鸟哦啄树桩，眼泪汪汪转回乡……""早晨来时雾沉沉，只听见锣鼓不见人，双手拨开云和雾，一阵锣鼓一层人哎。""泥巴腿子爱唱歌，唱得泥巴好快活，唱得山雀喳喳叫，唱得社员脚跟脚……唱得岩屋变高楼，唱得穷洼变富窝。"

大家看，这些民歌既是口头文学，又是生活经典诗歌，鲜明和显著的方汇词、方言音、方域情，准确生动地再现雷村生活特色，这是李德禄丰富生活体验在小说中的独特魅力呈现。

谚语、歇后语、口头语的运用，也使作品更接地气。如农谚，"苗中有棵草，犹如毒蛇咬。好种出好苗，好葫芦做好瓢。养猪无巧，窝干食饱。"如俗语，"打墙怕坏头一板。心里无冷病，不怕吃西瓜。家贼难防，偷断屋梁。""莫学簸箩千只眼，要做蜡烛一条芯。官不打送礼的，狗不咬拉屎的。"如歇后语："眨巴眼看太阳——一手遮天。豆腐渣贴门神——不沾板。

半天空里吹喇叭——想（响）得远。狗子咬月亮——望天打胡说。蚂蚁戴笼头——脸面小了。""生得唧经，说话啰连。嘴码子不瓢和，做事还江活。老是老，还刚火。莫看胡子白，越活越火色。"这些语言都在作品中用活了，无形中增强了感染力和亲近感。

雷村的乡土生活离不开"令"，拆字令，猜字令，组字令，劝酒令，闹房令，无令不成生活，少令了无情趣。在他的作品里，令，是生活中跃动的音符，也是山民智慧的结晶。组字令："轰字三个车，余斗自成斜，车车车，远上寒山石径斜……品字三个口，水酉字成酒，口口口，劝君更尽一杯酒。"拆字令："山石岩下古木枯，此木为柴，白水泉边女子好，少女为妙。"分字令："两物相仿茶和酒，吕字分开两个口，不知哪个口喝茶，不知哪个口喝酒。两物相仿椽和柱，林字分开两个木，不知哪个木作椽，不知哪个木作柱。"古人饮酒令："梁山好汉武二郎，酒壮英雄胆，上山打虎景阳冈。三国英雄关云长，酒壮英雄胆，单刀赴会过长江。"颠倒令："喜事哭：新屋嫁女哭满屋。哭事喜：棺材停屋歌声起。""闲似忙：蝴蝶飞过矮院墙。忙似闲：鹭鸶忍饥立河滩。"禁忌令："请你唱个年长月——久（酒），送你一个年年有——余（鱼）。"猜字谜："黑不是，白不是，红黄更不是，和狐狼猫狗仿佛，既非家畜，又非野兽。谜底（猜）。"这些令都是日常生活中的一种文化传承，雷村人爱热闹又好客，酒规酒令自然很多，仅酒令就达三百六十多条，而且每出令，都带有特殊的要求和限定，以增加难度，测试答令人智慧。这样极大地反映了乡民的生活情趣和文化底蕴。

　　李德禄花费了半生心血的这部长篇小说，创造了一个无比丰富和充满灵性的世界，这就是一个生动鲜活的大地，在他的小说中展现。这片充满原始生命力的生地，以及生地上生生不息、可歌可泣的动物、植物和人物，还有那岁月深处的隐秘历史，丰富多彩的自然世界，水火交融的时代画卷。整部小说渗透着时间和空间的景象，人与自然、人与村庄、人与土地的情感纠葛像是一张大网，呈现了中国中部的一个乡村世界一百年来的自然生态、生活情态和万事万物。阅读这本书，能够帮助我们唤醒乡愁记忆，也能够为我们未来如何建构乡村文明与乡土文化繁荣提供可能。对于一部心血之作，阅读是最好的事，我啰啰唆唆说了这么多，都不如翻看这本书，开始一章章地阅读，你就自然进入了一个瑰丽而繁茂的世界。

2021 年 10 月 24 日星期日

目 录
CONTENTS

下　卷

上　卷

第一章　牛角叫口

一

堂爷的叫口 [①]——嘹亮。这句根深叶茂的雷村乡语，是夸赞堂爷叫口吹得硬足，明晃晃，响当当的，直往眼仁里、耳洞里、精气骨子里钻。

远远近近的大人娃子，只要一听到堂爷的叫口声，就知道是有啥子事，喜事、丧事、农事、猎事和牲畜之事，一清二楚。

---

① 叫口：劁猪专用吹器。

谷雨头两日，"嘟嘟呀个嘟"的叫口响了一沟。今天，百裕沟的人们攥着鼓堆，赶往堂爷家跑。听说堂爷给儿子娶了个城边上的姑娘，山里人越发眼气得要命。虽说儿子是从深山老林里捡回来的，也没找到人家家人给儿子办过继手续，可在堂爷心里，这娃子就是他的亲儿子。他说自己没婚没家，却有了儿子，有儿子也就算有了家，真是观音娘娘打喷嚏——好大的福（佛）气。所以给儿子成亲得大方，要对得起这福气。

整个院子都拥挤着喜庆的福气，亮堂堂、笑嘿嘿的声音，在人堆里碰来撞去。堂屋里，送亲的姐妹和接亲的小伙子们，对唱了十来个回合，终于恋恋不舍地停了下来。知客兼司仪包糯米高声念道：

"新郎新娘，喜气洋洋。良辰吉日，配成鸳鸯。福如天高，寿比路长。

"一朵祥云下瑶界，凤凰展翅把门开，红云起，祥云开，夫妻二人结下拜。"

司炮司号响起，鼓乐齐鸣，宾客欢笑。

包知客又道："良辰正时，新人——拜堂！"

叩首——

伴随着新人叩首，包知客喊道：

> 一鞠躬，一拜天，
> 天高万丈起祥云。
> 日月拱星斗，

闪电击雷神。

朝朝蒙天佑，

天有报天恩。

今天把你叫，

天佑夫妻和顺。

新郎新娘面对中堂，随着包司仪念道："天在天上。夸父太阳，嫦娥月亮。"

叩首——

包司仪这时又喊道：

二鞠躬，二拜地，

地生五谷养万民。

神堂并宗庙，

炎帝显帝种地神。

朝朝蒙地佑，

天有报地恩。

今天把你叫，

地佑五谷丰登。

新郎新娘面对客亲，又随着包司仪念道："地在地上。土地公公，王母娘娘。"

叩首——

包司仪再喊道：

> 三鞠躬，三拜亲，
> 亲生父母养育恩。
> 贫贱富贵莫较真，
> 怨天怨地怨财神。
> 朝朝蒙亲佑，
> 天有报亲恩。
> 今天把你叫，
> 亲佑家和万事兴。

新郎新娘面对堂爷，再随着司仪念道："亲在亲上。温床黄香，跪乳羔羊。"

包司仪说："天、地、亲，保佑我们长大成人，新婚大喜万不能忘了天，忘了地，忘了养育之恩的爹娘。古时二十四孝之一，俗称'汉黄孝子'黄香温床的人和事就在房县，《三字经》中称：'香九岁，能温床，孝于亲，所当执……'"

"等一下——"

就在这时，一声春雷冷不丁在堂屋炸响，跟着一道"闪电"，闪进雷家业香小女娃。这个只有五六岁的小女娃拉着一个红彤彤、亮闪闪的妙龄女子，急呼呼地喊："堂爷，等下这个姐姐。等着她，拜堂——"

大家霎时目瞪口呆，傻着，僵着，怔怔地望着小业香拉着那女子跑上前堂。那红衣女子来到堂前，脚跟还没站稳，更没顾得上看大家一眼，就红红火火地扯着嗓子唱道：

> "关关雎鸠（哎）一双鞋（哟），在河之洲送（哦）
> 过来（咦哟）。窈窕淑女（哟）难为你（吔），君子好
> 逑该不该（我吔），年年难为姐（哟）做鞋（咦哟）。
> 缎子鞋儿（哎）绿沿边（来），（我）今双手捧（哦）
> 郎（哦）面前（嘞）。"

这歌是唱给堂爷听的，同时，也是唱给婚礼上所有人听的。堂爷熟悉这歌，更懂得她唱这首歌的心意。满屋客人有的熟悉这是《诗经》民歌，有的半懂不懂，也有人压根儿就不晓得这歌是啥子意思，更不明白这歌横插一杠子，唱的是哪一出。女娃业香拍着小手，笑眯眯地跟着牙牙学唱。看到不知事的女儿跟着外人搅和了婚礼，站在堂中的雷老憨，血往脑瓜涌，气冲头顶来，忍不住扯开破锣嗓子吼叫："扯屎蛋啦——啥君子好逑，真啰念①。瞎耽误人家新人好事，耍卦点，莫扫了老爷们喝酒的喜兴。"

好好的婚礼，出现这档岔子，大家心里都犯嘀咕，觉得是有点扯淡。有好事的也就跟着起哄："对，对呀。好屎赖屎，夜

---

① 啰念：疲沓。

里一用，就晓得是个啥尿。"

一片哄堂大笑，满屋客人像一巢蜂窝，被人突然捣了蜜浆一样，嗡嗡嗡乱嚷嚷开了。

包知客见状，伸开双臂，大喊："好，好哇。好事多磨，喜事多乐。插曲一段，言归正传——"

红衣女子用红通通的双眼瞟了瞟堂爷，笑着红灿灿的脸，冲包知客和众宾客深深鞠了个躬。然后，她昂起头来，又唱了起来。也许是绊动了真感情，也许是放开了真性情，与上一曲急切奔放不同，这会儿，她唱得如柔情缠水、鸣鸟依林般深情动人：

> "关关雎鸠喜连天，在河之洲求团圆。珠藏洞里鸳鸯配，君子好逑万万年……"

她唱了一遍接着又来一遍，一遍比一遍耐听，像袅袅炊烟缭绕盘桓，一丝丝一缕缕，牵动着乡民们干渴的目光和饥饿的胃管。眼见婚礼已经被搅乱，再往下还不知该咋样收场，包知客见缝插针，说："歌好美，客人贵，多谢姑娘来捧场，上席给你留座位。怠慢不周，有失排场，等会儿席上我再当面赔礼，谢罪。"

说着，伸出右手，恭恭敬敬地有请姑娘下场。

"知客客气了，我也是来拜堂成亲的。打这会儿起，我就是你们堂爷屋里的人，堂客了。"红衣女子说着，看了新人一眼，又对包知客说，"对不起，打乱了司仪的礼仪。有劳你，请儿子媳妇接着拜堂成亲吧。"边说边拉着堂爷，在堂屋木椅子上坐了下来，一副反客为主的表情，镇静大方地等待知客圆场，更等待着宾客承认自己主母的身份。

堂爷坐直腰身，习惯地摸了摸腰间叫口，然后，双手抻了抻大布衫子，欣喜却又有些难为情地说："这不重……重了？"

红衣女子赶紧说："重啥重？这叫同！同……同喜。"

堂爷又抻了抻大布衫子，冲知客点头笑笑："对，同。同喜、同喜……"

这时，知客恍然大悟，随即双手抱拳，笑呵呵地喊道："同！天地同庆，父子同喜，亲朋同乐……恭贺少主少妇，喜拜高堂双亲——"

拜堂完毕，堂爷和包知客耳语了一番。包知客一扫满脸愁云，神秘地点了点头，笑嘻嘻，乐滋滋地说："这会儿都在猜想咋回事吧？我也是刚晓得，大喜呀，想都想不到的喜事、美事。堂爷身边的主母，她是房县南山清峰人，周朝国师尹吉甫之后，名叫尹久香，按老理讲，算得上是皇亲国戚，格格。今天开眼了，咋讲呢？格格配堂爷，那是亮堂、娘堂啊。今天我们喝的喜酒不是酒，那叫味儿，酒香、久香哦。"

包知客感到自己信手拈来的文辞，雅中带俗，俗中更雅，得意地干咳了几声，接着又说："儿媳周青香，来自平原，也可以说是城里凤凰，今日里，格格凤凰登堂，那是香椿拌茴香——香上加香。"

满屋子都是眼气、佩服的目光，有的甚至夸道，右派就是右派，又有才又气派，嘴码子①都这江活②。包知客乐呵呵的："今天这喜酒不同寻常，不论远客近客，都是稀客贵客，我这知客也跟着沾光了。大家中午尽兴喝酒，晚上可劲闹房。有请，坐席喽——"

春风飘来山花野草的甜香，夹杂着蜜蜂"嗡嗡嗡"的嬉闹。雨前茶、黄米酒和人们嘴里流油的味道，笼罩着整个雷湾。花喜鹊、灰麻雀兴奋地追上飞下，家家户户的堂屋里、院子里，挤满了酒桌。

托盘师一手叉腰，一手托着条盘，慌进忙出地喊："借道——借光——好菜好汤。东家款待，吃美喝香——"

尹久香要跟着堂爷敬酒。本来，按百裕沟的规矩，新媳妇是不出房门的，更莫说上桌敬酒了。可久香说自己不算新媳妇，只是没拜堂，少个过场，今天补齐了，就是老夫老妻了，堂奶陪堂爷敬酒，没啥说不过去的。堂爷有些犹豫，久香又说："我这刚到一个新地方，人生地不熟，可怜巴巴的。趁这会儿人多，沾沾光，撑撑场面，以后你长年在外，我自己在家主事，也好多些帮衬，讨点方便。"堂爷想想，是个道理，就吩咐包知客陪着，挨桌敬起酒来。

包知客领着堂爷和久香首先来到正席。正席摆在堂屋正中，清一色坐着本家、舅家、姑家、亲家8个长老。没等知客和堂

————————————

① 嘴码子：口才。
② 江活：漂亮、好。

爷开口，久香抢前一步，扑通跪在地上，向众家亲长磕头谢罪，诉说自己不懂礼数，情急匆忙，多有冒犯，祈求包涵见谅。一桌子至亲盯着久香，许久才回过神来，异口同声说："使不得，万万使不得。咋说都是终身大事，大好事，我们等着你讨杯喜酒喝呢。"

堂爷扶起久香，第一杯酒递到亲家舅舅面前。亲家舅舅说："这酒要喝，话也得说。我是跑地质的，熟悉你们青峰珠藏洞，南山可比北山好好多，可不知你为啥，跑这来和我妹妹抢饭吃？"

尹久香放下酒碗，说："山跟山一样，人和人不同，我是冲着堂爷这人来的。"说着，她自信地瞅着各位长辈，见大家都默默点头认可，更肯定地说："我看中的不光是他的人，还有他的叫口和他的歌，这是他的金饭碗，也是我和你妹妹的金饭碗、银饭碗。今后，有我和堂爷在，你妹妹我的儿媳妇，肯定无忧无虑，吃饭饭香，喝酒酒香。"

几句话说得亲家舅舅眉开眼笑："好哇，有这席话，我就放心了。久香干娘，我是爽快人，从今起，我们不光是亲戚，也是朋友。"端起酒碗一饮而尽，喝完，又进一步祝贺说，"为你们的珠联璧合，我得多喝几碗酒，多说几句话。你来自青峰，那可是女娲炼石补天的地方，史志上记有'女娲炼石补天，遗石青峰山上'。青峰地质大断裂带，罕见的天井、地缝、原始河床，美极了，国师尹吉甫的'诗经'跟那里的地质地貌一样美，你歌唱得美，堂爷歌唱得响，一个久香，一个亮堂，你们这公爹公婆，可是抢了我妹子的风头，怎么说道，我也要再讨三碗娘家酒，为妹妹争点光吧。"

众长老说："应该，敬三碗不为过，按理得罚他们三碗。"在大家撺掇下，堂爷、久香和亲家舅舅连喝了三碗，又罚了一碗交杯酒。

在席众亲戚见娘亲舅舅高兴了，跟着一块石头也落了地，又生怕再节外生枝，便纷纷站起身要一起干杯。堂爷连连摆手，说祖上规矩万万破不得，必须一个一个地敬。久香抢先把酒碗举过头顶，急呼呼硬刺刺地说："今儿，是我冒失了，请大人们不记小人过，我得一个个赔不是。"

这时，李家长老用筷子敲敲酒碗，说："久香媳妇，你那么远，辛苦赶来，奔的是国堂，也是看得起我们李家。要赔罪的是国堂，这等大事瞒着我们，怕我们多喝你一顿喜酒，还是小瞧我们随不起双份子礼钱？不说清楚，我饶不过你。"

久香见这架势真急眼了，"嗵"的一下又跪在了李老伯跟前，恳求道："这事真不怪我们堂爷，他事先也不晓得我来。我想给他个惊喜，哪晓得路上河里涨水，耽误了时辰，慌里慌张地闹出这种荒唐，让长辈们见笑了……"

走出堂屋，只见院子里乱嚷嚷地挤满了人，喜宴变成了筷子席，桌上坐一拨人吃着，身后围一圈人拿着筷子等着。久香没见过这阵势，心里犯着嘀咕：咋这么多人？从哪敬起呢，脚都插不进去。她不清楚，在百裕沟，所有打门前过的人，不管早晚，也不管认不认得，只要见到了人影，都是稀客。哪怕挡着河沟，隔着山坡，但凡搭上句话，招见个手，都会诚心诚意地喊："稀客，你去哪呀？来坐坐，歇会儿，吃了饭再走。"对谁都热情得要命，遇上芝麻点喜事，更是盛情邀请，像堂爷这等人家办喜事，只要听说了，没有不来的。南来北往过路的、砍柴的、做小买卖的，那可是瞎子打娃子——逮住就不丢。

大槐树下，不少人围着李篾匠的摊子。堂爷心里想，就好喝一口的李师傅中午是没得工夫喝了，便拉着久香，一人端碗酒递到篾匠手上。堂爷抓起一把半成品的竹片子，问："削得赢吧？要不添两个人手。"

篾匠放下酒碗："赶紧呗，赶不赢也得赶，总不能让这些客人用手爪子抓吧，大老远来的。"包知客说："还是添个打下手的吧。"篾匠看看闹哄哄的吃客，又瞅瞅眼巴巴的看客，说："都心急火燎地馋着享口福呢！那边的小厨子，不也是一锅一锅地招架不赢。做菜的没菜吃，削筷的没筷子，堂爷这喜的才叫红火。"篾匠急着削，好多人急着要，削出一双，不等刮光滑，就被客人抢走了。

久香有些担心，筷子是喂嘴巴的精细物，这样毛糙，弄不好竿子扎了手、戳了嘴、卡了喉咙管可不得了，便提醒说："师傅，还是削光溜了，再给他们用吧，客人急着喂嘴没想那么多，我们得替客人着想，弄能正①些。"

离开篾匠摊子，正犹豫往哪桌去，忽然听见一声赶一声的

---

① 能正：规则，美好。

催叫和吆喝传来："喝，快些喝。再不动，可动手了。"跟着叫声瞄去，只见院中间的一桌子人正喝在兴头上，数杨疯子喊得最厉害，瞟着羊布奶可劲邪吠："羊布奶，赶紧呀，再进不去，我可打蛮的，帮你弄进去了。"一桌人坏笑："你弄，你麻利地弄，快点，莫叫羊布奶整伴黄①了，我们都等着来……"

羊布奶本名叫羊春桃，跟着家人从五龙口搬进雷村，是上个月刚嫁许大棒槌的新媳妇。人干瘦干瘦的，却长着一对胖嘟嘟的大奶，闹新房时，有人从山上摘了一碗野果子，逼她吃完，要是吃不完，就得让大家一人摸一把奶子。野果子土名杨布奶，把把不肥，吊在两边的果奶子又大又肥，像两个布袋子，看着甜吃起来酸，新媳妇硬是一口气把野果子吃得精光，大家没占到香盈，都觉得便宜了新媳妇，就多了一个羊布奶的笑话。

包知客陪着堂爷和久香靠近桌子，说："杨队长，人家新媳妇，初来乍到，你咋狠得了心下手，抢马吃车地欺负人家。"杨得疯拿眼横着包糯米，正要发作，看见堂爷和久香，转眼堆笑说："堂爷来得正好，给评评理，她一个小媳妇，叫我们这么多大男人干瞪眼，就是进不去，看把大伙急的。"

队长杨得疯是这雷村有点头脸的人物，虽说从城里搬进山来好些年了，可骨子里总透着城里人的气派，村里人见不惯他黑衣裳打个白补丁，格外显摆，私下里都喊他杨疯子。山里讲

---

① 伴黄：不集中，无所事事。

究新媳妇老少无长幼，酒桌上男女无大小，这新媳妇被杨疯子逮住，跑不了了。杨疯子见堂爷站着干笑，没发话，连忙站起身，更来了劲，伸手提起羊布奶胸前褂子说："喝不喝，我可要从颈子往下倒了，再喝，那可就是羊布奶酒了。"

大伙起劲地喊："杨队长，杨疯子你莫光疯，快倒哇，她不喝，我们喝。闹她新房时都没闹上羊奶喝，今补上，正好尝尝羊布奶啥味道。"

十几碗满当当的黄酒，齐刷刷搁在羊布奶面前。久香看不过眼，打岔说："歇歇火，你们那个酒一时半会儿完不了，我插个队，先给大家敬个碰杯，邀请大家喝个年长月——"

碍着堂爷和新媳妇面子，大家都端着碗起身，暂时放过了羊布奶。正要喝时，杨疯子发话了："新媳妇想咋碰？一个碰还是个个碰？"

久香说："老人、女人只碰不喝，剩下的，一块儿碰一块儿喝。"

杨疯子说："新媳妇说了算。中午一块儿碰了，晚上也得一块儿碰哦。"

久香爽快答道："晚上等着。"等大家都爽快地喝干了碰杯，久香接着又给自己添了个满碗，端起来一口干了，说："我干了这杯，往下发个转杯，求大家赏脸，往后多到家里来转转。"

杨疯子疯得更起劲了："转。堂爷常年在外面转，我们插空，替堂爷到屋里转。就你说的那个年长月——可要有耐心陪哟。"

久香瞅一眼众人，盯着羊布奶说："我有个不情之请，转到谁跟前，谁就替这嫂子代碗酒，明儿个谁转到我家里，我就请这嫂子来陪谁，行不行？"

羊布奶忙说："行，我陪，春桃随叫随到。"

众人说："啥？光随叫随到可不行，叫谁就要陪谁。久香媳妇说了，年长月——得算数。"

久香站着，光笑不答，只等到羊布奶面前的酒碗空了，才说："算数。各位慢用，喝好莫喝倒，失陪。"

堂爷赶忙接话："说的啥话呀？莫听她的，都喝好，喝倒。不喝倒哪叫喝好。"

杨疯子摆摆手："喝好，喝倒。不倒不算好。你们快去那一桌，看看，倒不倒，准倒。雷老憨还有英雄胆。"

雷老憨和许大棒槌较上了劲，许大棒槌把新媳妇羊布奶受杨疯子的气，全撒到了雷老憨身上。从八杯酒、五行拳，到猜字令、拆字令，一直往下喝。许大棒槌读过书，总喝总赢，雷老憨不识字，越喝越输，越输越喝得胆子大。大家觉得不公平，也晓得雷老憨虽不晓字可晓古，便要两人喝《古人饮酒令》。

按规矩，饮酒令中必说古人，古人要是英雄，以酒成名。雷憨老先发制人，抢头出了令。

雷老憨：梁山好汉武二郎，酒壮英雄胆，上山打
虎景阳冈。

许棒槌：五台山上花和尚，酒壮英雄胆，打坏山

门四金刚。

雷老憨：汉代皇帝是刘邦，酒壮英雄胆，斩蛇起义在芒阳。

许棒槌：黑旋风是李逵，酒壮英雄胆，醉打张顺浔阳江。

雷老憨：三国英雄关云长，酒壮英雄胆，单刀赴会过长江。

许棒槌：隋唐英雄李云霸，酒壮英雄胆，挥舞双锤打天下。

雷老憨：西天取经孙悟空，酒壮英雄胆，蟠桃会上闹天宫。

许棒槌：诗人李白醉酒翁，酒壮英雄胆，皇帝喊了也不中。

……

堂爷、久香站了半天，一桌子专心斗酒，竟没人发现。包知客便领着他们准备悄悄离开，刚刚转身，不知谁眼尖嘴快喊了一声："堂爷敬酒来了。"

许大棒槌不好意思地呵呵笑了两声，说："我和老憨闹着玩，新嫂子见笑了。"说着，一把拉住堂爷，"你是酒司令，歌代王，今天你家双喜临门，咋说也得唱一段，划两拳，好让大伙开开眼，乐和乐和。"

堂爷指指久香说："今就算了，我们敬杯酒，还有好多桌呢。"

一圈酒下来，许大棒槌说："堂爷，一圈可不够，今你家可是大的、小的，接了俩媳妇进门，得喝双份。"堂爷和久香拗不过，只得又敬了一圈。刚要走，许大棒槌又伸手拦住，他一来是真想感谢久香刚才为媳妇春桃解围，讨个就便人情，二来也为了让雷老憨出出洋相，便热情地说："久香嫂子，这桌子上，其他人你都可以不再喝了，可不管咋说，你都还得再敬大憨几个。刚才，可是他的女娃子，业香拉着你，上去和堂爷拜的堂哟。莫看他老的憨，生的小婤子① 可尖，挑钻得很。"

久香愣怔了一下："哦，那是？ 是……"说着，赶忙又端起酒碗："难为你，太难为你了，养那乖巧，那喜人的婤子，等明她长大成亲时，我们堂爷当她的知客，我这个堂客给她操办。来，先赶早预约到，陪你喝一杯年长月——"

堂爷笑着说："半夜三更就起来晒太阳——早的没影。"

雷老憨激动得颠三倒四："有影，早晚有影。堂客，知客，要得。堂爷的堂客，堂知客，好。那我就先谢了，堂爷是最好的知客，难得有你这局气② 的堂客。"

久香说："业香也会是最好的堂客。今儿个业香拉久香拜堂，日后久香也一定拉业香拜堂。我相中这女娃子了。"

---

① 婤子：读音niǎ，姑娘。
② 局气：阔气。

雷老憨激动地端起酒碗，自顾自咕噜喝了，说："堂爷媳妇，不，久香媳妇，就冲你这话，我喝死不悔，值。其他的，啥屁尿，都扯淡，去尿。"

包知客悄声说："有点马，高了。"拉着堂爷赶紧离开，久香听了雷老憨的话，却恍惚想起了什么，定定地看了好一会儿，突然温柔地说："是那回事，管他啥狗屁，我俩再碰三碗。"

"咕咚、咕咚、咕咚"，各自又喝了三碗。许大棒槌和大伙幸灾乐祸："老憨，你才真叫扯淡，啥好尿孬尿，晚上新房，你闹尿不成了。"

久香笑笑："再来，好酒不怕晚。记起来了，刚才就是你，在堂上叫我莫扫了你们的酒兴，好，我陪你，再喝个尽兴酒。"

雷老憨舌头已经直了："尽兴——尽——兴。"

"扑通"，一声闷响。"哇"，一串惊叫。全桌人酒醒了大半，都以为是雷老憨喝倒了。"倒了、倒了"，一片大呼小叫，笑得呵呵神的。久香寻声定睛一看，不是雷老憨，是隔壁桌上，一个大小伙子倒在了地上。小伙子口吐白沫，全身抽搐，样子十分吓人。

"快，快按人中。抢救。"久香懂点医道，要去施救，被堂爷和知客分别伸手拉住了，说："可莫动，等着，是雷黑磨，羊角风发了。老习惯，又上天禀报太上老君去了，半个时辰就回来了。你一打动，那就舍了^①，再回不来。"

___
① 舍了：糟糕。

雷老憨醉眼迷茫地把酒碗送到久香跟前，说："堂爷媳妇，雷瞎子上天报喜去了，你们今双喜，还有我娴子明个一喜，三喜。我们尽兴，喝，业香娴子，以后就跟你，交给你妹子了……"

二

雷黑磨一抽一抽地连打了几个颤抖，然后悄没声，直挺挺地躺在地上，就那样，死沉沉地睡过去了。四周翻天覆地闹腾着，没人去看一眼，也没人去拉一把，像压根儿没发生过这档子事。

两只连裆狗拉拉扯扯，哼哼唧唧地挤过来，母狗伸出红猩猩的长舌头，一点点舔着雷黑磨嘴边的白沫，公狗趴在母狗屁股上，拼命地抻长脖子，两只后爪吃力地撑着地面，急不可耐地往前撑去，好不容易挣到雷黑磨的头边，除了残留的白沫什么也没享头，便在母狗舔过的脸上，潦草地舔了几口，心不在焉地"吠"了两声，悻悻地失去了兴致。不知是谁踢了一脚，正好踢在公狗身上。接着，又不知是谁一碗酒泼过来，公狗母狗双双打了个寒战，同时"汪"的一声扯开了连裆，顺嘴从桌边各自叼起一块骨头，撒着欢子跑了出去。

久香看着这一幕，扑哧一声笑了："狗比人强。会享福，啥都不耽误。"

堂爷跟着哧哧笑："活贬作①。畜生的勾当，看这么起劲。"

这时，雷黑磨突然呼的一下，腾直身子站立了起来。紧接着，不知咋的，又"咚"的一声，四脚八叉地仰倒在地上，嘴里突然念道："城里饿了山里饱，南山的媳妇北山的娘，堂奶还是小妮子，瓦屋没有岩屋强。"说完，又死沉沉地睡过去了。

久香听得懵懵懂懂的，要去问问雷黑磨说的啥意思。堂爷和知客都拉着："这是假醒，瞎咄叨②几句，立马又睡过去，他见着太上老君，那才是真睡。千万别打扰他。"久香觉得奇怪，管他真睡假睡，都得看看究竟，便走上前，问："哎？嚇、嚇。你是假醒，还是真睡，见着太上老君了？雷……"

还没等久香喊出雷黑磨三个字，突然听见地上的人半张着嘴自言自语说开了："雷，我是雷。雷大王，是我。是我炸山开河放洪水，救你们于雷村湾；是我炸岩开洞劈岩屋，送你们安身有住处；是我炸石开火滚石磨，保你们养生有吃喝……"

雷黑磨双眼紧闭，双唇哆嗦，不紧不慢，不温不火，像说天书似的，天上，地下，古往今来地念叨着。

久香听着雷黑磨的话，更加好奇，问堂爷："他这是啪故事呀，还是在诤淡话？"堂爷说："瞎子说瞎话，早晚都过岔，不理他，念叨好些年了。叨没劲了，就醒了，自己回家。你越搭话，他说得越来劲，像真的。肚脐眼冒烟——妖（腰）气。"

"黑磨呀，真的假的，我都信你。"久香蹲下身，拍拍雷黑

①贬作：挑剔、讽刺、侮辱。
②咄叨：断断续续，小声说话。

磨说，“哎，龙王爷，让他说说，说给我听听，大岩屋和雷村是咋回事？我是刚来的媳妇，雷村的媳妇得晓得雷村。免得明冒诌[①]，遭人哗拜[②]。”

沉默了好一会儿，没有听到回话，业香有些失望，准备起身离开时，雷黑磨却动情地说开了。

记不清在这里是上万年还是上亿年了。好像在很久很久以前，我那不孝的子孙们，合起伙来捣蛋闹妖，翻腾的洪水泛滥不止。

有个逃难的李木匠，在水中泡了三天三夜，眼看洪水不停上涨，实在撑不住了，狠下心，把斧子锯子向水中一甩，浩叹一声：“龙王爷，你咋不睁开眼，看看这遭的啥难啊……”

他大骂着，随浪涛冲去，突然一声炸雷，卷来一阵狂风，扯住了他的衣裳。同时，随风飘来一声巨吼：

“救难不难，把我宫殿修好——”

早已魂飞魄散的李木匠，被这炸耳巨响震得浑身一颤，紧跟着一怔，又一怔。呆了好大一会儿，看看四周一片汪洋，根本不可能有人，仔细听听，除了水响，什么声音都没有。心想：不是自己骂糊了，昏了头，就是老天爷在开玩笑。他又气又恨，索性放开嗓子大骂起来：“狗日的，荒天荒水，人都死光了，修宫殿。修坟都没人埋了。”

---

①冒诌：胡说、乱猜。

②哗拜：嚷，批评。

"我是龙王。你修宫，我救难，能不能干哪？"又一声炸雷，随风劈来。

这回李木匠听得真真的，是龙王。心说："有龙王吗？你究竟是真龙王还是假龙王哦？"又细想想，管它是鬼是神，是真是假，死了尿朝天，不死万万年，老子试试看一看。于是，大着胆子答道："龙王爷，我干，我能干。你大发慈悲，大恩大善，赶紧先救苍生吧。你想要咋修，就咋修，我保管你满意欢心还稀罕。"

龙王疑惑地问："宫里不得有半点木头。你是木匠，不是石匠，能修？"

李木匠想了想，说："木匠石匠，都是工匠，石头木头，全凭斧头。"

听完李木匠的回答，龙王干脆地说："好，你就是工头。你来，水去。"

早就急得要命的李木匠，听到"你来水去"四个字，激动得颠三倒四："去，我去。不，不是去，是来。我来，我这就来。"

说着，他正要动身，却又被洪水急煞了眼，绝望得号哭起来："龙王爷呀，这到处是水，黑天昏地，我到哪去找龙宫哦。"

龙王咻咻笑："不急，木匠。水去无边，回身是岸。"

李木匠半信半疑，试探着回转身，一下子愣傻了。果然，远处好大一座青山，山腰上悬着一个巨大的岩洞，岩洞里站着龙王，笑眯眯地对他说："这就是你要修的，快动工吧。"

"轰隆隆！轰隆隆！轰隆隆！"连着三声巨雷炸过，洪水眨眼退去，留下一沟白花花的大小石头。龙王叮嘱："小心伺候，别辜负了大好生地①白玉沟……"

龙宫浩大，改造工艺艰难。李木匠牢记着：造屋修殿，进场难眠的古训，一丁点不敢怠慢。他请来众大师，带着一帮徒弟，没日没夜地精工修造，细心打磨。老龙王开始不放心，亲自监工，天天到场，后来，渐渐地被工匠们的真诚感动了，不仅不监工了，还将自己的吃喝分给大家共享。

宫殿修了三年，工匠们也人吃人喝了三年。

三年里，师徒们把龙王的好全记在心里，也更把那些龙子龙孙肆无忌惮的恶，看在眼里，私下里算计着，要想法帮龙王管治管治，让这些孙子们多吃点苦头。师傅最喜爱的小徒弟顽皮，时不时被老婆罚跪搓衣板，大伙从中受到启发，便撺掇师傅，把殿前阶梯仿照搓衣板结构，修造成十八级不高不低、不陡不平的台阶，巧妙地惩罚龙子龙孙们，让它们只能爬着跪着上朝下朝。工匠们一边享着老龙王的福，一边又时不时地想到洪水滔天时受的罪，害怕日后龙宫又出妖孽，百姓再遭劫难，便在宫殿内四根中柱上也做了些手脚。把四根石柱反过来，下朝上立，上朝下栽。

新宫殿修缮落成，龙王十分欢喜，笑眯眯给每个工匠打招呼。李木匠见大家看龙王光说笑，没一丁点打赏的意思，多少

---

①生地：原始土地。

有些不快，便走到龙王跟前，看着龙王。龙王好像明白李木匠的意思，随手抓起三把刨花，放进他的工具篓里，又随手抓起一把刨渣，撒进各位工匠的篓子。

修缮时那慈善，修好了这吝啬，大家鄙视地看着龙王。心里想：没这伪善的龙王，哪会有那些奸恶的龙子龙孙？李木匠悄声说："修宫救灾，有言在先，是愿打愿挨的。"说完，毫不犹豫地领头走出龙宫，到了宫门外，他抓出龙王送的刨花，撒向搓衣板台阶。工匠们也跟着抓起刨渣，丢到地上，各自分头离去。

李木匠闷头闷气，越走越累。他把工具篓子朝地上一甩，正要坐下歇歇，却看见工具篓子里飞出三片刨花来，眨眼间，三片刨花骨碌碌滚成了三坨金元宝。捧起金元宝，他傻眼了，后悔错怪了老龙王。他急忙找了四个弟子返回龙宫，谎称回来竣工验柱。他爬上去，分别在四根柱顶上敲敲打打，口中念着：

"立柱立柱立在前，正竖要发五千年，倒竖又发五千年，一脉天象九为尊，正倒柱下为皇官……"

龙王笑着问李木匠："洪水洗过，何处安身？"

李木匠想想，大灾过后，少不了瘟疫泛滥，恶虫毒蛇横行。再想想现在无房可住、无家可归，都是你那龙子龙孙造的孽，便没好气地说："有树就是房，有人就有床，天无绝人之路。"

龙王神秘地笑笑，说："岩洞为房，野人同床，千秋万代，子孙满堂……去吧，木匠。功德无量。"

李木匠再次走出龙宫，只见红闪闪一串响雷炸过，放眼望去，满山都是大大小小的岩洞。他走进岩洞，成为李家祖先，繁衍生息，人丁兴旺。

后来，山外的人们听说深山里藏着这么好的风水宝地，都削尖脑袋要往山里跑，跑来跑去，你找我打听，我找你探寻，就是找不到地方。原来，根本没有人听说过，那里叫啥地名，其实，这里本来就没有村名。有几个男女不死心，没地名，总有地方在吧，没地方人咋生活？只要找到人就找到那地方了。

终于有一天，他们找到了岩洞，看见洞口有个小孩，就问："这是哪呀？"小孩害怕地哆嗦着："雷呀，雷呀。"再问："小孩你在这做啥？这是啥地方啊？"小孩头望望天，手指指地："雷……雷呀——"惊恐地跑进了岩洞，原来小孩是被雷击后变成哑巴的。

岩洞里一屋子人，都听到了洞口的问话，便七嘴八舌问白发长老，我们这叫啥？这么好的地方，总得有个名吧。长老想了想，似答非答地说："听老辈的老辈人咕，是龙王爷的炸雷炸开了山，赶走了洪水，给我们留下了这块好地方。龙王说，洪水漫过的地方，叫白玉沟。"

这时，哑巴孩子"雷呀雷呀"地慌张跑过来，长老拉着哑巴的小手，疼爱地劝说："不怕，不怕，雷有啥好怕的。"说着，一拍满头白发："雷。雷洞，雷村，雷湾。"大伙跟着惊喜：对，雷呀！就叫雷村吧，响亮。

雷村就这样有了名字，从村外来的第一批人，也成了李姓之外的第二姓，雷姓。自那以后，姓氏不断增加，人也越增越多。

好话说三遍，猪狗不爱见。雷黑磨反反复复念叨的这些，早把全村人的耳朵磨出了茧子，人听人犯恶数①。久香一个人却听入了迷，完全忘掉了自己还是今天的主角，知客和堂爷已经第三次来请她去敬酒了。她转过身，正要离开，猛听身后大喝一声："雷王，王爷在此，哪里去？"

她扭头一看，雷黑磨已经站立起来，正雄赳赳气昂昂地扬长而去，只听见口中念念有词："小小猪卵子，满山穷娃子……"

雷黑磨的言辞举动，让久香觉得很是新奇。梦不是梦话，疯不像疯话，病不是病，死不是死，倒像是一个高僧巫师作法，借体还魂，变作说书人在说故事。堂爷看久香被瞎子说得着迷，又担心她钻牛角尖，就圆泛地说："黑磨瞎扯归瞎扯，也不是完全没谱，老岩屋至今还在，野人也时不时出来。"

知客插话说："这倒是有史料依据的，《房县志》记载：房山高险幽远，石洞如房，多毛人，长丈余，遍体生毛，时出啮人、鸡、犬，拒者必遭攫搏。"《子不语》也讲：郧阳房县，多毛人，长丈余……以枪炮击之，皆不能伤，相传制其之法，需以手合拍，叫喊"筑长城，筑长城"，毛人就仓皇逃去。这些，被古书和唱词说得有鼻子有眼。

_____

① 恶数：讨厌。

一个瞎子，又被羊角风抽得昏死过去了，咋还能说书讲古，比一般醒着的人都更清白精明呢？久香对这个问题比敬酒更加热心。堂爷解释说："你可莫小瞧雷瞎子，年龄不大，他可是眼瞎心里明，精怪得很。爹妈起名，雷登科。大概七八岁的时候，雷登科放学路上下河洗澡，洗着洗着，抬头望见对面岩石中间有一个黑洞，洞里好像有一双眼睛明亮亮地瞪着，他随手捡起一块石头甩了过去，没想到砸在洞边的马蜂窝上，招来一身马蜂，被追成了筛子。多亏全村奶娃子的妇女，用奶水洗，奶水挤，奶水敷，几天后，命总算救起来了，可双眼却看不见了。"

……

时间一天天在黑暗里度过，雷登科一天天在黑暗中摸索成长。读书登科之路堵死了，他却在磨屋里找到了一条推磨的路。他熟悉这盘磨，从磨盘到磨身都是全黑的。他说他是用一双黑眼睛，推一盘发光的黑磨，磨的是日月，推的是生活。

不知道是不是为了感恩，也许是为了生活，或者是生存的希望。他说服一村的妇女，把家家户户磨粮食的活都包揽了下来，年复一年，日复一日，没白天黑夜地推着这盘磨生活的磨，终于有一天倒在了磨棚里，睡着了。几个来拿粮食的妇女发现时，他直条条躺在磨房地上，眼睛闭着，嘴巴张着，说着胡话："我是雷龙王，推的是黑石磨，黑石磨是龙王炸出的火山蛋……日月圣火山蛋石，黑牙、黑槽、黑磨盘……请你叫我雷黑磨，知天知地听我说……"

从此，雷登科就变成了雷黑磨。村里人渐渐习惯了雷黑磨，几乎没人记得雷登科。

堂爷和久香敬酒路过磨棚，知客指给久香说："这就是那黑磨，据说从来没有石匠锻过。火山蛋确实坚硬，怎么磨也磨不损。大岩屋那山上到处是火山蛋，有大有小，黑得放光。多半做了腌菜的压缸石，磨，仅此一盘。"

业香对磨棚和黑磨很感兴趣，想到往后的日子少不了和磨棚打交道，便多看了几眼，转身离开时，听见身后传来雷黑磨的声音："我是雷登科，不是雷黑磨，探花、榜眼、状元磨一盘，知天知地听我说，黑是白，白是黑，祸是喜，喜是祸……"

"是雷登科吗？我是新来的久香，你出来，我听你说。"久香来到磨棚里，在磨盘旁边的簸箩里，发现了雷黑磨。睡在簸箩里的黑磨滚了一身的白灰，业香扶着他坐起身，说："你帮大家推磨，大伙凭啥对你这么索薄①，不管不问？太寡情了。"

雷黑磨回答说："怪不得别人，我是替雷登科推磨，替他为李氏天下推磨。蚂蚁搬豌豆——尽力而为的事。"

业香听着雷黑磨讲起了状元雷登科的故事。

原来，唐中宗李显被母后武则天贬到房县时，郁郁寡欢，时常一个人外出寻仙问道。一次来到大岩屋，祭拜过龙王和炎帝神农后，喝醉了酒，睡在岩屋口的石阶上，不知不觉进入了梦乡。梦中，一个翩翩少年向他走来，身着飘飘白衣，怀抱状

---

① 索薄：菲薄，苛刻。

元御匾，一副踌躇满志的样子。李显认出那是自家御匾，便问："状元家住哪里？父母做啥生意？家里生活如何呀？"状元随口答道：

家住千里房子国，背靠六岳三海堰。

房支千根黄金柱，墙镶万块白玉砖。

母亲单手转乾坤，父亲双肩担日月。

翡翠珍珠煮稀粥，黄金白玉当便饭。

家有两只货运船，只够日常吃油盐。

拥有雄兵千百万，看家护院巡田园。

状元一席话，把李显听傻了。小小状元郎是富豪啊！我李氏江山，才只有三山五岳四海，他就有六岳三海。他母亲手转乾坤执朝政，父亲一定是个太上皇。他还有啥金柱头白玉墙，百万雄兵看家护院，生活比我这个落魄的皇帝还要好……李显一下子惊醒了，站起身，举目搜索，山林中只有风呼鸟鸣，这才突然想起，只是一个梦，可梦里的事在朝廷确实发生过。那一年，唐朝大开科举，召天下贤士，经过乡试、京试、殿试，有个叫雷登科的人中了头名状元。当时皇上担心此人会夺天下，便找借口把新科状元杀了。李显心里犯起了嘀咕，死人不会复生哪，莫非此人没死，被掉包救了？如是那样，正好为我所用，留作他日东山再起。

李显从大岩屋下山，一路打探白衣少年雷登科的消息。问了一个又一个人，都说没有雷登科这个人，好不容易在百庙子遇见了一个白发长老，长老听后哈哈大笑，然后捻着颔下几缕银须说："雷登科家呀，他的根底我清楚。他家后山叫'六药山'，出六种草药，门前有条小河叫'三海潭'，这就是'六岳三海'。房子是用千百根黄竹子和泥巴掺白沙子糊的，太阳一照闪闪发光，这就是"房支千根黄金柱，墙镶万块白玉砖"。他妈是推豆腐的，一只手一天到晚转着小石磨，不停地推，这不就是单手转乾坤吗？爹是卖水的，白天黑夜担水，不就是担日月吗？早饭吃的是绿豆高粱玉米稀饭，晌午吃的是苞谷米掺白米蒸的干饭，这不就是"翡翠珍珠煮稀饭，黄金白玉当便饭"。家里养了两只鸭子，鸭子下蛋换油盐。院子里还养了一笼蜜蜂，可不是雄兵千百万……"

李显一听，高兴坏了，连呼："高人哪，高参在民间。"打听出下落，直奔雷登科家而去。

在雷登科的谋划下，李显韬光养晦，多年以后，终于重登大位，雷登科隐姓埋名，跟着李显来到长安，成为居家谋士。没承想韦后篡位，雷登科最终还是丢了性命。

……

听完雷黑磨的叙说，久香说："看来，你的不幸，其实是大幸啰。"

雷黑磨说："今天是你的大幸，劝他们少喝点，多了会有事的，大幸可别惹出大不幸哦。"

三

雷老憨走了。

筷子席无空缺，不动的桌子流水的客。喜宴一直从中午延续到黄昏，知客见吃席的客人走得差不多了，没走的不是远房亲戚，就是候着闹新姑娘的近邻，便张罗着料理消夜酒席。这时，慌里慌张跑过来一个小伙子，拉住包知客说："麻烦你快告诉堂爷，雷老憨走了。"

知客看看来人："走了？他不喝消夜酒，不闹房了？"

来人急了，跺着脚说："雷老憨回家没多大一会儿，就走了，走了，再回不来了，等着晚上咋闹丧呢。"

知客这时脑瓜子嗡嗡神地大了，慌慌神地跑到堂爷跟前，大张着嘴，却又一个字也说不出来。堂爷叫过来人，问清缘由，说了一句："知客，这里就拜托给你了。"然后进屋子拿起叫口，直奔雷老憨家去了。

小业香眼尖嘴快，望着堂爷的新媳妇说："久香大姐姐，堂爷刚跑出去了，吹叫口去了。"

久香疼爱地摸摸业香的头："堂爷高兴，巴不得多招呼人来喝闹房酒。喜夜闹房，子孙满床，由他吹去吧。"

包知客磨蹭着走到久香跟前，冲小业香说："女娃子，你爹醉趴了，快回去看看，你娘叫你呢。"

小业香望着久香，说："不，我要和姐姐睡新床，看他们晚上闹房。"

包知客摇摇头，说："女主人，堂爷让先开席，不等他了。"

久香说："那你主持，招呼客人先开席吧，他也累乎一天了，让他歇一会儿，夜里还不晓得闹成啥样子！"

晚上的酒席安静多了，好些人中午酒劲还没醒，闹酒的、斗酒的、划拳的，都没了热情，大家礼节性地敬敬酒，有的干脆碰空酒杯，意思到场后，便捣鼓着闹房的绝招。有的说准备了绳子，非要把久香和青香两人用布把头蒙起来，与堂爷一起拴住，拉进一个新房，让堂爷摸新娘，看看他先摸住哪个。也有的说准备了剪刀，要把新媳妇裤带子剪了，把裤带子从后面屁股蛋子上，一直摸到前面小肚子上来，过青水漂（青水蛇），裤带子不湿不算完。还有的准备了铃铛，打算两头连着两房的新床，看看他们哪床更响，哪床响得铃声更大，时候更长。大家开心地哄笑："叮叮当，丁丁零零，叮叮当当……"

青香苦着脸看看婆婆，小心地说了句："八成在打歪主意，看那坏相。"

久香冲儿媳斜了一眼，拉起业香："进屋，尽量离着点，能躲就躲，该挡该防麻利些。也没啥大不了的，新媳妇谁不过这一关。怕啥，哑巴吃饺子——心里有数就行了。"

就在这时，堂爷的叫口响了。头几声还比较缓和，停了一下，紧接着越吹越响，越来越赶得紧急。有人疑惑地问："咋了？不像是催喜酒号子，好像是在报丧闹夜，请歌师打代思①的叫

---

① 打代思：也叫打待思；丧鼓，绕灵夜唱，等待下葬。

口声。"

大家都放下酒碗，一脸惊慌和凄惶，谁死了？谁死了啊，一个个地紧着问。

包知客远远地站着，看到大家慌慌神不知所措，强作镇静地安抚道："莫慌，都别动，堂爷已经赶过去，帮着料理后事去了。"

杨疯子一怔，许大棒槌更是紧张得一愣，两人一惊一乍地抢着问："谁呀？谁！这大喜的日子？真会挑时辰。"

知客看了看可怜的小业香，说："你们谁帮个忙，跑下腿，赶紧把雷老憨的小娴子送回家去。"

小娴子业香说啥都不肯回去，非要等到晚上看新姑娘闹房。

远远地，雷黑磨和拐枣李的大女娃傻娴子从磨房出来，雷黑磨嘴里嘟囔了一句："圆不了房，闹个屁房。"

傻娴子傻乎乎地喊："小女娃子，来，我跟你一起走，快回去换衣裳，我给你洗。"

大娴子和雷黑磨一个全瞎，一个半傻，说起来是两个残废闲人，可他俩一个替家家推磨，一个为户户洗衣。俗话说，家懒外勤，爱得喜人。这两个家里家外都勤快得要命，村里人自然又喜欢又放心。知客见大娴子要陪业香回家，想到她傻傻地不会多嘴多舌地惹事，就嘱咐说："大娴子，你快去快去，路上莫打伴黄，快去快回哦。"

雷老憨走得冤枉。中午喝完酒回家，吵着说浑身发躁，口渴得很，老婆任林枝说水缸里有水，自己喝。谁想老憨把酒缸当水缸，逮住酒浕子喝了一大气。可着喉咙喊叫老婆子，躁，躁得难受。任林枝一看，老憨歪在酒缸边，没好气地数落说，一下子看到两个美人，不躁才怪，开眼界了吧？外头过足眼瘾了，回来想到老婆了。任林枝一边叨咕，一边扶着老憨，一块上了床……天快黑了，任林枝没听见老憨的动静，就去喊，去不去喝酒闹新房了？没人答应，就伸手去拉，可是已经拉不起来了……

堂爷对老憨媳妇说："现在哭也晚了，还是早点料理后事吧。赶紧装老下榻，一会儿吊丧、打代思的人都来了。"

远近的歌师们听到堂爷的叫口召唤，前前后后地赶来了。

天黑定后，堂爷领着两个锣鼓手，一人提锣一人背鼓，来到路口，让孝家点燃三炷香、三堆纸，三阵"咚咚咚，哐哐哐，咚咚哐哐扑通锵锵"之后，开始了追思亡灵的代思歌头——《起歌路》：

"人死众家丧，歌鼓唱阴阳，天地说短长。"堂爷带说带唱带走："一二三四五，金木水火土。老君来到此，擂动三通鼓。吉日良辰，天地开张，神将出世，且听慢讲。一根竹竿软溜溜，孝家请我起歌路，歌路不是容易起，未曾开口汗长流。"

缓走五步，堂爷和锣鼓匠停下，等孝子在前面燃一根香，烧三张纸。雷老憨没有儿子，燃香烧纸的是远房侄儿雀娃子。等到雀娃子把纸香烧燃，稍等片刻，堂爷与锣鼓手边打边说唱，又缓慢走出五步，再停下。雀娃子接着又燃一根香，三张纸……这时，堂爷开请各路神仙：

孝家请我唱歌鼓，歌鼓请上神将，

一请水府三官，二请日月三光，

三请当方土地，四请本县城隍，

五请五龙择圣，六请王母娘娘，

七请七天大圣，八请八大金刚，

九请九天仙女，十请十殿阎王，

各路将神都请到，跟我一路进孝堂，

好给亡人打鼓闹丧……

堂爷说："雷老憨阳间走得匆忙，阴间要走的路很长，歌路不能短了。"所以，堂爷起歌路时，特意从长长的湾口开始，一路慢慢地走来。

开歌路，起歌场，先把亘古来宣讲，

自从盘古出世，开天辟地分开阴阳。

先有三皇承手，后有五皇接越，

制天制地制下三光。神龙皇帝尝百草，

轩辕黄帝制衣裳，女娲把天补，

伏羲制人纲，尧舜禹公天下，

治理乾坤是汤王。说不定的古今，

道不尽的华章。留给歌师夜唱，

我们先进孝堂。

"咚咚咚，哐哐哐，咚咚哐哐扑通锵锵……"一阵开歌路入门的锣鼓响过之后，吊丧的人们纷纷让开了一条道，站立两旁。

在接近孝家灵堂正门前，堂爷开始唱报门歌：

来到孝家一层门上，一对金犬把守头门。金犬变恶犬，枉做恶人。你管过路宾客，夜晚小人，管不住我们唱歌的郎君。站到一边，闪在两旁，快让我们歌鼓三人赶进歌场。

来到孝家二层门上，二门把着两个门神。门神变恶神，枉做恶人。你管孤魂野鬼，管不着我们唱歌的郎君。站到一边，闪在两旁，快让我们歌鼓三人赶进亡门。

一对金狮把守三门，金狮金狮枉做恶人。你管山林野兽，管不着我们唱歌郎君，站到一边，闪在两旁，快让我们歌鼓三人赶进四门。

一对锦鸡把守四门，锦鸡锦鸡呀，枉做恶人，你管五更报晓，喜唱天明，管不了我们歌唱的郎君。站到一边，闪在两旁，快让我们歌鼓三人进五门孝堂。

来在孝堂抬头望，只见高八尺长一丈，一副皇床停中央，前头摆的三星定礼，后头又摆祭祖供香，两边摆的花香蜡烛，灵牌独坐中央。灵前孝子，头戴白帽，身穿白衣，脚穿白鞋。叫声孝子不要悲伤，哪有天子不崩，诸侯不丧；哪有老者不死，少者不亡，彭祖高寿八百仍见阎王。从今，你们红花不戴，淡色素妆，等到三年孝满，收拾打扮照常。

来到灵堂前。堂爷唱道：

灵前烧完香一炷，转罢鼓来抬头望。孝前灵堂放豪光，一缕祥云从天降，要接亡魂上天堂，走边走得急，来也来得快，有请歌师莫慢怠，我们把待尸打响亮。
……

"扑咚锵，扑咚锵，扑咚扑咚锵"……锣鼓由说唱转为唱板。堂爷和锣鼓手走进灵堂。灵堂内挤满男女老幼，亲朋孝子，歌师和锣鼓匠。

堂爷正式开唱，阳锣鼓改为阴锣鼓：

黑黑暗暗生天地，又生无极与太极，太极生两仪，两仪生四象，四象生八卦，生下八卦分阴阳，才出日月与三光。又生天地与三皇，天皇他有十二子，地皇也有十一郎，人皇兄弟人九个，个个出进寿命长……

雷老憨相憨人不憨。都说他长得像大象，奸得像兔子。村里村外人缘都很好，突然去世，大家自然赶来捧场守夜，陪打代思。

堂爷家的客人走了一大半，闹新房的人不够多，显得有些冷清。久香早早下手，把为儿子媳妇准备的新床占了，吩咐知客让小两口在堂爷床上圆房。包知客明知不妥，又无话可说，便差人找堂爷发话，看如何处理。

来人站在歌场外，对堂爷又使眼色又招手，堂爷明白家里肯定有事，又不能随便退下歌场，便心生一计，唱了一曲《混沌头》，请歌师们以问答方式接唱："来在丧前接鼓打，听我向你问根芽。先要问你混沌事，混沌生、混沌死、混沌活了多少时，几多时来分天地，几多时来子伏体。若有仁兄你能知，唱将出来大家听。"

歌师张大壮上场接唱：

> 仁兄提起混沌事，听我从头说你听。子丑二时生天地，戌时二更天地死，子丑寅卯与辰巳，午未申酉戌亥推。说的就是十四会，一会二万八千年，一千二会从头园，共计一十三万八千六百年……

来人趁机把堂爷拉出门外，请堂爷回家一趟。堂爷望一眼远处，喜上添喜的家，又看了看眼前徒遭横祸，被悲惨冲击得慌乱不堪的丧家。想了许久，长叹一口气说："来的是新人，咋的都是喜；走的是亡人，咋说都是悲。你回去给老包说，这里离不开我，那里离不得他。难为他了，拜托，拜托！"

把来人送出路口，堂爷一再叮嘱，所有事听从包知客安排，死人的事是最大的事。正说着，听见有人喊："堂爷，红的白的撺成鼓堆，你堂爷呀，这算是摊上疙瘩事了哇。"

火把朦胧中，晃出邓村长来。邓村长敬重堂爷，对雷老憨也不错，平时爱吃老憨媳妇做的葛藤疙瘩，关系也比较亲密。白天，邓村长去区上开会，误了中午的喜酒，晚上赶到堂爷家为的是讨闹房酒喝，却听说老憨出了事，慌忙赶了过来。邓村长见了堂爷，止住脚，说："喜事丧事赶一块儿了，够你招架。"

堂爷领着村长来到灵堂外，村长抱了抱老憨媳妇的肩膀，顺势拉起胳膊肘子用力押了押，说："他享福去了，留下你们遭孽的娘儿俩……站起来，日子还得过，莫哭伤了身子。娲子还小，今后的路长哦，你得挺住，莫急，有事找我和堂爷，还有村上。"

邓村长对任林枝说完，拉着堂爷来到隔壁房子，商量如何安葬去了。

早晨，天上最后一颗星星消失了，锣鼓手停下锣鼓。堂爷陪歌师和锣鼓手喝过早酒，吃过早饭，安排大家睡下，自己抽身回家。久香站在门口，把堂爷拉进新房，直接按倒在床上，扑上身子就要亲热。堂爷开始有些恍惚，脱衣裳时突然发现，睡的是儿子媳妇的新床，便一骨碌跳起来，唬道："糊涂了？你！这是新娘的新床，公公咋能上，胡闹。"

久香娇滴滴地说："我是啥？不是新娘？我也是新娘。新娘婆婆睡的床，新郎公爹睡，咋了？理所应当。"

堂爷忍着，没有发火，有些不耐烦地说："成何体统，差点儿被你呼扇伴黄了，闹出笑话。"说完，径直走出新房，找地方睡了。

一觉醒来，堂爷感到精力充沛多了，出院子走了一圈，回屋看过礼簿子账单，然后坐下准备吃饭，却找不见久香。原来，久香发了脾气，睡在儿媳妇床上，谁叫都不动弹。堂爷突然想起来，刚才和久香闹了点别扭，惹新媳妇生气了，便亲自来喊："夫人，相爷这厢有礼了。久香格格快快请起，恭请你，来用膳啰——"

久香被堂爷逗乐了，气也消了大半，便央求说："相爷，来，你先陪我睡一觉，我就起来。"

堂爷说："胡尿闹，莫耍小孩脾气。乖见点，有新儿媳在，可不能丢份失礼。"

久香跟在堂爷身后，往饭桌走，边走边嘟嘟囔囔说："人家跑一百多里来和你圆房，你倒好，却陪棺材快活一夜，又打又唱，叫新媳妇独守空房。谁失礼了？"

堂爷心里有些不对光，一听久香说出这种话，气不打一处来，提高嗓门说："亏你说得出口，不是你闹幺蛾子，蛮干干，不依不饶地斗酒喝，老憨他好好的，能出事？"

久香本来气还没全消，听到这话，炸了："啥？他死咋了？他是为了要尽兴死的。"

说着说着，突然想到把雷老憨死去的罪责赖到自己头上了，久香那气，就像火苗子往脑门子上蹿，"砰"一声，把碗礅到桌子上，一碗稀饭洒出了大半，怒着眼说："他斗酒，和谁赌的？许大棒槌。和我喝的啥酒？尽兴酒、快活酒、热闹酒，谁没凑热闹？谁不想凑？哦，出事了，屎盆子往我头上扣。尽兴，他活该，活该！他当时就说了，喝死不悔，你亲耳听到了的……"

堂爷听了一大估堆儿，气得直打哆嗦，指着久香："你！你！太不像话。"转身，对儿子媳妇说："不吃了。"气鼓鼓地走了。

不大一会儿，堂爷又转回来，站在门外，冲屋里人声喊道："新房新床，都是青香媳妇的，今晚上必须腾出来，黄混不了的，非让出来不可……"

三天三夜，堂爷帮助老憨媳妇主持着丧事，领着歌鼓手连打三夜代思。直到把雷老憨送上山，下了葬，把老憨媳妇娘儿俩安置停当，堂爷才昏昏沉沉地回家。

本来准备回家好好睡上一天，可堂爷到家一看，儿媳妇躺在床上，说腰扭了，动弹不得。久香殷勤地端了碗猪腰鸡蛋花子进来，要喂儿媳，说是鸡蛋腰花汤补腰活气，好得快。儿子好像对久香的热心一点都不领情，一脸不乐意不说，眼睛里闪着敌意，一手接过碗，一手扶起媳妇半个身子，不让久香掺和。青香对公爹笑笑，有些却色①地说："没大事，歇两天就好了，您二老都莫着急，我添乱了。"

----

①却色：内疚，惭愧。

堂爷关心地问："看过大夫没？大夫咋说？"

儿子指指媳妇："她死活不让请，说是头天才进门，二天就请大夫看腰，传出去会让人笑掉大牙。"

久香接过话："媳妇觉得还好，又在腰上，不方便外人折腾。"停了停，抿嘴偷偷笑了，不好意思地说："得亏，你硬要把新床给他们，不是那儿，躺在这儿的就是我了。好在她年龄小，火色①，好起来快。"

堂爷有些不快："有你这样当婆婆的吗，哪像话？去罗济铺，快把罗大夫找来，好好看看，可别落下啥毛病。"

罗大夫详细问过受伤经过，号了脉，又让家人帮忙，给病人翻了个身，胸朝下，背朝上，然后双手隔着衣服在背上腰上，仔仔细细地摸来按去，一点点问话。过了好大一会儿，停下手，说："按症状上看，好像没什么大碍，没有骨折迹象，软组织也还好，可能肌肉有点顶伤，开两张膏药，贴贴就应该没事。可痛点在腰眼上，新媳妇不让亲眼看，又不让贴手摸，怕只怕床衬子断头，会不会有硬伤，留下啥小刺竿子在腰里头，那可就会有后遗症。"

青香赶紧接话："没有，我摸了，啥都没有。这会儿比刚开始那会儿好了好多，不咋疼了，真的。贴副膏药，就能下地，不贴，也不打紧，明日一样下地。我身子骨皮实，没那啷经②。"

专门为儿子结婚打的新床，都是好木料，床衬子咋就断了？

---

① 火色：神力健旺。
② 啷经：体弱。

还断了几根呢。按说这是不可能发生的事，是凑巧，还是有啥蹊跷？

堂爷有些纳闷，会不会是哪个闹房的小子使的坏？又觉得在床衬子上做手脚，不大可能，外人也不是那么容易下得了手。想着想着，不知不觉走出了家门，远远望见李木匠打村前经过。

李木匠也远远望见了堂爷，高声招呼道："堂爷忙完了？这事搅的，可累坏了吧？"

堂爷回答说："还好，都是大伙操心出力，我就动动嘴皮了。"说着，向木匠扬了扬手，喊道："木匠，你等一下，我有个事儿请教。"

木匠来到堂爷跟前："堂爷说笑了，听您指教呢。"

堂爷打量着，李木匠把工具篓子放到地上，请堂爷坐下。堂爷在木匠对面坐下，死盯盯地看着工具篓子发怔，半天不说一句话。木匠看这阵势，晓得憋不过去，便说："不关我的事，我的手艺，我的为人，堂爷是清楚的。您打床用的，那是上好的木料，给我付的也是最好的工钱。这工做不精到，我还是人吗，以后还咋在雷村混下去呀？您是地道的手艺人，江活，我说的是吧。"

堂爷直接问："到底咋回事？你说说。"

木匠说："我也弄黄昏了，那真是歪嘴子吹火——斜（邪）气。"然后一五一十把做床的经过说了一遍，一再强调，交床时你儿子仔细验收过的，哪儿都好，不知咋就断了。李木匠正为这事憋屈，担心倒了自己的名声，更觉得床衬子断得奇巧，天衣无缝，不光使他难看，还说不清楚。

接着，他又把头天去修床时看到的、想到的，一股脑儿给堂爷端了出来。在新房里，他看到一床一地的花生、核桃和枣子。花生枣子是铺新床、用作早生贵子的吉祥物，可枣子只有枣子核，没有枣肉枣皮，这让他生奇。特别是核桃，从没听说过新床上放核桃，核桃通常是被夹着砸着吃的东西，那是个啥意思？最让他想不通的是，那两根床衬的榫口断了，又没有据过、砍过和虫子咬过的痕迹。他断定，出现这种情况，只有一种可能，那就是人为的，兴许是有意的，有人把一头床衬子从卡口里拔了出来，虚放在上面，床上睡的人过重，或是用力过大，另一头卡榫承受不住，就会断掉……

谁会去故意把床衬子从榫口里拿出来呢？木匠说他想不出来，就是胡猜乱想出个道道，也不便向外瞎说，没根没据地嚼舌头根子，那是胈皮子①胡诌②。

堂爷拍拍木匠的肩膀，笑着说："难为你了，去忙你的活去吧。怪不到你头上。"

久香好不容易盼到堂爷上床了，急忙喜滋滋地吹灭了油灯。说："嘿嘿，南山盼了你好几年，北山等你这好几夜，这下你可跑不了了……"

堂爷心里想着床衬子的事，不咸不淡地应付道："把灯点亮，看看，查查有问题没有，床衬子不会断吧？"

---

① 胈皮子：狂言。
② 胡诌：胡说。

久香一把搂紧堂爷："那咋会断呀，你睡了那些年。"

堂爷说："刚打的新床都断了，何况老床？"

久香咪咪笑："他们年轻，劲大，你累了这么多天，还不晓得行不行嘞。"

堂爷说："不是劲大劲小、行和不行的事儿，那床衬被人做过手脚。除了你睡过，还有谁动过那床吗？你想想。"

久香一把推开堂爷，生气地说："谁睡过，你没睡，谁和我睡过？你猜疑我……那好，我明天就走。"

堂爷说："走？走哪去！上了贼船，还能逃哇，想得轻巧。再说，这个新家还指望你操持呢……"

于是，两个人说着亲热着，亲热完了又兴奋地说着，说到最后，堂爷和久香商量："走还是要走的，那是我走，我得尽快出去做手艺，不能荒了手艺，丢了生意，再就是办喜事，把家里老底都弄光了，一大家子要生活，是不是？"

早晨起来，一家人等着久香吃早饭，前前后后找不见人。以为她在哪家里串门，占住了，都没在意，便先吃了。吃完饭，过了好久，久香还没露面，堂爷感觉不对劲，吩咐快找，挨家挨户找了，都说没见到。大家分头找了一天，压根儿都没发现踪影。雷村的人们跟着连找了三天，死活不见人，连一丁点二音信都没有。久香是新媳妇，还是一个外乡女人，头一回来到雷村，又没亲没故，能去哪里呢？

堂爷带着儿子，吹着叫口，唱着诗经歌，满山遍野地寻找。不知不觉来到了老岩屋口，堂爷抓住一棵花梨树，朝岩洞里瞅了一阵儿，想了想，然后对儿子说："这样不是办法，得分头找。你到岩屋周围好好去找找，我去山下，往山外看看，兴许去南山她老家珠藏洞也不一定。"

就这样，堂爷吹着叫口，沿着百裕沟一路而去。叫口声离雷村越来越远。

四

堂爷第一次离开雷村只有十七岁，是吹着叫口走的。从此，他进出百裕沟便少不了叫口声声响，我当兵离开雷村，和他走出雷村时的年龄差不多大。那天，堂爷早早来到我家，穿着一身只有过年和办酒席当知客时才穿的长布衫子。一进门，看见我妈正在哭哭啼啼地叨叨，脸上有些不快，嘴里却温情地说："喜事，傃黄不得。哭啥？让娃高高兴兴的，莫耽误了，我们快走，越肉越难动步。"

我们离家好远了，我妈还站在门口，一声声喊："部队上能吃饱饭，多吃点，别饿着……"

好多年以后，她还说我是被饿走的。

我跟在堂爷身后，望着大布衫子呼扇呼扇的，像火苗子一样往前蹿。快到人家村子了，堂爷就边走边吹叫口，但凡走到人多的地方，便停下来，取下挂在肩上的长烟袋，边打火抽烟，边与人扯闲话。堂爷一年到头，离不开叫口和旱烟袋，走哪儿累了，就坐下来，掏出烟荷包里的铁火镰、白火石和火捻子，用铁火镰撞击火石，擦出火星引燃火捻子，对着烟袋锅，吧嗒吧嗒吸几口，浓香浓香的旱烟味，就顺着烟袋锅，通过长烟杆，传到烟嘴里。他用嘴吧着，说比吃饭、吃肉喝汤都香，解饿、解渴、解馋，还解劳累。烟袋杆是大岩屋竹林里的老竹根，竹结疤一圈挤一圈，细密细密的。白火石也是大岩屋黑龙潭的石头，他说老屋的物件，听使唤，管用，还不花钱。

村民们见到我们，热情地问："堂爷，好啥？又跑手艺去呀？"

堂爷脸上笑着，嘴里就美美地吧嗒几口，骄傲地回答："进城。这不，送孙子上县里换装，参军，去大地方呢，大武汉。不是传说，紧走慢走，走不出汉口，那该有多大呀！"

每当路过人口密集的村子，我们都会停下来，看到一双双眼气的目光，听着一声声"啧啧啧"的赞叹，堂爷嘴里吧嗒得就更加有滋有味了。五十多里路，一直走到天快黑了，我们才来到县革委会，在武装部换了绿军装之后，我就开始随部队集体行动，便与堂爷分开了。

第二天刚蒙蒙亮，欢送新兵的锣鼓声就响了，我们坐在大客车上，堂爷站在车窗外，双眼亮光光地望着我。大家都在告别，相互够着车窗，扯着衣裳拉着手，说着送行嘱咐的话，堂爷就那样站着看着，一直到车子动了，也没说一句话，他的话全写在脸上和眼睛里，也刻在我的心里……

车子拐出了南门外，欢快的锣鼓声小了，我猛然听见了响彻天边的叫口声。我跑到车尾，隔着玻璃看到，晨风中堂爷高仰着头，吹着叫口，长长的大布衫子随风抖动着，像一面哗哗漫卷的旗帜。几声叫口响过之后，我又听见了那熟悉的穿号子歌，《一举成名天下知》随风飘来：

> 知之为知（哎）之（哪），不知为不知（嘞），子章学子路（哎），学而时习之（啊）。从小（哇）读（哇）书不（哎）用心（嘞），不知（哎）书（哎）中有黄（哎）金（哎嗨）。早知（啊）书（哦）中黄（哦）金贵（唉），夜挑（哪）明（喽）灯到五（哎）更（哎嘿）。鸳鸯（啊）号（哇）儿穿（啰）三遍（嘞），一举（吧）成（哪）名天下（哎）知（呀嗨）。知之为知（哎）之（哪），不知为不知（嘞），子章学子路（哎），学而时习之（啊）……

我紧紧捂着黄挎包，包里装着我走出雷村的唯一礼物，一卷破旧残缺的代思歌本，任由堂爷的号子歌渐淡淡远，最终消失得了无踪影……

一晃四十多年过去了。

入夏，我办完了退休手续，应久歌和天问邀约，在水果湖房陵酒家聚会，祝贺我光荣下岗。

久歌跨进酒店大门，嚷嚷道："这天热的，出门抢着钻地洞，进屋恨不得扒光衣裳，知了都热得没声了。"

天问发问了："那咋办？去你老家利川腾龙洞里躲躲？"久歌祖籍利川，就是喊"妹娃子要过河，哪个来背我"的那个大山沟。近几年，这山沟像那首山歌一样火了，城里人都跑那里扎堆买房子，没买房子的也是赶着估堆儿，跑去避暑。

　　久歌说："主意不错，我们单位和我们小区好多家都去那了。"想了想，又补充说："哎，天问，业香不是请我们去岩屋沟吗？你是不是怕我们揩油，不给你钱哪？"

　　天问说："你们两位尊神没开尊口，能定下来吗？我强行定了，还不以为我又有啥好处？"天问是堂爷的干孙子，董事长回老家岩屋沟创业，把武汉的生意全交给他管理，他现在是大武汉和大岩屋的经纪人。

　　久歌挥着手说："去呀，还定啥！听说西关印象开街了，修旧如旧，古风楚韵，又占据武当山、房县、神农架的要道口，火爆得惊人，正好去体验一把。"

　　据记载，房县西关印象肇始于唐宋，兴盛于明清，大多数遗存古建筑明清风格独特。它曾是一条贯通鄂豫川陕的古盐道，热闹繁华的古商埠，名人雅士辈出，富绅巨贾云集，工匠艺人，平民百姓满街。我依稀记得清清的西河绕街而过，西河桥头有一座很大很大的茶馆和戏园子，堂爷一只手牵着我，另一只手扯着他的大布衫子，走进去以后看得眼花缭乱，堂爷要了一壶茶和两个韭菜盒子，坐下来喝茶打上大人牌，我吃着韭菜盒子沿茶馆绕西关转了一圈又一圈。久歌拍拍我肩膀，你想啥呢，待在那儿入迷。我说："我想起了堂爷和西关的印象。"

天问激动地鼓励说："那更得回去看看，现在的西关印象以诗经文化、黄酒文化、忠孝文化和茶马文化及一大批房县特色文化为标志，成了名副其实的旅游集散地。黑暗传、诗经民歌名声响，现在罗国士的画，那可是抢手得很啰。你们回去说不定也能写些抢眼的文章出来。"

正说着，天问的手机响了，他指指手机："董事长，业董电话。八成问你们是不是去老岩屋，有可能要亲自给你们讲话。"

我猜测着，二十年没见的业董，通上话了可能会对我说些啥呢？她经营的生意？堂爷的生活？大岩屋的生机？我打心眼里佩服她，了不起，一个无依无靠的乡下女子，太不容易了，孤身一人进城闯荡，硬是打下了一片天地，房陵酒家连锁店遍布武汉三镇。开始时，大家叫她雷总，生意做大了，都改叫雷董，她叫雷业香，称呼雷总雷董都顺理成章，可她不喜欢别人称雷总和雷董，说自己是山里的叫花子进城，无业游民，今总明董的，总有一天会叫懂答① 了。她说自己之所以要开这饭馆，开始也是被生活逼得没路走，再后来，又想到有业的和无业的人，都需要吃点喝点，开个饭馆子，也算是为大众创业。她常常说，不管到啥时候，都不能忘了深山里大片的生地，那是我们山里农民的大家业，这些意思让大家都晓得了，她看重的是一个"业"字，便改口喊她业董。

业董在电话里对我说："退休了，有时间了，回老岩屋来

---

① 懂答：糊涂。

过夏天吧。这里想几清静有几清静，要多凉快有多凉快。住些日子你都晓得了，老岩屋过去的好你说得出来，现在的好啊，雷王爷都说不清楚，往日和今日的好，恐怕只有你堂爷说得精到。"

她说着，稍稍停顿了一下，好像是在犹豫什么，又像是猛然想起来什么似的，不经意地对我说："哦，顺便告诉你，过个把月，我打算在这老岩屋给你堂爷过百岁大寿呢。"

老岩屋在距武汉一千多里外的深山老林中，手机中业董的声音清脆动人，在这动听的声音中，我分明听到堂爷在业董身边说话："做啥子百寿，不做。老岩屋没做过寿，万万岁亿亿年，皇帝年年做寿，祝万岁万岁，哪个万岁了？千岁也没一个……"

堂爷的声音依旧，洪钟似的，像老岩屋的穿堂风，嗡嗡响，呼呼神。堂爷是劁猪把式，长年累月吹牛角叫口，喊山换户，中气足。堂爷更是公认的歌师，人称歌代王，走哪儿唱到哪儿，嗓音好。可我怎么也没想到，上百岁的老人，仍然会有这等精气神。只觉得这股精气从耳朵眼一直贯穿到心底，呼呼神的呱呱叫，响透全身。

业董见我在电话中没有发声，笑哈哈地说："咋？黄昏了，不相信自己耳朵是吧，刚才就是你堂爷邪呔①的声音，哗拜我呀。他呀，现在是越老越刚火，越老越豪旺，越活越火色，越活越精崩，不比你们年轻人差，这大岩屋就是养人哪。"

---

① 邪呔：吃惊、喊叫。

我彻底地懵懂了，真的难以置信。

在我愣怔走神的刹那间，久歌抢过手机："业董，我是久歌，认准了，就去老岩屋。你看，有哪些东西，需要我们自己带的？"

业董豪爽地说："带人来就行了，还带啥！野天野地啥没有，你们不是喜欢野吗，玩野的、吃野的、睡野的，喜不死你就怕快活死你哟。"

久歌试探地问："带人来，方便吗？"

业董哈哈哈好一顿笑："啥人？二奶吧？只管带来。游戏有规则，不，有旅游规则，晓得咋安排，私密。"

天问和我忍不住大笑："大岩屋，私密。"

我们肆无忌惮地笑，引起了邻桌客人的好奇。与久歌背靠背的胖大婶转过身，半猜半疑地问道："哪个老岩屋！你们说的是哪个，什么超天然享受，享受纯野性，野性生活的树屋岩屋吗？"

久歌客气地纠正道："不是过纯野性生活，是享受纯粹的野趣，野性的大自然生活。"说着，用手指指天问："不信问他，这是老板，老岩屋的经纪人。他这店里最拿手的几道菜，飞鸡汤、豆油皮小白菜、阳荷猪小卵，都是大岩屋地道的土特产。"

坐在胖大嫂身边，戴着眼镜的男子激动得站了起来，说："听说那偏僻的山沟沟，像武汉的世界军人运动会，一票难求，有那邪乎？至于吗？这也太不可思议了。"

胖大嫂抬身一屁股坐到久歌身边，热心快肠地说："老高哇，你就是少见多怪，什么事不可思议，人家这叫啥？野性回归，饥饿营销，对吧。再说了，啥可思议，到了那种环境，就有那种故事，对吧。那个什么闪、闪、闪，快快闪，听说过吧，好像就是老岩屋的事。"

坐我旁边，一直埋头玩手机的瘦小伙子，冷不丁来了一句："快闪。快闪小夫妻呀，你是说那对闪婚的小夫妻吗？人家现在网红了，叫闪快快，就住我们小区，前不久还碰过他们一面。"

我惊奇地看了小伙子一眼，听说那对小夫妻是我们小区的，难道这个小伙子也住在我们小区？这世界可真小哦。

胖大嫂和瘦小伙说的是两个"95后"，网聊相识，歌厅相见，交往不到两月，入了洞房，婚后过了两个月，协商离婚了。从民政局出来，临分手时，小伙子动了感情，说："夫妻一场，好聚好散，无论时间长短，也是缘分，该留点念想。"两人一拍即合，决定来一趟分手游，便跑到岩屋沟，旅行离婚。往返一周，星期一回汉后，两人顾不及上班，牵着手直奔民政局，又闪电似的复了婚。民政局扯证的大嫂觉得有意思，就把这当笑话讲开了。局领导可不认为这是笑话，把它作为当下年轻人婚姻状况的典型案例，进行专门分析研讨。

胖大嫂瞪圆双眼："啊！真事？"

瘦小伙一脸真诚，肯定地点着头说："确有其人，真有其事。小两口可恩爱了，经常回了小区不直接上楼，先在绿化树下秀恩爱，秀够了才回家。听起来挺逗的，像网络小说吧？"

胖大嫂激动地说："像、像、像微信段子。制成抖音视频，指不定火到刷屏。"

瘦小伙见我们都很好奇，也很感兴趣的样子，接着说："这事让我觉得岩屋沟像个谜，就那几天时间，究竟是什么改变了这小两口呢？我与他们相差不大，应该没有代沟，所以总想和他们聊聊，终于在一次早晨跑步时，逮住了个机会，万万没想到，他们两口子一唱一和，讲了一个更神奇的故事。这个故事，是讲你们中老年人的，也好逗，真的，逗死人了。"

有一对既不算中年又不属老年的夫妻。男的下岗在家照顾孙子，女的被女儿接去北京带小外孙女，两人天各一方，过了五年多，再聚到一块时，却都像变了个人，话越说越少，几句不对就杠嘴。夜里也分床了，各睡各的。几年前，儿子媳妇想尽点孝心，让二老出去放松放松，改善改善关系，便安排老两口去岩屋沟避暑。岩屋沟不太远，来去方便，又比较便宜，一个月只要几百块钱。在岩屋沟，两夫妻上山采野花、野果子，下沟捉小鱼小螃蟹，晚上数星星，看萤火虫，夜里想睡岩屋睡岩屋，喜欢树屋就爬到树上住，快活得不亦乐乎，两个多月下来，都找到了小别胜新婚的感觉。直到有一天，婆婆感觉身体有些不适，动不动就想呕吐，吐又吐不出来，才慌忙回城到医院去做检查。这一查，查出大麻烦来了，婆婆竟然没有病，而是怀了小宝宝。这时，国家刚放开二孩政策，婆婆怀的是第三胎，属于无意识妊娠，又是高龄孕妇，情况太特殊、太棘手了，医院怕担风险，有关部门也不敢采取强行措施。老夫妻态度暖昧，声称只要不违反政策，还是愿意保留下来。这事不知惊动了哪级领导，批下八个字来："网开一面，特事特办。"据说，这个特殊的秋宝贝已经会满地爬了，整天追着大侄子玩，乐得老两口合不拢嘴，天天陪着秋葫芦鹦鹉学舌：鹅鹅鹅，曲项向天歌……

我们都陶醉在小伙子的讲述中，对小夫妻和老夫妻的故事深信不疑。久歌更是激动地跳起身，挥着手称赞："美，太美妙了。难得的广告，天赐佳话，无价佳作哦。"

果然，这动听的故事，连同一位老教授的故事，真成了大岩屋的广告，耸立在百裕沟的沟口上。

在我们听小伙子讲述的时候，天问悄没声地上网，下载了一叠资料，递给我们。

网上介绍，癌症专家、人民医院的老教授，大半辈子为民治病，获得过"德医双馨"称号，没承想年过古稀，自己患了绝症。为了不分散医院领导和学生的精力，减轻家庭亲人的压力，他做了一个大家意想不到的决定：放弃城市大医院治疗，尝试一种轻松自然疗法。

老教授一个人毅然躲入岩屋沟，寄情于山水，寻求安乐养身。白天采药，晚上著书，夏天住树屋，冬天住岩屋，过着自由自在、心无杂念的平静生活。三年后，医院60年大庆，派人进山探望老专家病情，恭请老功臣回院出席庆典。来人是老教授的学生，进山时还有些担心，怕见了病态龙钟的恩师心里难受，不忍心虚假安慰。结果相见后发现，老教授精神状态比在医院时还好，就把医院的想法和盘端了出来，老教授一句"我就喜欢待在这山里，哪也不去"，不经意地把学生挡了。后来，学生费尽周折，连求带哄好不容易才把老师劝下了山。

回到城里，老教授坚持不做任何医疗检查，医院领导便请众多老专家、老教授们视察新引进的高端器械，美其名曰共同体验把关。学生们在热情指导和服务体验中，完成了不同的项目检查，结果发现，恩师的身体机能与年轻人一样棒，不仅癌细胞消失得无影无踪了，连城里人普遍存在的亚健康都不明显，成了一个完完全全的大健康老人。老教授的传奇，令全院上下惊叹不已，纷纷讨教秘籍……

在院庆纪念活动中，老教授展示了一篇珍藏很多年的文章——《大自然治愈沉疴》，这篇发表在美国《读者文摘》上的文章，讲的是美国洞穴学专家布鲁诺·皮雷达，在身患绝症死亡将至时遁入荒野，顺其自然生活，最终健康地走出了山林。

几个老教授的学生从中得到启发，便将老教授的经历写成纪实论文——走进老岩屋，治愈所有的不快乐。论文挂到网上，渐渐引起不同人群的兴趣，点击量惊人，老教授和老岩屋双双在网上爆红。

现在的老岩屋，传得太过神奇，而在我的记忆深处，保存的却是过去当兵前的老岩屋印象。

过去的老岩屋，在家乡山民的心里头，它老得神秘，老得灵气，老得稀奇——我记得，岩屋沟的大人小孩，人人都会唱一首流传久远的《岩屋歌》：

老岩屋，龙王眼，
朝上朝下搓衣板。
上上下下五千年，
哭生笑死唱黑暗。
唱不尽酒壮英雄胆。
……

那时候，我只知道跟着大人娃子们一起唱这《岩屋歌》，却不晓得龙王眼和搓衣板是咋回事，更弄不清楚，人为什么是哭着生笑着死。后来，我慢慢晓得，其实，岩屋沟的很多代，很多人，也都说不明白，他们只知道老岩屋很古老，却说不清古老的源头。在这点上，我十分佩服，不仅是佩服，而且非常崇拜，佩服和崇拜雷黑磨，他一个瞎子，却能把老岩屋说出个子丑寅卯来。

我后来越来越理解，雷黑磨他天天推的，真不是黑磨，而是明亮亮的日月。

小时候，老岩屋就是我们快乐的天堂，也是我们最怕的地狱。自从见了老岩屋以后，我们一群小伙伴，经常背着大人跑进岩洞，围着四根柱子爬上滑下，时不时被柱子上的龙爪子抓破衣裳，挨过不少打。

岩洞里像个迷宫，大洞套着小洞，大屋隔着小屋。我们在这黑漆漆、微微亮的幽深屋洞里，捉猫子，逮老鼠，抓野人，一不小心就爬不出来，回不了家，害得家里人黑天野地地四处找，就为这，也没少挨大人的打和骂。

在我儿时的记忆里，对大岩屋特别害怕，那时总吃不饱，一饿就哭，哭得搁不下，大人就吼："嚎！再嚎，放老岩屋，让野人抱去。"立马就乖乖地，躲到母亲身边，不敢再哭了。遇上打雷下雨天，我们爱在雨里疯玩，大人就吼叫："还疯，不想活了。老岩屋的龙都到哪儿去了，疯过了头，被雷劈死了……"

稍稍长大，记些事后，我对老岩屋除了喜欢还是喜欢，喜欢得近乎疯狂，也可能是太喜欢堂爷了吧，喜欢堂爷那里有好玩的、好吃的，有好故事和好歌听。尤其是那些皇朝古事，总是令人着迷，听也听不够。

直到现在，我都想不明白，堂爷周岁的小手，怎么就抓住了那么大的叫口。堂爷过周岁时，大人在老岩屋正中的地上铺了一领大席子，席子上放着瓢、碗、勺；刀、弹弓、牛角；铜镜、铜钱、铜茶壶；茶叶、烟叶、折扇叶；黑火蛋、白火石、黄铃铛；书、砚、算盘……放在堂爷手边上的是铜器、算盘、纸笔和碗。小堂爷两只眼睛骨碌碌转了一圈，然后落在牛角叫口和白火石上，伸手抓住不放。

曾祖父、曾祖母看着笑得甜蜜蜜的儿子，无可奈何地说：

"好坏都是你抓的，是福不是福，是命，认命吧。"

第二章　阳荷猪卵

五

春夏之交，暖阳艳照。一阵阵甜滋滋的山风，围绕着雷村不停地吹，吹得地上千树万苗争着伸头展腰，地上密麻麻的竹节上，一根根笋芽叽叽叽冲天跳跃，憋着劲的男女老少，停不住地动手动脚。雨水和阳光争抢着在雷村的土地上赛跑，跑来跑去，跑出了满村百禾千花的味道。

久香早早地起来张罗着午饭，逢人从她家门前经过，就大声招手点头，乐呵呵地说："晌午来家里吃饭，喝糯米黄——

（酒）管够，奶娃子的都臬下地了，来帮忙，管饭。"

拐枣李刚好打门前过，赶忙说："久香，奶娃的有好场伙①吃，种娃的就没口福？太偏心了吧。"

久香打着哈哈说："都有份，奶娃的一桌，要奶娃的一桌，种娃的也一桌。你来吃了，可得抓紧种出来哦，种不出来娃，就得把吃的东西吐出来。"

几个正要下地的媳妇听见说话，老远走过来，好奇地问："久香，这年不年、节不节的，有啥喜事吧？这样张罗，看把你忙乎的。"

久香说："喜事，昨晚做梦，青油油的韭菜绊脚。今早晨一开门，满树都是喜鹊子，冲我喳喳笑。"

中午有场伙指望，时间过得快。约莫几袋烟工夫，就听见有叫口声传进雷村，时远时近，时有时无。杨疯子一肚子坏水地奸笑："堂爷可算回来了，再不回来，一村的公猪母猪，不闹翻天才怪。"

一堆女人哄笑："你家闹翻天了吧，一年一窝。嫂子眼看又快下了，晌午多吃点好的，快种下一窝吧。"

杨疯子媳妇头年才生了二胎，大伙哄笑说："嫌这一胎两胎一个一个的，生得太慢了，是吧？叫争气嫂子这胎憋憋劲，干脆一回，生它三五个出来。一只羊要养，一群羊一样也是养，省时又省力，多好哇。"

---

① 场伙：酒席。

在百裕沟，雷村女人是出了名的金抱窝。要么终身不抱，寡窝，要么好久才生一个两个，然后就歇窝了。可生出来的都是个顶个，就算生出个傻货，也傻得令正常人觉得都顶不过。但近两三年，雷村的女人生娃子，就像母鸡生蛋，"咯嗒"一两声就是一个，而且家家户户跟着"咯嗒"，你连着我，我挨着你，一片人笑鸡乐的祥和。

大半晌午，堂爷回到了雷村，在村口地头上吹了一叫口，然后坐下，取下长烟袋，打火抽烟。不一会儿，地里忙活的人都拢了过来，东一句西一句地问长问短。堂爷说："你们这活路咋回事，大好时节不像是种庄稼，在弄啥呢？虽说找错了老婆一辈子，种错了庄稼那也不是一季子，是一年带两年哪。"

拐枣李说："堂爷你眼睛毒，我们不是点苞谷，是在种阳荷。"

堂爷不解地问："这好的地，不弄苞谷，弄阳荷干啥？不生活了？"

拐枣李说："苞谷糊口，阳荷接代。无后绝代了，活个尿劲……"

拐枣李的话把堂爷说蒙了。心想：咋回事？三年工夫，变得不认得了，觉得话不对光，对准石头狠狠磕了磕烟锅，起身说："不早了，先回，你们晌午来家吃饭。"

"好，一准来，喝酒。年长月，好哇，还有阳荷猪卵子。"大家答得都很爽快。

许大棒槌说："有劳堂爷了，改天我请你喝酒。"许大棒槌不方便进别人家门，不久前，他媳妇生产死了，怕犯忌讳。

拐枣李不客气地说："歇会儿就到，堂爷你打老远回来，先走。大清早，花就奶着娃子，去你家里忙活去了。"看着堂爷不明白地怔了一下，又笑眯眯地补充了一句，"五区，捡猪卵子的女娃子，喝蚂憋子水的，我媳妇，我媳妇枣花，生了个娚子。"

堂爷"哦呵呵"地边应答边朝家走，不一会儿，路过拐枣李家院子。拐枣李家三间大瓦房立在坡坎上，院子低，房子高，上下十几米的礓磋子①。东边偏斜房自然形成了二层楼，下面喂牛，上面是暗楼，储藏粮食和家具。暗楼前面，长着一棵水桶粗的拐枣树，年年结满曲曲扭扭的拐枣子，像一串串喜人的铜钱，站在暗楼和台阶上，伸手就能摘到。

看着拐枣树，堂爷想到拐枣李拐枣花的事，暗自苦笑。拐枣李会篾匠手艺，家里活路不忙时，就挑着自己打的箩筐，外出揽活。箩筐里除了装着篾匠工具外，还顺带些针头线脑、瓜果糖之类的东西，挣些零钱，秋天拐枣子熟了，少不了装半箩筐上路。

那年，堂爷做手艺转到五区，在艾家劁猪时碰到了篾匠，李篾匠在给艾家打竹席子。

艾家母猪一窝下了9个小猪仔，6个伢猪，3个草猪。堂爷把割下来的伢猪卵放在身后椅子腿边。劁完猪，洗完手，堂爷扭头，发现六对猪卵子一个也没有了，就问："哎，刚搁这儿的

---

① 礓磋子：台阶。

卵子咋不见了？"

簸匠抬抬下巴，用嘴点着坐在竹床上吃拐枣的姑娘，说："啊，你的卵子呀，枣花甩了。"

堂爷一脸茫然："咋给我甩了？刚还说没好菜招待，那就是不赖的菜呀，簸匠，你怕有十来天没沾荤了吧？谁说小卵子不是肉，它可比猪肉还要贵重。"

枣花一脸惊讶："咋，这小猪卵子是肉哇，能吃？真能……吃？"

堂爷说："能吃，谁能吃到哇，金贵呢。那院边阳荷秧子有阳荷吧？再搬些阳荷，一起爆炒，一等一的好菜。"

枣花跳起胯子，钻进菜地，把甩掉的小猪卵子全找了回来，又在院场边掰了一大捧开着黄花的阳荷，送进厨屋，一边帮着她妈又洗又切，一边咖叨着炒阳荷卵子肉吃，尝新。咕叨了半天，笑着走出厨房，然后，重新坐到竹床上，听簸匠和堂爷啪闲话。

簸匠疑惑地问堂爷："这棒棒嫩的小家伙，吃屎得？咋没听你说起过，一起住那些年，从来也没请我们吃过一回呀。"

堂爷说："今是在这里碰见你了，看你辛苦，又忙迫迫地赶活路不容易，格外犒劳一下。搁平时，我可舍不得，都积攒着……积德。"

簸匠："积德！去屎吧，一个小猪卵子，积啥德？"

堂爷："劁猪这手艺，是断人子孙，绝后的活路。你把人家根割了，甩野地里喂了猫狗沤了肥，那不是缺德？攒起来看紧存了，尽的是心，积的当然是德。往日皇宫的太监，割了，不都把根看得跟宝贝似的，珍藏起来吗？你家长辈不积德，能住那好的瓦房？"

艾枣花听堂爷说到房子，来了精神，不信地问："李师，篾匠家真住的是高楼吗？拐枣也像一爪爪的铜钱串？他谝①嘴，说家里大瓦房好气派，房前还有好大一棵摇钱树呢。"

堂爷想了想，点点头说："说得没错，那可不是谝你嘴，是实话。他们家的房屋高高在上，要仰着头看。拐枣爪爪朝下，一抓一大串铜钱。哪个姑娘跟了他，可是享不尽的福气。"

连堂爷自己也没想明白，几间房子几串拐枣子，咋跟享福挂上了，日怪的是，还脱口又补了一句："他们家的牛哇，都住着楼房，跟人一样享福。"

艾枣花更加吃惊地望着篾匠："我的妈呀，那能正。牛也有那福分？我要去看看。"

堂爷一下子有些晕，怎么也没有想到，自己轻飘飘的几句奉承话，竟把一个少女的心说动了……

等他转了几个月，回到村里，听说篾匠领了个女娃子回来，女娃一来就不走了，不走了不说，没过门、没圆房，就和篾匠心欤欤地睡到了一起。堂爷笑着对大家说："拐枣李呀，啥李篾匠？比人家铁拐李强，铁拐李拐个何仙姑还没到手，我们拐枣李一爪子，就把人家枣花抓来了。"

---

① 谝：自夸、炫耀。

枣花听说劁猪的堂爷回来了，让篾匠请堂爷来家里吃饭。枣花精心炒了几个好菜，刚端上桌，才喝了第一碗酒，听见院子里有人吵吵嚷嚷："胆大的篾匠娃子，贼娃子，你拐跑我妹妹。"

接着又有人粗喉咙大嗓地叫："敢拐走我婆娘，看我不打断你的狗腿。"

枣花放下筷子，站立堂屋门前，冲坎下院子里的哥哥和换亲的未来丈夫说："不怪篾匠，我喜欢吃拐枣，就跟着来了。啥时候，等我们那有拐枣子吃了，我就回去。你们这蛮刻刻的架势，吓人哪，不嫌弃，就上来喝几杯。"

一干人护着枣花哥哥，冲上了堂屋，揪出篾匠，狠狠地往院子下面推，嘴里说："我们是来要人的，放枣花走，就当啥事没有过。"

篾匠拼命跑上台阶，抱住枣花。枣花摸摸篾匠的头，说："是我自己跟着他偷偷跑来的，与谁都不沾嫌。你们要想解气，就打断我的贱腿，反正就这样子，我也不打算再走回去了。"

来人怒吼道："不赖你事，枣花。肯定是这小子生刻刻把你拐骗来的，你不回去，我们就打断篾匠的狗腿。"说着，一块冲上台阶，架着篾匠的倒拐子，一步台阶一脚地踢下了院子，踢着问着："要腿还是要枣花？"

篾匠说："枣花没了，我要腿尿益？"

枣花未来丈夫眼睛一瞪："烈倔是吧，试试我这拳头子可不是铓头。"

娘家哥哥说："啰他翻，跟他掰扯没尿益，妥妥实实地，整。"

篾匠挣扎着要爬上台阶，双腿已撑不起来了。堂爷把枣花叫到一边，嘀咕了几句。枣花缓和语气，赔着笑脸，冲娘家哥哥和婆家丈夫说："回不回去，总不能闹出人命来吧？你们大老远来都来了，也不急在一时半会儿，先吃饭喝酒，该咋的，边吃喝边慢些说，成不？"

堂爷赶紧说："对呀，上门就是客，事归事说，酒归酒喝，不碍事。成不了亲人，也没必要成仇人吧？不就是为个媳妇吗，老鼠钻米缸——多大点个事？"

枣花把娘家来人请上桌，一人一碗酒，先敬了一圈赔罪酒。

堂爷说："我不会喝酒，艾家兄弟晓得的，我给大家唱个扯谎歌吧，消消气，凑个酒兴。"堂爷端起酒碗，唱道：

（哎）啥莫哟说（哎），听我唱个扯谎歌（啊），早晨看见（这个）牛生蛋，晚上又见马长角（啊）。扯谎歌（哟）我扯一个，黄鼠狼它趴在鸡窝里坐（啊），公鸡子提住野猫子拖（呀）。闲言碎语（耶）都放过（耶），我请艾家兄弟听我说……竹席子编来编去盖被窝，拐枣子扭东扭西甜果果（哪），是人都想过（哪）好生活。天大事莫误了喝酒吃肉好场伙……

篾匠拖着血腿，爬到了酒桌跟前。枣花一瞪眼，说："没你事，滚远点！"然后对娘家人说："请堂爷做个证人，我错了，我喝悔罪酒，我要喝到你们消气，喝死了与旁人不沾边。"

枣花咕嘟咕嘟连喝三碗，喝完第三碗，说了一句："你们看看，这是马瘲子果汁掺兑的酒，毒死我了跟你们不相干……"话没说完，扑通倒在了地上，口吐白沫，娘家人伸头一看，每个碗里都剩下小半碗马瘲果子，黑不拉叽的。

堂爷怒目呵斥道："拐了，缺德呀，要闹出人命。看看你们好狠毒，打残男的，逼死女的，还有没王法？玉皇爷遭难——反了天了。"

说着，又冲院子里大喊："来人，接碗娃子尿给我。快，去个人到罗济铺，请罗大夫来救命，晚了就没救了。"

趁堂爷给枣花灌童子尿的时候，枣花娘家来人偷偷溜走了，都怕惹上人命官司。

篾匠左手抱着枣花头，右手拍打着自己的血腿："贱腿，都是你跑出去惹的祸。你不招惹枣花，她咋会招来横祸？"

堂爷看着酒碗，自言自语地说："说好的，拐枣子果呀，咋回事？打哪来的马瘲子果？"

枣花自己醒过来了，微微动了动眼皮，有气无力地答话："我怕瞒不过，就真……加了些马瘲子果。"

篾匠心疼地说："压压巫哇，假戏假做，你咋蛮干干啰，真做。"说着，眼泪满满神地涌了出来。

堂爷说："傻呀，险些弄成大错，稀大会儿，命就没了。"

罗大夫赶来时，枣花已缓过神来，指着篾匠说："他，治腿。"罗大夫没有答话，先翻开枣花双眼，看了看，又捏开嘴巴，"啊"了几声。接着，坐下来号脉，号了一会儿，停下来，又重号一遍，看着枣花说："恭喜姑娘，你有喜了。恭喜呀。"

枣花张大了嘴："有喜？有啥喜？"

罗大夫肯定地点点头："你怀孕了。只是不晓得你喝了多少马瘪子水，会不会对胎儿有影响。我开几服药，你先调理调理，看看再说。"

接下来，罗大夫才开始为篾匠瞧腿。先擦干了血，又捶了捶，接着，捏捏扯扯地忙了一大气，想了想说："她有喜，你可能有灾，说不定，右腿废了。"

篾匠听了，不仅没悲伤，反倒开心地说："只要她没事，废就废了。砍根拐枣棍子，做个拐杖。"

枣花却伤心地流下了眼泪，流着流着，又笑了，含着泪水说："李篾匠，李拐枣，以后你就成拐枣李了哦。"

堂爷望着篾匠爹妈，说："抓紧把他们婚事办了。祖上铁拐李神佑何仙姑，子孙拐枣李天赐艾枣花……天意，天意呀。"

一阵嘻嘻哈哈的说笑声，打断了堂爷的思绪，说笑声是从自家门口传出来的。原来，忙活了半晌午的女人们，这会儿歇下了手，正在忙里偷闲，奶自家娃子。枣花坐在院当中，第一眼瞧见堂爷走过来，就招呼说："堂爷可算回来了，久香的肉，喷喷香的呀，等着你。"

有人笑说："枣花，人家久香肉香，你肉还不是香，鼓兜兜的两奶，香喷喷的，更馋人。"

堂爷走到枣花前，问："这是哪个娃子？有好几岁了吧？"

枣花："可不咋的，你出去一趟就好几年了。"枣花有点不好意思地红了一下脸，怀里的孩子左手抓着左奶，右手托着右奶，不管不顾地吃着，双眼瞅着堂爷。

堂爷摇摇头："看把你稀罕的。多大了哇，还不断奶，还有？"

枣花："有。在肚子里吃过亏的，出来了多让她享点福。反正不吃也是糟了，你看奶还足。"说着在左胸上一按，"吱"一声，喷了堂爷一脸的奶水。

满院子哄哄神地乱笑。杨疯子媳妇挺着大肚子，得意扬扬地憋着笑说："堂爷你可真是稀客，看人家枣花亲热的，热乎乎甜滋滋的枣子奶伺候你。这也算知恩会报，没枉吃喝堂爷那金贵的下水啥的。"

一窝女人笑得更加狂荡。哪是堂爷的下水，是堂爷送的小猪卵子和小娃子下水。

久香从屋里走出来，看到堂爷的狼狈样子，扑哧扑哧地笑，打断了大家的乐趣，嗔怪地说："你们哪，赶紧上灶吧，晌午都吃好喝好了，晚上回家找下水去，堂爷的下水可是有下家的。"

说着，伸手摸摸疯子媳妇的肚子："你呀，忌口吧，省点嘴德，多为肚里娃子积福。"

堂爷撩起大布衫子，擦擦脸，揉了揉迷糊的双眼，看见久香站立在堂屋门口，门外台阶两边，前前后后坐的都是奶娃的女人，一个个抱着娃，露着胸，脸上堆满笑不够的幸福。接近晌午的阳光，伴着微风，毫无遮挡地垂直照在这些奶娘们的胸脯子上，一片明晃晃、金灿灿的光芒，像七月里半熟不熟的麦浪，填满家家户户的希望。堂爷被这意想不到的场景惊呆了，刹那间，愣愣地望着，忘记如何是好。

久香有些嫉妒地提醒说："堂爷，你咋啦？没见过？嫌多还是嫌少哇，嫌少这里还有。"

拐枣李这时一拐一瘸地来了，拐杖戳得院子咚咚咚响："枣花，咋还待这坐着，快去帮忙，晌午堂爷回来了，都等着好吃好喝呢。"

杨疯子媳妇笑直了腰，一只手撑着椅子靠背，说："有的是好场活，枣子奶，直彪。"正说着，哎哟一声"妈呀"，一屁股歪坐到了地上，地上立马湿了一片。奶娃的女人们喊叫说，呵哟，要生了，羊水都来了哇，回家生，快送回去。杨疯子正好这时过来了，抱起媳妇就往家跑。

从中午到晚上，堂爷家屋里屋外说笑声不断，闹腾得像过喜事。

夜里安静下来，久香搂着堂爷说："那天你到了大岩屋口了，没有进岩屋，吹着叫口走了？"

堂爷一惊，说："啊！你咋晓得，看见我了？"

久香没有回答。

堂爷停了一下，又接着说："想不到你会进大岩屋，我还以为你回南山了。这一趟，也算没跑冤枉，在猪藏洞没找到你，见到了你最想念的人——根娃子了。"

久香一骨碌翻起来，趴到堂爷身上："你找到根娃子了？在哪？他现在啥样……是跟他大伯过吗？没要饭吧？……八成邋遢死，不像人形了……"

堂爷歉疚地拍拍久香的屁股："过阵子，我去把他接过来一块过。没先带回来，就是想和你商量一声。"

久香突然伤心地哭出声来："三年了，三年没在一块过过，音信都没得到过。三年哪，香婳子都两个娃了，成天活蹦蹦地面前跳。我的根娃子呀……根娃子，你跟我一样可怜，没人心疼，没人待见，没人要。"

哭了一气，突然停住不哭了，又咻咻笑了起米，笑过一气之后，双手摇着堂爷说："那天，你得亏没进岩屋，算是救了我，要是你进去了，那就去屎，再也看不到了，根娃子也就再也没妈了。"

当时，堂爷吹着叫口离开了岩屋，久香气得昏了过去。醒来时，包知客坐在身边，帮着解开了套在脖子上的葛藤。包知客说："你那么老远跑来，为啥？真的不想活了，要吊死自己，就为了赌气？还是装样子给堂爷看，吓他？"

久香赌气地答："就是赌气，我生气，气死我了。他只要一进岩屋，我立马伸腿吊下去，死给他看看，让他后悔一辈子，不为了他，我何屎苦丢下根娃子，打那老远的南山，浪浪神跑过来……"

包知客起身，掰着树干用力一扯，树倒了，倒在久香身边，把她吓出了一身冷汗。包知客指着倒下的树说："你看看吧，这棵树死好几年了，根都烂了，你要用力一拉一挣，再一动弹，那可就死定了。"

久香在包知客搀扶下回来了。

院子里挤满乡亲，有人庆幸她回家，有人骂她装死咋不死，也有的怨她一来就弄出这些事，死的死，伤的伤，连儿媳妇的新床都下得去手。包知客等大家想说的说了，要发泄的发泄了一通后，说："大家都消消气，消消气。我是堂爷请的知客，既然这事跟婚礼有关，就听我说两句公道话，好不好？新床断了，新媳妇受了伤，是事实，可事实是，它与久香真没关系。"

许大棒槌的新媳妇羊布奶站出来，拉起久香胳膊，说："我信得过久香，都是女人，女人不会为难女人的，你杨疯子那天那样盘治我，她跟我无亲无故，头一回见，能那样子帮我，还不是女人的同情心。她跟儿媳妇也是头一回碰面，无冤无仇的，犯得住害人哪。"

杨疯子和几个嫂子们不依不饶："能抢儿媳妇新房，占儿媳妇新床，啥事做不出来？"

包知客拉拉杨疯子，说："听我解释，那天堂爷撂下句狠话，晚上必须换过来就直接走了，久香媳妇晓得堂爷脾气，是真生气，拗不过，就吩咐我照堂爷说的办。我当时一想，觉得喜房换来换去的，怕不吉利，住哪儿，哪儿就是新房，哪有新媳妇头一夜住这儿，后一夜住那儿的道理。就像月母子，有不坐满月子换地方的吗？久香依了我，不换房只换床。可床大房门小，我们就把床拆开，搬进去后重新组装。哪晓得会出那怪事，怪可能就怪在组装的时候，不精细，有的床衬子可能没整好，是我大意了，没检查把关，我向堂爷一家赔罪，也向大家赔罪。"

大家听了包糯米的话，想想这解释得也说得过去，又是人家堂爷家的私事，便不再多说了。

杨疯子不依，疯癫癫地说："你赔罪？不算。就算你说得在理，也不能就这样散了，我们忙前忙后找了几天，腿累软了，嘴叫干了，要赔罪也得是堂爷家赔，起码得赔一顿场伙吧，光吃还不够，那不是裁缝掉剪子——只剩吃（尺），还得听，我们吃场伙，久香要唱歌凑兴，大家说，行不行？"

大家由看笑话变成了看热闹，都巴不得能凑顿饭吃，忙不迭地说行行行，能正得很，纷纷找凳子坐下就不起来了。这时，离吃饭时间还早，有人提议让久香先唱两段。

久香也不推辞，毕竟大伙都受累了，又都憋着气，只要能消气，管顿饭，唱个歌，算啥，便让包知客安排饭，自己看着太阳，想了一下，即兴唱了起来：

> 太阳一出（哦）红（哎）堂堂（哦），手拿竹竿，
> 搭衣（哟）裳（哦），
> 手拿竹竿（嘞）十（啰）八节（哟），一节（都）
> 短来（哟）一节长（哦），哪一个姐儿不想嫁好郎
> （哦）……

太阳下的乡亲们都高兴地笑着，叽叽咕地称赞，姐儿好，郎也好，姐好郎才好。许大棒槌争辩说，还是郎好，郎好姐儿才更好。艾枣花起哄说："谝你棒槌好吧，是不是呀？桃花。"桃花叫道："哎呀，快别吵了，莫打岔，安静听久香唱歌。"

接着，久香又开始唱第二曲，《喜鹊飞在碓窝里》：

> 婆媳二人去春米（哟）（哎嘿哟），喜鹊飞在碓（呀）窝里，二人惊慌拿棍棍，赶啦！赶啦！赶（啦）赶过去（呀）。
>
> 飞呀！飞呀！飞在半天的（呀）。落呀！落呀！落在树丫里（呀）。
>
> 早朝东（啊）晚朝西，嘴儿尖尖梳（呀）毛衣。叫哎！叫哇！叫到日落西呀，叫哎！叫哇！叫得（吗）好苦凄（哟）（呦呵咦哟哩哎）。

大家听歌正听到兴头上，包知客慌里慌张地跑出来，喊着说："拐了拐了，久香媳妇，这顿饭怕吃不成了。青菜肉菜全光光的，拿啥吃呀？"

原来，过事时筷子席人多，把准备的东西都吃得差不多了，剩下点罢角子，也被这几天帮忙找人的村民们，早一餐晚一顿，吃得干干净净的。

久香更是唱在兴头上，正要再来一句"呦嗬咦哎好苦凄"，硬被生生地打断了，没多想，就随口问道："还有酒没有？"

包知客答："酒有，喝一顿没得问题。"

久香笑了，干脆地说："有酒不就行了？怪酒不怪菜，对吧？只要大家不嫌弃，有啥吃啥，怠慢了别怪罪就行。话说头里，可不是我们抠门，小气。"

她看看一堆闲着等饭吃的妇女们，又对包知客说："她们人手多，你吩咐大家搭把手，都找找，把屋里、地里能吃的都弄出来，凑合一顿。"

误会消除了，隔阂厌气都丢到了一边。儿子急着翻箱倒柜，墙头地窖处处找，突然，他想起老爷子的宝贝米，悄悄地对久香娘说："老爷子藏了些东西，不晓得能不能吃？"说着，搭起梯子爬上去，取下了挂在屋梁上的篓子。

久香伸头一看，满篓子干猪卵子，高兴得一拍巴掌："嘿嘿，好家伙呀，有肉了，快拿去，用温水泡上。"

包知客赶过来帮忙，久香看见知客，眼光陡然一亮，问道："刚才我们从老岩屋回来，路边上长着一估堆儿一估堆儿的青苗子，那是不是阳荷秧子？"见知客点头说是，久香激动地连拍手掌："好好好，有了。快派人去，多割些回来。"

包知客不解地问："割阳荷秧子干啥？"

久香神秘地嘿嘿嘿笑："一道美菜。你们八成都没尝过。"

女人多，心情好，饭菜做得麻利。没多长时间，便开席了。

席间，大家议论开了："堂爷家就是堂爷的排场，说没菜，一会儿拾掇一大桌子菜上来，说没肉，满桌子肉香。"

拐枣李伸鼻子闻闻，又瞅瞅菜碗，嘻嘻笑了："嘿呀，伢猪卵子，好哇，亮，卵子。"

女人们瞪着眼睛："啥？你才吃猪卵子，骚得吝人。"

拐枣李有点委屈地说："我弄错了？真是炒猪卵子呀，不信问枣花，是吧，枣花？"

久香把几个女人拉到一边，悄声说："是小猪卵子，稀罕东西，可壮阳，让男人多吃点，你们就晓得了。"

枣花不假思索地说："可不是咋的，我吃过堂爷的猪卵子，可好吃了。只一次，就怀了，害死我了。"

"真的假的？"女人们本来半信半疑，看看枣花肚子就真信了，抢着往自己男人碗里夹，夹了猪卵子，还怕人笑话，又往上面夹些菜盖住。

久香趁机说："这小猪卵子炒阳荷可是硬菜，现在阳荷还是秧苗子，没怀孕，哪有恩，只有吃阳荷爹了。"

打这顿饭后，村里男人不再为难久香，还多有赞叹。女人们更是刮目相看，有事没事找久香拉呱，跟着学山乡情歌，唱"诗经号子"。

堂爷了解了来龙去脉，晓得委屈了久香，让送上门的好老婆吃了太多的苦，险稀乎送了命，便紧紧地抱着久香的身子，呼呼神地说："住屋住岩屋，喝酒喝陈香。我的久香，该多陈哪，年长月啊——香……"

六

虽说隔着一道河，堂爷和杨疯子家也算门对门相望，这边催酒的笑声传过去，那边催生的喊叫声递过来，来来往往的声音混在一起，像小河的水一样哗哗流淌，把堂爷回家的喜庆弄得跟新成家似的，热热闹闹地馋人。堂爷替杨疯子可惜，酒到嘴边了，赶上女人生产，他不清楚杨疯子家已经生好几胎了。

杨疯子媳妇头一胎生的是龙凤胎，一男一女，喜得杨疯子赏给拐枣李一只腊猪腿和一条礼吊子，感谢他们送祝米①上的重礼。做满月时，艾枣花和拐枣李挑着一对竹摇篮，两个竹枷椅，当着满院子人咋呼呼地道喜，笑得杨疯子夫妻俩合不拢嘴。龙凤姐弟在摇篮中度过了一岁，便坐进了枷椅子，到现在还在枷椅子上，面对面牙牙学语。不到两年，又一胎降临了，把雷村家家户户眼气得喜上眉梢，愁在心头。

第二胎是个小子，只可惜刚过满月酒就丢了，夫妻俩别提多伤心，好在没过多久又有了这一胎，杨疯子腰杆子挺得绷直，说起话来更疯，动不动就拿久香和几个一直没生的妇女说笑，本来想到堂爷回来了，中午可以在酒桌上疯闹一下子，谁知女人憋不住，只得隔河闻香。疯媳妇还算争气，一个多时辰，吭哧吭哧把娃的头拱出来了，不一会儿，小手小脚出来了，带着把。

---

① 祝米：贺生礼。

接生婆正高兴地为娃子擦洗，无意间发现，这娃上嘴唇红得有些异样，以为是粘连着啥东西，伸手一摸，好像是道裂痕，半辈子中第一回接出个豁嘴。接生婆没敢声张，趁着大家欢喜不被注意，赶紧把穿洗好的宝宝托到杨疯子面前，道过喜就慌忙走了。杨疯子接过儿子说："儿子，你就叫杨桂树吧，哥哥杨柏树，姐姐杨柿树，你们比起来长，高的高，甜的甜，香的香。"按杨家族谱排，下一代属于树字派，杨疯子就以院子里的树，分别给娃取了名。

杨桂树会吃能长，很快赶上了哥哥姐姐，也坐枷椅子了。可越长上嘴唇也越红得明显，已不像胎记，疯子媳妇心里总有些打鼓。再想想两个大的，长了这几年，胳膊手都很灵巧，嘴也乖甜，只是下肢再没啥变化，离开枷椅子就瘫在地上。正打算请人来瞧瞧，刚巧这天有个面相的钱先生经过，走到院中三个枷椅子近前，站住不动了，看着三个娃子点点头，又摇摇头，叹了口气。

疯子媳妇发现了，连忙搬来椅子，请先生坐下喝水。钱先生喝了水，叭叭嘴，面目凄苦地说："大嫂，你是打城里进山里来的吧？"

疯子媳妇一惊："可不是咋的，你说得真对，前几年城里闹饥荒，听说这山里吃的东西多，就到这儿吃饱饭来了。"

钱先生沉吟了一会儿，说："残在嘴上。怀孕时吃喝没忌口啊！"

疯子媳妇又一惊："先生直说，我咋没听明白，你说的是啥意思？"

钱先生张张嘴，想说又不想说，顿了好几下，说："你害娃子那会儿，吃多了不该吃喝的东西。唉，在孩子身上留下了残疾。"

疯子媳妇更是一惊，差点儿给钱先生跪下，几番拉扯之后，才向钱先生鞠了几个大躬，痛悔地说："我嘴泼辣，啥都能吃，啥都吃，哪想到哇。先生，有啥方子能解救我的孩子吗？求您了，只要有救，我把命给你都行。"

钱先生瞅瞅河对面人家，又望望后山，神秘秘地说："你家后山上有个黑石水潭，是吧？潭不大，水很浅。潭水刚好脚脖子深，终年不增不减，水流不断……"

"是的、是的。你真是神了。大仙哪，天老爷，求求你行行善，我给你磕头了。"疯子媳妇"咚咚咚咚"连磕不止。

钱先生稳稳地坐着说："心到诚到，久磕就不灵了，起来说话。"待疯子媳妇起身后，钱先生又说："只需圆镜一块，放于黑水潭中，镜面倾斜，朝向对面人家房顶。水镜日月照，赐光灾病消。圣水神光，神光圣水，善哉——善哉。天尊无量。"

疯子媳妇虔诚地望着大师："这法子好弄。还有啥方子没有？"

钱先生点点头说："此法简单，只怕日子长了，对门会有麻烦。办法还有一个，上医院看大夫。大的动腿，小的补嘴，难度大，那可就得住洋医院，时间长，花费贵……你们这等家庭承担不起。怕就怕去住了院，动了刀子，也不敢担保能完全治好。"

送走钱先生，疯子媳妇立马拿着镜子上山。

这天，阳光普照。疯子媳妇过河，来到久香家，上下左右看了个遍，好一道五颜六色的光，从自家后山直射在久香家的屋脊上。

久香从菜地回来，打老远看见疯子媳妇，亲热地招呼道："大妹子，别走了，今晌你有口福。我去菜地择菜，凑巧它自己撞到地头边树上，被我捡回来了。"说着扬了扬手中的东西。

疯子媳妇好奇地问："嫂子捡到啥好东西了，喜欢成这样？"

久香笑哈哈地回答："那啥词说得好哇，守住柱子，逮到兔子……你说巧不巧，这大砣肥肉，砸我头上了……你说，是不是走上红运了。我摘了好些辣椒，红烧兔子肉吃。走，你帮忙，一块弄去……"

疯子媳妇本来被镜子照得心喜气顺，预备晌午就在堂爷家好好逮一顿，可突然看到久香说起兔子眉飞色舞的表情，像冷不防挨了一闷棍，全身的气就不打一处来了，再听到久香又是肥肉又是红运地炫耀，气得转身便走，不光不去帮忙，还恶狠狠地回了一句："留你自己好好吃吧，明生一大窝！"

娃子杨桂树上嘴唇长成了兔嘴，疯子媳妇越来越烦，别说看到兔子，只要听见有人提起兔子就犯忌生气，恨得牙齿嘎嘣响。久香只顾高兴，偏偏忘了这茬，弄得人家不痛快，自己也不自在，可说啥都晚了，好好的邻居姐妹，却结下了梁子。

晚上，堂爷家聚了一桌子人，围着兔肉喝酒，诨淡话，隐隐听到有人在骂。叫骂声从河对面传来："去、去，吃死你，喝死你，让人家笑话死你。可怜的娃哦……狐狸精缠住你爹魂了哦……"

杨疯子找到堂爷家喝酒来了，一上桌，站着先喝了三碗。

堂爷劝杨疯子坐下吃菜。杨疯子没坐，把酒碗一放，指着久香说："久香，当着大家的面，你发誓，我媳妇坐月子时，是不是你给她吃过啥不该吃的东西？"

久香一愣，看杨疯子不像是开玩笑，也当起真来："咋了？吃喝成恶人了！你媳妇只要过河来，啥时候亏待过她了？有你猪肉吃，就没某过她猪卵子……阳荷猪卵子就是不该给她的东西。"

杨疯子摸着头，一脸的迷茫。久香说的是实话，不光看得起自己，对媳妇也不错。这年月光景不好，户户缺吃少喝，媳妇除了在自家吃饭，顶多隔三岔五混到久香家，打个牙祭，别处就没指望能再混到啥好吃喝。可看相的说得真切，媳妇又把棒槌当了针，事实也摆在那呀。

大家问明缘由，劝说杨疯子，看相的就是骗吃骗喝，千万别当真。这不是你经常说我们的吗，听信相子耍，不是苕就是傻，咋到自个儿就糊涂了？

第二天，日头上到一竿子高的时候，久香听见对岸又诀①起

---

①诀：骂。

来了，还扯破喉咙地叫着诀："撒泡尿照照，你是个啥女人，不要脸哪，南山追到北山，见到男人就沾……"

久香听着像是在指骂自己，准备接茬，被堂爷拦住了。

骂了一气没人接应，疯子媳妇嗓门更大了，开始跺着脚骂："活该，害死自家的男人，又跑来祸害别人。咋有脸啰，天天笑得哈哈哈，唱得咯咯神。唱得笑得那起劲，么装死做鬼啥？糊弄一圈子人……"

这骂词等于直接指名道姓了，诀的就是你久香。

大家都晓得，久香原来的丈夫是挑窑货的。窑货每次贩完货回家，都对久香说，旁的窑货一路上打喷嚏，屋里女人时不时想着，念叨着，还半真半假地问久香，你是不是在屋里养了野男人，从不想自己男人。这事被堂爷知道了，悄悄给久香支了一招。窑货又出门时，久香就在男人袖口里抹了一层辣椒粉子，窑货挑出汗了，上了山顶打杆①喘气时，用胳膊在脸上颈脖子里擦汗，辣椒粉便沾到头上，山风吹来就流鼻涕打喷嚏，用手去揉鼻子，越揉越痒，喷嚏就接二连三地拼命打。窑货心里笑着，嘴巴骂着，臭婆娘不想就不想，想起来没完没了，想死也得等人回来吧，旁的窑货就笑，人家等不及忍不住了呗。跟着也都打起喷嚏来了，窑货的喷嚏更响更起劲，一不留神，打杆一歪，一担窑货眼看滚下山了，窑货慌了手脚，一个趔趄，也随着缸缸罐罐往下滚去，货滚碎了，人也摔死了。

---

① 打杆：支撑工具，短暂歇息、喘气。

打人不打脸，揭丑不揭短，疯子媳妇直通通往伤口戳，久香再也忍不住了，也跳起脚对骂："见过不要脸的，没见过这样没脸没皮，没羞耻的女人。从河那门浪到河这门，天天厚着屁脸，馋着一张臭嘴，混吃搓喝，总想着猪卵子。再来试试，求猪卵子，尿泡都没有，甩河里喂王八，也比喂白眼狼强。"

河东河西对上仗了，唱大戏似的，天天围着来来往往的大人孩子。疯子媳妇是个人来疯，人越多，越是有人劝架，这架就骂得越有劲，更过瘾，解气。她把脚跺疼了，腿跳酸了，转身进屋搬出一块圆木砧板，拿了一把菜刀，剁着砧板叫骂："叫你骚，叫你妨，骚死这个，妨坏那个……我咒不死你剁死你。"

砧板剁得嘣嘣响，松渣末子溅一地。好事的见了说："你这松树砧板，泡得很，像浮皮，经不住剁，没几下就起渣子。"

疯子媳妇扑哧笑了："我就剁她这一身泡泡肉的南山松树，剁成渣，剁成末，丢到茅坑里，沤粪。"

久香一见河对岸在剁砧板，绝不示弱，也搬出砧板来，架到小桌子上头，又搬来一把椅子，坐下，举起斧子，一下又一下，不紧不慢地悠着劲，剁着，说着："你站到，我坐到，剁不死你累死你，累不死你气死你，气不死你恨死你。"

看热闹的人一窝蜂从杨家跑过河来。好事的劝说："久香媳妇，你这板栗砧板太硬、太沉实，剁着吃力气，人家剁的松木板，轻松。"

久香听听对面，声音小了，起劲把砧板剁得当当响，得意地说："属栗的，欠砸，别看像个刺猬子，其实就是尿一个栗炸包，经不起砸。看看我这斧头、砧板，硬屎得很，比男人还硬，看谁再敢浪过河。"说着说着，把自个儿说笑了，看热闹的人也都跟着嘿嘿嘿地笑。

隔河叫骂时断时续，消停几天，热闹几天。两边男人不停地劝说，骂的人都累了渴了，也要歇歇喉咙，抽空赶些家务活。

久香看着这架势，心想不知会骂到驴年马月，指不定啥子事拌动了，骂战就会开打，便琢磨着变换花样，不动粗，用文的，唱着骂，这是拿手戏，又不累人，还过了歌瘾，能看能听，还能吸引南来北往的人。

拿定了主意，久香便"哦嗬嗬、哦嗬嗬"地清了清嗓子，唱了起来：

> 太阳当（哦）顶（嘞）正当中（哦哎），劝人行善你莫行（嘞哎）凶（哦）。（哦嗬哎）霸王行凶乌江死（哦哎），（哎）韩信死（哦）在那未央宫（啊哎）。想争气（哟），争去争来一场（哎）空（哦哎）。
>
> ……

这歌子唱得有来头，上了歌师谱的五句子，《劝人行善莫行凶》，骂了人，讲了理，也告诉大家，这架吵成这样是对方的错，不怪自己。

杨疯子媳妇姓郑，叫郑万绮，三年工夫生了四个崽，村里男人私下都夸她争气，夸着夸着就把郑万绮夸成了"郑气"。郑气打架骂架行，唱不咋的，仅会的几首歌还是跟着久香学的。见久香变着歌子骂，正干着急，猪圈棚上飞来一只红毛公鸡，昂着头，咯咯咯地叫唤。她灵机一闪，张口唱道：

> 一只红公鸡（哟），头高尾巴低（哟），不等天亮就叫起（哟），咯咯嚎到日落西（呀），晚上窝里拳脚揞（哟），让你母鸡像公鸡（哟），叫你明早还叫起（哟），（哟呵）哦，哟咦哟，哦嗬哟嗬气死你……

郑气被自己随口而来的一通公鸡歌，唱解了气，不光报复了歌，还挖苦了久香生不出娃，像公鸡，只打鸣不下蛋。好笑得忍不住乐，哈哈哈地按住肚子，咳嗽了起来。

久香想，好哇，你郑气恶毒，打脸恶人不算，你还要揭短，专戳我心窝子，那可就别怪我了。于是，使出真本事，喊了起来：

> 头上挽个（哟）髻（哟哟），嘴里含石头（哇）（咳），搂腰打三（哟）屁（吒）（哟），屁股屙日头（哇喔嗬咳），霹雳雷雨稠（咿哟嗬嗬），残枝又断柳（咳哟哟啰咿哟嗬嗬嗬咳咿哟嗬嗬嗬咳）。

久香唱的这一出，叫喊号子，半喊半唱，显声响，见气量，扬唱功。在场的人盯直了眼，过路的停住了脚。好一串喝彩声，伴随着久香号子在山林里回荡。

郑气听出久香不光是挖苦自己，更是在往滴血的伤口上抹盐粒子。等大家安静下来，她就用久香教的一首歌回敬了过去：

天上的星星朗朗（啊）稀（呀），莫笑旁人穿破衣（呀）

十根指头有（啊）长短（哎），树木棵棵有高（啊）低（呀）。

……

堂爷从歌声中听出来，郑气是想到了自己三个可怜的娃子，没了争强好胜的底气。这首蛮腔唱得伤心撕肺，堂爷再也听不下去了，便站出来，想以歌止歌，劝歌劝人。先吹了三声叫口，然后亮开嗓子唱道：

太阳落（呀）土（哎）洼里乌（哦哎），斑鸠树上叫咕（哎）咕（哎），

（哟嗬哎）扁毛畜生作的怪（哪），叫得两（啊）家（哪）好悽苦（啊），（哎），耻笑你俩孤孤单单，单单孤孤（咦哟咦哟嗬嗬），争来吵去为何苦（哦嗬哎），为何苦……

经过村里众人的一再说和，加上两家男人精心安抚，郑气

和久香的骂仗暂时歇了口气，可堵在心里的恶气，却结成了疙瘩肠子。郑气咋都转不过弯来，久香为啥要用阳荷秧子害她，以往真没听说过阳荷秧子能吃，原以为久香可怜讨巧自己，没想到竟藏着花花肠子。她一气之下，从村头地里到岩屋山沟，把正在成熟的阳荷连秧带根，扯的扯，刨的刨。看到郑气不管不顾的疯狂举动，心疼得家家户户叫苦不得，嘴上不好说，心里都把郑气骂了又骂。

杨疯子看不过眼，把老婆扯丢的阳荷牙子捡了一大篓子，偷偷扛到堂爷家，冲久香赔着笑脸："今晚请客，我出阳荷，堂爷出卵子，麻烦你出手艺……我多敬你几碗，替家里疯婆子赔罪。"

久香剜了杨疯子一眼，很不情愿地站起身，说："行，你们吃喝舒服了，弄出啥啥的，可别怪我。"

席间，杨疯子正儿八经地讨教堂爷："阳荷炒猪卵子，真的能滋阴壮阳，真管用？"

堂爷笑而不答。拐枣李说："笑话，不是真的管用，这才几年工夫，你咋弄出那多娃子来？"

杨疯子又问："阳荷秧子也管事？没听说过呀，从古至今谁吃过这秧子，也就久香，她咋晓得阳荷秧子能吃？"

拐枣李拍拍拐杖："扯尿蛋，阳荷能吃秧子当然吃得，没有秧子，能长阳荷，没有你，哪来的三个娃。喝酒、喝酒。"

堂爷跟着端起酒碗，依旧笑而不答。久香从厨屋出来，说："猪卵子炒阳荷，是堂爷的私传秘方，被我偷偷献了丑，他回来没少唬我。你们尝鲜受用了，我可没少受气。阳荷秧子炒猪卵，是那天实在没菜，被你们逼出来的一道菜，这可是我的独门绝活。谁吃了不说还想吃，要了还要哇？"

杨疯子说："那倒是真的。家家吃了都好端端的，你们说说，面相的凭啥说我媳妇，是吃了不该吃的秧子呢？哦，别人能吃，她不该吃，这不扯淡哪？"

拐枣李怔了一会儿，说："管他翻，面相的话，都是扯淡。想想看吧，过不了几年，满山的娃子，拿啥给他们吃喝哟，半大小子，吃死老子。老鼠拖木锨，大头难（拦）在后头啊——"

右派包糯米说："但愿，但愿我的糯玉米能早早成功，高产增效，可助绵薄之力。"

郑气白天夜里折腾，终于抵不住，折腾倒了，吃不进睡不着，两只大眼睛肿得像五月鲜桃。久香一连几天没听到声音，还以为郑气是骂够了，浪回娘家去了，一打听，才晓得是没力气叫了，眼睛都看不见了，暗暗高兴。心里说：不晓得谁是龙王爷，跟我叫板，等着你，一条泥鳅蛇，还想翻大浪。

堂爷觉得郑气病了，正好有一个歇战熄火、消气言和的台阶，便抓住这个难得的机会，耐心劝说久香："河对河，门对门，不是仇人是近邻，人家病了，我们应该同情，关心别人，不能幸灾乐祸。"

久香说："是她逼我骂的。瞧瞧她吃的时候，脸乐的，诀人的时候，嘴恶的。报应来了，活该。"

堂爷说："气归气受，事归事做，去看看人家，咋说也是因你犯的病。礼先行，笑脸迎，伸手不打上门人……记住一句话，疙瘩可松不可紧，紧死了，不光人家疼，你也一样疼。"

"咋，你心疼了？准备了啥礼呀，拿来，我陪你去送。"久香把手伸到堂爷面前。

"官不打送礼的，狗不咬拉屎的。这时候，礼节、礼性，比啥子礼都强，你心胸宽肚量大，那就是最好最贵重的礼。"堂爷说着拉起胳膊，把久香扯到了河边。

亏得久香懂些医术，看到郑气双目不清白臆子模糊，断定是急火攻心引起的红眼症，不抓紧止火去痰，很可能失明。久香心里揪了一下，把吵架的事忘到了脑后，大着喉咙心急火燎地说："大妹子，咋弄成这个样子，看把娃子们吓成啥样？"久香用手擦去娃子们脸上的眼泪，哄劝说，莫哭莫哭，婶子有方法治你妈的病，说着，一路小跑下河去了。

此时，艾枣花提着篮子从河边经过，见久香掐一篓子薄荷，问："掐那多薄荷呀？又不能当菜吃，有啥用？"

久香忙得头都没抬，说："郑气烂红眼，掐些薄荷给她清火。"顺嘴问了一句，"你这是忙啥去？"

枣花说："老岩屋阳坡上，满地的黄黄苗，叶子肥嘟嘟的，花开得黄灿灿的，眼气死人，多好的下酒菜呀，还下饭，我剜些回来，腌着，一年四季总有淡季少菜的时候，没菜了，想吃了，就急抓一碗，方便。路过沟口，那一沟边的余心草哦，香死人哪，我就手也扯了几把，凉拌，煮汤都行。"说着走过来，把篮子伸到久香眼跟前。

看着枣花篮子里的东西，听听院子里娃子们的哭声，久香一把抓住枣花胳膊，说："走，帮个忙，快跟我去郑气家帮个忙。"

枣花跟着久香来到郑气家，直接进了厨房，烧了一盆薄荷水，久香端进里屋。

郑气听见有枣花的声音，喊叫说："枣花，你进来，叫那个女人快走，滚屎开，打哪来的滚哪去，我不愿看见她，恶心。厌恶头，犯恶数。"

枣花应着说："好，我来，你别着急。"便去接久香手里的盆子。

久香胳膊肘子一拐，薄荷水洒了一地，瞪起眼睛说："听她说瞎话，她压根儿就看不见我，要好好地，用得着我们来，请我都懒屎得来的。听我的，这里交给我了，你麻溜点到灶上去，把黄黄苗和余心草做好了，再给娃们弄些吃的。"

久香先用手肤子沾水，一点点为郑气洗眼。然后，洗脸，洗头，又擦身子。刚忙活完，枣花端着饭菜进来了，一碗豆油巾炒黄黄苗，一碗凉拌余心草，外加一碗鸡蛋汤、一碗苞谷米汤。两个人连唬带喂，逼着郑气一口气吃了。

连着几天，久香都跑过河来，想着法子给郑七消火气、除炎症。渐渐地，郑七眼睛不再红肿，精神也好了很多，只是右眼里的白翳子硬是去不尽，这会儿刚擦洗掉，过一下，又是满眼浑白浑白的。久香用手指撑开她的右眼，左看右看，看不出名堂来，焦急中，嘴里哈出了一大口热气，热烘烘的气雾，正对着郑气眼球，久香连忙拿手去擦，这时，却发现白翳子好像立马少了，仔细再一看，原来是被热气吹散到了眼角。不知是被哪根神经给绊动了，久香想都没想，毫不犹豫地赶忙张大嘴巴，对着郑气右眼，连哈几口热气，然后伸出舌头，直接舔了上去。

郑气突然感到眼睛一热一凉，浑身一颤，警觉万分地猛力推开久香，大吼一声："你，你想做啥？太缺德了哇，你！"

久香晓得郑气一定是误会了，以为自己是要害她，这才诚恳地解释说："妹子，你莫多心，我要害你，那还叫个人哪。骂归骂，病归病，等你眼病治好了，我们再看着对骂，你照样骂不赢我。你这眼睛跟你人一样，有些难缠。"说着停了一下，又补充说："水洗不掉，手肤子也擦不尽，啥法子呀……刚才，我无意中哈出了一口热气，看见翳子都朝眼角散开了，我就想着，要是用舌头，不就能舔干净了？"

郑气终于明白久香想干啥子了，愧疚和懊恼得要命，她怎么也想不到，吵得像冤家仇人似的，这久香竟能这样诚心对待自己，羞愧地连连摆手摇头，说："不，不行，癫筛死人，千万要不得。我就是眼瞎了，也不许你这样。说错了，我早就瞎了眼……受了看相的骗。"说着，翻身就往床角躲。

久香说："试试看吧。毒蛇不都是靠舌头，说明舌头有毒，还真说不定，能以毒攻毒。"

劝说不行，久香干脆跳上床，强行把郑气按倒在床上，双手扒开她的右眼，像小孩舔着心爱的糖果，一点点仔仔细细地，用舌头沾一下再沾一下，生怕浪费了似的。

郑气挣扎了几下，拗不过久香，只得乖乖地躺好身子，由着久香折腾。眼里腾云驾雾，心里翻江倒海，过了好大一会儿，郑气突然吭哧吭哧地笑了："毒。毒舌，毒蛇妇。"

久香先没听明白，停了一下，恍然回过味来，也跟着吭哧哧地笑："今天才晓得？眼镜蛇，剧毒。盯上蛇蝎妇、七环蛇了。"

郑气不好意思地叹了口气："这世道，咋说呢，没看出来，你是这么有善心的毒蛇妇……白娘子再世哇！"

她一把紧紧地抱着久香，两个人哭哭笑笑地拉起了家常。

……

杨柏树、杨柿树不知不觉在长大。柏树虽然下肢短，可上身长，胳膊也长。柿树长得漂亮，圆圆的脸像红彤彤的柿子，两个酒窝跟眼睛一样见谁就笑。一对双胞胎虽是残废，可都勤快得可爱，只要有力所能及的事，都争着抢着做，比正常人做得还要精细，很得人喜欢。春天，家家搬了竹笋，请兄妹俩剥笋叶，夏天剥苎麻，秋天剥苞谷串辣椒，冬天切白菜、萝卜。大路从他们院中经过，南来北往的人渴了，兄妹俩就给人倒水解渴，递火点烟。杨疯子和郑气看大家不仅没嫌弃，还格外稀罕两个孩子，心里说不出的感激和暖和，为了方便他们劳动和活动，便请李木匠在两个枷椅子上各安装了四个木轱辘，从此，院子里就忙碌着兄妹俩"嘎吱嘎吱"的身影。

一日，公社李特判打门口经过，口干舌燥，讨要水喝。兄妹俩滑动枷椅子，抢着提壶上水，像争着给客人添酒，你一碗我一碗，热情得要命，不喝又过意不去，几碗下来，胀得李特判憋不住，把上衣往桌上一甩，直奔茅房去屙尿。不一会儿，屙完了转回来，提起衣裳走人。这时，听见身后兄妹喊："钱，票子。"

李特判以为这兄妹要收钱，心想，残是残，倒不傻，又一想，自食其力，给点钱也应该，转过身，却看见两人手上拿着票子冲自己笑，一摸衣兜，票子没了。虽然感到意外，又不好再要回来，只好难为情地对兄妹俩笑笑，说："赏你们了，该得的，拿好。"

两兄妹"嘎吱吱"地滑过来，把钱往李特判兜里塞。他们的笑脸和举动，深深地打动了李特判。

"往后，谁打这过，吃了喝了，让他们给钱，没钱给粮食，啥都行。就说我定的规矩，多少是个表示，你们也是自力更生，自食其力。"李特判亲切地握着这兄妹俩的手，把票子塞进他们手心，离开了院子。

晚上，杨疯子和郑气下地回家，兄妹俩喜颠颠地拿出毛票子，争着谝嘴，昏暗的松明子光下，两张钱角子闪闪地放射出五颜六色的光芒。郑气脸上笑开了花，夸说，我娃儿有用，能挣钱了，杨疯子苦笑着点了点头，没有说话。

从此，兄妹俩身边就多了个布袋子，茶壶里也漂着几片叶子。经过院子的路人，喝不喝茶，只要坐下歇了脚，都自觉不自觉地留下点东西，留得最多的，还是些瓜果洋芋、萝卜红薯和五谷杂粮，虽不值钱，却对庄户人来说，顶用。

慢慢地，杨家吃蔬菜不愁了，余粮也越积越多，赶上大食堂和大灾害，兄妹俩救了杨家，也帮了全村老少大忙。

村里人都说，世事难料，谁知道哪棵树能做房梁哦。

七

八月十五，太阳晒得好，风也吹得好。堂爷领着我去老岩屋，那是我第一次跟堂爷走进老岩屋，以往跟我妈去岩屋沟打猪草，经常只到半山坡，猪草篮子满了就得回家。

我跟在堂爷后面走，平路上半走半跑，遇到过沟爬坎，堂爷就伸出长长的烟袋杆子，我捏着烟袋锅，他拿着烟袋嘴，连拉带拖地向前爬。那会儿，我望见太阳照下来，恍恍惚惚的，堂爷在太阳里头，就像月亮中那棵移动的大树，挨我好近，又像很远、很远。

路的两边，长着不少能吃的东西，走一会儿，堂爷就会在水沟边停下来，掰几根黄丫秆，皮一剥，酸甜酸甜的，解渴。再走走，又会摘几棵杨布奶，打几个毛栗子巴核桃。我看见一蓬杨桃架上挂着一抓一抓的八月柞，高兴地指着喊，炸了，炸开了。堂爷撩起长布衫子，钻进去，站在杨桃藤子上，一只手用烟袋锅子拽着够下来，一只手去摘。半袋烟的工夫，好几抓八月柞摆到面前，等着我吃。

这时，我妈弓着腰，扛了一大篮子猪草从山上下来。看见堂爷还在杨桃架上，急慌慌地喊道："老爷子，快下来，您那太吓人了哇！"说着用手指点着我的头："你这娃子，咋这不懂事，能让你爷爬那么高，那么馋吃呀？"

我嘴里吞着八月柞，喉咙里咕嘟着说："好吃，甜得齁人。我没要，是堂爷自己要爬上去的。"边说边把手伸进了猪草篮子。

"啥堂爷，叫爷！六七岁了，还不晓得懂事，都是你老头子的德行。"妈见我在翻篮子，伸手从篮子角掏出一包葛藤叶包着的刺草莓，分一半给我，剩下的一半又重新包好，放回了篮子，那是带给几个小弟娃子吃的。每次妈打猪草回来，再饿再累，第一件事就是，给我们兄弟几个找刺草莓吃，那是我吃过的人世间最好吃的草莓。

在我吃得正甜的时候，传来一阵"老爷子、老爷子，我要上岩屋"的喊叫声，接着，根叔就上来了。堂爷望着一头汗水的根叔，想了想说："根娃子听话，你妈不让你乱跑，快跟大嫂回去，把八月柞和毛栗子带上。"说着，提了一下猪草篮子，打算帮妈搭把手，却没提起来，不放心地说："香娴子，这大一篮子，太重了，你腰不好，慎着点，别蛮刻刻地逞能，真趴下了，没人帮得了你。"

妈应着，同时小心地问："老爷子，你今儿过生呀，晚上又要在岩屋过？老奶奶咋说？娃子们都想陪着你热闹呢。"

堂爷没有答话，扬了扬手，提起烟袋，往山里走去。

根叔是在我三四岁时来我们家的。他是久香奶奶在南山时，跟原来的男人生的，亲爹死了，堂爷就把他给领过来，跟久香奶奶和我们一起生活。他过来没多久，我们家里就乱了，开始时，总是吵吵吵，后来不光吵，还动手打起来了，三天两头，不是吵就是骂，连我们几个娃子都跟着挨了不少骂，无缘无故地被打，我们都不喜欢根叔，远远地躲着，生怕招惹是非。

我记得堂爷很少发话，有时烦了，就吼几声，吼过了就死命地磕烟袋锅子，吼也多是吼我爹我妈。我妈很少说话，总是一声不吭地搂着我们，伤心地流眼泪，有时一哭半夜。我爹脾气也越变越大，出进气哼哼的，叨咕最多的是一句土话："家鸡打得团团转，野鸡打得一翅飞……"

久香奶奶抓住这句话，不依不饶，硬逼着堂爷分家。刚巧这期间，我爹的亲爹讨饭，找上了儿子的家门，来了就住下来，再也不走了。久香奶奶就找到村长，说毛娃子亲爹也来了，这王老汉跟定儿子了，说哪都不去。你们说这一个家，堂爷王爷的两个爷，不算个事，王爷堂爷哪个大呀？古时候，皇帝和王爷能住一个宫里吗？那还是亲兄弟呢。反正毛娃子也没办过继手续，分开各过各的都好，请求村长你出面去劝说堂爷。如果堂爷不答应，那莫怪我绝情，要么我就带着根娃子回南山，要不就再死一回，反正我不怕死，不信试试。

堂爷心里打鼓，有过岩屋上吊的教训，怕真闹出人命。细想想也有道理，现在香娴子生这么多，根娃子结婚后也得生，将来家大了，早晚都得分，晚分不如早分，早分还是亲人，晚了闹成仇人，真不合算，就勉强同意分家。

说是分家，堂爷没怎么发话，全凭久香奶奶划拉。先把屋里破旧家具和残缺的锅碗瓢盆拣出来了一些，再把屋外菜地从中一分为二，菜地边的东西靠谁归谁，东头边的鸡窝、猪圈和堆工具柴火杂粮的仓库棚子都划归根叔他们，菜地西头边只剩两堆老坟，坟头长着一棵榆榔树，树下是一个狗窝。

堂爷磕磕烟锅，有些难为情地说："毛娃子，周娴子，你们年轻，不怕吃亏，多包涵点。房子两间，是政府分的，娃子多，还有老人，都给你们，村上答应把保管室划两间给我，收拾好了就搬。缸里的粮食挖些给你们，嘴多，先凑合着过。你们还有啥想法，要说的就说出来，说过撂过，今后谁也不许再提。家分了，咋说过去也是一家人，别让外人笑话。"

我爹涨红着脸，有话要说，被妈拦住了："听老爷子的，爹说啥算啥，妈给啥我们拿啥，分不分家，一家人永远还是一家人，没二话，请二老放心。"

分完家，没过多长日子，家里灶上就断顿了。像没分家以前那样子，我们只要饿了，就吵着奶奶要吃的，久香奶奶要吃的有吃的，要喝的有喝的，跟没分一样，对孙子们都心疼宠爱得要命。我爹妈饿得浪浪神的，她连看都不看一眼，我心里想，要是久香奶奶的亲儿子不来，我爹的亲爹也不出现，就不会这样。

看到根叔跟着妈下山了，我对堂爷说："明儿我们回去，要是根叔跑回南山去了，跑丢了，不见了，那几好哇。"

堂爷把烟袋杵到地上，好奇地望着我："他是你根叔，长辈。你不喜欢他呀？"

我望着堂爷，眨了眨眼睛说："我不是不喜欢他，就是不想看见他。"

堂爷也望着我，说："你根叔好可怜，还没你大时就死了爹，妈也跑了，能活着，再见到亲妈，那是命大。大人是大人的事，你们都还是娃子，搞不懂的，长大了都明白了。"

好些年以后，根叔结了婚，有了娃子，也天天吵架，打架。堂爷依然不说话，任凭久香奶奶和小婶子两个人闹腾，闹着闹着，就闹分了家。当时，我那些兄弟们一个个好高兴，后来我们都明白了，那是婆婆和媳妇之间的冤孽，不值得高兴，其实是好悲伤的事情。

我们钻出一段山沟竹林，来到一块大石头旁，堂爷坐下来打火吃烟，我双手捧着火纸捻子，接住火镰和白火石撞出的火星，呼哧哧吹红火苗，正往烟锅上按，突然，一根水柱噼里啪啦从天上落下来，冲熄了火苗。堂爷奇怪地说："这会儿咋下起太阳雨来了？"我也好奇，啥太阳雨呀，只下在石头两边，树林子那儿宽敞，都没下。这时，石头那边传来嘿嘿笑的声音："打哪来的太阳雨，我放的冲天炮，得罪了，莫怪。"

道路中间伸出一个头来，手掌扯着裤裆来去摇摆。我一眼认出是新搬来的富农——牛洪柱，听说是从更南边的山里神农架搬过来的。我正要说话，堂爷大喊一声："牛洪柱，你反天了！玉皇爷遭难——反了天。"

我看见牛富农浑身抖了几下，脸上的笑容僵住了，双手一动不动，裤裆中的雀雀一下子停在那里，慢慢地变小，小得看不见了。

堂爷没真生气，而是客气地笑笑："这大好的天，不下地，跑岩屋沟弄啥子来了？"

牛洪柱讨好地说："杨队长媳妇郑气，让我来岩屋沟搬点阳荷回去，说队长晚上到你家吃酒，要给你过生呢！"

"要给她自己过瘾吧，谁说我要过生？这些年，谁见我过过生？啊，你才来，是真不晓得。"

牛洪柱走远后，我说："他看起来老实，背地里可坏，动不动就刺刺啦啦尿，像水枪，吓得妇女娃子直躲，有一回还撒到了我头顶上。"

堂爷说："人家也不是故意的。你背运，碰上了，没啥。"

我生气地说："他是地主富农，刘文彩，害人精。我王爷被剥削，讨饭，就是这些害人精害的。"

堂爷愣了好半晌，摸摸我的头说："地主富农不一定都是坏人，你堂爷的哥哥，你大爷，也被打成了地主，他就是一个老实巴交勤扒苦做的庄稼汉子，天亮下地，天黑才回家，从不坑害人，欺负人，他是坏人？不是，是火背，像打麻将，好不容易开了花，被抢了杠。我那几年要不是走背时运，把家里的田地败了，说不定也是地主，这是命，命运难测，好命坏命谁也说不清。"

我们又爬过一面高坡，总算看清楚大岩屋了，就悬在山岩下边。

岩屋口是一级一级的石台阶，连着洞外的毛草小路，穿过一口水塘，水塘的水哗哗地流出来，沿着我们刚上来的岩屋沟往下流淌，水塘一角，山石沟中的水不声不响地流进水塘。我高兴得跳了起来，急慌慌地要跑进岩屋看看洞里啥样，堂爷一把拉住我的胳膊，扯着我从塘埂向对面板栗林走去。我明白，堂爷是要我先过嘴瘾再过眼瘾，我欢心地馋着那满树笑红了脸的栗炸包，堂爷猛不丁又扯了一下，大喊一声："看着。"我这时停下脚步，看见塘边草丛中有一条大蛇，摆动着长长的尾巴，曲曲扭扭地在跑，没几下就跑不见了，只听见呼啦啦的风响和毛草摇摆的动静。堂爷说过，这里有条家蛇，在他没出生时就守着这岩屋，保护岩屋主人和这山林里的野果子。我只顾紧张，没看清家蛇多粗，好像比碗口粗，是黄色的，好像还有些白花，我有些害怕，哆哆嗦嗦地不敢往前走了。堂爷就说："它不会惹你的，你看，大老远就把路给你让开了，对你好吧？"

　　我这才明白，堂爷刚才喊那一声，看着是喊给家蛇听的，所以，那蛇就把路给我让开，听话地躲了起来。

　　走过塘埂，进了栗树林，耳边传来一下远一下近的嗡嗡声。我抬头一望，粗大的栗树上，吊着一个足有水桶粗的马蜂窝，太阳照着就像家里老旧房子的土山墙，白不白黄不黄，坑坑洼洼的，刺眼，加上一坨一坨的黑蜂子飞上飞下，我又一次害怕了，吓得直往大布衫子里钻。

　　堂爷说这是葫芦包，也叫气鼓牛，飞得又快又远，毒针又粗又长，盯上你了，八成跑不掉，一锥一个大疙瘩。它吊在树上，就像瞭望哨，也是大岩屋的保护神。要说这蛇呀，蜂子呀，还有满山的动物，啥的，都别怕，它们样子好像凶恶，其实并不吓人，不像人，只要你不攀扯它，祸害它，它们是不会随便攻击你，伤害你的。

我荷包里塞满了板栗和枣子，跟着堂爷来到大岩屋。堂爷走上台阶，从腰里取下牛角叫口，先冲山下吹了三声，又对着几片山吹了五声，我听到不像是吹叫口，就像喊山歌号子。这是我头一回在大岩屋看着听着堂爷吹叫口，颤颤神的声音，在深山老林里传过去，又回过来，一扑棱一扑棱的山雀子，喜得喳喳嘎嘎叫。堂爷是在给家里人报信，我到了，也是通知山上的右派包糯米，我来了。

吹完叫口，堂爷又上了几步，站到岩屋口正中间，接着唱起歌来：

> 东方发白兮（哟）（哎），（哎）上山又岗兮（哟）
> （哦），坎坎伐檀兮（呀）（哎），日暮日归（哟）（嗬）
> （哦嗬咿呦嗬哎）……

我只觉得这歌曲这声音好好听，可没听懂啥意思。在我着迷的一刹，堂爷又唱起了第二曲：

> 蓼蓼者莪哟，匪莪伊蒿哦。哀哀父母呀，生我
> 劬劳……

这唱的是啥呀，我更迷瞪了，眼巴巴看着堂爷。堂爷转身，望望岩洞顶，指着那上面，说："等你长大了，有了文化，就晓得是啥了。那顶上，都刻着呢！我也说不大清楚，好像说是《诗经》。"

我以为该进岩屋了，哪想到，堂爷一屁股在台阶上坐了下来，取下长烟袋，掏出火镰火石，打火吃起烟来了。

过了好一会儿，右派包糯米从山林里蹿出来。左手环抱着草帽，草帽是反着的，里面鼓囊囊地装满野菌子和构树耳子，右手拎着韭菜，胳膊肘子小心地护着衣服荷包，我猜想那里面肯定有更好吃的。他放下韭菜，向我招招手说，有口福了，叫口响的时候，碰巧有只野鸡打眼前飞过，野鸡没抓住，捡一窝野鸡蛋。还有这，前些时就发现了，好几棵构树上长着耳子，又肥又大，没舍得摘，就等着堂爷上山。刚才听到叫口响，就赶忙回来，路上，又顺手扯了些野韭菜和松树菌菇子，你们爷孙俩都是稀客……

岩屋洞大得很出奇，洞口的堂屋，比我们家院场还大，四根石柱子，也比我们家最大的木头中柱还粗还高，好多间石屋子，空洞洞的，什么都没有。太阳快落山了，岩屋里光线一点点在变暗，四下里有些模糊，越往里走洞越黑，杂七杂八的响声越小，就连自己走动的脚步和喘气的声音都能听见。我小心地挪着脚步，想往里看个究竟，谁知正走着，脚底下一滑，摔倒了，我伸手想抓，可啥也没抓住，心"咯咚"一下冲上了嗓子眼，身子"唰唰唰"地直往下掉。不晓得我叫喊没有，只听到堂爷远远地叫喊，莫乱走哦，里面暗，防顾掉下去了，喊声开始还大，没两下子就小了，远了，没有了。我就像从山顶上甩下的一块石头，嗖嗖嗖地一直往下掉，"咚"一下砸在洞底下。我睁开眼想看，却看不到光，伸出手摸，也摸不到边，张嘴喊，喊出的都是嗡嗡的回响，我真的怕了。

包糯米打着火把，下到了洞底，他用绳子绑着我的腰，让堂爷往上面拉我。上到一半时，我回头往洞底瞟了一眼，像个深水井，上面小，下面好大好大，一堆一堆的，好多袋子，箩筐，还有一包包的东西，全被苞谷秆子盖着。

我跟堂爷说，我在下面听到了哗哗的流水响，上来时，好像还看到好多粮食和家具。我特别好奇地打听，下边是不是住着人家，为啥不架个梯子，上面也不盖盖子。堂爷解释说，没几个人晓得那下面还有一个大洞，那里黑漆漆的，专门不做啥遮挡，一做遮挡等于告诉了旁人，哪晓得你胆子这么大，专往黑咕隆咚处乱跑。记住，以后再不要往里去了，还有，千万莫告诉外人，除了我们谁都不能说。包糯米说，你听到的水响可能是真的，说不定是条地下河，这岩屋就是冰川翻江倒海留下来的，你堂爷唱的混沌歌，说的就是这事。

天还没黑定，晚饭就上桌了。一碗野鸡蛋炒野韭菜，一碗松树菇子炒构树耳子，一碗辣椒炒山黄花，一碗清炒阳荷，一锅子山药野百合炖白木耳汤。包糯米王婆卖瓜地夸嘴说："今晚贵客光临，四菜一汤，地道山珍野味。托你们的口福，我也沾光。搁平时，我桌子都不用，直接坐岩屋口。山间一碗酒，独享无相亲，举杯邀明月，对影成三人。"

说实话，这几个菜除了阳荷，其他的菜在家里是难得吃到的。但今天是堂爷生日，太清淡了，多少总要沾点肉腥吧，我知道堂爷送过他猪卵子，炒阳荷猪卵不行呀？

吃完饭，天已经黑透了，月亮挂在岩屋口上，个子长得高点，一伸手都能摸到。从岩屋口往前看去，到处星星点点，一明一暗地闪亮，我说大岩屋的棉花虫真多，包糯米说有萤火虫，也有骨头磷火。堂爷说那是月亮的眼睛，天上有多少星星闪，地上就有多少萤火虫眨，闪着眨着，妖魔鬼怪就躲不见了，天就亮了。

我猜想，那么些怪人怪兽敢跑出来，四处活动，一定也是趁着月亮眨眼睛的时候，偷偷溜出来的，要不然，咋天一亮就躲得无影无踪，找不到了呢？

听说堂爷就是在月亮眨眼睛时，被怪兽叼走的，得亏遇上了怪人，是怪人把堂爷抢回来的。我早想听堂爷亲口啪啪这个故事，趁着岩屋安静，月亮也乖悄悄的，我一会儿一烟锅，又一会儿一锅烟地给堂爷装烟点火，他就吧嗒吧嗒地慢慢抽着，把秘密一五一十地说给我听。

八月十五那天，堂爷爹带着堂爷的哥哥上山打猎，按说我该叫他们太爷和大爷，他们出山，不光是想为过节加个把荤菜，也是为了给月母子备些好下奶的山货。谁晓得他们走后，太奶奶突然开始发作，曾奶奶踮着小脚，在岩屋里不停地出进，喊也喊不答应，望也望不见人影子，深山野林里想找个帮手都没有，更莫说接生婆了。

过了晌午，太奶奶见红了，血水一阵一阵地流，曾奶奶也是一头热汗一身冷汗地冒，嘴里含混不清地嘟囔：这大年龄了，还要啥娃子，是要命哪，这些砍脑壳的东西哦，遇急了，犯难了，你们偏偏这会儿都不回来。

太奶奶趁着倒血水换热水的当口，朝岩屋外哭了一喉咙："再不回来，大人娃子都没命了哇！"

这时，她好像突然听见有声枪响，摇摇头侧耳听听，确实是枪声，好响好长的回音：轰隆隆隆。正在发愣的同时，又好像打哪儿传来了歌声，没错，确实听到有谁唱了一句，像童子音："亮堂啊——哇——"

她定神看看，没人。又侧耳听听，没声。心里骂道：老糊涂了，大白天发癔症，哪来的枪声歌声？这节骨眼上，还有空分神哪，慌忙赶进房屋。进屋一看，大吃一惊，儿媳妇撑着身子，正在给刚落地的娃剪脐带子。

谢天谢地，母子平安。曾奶奶喜颠颠地接手，给孙子擦洗，顺口问了一句："我是老糊涂了吧，刚咋听到有娃子唱呢？好大的声，未必是打耳鸣，听岔了？"

儿媳侧脸看着婆婆手中的娃，没有回应。

曾奶奶把孙子洗完包好，小心地放在儿媳身边。走出房门时，哆嗦了一下，跟跄着转回身，拿起一块布片子，不放心地盖住小孙子。小孙子右手大拇指边多出了一截，是个六指，她担心儿媳发现了伤心。其实，儿媳妇硬生生把娃拽出来时，已经被那多出来的指头薅了一爪子。

按说，儿媳生了第一胎，歇窝十几年没有再生，连怀都没怀过，一家人虽说都没再打指望，心里其实一直盼着再生个一儿半女，现在突然又生了一胎，是老天爷开眼，送大福哇。可万万没想到，生出这样稀稀奇奇的古怪来，曾奶奶心里嘀咕嘴里嘟囔："老天，这兆头，是福娃还是怨爷哦。"

天擦黑时，曾奶奶在厨房忙着熬汤下奶，听到一声惊叫："老奶奶，娃不行了。舍了，没防顾，已经不行了哇。"

曾奶奶揪心死了，摸来摸去没得一丁点儿反应，拿手指碰碰鼻孔，没有气息出来。天哪，这可咋整？好赖是条命呀。曾奶奶看着儿媳妇，有些犯疑地问："咋回事？刚刚还好好的。先前，好像就是他唱了一声，亮堂——好响亮啊。我将调个背的工夫，就成这样了，不会是你……"

没等曾奶奶说完，儿媳有气无力地拍打着床沿说："将驾始，给他喂奶喂不进去，我使力气挤呀，挤，好不容易挤出奶来，他不张嘴，喷了他一鼻孔一脸的奶。后来，再喂，他一下子又来劲了，好像不再是月泡娃子，拼命地吃，那哪是吸呀，就是喝，就跟饿牢里关了多些年的犯人，放抢。三下两下抢光了，他就睡了，我也困着了……咋晓得会成这样，这是要我的命啰。"

婆媳俩号啕大哭："咋的了，娃呀？咋跟你爹交代哦。造孽的，苦命的娃呀。"

哭没劲了，天也很晚了，进山的爷俩还没回家。儿媳妇抱着没了气的儿子，痛苦得一直流着眼泪，曾奶奶看着更加伤心难过，担心小的成了这样，大人再有个闪失，日子可咋过下去，便央求媳妇往开处想："娃子福浅，这都是命数，怪只怪老天，不怪人。你一直这样抱着，伤心伤神不说，更伤身子，月子里落下病根，是一辈子的事。听话，把娃给我。"

儿媳哭得声嘶力竭："他爹看都还没看上一眼呀……"婆婆说："是你身上的肉，也是他的骨血。我们先不丢，放在岩屋口，等他们爷俩回来看一眼，也是个交代。"

说着，从儿媳妇怀里硬夺过孩子，放进了摇篮，曾奶奶最后看了一眼，把摇篮连同孙子一块，搁在岩屋门口的石凳上。

深夜，曾奶奶听见儿媳大喊："野人，我的娃呀。有野人！"来到床前一看，儿媳一头虚汗，双手紧紧抱着枕头。原来儿媳做了一个噩梦，看见儿子被野人抱走了，追上去抢，两腿死死地抬不动脚。

婆婆安慰说："你这是伤心伤的，娃子在屋门口等他爹呢。"说罢，便踮着脚往外走，到岩屋口一看，傻眼了，摇篮好好的，动都没动，娃不见了。这才想起，刚奔媳妇房间穿过岩屋中堂时，恍惚看见有道白光，从岩屋口一闪而过。

曾奶奶捶胸顿足地对媳妇说："糊涂哇，我这老不死的，咋把娃放在门外，莫不是被白狼看上，叼走了？"

听说娃被狼叼了，媳妇一时哭得死去活来："苦命的儿哦，你一天福没享，咋遭这天大的劫难？前辈子造的啥孽，要报应，咋不报应我呀……"

婆媳俩哭得喉咙哑了，骨头快散架了，直到都没有一丁点儿力气时，才瘫倒在床上。不知过了多久，竟迷糊着了。

天快亮时，忽然一阵脚步声传进了岩屋："真是喜糊涂了哇，怕我们有难，这样子冲喜是吧？把娃搁门口，可怜巴巴地等爹……"

太爷抱着摇篮奔堂屋来了。婆媳俩听到声音慌忙奔出房屋，儿媳踉跄上前，扑通跪在男人面前磕着响头说："下地狱，我该死……该下地狱。"

"妈，咋啦？这个样子。"大爷伸手扶起母亲。

太爷喜泪纵横，一手抱起孩子，一手指着媳妇，说："你咋啦，真高兴疯了？看看吧，你儿子在笑你呢，吓着我儿子，没你好果子吃。还有妈你们也真是的，是不是拿孙子又在整啥幺蛾子？"

婆媳俩看着死去活来、失踪了又复回的娃子，都不敢相信自己的眼睛，惊得失了魂魄，木头呆脑地望着，好一会儿才缓过劲来，同声说："冲喜冲喜，你们回来就好了。该吃奶了，喂奶，快喂。"

太爷这时转过身，同大爷扶着一个陌生男人走进了堂屋，向曾奶奶介绍说："这是药商，路上遇到点难，被我们救回来了。"

药商踉跄上前，感激地说："大贵人哪，你儿子、孙子是我的大恩人，救命恩人哪，请受我一拜。"说着，就要行下跪礼，被太爷爷和大爷强行拉了起来。

原来，这天太爷枪背，寻了几架山，没寻到半点荤气，像是被人提前封了山，大小跑动的猎物一个也碰不到踪影，连平常直往枪口上撞的飞雀子，也没遇到几只。快黄昏时，转到野人谷，看看仍不见希望，爷儿俩都死心了，一老天，一枪没响，打算放个空响，收枪回家。

太爷取出枪管里的枪子和枪精，往枪膛里加了一码子枪药，扣起扳机，正准备撸火，却望见枪口前方的野人岭上，摇动着影影绰绰的两个影子，像是两猎物在打架争食，心想：总算露头了，只要你出现，我就不会空跑。仔细再看，又不像动物，也不像争食，倒像是两个人在抢东西。恍惚间，扳机响了，"砰！"一阵黑烟穿过山林，只见一个毛茸茸的大块头飞快地逃了，另一个仰面摔下了山谷。

爷俩从经验判断，确定那不是动物，应该是人，是人就必须得救，便放弃了回家，直找到半夜，终于在半山腰，从一棵杨桃树架上救下了药商。药商姓万，家里开着药铺，兼做药材生意，时常钻进深山老林，专找猎户收集麝香，人称万麝香。这次路过野人谷，碰到强人，力大无穷，险些丢了性命。不幸中万幸，遇上太爷，命保住了。万麝香和一袋子麝香，在抢夺中天女散花，落下了野人岭。

曾奶奶宽慰说："钱财是奴才，去了又回来，这些都是身外之物，今天丢了，明天能再挣回来。命只有一条，丢了可再也捡不回来。"

万麝香点点头："老人家说得在理。要不您是贵人呢，有你们的贵气护着，我可是财呀命哪都保住了。这一晚上急坏了吧？别担心，好人有好报。"

经万麝香这么一说，曾奶奶打了一个寒战，眼泪跟着淌了下来。房屋里，喂娃的儿媳妇，也接着"哇"的哭出了声。

一天一夜的大喜大悲。

万麝香顿时大彻大悟："神灵庇佑，岩屋赐福，苍生珍贵哟。"

一家人怔怔地望着药商，不懂说的是何根由。万麝香从下午的惊魂中彻底醒过神来，面目严肃，眼光神秘地问："传说野人岭上有野人生活，雷村山乡有白狼出没，是神话还是白瞎话？"

曾奶奶一脸真诚地抢着说："是实话，绝不是假话，好些人见过的。"

万麝香说："你们婆媳俩一个瞧见了白狼，一个梦见了野人，这说明啥？说明神灵来保护娃子的。月光下白光一闪，有可能是白狼来过，摇篮没动，娃子丢了，说明是叼走的。刚好碰上野人，抢过孩子，送了回来。这一叼一抢，来来回回，把呛在喉管、堵在胸腔的奶水挤了出来，救回了这娃子一命……"

一家人你看看我，我看看你，都信服地点头。

万麝香接着说："传说这岩屋曾经为龙宫，堂屋自然就是朝堂。这岩顶至今刻着诗经，非朝堂即庙堂。若是搁着过去，必定众人朝拜，这娃定为国之栋梁，不是相爷就是中堂。

谁家娃子出生不是先哭，这娃却不同凡响，没哭，先亮了一嗓子……亮堂。"

太爷本来就敬佩读过书的人，听万麝香一大通有根有底的说道，格外敬仰，便要给娃拜为干爹，恳求万麝香给娃赐名。

万麝香哈哈哈大笑："名字早有了……国堂，国堂呀。"

曾奶奶说："难为万先生了。快，抱国堂给干爹磕头。"

第三章　绿雪白狼

八

　　过了立夏，到处绿绿葱葱，一片繁忙。雷村人万万没想到，天气会一夜之间又回到了冬天。

　　五月的风，刮刀子似的割肉冻骨头。寒风一连刮了三天，雷村过去也曾刮过倒春寒的寒风，可没这么大，也没这么长时间，更从没出现过立夏返寒的稀奇事。反常的天气给雷村带来一种不祥的预感，不是好兆头，怕会有灾难出现。

　　雷黑磨的磨棚里，也跟着刮起了一阵阵寒风，他对一个个来磨粮食的老人妇女说："叫他们都快拿粮食来磨，我不吃不喝不睡，都要赶紧给你们磨出来，这天像是要下绿雪的样子，绿雪真下起来可不得了，那可就是土地爷打摆子——吾身（神）顾不得吾身了。"

人们半信半疑。雷瞎子冒刍瞎说，不怕邪吹死人，听说过下黑雪，黑雪过后洪水翻天，那也只是老人们的传说，有谁听说过下绿雪的怪事？瞎子的话，那是阎王爷的告示——鬼话连篇，千万不能当真。

雷黑磨说："信不信由天不由人，反正我是瞎子得儿子有眼难见。"

雷村千百双眼睛惊奇地瞪着，黑瞎子偏偏就把瞎话说成真了。

雪花是天快黑时飘起来的，轻飘飘地落在树叶上、花瓣上、和青油油的庄稼地上，飘着飘着，就飘成了绿一点白一点的花花世界。老人们就说，这就是绿雪。狗屎，不碍事，成不了啥气候。下得快赶不上化得快，信不信？明早上瞧。

天刚亮，大家都爬起来，抻着脖子看，果然还是绿一块白一块，多一点少一点的样子。一个个放宽心了，转身又钻进被窝，继续睡觉，做梦，可劲地快活。

吃过午饭，人们拿着工具下地，突然冷风狂吹，冻雨漫洒，紧接着，雪粒子像冰雹盐坨子似的砸下来，噼里啪啦乱响。铺粒子摁被子，大家的心也跟着雪粒子乱了，这是警告，大雪一时半会儿赖着不走了，可家家过冬的柴火、粮食都所剩不多，老天爷可不管那么多，不紧不慢地漫天飞着雪花，紧跟着，又洋洋洒洒地铺开了被子。整个雷村一时被白雪包裹，一会儿又被狂风吹落的青枝绿叶盖住，雪裹着绿，绿包着雪，雪水被绿染得绿莹莹的，绿莹莹的水被雪冻成了冰。放眼望去，满世界绿白绿白的。

贫协委员雷子明，深一脚浅一脚，踩着绿雪回家，路过五保雷子顺门口，脚一滑溜，摔了个仰八叉，他爬起来揉揉鼻子，阿嚏阿嚏连着打了好几个喷嚏。朝脑瓜子狠拍一巴掌："啊哟，这天咋啦？正好打猎呀。"

雷子顺懒洋洋地走出来，说："雷贫协，刚还梦见跟你赶仗呢。大春天的，啥不抱一窝一窝的，天赐的机会，明我陪你去。"

雷贫协骂道："狗日的，亏你孤老。趁雪灾，欺负人家老小，打上一个两个的，也不是我的本事。"

雪停了。花花太阳在树枝间和山雀子躲来闪去，微风吹得枝叶上的雪沫子像柳絮飘飞。雷贫协端着枪在垭口坐着，坐到半晌午，脚麻手僵肚子叫，心想：多好的雪呀，不大不小，不深不浅，沿着蹄印子吆喝，一赶一个准，咋没听见动静，硬没猎物上点呢？其实，雷子顺跟踪着蹄印，早就发现了猎物，岩边站着大的，岩窝躺着小的，他不能吆喝，连大气都不敢出，那是狼哦。他一动不动地趴在雪地里，双眼死死地盯着，等着雷贫协吆喝。

"雷子顺，雷子顺……咋回事呀！"雷子顺看到，狼耳朵呼啦竖直了，狼爪子腾地跃起来，向垭口飞奔。

"砰！砰——"雷贫协两枪结果了老狼。

雷子顺战战兢兢地爬上岩窝，看到血淋淋、皮垮垮的小猎物，心里说，害怕你是狼崽，原来你也是狼的猎物哇。三下五除二扯光了皮，提着狼的猎物奔往垭口，找到雷贫协，兴冲冲地说："狼崽子被我生擒活剥了。"

雷贫协提着枪走在前面，雷子顺肩扛大狼，手拎小狼跟着，见人就喊："来屋里吃肉喝汤，贫协一枪干掉大的，我赤手捉了个小的……小的，小的嫩哪……大小都有份，都来啊……"

晚上，雷子顺屋里狼肉飘香，雷贫协亲自从家里提了一坛子酒，老的小的，男的女的，挤了一屋子，大家吃着狼肉，喝着米酒，谈论着绿雪。这是五保雷子顺的屋子里，从来没有过的风光。

就在屋内大吃大喝的夜晚，屋外狂风咆哮，雪花盖盖神地铺天翻滚，腾起龙卷风一样的雪浪，整个雷村的夜晚白茫茫一片，新发的树枝咔咔断响，沟沟坎坎都被雪填平了。

这一次的暴雪，下得邪乎，把人们都吓蒙了。一棵棵青枝绿叶的树顶成了秃子，一片一片的麦苗和刚出土的苞谷芽子全都变成了雪棍和雪水。大家双眼空茫茫地望着雪天雪地，忙乱无助地伸手推开积雪，抓起青苗塞进嘴里狂嚼，嚼出满嘴浓香的粮食味道，嚼得绿茵茵的唾沫四处飞溅：

"天哪……这是粮食哦。我们吃啥……吃啥呀？"

妇女们抱怨，下过了一大丈，咋又下呀，粮食没了，一堆娃子可咋活！男人们后悔地说，离山十里，柴在家里，离山一里柴在山里，一点没错，咋想得到哦，晓得是这个下法，该多打些柴火回家，不冻死人才怪呢。老人们愤愤不满地唠叨，歪嘴子吹火——一股（斜）邪气。是啥道理，啥道理要这个邪法？

雷黑磨所言成真，更加有底气了，不住嘴地神神道道："绿雪，娃多了，老天收人来了。等着吧，一时半会儿是走不了的。"

两天三夜，老天爷像个赌气耍狠的泼妇，不断气地呼天号地，吓得娃子们捂着耳朵，捂得紧紧的。家家户户关牢房门，宁愿挨冷受饿，谁也不肯出去多看半眼，更不会多事。

根叔趁雪半下半停的时候，从花梨树下捡来压断的树枝，一捆捆架到火垄上烧火烤。刚开始时，树枝子"咔吧咔吧"地一爆一脸雪水，用手一摸一个绿花脸，跟着在火上捂了一阵后，湿树枝被干柴火捂出了火劲，然后就嘣嘣嚓嚓烧起来，烧成了满堂大火。久香奶奶把饭桌挪到火垄边，端出饭菜，一家人吃得热热乎乎的，吃着吃着就谈起了各家各户这灾雪天咋过来了。

久香奶奶说："得亏根娃子张事，下边那几家，没个张事的，这会儿不说烤火，只怕连饭都没吃的。"

堂爷想了想，提醒说："花梨树上总有松鼠爬上爬下的，只怕树洞里存着粮食。根娃子，你搭个梯子爬上去看看，要有就掏出来，给那几家送去，将就一顿是一顿。"

久香奶奶说："就是有粮食，只怕他们也没柴火做饭，干瞪眼。"

根叔说："他们就是太懒，有了粮食，柴还难得住人？我看那树太大了，右边那个枝丫都快挨到了路中间，挡路，还不如砍了送他们当柴火，正好救急。"

堂爷想了一下，称赞说："这倒是个主意，只是长了好些年的古树，砍残了，可惜，不过为了救灾，也不是不可以。劫难面前，能尽点善心，出点善力，是积德造福，这树长这里不就是庇佑大家的吗，土地爷就坐在那儿，会看得到的。"

根叔抡着斧头，白天站在雪树之间，晚上像站在月亮之上，砍得满身冒汗，气喘吁吁。砍累了，就停下斧子，靠在树丫上歇歇。满山的白雪，晃得刺眼，无意间，他猛然发现，远处雪地里站着一个怪物，揉揉眼再看，像一只狼。一只雪白的狼，瞪着绿莹莹红森森的眼珠子，对着他，他不敢砍树也不敢喊人，喊了也不会有人听得见，更不会有人出来帮忙。他就那样一动不动地和白狼对望着，心想：你上不来，我只要不下树，就没事，看谁耗得过谁。直站到腿麻脖子僵，眼睛发酸，白狼终于熬不过，撒着欢子消失在雪海里。他又继续抡起斧子，砍累了照样靠着歇歇，抽空放眼寻找白狼，可啥也没有，就那一次，白狼再没出现。

他抡了几天斧头，终于砍断了偏丫，又劈成一块块一截截柴火，按堂爷的吩咐，一捆柴一升苞谷，挑当紧的人家挨户送去。雷贫协接过柴火，从家里跟出来，一口一个难为呀，难为你和堂爷、久香了，这么大的雪天还想着我们。

快到雷五保家了，根叔说雷贫协你回去吧，我自个儿去。雷贫协跺跺脚说："我陪你去，搭个帮手，看还有狼肉狼汤没，暖暖身子再送。"

来到雷子顺院子里，屋门关着，一院狗爪子印直到房门。雷贫协拍拍门，没人应，又用脚踢踢，踢得破门嘎吱响，仍没一点动静，从门缝瞅进去，也没见到雷子顺的影子，就喊："子顺，子顺，好你个孤老，不开门，偷吃独食呀？"

根叔放下柴捆子，一低头，发现不太对劲，雷贫协也仔细瞅着，真不是狗爪子，是狼蹄子印。心揪成一坨，踢门而入，只见雷子顺静静地横在床上。摸着身上冰冰凉，邦邦硬，看样子不是一时半会儿的事，大概早走了。

六十岁不到的人，怎么说走就走了呢？三天前赶仗喝酒还好好的，少有的精神。雷贫协急了，根娃子你快去，把疯子队长和堂爷叫来。根叔跑着喊人去了，屋里就剩下他们两个人，一个躺着，一个站着，雷贫协眼前浮现出喝酒的场景……

黄酒烧人，狼汤更烧人。雷子顺烧得脱了棉袄，解开了裉子，露出胸脯子上的伤疤，拍得啪啪响，说："雷贫协，你算个啥，人五人六的，没有老子们，你当个什么代表。老子是五保嘛……是啊……老子是保国保民的英雄。一个个的，还瞧不起老子……老子是英雄……大英雄。"

雷子顺喝醉了。雷贫协不计较醉酒汉的疯言乱语，那都是扯淡的屁话，放平时，早一脚踢上去了。

又喝了几口，雷子顺越说越离谱了，那还了得，一个蔫不拉唧的病秧子，敢充大头，硬说自己是英雄，还小瞧我这个代表。他不干了，一拍桌子："雷子顺，你就是个五保，看你可怜，我拿酒你喝，给点光，你还敢当红脸关公，要得动那大刀吗？耍一个我瞅瞅。"

雷子顺酒醒了一半，拿起筷子："不用刀，用枪。杀……杀日本鬼子，好些好些的日本鬼子。他们从碉堡里往外喷火，一圈一圈地扫，我们一片一片地倒，疤脑壳，他抱着炸药包就上去了……上去了……"

"疤脑壳是谁？你不就是疤脑壳吗！"雷贫协被雷子顺说得有些迷糊。

雷子顺有些生气："不晓得就莫扯淡，疤脑壳是火烧的，我这脑壳是被炮弹炸的……疤脑壳从国民党部队过来时没有名字，只说姓雷，连长说有姓就行，以后就跟着我，我们是八路军，你就叫雷从八……雷从八冲上去时那才叫英雄。他对我说了一句：我死了，你，你要还活着，就去雷村……我说兄弟，我是雷家埂子村的。我才不去你们雷村，长疤脑壳。"

好像不是瞎吹。雷贫协看子顺越说越起劲，又有鼻子有眼，有名有姓，干脆放下酒碗，不吭不哼也不再打岔，只管竖着耳朵当故事听。

疤脑壳上去就倒下了，倒在碉堡前面。连长发令，再上，我们两个组分头上去了，不晓得我是咋活下来的，醒来时，他们说我命大，还说我身上有好些弹片，取出来六块，还有三块留在脑壳和胸腔子里，取了会要命。天顶盖也被掀翻了，重新盖上的是皮子，软的，不长毛，也就成了疤脑壳。说着，雷子顺突然夯夯神地大哭起来，我该死，差点儿一枪要了我们连长的命哪。他是多好的领导呀，遇上我这个罪人，挨了一枪。

原来，雷子顺治愈出院，连长执行任务，拐道来接他归队。他那天正负责野战医院放哨，远远地看见一队"鬼子兵"，大摇大摆地向医院驻地走来，他想回去报信，又怕来不及，就瞄准前头的军官，"砰"地打了一枪，正要再扣扳机，却听见喊"自己人、自己人"，好像是熟悉的连长声音。

在医院里，他望着连长左臂上的伤口，眼泪吧嗒吧嗒掉，连长摸摸他的光头，笑呵呵地说："走，跟我归队。"

连长没有责怪他，反而很照顾他，时时护着他，走哪儿带哪儿。后来连长当了团长，任务更重，他身体不好，时不时还犯迷糊，便安排他复员了。

雷贫协沉浸在雷子顺的叙述中，听见杨疯子和堂爷的说话声，才回过神来。

雷子顺死得蹊跷，喝酒喝死的吧，床上地上都没有呕吐的痕迹，一碗结了冰的水在床头边放着，锅里是吃剩下的玉米楂子。更不像谋财害命，屋里本来也没钱财，身上又没发现明显的伤痕，地上除了狗爪子，也没留下其他人进出的脚印。怪就怪在雷子顺并不是睡觉死的，而是穿着棉袄坐在床边，脚上鞋子穿得好好的，就像是坐在那儿正在跟谁扯淡话，突然往后一仰。可他没有亲戚朋友，平时也没到他屋里走动的人，他又不善跟人搭话。更稀奇的是，身上的棉袄扣子扣得整整齐齐，前胸后背还有两只膀子上的棉衣稀烂，棉花一坨子一坨子地露在外面，像是撕扯出来的。

堂爷说仔细找找，看看有没留下什么。杨疯子苦笑说，光棍一条，五保一个，能有啥？这时，雷贫协突然想起来，嚷嚷说："大前天晚上，喝酒，雷子顺说自己是英雄，杀过日本人，说不定真藏着点啥。"

这么说，雷子顺的经历恐怕有些来头，到底咋弄成那个样子，为啥来到雷村，堂爷有些捉摸不透，细想起来还真是蹊跷。

那天，堂爷劁猪回来，哼着小调，在村口被绊了一下，差点儿摔个仰八叉，站稳了一看，是叫花子扯住了大布衫。雷村好些年从没出过叫花子，堂爷就问，打哪儿来的？没应。再问为啥要饭，没声。伸指摸摸鼻孔，有微微弱气游丝，扶回家细心调理过来。再问，只说是躲战乱，受过枪伤，身上有疤痕，捡了条命，过去的事全都忘记了，不知从哪里来，也不晓得要往哪里去，连名字都不记得。堂爷找到杨疯子商量，进了雷村就是雷村人，何况病身残体，得管。

新社会好就好在有依靠，雷村仁就仁在有善心。五保瞎奶奶一个人，儿子疤脑壳自从抓了壮丁，再无音信，现在天上掉下个疤脑壳，正好搭伙过活，两人都有了依靠，队上也减轻负担。这事一说合，疤脑壳鸡啄米似的点头，干脆假戏真做，认了亲娘。

瞎奶奶是哭儿子哭瞎的双眼，耳不聋，听出声音不像自己儿子。双手一摸脑顶上的疤，哭出了声："我的儿啊，你要不好吃那吊锅的肉，咋会烧成疤脑壳，你要不是想吃那兵馍馍，咋会成了壮丁啰？"

雷子顺"咚"地跪在瞎奶奶双腿中间："娘，你担惊受苦了，儿不孝哦。"母子俩抱头痛哭，哭得真真切切，泪如泉涌。

堂爷忍不住也湿了双眼，说："这下好了，母子终于团圆，以后就不是五保了。"

瞎奶奶拉着儿子："疤脑壳，快给队长、给堂爷磕头。"

疤脑壳磕了一半，昂起头，看着杨疯子和堂爷，梦醒似的说："我是雷子顺，不叫疤脑壳，这名是连长起的。"

杨疯子和堂爷边挤眼睛边打手势，生怕他说漏了嘴，砸了锅，更伤瞎奶奶心。

疤脑壳醒过神来，赶忙拿起瞎奶奶的手，摸着受伤的秃头，笑呵呵地说："壮丁壮丁，刮民党刮成了孤家寡人，我们处处撞钉子，自从跟了八路，就一顺百顺，啥子都顺，就差在您跟前孝顺。打今后，我哪儿都不去了，天天在家孝顺您。"

大家都高兴地哈哈笑："子顺母顺，百事都顺。"

从此，母慈子孝，相依为命。直到瞎奶奶去世以后，雷子顺年纪也不小了，又孤身一人，就成了村里的五保。

……

翻遍角角落落，没找到什么有用的东西，大家开始忙着给雷子顺穿洗装殓。堂爷看到他胸前伤疤，说不对呀，明明有一个皮盒子，他来时绑在胸前，我见他很稀罕，护得好紧，肯定藏在哪里，不会丢的。大家又接着翻找，只差挖地三尺了，终于在床角落，找到了一个不起眼的墙洞，扒开土疙瘩，见到了皮盒子，打开一看，有两个闪光的像章。杨疯子说，我都没有像章，他有不拿出来戴，还藏这么紧。拿起像章就要往胸前挂，堂爷从杨疯子手中要过来，摸了看，看了摸，然后说："那是啥？不是像章，是军功章。另外，还有这几块锈迹斑斑的小铁片，证实这就是军章。"

雷贫协服气地点头说："狗口的，不是吹牛骗我，真的呀。"

皮盒子里还有一张纸条，都以为不是获奖证就是说明书，结果一看，热腾腾的心凉了半截，纸条上面赫然写着：

驱逐告示

兹有雷家埂不肖子孙，雷子顺，自幼不求上进，游手好闲。长大后贪图享受，弃穷家而从军吃粮。国家危难之时，又贪生怕死，为躲避上阵，偷偷逃回家乡。失德乱性，偷爬堂嫂寡妇门窗，致使无主生子。败坏门风，丢尽族人脸面，是可忍孰不可忍。雷家祠堂议定，将其逐出祠堂，远离雷家埂，从此不得踏入半步，若今再现身影，凡雷姓族人，人人共愤齐诛。

雷家埂村全体雷氏族人

×年×月×日

告示上的时间，与雷子顺讨饭病倒在雷村的时间，相隔仅四个半月，足以说明，雷子顺就是雷家埝逐出的族人。

看完驱逐告示，雷贫协朝雷子顺尸体咧咧嘴，差点儿称你是英雄，就是这么个尿货呀，真不争气。

堂爷说："人死为大，冤仇事小。我们晓得他是雷家埝子的人了，咋说也得去报个信。告示上写得明白，他不是留下了后嘛，认不认这个茬是他们的事。要是他们接过去安葬，我们派人送，如果他们不管，我们就来安葬。"

雷家埝的雷支书是和区上李特判一起来到雷子顺家的。雷支书揭开盖脸纸，看了又看，然后拿过弹片、立功证书和驱逐告示，看了好一会儿。奔雷子顺殓榇前，大喊："子顺哪，原来你躲在这里……亏待你了，这些年找得我们好苦哦……"

随来的雷家族人哭着说，你是大英雄，你给雷家埝子争光造福，部队上送的粮食、衣服，救了一村人的急，全村都念你的恩呀。

雷子顺离开雷家埝子几年以后，老连长带着警卫员来到了雷家埝子。得知老英雄失踪多年，心情难以平静，怒发冲冠地责成调查，经过了解，责任不在地方，县政府和民政部门的同志从来就没受理过，也没听说过雷子顺的事情。令老连长不解的是，团里出具过介绍信，全面详细地介绍了雷子顺的战斗事迹，要求地方政府按一等荣残复退军人安排工作。因为不放心，老领导还亲自写了一封私信，具体反映雷子顺跟着自己在部队的表现，怎么会出现当地无从知晓的现状呢？答案只有一个，雷子顺不愿给百业待兴的地方政府增加麻烦，隐瞒了实情。

部队首长走后，县里和村上一直没有放弃对雷子顺的寻找。战斗英雄哦，对当地是多大的光荣呀。

一个战功赫赫的英雄，就这样无声无息地在赫赫绿雪天走了。雷支书拉着李特判说："大雪封山，老天要留他在这里，只能就地安葬。"

李特判想了想，说："入土为安。先委屈他了，等雪灾过去，好好修个陵，立块碑，刻上英雄雷子顺之墓。"

杨疯子和堂爷送李特判出来，走到院子口，李特判用脚踢了踢花梨树枝子，又看看土地庙的花梨树，问："谁砍的？"

艾枣花的小娴子在柴堆厕尿，站起来说："根叔，堂爷的根娃子砍的，砍了好几天才砍断。"

雷子顺按说离死的年纪还早，还没备下寿材，队里从保管室拿出几块板子，临时赶制了一口棺材，来不及上漆，白茬子装了。

大雪阻挡了堂爷的叫口，远近的歌师都进不了山，堂爷一个人顶下了三夜代思，从《三字经》《百家姓》到《二十四孝》，从盘古开天、三皇五帝，到秦汉隋唐，从山伯访友到张生、杜十娘，把雷子顺的丧事唱得喜庆满堂。大家说，雷子顺也算是有福气，虽说去得匆忙，可也走得风光。

天渐渐白了，堂爷唱完了还阳，临到要出殡了的时候，大家这才想起没有人打灵幡，更没人顶盆摔盆。

雷子顺孤身一人，自然没有子女尽孝，老屋的雷支书这时忽然想起，雷子顺其实是有儿子的，只是被部队首长带走了，不知在哪里，就是知道在什么地方，也已经来不及了。

雷支书说："子顺是雷家埝子的子孙，又是党和国家的功臣，我这个支书代表组织，也代表雷家族人，为他打幡送行理所应当，只是顶盆的人就不好弄了。"

杨疯子和雷贫协与雷支书商量，既然没儿女在场，就免了顶盆，请一位德高望重的帮忙摔盆，以示厚重礼遇，也表明对英雄亡灵敬仰。大家异口同声地推举堂爷，除了堂爷，没人扛得起这个担当。

灵柩启动，堂爷把香案前的化钱盆子抱起来，高声念道："路途遥远，子孙前途无限。带走黑暗苦难，留下光明期盼。忘掉人间冷眼，乐享世间纸钱。上路啰——"

"砰——喳喳"，化钱盆子摔碎在门前，纸灰随风飞散。送葬的队伍围着雷子顺的灵柩，跟随灵幡走向墓地。

白茫茫的世界，堆起一座孤零零的黄土坟，新翻的黄土包在雪夜里格外显眼。按习俗，应该烧七夜怕火，给新入土的人驱鬼壮胆，雷子顺没家人给他烧怕火。半夜里，坟地不断传来狼的吼叫，一声声，一阵阵，阴森凄凉得吓人。

第二夜，堂爷带着根叔在坟前坟后燃起三堆大火，一来减轻雷子顺的孤独害怕，增添些新生的希望；二来狼见了火光害怕，不敢再打坟下的主意。此后，坟地就剩下守夜的猫头鹰，夜夜为雷子顺叫魂。

九

有人问："黑磨，没去禀报太上老君，问问，还有啥子稀奇古怪事会发生呀。"

雷黑磨翻翻白眼："我去禀报还非得你晓得。五保死了，只开了个头，劫难还在后头，等着看吧。"

又有人问："咋来的劫难，总得有个根由吧。"

雷黑磨想了一会儿，伸出三根手指头来，深沉地说："我们雷村有三大宝，万年岩屋、千年占树、百年老狼。这三大宝是护山神，镇村之魂，万万动不得的。"

人们不解地问："哪来的百年老狼，你是见过还是听说过？"

雷黑磨嘴角挠挠："听说过哪里有白狼？没有吧，只有雷村有。想想看，白蛇传白骨精，唐僧坐的白龙马，那都修了多少年的神？没有百年，能修成白狼吗？万年岩屋是啥？是天神，岩屋就是天眼，帮苍天照看着我们。千年花梨树是啥？是地神，树挨哪儿长的？挨着土地庙，是帮土地爷照看着我们。百年老狼那是地道的山神，帮这片山照看着我们。它们都是雷村的神灵哦。树，砍断了一根肩膀。狼，被掏窝熬汤。得罪了神灵，能不遭报？瞅着吧，人说的不算……不算。"

入夏，地里庄稼还没成熟，人们还没完全从雪灾的苦难中走出来，山里的狼却神出鬼没地来了。今天这家大猪被咬死，明天那家猪娃被叼走，闹得家家惶惶不安。猪是人们一年的盼头，也是娃子们馋肉包子、卷卷和元包的念想，怎么也不能任狼猖狂，断了百姓的希望。雷村刚刚改为雷村大队，村长改成了书记，大家还是习惯把邓书记叫村长。大队决定成立打狼队，村长邓红鸡首当其冲，主动担任打狼队队长。

打狼是件危险事，逼急了狼会吃人的。都劝村长不要亲自上阵，坐镇大队部，当主心骨就行。村长眼珠一翻，拍拍猎枪："莫忘了，村里打疯狗那会儿，我就是当当响的打狗队长，得过区上红花奖的。"

这事不假，那年闹疯狗症，狗患成灾，县里乡里，村村成立打狗队，民兵邓红鸡报名要担任打狗队长，老村长莫元凯说："年轻娃子呀，敢担当，好。有本事，把你家隔壁的大黄干了，只要干掉了大黄，这打狗子的民兵队长就归你了。"

大黄是猎犬和土狗杂交出来的狼狗，性子烈，凶猛。莫村长和狗主人任三的媳妇要好，经常夜里有事无事跑过去晃荡，平日里也少不了打门前路过，大黄见了狂叫不止，他听着心烦意乱，恨不得大黄被狼咬死，这想法和邓红鸡相同。邓红鸡喜欢任三的女儿，任林枝，来来去去的，也很频繁。白天还好，到了夜晚，大黄狗狗眼不认人，把任三媳妇和女儿守得紧。邓红鸡也早想除掉这个障碍，现在有了村长的打狗令，又合情合理，何乐而不为呢？

风和日丽，大黄追着黑子跑。邓红鸡尾随大黄跑了一圈，来到村长家的窝棚，不一会儿，大黄抱住了黑子屁股，再灵敏的鼻子，这时也完全失去了危险的嗅觉。村长女儿莫莉花蹑手蹑脚走过来，轻轻拍拍邓红鸡，悄声说："你真打呀？"

邓红鸡说："你爹交的任务！"

莫莉花望着狂热不止的狗鸳鸯，满脸羡慕地说："下得去手哇，算了吧，你看它们——"

邓红鸡瞟了莫莉花一眼，捏捏手中铁棍，没有搭话。看着黑子摆摆头，伸了伸四爪，满意地抖抖尾巴，向草垛走去。大黄好像还没尽兴，悻悻地跟过去，又在草垛旁连在了一起。

一时没有下手的机会，邓红鸡和莫莉花干脆靠着草垛坐下，看着黑子和大黄风流，不知何时，两人竟也抱在了一起。大黄终于满足了，高兴地狂吠了两声，离开黑子，两只后爪刨了刨，在稻草上躺了下来。

邓红鸡抓起铁棍，蹑手蹑脚地摸过去，照大黄头上狠砸下去，只一下，就结果了。

大黄没了，任三发下狠话，要废了邓红鸡。邓红鸡害怕得要命，找到老村长，莫村长把任三叫到大队部，说："打狗是区上下的死任务，谁家的狗都跑不了。你家是狼狗，土狗都抵着你家，非得拿它开刀。邓红鸡是民兵，民兵就得执行命令，你要敢找他的麻烦，大队就给你麻烦。莫烈倔，闲得慌，给自己找事。"

任三有气没处撒，和邓家断了关系，逼着女儿嫁给了雷老憨。

邓红鸡如愿以偿，正式当上了民兵队的打狗队长，整日扛着枪，带着邓田鸡和十几个民兵，村里村外疯狗一样追撵，没几天，就把全村的狗一扫而光，在全区第一个光荣完成任务。

雷村和打狗队受到了区里的表彰，区长对莫村长说："红鸡是棵苗子，不错，好好培养培养。"

莫村长领会区长的意思，很快培养邓红鸡入了党，还主动辞职，让邓红鸡接任了村长。交班的时候，莫村长把女儿莫莉花也一块交给了邓红鸡，寄予厚望。

这是邓红鸡辉煌的历史，也是他走上村长之路的起点。如今又成立打狼队，他这个村长不领头行吗，打狼队非其莫属。

打狼队第一天集中行动，邓村长慷慨宣布："枪是自家的，枪药、枪子、枪精，民兵队集体供应，大家放开手脚，猛打穷追，不消灭豺狼不收兵。"讲到最后，他学着电影里的镜头，拳头一挥，问道，"勇士们，有没有信心？"

副队长邓田鸡带头，队员们跟着高声齐呼："有！不消灭干净豺狼不收兵！"

邓村长自信地喊："预备——哨枪——放！"

砰！砰！砰！砰！十几杆枪一齐朝天空开放，枪里没有枪子枪精，枪药腾起一团团黑烟雾。在震耳的枪声回响中，打狼队热热闹闹地向山林走去。

正在喂猪的妇女都喘了一口气：这下好了，总算能睡个安稳瞌睡了。

看到打狼队渐渐消失在深山里，雷贫协心里失落落的，我也有猎枪呀，凭啥打狼队不选我。媳妇俊巧儿端着盆去猪棚喂猪，喂完猪食放下盆子，裤子一垮，唰唰唰地尿，雪白的屁股比猪盆子还大，高高地翘着，对着雷贫协的脸。雷贫协心里窝着火，逮住媳妇愤愤不平地骂："就你屁股白，都滚没影了，翘给谁看。"

俊巧儿扭头睨了一眼，说："犯啥酸醋。就翘，翘咋了？人家相不中看不上你，不要你，还不兴看上我？"

这话戳到了雷贫协痛处，俊巧儿长得俊不说，还能干，做啥事都耍卦。雷贫协生怕巧儿被别人盯上了，私下里打她主意，给自己戴上绿帽子，恶狠狠地说："地主老财看上你，死翘翘了。把你能的，还俊巧儿，俊在哪儿？俊俏能接代，能当饭吃？你就是饭桶一个，别光顾吃了屙，屙了吃，抽空多上山转转，照紧处子，莫叫打狼的收了我们的猎物。"

第一天，收枪回到大队部，根叔扛回了一头麂子，十来只斑鸠，大家都夸根叔赶仗赶得好，嗓音足爬山快，会钻刺架，啥苦都吃得。根叔是打狼队唯一不会枪的人，枪队少不了一个赶仗的，把他选进了队，吃苦出力的活都归他。

第二天，邓村长擦着枪，鼓舞士气说："不错，出山见响，响枪有猎物。虽说没见到狼影子，说不定就是被我们镇住了，有酒有肉，晚上吃好喝好，明天咱们再见分晓。"

接下来，一连三天，天天早上哨枪，对天对山空放，可遗憾的是，晚上回来手上身上全闲着，个个放空，不仅狼没打到，连其他野兽也吓得没了踪影。邓田鸡怨根叔吆喝不对路，没把猎物撵上点，大家议论说，那不怪根叔，狼是啥？是山神，多狡猾的家伙呀，会等着挨枪子？我们这些人上山，吆五喝六的，狼早远远地躲了。

于是商定，从第五天开始，分头行动，各自为政，一人跑一片山，偷猎，散打。

邓村长在栋子岭辗转了一上午，刚到晌午，肚子就转饿了，便坐下来歇晌充个饥，嘴里啃着干粮饼子，眼睛无聊地东张西望。一张饼子刚啃到一半，发现二道梁子上有影子在晃动，心里一喜，赶紧放下饼子，端起枪，瞄着影子随时准备搂火，瞄着瞄着，感觉又不太对劲，瞪大双眼仔细瞧瞧，真不是四条腿爬山，像是人在山上前爬后蹬的背影，一猛子爬上去又一吱溜滑下来，屁股也一扭过去一扭过来。他心想：什么人有路不走，偏钻山林子做啥？难道是去做啥见不得人的勾当？越想越觉得有问题，便提起枪沿山梁悄悄跟着往上上。

"飕"的一声风，闷刺刺地响，邓村长顿时头晕目眩，腾一下弹上天，又忽一下甩下地，脚朝上，头向下地悬在了半空，动弹不得。半晌，等树不再摇晃，绳子不再颤了，他吃力地勾反身，去解吊在脚上的绳子，却发现是个死结，越动越紧，根本无法解开。累、饿、气加在一起，把脚脖子吊得更紧，全身的血呼啦啦直往脑门子灌。好不容易醒过神来，昂头一望，林子中间藏着好几大块生地，迷人的芝麻和小米冲他笑开了花。心里说：好哇，敢在老林里私开生地，想着芝麻油、小米饭，非叫你连人带自留地一块完蛋。想到这儿，他顿时有了精神力量，铆着劲喊："谁下的处子？处狼无罪，我是打狼队长，救我有功。都是为了一个共同的目标，快来人呀……"

俊巧儿听到叫喊，慌里慌张打转身，从山顶连跑带爬地赶来，一看村长被吊在树上，慌了手脚，差点儿哭出声来："村长，你莫急哦，我来了……来了。"拿起刀，朝处子树砍去，砍了几刀，又急忙停下，心想：树砍倒了，伤着村长咋搞？刀一甩，三下两下爬树干上去，抓住枝头绳子处溜下来，抱住了村长，两人一起用力，蹭一下又蹭一下，像荡秋千，一下快落地了，一下子又弹撞到树上，就这样两个人紧紧抱着，随着树枝绳子上一上，下一下，左一下，右一下，折腾了好几个回合，只听咔嚓咔嚓两声响，两个人不轻不重地落在厚厚的树叶上，俊巧儿用砍刀砍断了吊在村长脚脖子上的绳子，摸着深深的清瘀印，痛心地掉下了眼泪。

邓村长用手抹去俊巧儿的眼泪珠，严肃地问："这山上处子是你家的？"

俊巧儿怯怯地说："他贫血……吃动物补血。"

邓村长又问："那几块生地，也是的？"俊巧儿巴巴地望着村长，点点头，紧张得要命。邓村长望着，俊巧儿脸像红纸一样，从上一直红到颈脖子下面的胸脯子上，又听见胸脯子里扑里扑咚直往喉咙眼里翻着呼哧呼哧的粗气，放下紧绷着的脸，笑了笑，大度地说："管他个屎哇，问它翻，谁叫遇上你了呢！红鸡子遇上白迷子①，好能正，去屎，走。走屎。"

俊巧儿跟着笑了一下，笑得有些勉强，还没动身，就看到邓村长趔趄了一步，摔倒在地上，忙扶起村长，说："你莫急。

───────
① 白迷子：一种有灵性、可爱迷人的白化动物。

等一下，我把红鸡子拿上，回去给你红烧了下酒，消气。"

邓村长笑着问："刚处的？你大老远跑上山，是想处野鸡还是成心要处我呀？"

俊巧儿扑哧笑了："咋晓得，弄到你这大个红鸡子？成心处你我不怕你整治我呀，不想要小命了？敢捉弄狼队长，那不是咪猫舔狼狗屁股——找屎（死）。"说完，突然觉得不妥，脸唰一下又红到了耳根。

邓村长听完也怔了一下，跟着"嘿嘿哈哈"笑得爬不起腰来。俊巧儿说着就躬下身要背邓村长走，邓村长不肯，她就把头一伸，钻进了邓村长胳肢窝，一手扯着胳膊，另一只手搂着腰，往山下走去。

走了一阵子，累了，打算坐下歇歇，邓村长伸手去给俊巧儿擦汗，俊巧儿一躲，滑倒在地，邓村长跟着也被带倒了，两人一下子你抱着我，我搂着你，骨碌碌朝下滚，直滚到沟中间，才被一块水冲的凹槽拦住。俊巧儿后肩臂被刺条划了一道印子，有丝丝血点渗透出来，邓村长看见了，用手指头粘着口涎沫，抹在伤口上，顺手提了提俊巧儿后衣襟，惊叫道："哎呀，这么多伤。都怪我，莫动，我都给你抹抹。"

俊巧儿慌忙按住衣襟说："不是刚划伤的，不怪你，原先就有。"说着，眼圈红了。

邓村长问："咋，打的？雷贫协打的？"

俊巧儿没答话，无声地抽泣起来，双手下意识地在身上来回搓，引起邓村长怀疑，伸手搂开俊巧儿衣裳裤子，看到后背前胸，屁股上大腿间，到处都有青一块紫一块的新伤旧痕。邓村长小心地摸着这些平日里被衣裳盖住的暗伤，愤愤地说："凭啥打你？他一个贫协代表，竟这样残害女人，跟欺压你的地主公公、王麻子有啥两样？"

提到王麻子，俊巧儿再也忍不住了，长期憋在胸里肺里的委屈、怨恨和愤怒交织在一起，失去了控制。一时间，哭得昏天暗地，眼泪像岩缝的泉水喷涌而出。巧儿爹爱赌，欠下王麻子一大笔赌债，王麻子女人生产大出血死了，娃子还没满月，巧儿爹就把巧儿领进王麻了家冲喜，给奶泡了当了童养媳。王麻子见巧儿乖巧能干，做事要卦①，人又长得漂亮，像个可爱的白迷子，打心眼里喜欢，便在巧儿前面加了一个"俊"字，喊着俊巧儿，说是童养媳，从根儿上就没把巧儿当童养媳看待。王麻子心里打着算盘，等姑娘出嫁了，儿子长大送出去上学以后，就解除俊巧儿的童养媳关系，纳入二妻。没承想，听说土改要被打成地主，还要戴高帽子示众，被镇压。一病不起，女儿也离家出走，不知哪儿去了。

巧儿断断续续地对村长哭诉说："老东西病得不行了，躺床上，我给他擦身子，洗洗澡，咋了？送我个镯子，咋了？我伺候老的，养活小的，不该得？黑心烂肝的东西，就不是个东西，非说我生不出来，是沾了老东西身上的晦气，让老东西碰坏了我的身子，把好好的白迷子糟蹋了，硬要一点点地把我身上的

---

① 要卦：利索、漂亮。

晦气揪出来。"

说着抓住村长的手，在伤处乱点："这、这，大块小点的，都是他揪的、拧的，白的揪得青紫，好的拧得破皮滴血……疼啊……疼死我都不能叫，叫唤了他更得意，就偷偷地哭……后来，我哭也不哭了……村长哦，我是出了狼窝进了贼窝，哑巴吃黄连——有苦说不出呀！"俊巧儿哭得眼泪鼻涕哗啦流。

邓村长一边帮着巧儿擦眼泪，一边摸着揪伤，一点点地揉来揉去，揉得俊巧儿浑身发烫，热血奔涌，哭得更加伤心放肆，身体上的伤疤直抖，抖得颤颤神地晃眼。邓村长手里摸着，嘴里不住地嘟囔着，多好的女人哪，你狠得下心，下得了手打，女人要轻轻地拍打呀，像我这样。俊巧儿颤抖着嘟囔："他打得疼，你打得痒……痒，好痒哦，像蚂蚁爬，痒死我了，快点……痒死人了哇。"邓村长也嘟囔着一块颤抖："痒，晓得你痒……"

两个人都累得很，抱在一起躺着，把雷贫协的浑蛋事忘到了脑后，开心地说起打狼的事来。俊巧儿热心地问："狼打得咋样？听说这两晚上又有人家猪被叼了。"

邓村长突然叹一口气："狼都吓得躲了起来，见不到影子，打个啥屎哇，打、打白迷子。"

俊巧儿说："白迷子就在那儿，等着你随时打，狼不会等你，你去等狼呀。白天狼躲了，晚上总会出来。狼要吃吧，饿了出来叼猪，非到猪圈不可。守住圈，还怕逮不到狼？"

邓村长说："咋？你是说，让我们睡猪圈里守着，像周扒皮扒鸡窝一样……半夜狼叫哇！"

俊巧儿笑得咯咯神，胸脯子乱颤。笑够了，说："谁让你睡猪圈，你不会睡人家屋里头，夜里有猪叫，不就是狼来了，像狗子叫，不就是有人来了？你打狗那会儿，打得多风光，是吧？"

邓村长想想，跟着笑了："你笑话我，背后八成没少嚼我舌头根子，对吧？看我咋收拾你。"

俊巧儿一翻身站起来，走了几步，蹲下来，说："胀满了，要屙尿。"

邓村长听着尿响，说："你屁股真大，生儿子的屁股。狗日的雷贫协咋就弄不出儿子来，奇了怪了。"

俊巧儿尿完回来，又挨着邓村长身子躺下，同时，揪了邓村长一把，说："你咋没日出儿子来，是莫莉花光开花去了吧？"

邓村长大喊一声："雷贫协，我弄儿子，生个巧儿子，你看看。"吧嗒压到俊巧儿身上，又疯狂起来。

打狼队早上照常集中哨枪，然后按包队住户守点。雷贫协肩搭褡裢经过大队部，邓田鸡招手说："贫协这是要出门呀？"

雷贫协说："老舅外甥满月，喝喜酒呢，赶礼。不为送情，谁走得开啰？"

邓田鸡说："闹狼呢，放心你家那馋人的猪，不怕叼了？"

雷贫协看看邓村长，说："打狼队吃干饭的？我家包给邓村长了。"

然后，雷贫协哼着小曲，放心大胆地走了。邓村长想起俊巧儿说过，死鬼去舅老爷家喝酒，顺道贩卖鹿子麝香，得几天回家，要他晚上睡家里守狼的事，心里喜滋滋的，巴不得立马天黑。

天黑定不久，月亮刚刚升起来，邓村长梆梆梆敲响了雷贫协家的堂门。俊巧儿听见门响，在屋里迫不及待地喊："敲鬼娃子敲？还不快点，怕人不晓得你来咋的？"

邓村长推开门，走进黑灯瞎火的屋子，用电筒照照，一桌子酒菜，邪皮笑脸地喊道："狼来了——狼来叼巧儿猪奶啰。"

屋里静悄悄的，没人答应，邓红鸡照着手电直接进了房屋。看见俊巧儿双手捂着脸，长妥妥地睡在床上，掀开被子，赤条条一只白迷子，比栋子岭上水槽沟的白狐狸更馋人，丢掉电筒，饿狼一样扑了上去。

俊巧儿拍拍村长肚子，说："吃完了人，嘴馋了，肚子饿了吧？起来，先吃了消夜，再睡觉。饿得都没劲了，等着你，我还没吃呢。"

红鸡子烧小鸡仔，吃得邓村长头上嘴上冒油。俊巧儿问："野鸡炒家鸡，味道咋样？要喜欢，我给你留着，够吃几夜。"

吃完饭，躺在床上，邓村长一只胳膊搂着俊巧儿，说："房屋太暗，黑得像做贼似的。该安块亮瓦，明人不做暗事。"

俊巧儿说："咋，像水槽沟那样，光天化日，你不怕丑我还害羞呢。一想起来那样，脸上都火飘飘的。"

邓村长睡不着，想到了雷老憨家房屋顶上的亮瓦，那是雷老憨死后，任林枝夜里害怕，求邓红鸡安的。邓村长打狗打丢了一个媳妇，也捡了一个媳妇，可他心心念念的是打丢了的媳妇，雷老憨在世时，只能眼巴巴干望，把念想放在心里。雷老憨死了，他心里燃烧的火苗子又跳跃起来，有事没事拐着弯去家里转转，任林枝见到他也亲得比对雷老憨还亲，啥都可以，就是不让上床弄事。邓红鸡想不通是为啥，为大黄记仇？为老憨寡身，不值得呀。任林枝抵不住长久的软磨硬泡，终于说出真相，原来雷老憨并不是喝酒喝死的，而是夫妻两个弄事时死的。那天雷老憨兴致高，说是把堂爷的野媳妇都制服了，得把家媳妇也好好治治，任林枝早听说男人在婚宴上的风光，觉得自家爷们总算爷们儿了一回，比老憨兴致更高。谁知，高兴快活了一阵，雷老憨却趴着不动了，用手一推，歪倒了一边，竟然没气了。邓村长听说过类似的事，房事太猛，一时兴奋过度，引起心脏开花，称作花心死。任林枝认为自己是克星，弄死了一个男人，说啥也不能再弄，害怕又弄丢了心上人的性命。

早上，邓村长提着猎枪出门，俊巧儿倚着门框，不舍地说："晚上，早点哦。莫又让人家紧饿肚子。"

邓村长木木地望着巧儿，挥挥手说："今晚得换一家，都需要呢……"说着，头也不回地逃出了院子。

雷业香放学回家，看见邓村长和母亲在猪圈旁说话，叫了一声村长，就往屋里走。任林枝说："快把篮子里菜淘了，我这就去烧火做饭，村长晚上在家消夜。"

吃完饭，月亮起来了。邓村长坐在门槛上，慢条斯理地擦枪，完全没有走的样子，业香跟母亲说："明要升旗，得起早。

我先上床睡，你等村长走了快点来，一个人害怕。"这是拐着弯催村长快走。

任林枝说："你先睡吧，今晚不怕，村长在我们家睡。"

"啊？村长不走了？"业香有些惊讶，好些回，村长想留下睡，都被妈赶走了。

任林枝说："打狼队保护养猪户，轮着家睡，村长今天轮到我们家，等着夜里打狼。"

房屋里，面对面摆着两张床，中间放了个粪桶，起夜用的。

邓村长借着月光，看对面床上母女俩都没睡着，说："讲个故事给你们娘儿俩猜，业香识字，猜字，林枝不识字就猜物。"母女俩打雷老憨死后，夜里总是静悄悄地睡觉，再没有过男人说话，更不谈讲故事猜谜了。

业香兴奋地伸出胳膊，抬着头和肩膀，期待地说："猜。你出谜吧，我好久好久都没猜谜了。"大半个上身露在月光下，林枝连忙扯起被子，严严实实地给女儿盖上。

邓村长说这是堂爷讲的一个故事：说是南山里有一个教书先生，和农民补习班相好的睡觉，睡不着，就用猜谜的办法来启发相好的学习，教书先生挑选夜校里教过的字作谜，可猜字，也可猜物。说有一种动物，"有头无尾"，也是一个字。

业香稍稍想了一下，犹豫地说，有头，无尾？这像是个"由"字吧。邓村长说，先让你妈猜。林枝爽快地说，这有啥好猜的，有头无尾，那就是人的把儿，河里王八呀。

邓村长无语，碍着业香小媪子的面，没作评价，又出一题：

"有尾，无头。也打一个动物和一个字。"

业香说，有尾无头与有头无尾反了个个儿，那不就是"甲"字吗。林枝又说有尾无头是林中红鸡子、化鸡子，河里麻虾子，化鸡子和红鸡子见了响动头往草里钻，麻虾受了惊，头往水里钻，那不是有尾无头，戏台里穆桂英凤冠上那么长的化鸡尾巴，哪有头哇？

邓村长再出一题："有头有尾。"

业香拍着巴掌嘻嘻嘻大笑，边笑边说，太好猜了，把由字和甲字一串，不就有头有尾了，申，是"申"字。林枝也跟着笑哈哈地说，还用猜吗，有头有尾是泥鳅。

邓村长继续出题："无头无尾呢？"

业香脱口而出说，无头无尾是"田"字。林枝想来想去，想不出啥怪物无头无尾。

邓村长笑了，说，我晓得这个你猜不出来。那个教书先生的相好，也是想了半夜没想出来，就抱着教书先生的脚又捏又捶，娇滴滴地抱怨先生出这么难的题，诚心不让人夜里睡觉，教书先生有点受不住了，照相好的大腿蹬了两脚。相好的"哎哟"叫了一声，好像一下子受到了点拨，激动得一处溜，从那头钻到先生这头，哈哈哈笑个不止，我晓得了，晓得了，无头无尾是个半壳。教书先生说，你就想着半壳。这是甲、由、申、田四个字，你咋没想到是半亩田呢？你不是嫌田少想多要点吗，那得找理由申请，说服甲方同意才行。

任林枝终于明白，读书识字的重要性。香姆子猜字猜得又快又准，自己睁眼瞎猜个物件都是白脖子。邓村长明明是说她想要点自留地种菜园子那事，指点她写申请解决。

业香嫌字谜太简单了，要求出些难度大的猜，林枝阻拦说："不猜了，想多了激起了兴致就睡不着了，睡不着折磨死人。"

于是，都不再说话，安静地睡了。

后半夜，邓村长正在做梦，被一串"哗哗啦啦"的响声吵醒了，蒙眬中，看见林枝坐在粪桶上撒尿。月光从亮瓦上照下来，溜溜光的身子，雪白雪白的直闪光，邓村长喉咙里吞下一口涎水，没想到任林枝还像小娴子时一样，白得晃眼。瞪眼仔细地又看了看，却发现不是任林枝，是她娴子，业香。喉咙管又咕咚了一下，心里说：这娴子，比她妈那时候尿劲还足。

就在这时，有哼唧唧的猪叫声，碰碰撞撞地传进屋来。

邓村长一骨碌爬起来，抓起枪就往外跑，雷业香也从粪桶上跳起身，跟着跑向猪圈，只看见邓村长追着一团白光，已经冲上了山，嘴里喊着："白狼，哪里跑……你跑不了了。"

雷业香啥也没想，追着邓村长的影子，也拼命地往山林里跑去。嘴里喊道："村长、村长，可莫叫狼跑了哦。"

任林枝披上衣服从屋里出来，邓村长和女儿已不见了踪影，一大一小两头受惊的猪，正哼哧哼哧地喘着粗气。

白狼笔直往岩屋沟跑。邓村长追到小岩屋口，白狼不见了，往里是深山老林，不敢再追，也确实累得追不动了，刚放慢脚步想要歇歇脚，却听见身后业香喊着村长，一路小跑地追了上来。邓村长心疼地责怪说："小娴子，这大半夜的你追过来，不怕呀？累坏了吧，来，先喘口气。"

两人就在小岩屋外坐下来歇脚。才坐下不一会儿，雷业香就说："村长，我好怕，白狼会不会去叫更多的狼来，撕了我们呀？"说话的声音打着寒战，牙齿磕碰着牙齿。

邓村长壮着胆子鼓励说："不怕，有我，我有枪。"伸手拉过雷业香，抱在怀里，这一抱，才发现业香身上光溜溜的，没穿衣裳，就着月光再一看，自己也光着身子。

雷业香抓着村长的胳膊，战战兢兢地说："叔，狼会吃了我们吧，肯定会来的，我好害怕，好冷呀……"

邓村长摸索着，抓了一抱苞谷秆子垫在地上，说："不怕，你躺这上面，暖和一会儿，等狼走远了，腿脚歇过劲来了，我们就回家。"

山林里的夜，像睡死过去了一样，静得吓人，偶尔传出一两声狼和猫头鹰叫，雷业香吓得心里慌慌神地怦怦跳，双手紧绷绷地把邓村长捆得死死的。

从小到大，业香一直在雷老憨百般呵护下成长，像这样大半夜待在山林里还是第一次。自打爹去世，再没男人抱过她，她也没抱过男人。过去看见邓村长被妈抱着，特别生气，又气又恨，烦得吃不香睡不着。这时，在这茫茫无边的深山黑夜里，她终于明白了，男人好重要。她睁开眼，想看看邓村长的脸，却看见月亮照在身上，白得耀眼，伸手一摸，身子光着，啥也没穿，再摸，一个光屁股男人，吓得她"哇哇哇"地大喊："妈呀！妈，你在哪儿呀，妈……"

业香妈坐在屋门口等了一夜。天微微亮时，月光下走来一个人影，走近一看，是邓村长抱着女儿，扑上前去，哭着喊："我的儿呀，大半夜，你跑哪去了？吓死你妈。"

邓村长大步进屋，把业香放在床上。

林枝跟过来，扯过被子给业香盖上，望见女儿一腿的血，狼似的一声号叫："啊——咋弄成这样子！"

邓村长瞪了林枝一眼，吼道："哇。有工夫哇呀，看成啥样了，还不快把热水擦洗擦洗。再烧碗姜汤，打个鸡蛋花子，暖和暖和。吓出病来，够你嚎一辈子。"

说着，哈嚏哈嚏地直打寒噤。这才想起来，自己一直光着身子，慌忙抓起衣服，推门跑了出去。

十

根叔被公安带走了。

小半晌午，打狼队哨枪，一阵砰砰砰砰响过后，大团大团的枪烟随风飘上半空，又随风忽高忽低地慢慢飘进山林。根叔没枪，不关哨枪的事，跟着我们一堆孩子，站在大树下看热闹。哨完枪，分完工，根叔丢下我们，随打狼队起身出发。

这时，村路上走来三个人，老远冲打狼队喊："等等，等一等。"

都听出来，像是李特判的声音，走近一看，当真是李特判，身边还陪着两个公安。李特判上前把邓村长叫到一边，不晓得说了几句啥话，邓村长招招手，喊根叔过去。根叔去了，两个穿制服的公安立马跟过去，围住了根叔。

我听见一个公安问："你叫李根发？"

根叔回答说："我是李根发。咋啦？"

另一个公安指指花梨树，说："这树是你砍的？"

根叔又说："是我砍的，咋啦？咋的啦？"

两个公安抢着说："咋啦？你得跟我们走一趟！"

小个子公安从裤腰上拿出明晃晃的铐子，一只手抓住根叔的手腕子，就要往上拷，根叔用力一挣，差点儿把小个了扯个仰八叉。大个子飞起一脚，踢在根叔小腿肚子上，接着，蛮刻刻地抓住了根叔的头发，胳膊肘子抵住后腰，与小个子合伙，恶狠狠地给根叔戴上了铐子。

根叔挣扎着喊："打人犯法，你们公安随便打人，没王法了？凭啥！"

大个子说："凭啥？凭你犯了法！你砍了古树，国家重点保护物种，活化石，是文物。你懂吗？"

公安要把根叔带走。我拼命冲到堂爷家，喊："不好了，根叔要被公安抓走了。我亲眼看到的，根叔挨了打，手被铐着，好可怜哪！"

久香奶奶哇地哭了："为啥？为啥抓人？"

我上气不接下气："砍……砍树。"

堂爷气冲冲地说："砍树？砍树是救大家的命。快去邪吠邪吠，喊叫大家，都去，先把人拦住。"

我和堂爷赶到时，根叔还没带走，打狼队的人正在和公安掰扯。紧跟着，在我们身后，男男女女，老老少少，赶来一大帮子人。

大个子公安见打狼队队员手里都有枪，赶来的百姓也都拿着家伙，严厉地呵斥道："你们有人拿枪对着公安，这是抗法。这么多人拿着棍棒，围堵公安，是阻挠公务，破坏执法。无论是抗法，还是扰乱执法，性质都很严重，影响也很恶劣，我奉劝你们，都要想清楚后果。"

李特判把堂爷领到公安跟前，介绍说："这是根发的爹，堂爷是个明事理的人，你们把情况给他说说。"

堂爷连连点头："公安辛苦了，有话好说，有啥话都好说，到底违不违法，总是说得清楚的，我们也不会长虫吃扁担——硬棍一条，请公安放心。"

两个公安和李特判叽叽咕咕了好一阵儿。堂爷像是对公安又像是对大家，说："啥活化石死化石，我不懂。那花梨树救活了好些人的命，我晓得，乡亲们也都清楚哇，咋挺过来的？没忘吧？救了命，违了法……这法违得值当吗？"

人群里乱嚷嚷开了："去屎吧，犯法，公安就是豁牙子啃西瓜——道道多。啥化石，没根娃子的柴火，早冻死了。等你们收尸，你们来吗？"

雷贫协挤上前，讨好地说："公安同志，说句公道话，得亏了根发，是他送的柴火救了大家，没有被冻死，还有他在树洞里掏出来的粮食，才救了这些人活命。要不是他，真不晓得多少人会被饿死，村里五保，雷子顺，送晚了一步，就饿死在屋里了，李特判调查过的，我说的没错吧？"

大家七嘴八舌："我们猪遭狼叼，根发参加打狼队，打狼除害。没柴烧了送柴，吃的断顿了送粮，老百姓有难时，你们人都上哪儿去了，送过啥？我们种地给你们送公粮，你们送老百姓铐子。抓人哪？没门！"

小个子公安提高调门儿说："讲到粮食，我们正要调查，也欢迎大家举报，相信群众的眼睛都是雪亮的。据说，李根发偷了集体的种子粮，送大家做人情。青黄不接，他哪来的那么多粮食？靠一个树洞，几只松鼠，能藏多少粮食？你们想想，想想吧。"

大个子公安插话说："查证属实，必将罪加一等，那就不只是砍树的罪了。你们这样聚众闹事，又会给他罪加一等。最终害谁？坑害的是李根发，多坐几年牢。"

李特判打圆场说："我劝大家几句。公安同志带李根发去协助调查，也不是一定要治罪。调查清楚没罪，他又做了那么多好事，随时就会回来了。堂爷也是方圆百里有头有脸的人，也希望事情有个圆满结局，对吧？真闹复杂了，不是事也成事了。"

堂爷觉得李特判讲得有道理，这样争执着，真把事情弄僵了，吃亏的还是根叔，便说："公道自在人心，有理不在逞强，我们信公安一回。"堂爷劝大家让路放人。

久香奶奶跪在地上，死死抱着公安的腿，哭诉说："我儿行善……咋遭恶报哦……天老爷，你咋就不讲天理呀？"

堂爷让人拉开久香，望着根叔被公安带走了。

大伙垂头丧气，一声声地叹息，该多好的人哪，做好事摊上了厄运。

根叔跟着公安走得很快，一眨眼，变成了黑点，越走黑点越小，像地上的蚂蚁。傻婳子突然疯子似的，冲着远去的黑点喊："根娃子，快点回来，我给你捉蚂蚁……"

我清楚地记得根叔砍树的样子，高大，威武，有力。我那天饿急了，背着老四抱着老五，身后跟着老二老三像逮羊子似的扯住衣裳，一路歪歪倒倒地去找久香奶奶讨吃的。路过花梨树下，我望见根叔扬着板斧，在哼哧哼哧地砍树，砍一斧子，吆喝一声，大块大块的树渣子和拳头大的雪坨子，随着吆喝从树上落下来。

太阳从树枝中照在根叔脸上，黑红黑红的，风把他的单裤脚吹得摆来摆去，我真怕他被风吹掉下来。他从不穿棉衣棉裤，再冰冻的冬天也是单衣单裤，我想不明白，他为啥一点儿都不怕冷？也可能是他从小讨饭时熬出来的吧。

根叔看见了我们，停下斧头，说："树底下危险，小心滑倒摔骨碌子。等我们平安离开大树，他又哼哧哼哧地砍了几斧子，突然停下来，扯起嗓子喊："奶奶在煮腊肉，赶快去。可莫说是我说的啊——"

久香奶奶对我爹妈不待见，可对我们这些小孙子，稀奇得要命。听到我们在门外奶奶、奶奶地喊叫，慌张张地跑出门，把我们一抱，搂进了屋，嘴里说："乖乖哟，一个个冰凉凉的，看冻成啥样，摔坏了咋得了哦？"双手啪嗒啪嗒地给我们拍净了雪，连忙揭开锅盖，扯下一大块红猩猩的瘦肉，分给我们一人一大条子。那肉热烘烘喷喷香，香的呀，我一辈子都难忘。

晚上月亮出来了，我们兄弟几个，又一人捏一条子腊肉，牵牵扯扯地回家。走到花梨树下，望见根叔又在树上，抡着斧头拼命地砍，整个人都被月亮照着，我大声喊："根叔，吴刚砍了好些年，都没把桂花树砍断，你能砍断花梨树呀，算服你有狠气。"

根叔紧张地喊："快过，快过去，马上断了。"

我刚回到家，就听到"轰"的一声巨响。我心里想，一定是根叔把树砍断了，丢下弟弟们，就向花梨树跑去。来到树下，只见半根粗树杈子横在路上，还有断了一地的树枝，没有根叔。我有些担心，又往堂爷家跑去，快到门口时，听到"吱呀"一声，从门里走出两个人来，堂爷走在前面，一手撑着大布衫子，一手提着长烟袋杆，根叔挑着箩筐跟在后面。我觉得好奇怪，黑天雪地的，他们要到哪里去？去做啥呢？我悄悄地跟着，一直跟到大岩屋的半山腰，实在爬不动了，想坐下歇会儿，又怕跟不上了一个人害怕，正不知咋弄时，堂爷和根叔在山坡上停下来了，我听到堂爷打火镰的声音，接着看到一红一红的明火，那是堂爷烟锅里冒出来的。

歇了一袋烟的工夫，堂爷和根叔又开始爬山了，越往上山越陡，爬得也越怕吃亏。冰天雪地的夜晚，我的衣裳全汗湿了，热气腾腾、厚墩墩地绷在身上，头顶上冒着热气，口干得要命，我抓起一大把雪，吞了，连吞三把雪，感到从嘴里到心底凉悠悠沁沁甜的舒服，立马觉得浑身是劲。

终于到了。原来他们去大岩屋了，堂爷和根叔喊着包糯米进去了，我腿上的棉裤早成了冰坨子，死沉死沉的，再也抬不动脚，干脆在岩屋门口的石阶上坐了下来，只听见包糯米说："咋爬上来的哟，你们爷儿俩，要不要先弄点吃的？"

堂爷说："不用了，点个火把，要亮些，到地窖。"

我明白，地窖肯定是我掉下去的那个深洞，里面藏着粮食，堂爷和根叔一定是来挑粮食的。

远远地，我望见了板栗树上吊着的大葫芦包，心里想：塘埂上的黄花蛇还在那里吗？不会被冻死了吧。但我最想的，还是救过堂爷命的白狼和野人，要是他们能来帮我一下，该多好哇。想着想着，我好像真的碰到了野人……

堂爷怎么把我救下山的，他一直不肯告诉我，只说根叔为了我，一夜爬了两道大岩屋。还说久香奶奶端了两盆雪，直到把我身上擦得像红纸一样，然后搂着睡了一天一夜，才捂醒过来。

我醒过来后的第一顿饭，久香奶奶陪我喝了好多酒，不是黄米酒，是白酒，都喝醉了，睡了大半天。那是我人生中第一次喝白酒，也是第一次醉酒，久香奶奶说，醉的是救命酒。

听妈说，这是老爷子第二次救我的命。

第一次，是我一岁多的时候，高烧了一天多，等到不烧了，身上发凉，鼻孔里没气。老奶奶说没救了，凉都凉了，强行从妈手里夺过来，装进摇篮，放到了门外。我妈哭得死去活来，老奶奶说哭能哭过来？这个去了下个再来，身体要紧，哭坏了身子可就没指望了。妈不敢再明着哭，就用被子蒙住头，悄悄地抹泪……抹到天快亮时，妈看见白狼来了，抱着我喂奶，我不吃，白狼又拍又打，强行逼着我吃，打得我"哇哇哇"直哭。妈挣扎着从梦中醒来，跟跄冲出门外，月光下，发现我家灰狗子躺在摇篮里，我在灰狗了怀里，妈扑过去，伸手抱起我来，一摸，浑身热乎乎的，疯子似的喊：老爷子，老奶奶，娃子活了，热的，活了哇，活过来了——

久香奶奶跑出门，望着我妈，不信地摆头，堂爷穿好衣服出来，伸手摸摸我，说："啊哟，是像有口热气，不佯黄，走，说不定有救。"

我妈抱着我走了二十里夜路。太阳冒头时，来到郑家湾水库工地，村长邓红鸡正招呼雷村民工上工，看见堂爷路边坐着，就问："大早起的，堂爷这是去哪呀？"

堂爷说："这不，孙娃子病了，去高枧瞧瞧。"

村长邓红鸡伸头瞅瞅，说："堂爷，弄岔走眼了吧？不像有病呀，看这小眼睛灵光的，溜溜直转。"

工地指挥部牵着电话，电话杆子上的铁丝从这个山头连着那个山头，晨风吹着，脱落的电磁葫芦"呼呼呼"滑过来，又"呼呼呼"滑过去，我睁着好奇的小眼睛，跟着电磁葫芦忽一过去又一忽过来。

堂爷高兴地说："稀打乎①呀，天亮了睁眼了。快喂他，娴子，快喂奶。"

吃足了奶，又走了二十里到高枧，来到中药铺，白胡子老中医拿完脉，看了舌苔看眼睛，摸了脑壳摸肚子。然后，又用一根手指头伸进屁眼里，摸了摸，说："这娃子没事了……你们回去，别凉着。"

我妈急了，哀求说："求您了，医生，救救娃吧。他昨夜都不行了。"

老中医真诚地望着堂爷说："娃子是发烧烧的，肛门里烧起了个大泡，憋着，闭过了气。亏得你们，这几十里折腾，把泡磨破了，气通畅了就没事了，不花冤枉钱，回吧。"

回家的路上，我妈说白狼是娃的救星，没白狼搭救，娃的命就没了。堂爷闷着头，走了里把路，突然说："啥白狼，是灰狗。夜里黑灯瞎火的，月亮照啥啥不是白的，灰狗救了娃哦。"说着，拿起叫口吹了一气，坐下来，掏出火镰打火抽烟，有一搭没一搭地抽着，说着："娴子，莫怨老奶奶，媳妇熬成婆婆，都这样过来的。咋多咋少，哪好哪坏，说得清嘛，谁想得到灰狗子能救娃命？这都是命里定数。"

那年，又闹疯狗病，灰子被村长他们活活打死，熬着吃了。

---

① 稀打乎：差一点。

妈说他们缺德，会遭报应，吃了我们的救命恩人，抱着我大哭了好大一场。打那起，我见到邓村长就烦，根叔被公安从打狼队带走后，我对邓村长的烦更进一步，变成了恨，心里想：妈说得对，早晚他得遭报应。

在久香奶奶为我救命的那几天，根叔正扛着柴火和粮食，各家各户地跑，送给大家救命。

久香奶奶说，要搁过去那会儿，你堂爷那可是良田百亩，腰缠万贯，就雷村这点人家，还能让谁冻到饿到？再加几个雷村，吃穿都不在话下。堂爷白了久香奶奶一眼："给孙娃子诓淡这些干啥？无聊吧。"

"咋啦，怕揭了老底？要美人不要家人，做都做过了，还怕说？"久香奶奶说得咯咯咯地笑，笑够了又说，"不是为了那个唱歌的女人，能败光家当？会跑回百裕沟，住老岩屋？"

以前没听说过堂爷有败家的事，还说是歌女害的。我打记事起，只知道堂爷过去住在大岩屋，打小从岩屋沟跑出去，走南闯北，是雷村第一个见过外面世界的能人，我十分羡慕，决心长大了也要走出雷村。久香奶奶说："唐姐儿歌唱得是好，唱得再好，人没了歌也就没了，孙娃子说说，我唱的咋样？有味道吧？"

我巴望着想听堂爷的故事，讨好地连谄嘴带拍巴掌："好，奶奶唱得比鸟叫都好，还带着猪油味，真香。"

堂爷乐哈哈地笑："孙娃子说得真对，是猪肠洞的猪油吧？黏人。"

原来，堂爷的干爹从大岩屋回城后，凭着一袋子麝香把生意做发了，越发越大，富甲一方，城里铺面扩了又扩，专门请了二掌柜和伙计，打理西关的药铺和药材生意。城外又置办了一百亩水田，一百亩旱地，围了个大庄园，坐在家里吃租子。一天，几个租户的学娃子打庄园路过，后面跟着教私塾的老先生，脸上挂副眼镜，双手捏着一本书背在屁股后头，斯斯文文地走过来。万麝香拱拱手，隔着田埂恭敬地打个招呼，心里说：这先生亮堂。私塾先生走过去好远了，万麝香一直没有进屋，眼睛一直盯着他那慢条斯理的样子，猛然想起山里干儿子亮堂来，咕嘟一句：不行，不读书，亮堂个啥亮堂？睁眼瞎一个，万万不行。

　　一个朗朗晴天，万麝香突然走进大岩屋，提着大包小包的礼盒子点心，说是专程前来感谢救命恩人，顺带看看干儿子，尽点干爹的本分。

　　太爷有些受宠若惊，一口一个经当不起，太奶奶踮着小脚张罗，一家子忙得跟过节似的，笑呵呵地进进出出，不一会儿，就忙活了一桌子好菜。万麝香头一回匆忙，这会儿让干儿子亮堂陪着，把大岩屋里里外外瞅了个遍。落座吃饭时，万麝香望着头顶上刻在岩石上的字，问亮堂认识几个字。亮堂摇摇头说，一个字，两个叉，它认得我，我不晓得它。万麝香又让亮堂把酥糖京果盒子拿到桌上来，下酒，亮堂在几个盒子上摸来摸去，不认得哪个是酥糖京果。万麝香指着中间的盒子说："那上面写着字呢？哦，你不识字。"

几大碗黄酒下肚，万麝香朝洞外看看，说："咋搞的？天气不大好了哇，屋子里正暗。"

亮堂的大哥瞅瞅岩屋外，说："外面好大太阳，光线好得很呐，咋暗了？岩洞就这样子。万叔，没喝几杯呀？"

万麝香挥挥手，想了一下，说："外面是有光亮进来，可屋里没光出去。眼睛看到亮，心里漆麻黑，像青光眼哪。"

亮堂爹这时总算明白了，万老板是说孩子没读书，像个睁眼瞎。一脸苦笑地说："养儿子不读书，如同喂头猪。万爷，这理我懂得，可难哪，莫说这大山里没处去读书，就算有地方读，也要读得起呀。"

万麝香说："直说，答不答应娃子去学堂吧，其他的事，一概不用你操心，我全包了。"

亮堂爹苦着脸，笑笑："咋说呢，老话讲，救一时，救不了长久，管一事，管不了一生。我晓得你是好心想供他，穷命一生，你能供他长久一世吗？"

万麝香神秘地笑了，说："这可看你老哥子了，跟你打个商量，不晓得你愿不愿意？"

亮堂爹说："听万老板吩咐，看得起李家父子，没半个不字。"

万麝香说："托你们父子的福，我发了一丁点儿小财，盘了些田地。咋说呢，围起来算个庄园，不比这岩屋山大，可也不太老小，我哪来精力照看得过来？还有田啊地啊，放租收租，杂七杂八的。说起来还是你们福星高照，不仅救了我这条小命，还帮着聚了发家之财，所以我才能置办下这些家业。我有个不情之请，你们若是不嫌劳苦，屈尊你爷儿俩前往帮忙打理，搬出大岩屋，跟我去自家庄园居住，保你全家衣食无忧，亮儿功成名就，也算野人岭没白搭救……"

……

亮堂爹和亮堂哥吃苦耐劳，把万家庄园和田地操持得井井有条，与左邻右舍和租户关系也处理得如同亲戚一般。亮堂除了迷恋叫口外，学业上出类拔萃，甚得私塾先生喜爱，不出意外，像古时那样，中个秀才、举人不在话下。万麝香女儿在南京艺校上学，听说家中来了个擅吹叫口又擅长读书的怪人，格外新奇，为探个究竟，下乡实习时特地拐道房县，带着亮堂一道参加采风。谁知一个月采风下来，亮堂对"三字经""百家姓""四书""五经"之类的一概没了兴趣，除了迷恋叫口之外，又迷上了唱歌。

私塾先生找到万麝香，说："身心可夺不可夺其志，这娃子志不在学，随他去吧。"万麝香和亮堂爹商量，亮堂性野，怪癖，心气高，只怕硬逼，会适得其反，弄不好惹出事来。不如任其发展，说不定闯出一条啥道来。

万麝香把亮堂喊进书房，说："人各有志，有志不在年高，你小小年龄不肯学了，自有你的道理，我和你爹也不勉强。只是得告诉你，唱歌看起来很光鲜，可并不真受人尊敬。"

亮堂点点头说："晓得，咱甘愿苦唱一辈子，不会后悔。"

万麝香又说："靠吹叫口劁猪手艺吃饭，差事苦，浪迹乡里，衣食难有常规，免不了风餐露宿，饥一餐饱一顿。"

亮堂又点点头说："吃得苦中苦，唱出亮堂歌，方为人中人……我要是半途而废，凭干爹夸薄[①]。"

见亮堂心性已定，多说无益。万麝香顺着亮堂的心思，前前后后古往今来地说了个遍，最后，提醒说，你要想混成个猪把式来，就去南山的大九湖，历史上纪鸾英和薛刚在那儿招兵买马，扎寨反唐，唐将班子兴旺，那里又是高山平地，猪、羊、牛众多，有你施展唱歌和劁猪手艺的工夫。那里邻近巴蜀，还是巫歌和占歌发起流行之地，也是出歌师歌大王的地方。可你要真想成为唱把式、歌大王，那还得去青峰寺坪，尹吉甫的老家——尹家大湾，那里唱的是地道的民歌，纯正的诗经，要不，我姑娘他们也不会带你去那里采风，把心都采花了，收不回来……

堂爷就是在寺坪过渡湾的摆渡船上遇见了唐姐儿。那天，三三两两的过渡客，上的上，下的下，人多路窄，堂爷侧着半边身上船，与对面也侧着身下船的姑娘对了个满眼。姑娘穿着一身青衣，背着青竹篓，好大一双眼睛，亮莹莹如船下的深潭。船开动的时候，堂爷听见，渡口传出动听的歌声：

> 关关雎鸠（哎）往前（罗）走（哎），在河之洲求配（哟）偶（哎），（呀啊，咿呀，咿也），窈窕淑女洗

[①] 夸薄：挖苦，讽刺。

衣物（哎），君子好逑（哇）往陇（啊）绣（哎），姐
儿羞得低下（哟）头（呀嘿）……

听船上人说，那唱歌的姑娘叫唐姐儿，堂爷心里"咯噔"
一声，想起采风时听万小姐念叨过，唐姐儿的歌唱得美得了得，
可惜没见到人。没想到今日在渡口相遇，可惜又错过了相识的
机会。堂爷望着唐姐儿的身影走进了山林，山林里隐隐约约的
歌声，走进了自己的心里：

（哟啊嗨，依哟嗬嗨）房陵那个睢山美哟，（依呀
依得喂）睢水清哟。关关那个睢鸠哟依呀依嗬喂，在
河之洲歌儿多依，在河之洲歌儿多唉，睢山那个姑娘
美哟依呀依嗬喂，窈窕那个淑女哟爱唱歌哟，睢山那
个小伙棒哟，依呀依嗬喂，君子好逑喜对歌嗨依哟
嗬嘿……

堂爷坐过对岸没有下船，直接随船又返回渡口，循着唐姐
儿的歌声向深山走去。

一连几天，堂爷时而能听到歌声，却怎么也找不见唐姐儿
的踪影，又累又饿，昏倒在了山上，幸亏遇到了一个打猎的老
人搭救。老猎人对堂爷说，唐姐儿不会轻易见谁的，你这个样
子，人没找到，只怕命早没了。

堂爷打定主意，死也要听着唐姐歌声死，谢过老猎人后，

头也不回地走了。

老猎人见小伙子一片痴情，喊道："小伙子，等等，你这样乱转是找不到人的，得瞄个准头，树窝棚^①子。"

堂爷说："难为您老人家，晓得了，找树窝棚。"

老猎人又说："树窝棚多得很，这山有那山也有。窝棚不动好找，人可不好找，得对歌，你会对歌吗？"

堂爷说："我不会对歌，我会对叫口。"

猎人说："是人又不是牲口，对啥叫口？转来，我教你一首，你去碰碰运气。"

老猎人一字一句地教会了堂爷对唱民歌，又把这几面山，唐姐儿大致爱去的窝棚，都说叨了一遍。

堂爷按着老猎人的指点，终于有一天，在远处听到了窝棚里传来的歌声。一激动，偏偏把老猎人教会的对歌套路忘得干干净净，他求见心切，也顾不了那么多规矩，便可着一腔男儿热血，连喊带说：

深山采花，男女相伴，勾住魂兮；

等了一会儿，听听没有回音，缓了缓气，又接着带唱带喊：

深山采药，一日不见，如丢魂兮；

_____

① 树窝棚：搭在几棵树顶上的棚子。

这时，山顶窝棚里歌声响起：

> 隔山对歌，一日无音，如掉魂兮；隔涧洗澡，一日无影，如无魂兮。

堂爷听出了唐姐的牵挂，悔恨自己不争气，万不该病倒一天，带着忧伤唱道：

> 大山老林，躲而不露，如找魂兮；日暮下山，一叫无声，如失魂兮……

这是一首千百年传唱的诗经民歌，韵味深长，婉转动人，青峰男女无人不会，能讨得唐姐儿接口对唱的，却寥寥无几。堂爷不仅有幸对了歌，还很顺利地接近了唐姐儿的窝棚，按不住喜滋滋的心情，脱口喊道："唐姐，我是堂爷。前不久，曾陪南京歌院师生来拜望你，没能得见，近些日子找你找得好苦哦。"

树窝棚里传出不悦的回音："何来后生，狂称堂爷，敢占大唐后孙唐姐儿的便宜？"

堂爷一听急了，连喊误会："我乃盛唐李显专门祭拜过的岩屋中堂生人，李氏堂主不肖子孙，人称堂爷。你是大唐唐姐，我是岩屋沟显堂堂屋小哥，小哥追寻到此，只为敬仰唐姐好歌，特弃学前来拜师，多有误会，多有荒唐得罪，切请多多包涵，还望唐姐莫记唐爷过，见谅见谅……"

唐姐儿看堂爷找得辛苦，说的真切，窃窃一笑，说："心意我领了。你晓得我爱唱歌，你又真心爱歌，也该知道，山下大周太师尹吉甫，采写民间歌谣合为诗经，流传至今，大唐诗歌三百首，更是老少知晓会背。你要真有心，就收集两百曲好唱的民歌，收集好了，三年后再来。不见不散。"

堂爷做梦也没想到，唐姐儿不但没拒绝，还专门指给自己一个相见的机会，像梁山伯与祝英台的约定。更想不到的是，他追踪的唐姐儿的歌竟在几十年后，作为中国诗经文化艺术经典，唱响了广播电视舞台和春节联欢晚会。2012 年，当 90 多岁的堂爷在老岩屋，收看到中央电视台播出的《探索·发现》和中国广播影视"星光奖"颁奖晚会上的房县诗经民歌《山风》时，激动得老泪纵横，险些送命。

告别唐姐儿，堂爷一心扑在收集整理民歌上，说是收集，其实是花钱收买。把流传定型的歌词和歌师们随意即兴歌唱的歌词，一股脑儿特价买下来，分别处理。就在堂爷四处奔波收歌之时，堂爷爹却在到处寻找堂爷回家，干爹万麝香病重，要见干儿子最后一面。

堂爷从送信人口中得知，干妈送女儿回南京上学，刚好赶上日本人大屠杀，母女俩不明不白地丢了性命。厄信传来，加上各种不幸传言，把万麝香击倒了，一病不起。

万麝香把李家父子叫到床前，说家国有难，女儿和她妈先走了一步，自己也去日无多。城里的铺子一直是二掌柜和伙计们操持，战乱时期，生存艰难，全送给他们算了。沾了你们李家的福气，我这个药铺郎中才三生有幸，购置了那些乡下庄园田产，生不带来，死不带去，我把它一分为二送还给你们李家，就算是拜托你们，帮我照护打理，我把一半分给亮堂，是种是租是卖，全由干儿子自行处理，关键时刻但愿能为儿派些用场。堂爷爹说，老爷好人有好报，很快会好起来的，庄园田产有我们照看着，你尽管放心。

万麝香吃力地扬扬手，让其他人出去，留下堂爷单独说话。

堂爷坐到床头，万麝香搭着堂爷的手说："你有你的主见，是祸是福，在天也在人。把一半田地交给你处理，主要是防你哥你爹，怕他们阻拦你做想做的事。"

堂爷怯怯地望着干爹，说："干爹，我正在做一件事，也是小姐先前在做的事，不晓得是对是错？"

万麝香信任地眨眨眼皮，说："凭感觉，看命运。我单独把你留下，是要告诉你两个无人知晓的秘密，说不定将来会派上用场。第一，阳荷炒猪卵，滋阴壮阳，有治疗不孕不育的功效，能确保开枝散叶。你是劁猪人，自己千万别吃猪卵，要积福积德。第二，你这个六指，我找人算过，是神指，要留住指甲。江湖行走，四乡往返漂荡，免不了沾惹东家姑娘西家媳妇，千万不能处处留下孽根。六指可帮你掐断女人卵管，堵住孽根，神算子叫它一指（止）管，又称六指净卵……"

堂爷听得云里雾里，正要请教缘由，万麝香已悄然驾鹤而去。

处理完万老爷的丧事，堂爷把自己名下的旱地也都处理成现大洋，又踏上了收集山乡民歌之路……

久香奶奶说是堂爷的叫口声救了堂爷一命。

那几天，突下暴雨，滔滔洪水淹了水井，久香提着篮子在河边洗菜，听到河中间大柳树上有叫口叫，嘴里说："舍了①，有人打水漂了。"慌颠颠地跑回家，喊来挑窑货的男人和几个村民，走近一看，树上趴着一个光屁股男人，大家拿来竹竿递过去，岸宽水阔，竹竿离柳树相差几杆子远。有人把绳子甩过去，绳子直接掉到了河里，树上人根本抓不住，久香焦急地喊："真笨，光瞎个布弄②，笨。有哪个会水的，把绳子绑腰上，爬过去。"

窑货丈夫斜了久香一眼，说："瞎邪呐啥，滚回去，杵这看啥？没看见那人打着吊胯。"

久香睨丈夫一眼："啥时候了，还管它吊胯不吊胯，谁没见过咋的？再啰唆一会儿，人就被冲没了。"

堂爷被救时，身上仅剩一个叫口。堂爷在床上躺了一天多才醒，高烧中不停地喊："唐姐，好我的姐儿，来了，三百首，堂爷送你三百首。"

原来，堂爷千辛万苦，收集了三百多首民歌，前来相约地点会合，谁知刚好碰上山洪，泥石流冲垮了窝棚，堂爷疯狂追赶，也被山洪卷进了河流。

---

① 舍了：糟糕。
② 布弄：晃荡。

唐姐儿被山洪冲走了。好不容易收集得来的歌词也打了水漂，堂爷的心，也跟着唐姐儿和歌子一起死了。

久香开导说："歌本没了可以再找，唱歌的人没了找不回来。活着的人要是魂没了，可就完了。那才叫苞谷糁里下汤圆——糊涂蛋。"

堂爷伤心地说："我就是个糊涂蛋，浑蛋，早该回来的，早一天我们就在一起了……她不在了，我活着有什么用呀。"

久香说："你要真对唐姐儿好，就莫那么没用，赶快挺起来，硬起来，妥妥实实的，让唐姐儿在下边，晓得你有多厉害……"

在久香的精心调理下，堂爷终于又恢复了精气神，吹着嘹亮的叫口离开了久香，也告别了唐姐儿。

堂爷做了一个改变一生命运的决定，果断地跑回家，把剩余的水田全部转卖给了大哥，又重新踏上了收集民歌之路，以此告慰唐姐儿的在天之灵。

写到这里时，我突发奇想，如果唐姐儿现在还在，同堂爷两个白发老人组合，身着绿装，站在《星光大道》的舞台中央，身后是一群长辫子村姑，和一只白狼翩翩起舞，那该是怎样的一种奇特效果，伴着甜美的吆喝声，他们唱着诗经民歌：

关关雎鸠（哎）张开口，在河之洲抬起了（哦）
头（哎），窈窕淑女（哟）一朵花（耶），君子好逑跟姐走（喂），姐儿羞得回树楼……

这是 5 名房县农民歌手，在春节联欢晚会上的演唱，让观众惊为天籁。

第四章　青蛙石蛙

十一

天热得闷人。

学校东边大队部的院场中，摆起了一个桌台子。两张桌子是从学校搬来的课桌，课桌上放着一个铁皮子广播喇叭、一只木水桶、两个木脸盆和八把镰刀。

听说要开忆苦思甜大会，一窝一窝地围满了人，有些人按通知要求来参加开会，有些是自个儿跑来凑热闹的。像这样张扬热闹的大会，在雷村每年都有一回，年纪稍大点的人记得，这个规矩是打雷村解放土改之后开始的，每到麦熟谷黄，估产^①动镰之际，村民们便一起忆苦思甜，话丰收，论年成。学校操场与大队部连在一起，教室外人们来往穿梭，窗口和门口上都挤满了脑袋，乱嚷嚷闹哄哄的，吵得教室里上不成课，学校干脆把学娃子全放了。

杨疯子的龅嘴儿子有些匪气，领着十几个同学，用谷穗从田里钓来一堆青蛙，再用稻草绑着青蛙一条后腿，牵着稻草扯着青蛙，满院子喊叫："抽、抽、抽——抽你个坏蛤蟆……搅秧花、刁谷穗、祸庄稼，白天夜里哇哇哇……"

学娃子们在杨龅嘴指挥下，一人拿着一根竹条子，照着青蛙刷着喊着："哇，叫你哇！叫你哇——"

连长邓田鸡听说过青蛙有个学名，叫田鸡，看见一帮学娃子拉着青蛙叫唤，气得眼珠子一翻，吼道："滚一边玩去，再在这里捣乱，把你们都捆起来。"

一串青蛙和一帮学娃子都被吓住了，操场上立马安静下来。邓田鸡拿起广播喇叭喊："现在我们先进行忆苦思甜，等一会儿，村长和估产组估完了，会来向我们报告好消息的，与大家一块儿庆丰收……"

村长邓红鸡率领八个生产队长和几名贫协代表估产归来，哼着《社会主义好》，有说有笑地走向大队部。这时，连长邓田鸡组织的忆苦思甜会已接近尾声，远远看见村长和估产组回来

---

①估产：凭眼力进行颗粒预判。

了，便领头唱起了压轴歌《想起往日苦》："想起往儿苦哎，两眼泪汪汪哎，家破那个人亡哪好凄凉……"

邓红鸡和估产组员在场外停住脚步，看到场内的群众，特别是年岁大的乡亲们，泪眼汪汪地相互倾吐着苦水。唱到解放时，几个姑娘和年轻妇女不约而同地站了起来手舞足蹈："红日出东方哎，来了共产党哎，翻身得解放呀……集体力量大呀，生产跨骏马呀……"歌声唱出了昔日的苦难，更使人们感到新社会的无比温暖和幸福。

伴着欢快的歌声和舞步，估产人兴冲冲地来到了操场中间，正要坐下，突然听见操场四周"哇"声一片，抬眼望去，一群学娃子正追赶着青蛙，大呼小叫地吆喝。

"滚，快滚。谁允许你们又蹿回来了？不滚远点，看村长咋收拾你们。"邓田鸡一脸愤怒地吼叫着。

邓村长拍拍连长肩膀，问道："田鸡，咋回事？打哪儿来这么多青蛤蟆呀？"

邓田鸡回答："你看看，那几个学娃子胡闹的，扯着蛤蟆子，满场叫得格外欢，这不成心捣乱？我刚才把他们撵跑了，你们一来，他们又疯回来了。"

邓村长看了看，摸着脸怔了一下，笑笑说："不，这些娃子呀，是给忆苦思甜增光添彩来了。好哇，好，有点意思，有新意——"

邓田鸡为难了，问："啥？闹腾成这样，还好？那轰不轰他们出去？你给个话呀。"

"轰？轰啥轰！你稍等一下，给我请他们到前面来。"邓村长神采飞扬地在主席台上坐了下来。

邓田鸡一脸不高兴地拿起喇叭喊："大家注意了。学娃子，红嘴，你们都给我住嘴，马上，邓书记要做重要讲话。欢迎，大家欢迎，鼓掌拍巴掌。"

人群中一阵交头接耳。书记邓红鸡对着喇叭，吭哧吭哧连咳了几声，突然激动地高呼：

"社会主义好，只有社会主义，才能保证我们吃得饱吃得好。"

邓田鸡举起胳膊跟着高喊，社会主义好，社会主义保证我们吃得饱吃得好，好好好。喊完，邓书记又对着喇叭咳了两声，双手叉腰，开始讲话："社员同志们，老少乡亲们，我代表估产组给你们报告一个喜讯，经过估产，今年又是一个丰收年，小麦稻子都会超过历史上最好的收成和产量。你们都看到了，今年，这个木桶里没有野菜糠饭，忆苦会照开，忆苦饭就不吃了。这两个木盆子，是用来装估产麦和估产稻的。下面，我们就把丰收的麦子和谷子放进去，让大伙都开开眼界。"

生产队长和贫协代表们把荷包里的麦子和谷子，分别放进两个木盆。人们瞪大眼睛，望着那饱稔稔、金灿灿的估产粮，眼睛光光亮，喉咙咕咕响。他们知道那些小颗粒，都是估产员们从不同的生地、稻田里抽株择样、揉碎品嚼之后精心保留下来的，代表着今年的产量，也是村民们的希望和劳动成果。"好收成，好光景呀。"邓田鸡带头喝彩鼓掌。

"估完产，动响镰。"邓村长和大家拍完巴掌后，高声说：
"下来，我们有请各小队队长来领镰刀，回去带领大家开镰，大
家一定要把镰刀磨得快快的、光光的，抢季节，赶晴天，颗粒
归仓……"

可能是受到了季节晴天的提醒，邓田鸡猛然想起公社刚
才来过电话，打招呼说今天有暴风雨，要防止灾害发生，便
对着书记耳朵说："上面通知，今天可能有大雨要下，会议得
赶紧。"

邓红鸡一抹袖子，更加激动地说："有雨？那好哇，下吧。
雨后开镰，缸满堆园。"说着，双手握成拳头，举过头顶，呼
喊道，"让暴风雨快来吧，雨过天晴，我们开镰，抢收胜利
果实……"

这时，几声浑厚的"哇哇"叫声在会场周边响起，好几个
学生追着喊："舍了，舍了。青蛙要逃跑，青蛙逃跑了——"杨
疯子的儿子杨豁嘴吼吼神地大叫："追！'大坏蛋'，哪里跑？你
们哪里也跑不了。"

邓书记坐了下来，镇静地说："几只小青蛙咋成'大坏蛋'
了？贫下中农同志们，你们看到没有，青蛙多肥呀！你们想过
没有，青蛙为啥长这么肥呀？它说明了什么呢？我们今天的会，
就叫青蛙忆苦思甜会。"说着，冲操场后面喊道："杨红嘴，红嘴
子，把青蛙弄前面来。"

杨红嘴自豪地朗声答道："到！立马把青蛙，不，把'四
害'，把'牛鬼蛇神'给书记押上去。"

郑气听到书记那样子器重地喊红嘴，又看到儿子红嘴在全村人面前这样风光露脸，整个人就像天空中跑邮政——高兴（信），高兴得飞飞神地窜来窜去。过去，杨家一家人都死命忌讳别人说豁嘴，红嘴，自打赛武当红云道长点拨之后，全家人一下子把红嘴当作了福星。那天，杨家刚与邻居因红嘴打完架，红云道长打院场经过，手捻胡须，一脸喜气地说："红也，福也，福在红上，红在嘴上。有福之人，红福之家。"杨疯子媳妇郑气听了一喜，这道长和几年前面相先生说的，相隔天南海北，便问道长，这福咋和嘴连在了一起？道长笑笑说，命自天降，贵从奇来。洪水滔天，始得雷村；太平天国，红巾裹头……红云道长临离开时，捻着胡须对郑气胸有成竹地说，等着享红嘴的福吧。从此，杨家豁口便以红嘴自豪。

　　一排青蛙被按在主席台桌子上面，几个学生扯着青蛙腿上的绳子。邓书记说："这可不是简单的青蛙，也不是'四害'，更不是'牛鬼蛇神'，是啥？是一种象征，象征田里的战士，稻子能高产丰收，它们是功臣，它们吃'四害'，赶麻雀，护秧苗……新中国成立前，我们见过田里有几多青蛙，少得可怜，现在满田都是蛙声，白天夜里可着劲地叫，它们高兴，是在唱歌，唱丰收歌、幸福歌，赞美我们雷村呢。过去就是有几只青蛙，也是瘦得像螳螂样，现在看看，它们又肥又大，这说明啥？说明我们社会主义好哇，从这个意义上说起来，它们青蛙呀，也是忆苦思甜的主人翁哦。"

　　邓田鸡趴到书记耳朵上说："田鸡成主人了，那你是啥？你村长才是主任呢。"

邓红鸡猛地一拍桌子，扯开嗓子说："扯淡，哪跟哪呀。比喻，打个比方，懂嘛？"

台桌上的青蛙被这一巴掌震得一弹，可命地挣扎，竟然挣断了腿上的稻草，连蹦带跳地逃离了主席台。

邓田鸡追着青蛙，连摔好几个仰八叉。好不容易总算抓到了一只，慌忙送到书记面前："主任，我把'主人翁'给你请回来了。"

邓红鸡手一摆，说："放了。我指的是忆苦思甜，这样子把它们紧捆着，干晒着，苦不苦哇？甜鸡也成苦鸡了。"

人们看到，一只只青蛙可劲挣脱腿上的稻草，没命地向会场外跳跃，一路"苦——哇，苦哇——"地叫着，使人感到有些凄惶。

会场一阵骚动。俊巧儿深深叹了口气："唉，莫说水田里跳钻的青蛙，再活泛的人，拧巴久了也苦哇。"

几个好心的妇女望着巧儿："咋了？你有啥苦的，雷贫协心疼你哟，含嘴里都生怕化了。"

郑气傍傍身边的女人，悄声说："圈里骚母猪，狼没打到，搭一身臊，活该。狗屁白迷子，肚母脐直冒烟——妖（腰）气。"

邓田鸡双手拍着桌子喊："大家别吵吵，也别急，蛤蟆跑了，好，我们清静了，可以专心忆苦思甜。"

右派包糯米抻着脖子对邓红鸡说："书记，我下山时发现满沟的石蛙，成群结队往岩屋山上爬，这些拴着腿的青蛙也都拼命地逃跑，从气象学上讲，只怕不妙，弄不好会有祸事发生。"

邓红鸡把喇叭往桌子上狠狠一砸，说："包老右，你癞蛤蟆打哈欠——好大的口气。祸事，有啥祸事？别给脸不要脸，念着你一心想让大家吃饱饭，没日没夜地拼命搞试验，这才把你当个人物看，再敢胡说八道，妖言惑众，吓唬人，饶不了你。"

会场有人问："书记，晌午只怕得弄点甜头，尝尝新呀，这毒的太阳下搁半天，晒得苦啊！"

邓红鸡扬扬手，说："在外面晒得苦呀，只怕你在家里头把女人整得更苦。妇女们说说，挨男人揍，白天夜里整治，苦不苦？"

俊巧儿在人群中小声咕嘟："哪有不苦的哟？"

邓红鸡听见了，喊："巧儿，你前面来，你是有啥子难言之苦吗？说出来。"

俊巧儿摇摇头，嘴里像蚊子嗡嗡："说不出口，丢人。"

连长邓田鸡鼓劲说："不怕，有书记给你撑腰。再说，你能有啥苦衷，未必雷贫协还不把你当人了，不会吧？"

俊巧儿扭捏了两下，涨红着脸，指着自家男人，咬着牙说："你呀！你呀！我都张不开嘴说你，这些年我都忍够了，啥都忍着你。今儿，当着乡亲邻居的面，有书记做主，我说出来，大家看看，你都做了些啥烂屁眼子的事。"

杨疯子的疯热闹劲上来了，笑呵呵地叫："巧，你只管讲，把他干过的见不得人的乱事都说出来，让我们大家伙都听听。

问问，大家想不想听哪？"

满场院的男人早等不及了，催促道："想，快说，俊巧儿，我们信得过你。"

女人们说："家家有本难念的经，山里女人，哪个不苦哦？"

俊巧儿抬起头，面向操场上的人们，自问自答：你们都叫他雷贫协，晓得他是咋贫的血吧？土改那会儿，地主老爷子死了，地主小姐失踪了，他的贼胆子大了，不管不顾地爬到我和我男人睡的床上，说是怕我们害怕，来保护我们。我说我有男人，他说两三岁的屁孩子，叫啥男人，往后我就是你男人，你要实在放心不下小杂种，让他做儿子。他一爬上来，就不下去了，连住三个通宵夜呀，折腾得我连眼皮子都没合过，我晓得他是把稀罕小姐的邪乎劲都撒我身上了。赶上土改工作队叫开会，他不得不去，那是癞蛤蟆支床腿——硬撑，硬撑着去了没多久，他就昏倒在会场上……

老土改根子见过雷贫协昏倒时的情景。一脸煞白，满身虚汗，软绵绵地从椅子上滑到地上，昏迷不醒。工作队小卫生员忙活了大半个时辰，才抢救过来，工作队王队长问卫生员咋回事，卫生员说是贫血，加上土改工作任务重，劳累过度就吃不消。王队长自责地说，我们的失误，怎么能让贫协代表贫血呢？吩咐卫生员弄些带血的补补。雷贫协踉跄着要走，被王队长强行拉住，卫生员趁机劝说，队长说得对，缺啥补啥，吃啥补啥，你可要记得多补血。雷贫协不解地问，大小伙子补血？咋补！卫生员说猪肉猪血、鸡肉鸡血都补。雷贫协勉强笑笑，带血的不就是肉吗，山里人逢年过节才能吃上一口，没那讲究。王队长望着远山想了想，说："住山吃山，家的没有，野的还不多的是呀。树上飞的，地上跑的，沟里游的，哪样不都带着血，啥东西不能吃？"

俊巧儿说："打那以后，他就迷上了，到处下套子，下卡子，狠着我翻山越岭，没白没黑地给他去收猎物……不是他吃狼肉喝狼汤，老革命五保能死吗，不光害死了雷子顺，他还害死了我男人。"

雷贫协脖子一梗，鼓瞪着双眼珠子，犟道："我才是你男人。那是儿子，他是葫芦包追死的，谁不晓得？"

邓田鸡敲敲桌子："老雷，你莫插嘴，听俊巧儿说。"

俊巧儿哽咽着喉咙："你个黑良心的，不晓得打哪儿听说蜂蛹子下酒，大补。硬逼着娃子满世界给你找蜂蛹子，一二百个小蛹子，你嫌不过瘾，骗娃子去大岩屋捣大葫芦包，说那水桶粗的一个包，少说得半盆蛹子，够管半年一年。我说那么大的毒蜂子，飞得又快，会追死人的，你说下雨天去捅，蜂子翅膀沾了雨飞不起来，拿长竹竿捅掉了，就和蜂窝一起滚到水塘里去。娃子怕你，信了你的话，临上山时抱着我说，等明妈生了弟弟，我也去捅好多好多蜂蛹子，掺黄酒给妈下奶。可怜苦命的儿，回来时，身上追得像筛子眼，肿得比水桶还粗。我从月泡里拉扯到那么大，就算不是我男人，也是我心尖上的人哪，活活被你送了命。"

邓红鸡说："看看这是啥事，虽然不是你们亲生的，可毕竟是巧儿一把屎一把尿养大的呀。"

大家摇头摆手，叽里呱啦开了。邓红鸡吹吹喇叭，心痛地说："妇女同胞们，巧儿多俊的一朵花，被这烂牛屎巴糟蹋成了啥样子了，逆来顺受会害死人的，半边天要觉醒哦。"

俊巧儿感激地望一眼书记，转身怒目瞪着男人，说："活到今天，我活得好苦哇。你们晓得他为啥子学打枪吧？为讨地主小姐欢心，小姐喜欢唱《打一个呱呱鸡》，我们山里女人谁不会唱呀，大姐大嫂大妈哪个不会？都会唱。"会场响起呱呱鸡的歌声：

> 肩扛一杆铳（啊），手提个火鸡公（啊），引一个黄狗娃娃（啊），呜呜！唆唆！咣咣咣！叮噹！伙计伙计打一个什么东西（哟）？打一个呱呱鸡（哟）。大姐住在半（啰）山里（呀），找一个丈（啊）夫打枪（啊）的（哟），打一个什么东西（哟）？打一个呱呱鸡（哟）。今晚上（啊）又有消夜的（哟）……"

邓红鸡开始还乐呵呵地打着节拍，见会场男女老少都跟着唱，像拉歌似的，慌忙制止，说："停、停，听巧儿接着说。"

俊巧儿说雷贫协天天扛着枪，从没打回过东西，连鸟毛都难见到。有一天，他突然从麦地里跑回来，风风火火地拉起我就走，说让小姐等着，晚上吃野鸡。到了麦地，他像玩变戏法一样，在草帽下变出了一只野鸡。他用一根绳子拴着野鸡腿，然后吊到树上，让我扯着绳子头，等小姐快到时，他"哐当"一枪，只听枪子"嗖嗖嗖"朝我耳边飞过来，接着火药烟子跟了过来，我当自己死了，趴在地上没动，后来听到他喊：打中了，小姐，打中了。刺架里，俊巧儿，你快去捡。我这才晓得自己是震晕了，就去刺架里找，没想到那里盘着一条大蛇，原来野鸡腿上的绳子被刺条缠住了，扑棱棱地蹦弹，把蛇惊动了，一出溜没了踪影，救了我一命。我抓住野鸡，摸了摸，它一点伤没有，我自己身上硬被刺条子划伤了好多口子。

场下哄堂人笑："雷贫协的枪法扯淡，野鸡没伤着，俊鸟儿一身伤。伤心哪，巧儿。"

俊巧儿激动地扯起衣裳，露出白花花的一截身子，动情地说："你们看看，我这满身的伤，我都忍了好些年了。"

邓红鸡不太高兴地斜一眼俊巧儿。

俊巧儿又说："他没得到小姐，把我弄到手了还心不甘，就可命地折腾我，报复我。折腾这么多年，我也没生养，他就说我身上有老鬼阴毒附体，非要把老鬼的毒抓出来不可，就死命地揪我掐我……他的狠毒，下作的样子，我想起来都恶心。"说着，害羞地用手捂起嘴巴，朝主席台瞟了一眼，恶心得又呕又吐起来。

艾枣花慌忙走过来，关心地对俊巧儿说："瞅瞅你这恶心劲，跟有了样的，莫诉苦了，快歇着吧。"

麻雀、黄大贵和几个光棍听得正入迷，抢着说："巧儿，你说得过瘾哪，接着说。雷贫协不稀罕你，我们稀罕，你不敢对他还手，来找我们呀，掐我们，捶我们，亲我们都行……"

艾枣花恶狠狠地横了几个光棍一眼，说："幸灾乐祸，恶不恶数人哪。你们这些臭男人，就没啥好东西，动不动只会拿牲畜和女人斗狠出气，哪个女人没一肚子苦水？"

邓田鸡盯住艾枣花，问："枣花，篾匠可是为了你成了拐枣李，谁不晓得他疼老婆连腿都不要了，你还有苦？去吧，款鬼。"

这猛不丁地突然一问，却把艾枣花给问怵了："我苦？我不苦，谁说我在家里苦了，我……"答了一半，艾枣花觉得人多，不好意思，就不往下答了。

邓田鸡眨巴着眼，自作聪明地说："哦，家里不苦，那是外面苦啰。你说说，外面谁苦你了，你跟谁苦了哇？"

艾枣花有些着急，说："不是。哎呀，不是的，啥里苦外苦，都被搅糊涂了。我是说……"

会场笑得轰轰神的，乱喊乱叫："枣花，没苦你说个啥哇。是拐枣李不方便侍弄，你苦得很吧？他不方便我们方便啊。"

这时，富农牛洪柱扛着锄头打场边路过，朝会场望了一眼，扭头就走，艾枣花望见了，眼睛一亮，扬手指着牛洪柱，着急地说："他，我吃过他的亏，受过冤枉气，算不算苦？"

大家轰一下，又大笑起来，笑得更开心了。谁都晓得，牛洪柱尿过艾枣花一屁股蛋子尿。

艾枣花一下子来火了，气愤地说："笑啥笑？多气人哪，你们还笑得出来。他一个富农，凭啥欺负我们贫下中农？动不动就冲天尿。我男人是残废了，尿不起来，比不过你，可我们贫下中农的队伍里，还有那些没残废的男人，你眼里有他们没？你是要和雷村的老少爷们斗狠是吧！烧香摸屁股，惯使了他的手脚子。"

牛洪柱见形势不对，冲艾枣花喊："大妹子，过去的事，你就莫记小人过了，对不起你了。"说着，拔腿就跑。

邓田鸡拍拍桌子，说："牛洪柱，谁让你走了？过来。这可不是简单的屙尿的事，往小处说，是你没把我们贫下中农，特别是我们这些男人放在眼里；从大处讲，是严肃的思想道德问题。"

杨疯子伸着头喊："还破坏邻里和气，阻碍生产。艾枣花你说，他尿你屁股那回，是不是耽误了半个月的活路？"

事情经过是这样的。那天，全队男女社员在栋子沟坡上锄苞谷草。艾枣花早晨喝多了清汤寡水的南瓜粥，锄到一半尿憋不过，就躲到岩石背面撒尿，正撒得舒服，突然屁股上滴里哗啦水响，用手一摸水淋淋的，还有些温手，抬头望天，天上阳光耀眼，扭头再看，看见岩石上面有一股子飘飘洒洒的清泉水，像太阳雨一样流下来，心想：太阳雨隔牛背不假，可偏偏冲屁股下真有点蹊跷。艾枣花就伸手从岩石缝中扯了一把青草叶子，在屁股上来来回回地擦，擦得满手黏糊拉叽的，又在衣襟上蹭了蹭，提起裤子走出岩石壳。上到岩顶，看见牛洪柱。艾枣花冲上去，一掌把牛洪柱推倒在地，揪住领口子厮打，嘴里不干不净地骂着，臭不要脸的东西。

牛洪柱被打得莫名其妙，以为是开玩笑，头几下忍了。艾枣花把他的忍让看作故意的理亏，打得更加不依不饶，越下手越重。牛洪柱也来了火，喊道："艾枣花，青天白日，你不分青红皂白地打，当着全队老小欺负人。队长，再不管，我可要还手了。"

队长杨疯子吼了一嗓子："还不住手，打坏了庄稼，扣你俩工分，减你们口粮。"

艾枣花手上停了，嘴里却理直气壮地叫："哪有这样不要脸的，人家在岩下方便，他站岩上冲屁股尿。要烫伤了，我跟你没完。"

牛洪柱一听，才晓得是撒尿惹了祸，立马软下来，委屈地说："就怕惹事，尿坏了庄稼苗子，才跑到岩上去，我是冲天尿的呀，谁晓得你在下面？我在这先给你赔个不是，你消消气，好吧。晚上收工，我去你家，要打要骂要咋罚，随拐枣李处置。"

杨疯子听完，哧哧地笑，牛洪柱的老婆和儿媳妇堆着热辣辣的笑脸，低声下气地向枣花赔着不是。妇女们也都你一句我一句地劝说枣花，消消火气，算了，别人也不是有意的。俊巧儿啧啧嘴，说起了俏皮话："看人家牛洪柱，真会心疼女人。"

几个光棍也趁机说风凉话开心："枣花，脱了我们看看，要是把你烫伤了，我们帮你处置他。"许大棒槌说："真是气人，尿哪不行，尿怀里尿腿上也比尿屁股上好哇。"

第二天早晨上工，拐枣李找到杨疯子，说："枣花屁股肿得好大，亮晃晃的水泡，一个挨一个，躺不成，睡不得，只能趴着，一时半会儿怕是难上工，耽误的工分，牛洪柱得补上。"

最终，经杨队长说和，艾枣花耽误的工分，牛洪柱按全劳力补偿不算，还由儿媳妇每天上门，给枣花家做了半个月的早晚饭。

······

邓红鸡敲着桌子，把大家从"尿屁股"事件中拉了回来。

艾枣花等大家安静下来，又指着牛洪柱说："你害我就算无意的，那你害得大家遭天打雷劈，差点儿送命，是不是有意的？雷贫协当时在场，可以做证。"

雷贫协刚被自己老婆揭了丑，巴不得赶快转移视线，这下逮住了机会，赶紧说："我能保证，就是他，用亮晃晃的尿柱子，活活把雷公爷引来的。抗日战争、解放战争时，贼心不死的坏分子，就是利用地上的光亮，指引天上的飞机狂轰滥炸，一炸一个准。那天那么大的雨，不是他指引，老天爷咋晓得我们都躲在树底下的？"

那天晌午过后，刚刚开工，突然乌云滚滚，狂风暴雨劈头盖脸而来。地里的社员挤在树窝棚下躲雨，牛洪柱心血来潮，一个人跑到窝棚外呵呵呵地冲天开炮，用尿水与雨水较劲，这时轰隆隆一阵闷雷，"咔嚓"一道闪电直射下来，把扎窝棚的大树顶齐刷刷劈成半截。大家你抱着我，我拉住你哭喊成一团，都以为死定了，等到雨过天晴，醒过神来，原来都还活着，一窝蜂冲出窝棚，逮住牛洪柱死踢乱打。

艾枣花问："大贵，棒槌，贫协，那会儿你们都在场，你们说，他该不该打？"

黄大贵从人群里往牛洪柱走去，嘴里喊道："不打便宜他，我连女人腥都没沾过，稀大乎打光棍死了。"

全场呐喊："该打。不打他不长记性，不晓得马王爷几只眼……"

哑糊听说打，飞奔着把杨红嘴和学娃子手中的竹条子抢了过来，递到黄大贵、麻雀和大棒槌手里，嘴里号叫着："打呀，打呀，都来打呀，不打白不打呀！"

几个过去与牛家有过节的大人娃子一窝蜂加入进来。哑糊虽然智力有些残障，却身强力壮，几条子下去，牛洪柱背上血都滤出来了。

堂爷见状，大声喊道："邓书记，好好的会，咋打起人来了，快止住吧。"

邓书记伸着头望着，回答道："是呀，咋打起架来了，一点鸡毛蒜皮的，闹啥？不许打，要打你们回去打。"

红嘴嘴快："没打，是抽，像我们抽癞蛤蟆一样。"

连长邓田鸡笑笑说："对，他们是抽，不是打。打人可不行，抽，抽也能抽出尿来。"

杨红嘴就吆喝小伙伴们跟着抽，大家你上我下挨着轮着抽，牛洪柱的孙子躲娃子泪眼汪汪地望着爷爷，牛洪柱睃一眼孙子。

学校的师生自然议论起了躲娃子。师生的议论更提醒了杨红嘴，抢嘴说：“牛躲娃尿得也高，站男厕所里，一尿就尿过墙那边去，撒在女厕所里娴子们的头上。”

有人嚷叫：“这大点小就那么坏，大了得了？这叫上梁不正下梁歪，憋着尿水使祸害，也欠抽。”

堂爷慢条斯理地说：“瞎说啥？那是个娃子，胡闹个啥劲。”以老歪为首的几个光棍拥上来，推推搡搡地把躲娃子挤到一边。他们你一竹条，我一柳条，边抽边喊：“叫你尿，叫你尿得高，老子把你抽趴下，爬不起来，看你还能尿几高，跟我们比高低。”

每一条子下去，牛洪柱身上都鼓起一条血埂子，慢慢地，血埂子就变成了流血的渠口子。

堂爷磕磕烟锅，大布衫子一挥，拱拱手，笑嘻嘻地说：“大家听我一句劝，都住手吧。今天是忆苦思甜，丰收估产，又不是斗地主，我要不是个败家子，那才真是个大地主……可我也有苦哦。”

牛洪柱趴在地上哼了一声：“堂爷。”

包糯米扯了扯堂爷的大布衫子，说：“你瞎扯啥呀，有正事呢。我看青蛙石蛙都拼命地逃跑，估计有大灾害发生，你快想想，咋救救大家，我说了他们不听，他们信你。”

乡亲们敬重堂爷，平时又都得过堂爷的好，有些还是救命恩情。

堂爷的威望比书记高，平日里书记对堂爷也敬重得很，可在心里也少不了有点嫉妒。书记邓红鸡对堂爷笑笑，半奉承半肯定地鼓励说："堂爷心里也有苦哇,那倒要听听。"说着,又冲堂爷笑笑,见堂爷站着,无动于衷的样子,赶紧补充说,"既然堂爷有话,就坐着说吧。"

有人跟着劝说:"堂爷你快坐下来吧,别站着。"

堂爷说:"我还是站着,免得挤到书记的位置。"

老书记的弟弟莫元华大咧咧地说:"堂爷你坐,不碍事,他那位置还不是占我兄弟的。你做了多少善事好事,大伙心里都有数,他做过几件人做的事呀?打狗,把我们侄娓子打到了手,还吃着碗里候着锅里的,侄娓子那才叫苦,大哥好糊弄,我眼里可不掺沙子。打狼,还不晓得蹲过几家猪圈,护住了几头骚母猪。"

看在老岳父的面子上,邓书记翻翻眼,没有计较,村里都知道他们有过节,互相看着,谁也不插话。

堂爷双手抱拳,歉意地说:"对不住乡亲,我的苦是'四旧',甜也是它。我爱打代思,我喜欢唱黄色歌子,我还讲封建迷信故事和骚段子,我也是才知道,听老包说的,上面讲的这些都是'四旧'。"

邓红鸡站起身,拍着手说:"对,破'四旧',立新风,苦尽甘来……"

堂爷伸手将邓红鸡按回椅子上坐着,接着说:"看到大丰收,我更觉得对不住大家,你们吃苦受累,我尽占你们的香

赢①。我不会劳动，没法跟乡亲打成一片。今后，我保证，去
'四旧'，唱新歌，你们下田我唱《插秧歌》，你们上坡我唱《薅
草歌》，保你们水田旱坡饱着饿了都能乐呵呵。"

说着，就放开嗓子唱了起来：

山里人爱唱（哟呵呵哦）山里歌（哟呵呵），山
里歌儿（哟呵呵哦）满山坡，颂歌献给毛主席，山舞
水笑齐声和。高兴的事儿（哟呵呵哦）唱不尽（啰呵
呵），山歌飞出心窝窝。飞出心窝窝（呃）。这山唱来
那山和（哟），机器绕山来对歌（哦），黄连棚下歌儿
飞（哟呵哦），朵朵银耳笑呵呵，山上（那个）山下
歌儿飞（呀啊），四山齐唱大（啊）寨歌。毛主席革
命路线指航向（啊哎嘿），一步一个胜利歌（哟）。站
在高山（哟呵呵呵啊）望北京（啊哈），年年都把丰
收乐。

邓红鸡听得脸笑嘴乐，心想：这歌不光歌颂了毛主席，还
唱出了雷村的变化和雷村对国家的贡献。于是，嘴里咕嘟道：
"大队再穷也得买个扬声机，这是革命工作必需的，也是革命
群众文化生活的需要。这时，场下都拍着巴掌，欢迎堂爷再来
一个。"

_____
①香赢：便宜，好处，甜头。

堂爷亮亮嗓子又唱道：

（哎）我唱山歌不中听（嘞哎），直肠直肚爱掏心
（嘞），磨盘聊天是实话（哟），唱支山歌（哟）劝劝人
（嘞）（哟嗬嘿）。我劝干部（那哈）带头人（啰啊），
当家莫负众人心（哪），掌权掌钱（嘞哎）掌大印（哪
哈），心中要有（哟）一杆秤（啰啊），对上莫称翘翘
杆，对下莫搭溜溜星。莫学过去官老爷，要做黄牛为
人民，办事（哎）要按（哎）政策办（啊），品德高尚
啊众人敬（哪），（呀吗嘞）

男女老少巴掌拍得山响。莫元华抻长脖子扬着胳膊吼叫：
"堂爷，唱得真好哇，再唱一个过瘾的。"

大姑娘小媳妇拍着巴掌喊："《割韭菜》，再来一个《割
韭菜》。"

堂爷看看书记说："好，最后一支，我起头，大家一起唱。"

姐在（呀）园中（啊）割韭菜（呀），郎在外
面（杨花溜溜）（梅花溜溜）（四季花儿开）打一个土
块来（呀），我的郎，（小妹子亲亲）。小妹子亲亲小
妹子爱情哥，（哎呀哎嘿哟），越打越拢来（呀）（我
的郎）……

掌声连连，欢笑不断。

邓红鸡看着群众的热情，高兴地拿起喇叭，喊："今天的青蛙忆思会，质量非常高，结尾的歌唱会，唱出了雷村的新面貌，好！现在我宣布，结束！"

十二

牛洪柱拖着受伤的身子，忍着剧痛，一声没吭地离开了大队部。人们一个一个从身边走过，看着他身上的血口子和拖在地上的血印子，都摇着头绕开了，没人伸手搭救。这怪不得别人，那尿柱子确实得罪了大伙，本来成分不好，又是外来户，偏偏又阴差阳错地把自己送到了艾枣花面前，背时哦。他一路想着，艰难地爬到花梨树下的阴凉里，长长地舒了一口气，像是使尽了全身的力气，头一歪，躺下了。躲在土地庙里的女人哆嗦着紧紧揪住胸口衣服，心里刀绞一样难过，嘴里念叨着："吃这大亏，看你往后还可劲憋，命都尿没了。别怪我不帮你，还是自个儿撑回家吧，可不能再生枝节。我晓得，只要你刚才那口气"哼"出来了，就指定能扛过去。"

一只花喜鹊飞来，对着牛洪柱喳喳叫，三五只麻雀跳来跳去，啄着牛洪柱脊背上的血肉丝丝。这时，突然一阵大风刮来，刮得树上青橡椀哗哗哗掉，吓飞了喜鹊麻雀，几棵橡子籽结结实实地砸在伤口上，牛洪柱动弹了一下，微弱地又"哼"了一声。过了好久，终于醒了，颤巍巍勉强爬起身子，刚跟出几步就又倒了下来，不得不继续伏在地上，靠四肢支撑，一点点挪动身子，又往前爬。

女人在土地庙偷偷看着。牛洪柱爬到了堂爷家门前，又躺着不动了，直到久香奶奶出来，惊慌地"啊"了一声，上上下下张望了一圈，然后把人搀扶着，拖进了堂屋。

久香奶奶连忙先给牛洪柱喂了半瓢凉水，接着生火，打了碗鸡蛋花子汤喂了。看到牛洪柱总算活过来，有点气息了，这才端来一盆温水，打算清洗清洗伤口，可血肉模糊的身上，已分不清哪是伤口了，被撕乱的布条，有些已粘在肉上。久香奶奶眼睛湿了，嘴里念叨着："伤成这样，造孽呀。这么多口子要是烂了，化脓了，就是命活过来，人还有啥益哦，啥益！"

"咯咯嗒"，"咯咯嗒"，门边鸡窝响起止不住的叫声，久香奶奶听着，像是鸡在叫喊：有益呀，有益呀。扭头看了眼老母鸡，说，鸡蛋，鸡蛋哪，我这个死脑筋。起身在米罐子里翻出五六个鸡蛋，掂量掂量太少，又把窝里母鸡一只一只提溜起来，用中指和二拇指伸进鸡屁股，活生生抠出几个热乎乎的鸡蛋来。她把鸡蛋全部打在水瓢里，撇出一大碗蛋清，一点点地沾着伤口，小心仔细地慢慢清洗。

牛洪柱完全失去了知觉，像个活死人，任由久香奶奶侍弄。久香奶奶边擦洗边嘟囔："这老母鸡的蛋清呀，清毒，消火，止血，化脓，伤口好得快。你呀，就是个心强命不强的苦命鬼，几辈子勤俭持家落了个富农。听堂爷说，你家祖上几辈都有憋尿的功夫，为的是换工时主人不尿帮工也不能尿，节省工夫做事……我还听说，你们再远也要憋回家，尿到自己粪坑里，肥水不流外人田，好笑不好笑，就跟半夜鸡叫的周扒皮，找着挨打，活该冤枉受气。我从南山跑到北山，是为了找好男人，图个指望。你们家图啥？从南山跑到北山，是被撵出来的，你能不乖乖地听话吗？不听话就揍你，惹事更要治你。还以为自己是红尾巴大公鸡，翘那高叫，好像唱歌似的，冲天哗哗响。你能跟我比吗？我唱歌好赖是一绝呀……就算一绝吧，充其量也就是传宗接代的功夫，只能荫到，家里逞强，还敢到外面显摆，咋死的都不晓得哟……"

久香奶奶擦着说着，不知不觉手上有了温度，耳朵里听到了呻吟。

牛洪柱喘着粗气，挣扎着要站起来："早晨到这会儿，都没尿，憋不住了。"

久香奶奶从房屋拿出尿罐子，说："屙吧，莫尿洒了。"等牛洪柱尿完，久香奶奶嘲笑地问："还尿不？冲天柱，你呀，受气、挨打、遭罪，都是冲天尿惹的祸。"停了一下又说："还是堂爷说得对，谁叫你是富农呢，没这冲天尿就保准不惹祸了？可也少个说辞吧。今后哇，你就学女人，别总翘到天上屙，向下屙，谁也看不见，不招谁不惹谁，像鸟儿在树林子里头唱歌，只出声，不露头，让他们有枪也打不着。"说得自个儿都不忍笑，呵呵呵地乐开了。

牛洪柱难为情地跟着苦笑，说："命贱，该挨的打，我认。可久香奶奶，我搬这里来，不光地主富农，中农上中农全都搬出来了。我们也是为国家做贡献，整个南山都挖空了，汽车飞机都在山洞里。这雷村，咋连个地主都没有，我成了根大葱。"说着，强撑起身子，要走。

久香奶奶抢先走出了门，说："好歹我们都是南山出来的，你等着，我去找堂爷回来，送你回去。"

估产会结束后，书记让连长邓田鸡把堂爷和雷贫协留了下来，带进大队部厨房。邓红鸡大手一挥，笑着说："来，坐下，一块吃饭。"

堂爷和雷贫协蒙炸了，不知书记唱的哪一出戏。邓红鸡说："早半估产，忆苦思甜那是革命，中午我们坐下来吃饭，是庆丰收，我请客。不许客气，今就算先吃我的，明轮着来，都得请。"

吃完饭，天下起了小雨，邓红鸡抹抹嘴，打着饱嗝说："都不走了，打牌，拿搓搓来。田鸡你也别走，招呼跑腿。"

邓田鸡点头说："那是当然，晚上咱们喝酒，消夜。"

堂爷问："干搓还是带水搓。"

邓红鸡说："不带彩，谁输了谁派烟。至少大公鸡，游泳更好。我倒想抽永光，贫协这抠唆，舍得？"

邓田鸡说："话说前头，管他谁赢谁输，我都有份，一包公鸡就行。"

雷贫协说："那是规矩，冇不了跑腿的。我真有包游泳，老舅家走人情抓的，一直没舍得动，今打平伙。"

邓红鸡说："贫协，我看今晚上，就让俊巧儿炒几个菜，我们喝酒。早上她捉弄了你，晚上我们弄她，可不许心疼。"

雷贫协爽快地答应："那有啥呀，晚上我请客。难得你们兄弟把我当个人物，能够与堂爷和老包一块风光，也算是黄连树下乱弹琴——苦中作乐。"

邓红鸡吩咐说："田鸡，你去帮帮巧儿，搞丰富点，别抠抠索索的，做好了送大队部来。"

雷贫协追出门外喊："对了，田鸡，给巧儿说一声。还有只红鸡子，红烧了，下酒。"

邓田鸡笑嘻嘻来到雷贫协家，乐滋滋地喊："巧，俊巧儿。巧儿，烧红鸡子。"

俊巧儿出来，看看就一个人，嗔怪地打了邓田鸡一巴掌："烧红鸡，红鸡在哪？我看你就是骚田鸡，老大不正经，再瞎哇哇叫，撕烂你嘴。"

邓田鸡冤枉地说："哪怪我呀，是红鸡书记跟贫协在大队打牌，说白天你捉弄了人，今夜要弄你，让你炒几个好菜。雷贫协一再嘱咐，一定叫你把藏的红鸡子献出来，烧了下酒。"

俊巧儿说："两个色鬼，弄来弄去，合起伙来弄我。"嘴上说不乐意，心里的高兴都显在手上，又剁又煮地忙活。

邓田鸡从后面一把抱住俊巧儿，说："管他们咋弄，都要等到晚上，我们现在就弄，馋死他们。"

俊巧儿把刀往砧板上一剁，转身斜着双眼说："说说笑笑，还来真的？不怕你哥吃了你。"

邓田鸡色眯眯地瞄着俊巧儿的双眼，嘿嘿嘿一个劲地笑，笑得肩膀头子抖抖神的，逗得俊巧儿憋不住，"扑哧"也笑出声来，随即又噘起嘴说："傻笑，笑傻了，再笑我不做饭了。"假装真生气的样子，小嘴噘得像鸡屁股，邓田鸡瞅住空子上去，一口含住鸡屁股，嘟囔着："让他吃我，他这会儿吃不到我，我先吃你，吃你。"

俊巧儿没防顾邓田鸡猛地来这一下子，脸被捧着，嘴被咬着，动弹不得。正在这时，心里一阵酸水翻腾，直冲喉咙管蹿出来，喷在邓田鸡嘴里，接着又喷到脸上、身上。

邓田鸡后退好几步，不认识似的瞪着俊巧儿，以为俊巧儿敢恶心吐他，气得大吼一声："骚货，不识抬举的骚女人，啥白迷子，膀腥，谁稀罕。"

俊巧儿没听见邓田鸡吼什么，只顾低着头，狠命地呕吐。邓田鸡挥着拳头快碰到头上时，却发现俊巧儿吐得不大对劲，涎水、泪水搅在一起，稀稀糊糊地黏在脸上，连着地上，一时又心慈手软起来，反倒不知如何是好……俊巧儿吐完了，抬起头望着邓田鸡，内疚地说："我这臭嘴，把你弄脏了，该死。你可莫多心怄气哦，难为你了。"

听俊巧儿这么说，邓田鸡脸腾地红到耳根，不好意思地说："没事，怪我。你也莫往心里去，是我这臭嘴把你恶心吐了，可你这吐法，也太对不住人了吧？没完没了的，我就叫你恶数那么狠哪。"

俊巧儿摆手摇头地说："不与你啥相干。好些天了，总是呕，又吐不出来，今儿你赶巧了。"

邓田鸡借梯下台阶，自我解嘲说："谁叫你是巧儿，我就是赶巧来的。人说巧儿媳妇生巧巧，巧上加巧，你该不会是有……"

俊巧儿挤挤眼，笑出一条缝，说："还要感谢你和书记，今天数啰他，就是要借你们大伙的光，杀杀他的脾气，以后对我要好点。"说着，突然哎哟一声，妈呀，你们都等着要吃，慌忙上灶忙开了。

饭菜做好后，俊巧儿要亲自去送。邓田鸡看看外面变天了，阴得重，就说："这天黑压压的，怕一会儿真有暴雨。你辛苦了半天，又有那个了，好生歇一会儿吧。"

"俊巧儿手巧，做的酒好，菜炒得也香。"邓红鸡先尝一口酒，又夹一筷子菜喂进嘴巴里，一边嚼，一边夸赞俊巧儿的手艺，同时挥着左手，像他请客一样，招呼着堂爷和雷贫协："来来，都坐。莫嫌弃，也别讲客气，动筷子，吃，吃。"

堂爷和田鸡都不客气，吃得头上冒汗，雷贫协盯住烧红鸡子，不住筷子地往嘴里喂。只有邓红鸡大口大口地喝酒，不一会儿，喝得醉眼蒙眬，指着雷贫协说："你是真贫协还是假贫血？明面上打老地主的土豪，暗地里想着私通大小姐的秋风，骨子里霸占着童养媳巧儿的便宜，今没外人，当作堂爷，你说是，还是不是？"

雷贫协木呆呆地停下筷子，尴尬地笑着，不知说啥是好。邓田鸡打圆场说："先不说那多，你就说说才整几个晚上，咋就整得倒下了，贫血了，算爷儿们吗。"

以前被地主瞧不起，后来一批贫协代表，大小都当了官做个正经事，唯独自己狗屁不是。雷贫协本来心里就憋火，一听邓田鸡说自己不算爷们，就急了眼："田鸡子，你莫瞎说哇，那时，你遇到巧儿那个样子，你也得倒，也会贫血。别连长背杆破枪，人五人六的。"

堂爷眼看酒要喝砸桌，赶忙劝道："那是，那可不是咋的。童鸡子逮住了童养媳，童娲子抱住了救命的大小子，那是两个哑巴睡一头，好得没法说，能不倒？不倒就不是个人。来，喝酒，边喝边吃。"

邓红鸡被搅和醒酒了，端起碗每人碰了碰，一口干了，说："喝酒喝酒，只说不喝。要我说你贫协，还真不是个玩意儿，看人家堂爷，为了唱歌的姑娘，那大的家业都不要了，你倒好，占了老的家产，还要占小的身子，那地主小姐就那么好？"

雷贫协端起碗喝了，咂咂嘴："咋说呢，不一样，味儿不一样。书记，吃媳妇的菜，和吃雷老憨媳妇任林枝的菜，是一个味道？"

邓红鸡爱吃任林枝弄的菜，特别是腊肉炒竹笋，一年四季百吃不厌，还有松树菌子烧仔鸡也好，可毕竟没那么多，一年难得吃上几回。雷贫协的话勾起了食欲，邓红鸡夹一块红鸡肉嚼了嚼，说："是不一样，任林枝的腊肉竹笋，香，爽嘴，关键是想吃了就有吃的。"说着，端碗朝堂爷碗上一碰，又说："还有久香奶奶炒的阳荷猪卵子，那才叫一绝，奇妙无双。我说的不是传宗接代，是那菜的味——地道。"

这时，久香奶奶提着斗顶，一头闯进来，气鼓鼓地说："咋，白天没闹够，晚上开小灶，酒桌上闹。你还真有闲心哪，大白躺着，一天不吃不喝，猪窝湿得连踩脚都没干地方，眼看大雨说来就来，快回去看看咋弄吧。"连招呼都没给旁人打，扯起堂爷离开了酒桌。

邓红鸡望着堂爷和久香的背影，不高兴地喊："别忘了，公社李特判说，你们住集体的保管室，不符合政策，抓紧搬吧。"

堂爷回到家，找牛洪柱，人却没有了，久香奶奶说，刚还躺在这呀。堂爷沿着门口血迹寻找，一眼望见不远处，躺着光着膀子的牛洪柱。走上前，关心地问："抽成这样，还能动？再爬就没命了。"

牛洪柱抬起头，感激地望着堂爷、久香，说："站不稳，能爬。死不了，我就爬回去，死了，算了……"

久香奶奶说："一个大男人，啥死不死的。起来，我和堂爷架你回家。"

堂爷和久香一人一只胳膊，架着牛洪柱慢慢地挪动脚步，走了一半，天下起了小雨，跟着就下大了。堂爷说："顾不得那多了，受得了受不了你都给我忍住，我们要拖着你跑。"

一路上，雷轰轰响，电咔咔闪，刚拖进牛家院场，倾盆暴雨从黑洞洞的天上泼下来，把三个人冲倒在院场中间。牛洪柱的女人和一家人听到响动，一拥而上，把人抬进家门。刹那间，哭成一片。

久香奶奶怕见这种场面，悄悄拉着堂爷要走。还没等迈动脚步，"咚咚咚咚"一阵响，抬眼一看，牛家老小齐排排跪在地上，双手撑地，"嗵嗵嗵"地磕着响头。久香奶奶的眼泪唰一下流了出来，慌忙奔过去，一个一个地把他们拉扯起来。

雨越下越猛，风也越刮越狂。久香奶奶放心不下家里，催促堂爷快走，牛洪柱哀求说："久香奶奶，你听我一句劝，这雨邪的，白天走都险，晚上不是白白送命。安心在穷家里头吃口淡饭，就在这睡下，明儿赶早，叫哑巴和媳妇送你们回去。"

堂爷被久香叫走后，邓田鸡说三个人喝寡酒，没劲，提议猜老虎扛仔鸡，谁输谁喝。雷贫协说要得，这样公平，反正下这么大雨，也回不去。

邓红鸡不同意，瞪着眼睛说："啥老虎杠仔鸡，谁是老虎？谁是扛子？谁是鸡？干脆猜鸡，我是红鸡，你是田鸡，贫协你叫个啥鸡好哇？我看，就是秧鸡吧。谁输了谁就学啥鸡叫，都不吃亏。"

雷贫协坚决不同意："凭啥？我是大公鸡，咯咯叫。"

邓红鸡说："那不行，家鸡不行，都得是野的。我是红鸡子，天上飞的；他是田鸡子，青蛙，水里爬的；你搞错了，不是？是秧鸡子，田埂上地边上跑的秧鸡子，我们水、陆、空。今天的会叫'青蛙忆苦思甜会'，有新意，雷村是啥呀？响当当的，我书记，他连长，你贫协代表，三驾驴车，雷村响当当的人物，喝酒也得喝出新意。"

雷贫协觉得秧鸡子也不好，认准了大公鸡。邓田鸡不耐烦了，说："你去屎吧，还大公鸡，天天逮住母鸡踩水，踩出一只鸡仔来没？充其量就是一只秧鸡子。"

邓红鸡见两人杠上了，手一挥："扯淡，扯扯扯，来，先喝三碗再说。"几碗酒下肚，雷贫协明显秧了，啥猜酒斗鸡完全没了兴趣。邓红鸡关心地说："贫协，有件事不知该不该问，反正是喝酒，只当酒话。这么些年，你和巧儿咋一直没动静呢？你看周围，谁不是一窝一窝的。该不会是让堂爷那六指给断了吧。"

邓田鸡跟着说："是呀？为啥！你儿子死有些年了吧。"

雷贫协筷子一丢："啥儿子，那是老地主的儿子，巧儿过去的小男人，想到这事我就来气。我就是怀疑老地主，会不会给巧儿喝了啥迷魂汤药。"

邓红鸡说："不至于吧，巧儿多聪明哪。该不会，是你不行吧。"

雷贫协脖子一犟："你才不行呢。"

邓红鸡说："我不行？我娃子六七个，咋来的。不信，让我给你巧儿试试，保不准也是三个五个的生。"

雷贫协听了，火得眉毛都竖了起来，气呼呼地顶了一句："你行，谁不晓得，你是眨巴眼看太阳——一手遮天。全雷村就数你行，想试谁睡谁，往任林枝那儿跑少了，给你生出娃来没有？"

邓红鸡笑着说："那是她没让我拢身，说是怕妨男人，要让我上了她的身，你看看。"

雷贫协刚还气得直打哆嗦，听了这话却笑了，试探地问邓红鸡说："咋，光过干瘾哪。要让你拢身了，你真敢让她生？寡妇呀，不怕天打五雷轰！"

这时，"咔嚓"，一声炸雷刚巧在大队部房顶炸响，闪电，像毒蛇野鸡项一样吐着长长的信子，曲曲扭扭地从窗外钻进屋来。邓田鸡刚喝进一嘴酒，还没来得及吞，被震得"啊"一声全吐了出来，喷了正对面雷贫协满脸满胸，雷贫协气得连胳膊带巴掌来回在脸上擦，邓田鸡慌忙拢身，扯起褂子帮忙，被雷贫协一拐肘子绊倒在邓红鸡身边。邓红鸡搭手拉起邓田鸡时，发现不对劲，问："你满嘴都喷人家贫协身上了，自己身上打哪来这一坨一坨的？啥时候弄成这样子。"

邓田鸡脸红得像只大公鸡，鼻子耳朵都涨得血红，结结巴巴地说："将回来时，下大雨，路上滑，只顾护菜去了，摔的，幸好菜没泼。俊巧儿还要来送饭呢，被我拦住了，得亏没叫她来。"

邓红鸡摆摆筷子说："错了，巧儿跟着过来，你就不可能摔成这样。要有她在跟前，我们三个大老爷们也不会喝得别别扭扭的，一点不痛快，也不开心。是吧？贫协。"

雷贫协答得很干脆："那肯定的。她能喝几碗，还爽快，耍卦，不像田鸡子。"

邓田鸡突然把手摆得跟拨浪鼓似的，咋咋呼呼说："不行，不行，我告诉你，雷贫协，那可做不得，做不得。记住，千万不能让巧儿喝酒，要不，你会后悔一辈子的……"

邓红鸡和雷贫协同时瞅着邓田鸡，问："咋了？咋喝不得！"

邓田鸡卖了个关子："晓得巧儿为啥要揭短，当众数落你吗？是为给你台阶下，叫你往后对她好点。我刚才看她做饭时，躲到灶后面悄悄吐了几回，弄不准是有了。你心里，一点没数？没看出来。"

雷贫协惊大了嘴："啊？"

邓红鸡脸上堆满兴奋的笑，事后诸葛亮地说："早半到末了，我就看她不太对劲，像是恶心要吐，就让她一边歇着。看来这是天意，青蛙——娃，估产——生产，巧了。"

雷贫协跳起身子喊："好哇——大惊雷……雷，雷大的喜讯呀。老天爷，你开眼了，下的真是及时雨哦。"端起酒碗一碰，仰头喝了，拔腿就跑，刚跑出门，就被邓红鸡示意邓田鸡抓了回来。

邓红鸡说："想跑，跑得了，娃在巧儿肚子里也跑不了。你在山上下处子，处住的东西吊那树上，早取晚取，未必会跑了？变成别人的了。"

邓田鸡趁机把雷贫协按在椅子上，说："就这样撂下我们跑了？太不够意思吧。不管咋说，这个喜讯是我发现的，书记安排的，没我们你喜个屁，书记和我可是有功劳也有苦劳哦。喝酒，喜酒哇，今天这喜酒要喝得痛痛快快的，我们哥儿俩陪着，一醉方休。"

屋子里喝得昏天黑地，笑声骂声不断，却不知屋外的危险正在靠近。大半夜的强暴雨，全变成了一股一股的急流，从山上冲往山下，涌得沟满岔平。大队部后面的沟渠，被四面山上的洪水冲得支离破碎，所有的水，都直接灌进屋檐沟，土墙脚早泡松了，南山墙上过去拆开的口子，经不住雨浇水泡，越裂越大，稀土泥浆直往下下。

不知是运气太好还是运气太不好，一晚上猜来猜去，老是书记在喝酒，雷贫协心里高兴，俏皮地说："这是雨水给红鸡子洗毛，洗得漂漂亮亮的，好吸引母鸡子叫春。"

书记也俏皮地说："谁叫你是秧鸡子，俊巧儿找俊红鸡叫春，那叫深山出俊鸟……"

两人打着嘴仗。屋外的雨渐渐下小了，风也不再拼命地叫，邓红鸡站起身，说："你们俩喝得少，接着猜，我出去方便一下。"说着，走出门，沿檐沟走了。

雷贫协听着书记出门后，脚步声没有停，像是一直在往前走，就隔着门问："尿啥个尿，不在门口撒，还往哪儿去？下着雨，穷讲究个啥呀。"

邓红鸡答："顺便转转，醒醒酒，你俩慢慢喝，等我回来。"

雷贫协冲邓田鸡眨眨眼，会意地笑了："哼哼，转转，往任林枝那转吧。这么大的雨，也不怕走滑脚摔跟头子。"

说完，抓起墙上斗顶，追了出去。

邓田鸡喊："雷贫协，你往哪儿去，你回家了，书记回来我没法交代。"

雷贫协大声回答："我也撒尿，顺手给书记送斗顶，陪他转转，他喝得不少。"

邓田鸡"咕咚"打了个酒嗝，心里笑说：怕书记去转巧儿吧，急的。话没出口，听到"轰咚"一声，拿眼一看，房墙房顶都晃动着，正向下倒来，砰咚咔嚓地碰下一截截木头，挡住了出门的去路，吓得他一头钻进酒桌子底下，然后什么都不晓得了……

第二天早晨，俊巧儿做好早饭，等不见丈夫回家，以为和书记一起喝醉酒忘了时辰，捡了几块玉米粑，奔大部队叫人。老远看见学校，没见大队部房子，近前一瞧，大队部房子塌了。俊巧儿慌慌神地喊："老雷，书记，田鸡子，堂爷……"

一队小学生打着红旗，唱着歌，向学校走来："我们走在大路上，革命歌声多么嘹亮……"歌声由远及近，清脆的童音，盖过了俊巧儿沙哑的哭号。

快到学校门口，有个学生问："老师，老师，大队部呢？咋就剩我们学校了。"随队老师叫停了歌声，这才听见有人再喊："天哪，天塌了，人都没影了哇——"

书记经常不回家过夜，媳妇莫莉花早习惯了，很少过问。直到民兵来家里送信，说书记不见了，昨晚在大队部，今早大队部也不见了，垮了，书记有可能塌在大队部里。莫莉花这下慌神了，跟着民兵一路哭喊着，向大队部跑。

大队部跟前的人都赶来了。民兵们和青壮年劳动力拿着铲子、挖锄，在清土翻找，杨疯子和许大棒槌顺着塌下的房梁，边轻敲木头边呼喊。他们找到吃饭的食堂时，终于听到了"救命"的叫声，这才把邓田鸡救了出来，书记和其他人不在食堂。

饭桌挡住房梁瓦块，保了邓田鸡一命，除左胳膊左脚受伤较重外，其他只是些小伤，昏迷了不大一会儿就清醒了，看着忙碌的杨疯子和许大棒槌，第一句话就问："书记，雷贫协，他们人呢？"

杨疯子反问："不是跟你一块吗？咋找不见影子呢？"

邓田鸡一惊："完了，南山墙，快挖。"

许大棒槌在土堆边发现了斗顶，邓田鸡说雷贫协……是雷贫协昨夜出门时拿的斗顶。过了一会儿，又有人惊叫："球鞋，书记的球鞋。"

雷村只有书记邓红鸡和右派包糯米两个人穿球鞋。邓田鸡不顾伤胳膊残腿扑过去，吼道："铲子挖锄丢了！用手刨，刨。人就在下边，肯定在下边。"

就在邓田鸡指挥大家救人之际，几个妇女叽叽喳喳地议论。怪事吧，一夜间冷门冒出那大个方子，打哪儿来的呀？正河中间卧着，看着好瘆人。有人说，不像一个死人睡的，差不离两个棺材大，合棺吗？另一个妇女说，方子里头该不会有活人吧？我来时，咋听到那里好像有小娃子哭。

一堆妇女围拢说，是听到有娃子哭，好像后半夜。有的说，哪是后半夜，天麻麻亮时才开始哭的，一会儿哭一声，一会儿又有好几声的娃娃哭，"哇"得可瘆人了。

雷黑磨不知何时挤进了那帮人堆，问："地上塌房子水里漂方子，为啥？"

妇女们反问："你晓得为啥？为啥！"

雷黑磨不答为啥，又问："昨晚你们听到狼叫没有？那听得才叫瘆人。"

妇女们回答说："你是神，你听到狼了？我们都听到的是娃子哭。"

这时，艾枣花家的大娴子从河边一路喊叫过来："娃子——娃子——在河中间，哭哇，哭哇——"

杨红嘴听见傻娴子喊，撒开腿鸭子往河里跑。屁股后边跟着一路的学娃子，追着他跑。杨疯子见儿子慌里慌张地飞奔，害怕红嘴出事，也跟着追了上去。

父子俩在河里找了半天，确实听见了一两声娃子哭，死活就是找不到影子。儿子问："爹，在棺材里吧？"杨疯子说："屁话，活娃子，能放棺材里，有那狠心的爹呀。"

过了一个多时辰，父子俩找累了，就想靠着棺材歇歇，杨疯子靠上去，发现棺材不太对劲，用手一捶，才晓得是块石头。这块石头太像棺材了，颜色是全黑的，一头大一头小，棺头高棺尾低，棺身鼓，棺盖檐突出，跟死人睡的木棺材分不出两样，更令杨疯子吃惊发蒙的是，整个石头没有一条石裂缝，也没有石匠凿过的印墨，黑得像是漆匠精工漆出来的，没任何花的杂色。这么大块石头，多重呀，咋就无缘无故地来到了河中间呢？杨疯子心里打着咯噔，太奇怪了，雷村这是咋啦？古怪事一个接着一个。

同样稀奇古怪的事在堂爷家也发生了。早晨，堂爷和久香奶奶打牛洪柱家回来，还没进家门，老远就看见猪圈没了，连猪带圈棚和石围栏一样不剩，留下一溜洪水冲刷出来的水槽，从山顶下来一直通到河里。久香奶奶哭喊着往家里跑去，我的猪哇，两三百斤哪。

踏进家门时，堂爷一脚门里，一脚门外愣在那里，像钉子突然钉住了，一动不动。抹着眼泪的久香奶奶被堂爷的后背挡住了，不知屋里发生了啥事，一掌推开堂爷，正要说话，发现睡觉的房屋没了，像是被人从房顶往下，生刻刻齐刷刷地劈了一刀，怪的是，堂屋好好的，一点裂痕没有。久香奶奶冲到房屋门口，看到睡觉的地方，一夜变成了泥石滩，一屁股瘫倒在地上。

堂爷仰天长叹："天老爷，你也赶我们回大岩屋哦。"

久香奶奶过了好久好久，说："房塌了，粮没了，猪跑了……我们人还在，不管咋个弄法，房子粮食回不来了，我们先去找猪，小的丢就丢了，大的好几百斤肉呢。"

堂爷拗不过久香奶奶，心想也是，大猪小猪跟奶娃子一样，都是久香一瓢一瓢喂大的，便陪着沿河去找，明知没希望，也就是叫花子朝武当——尽个穷心。

刚上路，就听来来往往的人说，邓红鸡和雷贫协被塌在房子下面，出事了。堂爷丢下久香奶奶，直奔大队部，嘴里说：咋这样，咋会这样子……昨天打牌喝酒多高兴……夜里我离开时，都还好好的呀……

十三

艳阳下，久香奶奶挑着两大块臭猪肉回来了。猪毛早被洪水冲得一干二净，白森森的肉连着白花花的皮，没有一丁点儿血色，一路上臭得大人小孩捂着鼻子就跑，远远地躲着，见我没跑没躲，久香奶奶伸手扯住我的胳膊，说："走，跟奶奶吃肉去……馋死他们。"

我跟久香奶奶回到家，见她一边抹着眼泪，一边又洗又剁，嘴里说："再晚一步，连肉皮都见不到，鱼来了，龟来了，鸟来了，水库上的人都来了。放抢呀，除非打死我，这是我的血汗，我的心头肉，晴一天雨一天，热一桶冷一瓢喂大的，堂爷都没尝到味呢，便宜你们。"我说臭成这样，能吃吗？他们还抢。

久香奶奶把大锅小锅的火都烧燃了，说："孙娃子，奶奶给你说，啥好吃不好吃？香哦臭哦？人饿急了，抢到死老鼠癞蛤蟆都香。来，帮奶奶烧火，火添大点，一会儿就让你解馋，满嘴油香，出去风一刮，香一弯子，不馋死他们也眼气死狗日的。"

满大锅的肉，煮得咕嘟咕嘟冒泡，小锅里，油炸得嚓嚓嚓飞溅。我闻着，臭烘烘的肉一点点变味了，变得臭中有香，香中带臭，煮着煮着，臭香臭香的味道，就从鼻窟窿眼钻进了肚子里，喜得口水直流。久香奶奶从大锅里扯起一大坨瘦肉，递给我，说："吃吃看，是香还是臭。"

我一边狼吞虎咽地吃，一边说好香好香。久香奶奶说："臭酱豆，霉豆腐，闻到臭，吃着香。何况这是肉，咋说都是肥猪肉，除了过年杀猪，一年能吃得上几回？管它是不是死猪臭肉，我们可不能吃独食，得让村里人都尝尝，有福同享。"

久香奶奶找出一个瓦罐，往里面装满猪油，又用一个篮子垫上抹布，把一块块切好的猪肉装进去，说："走，跟奶奶去，每家送一点，是个心意，遭了大难都难过呢。"

我心里舍不得，不乐意地说："奶奶，何苦来，你挑肉回来时，他们嫌臭，躲都躲不及，还把它送给他们哦。"

久香奶奶见我磨蹭着没动，又催促说："快走，舍不得呀？回头多给你留点。你根叔要是不进去，就不劳我们跑了。"

一过河，我们第一家来到杨疯子院里，两个残废吱溜吱溜吸吮着鼻子。见大人都不在，久香奶奶对杨柏树、杨柿树说："这大半天的，你们也闻够肉香了吧？"说着，抓起两坨肉，塞进他们手里，然后走进厨房，挖了半碗肉，一勺子猪油留下。

离开杨家老远了，我听见杨柏树、杨柿树还在身后喊："难为久香奶奶了，难为您了哦。"

来到雷贫协家，进门一口棺材，黑森森的，我有些害怕。久香奶奶拉着我走进厨房，正要往外挖肉，被俊巧儿拦住了，死活不要。久香奶奶劝俊巧儿："人死不能复生。活人不吃，让走了的人，享口口福吧。挖出一大碗肉，放到雷贫协的棺材前。"俊巧儿疯了似的，冲过去，连肉带碗扯起来摔倒了门外，嘴里喊道："享口福，你享口福，叫你享口福……"号叫着，哭倒在地，哇啦哇啦呕吐不止。

从雷贫协家出来，久香奶奶对我说，生死祸福，咋个说得到哇。那晚上，要不是我硬把你堂爷拉起走，后来，要不是牛洪柱一家子死劝强留，我和你堂爷这会儿，不也是睡在这棺材板子里，吃肉，吃个屁。

下一户该到雷老憨家了，久香奶奶心里一直有个疙瘩，总觉得雷老憨的死与自己有关。快到任林枝门口，就把我推到前面，嘱咐说，不管她们肯不肯接，你都要想法子给她们留下，多留些，孤儿寡母的不容易，外人不晓得，那日子多难煎熬啊……我猜想，来雷村之前，久香奶奶和根叔的日子一定很苦。

任林枝看见我们上山，亲热得像好些年没见面的亲戚，一手摸着我的头，一手拉着久香奶奶，请进了堂屋。趁他们说话，我和雷业香把肉和油提到厨房，还额外多挖了一份，我听见任林枝对久香奶奶说，这肉是你拿命找回来的，好不容易吧，还家家送。他们说着说着，就说到了雷贫协和书记邓红鸡。任林枝说，久香你是没见到，俊巧儿伤心的哟，哭死过去好几回，也真是命苦，多少年不生，总算怀上了吧，男人又死了。久香奶奶说，好人哪，咋的好人命就不长呢？听说红鸡书记赶狼保住了你家的猪，还救了你女儿，多好的书记呀，说没就没了……

雷业香把我拉进房屋，从枕头下拿出了一支带颜色的钢笔，说："看，这是啥？"

我看到钢笔，惊得说不出话来："你不是？"

雷业香神气地说："我就看不惯她那神气样子，有支钢笔咋了？叫她神气的，我也有，还是她哥买的，一模一样。"

那年夏天，有人向书记举报，说书记妹妹的五彩钢笔丢了，是我偷的。因为我没用过钢笔，眼馋邓桂珍的五彩钢笔。说实话，我那时真是渴望有支钢笔，可家里兄弟六个，买不起钢笔，买得起笔也买不起钢笔水。直到初中，我都是用竹竿子沾马瘣子水写的作业，每年秋天，我妈就上山摘回来好多马瘣子果，存到坛子里，一用一年。

在我被喊到大队部时，书记和她妹妹都在，桌子上放着本子，我还以为是要我帮邓桂珍补习，就说我学习也就那样，我们互相学习吧。

连长邓田鸡喊道："不是让你帮她学习。桂珍妹妹的钢笔丢了，有人说是你偷的……自己拿出来，我们就不搜了……"

雷业香急急忙忙地走进来，拿着钢笔，说："钢笔在这里，五彩的。早上打扫教室，我在桌子腿边捡到的。你们看看，这是不是邓桂珍的。"

邓桂珍接过钢笔一看，说是的是的，拿起笔，欢天喜地地跑了。

送完东西天已经很晚了。我和久香奶奶摸着夜路回家，河边的路拐来拐去，路边庄稼地和树林子的鸟，有一声没一声地叫，叫得人心里发慌。想到要路过塌死人的大队部，我害怕得要命，紧紧拽着久香奶奶的手，不敢走前头，也不敢走后头，只好贴着身并排走在小路上，时不时你踩我一脚我踩你一脚，久香奶奶问："踩疼了吧。"

我说不疼。久香奶奶又问我，怕吧？我说不怕，你脚一踩我就不怕了。其实，我真的是很怕很怕，就怕从路边冷不丁地蹿出鬼来，久香奶奶的手和身子一直在抖，可能也是怕的。

快走到黑石方子时，我好像听到有小奶娃子"叽哇"了一声，抱着久香奶奶不敢走了，就说奶奶你听，有娃子哭，是鬼娃子，前天好些人都听见过，这里有鬼娃子哭。久香奶奶说："黑漆麻乌的，哪儿来的娃子？啥鬼娃子，谁亲眼见过？自己吓自己吓死人，我们走快点儿，一会儿就到家了。"

不知不觉中，我们由走变成跑了，跑着跑着，好像听见前面也有脚步在跑的声音，恍惚还有黑影晃动，我们又放慢脚步，半跑半走。这时，远远地又传来一声"叽哇"，久香奶奶这回听清了，那脚步声和叫声都是往她家的方向去了。不大一会儿，家门吱呀一声开了，有人影进出，一晃便不见了。

回到家，久香奶奶看见堂爷，吃惊地问："你不是在书记家打代思吗？咋回来了？"

堂爷回答说："老包找我办点事。"

久香奶奶怀疑地说："怕是女人找你办事吧？还带着娃。"

堂爷说："你啥时也学会疑神疑鬼了，包糯米在河里捡了个娃娃……"说到一半猛地打住了。

久香奶奶不再追问，说："包糯米捡着娃回岩屋了？好哇，反正这两天就上岩屋去住，我倒要看看，是个啥娃？是青蛙石蛙，还是野人娃。"

我冒失地接了一句嘴："石蛙。我晓得了，是石蛙。"

久香奶奶望着我说："大人说话，小娃子不许撒白。"

我说："上回在岩屋，半夜里听见包糯米跟堂爷说，那个山沟里有一种蛙叫，像小孩哭，当时我还以为是做梦，说梦话，现在我想起来了，肯定是石蛙，那大山沟里除了石蛙，还有啥蛙呀。"

堂爷说："老包也就那么一说，谁见过真假。"说着，拉起我就走，顺路送我回家。久香奶奶追出门，喊："把肉拎上，你妈，还有那些兄弟娃子要吃。不晓得你们慌个啥，那么慌。"

大队书记和雷贫协安葬完了。

村子里好不容易安静下来。那天，我正在上课，久香奶奶把我找出来，说公社李特判刚把老包带走了，堂爷也去了，就关在学校的寝室里，小孩子方便，你快去看看。我悄悄溜过去，隔着门缝，看见屋里坐着李特判、邓田鸡，还有堂爷和包糯米。

李特判说："公社决定了，由邓田鸡接替你们雷村的大队书记。今天把你们两个找来，一个读书多，一个见识多，我和邓书记代表组织向你们了解些情况，要如实回答。"

邓田鸡首先客气地问堂爷："堂爷说说，你事先是不是晓得大队部会有事？"

堂爷笑着争辩说："这可不光是狗子咬月亮——望天打胡说，还冤枉好人了。要晓得会出事，我是白脖子呀，不要命了？陪你们半夜，打死我也不会跟你们又吃喝，又玩牌，早把摊子给你们散了。"

邓田鸡有点不高兴，忍着气说："也不算胡诌瞎嚼，是啥？

酒喝到一半，你后半夜跑了，你一走，偏巧房子塌了。原来你跑去帮富农去了，还在富农家喝酒过夜……"

堂爷有些激动地站起身，说："牛洪柱打架伤了元气，爬到我家门口，总不能由他死我家里吧，多晦气呀。久香来，硬把我扯走的，说弄猪圈，你不是没听到。再说了，善心得善报，我才有幸躲过一劫，要不，这会儿能见到你们。"

李特判扬扬手，让堂爷坐下，然后说："人没事就好。你那房子是集体的，早晚得搬出来。"转头又对包糯米说，"你私下说，有灾害要发生，为什么没向大队部和公社正式报告？"

包糯米望了邓田鸡一眼，为难地答："说了，只是提醒……谁敢确定呀……也确定不了。公社不是也给大队打过电话吗，可是？"

李特判想想也是，公社的电话都没起作用，一个右派的话，能顶得了啥，便缓和了语气："那你说说，青蛙石蛙究竟咋回事？"

包糯米说："我下山时，发现山沟的石蛙都向山上爬，走到河里，看见田里青蛙也往地上跳，到了操场，学娃子扯的青蛙又可劲地争着逃跑，我感觉有些反常，有反常现象，就预示着可能有反常事发生，动物对自然比人敏感。我当时就报告过了，这事可疑……邓书记还说我胡言乱语，要从重处理。"

堂爷说："是的，我做证，当时就报告邓书记了。"

邓田鸡不耐烦了："啥？给我报告了。"

堂爷说："哦，你现在是书记，当时向邓红鸡报告的。老书记训了老包一顿，胆敢再造谣，治你的罪。老包还鼓动我出面劝说，我也遭了一顿白眼。"

李特判又问："黑石方子是怎么一回事？"

包糯米说："应该是山洪冲出来的石头。这山里不是有火蛋石吗？可能就是块大个儿的火蛋石，至于为什么像棺材，又通体黝黑，那应该是火山喷发时，挤压成这样的。当然，也说不定是块棺材活化石，但可能性不大。碰到这回百年不遇的洪暴，被冲出来了，冲到这里水面变宽，水劲变小，推力不足，一时冲不动它，就搁浅了。"

李特判用笔敲敲桌子，想了想，说："看来是自然现象，不是传说的鬼神作妖、人为破坏。你说得很重要，我们还要找其他群众再调查核实，没事了，你们走吧。"

刚走到门口，邓田鸡喊："包糯米，听说你女人来了，外来人口得报告打个招呼，吱吱声。"

包糯米边走边回答："报告，吱声。"

我一溜小跑，来向久香奶奶报告，一进门，就看见堂屋里坐着一个没见过的女人。久香奶奶对我说："乐姨，快叫。包大叔的媳妇，乐方子。"我好奇地望着她叫了一声，药姨，心里嘀咕着，药方子，又没人病，咋一下冒出这么多方子。没想到嘀咕出了声：河里冲出个石方子，堂爷家跑来个药方子……

久香奶奶听到了，责怪地照头给了我一巴掌："咄叨，叫你小孩子瞎说，乱说了烂舌头。"

我伸出舌头就跑，被药方子叫住了："别跑，跑了礼物就送别人了。"

乐方子瞪着一双笑得水汪汪的大眼睛，脑壳后头两个小辫子，捆着两根红布条，像趴着的两只红蜻蜓，耳边头发上，站着一个像要飞起来的绿蚂蚱，随时扑向红蜻蜓。太阳光正好斜照在她那颗趴着蜻蜓和蚂蚱的头上，一闪一闪的，格外好看，我从没见过这种打扮，这么好看的女人，看得眼睛又疼又痒。心里更加犯嘀咕，该多好的人哪，咋叫个药方子。药方子从发白的绿挂包里拿出东西，慢慢向我走过来，我望见她挺着肚子，很小心地走着，不好意思地连喊了好几声："药姨，药姨你慢点，慢慢地。"

药姨转着水灵灵的眼珠子，说："我姓乐，不是吃药的药，是'有朋自远方来，不亦乐乎'的乐。叫方知，不是方子，方知就是刚才知道的意思。"她边说边把一支黑色钢笔递到我手上……永生——

久香奶奶说，还不快多谢乐姨，这贵重的礼物，以后就用它多学写字，可不能写成药方子。

乐姨说："你们说的方子就是棺材，我知道，棺材呀，是人到另一个世界住的房子。没房子多可怜，有房子多幸福呀，在我们那里，棺材是吉祥物，升官发财哟。你要是用这笔好好学习，考了大学，就可以当官，当不上官，也没关系，用它好好写东西，当个作家，写书也能发财呀。"

我听着乐姨说得像天书，觉得那就是不着边际的梦想，好比豆腐渣贴门神——不沾板。雷村祖祖辈辈，谁敢有这个念想，除了堂爷，就没出过第二个像模像样的人物。我摸着这支永生钢笔，打那一刻开始，就渴望着永久快乐的生活。这是我人生的第一支钢笔，我要把它好好珍藏，发誓不考试绝不拿出来用。

久香奶奶说："托方姨的福，孙娃子明儿要是真发了，可不许忘了方姨和包叔的恩情。哎，叫你看的堂爷和包叔呢，咋个啦，李特判为难他们没？"

我这才想起自己是来报喜信的，却被乐姨和乐姨的钢笔喜昏了头。正在这时，门外传进堂爷的声音："让你们担心了吧，没事。抓紧弄饭吃，吃了搬家，上老岩屋。我们老两口，去给老包小两口做伴，放叫口，唱歌。叫花子拍瓦片——穷快活去。"

乐姨瞟了包糯米一眼，没有搭话，跟着久香奶奶进了厨房。我和包糯米正帮着堂爷收拾该搬的东西，门口有两个人影晃了一下，接着听见保管室传出开门的响动，我跑过去一看，是拐枣李和许大棒槌在拿雷管炸药。

堂爷出来，问："你们拿它干啥？"

许大棒槌解释："邓田鸡说大队部前边躺着个棺材，不吉利，群众反映棺材闹鬼，夜里有小鬼娃子哭，闹得人心惶惶，不太平，让把石方子炸了。"

包糯米一惊："炸石棺材？石头闹鬼？不吉利？你们根本不晓得，是啥鬼哟。"

堂爷看着包糯米着急的样子，接过话说："饭点到了，下午我搬家，中午刚好一块喝顿酒。"

许大棒槌和拐枣李听堂爷说请喝酒，连忙锁上保管室，不走了。

邓田鸡骂骂唧唧地找上门来，指着许大棒槌和拐枣李说："一圈子忙活，你们闲得坐这喝起酒来了？"

拐枣李和许大棒槌都僵僵地望望堂爷，又望着邓田鸡。邓田鸡瞪着眼说："望啥望？白鹤子望大水——闲得流呀。"

堂爷忙赔着笑脸，说："书记还在队部哇？晓得就去请你来喝酒了。来来，接客不如遇客，按你吩咐，我们下午搬家，去大岩屋。不是对着镜子作揖——自己恭维自己，咋说动迁也是喜吧，中午也算乔迁酒，加上包糯米媳妇来了，正好当面向你报到。"

久香奶奶连忙摆上碗筷，把书记扯到板凳上坐了下来。

乐姨紧挨着邓田鸡坐下，一边夹菜一边说："我们小包在这添麻烦了，感谢你们领导和乡亲们对他的关心照顾，我敬你一杯。"

邓田鸡接过酒碗喝了，问乐方子，听说你是老师，会音乐还懂地理，带着好几门课的知识分子。包糯米拍书记也拍媳妇的马屁，抢着说："她比我强，我就只会一样，玉米杂交。"

邓田鸡说："那我请教大知识分子，你说说，这石方子该不该炸？"

乐方知怔了一下，说："要我说吧，不仅不能炸，还得保，这应该是雷村镇村一宝。从风水学上说，'奇地造奇物，往来皆因果'，一场洪水，冲来一副石头棺材，偏偏留在了这里。从地理学上讲，这副棺材卧在这里，和门前那棵大树生长在这里一样，是一种活生生的地理标志，外地人说起雷村来，自然会想到这地上的大花梨树和河中的黑石方子，就像人们说起山西洪洞县，就会想到那棵大槐树一样。再说，方子也绝对不是什么不吉利之物，好些地方都把棺材看作大吉大利，升官发财之宝。说不定雷村将来鸿运高照，会发在这棺材上呢，刚刚这娃子还喊我药方子，药方子有啥不好，能医病呀……"

大家点头称赞乐方知讲得在理。许大棒槌端起酒碗站到邓田鸡身边，说："祝你升官发财，这石方子一来，你就鸡头上顶草帽——冠上升官，当了书记。李特判不光给发了奖金，还给我们都送来了救灾款，要说，这也是发财呀。我相信小乐说的，这方子不能炸，留作，你升大官，我们发大财。"

邓田鸡左右为难地说："拐了①，拐了。那些人都吵着要炸，我也发过话了，炸了。恐怕都预备齐整了，现在又翻葫芦倒嘴地说不炸，为啥子？总得让大家心服口服吧。要不这样，请小乐去给大伙说说道理，讲个根由，堂爷说话大家听，去镇个场子。"

包糯米说："绝对不行，书记你想想，乡里人，谁会信一个妇道人家的话？还是书记做主，我和堂爷尽力去敲边鼓，帮忙劝说，应该问题不大。"

下午一放学，我急忙跑到河边，看见又黑又大的石方子还睡在河中间。艾枣花对我说，你来晚了，堂爷他们早走了，搬

---

① 拐了：坏了。

大岩屋去了，说收拾好了，利索了，叫去玩。

我心里有点难过，后悔不该去上课，错过了帮忙搬家。想想现在赶去，说不定还能搭把手，就是没事干，山上人少冷清，多个人搭个话，热闹热闹也好。

在大岩屋，乐姨挺着肚子东瞅西看，好像在找啥东西。我劝乐姨，里面黑，弄不好会掉进地洞里，乐姨眼睛一亮，问："有地洞呀，带我去看看。"

我说那可去不得，洞里好黑，很深，下去了没人救，就上不来了。乐姨问："来大岩屋的女人多吗？"我说没见啥女人进大岩屋，白天包叔都在外面，上山的人劳动完就回去了。小孩子多，我们经常上来玩。

乐姨又问："见过女人和小孩子在洞里过夜吗？"我说除了我和堂爷有时在洞里过夜，好像没其他人。

天快黑时，包糯米从山上回来了，手里提着鱼不像鱼，鳖不像鳖的东西，送到乐姨眼前，说："给，这就是你要找的女人和娃子，它死了，再不会哭了……死了，可惜死了哦——"

堂爷赶忙问："咋？没救过来。"

包糯米说："伤了元气，从山上冲到山下，石砸泥埋水呛，就是人，也难撑得住。"

原来，这是生活在岩屋沟顶石缝中的一种鱼，比石蛙大，叫起来像娃娃哭，被称作娃娃鱼。那夜暴雨，山洪把这条娃娃鱼冲到了山下河里，是堂爷和包糯米把它救了回来。乐姨上山第一天夜里，听到叫声，问包糯米："岩屋还有别的女人？"包糯米说:"深山老岩,何来女人。"乐姨睡一觉醒了,又问:"没女人哪来孩子?好像有孩子哭,哭得凄惨吓人。"包糯米说:"你还未生,孩子在你肚子里,能哭?山里啥声音都有,岩洞里回音多,慢慢睡习惯就不怕了。"

乐姨又睡了一觉醒来,摸摸丈夫不在身边,睁着眼睛等,直到天亮,也没见丈夫回来,一生气,就下山到了久香奶奶家。

晚上,我们吃着娃娃鱼,喝着汤,都说是第一次尝鲜,这才知道啥叫山珍海味,稀罕美食。

久香奶奶觉得好奇,堂爷他们祖辈住这山里,谁都不晓得有这种鱼,你包糯米咋找到的。包糯米神秘地说:"这可是救命鱼。我能逃出深渊,活到今天,娃娃鱼功不可没。"

这是一个秘密。

包糯米刚来雷村时,一个人住在大岩屋,没过多久,突然就失踪了。邓红鸡和杨疯子带着群众山上山下翻了个遍,找不到人。有人说,还是个嘴上没长毛的城里娃子,能吃得了山里的苦?肯定偷跑回去了。也有人说,怕是受不了右派这顶帽子,寻短见了,再不就是被野人抓了,白狼叼了。总之,活不见影,死不见尸,找不见干脆就不找了,反正上面也没人过问,慢慢地大家都淡忘了,好像从来就没出现过这么个人一样。大半年后,一个金秋的傍晚,包糯米扛着一葛藤袋子的苞谷坨子,在岩屋沟出现了,披头散发,衣衫破烂,不知是谁喊了一嗓子:"鬼娃子呀——"拔腿就跑,跑着喊着:"鬼,野鬼。"女人们胆小，慌张的喊叫惊动了一地劳动的女社员，吓得跟着直跑。包糯米喊："贫下中农姐妹们，我不是鬼。杨队长，我是包右派，回来向你报到来了。"

听见包糯米普通话的声音，杨疯子定睛一看，说："包老右，真是你呀？咋弄成这样，看把妇女们吓的。"艾枣花快嘴快舌地叫喊："哎哟妈呀！还以为真碰见野鬼野人了呢？好你个包死鬼，大半年死哪儿去了。"包糯米笑呵呵地回答说："那天，我发现了一只白狐狸在山林里跑，白狐狸太漂亮了，我就去追它，后来追迷了路，转来转去找不着北，就成了无家可归的山里野人。"说着，把袋子里的玉米坨子甩给大家，"来，都尝尝，这比村里的玉米好吃，我以后就培育它了，与你们的杂交。"艾枣花笑咧咧地说："那不串种了。我们可不和你杂交……"

其实，包糯米是在岩屋里转迷了，掉进了深洞，又从深洞滚进了地下河。两眼一抹黑的河洞，只听见水响，他就顺着水声双手摸索着找出路，应了天无绝人之路那句古话，在饥饿得再也爬不动时，一骨碌连滚好几圈，淌进了一个水挡子，正好压在一只石蛙身上，听见"哇"一声叫，包糯米也跟着"哇"一声大叫："苍天哦，我有救了。"

生吃了石蛙，增添了体力，打算顺着流水声向下，这时一阵"娃娃"的哭叫声传进耳朵。清晰的叫声，就在他身后上方，越叫越响，由一个哭声逐渐增加到上十个。这黑暗的深渊，怎么可能会有小孩呢？他记得书上介绍，在神农架山脉峡谷里，生存着一种冰川期存活下来的化石鱼——大鲵，因其叫声像娃娃啼哭，又名娃娃鱼。心想，娃娃鱼生活在高山峡谷里，朝娃娃鱼方向往上，就可能走到山谷的源头，跟着流水往下走的话，只会越走越远，越深。在这个漆黑的三岔路口，包糯米果断地顺着"娃娃"的叫声，一直向上，不顾一切地往上爬，终于见到了阴沉模糊的阳光。为了克服视力障碍，索性闭目休息了一二十分钟，再睁开双眼，灿烂的阳光照在一片青油油的草地上，这片像草原一样的深山平地，比雷村任何一块平地都要大许多，他高兴地大呼："高山，盆地，苍天恩赐的粮仓啊——粮仓。"

……

包糯米的秘密把乐方知惊出了一身汗。拿起筷子指着包糯米的脸，气愤地说："多大的危险哪，这等要命的事，你竟然敢瞒着我，一声不吭，世上竟有你这样的丈夫。"

久香奶奶说："他也是为你想，怕你担心呗。哪像有的男人，明知女人要死了，一点也不担心，自己吹着叫口哼着小曲，满世界优哉游哉地自个儿逍遥。"

堂爷说："那不也是为你着想。我一走，你就好当家做主，顺顺当当地过好日子。老包你说说，大半年的日子，是咋生活过来的，都别打岔。"

包糯米说："那得感谢你堂爷。千山万岭，一时找不回家，为了生存，我就想到了你的旱烟袋、白火石和打火镰。没有铁火镰，就用腰带上的铁扣子与白火石对撞，最终撞燃了火，有了火，吃的东西不成问题，草地、树林里丰富得很，还有山上的野兔、山雀子，水里的石蛙、鱼虾。我找了一个岩壳当房子住下来，没有这岩屋好，也能遮风挡雨，防备野兽。最幸运的是，岩壳里有一块像你们说的石方子，那真是奇迹呀，里面散着一层玉米籽，虽然盖着一层厚厚的灰，用牙一咬，竟然没腐烂发霉。我舍不得吃呀，心想，稀里糊涂地成了右派，又迷里迷糊地掉进了无底深渊，这神奇的玉米籽，会不会是苍天有眼，特意赐给我的神器呢？冥冥之中，难道真有神灵在庇佑我吗。"

久香奶奶说："是神灵保佑，赐福给你，要搁到旁人，一蹄子滑进去，还能回得来吗？早死了。"

乐方知笑了，说："塞翁失马，焉知非福哦。"

堂爷说："那肯定是的。你们想想，炎帝没有搭起这神奇的神农架子，能在这山里尝百草、播五谷、惠万民，成为中华始祖——神农。歌祖尹相爷不到这山里，和我们歌民学唱，能编出诗经传唱千年。中宗李显不是来老岩屋，在这龙宫中堂祭拜，能再登皇位，重振我们大唐李氏江山。医圣李时珍不是得到神农真传，来到这大山采草制药，能写出那《本草纲目》……"

包糯米说："苍天大地惠顾，盆地肥得冒油，荒草一拔，玉米籽放进去，真的长出了不一样的玉米。那真是奇迹呀，这种子若是造山运动留下来的，或是汉唐将士的遗物，不是亿万年就是数千年，遇到这厚土生地怎可能发芽结果。我和堂爷私下商量，就叫它'神龙裕谷'，你们觉得怎么样？"

乐姨望了久香奶奶一眼，然后问："是富裕的裕吗？不会是玉米的玉吧？裕好。"

堂爷说："有知识就是不一样，心都是灵通的，不咋说，不是一家人不进一房门呢。这娃娃鱼和裕谷呀，可都是秘密，嘴都关紧点，千万不能叫外面人晓得了。"

吃完饭，我们都坐在岩屋口的石凳上，望着神秘的月亮，猜想嫦娥和吴刚是咋飞上去的，他们在天上是不是也看着我们？猜完了，就听堂爷唱歌，堂爷扬起叫口吹了几声，接着唱了曲《盘古开天》……又唱了一曲《梁山伯访友》，然后说，乐弟妹是教唱歌的，唱两首新歌听听。

乐方知说自己主要是谱曲，唱谱凑合唱歌不咋的，磨不过堂爷的盛情，还是唱了一首《公社是棵常青藤》，在我们不停的巴掌声中，乐姨又唱了一曲《北京的金山上》，这两首歌学校教过，我也会唱，可听了乐姨的歌，就像看见了一地的甜瓜，嘴里直冒涎水。心里就想着，这大岩屋要是那金山就好了，我们就可以天天走在金光大道上。

乐姨唱完，说："久香，你生在诗经之乡，唱唱民间诗经歌吧。"

久香奶奶没有推辞，干脆地说："你打老远奔老包来到山里，不容易，奔的是一个'情'字，我就给你唱一首《关关雎鸠往前走》吧……"唱罢，看看乐姨挺着大肚子，又情不自禁地唱了一曲《十月怀胎》：

　　腊月梅花开（呀），花儿（的）开不败（呀），不
知（那）不觉地（呀），小奴怀上了胎（呀），不知

（那）不觉地（呀），小奴怀上胎（呀）。怀胎正月正
（啰），小奴不知音（啰），好似一浮萍草（咿呀），没
有扎下根（啰咿的呀）。二月怀胎（呀），二的（个）
二月半（哪），茶不思饭不想（呀）浑身发瘫软（哪）。
茶不思饭不想（呀）浑身发瘫软（哪）。怀胎三月三
（啰），日夜不得安（啰），面又黄肌又瘦（咿呀）形容
大改变（啰咿的呀）。面又黄肌又瘦（咿呀）形容大改
变（啰咿的呀）……

包糯米见乐方知兴奋地对着久香的脸又亲又摸，也控制不
住激动，说：久香，难为你用心了。在歌师歌姐面前，我也献
丑，送上一曲《楚辞·九歌》中的《山鬼》：

若有人兮山之阿，被薜荔兮带女萝，既含睇兮又
宜笑，子慕予兮善窈窕——

见我们听完包糯米的诗歌没一点反应，乐姨解释说："这是
楚国大夫屈原唱的《山鬼》，就是你们说的野人，他呀，是想起
了自己的野人形象，对吧？"

久香奶奶说："是住山那边，端午节跳江的那个屈原吗？他
见过山鬼野人吧，唱得咋这像呢，跟我做梦梦见的一模一样。"

我也跟着好奇地问堂爷："爷，野人抱过你，是这个样子
吗？野人怕不怕人哪。"

堂爷说："大半夜了，小孩子家家的，啥山鬼呀野人，当心一会儿做噩梦。趁着大好的月亮，心情都好，我们还是说说这就要出世的人吧。"

乐姨高兴地说："对对，趁堂爷久香都在，心情好，给小宝宝取个名吧。先声明一下，不允许神农呀玉米什么的，搞得像科研成果……"

包糯米笑嘻嘻地说："生物和艺术嫁接，本来就是科研成果嘛。神农玉米好，有啥不好。"

堂爷想了想，试探地说："乐老师是教唱歌的，我们又唱了一晚上的歌，我看老包唱的'九歌'就不错。"

乐姨乐呵呵地说："'九歌'是个好名字，可容易联想到山鬼野人，不太好，像他爸一样臭老九，那更不好。就依久香的久吧，长长久久，天长地久，日长月——久。"

久香奶奶站起身，说："久好，久歌好。为好久歌，我去把石蛙娃娃鱼热热，一起再喝一杯。"

我和堂爷、包糯米还有乐姨异口同声地喊："喝他个日长月——久。"

久歌还未出生，就与石蛙、娃娃鱼，结下了不解之缘。

生地醉歌

李德禄 ◎ 著

中卷

中国言实出版社

中　卷

第五章　黑蚂蚁青窝棚

十四

傻娴子迷上了黑蚂蚁。

进入腊月，家家户户挨个儿排队磨面，等着过年蒸馍馍包元宝用。雷黑磨没日没夜地赶着忙，磨了箩，箩了又磨，头三遍磨白面，后两道磨黑麸子面，一家一户统统的一黑一白，分开装好，等着主人来拿。

这天下午，傻娴子来磨棚取面，大老远就"雷瞎子，雷瞎子"地叫，直叫到磨棚跟前都没听见人吭声，磨道上也没人影，走近一看，瞎子整个人倒在箩面的簸箩边。傻娴子喊："瞎子，你咋啦？又累病了，歪到这儿……装死。"

雷黑磨羊角风累犯了，满嘴满脸都是白沫，直淌到地上。地上有不少黑蚂蚁，就顺着白涎沫直往脸上爬，爬到嘴角，挤成一坨，就像一指黑线，从地上一直拉到脸上，变成了一疙瘩一疙瘩绞得乱糟糟的黑线头。磨棚外是白花花的雪，箩筐里是白净净的面，脸上是白乎乎的沫，在傻娴子满眼是白的世界里，被一坨恶心的黑刺得生疼。她蹲下身来仔细瞅着一看，看见可恶的蚂蚁们，全伸着张牙舞爪的爪子，抓着雷黑磨脸上的白沫往嘴里舔，气得她咬牙切齿，抓起一大捧雪，往雷黑磨脸上又擦又揉，脚下在地上连踩带揞，嘴里恶狠狠地念叨着："叫你吃，叫你爬，叫你们欺负老好人……"

不晓得是被雪冰的，还是从太上老君那里禀报完了，雷黑磨哼哼两声，醒了。傻娴子扶起雷黑磨，拉到磨道边的板凳上坐下，说："好恨人哪，将才好些好些蚂蚁子，抢着往你身上爬，还亲你嘴，吃你脸上的沫子糊，看我不踩死它们。"

雷黑磨听着傻娴子"咚咚"的踩地声，说："算了，傻娴子。大雪天的，它们也都是条命哪，放条生路积份德，地下好见阎王爷。"

傻娴子说："你傻呀。它们爬你脸上，爬得你不疼，也不痒？"

雷黑磨说："痒啥痒，睡着了，哪晓得痒。"停了一下，又说，"像身上这些虱子，推磨时就不痒，忙忘了，闲下来就痒。

不抓不痒，越抓越痒，痒得搁不下。"

傻妠子看见雷黑磨一只手伸在衣裳里抓。她蹲下身，也把手伸进去："有虱子，好肥的虱子，我来捉。你说哪地方多，哪儿最痒，哪儿就最多。"

雷黑磨在胳膊下狠狠地抓着说："哪儿多？胳肢窝里最多。还有……还有就是……裤裆，裤裆里也多，挤一坨，咬得屁股跟胯丫子痒死。"雷黑磨说得自己都有些不好意思，嘿嘿嘿笑了。

傻妠子说："你真傻呀，捉住啥？光抓。莫动，我来捉，捉了给你，掐死它，叫它们还咬你。"傻妠子一只一只地捉着，雷黑磨不停地掐着，一掐"叭叽"一声响。捉完了胳肢窝，刚给雷黑磨解了裤带，正要捉裤裆里的虱子。这时枣花朝磨棚里喊："傻妠子，傻妠子，啥时候了，还不回来帮着烧火做饭。"

听见叫声，傻妠子面也没拿，就慌忙跑回去了。

傻妠子拿着竹筒罐子来到磨棚，一门心思地找蚂蚁，一只一只地捉了装进竹筒子，嘴里不停地念着："跑，叫你跑。"不时拍着巴掌，哈哈笑："傻，比我还傻，跑不了了吧。"

雷黑磨停下磨杠子，问："傻妠子，你弄啥呀？笑成个整的。"

傻妠子嘿嘿嘿笑得更加得意："蚂蚁子，我把它们都捉起来，装在罐子里，没害它们的命吧？看它们还咋往你身上爬，折磨你。"

雷黑磨说："捉它翻屎，逮不尽的，一会儿没有了，过一会儿还会来，今天捉没有了，明天它又来。虱子也是的，今天你掐完了，明天又长一堆虱子。虱子生虱子，虱子又生虱子。"

傻妠子说："你傻呀，它们生得再快，经得住我眼尖手快地抓？怀娃子也得几天吧。我天天来捉，非把地上的蚂蚁，还有你身上的虱子，捉得一个不剩，光溜溜的。"

整个腊月，傻妠子有空就来磨棚里抓蚂蚁，捉虱子。渐渐成了习惯，雷黑磨也越来越喜欢傻妠子帮忙捉虱子。正月里没多少人家推磨，雷黑磨推习惯了，盼着妇女们来找他，就是没人家找他推磨，也会隔三五个时辰到磨棚转转，傻妠子也隔三岔五地跟着来到磨棚看看，没有了粮食，蚂蚁也就少了，便一门心思给雷黑磨抓痒，捉虱子。

春天农忙，磨粮食的多了，地上的蚂蚁也跟着多了起来。磨棚内外，到处是猫叫春，狗连裆的响动，但是，再大的动静也妨碍不了两个瞎男傻女的执着，雷黑磨只管忙着推磨，傻妠子照样专心抓蚂蚁捉虱子。

春天的蚂蚁比冬天多，也比冬天的蚂蚁忙碌，成群结队地上树打洞，一窝蜂地钻树根，做窝。有的在蚁王带领下排成长队，齐心协力运送食物，也有的三三两两，忙着偷吃独食。傻妠子看着好玩，咻咻地偷笑，笑够了，用铲子铲个坑，把运粮的一窝埋了，又用枝条把树上的蚂蚁刷到树下，再用棍子把土窝戳个稀巴烂。可不管咋弄，过一会儿时间，蚂蚁原先啥样又成了啥样。傻妠子想，蚂蚁不傻，可她心里不服气，歪着头想，这些该死的蚂蚁，太可恨了，弄不好瞎子一倒，都会爬去害人，想来想去，还是装竹筒子好，下河洗衣裳时，往水里一倒，顺水就冲走了，再也爬不回来。

从此，傻娴子有空就满院子捉蚂蚁，一竹筒一竹筒地装着。

艾枣花见了就说："你真是个傻娴子呀，啥不好玩，偏偏玩蚂蚁。"

傻娴子头一偏："就捉就捉，都叫大水冲走。看它们还咬瞎子。"

枣花拦不住，任由傻娴子捉了放，放了捉，忙得不可开交。有时小娃子们放学了，也跟着她捉，捉多了，一块下河去放。

这天中午，根叔在河里洗澡，看见傻娴子在洗衣裳，问："娴子，蚂蚁呢，放了没？"

傻娴子突然想起篮子里的蚂蚁，拿起竹筒子就要往水里倒，根叔划着水过来，说："给我，我来放。"

根叔还没站稳，傻娴子顺手一甩，竹筒子撞在根叔脖子上，黑压压的蚂蚁立马沾在胸脯上，乱攘攘地上下爬，爬得根叔痒痒神得乱跳乱叫。傻娴子赶紧抓起一块抹布子，从根叔颈子上往下抹，三抹四抹，黑压压的蚂蚁都抹到了胯裆上。傻娴子丢掉抹布，一把一把抓住蚂蚁往水里丢。

根叔傻眼了：只看见傻娴子伸着头，梗着胸，颈脖子的水，全顺着肩胛骨流到了胸脯子上，在两个晃来晃去的肉坨坨上滚动，亮哐哐地闪，闪得眼睛发痒。

这时，根叔脚下一滑，整个身子"扑通"倾倒下来，把傻娴子严严实实地压在了水下……

杨红嘴打河边路过，看见了根叔和傻娴子滚在一起，大声喊叫："你们搞啥子？啥好东西，抢得打架。"

根叔喘着粗气回答："蚂蚁，逮蚂蚁子。没你事。"

根叔被公安带走后，傻娴子再到河边洗衣服总犯恍惚，像丢了魂一样，时不时拿眼朝路上望，心里问，咋还不回来？人家等着给你捉蚂蚁。想着想着，身上就有些不舒服了，就像有蚂蚁在身上爬，爬得难受。

晌午放工，杨疯子媳妇、许大棒槌和瞎子爹一道回家吃饭，路过磨棚时，看到傻娴子正在给雷黑磨捉虱子，许大棒槌对雷盈春说："你儿子推磨，可帮了我们大忙，家家都讨喜欢，连傻娴子都给他逮虱子，要不是得了残疾，你早抱上孙子了。"

雷盈春苦着脸，咳嗽了两声，摇摇头，走了。

艾枣花从后面跟上来，叹了一口气："唉，两个苦命的老实苕，再勤快，又顶个啥用。"

郑气大咧咧地说："枣花，你先前药喝错了，今这话又说错了，傻娴子可不老实，她心多善啰！谁家忙了，有衣裳脏了，她不是抢着帮忙洗？她呀，比一般人都有同情心，知道可怜别人，你看她对黑磨，又是抓蚂蚁，又是捉虱子……多关心哪。"

一群学生娃子放学了，打磨棚外经过，隔着大老远，乱嚷嚷地喊：

雷瞎子，养肥虱。

傻娴子，卡老鳖。

咔嚓咔嚓血好些，

咔嚓咔嚓血好些……

学娃子的叫喊伴随着大笑，惊动了屋里做饭的大人，大人们隔着门扯起喉咙吼："滚，缺德的淘气鬼，谁再叫，往后就不给谁家推磨，饿死你们。"

艾枣花吼道："笑啥，叫你们笑。再不给你洗衣裳，臭烘烘的鳖崽子，熏死你们……"

杨红嘴听见枣花和瞎子爹都在骂，害怕挨打，拦住不喊了，就和小伙伴商量，一起去河里放蚂蚁玩。便来到磨棚，找傻娴子要蚂蚁罐，傻娴子说蚂蚁都在河里，早半就被大水冲跑了。一群学娃子没了乐子，快木木地各向各家走去。

傻娴子看到学娃子木呆呆地走了，高兴得甜滋滋的："想得美，要蚂蚁，我哪儿傻呀？给你……没手哇，自个儿捉去。"抓住蚂蚁罐往怀里抱，就在蚂蚁罐碰到胸前时，突然全身一阵恶痒，不由得"哎哟——妈呀"叫了一声。

雷黑磨连忙问："咋了？"

傻娴子说："痒，要死的蚂蚁，爬得身上痒，好痒。"

雷黑磨伸出双手："蚂蚁呢，哪痒？来，抓。"

傻娴子就让雷瞎子在身上抓，抓着抓着，笑成一坨。雷瞎子说："能正，你有眼睛，你帮我捉虱子，我瞎着眼睛，就给你抓蚂蚁痒。"

两个人笑得更加开心和舒畅，笑够了，都说："虱子咬着不痒，蚂蚁爬得才痒，痒得格外狠，恶痒恶痒地往心里钻，受不了。"

晚上，山里人早早地都睡了。小孩子被大人的鼾声和杂七杂八的声音吵得睡不着，遇着天气好，便满世界走月亮、捉迷藏、逮萤火虫、抓老鼠，不疯得筋疲力尽不回家。杨红嘴领着大家齐唱：弯弯的月亮两头尖，尖尖宽宽像小船，我在弯弯的船上坐，抓住那，闪闪的星星蓝蓝的天。

这是每晚开头的节目，杨红嘴领唱完了之后，接着由躲娃子起头，再唱《月亮走我也走》：

> 月亮走，我也走，我给月亮挎背篓，
> 一气挎到睢河口，又是盘子又是酒。
> 开石门，摘石榴，石榴树下一碗油。
> 三个大姐赛梳头，大姐戴了个金簪簪，
> 二姐戴了个银簪簪，三姐没啥戴，
> 戴个篾签签。大姐梳个金娃娃，
> 二姐梳个银娃娃，三姐不会梳，
> 梳个癞蛤蟆，走一步，咯哇哇，
> 走两步，咯哇哇，扯起胯子摔死它。
> ……

唱着唱着，就走到了磨棚，磨盘上有两个人影，是雷黑磨和傻姆子。杨红嘴悄悄地摸过去，扯起嗓子猛地一喊："吓，抓虱子！不推磨，又躲懒。"

雷黑磨吓得一颤，松开傻㛟子，嘿嘿笑："累得腰疼，就歇会儿。闲下来就痒，痒。"

傻㛟子双手紧紧抱住衣裳，看着远处的一堆娃子，对杨红嘴说："好亮的月亮，你们去抓蚂蚁啥——"

杨红嘴不耐烦地说："当人家都像你们俩呀？玩都不会玩，傻，不是虱子就是蚂蚁，有啥子好玩的，白的夜的抓。"说着一溜烟跑了。

傻㛟子望着红嘴的背影，不服气地说："人家傻，老鸹笑猪黑。你不傻？还丑，丑傻丑傻的样，丑成个豁嘴子。"

雷黑磨笑着说："豁嘴子说话，跑风冒气，不管他，我们再抓。快些，痒。"

这天，拐枣李从保管室回来，偷偷装回两荷包黑芝麻，枣花见了，心情好，喜笑颜开地做了一盆黑芝麻鸡脑壳①，还狠下心，挖了一勺猪油放里面。傻㛟子半年没吃鸡脑壳了，高兴地抢先盛了一碗，刚吃下两口，"哇"的一声吐了出来，站起身跑到门外，又"哇哇哇"地干吐。枣花跟出门，拍着傻㛟子后背问："咋了？就吃一口，有啥吐的。"

傻㛟子摇着头："蚂蚁……蚂蚁。"

枣花说："看你傻成啥样，明明是芝麻，黑芝麻，啥蚂蚁呀，我看你是捉蚂蚁捉迷了。"枣花回到屋里，对拐枣李说，

---

① 鸡脑壳：面疙瘩。

"这妮子犯迷痴，你得管管，往后不许她再去捉蚂蚁、逮虱子。"

拐枣李附和说："是该管管，不小了，再这样子下去不行。"

夫妻俩说过管过就忘了，并没在意傻妮子有啥变化，傻妮子照样去捉蚂蚁，有时还会无缘无故地干吐干咳。

几个月以后，傻妮子的肚子突然大了。

艾枣花问傻妮子，问来问去一问三不知，气得拿刷子狠狠刷了傻妮子一顿。刷过了又心疼得过不得，委屈地说，真是个怨爷哟，抱着傻妮子，娘儿俩号啕大哭……哭过了，气没有消。艾枣花咽不下这口闷气，又着腰，站堂屋门口破口大骂："缺德的，黑良心的，烂心肝的，遭天打五雷轰的东西，畜生，谁都欺负，下辈子下油锅，进地狱……"

连骂两天。谁都不晓得枣花为啥子骂，骂的是谁，又不好多事乱打听，也没法子去劝。雷村人热心快肠，管他好事坏事，你猜他嗅的张道觇干一通，要不了三五天，就都传开了。

人们同情傻妮子，也为枣花打抱不平，发誓要揪出真凶，但凡能想到的蛛丝马迹，一点都不放过。

坐牢的根叔，成为第一个猜疑的对象，艾枣花不依不饶地找到久香奶奶，硬呛呛地说："久香，根娃子做的好事。咋说？你给句痛快话。"

久香奶奶一听，炸了："咋？艾枣花，想讹人啦。你妮子肚子大了，能赖到根娃子头上？笑话，要是你肚子大了，是不是要找我们堂爷呀。"

枣花牙齿咬得咯咯响："无缘无故也不会找你，杨豁嘴亲眼看见的，根娃子在河边，把娴子压在水里……"

久香奶奶一听，笑了："压在水里咋了，就怀孕了？你当是公鸡踩水呀，你和李拐子在水里怀一个，给我看看。好，豁嘴子说的是吧，走，我们当面去对质，倒要看看，根娃子咋的你娴子了。"

两个人拉扯着来到了郑气家。

杨豁嘴在郑气的吼骂下，犟着头说："我是真的看见了，傻娴子和根娃子他们抱在一起，扑腾得水花子直飞……"郑气又吼："是抱着呀，还是压着，看清楚没有？"豁嘴又说："没看清，就没过细看，还以为他们在抢啥好东西，我当时就问了，他们说是在捉蚂蚁。"

郑气松了口气，赶紧插话："你这孩子，捉蚂蚁就捉蚂蚁，瞎嚼乱说个啥子，惹一堆是非出来。你这嘴唇子不关风，未必牙齿也漏气？找诀呀。"

久香奶奶理足气顺了，说："是呀，多少娃子河里洗澡，都跟傻娴子一块放蚂蚁，你枣花又不是不晓得，也从没见你管过。根娃子够遭厄可怜的了，为了大家有饭吃有火烤，牢都坐上了，你们还狠得下心，落井下石呀？哦，人不在，屎盆子就好往他头上扣。他闻不到臭，我们臭哇……叫堂爷咋想。"

直说得眼泪哗哗掉，郑气和枣花心一软，反倒劝起久香奶奶来了。

傻娴子的肚子闹得村里紧紧张张的，东家猜疑西家，雷三盯着李四，女人防着男人。队长杨疯子掂量着这事的分量，如果处理不好，那可是裹脚围脖子——会臭一圈到头。

这天收工后，杨疯子来到雷盈春家，坐下就不走了，说要讨杯喜酒喝。雷盈春不解地说："杨队长真会说笑，酒还没喝就疯了，说醉话，我们这一家老的老，小的瞎，啥都是苦的，说句不该说的话，这日子过得就像黄连树下熬中药——从上苦到下，连渣带汤吮鼻子，哪儿来的喜酒味哦。"

杨疯子三碗酒下肚，说："黑磨不傻吧，能推磨，还懂些阴阳，谁不稀罕？连傻俩子都稀罕，虱子蚂蚁忙颠地给他抓……干脆，你替瞎子认下，王八吞鳖叉，一口咬死，肚子里的娃……是我们雷家的，雷黑磨的种……"

雷黑磨走过来，杨疯子望着雷黑磨，笑得疯癫癫地说："也可能本来就是你们的，太上老君赏赐黑磨。生米已经成了熟饭，你得了个孙娃子，两个残废孩子又相互有个依靠，艾枣花和拐枣李也有个台阶下，三全其美，这好的事，喝你顿喜酒，咋了？不值得！"

在杨疯子的鼓捣下，雷盈春壮着胆子来到拐枣李家提亲，好说歹说，车轱辘话说了一箩筐，艾枣花死活不乐意，囫囵囵的大姑娘，嫁给瞎子，太委屈了。想到后边还有杨疯子撮合，雷盈春也不再勉强，更没乞求，临走时说："我也就是叫花子朝武当——尽个穷心，是杨队长硬逼我来的。莫多心，只当我没来过……话要说白了，磨娃子瞎是瞎，人不傻。傻俩子眼睛亮堂，两个人真能帮衬着，等明生了娃子，保不定是天赐的好姻缘，我们两亲家都会跟着享福呢。"

拐枣李听了，觉得有些道理，拉着雷盈春，又坐下来，细细商量。傻㛐子嫁过去，要几台大轿，几铺几盖，几多桌酒席……雷盈春全都一口应承。

艾枣花看看傻㛐子的肚子，气得翻着白眼，说："好风光，是吧？这呀那的。不是我瞧不起，小看你，就你那个家，也办不下啥样子来。都免了，就弄一桌菜，把堂爷和杨疯子还有包糯米请到，话说开，热闹热闹就成了。"

傻㛐子嫁进雷家三个多月就生了。

为了生这个娃子，傻㛐子哭天叫地，号了一天多。要说也怪，没有多流水，也不是大出血，就那么干巴巴的，硬是生不出来。

艾枣花冲雷盈春吼："死人哪，他瞎你也瞎？干愣着。快……喊生！叫人去钉桩……喊生。"

喊生是乡下风俗。遇到女人生娃子难产，就找以往生娃子死去的女人，在她坟头上钉桃树桩催生，公爹喊着儿子的小名，叫过去传回来，桃树桩钉进坟里的棺材——叫定生。

雷村只有许大棒槌的女人，春桃，是生娃子时难产死的，雷盈春找到了许大棒槌。

人命关天，又牵扯到雷李两家，外姓来的许大棒槌不敢得罪，勉强同意了在媳妇春桃坟头上钉桃树桩的要求。可许大棒槌也提出条件，桃树桩松了坟土，容易遭狼和野兽，雷家要在春桃坟上盖窝棚防狼，还必须得盖青窝棚，要保证四季常青，窝棚要大，能把两个姐妹都盖住。其实，两座坟里的女人不是姐妹，是许大棒槌死去的两个老婆，死得都很惨，一个二十，一个二十三，正值青春花季，所以，许大棒槌坚持要四季青的窝棚，守着自己年轻的女人。

许大棒槌的第一个女人姓赛，叫桃花，是杨疯子的远房亲戚，长得也像桃花，红艳艳的，二十了，身上一直没来红，传说是石女，没人敢娶。郑气就问许大棒槌敢不敢娶，许大棒槌说那有啥，就是石板我棒槌也能捣碎了。择了日子，郑气陪着媒人和表妹到许家看门户，桃花一眼就喜欢上了人高马大的许大棒槌，悄悄附着郑气耳朵说，人行就行了，房子院子都不看了。许大棒槌明白了桃花的意思，套着近乎引着桃花一间间房子转着看了看，转到自己房屋里后，两个人就不出来了。郑气和媒婆听着两个年轻人在屋里说笑，心里暗喜，成了。许大棒槌问桃花："说你是石女，真的假的？"桃花说："啥真假？你不是大棒槌吗。"许大棒槌说："你晓得我是大棒槌呀，棒槌怕啥？就是给你们女人洗衣裳用的，不对，就是给你用的。"桃花咯咯笑着说："谁答应要用棒槌了。"许大棒槌说："用不用随你便，反正我得看看石板，试试能用吧。"桃花哧哧哧笑："试也行，可试过了就不能反悔，说话得算数。"许大棒槌嘴上好好好地答应着，手上已把房门闩了，抱住桃花，叫："石女，试试棒槌，赛赛看。"桃花喊："棒槌……算数。"里面石女棒槌叫唤着，外面郑气和媒婆笑得合不拢嘴。不大一会儿，屋里没了声音，接着，是桃花哭着喊叫："妈呀……血。"许大棒槌也跟着"血、血呀"，惊慌地喊。鲜红鲜红的血水，从桃花身上不停地流出来，棒槌妈、媒婆和郑气拿着盆子罐子，不停地进进出出，倒了接，接了倒。血流尽了……桃花也断了气。

第二个女人，春桃，结婚不到两年，生娃子大出血，一尸两命。算命的先生说，许大棒槌命犯桃花，两个女人都因大出血而亡，以后再找女人，务必要以白止红……

许大棒槌想到愧对春桃，睡在地下还被钉桃树桩，而可怜的桃花姐姐，就在旁边看着，他感到对自己的两个女人太残忍、太寡情了，一声声哀求着嘱咐："轻点哦，轻点，你们下锤子千万放轻些，莫下狠手……"

雷盈春也跟着嘱咐："钉桩子下手轻点，喊生时声音大些。赶快去，莫恁黄了，耽误不得……求你们了……"

春桃坟在对面土地垭子下的许家洼，中间隔着一道阴山梁子。雷盈春站在堂屋门口，对着对面山上喊："磨娃子——"

站在阴山梁子上的人向山对面传着喊："磨娃子。"

桃花坟上钉桩子的人就跟着回一声："哎。"阴山梁子上也回传一声："哎。"

堂屋里雷黑磨就跟着答一声："哎。"

雷盈春又喊："磨娃子。"山梁子又传："磨娃子。"桃花坟上又答应："哎——"山梁上又回传"——哎"。堂屋里雷黑磨又答："哎——"

房屋里傻俩子还没落生。

枣花焦急地催："快了，加把劲，大声喊。快，使劲喊——喊哪。"

雷盈春可老命地喊："磨娃子——磨娃子——"就差没哭出来。

山梁上扯破嗓子传喊："磨娃子——磨娃子——磨娃子——"

桃花坟上吃力地回应："哎——哎——"山梁上跟着吃力地回传："哎——哎——哎。"雷黑磨可命地回答："哎——哎——"

雷盈春越来越急地喊，山梁上越跟越急地传。桃花坟上终于发出了轻松欢喜的回应："哎，哎！哎哎哎——"

这是桃树桩入坟的轻盈喜悦。山梁上也跟着欢快地回传："哎——哎——哎。"雷黑磨高兴地扯破嗓子答："哎哎哎——"

房屋里"哇"的一声啼哭，盖住了雷黑磨的声音。

接生婆乐嚷嚷地说："磨脐子，大喜呀，是个磨脐子。傻娴子，看看，你生了个磨脐子……"

雷家和李家都高兴得合不拢嘴，月泡子的奶娃见谁都笑，两只眼睛鼓愣愣地盯着人看。枣花说："结婚时我不许张扬，就一桌酒打发了，娴子不易，先前委屈他们了。现今添丁增口，这是发喜酒，开枝散叶，兴旺酒，我们就好好热闹风光一下子，多办几桌，要么八八两发，要么六六大顺。"

满月酒倾尽了雷李两家之力，艾枣花一手操办，看在两家多年赶礼还情的分上，送祝米的一拨一拨来，喝喜酒的来了去，去了又来，多少有点堂爷筷子席的味道。艾枣花忙着招呼场子，拐枣李和雷盈春两人挨桌敬酒，敬完了客人，两家亲家回到桌子上，敞开性子喝开了哥儿俩好。喝着说着，雷盈春喜不起来了，抹着泪眼，忧伤地说："这日子，往后咋过呀，一个瞎一个傻。"

拐枣李接话："是的呀，咋过？管它咋过都得过。娃子拉扯大了，就好过了，有娃子就有指望。"

雷黑磨听了两个爹的对话，宽慰说："爹呀，你们都放宽心。这娃是上天赐给我和傻俩子的，咋过，得问天，老天爷安排咋过，我们就咋过。我问过天了，你们就把心放肚子里，好好的，快快活活地喝酒。好过……"

拐枣李说："我们是快活地喝酒，这娃满月了，叫啥？也该有个名字，让我们叫着，好跟客人们说道，一起快活吧。"

雷盈春这才想起还有贺满月的客人，光顾亲家高兴，怠慢了大家不说，还冷落了堂爷和杨疯子，慌忙端起酒碗，来到堂爷和杨疯子跟前，说："媒是你们保的，娃的名，就交给堂爷和队长你们俩了。"

堂爷说："那可不敢。黑磨的娃，黑磨说了算。再说，黑磨是谁？他可是能问天的主，有太上老君哪。"堂爷的话，把一屋子人都逗乐了。

杨疯子接过话说："堂爷是认可了黑磨，问天。问天哪……多大气的名字。"

拐枣李和雷盈春都看着堂爷，等着堂爷发话。堂爷端起酒碗，又慢慢放下，拿筷子夹着菜，想了一会儿，说："队长说得有道理，可仔细琢磨吧，问天好像还有些不妥，像是怨天尤人，要讨天老爷个说法。不如颠倒个儿，叫天问，显得大气不说，还霸气，更有一种贵气。瞎说瞎说，不可当真。"

杨疯子夸赞说："好，天问好，问得有学问，有说道。黑磨不是见天问老君爷吗，那可不是天问吞月亮，黑吃黑。"

拐枣李和雷盈春也点头认可了，问艾枣花啥想法。艾枣花说："天问就天问，天都过问了，来问我？还有啥说的。"

雷盈春说："这天问是堂爷喊出来的，堂爷要不嫌弃，就给你做干孙子吧。"

两家人都拍手说好，杨疯子也忙不得地撮合，雷黑磨和傻娴子抱着天问，连忙给堂爷磕头。

堂爷哈哈大笑说："雷天问，这干孙子我认下了。此事是即兴动意，我这一时手头没备那多喜钱，那就带点长水吧，将来干孙子大了，要想外面跑，跟我去做手艺，出门在外叫李天问，他挣的钱都归他自己……咋样，盈春大哥，你不反对吧。"

杨疯子和雷家李家都说堂爷不光亮堂，还局气。

天问的问世，给雷李两个残缺的家庭，带来了天大的快乐。可后来带给天问他自己的，却是无穷无尽的苦恼……

十五

雷李两家操办的满月酒，热闹得快赶上堂爷家的结婚宴了。

村里很少这么热闹，堂爷结婚算一次，大批斗也算一次，傻娲子糊里糊涂生个儿子，又弄得好风光排场，大人娃子都跑来赶场。

任林枝的娲子雷业香爱热闹，一放学就往雷家跑，在酒桌上没找到她妈，自从堂爷结婚雷老憨去世后，任林枝就不再参加别人的酒席了。论辈分，雷天问得叫雷业香姑姑，业香稀罕不得地从傻娲子怀里抱过侄儿，嘟囔着嘴说："呵，天问，快快长大，长大了好跟姑姑读书去，天天问，整天问，长学问。"

艾枣花笑着脸说："疯娲子，月泡子晓得问啥问？还天天问。"

业香说："问天问地呀，黑磨哥不是喜欢问天问地吗。问爹问妈呀，天问咋来的？伪爷婆婆咋来的？雷村咋来的……"

艾枣花有些不高兴了，从业香手里抱过天问，阴着脸说："瞎谝啥你，越谝越不像话。"顺手在业香肚子上拍了一巴掌。

业香一溜烟跑了，枣花觉得哪儿不对，愣怔了一下，突然冲业香背影喊："业香娲子，你肚子咋那大呀——"

业香跑出院子了，没有听见。艾枣花碰碰拐枣李，悄声说："香娲子的肚子，大得像有喜了。"拐枣李横了一眼，说："瞎编啥，几大点呀，还是学娃子。"艾枣花说："你懂个屁，手一拍肚子乱动，像怀几个月了的样子。"

拐枣李伸手蒙住艾枣花的大嘴巴，你这张臭嘴，闭上吃饭去。

艾枣花的话被许大棒槌拣耳朵听到了。喝完酒出工，看到任林枝提一篮子菜从菜地出来，拦住问："林枝，你还有心思弄菜，业香肚子咋回事？咋大了。"

任林枝眼珠子一剜："放你娘的狗臭屁。滚，滚远些。"

许大棒槌认真地说："我会给你编瞎话？艾枣花说，好几个月了。"

任林枝把菜篮子往地上一摔，抓起一块石头就往雷盈春家里跑。许大棒槌在后面连喊带追，已经来不及了，照嘴狠狠抽了自己一巴掌："棒槌，叫你长舌妇。"

大家听见任林枝一路叫喊着冲进门来："艾枣花，有你这样咒人家小娪子的，看我不撕烂你的屁嘴。"

艾枣花知道闯祸了，理亏心虚地解释："林枝，你听我说。"

任林枝扬起石头："你对它说，非撕烂你这张臭嘴，让你乱嚼舌根子。以为谁都像你们娘儿母女，不明不白地怀一个，怀一个。就凭你这德行，还有脸说东道西。"

艾枣花压不住火了，问："我说啥了？跟谁说了。许大棒槌嚼的舌根子，是吧？走，我们去当面对质。"

两个人拉拉扯扯，正要出门，被杨疯子和堂爷拦住了。堂爷拉着任林枝说："枣花不是那个意思，她也是关心，看小孩肚子胀鼓鼓的。小孩子嘛，不节食，逮住好吃的，吃多了，胀肚子，鼓气，是常有的事。不过要老胀气，也不是好事，怕有啥毛病，走，我跟你去看看，有个坐堂老中医，特会治胀气。"

堂爷拉着任林枝走了。艾枣花望着背影，吐了一口痰，气哼哼地说："啥东西，还以为自己多清白，男人死了，红鸡子没了，抓住棒槌了。半夜三更两个人串窝棚，真当别人不晓得。"

拐枣李说："少说几句吧，还嫌不够哇。"

艾枣花又说："许大棒槌也不是啥好鸟，就在你媳妇坟上夯了根树桩子啥，还要青窝棚，亲家，莫给他盖。活人窝棚里快活还不够，咋的？死鬼也要窝棚，享活人福。"

堂爷问了问业香的情况，又摸了摸肚子，对任林枝说："真是胀气，胀得还厉害……要抓紧治，拖不得……我这两天去五区做手艺，正好路过那个老中医家，让娅子给学校请个假，跟我一路去瞧瞧。"

三天后，业香跟堂爷走了，去找老中医治病。

业香挎着她妈准备的包袱，跟在堂爷身后，他们沿村湾左侧那条小路往山里走，上到学校对面半山坡时，业香回头望着学校，不愿走了，对堂爷说："我怕出去会耽误课，回来就赶不上了。"

堂爷说："我晓得，读书重要，那可不能耽误，我就是迷上唱歌才耽误了学业，可治病那是救命的大事，更耽误不得。人一生的路，很长，到处是弯弯坎坎，这儿慢了，说不定那儿就赶到前头去，超过了，不在一时半会儿。"

山村熟路，堂爷走得快，业香渐渐跟不上趟，堂爷走一段就坐下来，打火抽烟，等着。上到第一架山顶，堂爷放了几声叫口，又亮开嗓子吼了一气阳春号子，就告别了有人家有烟火的山村。

再往前走，除了堂爷的背影就是树和鸟，路也变成了毛狗子爬的道道。业香没走过这么难走的路，以往上山打猪草砍柴，走的也都是人们经常走的道。业香实在走不动了，就拉着堂爷的胳膊手牵着走；后来，牵也牵不动了，堂爷就在前面半拖着她走；再后来，拖也拖不动拉也拉不走了，堂爷又从前面退到后边，用双手托着业香的屁股和腰，蛮刻刻地向上推着走。就这样，不知翻了几架山，业香再也吃不消了，一屁股赖到地上，哭着哀求："堂爷，不走了，我们回去，行吧……"

堂爷劝道："娴子，人在最难的时候，要坚持挺住，难得坚持住，贵在挺得住，能挺得过去，就是英雄好汉。翻过这座山，我们就是英雄，是好汉。"

业香听说过了这山就到了，心里又燃起希望，抹着眼泪说："翻过了山，到了，那我也不是英雄好汉，我是娴子呀。"

堂爷说："花木兰不是娴子？真正的女英雄，谁说女娃子就不是英雄好汉了。还记得我讲的薛刚反唐的故事吧，薛刚的母亲，薛丁山的妻子樊梨花不是女的？薛刚的妻子纪鸾英不是英雄好汉？薛刚与纪鸾英聚义练兵的九字号，鸾英寨，就在山的那边，再翻两座山，就到了武三思追他们的贵子沟，我给你们唱过这个歌的，忘了？"

听堂爷这么一说，业香忘记累了，央求着要听纪鸾英招薛刚做压寨丈夫的故事。堂爷说故事太长，我讲得累，你听也累，还要赶路，唱几句吧，提提神，就唱了一段《贵子沟》：

薛刚反唐遭了难，　　葵花树旁降了生。

薛蛟不离纪鸾英。　依树起名叫薛葵，

武三思兵马追得紧，弟兄二人长成人，

鸾英六甲难抗兵。　鸾英武功精传授。

星夜来到星宿沟，　二人功夫超了群。

藏身岩洞树掩映，　星宿沟改名贵子沟。

腹中疼痛实难忍，　美名流传到如今。

……

太阳快落山时，二人艰难地翻过了一道最陡峭的山梁。放眼望去，一大片有凸有凹的山地，地里长满青翠青翠的苞谷，被山风吹得忽高忽低，像在连连点头直招手，欢迎着远道而来的珍贵客人。业香没见过更没想到，在这种深山密林中间，竟然藏着这么大片的平地和长势喜人的庄稼，激动得"啊啊啊"地叫了一气，然后撒开膀子，飞向了苞谷地。

半人高的苞谷秆子上，挂满了线锤子一样的苞谷坨坨，每一个坨坨尖上，都连着红、黄、白各自不同的穗须须，在业香的眼里，阳光照耀下的穗须子，简直就是线锤子上五颜六色的彩丝线，在不断地飘动。飘哇飘哇……飘成了她上学用的五彩钢笔和过年穿的绣花鞋。

业香傻呵呵地笑着，堂爷跟下来，说："莫只顾傻笑了，那边有好吃的，先把肚子顾着。"

堂爷领着业香来到苞谷地边的菜地里，菜地不大，可长着各种各样的豆角、辣椒、茄子和南瓜、甜瓜、黄瓜。业香"哦"

地叫了一声，摘根黄瓜塞进嘴里"吧唧吧唧"地嚼了起来，堂爷看着业香坐在地上，一副不吃够不会挪窝的样子，便指着山岩，叮嘱说："莫乱跑哦，我先上那岩壳看看，想想晚饭咋弄，有啥好吃的招待我们业香贵客，你慢些吃，歇好了就过来。"

太阳下山了，堂爷正在笨手笨脚地忙做晚饭，业香走进岩壳，"咯咯咯"抿着嘴笑："堂爷，你能做饭吃哇，这人家的主人呢？"

业香笑着拿眼瞅了瞅，岩壳内乱糟糟的，除了锅碗瓢盆，几个木头、石头凳子，就剩一卷铺盖，心想，这也太不像个家了，咋生活过日子呀。

堂爷放下菜刀，想了一下，说："这呀，人来了就是人家。我们来了，那我们俩就是这人家的主人家。"

业香没听明白堂爷的意思，以为这岩壳是猎人过路歇脚解饿的地方，也不再多问，就忙着帮堂爷做饭。

吃饭时，堂爷向业香介绍，这岩屋是包糯米发现的，失踪那大半年，他都是住在这里生活。想不到吧，还有更想不到的，他就是在这岩壳里，阴错阳差地寻到了古人遗下的糯苞谷，便开了这一大片生地，都种上了苞谷，称作科学成果——神农糯米。他心可大了，就指望这糯玉米解决我们雷村的温饱，还说要为全省全国吃饭问题做贡献，你说他一个落魄的右派，是不是半天空里吹喇叭——想（响）得远哪。

业香瞪着惊奇的双眼，敬佩得连连点头，点着点着突然愣住了，问："那年大雪，你叫根叔给各家送的玉米，就是这地里长的？"

堂爷笑笑说："咋的，你们以为呀。就那花梨树洞，几只炎老鼠，能藏几棵苞谷？够给谁塞牙缝？"

业香又问："这好的肥地，长这肉坨的苞谷，咋不让全队的人都来种？全队的人都来了，把生地再扩大些，不就有饱饭吃了，那还会年年缺粮挨饿。"

堂爷说："谁敢呀！不是反右就是割尾巴。就这地，还是你包叔先偷偷弄了一小块，后来，我叫你根叔帮他，才扩大到这样的。到今天，除了你，再没其他旁人晓得，嘴紧，才能平安哪。"

吃完饭，两人又说起了老中医和治病的事，业香问坐堂中医离这里还有多远。堂爷没直接回答，先打火抽了一袋抽，然后一脸严肃地说："娴子，我给你交个实底，你听了，一不要生气，二不许犯浑。实话告诉你，我们不是去找坐堂中医，到了这里，堂爷就是堂医。你听好了，要乖，一切都得听堂爷的安排。"

业香答应不生气，可一听这话，却气得跳了起来，说："堂爷，我妈和我们都好敬重你，把你当雷村的圣人信任，想不到你……你……也会做出欺弱的、骗善的、哄老实的勾当。"说完，抽身就要开跑。

堂爷一把拉住，说："有些真话还没说呢，听我把话说完，你听了，再要想走，我送你。实话说了吧，你没得病，枣花咋呼得也不错，你肚子真大了，怀娃子了，已经怀了好几个月了。"

业香惊讶地吼叫："骗人。你们都是骗子！我还在读书，亲都没说过，咋怀娃子，说得丢死人了，我还是个娃子，女娃子，你们咋狠得下心，这样陷害人……"

等业香吼过了，哭够了，堂爷才与她平静地交谈。

堂爷小心地开导："就我俩，也没啥不好意思的，我问你，你最近身上来过没？好好想想，从什么时候起没来的。"

业香涨红着脸，低下头，犹豫了好半天才说："本来就没来过几回，那回撵狼巴子，受了惊吓以后，就再没见过。我估摸，就是跟邓红鸡在岩屋里冻的。"

堂爷略知一二，更加细心地劝道："你参走了以后，你妈太苦了。她是多心强多要脸面的人，要晓得了这事，非得要了你的命不可，不要你的命也得要她自己的命。你又怀几个月大了，硬打也会要你命，再说，你在学校里又人多眼杂，咋隐瞒得过去？所以，才没敢跟你妈实说，我就想了这个下三烂的主意……"

业香哭得死去活来，一摊烂泥瘫在地上。天渐渐暗了下来，堂爷不得不和业香商量夜里睡觉的事。岩壳里，有一个半悬着的石方子，包糯米在方子里放有铺盖，堂爷说让业香睡岩上石方子，自己睡地下草垫子。业香哭着说："我不睡岩里……怕……石方子吓人。"

堂爷说："你不愿睡岩洞里，那只能睡窝棚，在这孤山野林里，有地方睡就烧高香了。"

不打蛮不行，堂爷蛮刻刻扶起业香，走出了岩壳。

在岩壳左边，有一个借青杠栎树搭建的窝棚。窝棚底下放着干苞谷秆子，棚中是睡人的吊床，棚顶上青枝绿叶的青杠栎把窝棚罩着，窝棚依岩搭建，岩边的树木花草、葛藤藤子、八月柞藤子和杨桃藤子爬满窝棚，严实实青绿绿的，不仔细看，那完全是一蓬藤条架子。业香尽管一百个不乐意，却也实在无奈，还是勉强答应，睡进了青窝棚。堂爷不放心也不忍心离开，只得通宵坐在窝棚架子下面，为业香守夜。

第二天，业香不吃不喝，也不下窝棚，哭着喊着"妈呀爹呀老天爷呀"，一遍遍地问："咋办，叫我咋办？"

堂爷说："咋办？你爹地下有知，你妈要晓得实情，都会劝你听我的安排。来都来了，未必你还回去，让人指着骂？既来之就安之吧。"

听听业香哭声小了，堂爷又宽慰说："姢子，不会把你一个人闷这里，我不跑手艺了，留下来陪着你，你要有啥心事，为难的事，直管说出来，我替你去办。吃的喝的，当紧用的暂时不缺，过些时，下山再弄些回来，说不定，包糯米天把时间也会送东西上来。"

业香听说包右派要上山，吓得一个劲地摇头摆手："不要，不要不要。谁都不要来，有人来我就跑……我跑……叫谁都再找不到我。"

堂爷说："旁人谁都不可能来，老包他必须来，这主意就是他出的，我也是没法了才找的他，他失踪过，有经验。再说，总得有个人替我们传信，跑腿，送东西吧，又不是短时间走得了的，他可靠，我信得过。"

业香终于平静下来。不再恨这怨那，寻死吵活，白天跑到地里找事做，排烦恼，晚上睡在吊床上，看月亮数星星，听堂爷唱歌讲故事。

一天半夜，业香被一阵"叽哇""叽哇"的哭声惊醒，一骨碌坐起来，差点儿滚下窝棚，嘴里喊着："娃，生了，我生了？"

堂爷在窝棚下答道："娴子，不是你生了，是那岩河泉的鱼在叫。这鱼叫娃娃鱼，大队部垮塌那晚上，大家不是听到石方子有娃子哭吗，那不是哭是叫，就是从山里冲下去的娃娃鱼叫。娃娃鱼金贵，那可是你包叔的宝贝，等他来了讲给你听。"

包糯米是太阳还未出山，蹚着露水来的。堂爷大老远问："这早，没睡吧？"包糯米回答："后半夜走的，就请半天假。"

听到堂爷和包糯米搭话，业香连忙起身下床，吃完早饭，跟着包糯米来到岩河泉，见到了娃娃鱼，吃惊地问："这不是石蛙？好怪呀，这高的山，打哪儿来的？"

包糯米回答说："山高水长，有水的地方就有生命，有生命就有希望……"这话是说给业香听的，开导她善待肚子里的孩子。

业香被娃娃鱼吸引住了，没在意包糯米说什么，指着水里说："包叔，堂爷讲这娃娃鱼是雷巧儿变的，说很久以前，这山里住着一户雷家夫妻，为了给女儿积攒嫁妆，没日没夜地做活，累死了。巧儿就坐在地上哭，泪水哭成了一条河，巧儿也化成了一条鱼，天天在乱石缝中'哇哇'地哭喊爹妈，后来，人们就把这会哭的鱼叫娃娃鱼。娃娃鱼是不是巧儿变的，说只有找包大叔，你才说得清楚，你说，是巧儿变的吗？"

包糯米抓起一条娃娃鱼，说："那只是一个凄美的传说。其实，娃娃鱼的学名叫大鲵，叫鱼不是鱼，在动物界隶属两栖纲有尾目，是自然变迁，大陆板块分移存留下来的。说起来有些复杂，你要有耐心，早在七亿年前，神农架群地层从海洋崛起为陆地，由于受冰川袭击较小，加上特殊的地理和气候环境，大鲵才能在这里繁衍至今……娃娃鱼在食用和药用中都尊为上品，肉肥嫩鲜美，营养丰富，是盛宴上的名贵佳肴。胃、皮及胆液是滋阴健身的上等补药，不管是研究生物进化的科学价值上，还是经济价值上，都值得珍视和保护。一条娃娃鱼卖的钱，够你们一家一年的开销，我正在研究人工繁殖，若要成功了，你们雷村可就有福享了。"包糯米把业香当成了科普对象，还说业香识字，可以学习娃娃鱼繁殖技术，日后可能会有大用处。

晚上，业香睡在窝棚里，回想白天说的雷巧儿和娃娃鱼，联想到母亲和自己艰难的生活，眼泪不知不觉地流了下来。半夜里，她做了一个梦，梦见自己和母亲睡在守苞谷的窝棚里，不晓得几时，许大棒槌从山顶上的窝棚下来了，坐在窝棚地上和母亲说话，隐约听见两人在商量一件大事。许大棒槌说："你老憨走好些年了，我老婆也走好久了，凑合一起，互相也多个帮手。"母亲说："不行。我命硬，妨男人。你就好好地自己多活些年。"许大棒槌说："我命也硬，死了两个女人，还怕你妨，再说啥妨不妨的，迷信，我才不信。"母亲说："这事打住，你不信我信，往后绝不许再提了。你无儿无女，我还要为娴子着想，我这辈子就指望娴子了。你还是趁早找个合适的女人，踏实过日子吧。"

业香梦醒了，用手抹着眼泪。其实她根本没睡着，这不是梦，是现实生活，自打父亲去世后，家里就没了主劳力，为了多挣几个工分，母亲就和大男人们一样，晚上上山守窝棚。业香明白，好多人提亲，劝母亲改嫁或者招人上门，都被拒绝了，母亲不再嫁人都是为了自己。在这遥远的窝棚里，她想到母亲一个人孤单单地守着自家窝棚，伤心地更不能睡了，恨不得长双翅膀，立马飞回去。

早晨，天刚蒙蒙亮，林间鸟儿也才刚开始闹早，业香就催着堂爷下山，堂爷回答说："是得早点走，去来一两百里。"又问："除了带钢笔、作业本和教材回来，还有什么话要带给你妈？"

业香哽咽着喉咙："给我妈说，我一时半会儿回不了家，要等好利索了才行，叫她不要担心我，自己多点小心，别累病了。可莫忘了到学校请假，请病假，时间长点哦。"

堂爷走出苞谷地，走上山梁，回头望见业香还坐在吊床上，高高地伸着胳膊，不由得可怜起苦命的业香来，一个女娃孤单单的，这是遭的啥孽哟。从腰间取下叫口，对着窝棚方向，长长地吹了一气，给业香宽心壮胆。吹完叫口，又放开嗓子大声唱道：

> 姐儿生得白漂漂，眉毛弯弯一脸笑，
>
> 鱼儿见了游上河，喜鹊见了喳喳叫，
>
> 燕子见了不回巢……

上了一道坡，堂爷听见业香的笑声隐约传来，好像还加了一句，堂爷你快些回巢。堂爷理解业香的苦闷和煎熬，便继续唱道：

> 我跟姐儿隔着岗，
>
> 隔岗听见棒槌响，
>
> 只当姐儿在洗衣裳，
>
> 一气翻过九道岗，
>
> 原来是啄木鸟啊啄树桩，
>
> 眼泪汪汪转回乡。
>
> ……

歌声越来越小。坐在窝棚床上的业香，一开始，看到堂爷穿走在苞谷地里，走着走着，人越来越小了，小得像毛狗子野狐狸在晃，晃得心里发慌，身上打战。当堂爷站到半山坡上，扬着叫口吹时，却觉得人慢慢地又变大了，变得像电影《南征北战》里的吹号手，吹得心里咚咚响，身上烘烘热。她看到堂爷大步、大步地往山冈上爬上去，嘴里不停地唱着歌，歌声一点点在变小，步子却在不断变快，人也一截一截地随着山峰变得更加高，更加大，就像村头的大花梨树，使她打心眼里喜欢。

业香来到岩河泉，抓住一条娃娃鱼，打算拿回去晚上煮汤，好好慰劳堂爷一顿。突然，"哇"一声叫，使她想起堂爷说的雷巧儿来了，不由得一阵凄惶，甚至有些同病相怜起来，一松手，娃娃鱼"哇哇"地钻进了石缝。

堂爷不在，业香也懒得吃晌午饭。下午，在菜地多摘了些菜，早早地做好了晚饭，坐在岩壳口，望着远山上的小路，眼巴巴等堂爷回来。

天渐渐黑了，一只八哥飞进岩壳，她好想八哥能留下来做伴，可八哥转了一圈，又飞走了。跟着，几只喜鹊飞在窝棚上"喳"了几声，她想喜鹊叫喜讯到，可喜鹊也欢喜一坨地闹了闹，很快就飞了。

鸟都入林进窝了，堂爷还不回来，业香心里有点气，也有些慌。不知哪来的猫头鹰，有一声没一声地叫，叫得她更加慌神，紧张得要命，打从进山，就没听见猫头鹰叫唤过，偏偏堂爷不在时跑出来叫，业香不敢再待在岩壳等了，转身抓起菜刀，准备上窝棚去，心想树上总比地上安全。

就在这时，一串嘹亮的叫口声划过夜空，打破了可怕的寂静，紧跟着，是断断续续的歌声飞向岩壳，钻进了业香的身心。

堂爷喘着粗气跑进岩壳，还未站稳，被业香一头扑过去，抱住了，哭得雷天动地。

夜里，业香借着月光，写下了进山的第一篇日记：

今夜的月亮好亮，挂在窝棚床头边上，比家里松油亮子亮堂多了。堂爷下山跑了一天，给我带来了本子和钢笔，我家很穷，可我觉得我比别家的娃子富有，别家的娃子都是用葛藤叶子做作业本子，鸭毛签和竹签子当笔写字，我妈不管咋累死累活，也要保证我的学习用具，那是体面。我握着钢笔，又想到了书记……第一眼看到你送的五彩笔，我觉得自己得到了彩色生活，那时，心里真的好快活。今晚，在这深山的月亮下，好像什么颜色都没有了，你把我和我妈，害得好苦，好凄惨哦，你不当打狗队长我妈不会是今天这样，那晚不跟你去打狼追狼，我也不会变成这个样子。我好气……好怨……气你怨你，恨不得挖你的坟。这几天又想通了，是堂爷又说又唱把我劝通的，我现在已经不很恨你了，你其实是个好人，是想帮我们，并不是存心害人……

　　堂爷劝我的唱词劝得好，我把它记住了，《人生好比一盘棋》——

　　　下地狱上天堂世事无常，山与水水连山渺渺茫茫。
　　　观东方甲乙木气高万丈，观南方丙丁火一片红光。
　　　观西方庚辛金霞光明亮，观北方壬癸水水连天堂。
　　　观中央戊己土万物生长，摆棋盘对弈局细观朝阳。
　　　红棋子好一比高祖刘邦，黑棋子又好比西楚霸王，
　　　两边士好一比韩信张良，两个象好比是萧何丞相，

先走马后走炮然后飞象，对峙车五伦比血战沙场，

棋心卒过了河横冲直撞，当头炮直打得老将身亡。

说人生就像这下棋一样，谁个输谁个赢儿戏一场。

劝世人观事观物放眼量，切莫用冤冤相报狗肚

鸡肠，

送春风得夜雨美景长久，人世间才能有和气呈祥。

……

现在我只是记下了这些唱词，往后还要学唱下来，

我已定下决心要坚强起来，为我妈和雷村活出个人样

子，就像堂爷一样的，亮亮堂堂……

从此，业香丢掉了烦恼，彻底从痛苦中走了出来。白天一门心思学习课本，做作业，晚上一根筋地缠着堂爷学唱歌。代思歌、《诗经》民歌、山歌小调、锣鼓号子、风俗节气歌、灯谜故事、神话传说歌，样样都学得下力，嘴上唱，手上记，心里背。

不知不觉过了两个多月。

这天，又是个好晴天，太阳像个火球，火苗子从天上伸出长长的红舌头，舔得苞谷叶子蔫巴巴地吊着，吱溜子的翅膀都被火燎焦了，剩下两条腿一张嘴，趴在树上"热呀、热呀"死命地叫。业香早早做好了响午饭，堂爷从地里回来，边走边说："这天热的，斑鸠都飞不动了，撞锄头上，它看我们大肚子孕妇好久没沾腥，亲自送礼来了。快烧水煺毛，中午加菜，斑鸠烧老黄瓜。"

正忙着，包糯米挑着担箩筐，"哼哧哼哧"地进了岩壳，把箩筐往地上一放，端起石桌上的水，咚咚咚喝了一大气，说："热死了，又累又渴，真不是人来的地方。"

堂爷和业香对看了一眼，说："那你不是人，你最先来的。"

饭桌上，包糯米把久香和任林枝的现状都大致讲了讲，两个女人心都悬着，一个挂念堂爷，一个操心业香，毕竟几个月未见过面了。久香念叨最多的，是不晓得堂爷转到啥地方去了，挣到钱没有，业香妈担心的是娴子的病治得咋样，巴望着早点回家。包糯米特别对业香说："你妈现在日子好过多了，晚上不用再上山守窝棚。"

业香一怔："啊，不让守窝棚了？少好多工分呀，那不是要她的命。"

包糯米看看业香，又望望堂爷，心情沉重地说："雷村遭灾了。不是不让守，是没苞谷守了。这几个月滴雨未下，唉，恐怕秋冬无收哦。"

堂爷一惊："舍了，照这架势下去，明年又是春荒。指望返销粮，那够塞谁的牙缝呀。"

包糯米说："春荒？秋荒还不知道咋度过去呢，家大口阔的户，已经都断粮了。这里窝棚，你可得守好了，粮食金贵，等你们带着粮食回去，那就是金贵菩萨。"

下午，包糯米走了，堂爷说到地里转转，天闷热得反常，弄不好有雨，吩咐业香把卷起的帘子放回去。业香开始做算术作业，可是闷得烦躁，总也静不下心来，干脆放下算术，改写日记：

　　妈，晓得你一直放心不下我。我现在很好，这山高，也很凉快，虽然没下过大雨，小雨有时会下。今天下午天阴了，上午还是火球，这会儿天好像压下来了，像个罩子罩着，又低又暗又闷，堂爷说可能有大雨要下。听说我们那里好久没下过雨，苞谷棚子都不用守了，太好了，你为了我，太辛苦劳神了，这下，你可以睡个囫囵觉。我晓得，你又要担心没粮食吃，会挨饿，告诉你吧，我回来时一定给你一个惊喜，瓦希里记得吧，《列宁在十月》里的瓦希里，他说了，面包会有的，一切都会有的……我现在才懂得，做母亲真不容易，太伟大了，你这个母亲更加伟大。以前听堂爷唱《十月怀胎苦》，不觉得，现在我明白了，我也会唱了，唱几段你听：

　　……

　　怀胎七月半，怀胎八月八，怀胎九月九，
　　扳着指头算，庙里把香插，实在怀得苦，
　　算去又算来的，禀一声娘娘爷，小娃娃在肚里，
　　还差两月半。送个好娃娃，伸脚翻跟头。

　　怀胎十月一，丈夫开言语，媳妇开言语，
　　娃子下了地，媳妇听端的，丈夫听端的，

叫一声大丈夫，生一个女娃子，你妈不是女

娃子？

　　快快去报喜。报个什么喜。你是哪儿来的。

　　……

　　雨是小半夜下起来的。一开始，稀稀拉拉，窝棚檐的水落
到地上，"滴答滴答"响，慢慢地，雨下大了，哗哗啦啦，窝棚
檐的水就"啪嗒啪嗒"地响成一片。业香被雨吵醒了，伸头往
窝棚下看看，地上全湿了，堂爷抱着膀子，靠在挨着山岩的窝
棚树干上，烟袋锅子一明一暗地闪着火光。堂爷本来可以睡在
岩壳里，风吹不到雨淋不到，不是为了自己，根本不会待在这
里吃苦受累，业香心里暖暖的，又有些酸酸的，悄声小气地喊：
"堂爷——堂爷。衣裳打湿了吧，上床上来——"

　　堂爷说："不碍事，你好生睡倒，小心凉了，对娃子不好。"

　　业香身上暖烘烘地一热，眼泪差点儿掉出来，央求说："上
来吧，堂爷，快上来。你要淋病了，谁照顾我们呀。你要不上
来，那我就下来了。"

　　在业香的再三催促下，堂爷才犹犹豫豫地爬了上去，坐在
业香脚头。业香催促堂爷躺下睡，堂爷坚持坐着不躺，业香以
为堂爷不好意思，诚恳地说："你就像哥和爹，事事顾着我，不
是一家人赛过一家人，有啥子难为情的。我明儿生了，这儿这
儿那儿那儿的，你不在床边照护哇……"

　　堂爷嘴里应着可以可以，身子却一直没动。业香起身，摸

着脚那头，半边都是湿的，这才想起前几天借月光写日记时，把草帘子翻起来，晚半堂爷嘱咐过，自己却忘了放下来。业香伸手拉住堂爷的胳膊，说："该死的忘性，咋回事？最近总是丢这忘那的，你过来，那头湿成那样，咋睡？睡这头。"

望着业香一边自责一边又拉又扯的样子，堂爷宽慰地应着话，说："没听人都讲呀，成亲时的女子是疯子，怀孕时的女人像傻子嘛，你可一点不疯不傻。肚里娃子整天踢来蹬去，营养又跟不上，哪有不忘事的。"

说着，身体顺着业香，躺到了一头。

业香得意地说："那是，跟着你这嘹亮的哥哥，再疯傻的娴子也学聪明懂事了。"

上山几个月，第一次这么近距离挨着，应了那句土话，两个哑巴睡一头：没话。都睡不着，就竖着耳朵听雨声，"啪啪嗒嗒"地响。沉默了好久好久，业香想，反正没瞌睡睡，就要堂爷讲故事听。堂爷说这大半夜的，讲啥？从哪讲呀。静静地想了一会儿，突然"嘿嘿嘿""哼哼哼"，一个劲地偷笑。

业香摇着堂爷胳膊，兴奋地说："你有了，是吧？有了就快讲，快讲，你的故事，我喜欢。"

堂爷很认真地说："刚想起一个故事，与雨雪有关，有点意思，讲你听了不要多心，绝对是真人真事，谁要掺假，遭天雷……"

"呸、呸！"业香把堂爷要发的誓言用巴掌止住了。

初冬的一个黄昏，天上下着小雨，飘着雪花，小雨和雪花中间夹杂着雪粒子，俗话说，铺过薄盐盖上厚棉。眼看这雪会下成气候，贼滑贼滑的山路上，歪歪倒倒走来一个跑手艺的青年小伙子，在这前不着村后不着店的山里，小伙子寻着飘向天空的炊烟，敲开了独户人家的大门。这户人家是做挑盐生意的，男人常年行走挑盐在外，剩下女人独自在家守门。女人穿着花棉袄，头上插着把木梳子，打开门出来，看见是个不认得的小伙子，问明缘由，又望望远村近山，瞅了瞅下着雨雪的天，不大情愿地把客人让进了大门。

小伙子嘴甜，一口一个"大姐"地叫，手也勤快，进门就问有什么当紧事情需要做，挑水劈柴都行，多为过雪天准备些生活用的。见这家屋里摆设，日子应该殷实，就没多说食宿给钱的话。大姐也不客气，就让小伙子劈柴烧火，自己弄菜做饭。大姐觉得小伙子有些可爱，就问："赶路饿坏了吧，想吃点啥饭菜？平时我一个人，只吃两顿饭，晚上是不开火的。"

晚饭后，小伙子被大姐的好酒好菜感动得有些难以自控，趁着酒兴唱了一首又一首感激的歌，又讲了好几个好人得好报的感恩故事。

大姐听得出来小伙子的真诚，在这寒冷的孤山雪夜里，她猛地感觉到，小伙子比大火垄强百倍的温暖，火垄的火再大，也是胸热脊背凉，小伙子带来的，是那种从头到脚，从前胸到后背，无处不爽的热乎。大姐不由得心动，反过来好生感激小伙子。于是起身，取来一块腊肉，放进火垄上面的吊锅里，又打开火垄边上的红薯窖，让小伙子捡出红薯，放到火上烤着吃。吊锅里"咕嘟咕嘟"翻着气泡，两个人"叽叽哇哇"说着闲话。

不知不觉，到了下半夜，大姐在堂屋火炉边铺好草垫，放上被褥，安顿好小伙子过夜的睡铺，自己回房屋睡了。

也不知是火烤肉熏得兴奋哪，还是酒劲发烧的刺激作用，小伙子怎么都睡不着，反反复复地起来撒尿喝水，堂屋神柜旁是个鸡窝，惊动得窝里的公鸡和母鸡"扑噜噜""咯咯咯"地一阵乱叫。

大姐在房屋里并没睡着，听着堂屋的动静，问："小客人，这晚了，你还不睡，瞎折腾啥呀？折腾得人家都睡不着觉。"

小伙子憋了好大一会儿，没有吭气，等大姐又问时，憋着劲爆出来一句话："歇客不同房，我搅死你鸡儿娘。"

接着，"嗵嗵嗵"又拍又打鸡笼，惊得公鸡、母鸡又"咯咯咯"不停地叫。

大姐无奈，打开房门，说："我看你是个小爷。"让小伙子把草卷和铺盖搬进房屋，在床边地上铺好了睡下。睡了不大一会儿，小伙子又折腾起来，点燃灯，打开坛坛罐罐的盖子，来去翻腾。大姐瞅着小伙子问："你又在做啥？想咋的，还睡不睡呀！"

小伙子不看大姐，咕嘟着回答："歇客不同床，我给你来个五谷掺杂粮。"

大姐哧哧笑："你呀你呀，哪是客，像个爷，硬是个小怨爷，世上有你这样的客人？借宿借宿，有地方安身就不错了，还挑三拣四的，你把啥都掺和一起，明儿咋做饭吃呀。"不得已，就把床让出半边来。

小伙子高兴了，小心地上床睡下，生怕沾惹了大姐不高兴，会被赶下床，一开始，老老实实地抱着胳臂并着腿，一动不动。睡着睡着，又不安生了，两条腿一下弯一下伸，来来回回地动弹，凉飕飕的冷气一阵一阵地钻进被窝。

大姐再也忍不住了，大声埋怨道："还有完没完？你这样子踢腾，造得冰凉冰凉的，叫人咋睡。"

小伙子憋足劲，赌气地答："歇客不同头，我给你床上架高炉……架高炉哇，架高炉。"嘴里念叨着，不管大姐肯不肯，身子一弓爬到了一头，背靠着大姐后背睡了下来。

刚睡下没一会儿，小伙子手又不老实了，摸着大姐屁股，拍拍打打又揉又掐，折腾得大姐没了脾气："今是啥日子，遇上你这个无赖小怨爷。"

小伙子得意地嘿嘿笑："歇客不同面，揪住你屁股眼子捉黄鳝。"

就这样，两个人面对着面，再没了瞌睡，你一句我一句，诉说着下雪的闲话……直睡到第二天半晌午，才起床开门，谁知大雪早把门封住了，小伙子激动地喊："好白呀！瑞雪兆丰年，好收成在望哦……"

业香听后，顿了一下，"哈哈哈"狂笑不止，直到笑没劲了，才半开玩笑半认真地说："小伙子，大姐是不是久香姨呀？

怪不得她会从那老远的南山，跑到百裕沟来哟。"

堂爷没有回答，双手抱着头不再说话。

又过了些时，业香在岩壳做饭，做到一半，身子发动了，肚子疼得要命，脸上大汗直流，哭着问堂爷："咋提前了？堂爷你不说还有日子吗。快找接生婆去呀……疼死我了。"

堂爷把业香扶到地铺上躺下，说："这孤山野岭，叫我到哪给你找接生婆？再说，能让外人接生吗，就靠你堂爷我，接生了。"

业香摇摇头："你？你……接……"

堂爷自信地说："咋？跑手艺的，进千家屋，吃百家饭，啥没遇见啥没干过。"怕业香不信，堂爷进一步宽慰说，我真接过生的，也算是开水锅里捞棉花——熟套子。你放心躺着，续足劲，我烧些热水来。"

……

业香坐足了月子。回家之前，她在窝棚里坐了一天，恋恋不舍地写下了青藤缠绕的窝棚：

　　我住的窝棚爬满青藤，像伪装的碉堡，很安全，地上的野兽和长虫，这些凶猛的敌人怎么也爬不上来。窝棚不大，可无比温暖，白天坐在窝棚里，看到许许多多不知啥名字的鸟，自由地飞，欢快地叫，好像一点烦恼都没有。成群的小野猪，跟着猪妈妈逍遥自在地逛来逛去，还有狐狸和毛狗子，就像院子里猫哇狗哇鸡呀，一块玩得都好开心，不像人们说的，是你死我活的敌人。

晚上在窝棚里，满眼看到的都是鬼火，老师说过世上没有鬼火，只有磷火，这大山里连个坟头都没有，哪来的磷火呀？是棉花虫，星星点点地飞来跳去，跟树叶子和树窝里的小鸟玩捉迷藏，玩得可开心了，好像一点也不晓得累。我看累了，就躺倒下来，靠到窝棚里，月亮悄悄地来到窝棚，挨得好近，一伸手就能抓到，天空中的大星星小星星，和树林里的大小棉花虫搅在一起，比着眨眼睛，就像我们学校的学娃子比赛踢毽子，抓子抢白火石一样，谁都不让谁。

在窝棚里不光过眼瘾，更过嘴瘾，想吃了就下去摘一兜瓜果上来，不想下去也行，窝棚架子上，有的是八月柞、杨桃和刺檬。要是天太热，雨下大了，哪都不去，就坐在窝棚里写作业，学唱歌。我现在也快成歌把式了，而且唱歌抄歌，对学习还有好大的促进。

最难得也可能终生难忘的是娃娃鱼，哇哇地叫得好可爱，好喜人。包糯米说了，要教我饲养娃娃鱼，金贵得很，能卖大价钱。等我将来有了钱，发了财，一定要把路修进这里，盖好多好多的窝棚，让大家都来享福。

除了窝棚还有岩屋子，岩壳就是闭人，没得窝棚透气，也没有窝棚敞亮……要是把岩壳整得跟屋子一

样亮堂，把窝棚子搭得也跟屋子一样，又美观又宽展，
岩屋树屋选着住，那该多好哇……

十六

一个星期天，为了天问上学的事，我到雷老憨家去找业香。

三间破旧的瓦房，和多年前我跟久香奶奶去送臭猪油时没
啥两样，墙上的泥土被风雨淋得更破旧，更多了些坑坑洼洼。
因为公社工作队长李特判住在她们家，平时都没人敢来，李特
判的房间里摆着一张桌子，桌子上放着红宝书，塑料皮的，书
旁边放着毛主席像章，我伸手想摸摸看，被业香拦住了。业香
严肃地对我说："千万动不得，看得比命都金贵，吃饭时拿着鞠
躬敬礼用的。"业香拉起我来到她的房间，指着床说："坐，就坐
在床上，我给你找个东西。"

我先看了看，业香的房间里，除了墙上贴着两张李铁梅、
江姐和杨子荣外，其他和我们兄弟七八个住得差不多，就说：
"你们大姑娘的房屋，也就这个样。"

业香瞪着眼说："那要啥样？藏金挂银。好，送你个金的开
开眼。"

"哇，毛主席像章。送我？"我做梦都想有一个毛主席像章。

业香把一个亮晶晶的毛主席像章放到我手里，又拿出一个
比五角星还大，闪着一道道红太阳的像章，问道："你想要哪个？
一个是镀金的，一个是烧瓷的。"

我说:"两个都好,都是宝。我是儿娃子,就戴大的,金的秀气,你留着。"

业香笑:"大的戴着亮眼,好显摆,是吧?还跟我要心眼。"说着,又从枕头下拿出五彩钢笔:"你学习好,用得着,也拿去吧。"

我感动地望着业香,望了好一会儿,有些难过地说:"你啥都第一名,要不停学,肯定早在城里读高中了。我有笔用,乐阿姨给的。你现在是民兵排长,又是红卫兵,更用得上。"

业香收回手:"有用的就行,我还真有点儿舍不得呢。哦,忘问了,你找我有事?"

我说:"雷家天问,死活不上学了,你听说没?天天野,会野坏的。"

业香说:"我早听说了。他们家的破事懒得过问,艾枣花不是爱管闲事吗?她外孙,这是人家的家事,该她管。"

我为难地说:"雷排长,堂爷让我来找你的。是他干孙子,他不可能不管,你不管,堂爷要说我。"

业香哭笑不得:"我不也停学了,谁管?堂爷也真是的,咸吃萝卜淡操心。走吧,看看去。"

我屁颠儿屁颠儿地跟着业香来到雷盈春家。雷盈春愁着一脸苦瓜,看见我们进门,慌忙放下烟袋,用袖子擦着椅子,说:"可算盼到你们了,是堂爷请你们来的吧,坐,快坐。"

雷黑磨进磨棚了,傻娴子摆着两臂,鸭子样一歪一歪地从厨房出来,看到我们像没事人似的,乐呵呵地傻笑。雷盈春唯唯诺诺地搓着双手，不知道怎么开口说好，就指着傻娥子说："看看他们这样，一个傻，一个瞎，娃子又不争气读书，文盲一个，我明腿一伸，眼一闭，他们日子该咋过哟。"

业香看到雷盈春这样，有些心软，就安慰说："您老也莫想那么多，先把天问为啥不读书？咋个想的？弄清楚了才行。"

雷盈春说："为啥？先跟学娃子打架，又咬人，还骂老师。咋生出这么个不争气的娃，你们都晓得，生他那是吃了多大的亏，遭了好多人的白眼、嘲笑哦。我盘算着爹妈就那样，就指望他能好好读书，做个明白人，再娶个好媳妇，把雷家撑起来，让香火延续下去，谁晓得他像是来讨债的，我这把骨头不被他累死，也会被他气死。"说着，一长串混浊的眼泪落在地上。

业香和我看着可怜的老人，心都软了，齐声问："天问呢？我们找他说说。你先莫急，拉也要把他拉到学校去。"

雷盈春千恩万谢："你们都是学生尖子，说的话他兴许听。养儿不读书，不如喂头猪，我全指望了。"

我问："天问不上学，都跟谁在一起玩？院子里没看见过他呀。"

业香说："是呀，总得先弄清楚，他都在哪儿？干些啥吧。"

雷盈春说："不晓得中的啥邪，魔怔了哇。饭一吃，丢下碗，就一个人上山了，躲到许家洼，待春桃窝棚里不出来。说也邪得出奇，几年工夫，桃树桩变成了桃林子，小杂种迷上桃园子了，早知是这样，我说啥也不会搭那窝棚。"

从雷家出来，我和业香正过河去许家洼，碰到杨疯子和李特判。业香和他们打招呼，说说笑笑地，亲热极了，我闷着头笔直走，没理他们。听到背后杨疯子扯着喊："巧儿，俊巧儿，李特判今天该你款待了，伺候好点哦……"

"……队长放心吧，亏待不了同志哥。"

我打院子经过，只听见俊巧儿的声音，没见到人影，路过猪圈，我听母猪"哼哼"地叫，一抬头猪圈旁边撅着一个又肥又大的白屁股，冲我说："上山去呀。"业香这时跟上来，她又冲业香说："晌午转来，陪特判一块吃饭。"

她撅着白屁股，一动没动，我对业香说："像圈里的母猪，那肥那白的屁股，一点儿不避人。"

业香说："咋啦？你讨厌巧儿？烦人还是烦大白屁股哇。人家是白迷子，能不白？"

我说："她是地主婆，就该挨斗，仗着书记包庇，斗自己男人，贫协代表都死了，她咋还好好地活着。每回特判轮到她家吃饭，不是找久香奶奶就是找我妈借肉借油，说是给特判做油炒饭，我们啥时候吃过油炒饭哪。"

业香呵呵大笑，笑够了，才说："可不许瞎说。你恨李特判？是怕吧。"

我说："他凭啥带公安把根叔逮去坐牢？凭啥到处割尾巴，把我们长好的瓜果菜都扯了。可恶，我发誓把书读好了，等着让他将来怕我，看谁烈倔过谁。"

业香劝我说："可不能这么想。堂爷说他也是迫不得已，情有可原，你长大工作了，会明白的。做事不容易，做人更不容易。"

我们上到了山岔路崖口，坐下来休息，出了崖向右，是大岩屋，向左到许家洼。听说业香带领的铁姑娘收粮队和老爷们儿护粮队，就是在这里发生的光屁股混战，被村里人私底下称为吊胯崖。

磨叽了好半天，我还是鼓足勇气，难为情地问业香："他们叫这吊胯崖地说是你指挥的光屁股战斗，是假的还是真有这事？"话一出口，我就后悔不该问，低下头，看都不敢看业香。

业香大方地说："啥真啥假？嘴长别人身上，想咋说咋说。事事都去较真，解释得清楚吗，何况谁会真听你说呢。"

我说："解释了总比不吭气强吧？白背黑锅，吃闷亏，你都不知道说得多难听，好气人。"

业香望着我说："我晓得你不相信，你想知道咋回事，是吧。"

是突然情况。那天早上，李特判让业香去通知开会，让大小队干部到大队部开批斗会，有人举报堂爷和包糯米私开生地，种苞谷芝麻，准备私藏，是典型的右倾复辟，走资本主义道路。

业香听了一惊，问："在哪儿呀？怎么没听说过。不会弄错吧。"

李特判叉着腰，肯定地说："错不了，证据就在我房里。他们阴险狡猾，种在老岩屋背面山坳里，不到跟前发现不了。"

业香弄明白不是五区的那块窝棚生地，心里松了一大口气，说："是岩背凹吧，那地我晓得，是包糯米搞科研，种的神农裕米，我还帮他们锄过草，有些人想合伙种，被拒绝了。那些人眼红，就对还没长熟的苞谷下手，为防人偷，他们下了好多绊子和处子，得罪不少人。"

李特判说："那也不能偷偷摸摸，变成私有财产，性质上有问题。"

业香说："看这样行不行，我带铁姑娘队，去把粮食收缴回来，存放大队部里，作为缺粮户的救济粮和明年的种子。要是他们胆敢抗拒，就把他们连人带物都给你弄来，再开他们的批斗会，也有理有据，省得他们狡辩。"

李特判说："那样更好，我就佩服你有这种呼扇劲，看你的了。"

一大早，业香走东串西吆喝铁姑娘队集合，嚷嚷着上大岩屋，找包糯米缴岩背凹的粮。拐枣李见了业香，问："包糯米种的科研地，大队上不是同意了吗？咋要收缴？"

枣花从屋里跑出来，插话说："你晓得个啥，瘸着个腿待家里，听说他们私开生地，好大一块，偷吃独食呢。"

业香挑起扁担箩筐，说："不管多少，全没收，充公。走，枣花婶子，你也去，你机骨①，拿得住火色。"

岩背凹的生地，不光是包糯米和堂爷的，还有许大棒槌、黄大贵几家，靠大岩屋山上住的人也有份。听山下传信，说铁

----

① 机骨：机灵，见机行事。

姑娘要上山收粮，大家早早地都来到岔垭子口护粮。许大棒槌说："李特判阴，哄一窝女人上山，还不好下手。"

堂爷说："都听好了，不要跟一帮娘子媳妇真动手，我们站这就是挡路的门神，吓唬吓唬她们，让老包以科研种子的理由，跟她们好说好商量，慢慢缠，好汉都怕难缠，何况一帮女人。"

包糯米说："没人声张，怎么会传了出去。我在那地里，就从没见过人去呀。"光棍黄大贵说："我有晚从地里回来，看到俊巧儿从梁子那边路过，剥了一篮子苎麻……会不会是她？"

花花绿绿的铁姑娘队，沿着弯弯曲曲的山路，蛇一样忽左忽右地游走。走在前面的业香老远就看见了包糯米，包糯米戴着草帽，站在垭子口上，业香朝他招了招手，然后双手捧到嘴上喊："哎！包大哥，我是奉李特判的指示，带领这些铁姑娘上山，来帮你收粮食。明人不说暗话，收了粮食交给大队，希望你能配合，支持我的工作。"

许大棒槌早背熟了词，可着喉咙喊："生地我们挖，支持包老瞎，要想吃饱饭，你们快回家。"

包糯米客气地回答："久香排长呀，配合，一定配合。可我得给你解释清楚，我这种的不是粮食，是种子。为什么要到岩背凹那边种一块地呢？因为那边是阴坡，我就想试验着，种种阴坡和阳坡的杂交种，就像男人和女人，不，就像白猪和黑猪配种一样，要种成功了，也为这阴坡和阳坡的地多增些产粮……"

艾枣花听不下去了，不耐烦地打断包糯米："来的都是大姑娘小媳妇，啥杂交配种的，瞎咧咧，好说就带路，不让路，我们就硬闯了。"

铁姑娘们斩钉截铁地喊："闯。"一路呼啸着，直奔垭口而来，堂爷和包糯米互相望望，束手无策。

光棍黄大贵急中生智，说："看我的，叫她们乖乖下山。"三下五除二把自己脱了个精光，嘴里喊叫："许大棒槌你也脱光了，快脱。"然后，两人又联起手来，连劝带扯地把包糯米的褂子硬扒了下来，剩下一条裤衩，被包糯米死死揪着不放。

堂爷说："别扯了，读书人斯文，要留脸面，能像你们粗鲁？"

两人放下包糯米，又揪住堂爷的衣服："那你得脱。"

堂爷虎着脸说："我是主事的，不能失了体面。真要闹大了事，说不清楚。"

黄大贵觉得堂爷说得有道理，就松了手，挺直腰杆子喊："我光棍一条，许大棒槌也一条光棍……我们俩都光了……老包也光了，快来呀，欢迎大家上来问候，侍候我们。"

枣花说："谁没见过，就你们那臭屁股，脏兮兮的，好稀罕哪。"

许大棒槌笑哈哈地说："来试试，我们可不是牛洪柱，我们从头到脚往下尿，冲得你们屁滚尿流，一直冲下山。"

枣花气炸了，骂道："王八蛋，看我不用石头冲你，让你今后害不了人。"

争吵的声音越来越近，火药味越来越浓烈了。堂爷劝道：

"好些都还是小媚子，这样子，骚情。面对面的，太不像样了，不雅观不说，传出去丢人，都转过身去，披上衣裳。"

铁姑娘们快到垭口了，清楚地看见，许大棒槌和黄大贵真光着屁股，连包糯米也只剩小裤头包着，个个气得牙齿咬得咯咯响。艾枣花赌气地说："想不到你们大老爷们儿，真做得出来，敢这样子欺负老娘。谁怕谁，他们脱，我们也脱。老嫂子们，都跟我脱了，上。"

"不……"业香话还未出口，几个嫂子的裤子、褂子已丢在了地上。业香连忙用手阻止住姐妹们的行动，自己拎起几件衣服，冲到最前面，边走，边语重心长地说："将心比心，你们这些大男人，家里也有奶奶母亲，姐姐妹妹，老婆女儿，好意思逼着她们脱光了面对你们？"

说着，把几件衣服甩了过去："你们好好看看，这是铁姑娘们的衣裳，她们立马就要上来了，不怕遭报应，你们就作孽。作孽吧——老天爷在天上看着，龙王爷也在大岩屋看着……"

老爷们儿没想到一群妇女也有模有样，成了高粱秆子夹汤圆——光棍遇着琉璃蛋。一个个束手无策地嘟囔："浑蛋，浑蛋，滚蛋。"

堂爷把衣服捡起来，甩还给业香，劝说两边男女都别动气，先穿好衣裳，再做商量。

铁姑娘们来到垭口坐下。堂爷说："对不起，他们玩笑开得有些过火，得罪大家了。我做主，罚这些坏男人们翻山，替你们去收粮食，那地里有几个人也一起帮忙，负责运到大岩屋去，你们要不放心，让业香排长跟着去，其他铁姑娘都跟我到大岩屋，烧火做饭，我请客。吃了中午饭，还是罚这些男人，再陪你们把粮食运到大队去。"

枣花说："这还将就，马虎相。堂爷那就是爷，真亮堂！"

妇女们叽叽喳喳笑开了："堂爷是真爷，你也不赖呀，脱光了，跟堂爷一样亮堂，刚才把我眼睛都晃糊了，还以为是白狐狸呢。"

铁姑娘们说着笑着，热热闹闹地去了大岩屋。

许大棒槌和黄大贵几个人，来去跑了两趟，直到晌午过了好久，才把粮食都运回来。

下午，男男女女二三十人，肩挑背扛地来到了大队部。李特判笑呵呵地跟大家打招呼夸搭，一再称赞业香和铁姑娘队任务完成得排场，顺带也肯定包糯米知错就改，是大有希望的。最后，李特判挥着胳膊宣布："我，同意了业香的建议，不再开会批斗堂爷和包右派了，并且还送两担苞谷给你们，挑回去作科研种子。"

明白了来龙去脉，我更加替业香委屈："你晓得吧，说你们铁姑娘一个排地吊胯，传得可难听了。再不想法子止住，等'吊胯崖'叫开了，山里山外都当成真事，你就是多少张嘴也说不清楚。"

业香无所谓地说："随他们咋说咋叫咋想，真的假不了，假的也成不了真。不就是个名字吗，像雷天问、杨红嘴、许大棒槌，听习惯了，也就那回事。就是真当回事，又能咋的？笑话一个，当故事听听完了。"

我们说着走着，不知不觉已来到了许家洼，好大一片桃树林子，树上结满桃子。我和业香都奇怪咋冒出这大片桃林，像从天上掉下来的，以前从没听说，也没见过呀。

桃树林中间，耸着一架高高大大的青窝棚，业香指着青窝棚说："那里准是许大棒槌两个女人的坟地，天问肯定躲在那窝棚里睡觉，走，我们悄悄过去。"

我和业香蹑手蹑脚地走到窝棚跟前，没看到天问，也没听见声音。我猫起身，爬着梯子上去，突然一伸头，大喊一声："天问——"

天问没想到会有人来，猛一下吓得一骨碌子弹起身，双手朝我推来，稀打乎把我推下窝棚。幸亏我紧紧抓住梯子，身子朝后扬了扬，两脚失控地乱踢了几下，我没事，却把跟在身后的业香蹬下了梯子，"扑通"一屁股落在地上。

"啊……拐了。"天问和我赶紧下去，把业香拉上了窝棚。

窝棚里放着一本算术和一本连环画，业香拿起来看了一眼，说："天问好用劲呀，躲这清静处，偷偷学习。还学的这酽气①，狼来了只怕也不晓得。"

"谁学了？我是来看守桃园的。"

为了证明自己，天问认真地讲起了桃子："你们不晓得吧，

———
① 酽气：迷恋。

村里没有谁晓得，这里有两种桃子，春桃坟左边，长的全是鲜桃，吃到嘴里水滴滴甜滋滋的。桃花坟那边，长的桃子又是另一种，油桃，咬着是硬的，好脆，咔嚓咔嚓响，越嚼越甜，你们肯定没吃过。"

天问说完，跑进桃林，不一会儿，摘回一衣兜桃子，我和业香鲜桃、油桃换着吃。

春桃、桃花，两个苦命的女人，睡在两座坟土里相依为命。坟地上却长出两种味道不同的桃子来，像两个女人不同的性格和长相，令人难忘。

我还是第一次吃到这么多这么好吃的桃子，全是因为天问，也是享死人福。桃子吃多了，撑得肚子直鼓气，我揉着肚子，打了一串饱嗝，问天问："你真要跟这桃园做伴，不读书了？"

天问顿都没打一下，说："我不守着，贼娃子和许大棒槌还不都惦记，这可是我家的桃子，不能便宜了他们。"

业香好笑地问："集体山上的桃树，又长在许家坟地，咋成你家的了哇？"

天问粗声大气地回答："桃树桩是我们家的，我爷喊生叫人钉下去的，桃树桩发成了树林子，那就是我们家的桃园。要不是我爷盖的窝棚守着，牛哇野猪哇见天来，早就被糟蹋没了。"

说着，他把我们吃剩的桃子核都收了起来，说："我把这桃子核都种下去，鲜桃种春桃这边，油桃种桃花那边，等明儿发一满山，就叫它桃花洼。我敢断定，以后这桃花洼，会跟大岩屋一样出名，眼气死人，你们信不信？不信打赌，好不好？"

业香嘿嘿嘿笑得胸脯子直颤，颤得我们直眨眼睛，见我和天问都瞅着她的胸脯子望，一人给了我们一巴掌，然后说："将来名气大了，人们要是问，桃花洼咋来的？那得去问一个叫天问的高人，天问高人啊，就会高深莫测地答……桃花洼嘛，来自桃花娃……桃花娃来自桃花桩……桃花桩来自桃花夫人，桃花夫人呀……"

我和天问被业香说得眉开眼笑，直笑得脸红眼泪流。

天问经不住业香和我拐弯抹角地三套四哄，终于说出了逃学的苦衷。原来起因在杨红嘴，杨红嘴看不惯老师经常在全校点名表扬天问，心里妒忌，就纠集了一伙高年级的学娃子没事找事，拿雷瞎子和傻妮子当笑话，还编成顺口溜当歌唱，见了天问就唱，唱得天问没脸见人。天问委屈地问业香："你姓雷，我也姓雷，我咋就出生在这样的雷家？摊上那样的爹和妈。"

业香说："出身不由己，道路可选择，你走好自己的路，走出个人样子，给他们瞧瞧。何况，杨红嘴他也不瞧瞧自己长得啥样子，就那张红豁嘴，有啥好炫耀的，你不比他矮一截，挺直腰杆子上你的学。"

天问不解气地说："就是的，他一个红豁嘴子，凭啥笑我。他说他那红嘴是福，我偏说他豁嘴就是祸害。他打我，我打不赢你，还不会咬？可我一咬，他告到老师那儿去了，害得我在学校被老师骂，回家又被大人撅。到处受欺负挨骂受撅，你们说我烦不烦，处处受憋屈，我不读了，不在学校也不在家里，总行吧。"

我说："你书不读了，可也不能不要家呀，一个人成天待山上伴黄，多危险、多厌物，大人多操心哪。"

天问说："眼不见心不烦。我要把这桃林子弄成气候，给全家争口气。"

业香称赞说："人不大口气不小，我就喜欢你这有志气的孩子，不出薄①，展扬②。别的先不说了，跟我们下山，一起去找红嘴，看我怎么教训他，非叫他乖乖地给你赔礼认错不可。可说好了，人家要认了错，改了，你可要继续去上学。"

"只要红嘴不挑头欺负我，不耻笑我爹我妈，我就回去好好上学。"

我没想到天问回答得这么爽快，业香也没想到天问提出这么个条件，想了想，说："我一定尽力，试试吧，他要不听劝，只有取消他红卫兵小将的资格，没收他的红袖标。"

天问跟着我和业香找到杨疯子家，本来是要劝郑气管管红嘴的，可郑气不在，杨柏树和杨柿树以为我们来买东西，滑着枷椅子，嘎吱嘎吱地从货柜台里出来。李特判在斗批改运动中，说是为了弘扬社会主义优越性，动员大队把贪占小便宜的代销员撤了，扶持两个自食其力的残疾兄妹，让他们在家承担大队代销店业务。兄妹俩殷勤地扯着业香介绍，又抓出糖果，在我

①出薄：缩短、倒退。
②展扬：自然、大方。

和天问眼前晃，听说我们不买东西，是找杨红嘴来的，热情的笑有些失望地僵硬在脸上，说："他不在，机械房找去。"

业香过意不去，就让杨柿树记账，买了两分钱的糖果，递给我和天问。我剥开糖纸，用舌头舔了舔，好甜，凉丝丝的香甜，用牙咬了一半，含在嘴里，把另一半用糖纸包好，放进衣荷包，给兄弟们留着。

来到机械房，红嘴和他的小将们都在，等着打米磨面的人不少，把机器以外的地方都站满了。业香挤进去，把天问的鲜桃油桃掏出来，甩给大家尝鲜，机师郑华南停下机器，大家齐声夸说桃子好吃。

业香说："好吃是吧？好吃不能白吃，要吃得有点意义，问心无愧。我请大家做个见证，见证红嘴和天问哥儿俩好，红嘴好比这鲜桃，天问就是这油桃，大鲜桃爽甜，小油桃脆甜，希望他们从今开始，拉起手来，一帮一，一对红，都是爱学上进的好桃子，不做逃学后进的烂桃子，怎么样？"

郑华南和打粮食的人都说业香的提议好。

杨红嘴明白业香说的是啥意思，干脆地说："一切行动听指挥，照业排长的指示办。打明天起，天问就是我们的小兵小将。"

业香没想到愁死雷盈春的难事，就这样轻而易举地解决了。谢过郑华南和红嘴，带着我和天问要走。红嘴拦住说："排长，你辛苦了，等一下，吃了鸡脑壳再走。"

原来，我们进机房时，杨红嘴正在和机师郑华南打赌。杨红嘴眼气郑机师管粮食加工，自己打粮不出钱，还有白米饭和鸡脑壳吃。每次打完粮，郑机师都会清扫一些机舱里残留的好米好面，不光每天吃喝不愁，还把多余的往家里拿。杨红嘴不服气，发动个机器有啥了不得的，让谁谁不会。郑华南说红嘴你别嚼大话，有本事把发动机摇着火了，今天就不收你的打粮钱。杨红嘴脖子一梗说，发动着火算个啥，我还要把发着了的转轮子给它抱熄火了。郑机师瞧不起地斜了红嘴一眼，冲大伙说，看看他，是不是绑雀子趴树上——一张嘴厉害。杨红嘴琢磨好久的心巧，就是想过嘴瘾，瞄住郑机师激将的路子来了个反激将，说我要抱熄火了，赌你给我们几个每人一碗白米饭，一碗鸡脑壳，咋样？郑机师说那小菜一碟，可不许鸭子死了嘴硬，你输了拿啥给我。杨红嘴说我输了给你送香油，请你吃香油鸡脑壳，这行吧。他们正杠时，被我和业香岔进来，搅和停了。

大家吃完桃子只顾讨论油桃和鲜桃子，差点儿把刚才打的赌黄了，杨红嘴一提，大伙又都喊："说好的，打赌，不能算了。接着来，接着，赌。"

几个学娃子一个劲地起哄："米饭，鸡脑壳。"鸡脑壳，白米饭。杨红嘴说："看到没有，都等着呢，不能反悔，说话要算数。郑机师你得跟大家说，算数，必须算数。"

杨红嘴拿着铁摇把，信心满满地走到发动机前，叉开腿，弯下腰，右臂来回摇了几下，发动机就"嗵嗵""嗵嗵嗵嗵"地吼叫起来，大伙都跟着发动机的声音吼叫："好，着了，着了。"

筛子大小的转动轮也在一片吼叫中，由慢到快，飞速转动起来。杨红嘴得意地甩下摇把，笑嘻嘻地说："看到，可都看好，我一把把它抱熄了。鸡脑壳，等着。"

业香焦急地喊："红嘴，布弄① 不得，危险。"

天问拿着鲜桃递过去："给，吃个桃子再抱，有力气。"

说啥都来不及了，红嘴双臂已抱住了飞转的轮子，只听他"哼哼"了两声，有血跟着轮子飞出来，一屁股仰倒在地上。杨红嘴受伤了，下嘴唇被转轮子磕出好大一个口子，血流不止。

业香飞身从灶锅里抓来一把锅底灰，按在红嘴受伤的嘴唇上。血，被止住了，大家都松了一口气。

郑机师悬着的心刚放下来，又看见红嘴眼睛红彤彤地瞪着他，以为杨红嘴要找自己算账。杨红嘴嘴巴不能说，急得双手指着打粮机和锅灶台子，来来回回地比画，有人看懂了他的意思，喊："鸡脑壳。郑机师，鸡脑壳……"

红嘴伤在嘴上，鸡脑壳是吃不成了，业香带着我和天问，送红嘴回家。几个好伙伴跟出机房，被红嘴止住了，含混不清地咕噜着……跟，跟着他们去吃……鸡脑壳。

我们扶着红嘴，听见身后的几个娃子在争吵着："红嘴本来是福，天问一打岔，就闯了祸。都怪那桃子，哼，还求放过他，红嘴答应我们也不答应，饶不了他。"接着，在我们身后响起了一串顺口溜：

---

① 布弄：捣鼓。

白虱子，满身爬，　　你也抓，我也抓，

黑蚂蚁，满处爬，　　抓出一个小娃娃。

爬来爬去好痒呀。　　天哪，天哪——

痒吧？痒吧？　　　　打哪儿来的个乖娃娃，

痒啊，痒啊。　　　　不傻也不瞎。

……

我们把红嘴护送到杨家时，郑气刚好从地里回来，一见红嘴的样子，吓了一跳："乖儿呀，咋弄成这样，谁个杂种弄的？说，妈饶不了他。"

红嘴摆摆手，指指自己。我们帮着解释说，是打粮时碰到了发动机，掉了块皮，红嘴连连点头。郑气拉过红嘴仔细一看，心痛地说："这咋就碰到嘴唇了哇？上面嘴唇缺块皮，这下嘴唇再少块皮，往后……往后咋……"

说着说着已泣不成声。

杨柏树和杨柿树从代销店里嘎吱嘎吱滑过来，娘儿三个望着红嘴，抱头痛哭，越哭越伤心，过路的、前来买小东西的和看热闹的人，都哭得牙帮子酸酸的，不知如何是好。

妇女们心软，也跟着哭了起来。

有人晓得红嘴的遭遇，边哭边数落：红嘴含贱①的啥哟，觑干②鸡脑壳，真是淘气妈哭半夜——淘气死了哇。

---

① 含贱：不规矩，乱动。

② 觑干：钻营、谋取。

第六章　神龙裕谷

十七

临近八月十五，天气越发干燥，杨红嘴的性子也更加烦躁。受伤的下嘴唇已脱了两层皮，越脱里面的黑痕迹越重，上嘴唇血红，下嘴唇墨黑，活像京戏台上的小丑。

整个秋天，杨疯子夫妻都是提心吊胆地唉声叹气，过着惶惶不安的日子，柏树柿树已经残了，桂树再有个闪失，天可就塌了，他们没有一天不为红嘴的安危和前途操心。

杨疯子上老岩屋，想找堂爷和包糯米商量商量，给红嘴指一条明路。经过吊胯崖（吊胯崖，经过那次缴粮，就替代了岔关崖），看到生地里密密麻麻棒槌样的杂交苞谷，他愣怔怔地恍惚了好一会儿，心里骂道：杨疯子呀，你真是个缺心少肺的疯子，千不该万不该，你不该去李特判那儿告状，人家堂爷和老右为啥开生地？为啥要种杂交苞谷？那是为全村吃饱饭哪，全队的人都跟着饿肚子，你这队长当得心安理得，这会儿又去找人家帮忙，有脸张嘴吗？

堂爷坐在岩屋口抽烟，看见山坡上有个人影走来，步子轻快，身子迟缓，像是边走边琢磨着事情。越走越近，堂爷眯眼一看，原来是队长杨疯子，正要搭话，杨疯子三步五步来到了面前，笑哈哈地说："堂爷，你还好吧？好几天没听到你的歌声，也没见叫口响，我上来看看……"

"好，好。大老远的山，难为你爬这一趟。快坐下，抽烟。"堂爷把烟袋锅子磕磕。

杨疯子掏出包大公鸡，抽出一根，说："来，抽我这个。郑气才进的货，请您尝尝。"

堂爷说："我抽惯了这个，你那劲小，还烧嘴。老包抽得惯，老包老包，杨队长来了，赏你烟抽呢。"

包糯米手里拿着厚厚一本书，从岩屋里笑嘻嘻地走出来："队长可是稀客呀。哎哟嘿，嘿嘿嘿，铁公鸡变成大公鸡了哇。别见怪，开个玩笑。"一句话，把三个人都逗乐了。

抽烟人见烟，笑得都很开心。杨疯子给包糯米递烟点火，杨疯子脸上的笑容在火光中僵住了，满脑子晃动着杨桂树的红嘴唇黑嘴唇。

堂爷和包糯米不知咋回事，刚还有说有笑，眨眼工夫变了。包糯米慌得赔不是："我说了，开个玩笑嘛，你咋的，把玩笑话当真了？你本来就是大公无私的杨公鸡嘛，就算铁公鸡，那也是为生产队把关的铁公鸡呀。"

杨疯子愣了一会儿，缓过神来，长长地叹一口气："唉，无碍，跟你无碍。我那娃，愁死人哪。真是叫河里打围墙——鳖爬的路都没了。"

堂爷问："是红嘴吗，嘴伤不是好了？又咋的，惹你烦心了。"

包糯米说："不会是逃学吧？没事，耽误的课，放心，我来给他补。"

杨疯子忧伤地说："上啥学哟，学校不去了，连家门都不出，什么人都不打照面哪，就连我跟他妈都不答话了，天天念叨自己是小丑、小丑。唉，也不能怪他，上嘴唇红，下嘴唇黑，心里多难多苦哇。我这次专程上山登门，就是想求你二位高人，给拿拿主意，真怕他这样下去，早晚会憋疯。"

堂爷吧嗒吧嗒了好一气，磕掉烟灰，顺手扯了根毛狗子草，从烟嘴里插进去，一点点顺烟杆捅，捅完了，小心地从烟锅抽出来，含着烟袋嘴，吸吸吹吹，说："堵得憋气，通了，通了烟才顺。那娃心里堵着坎，要他从坎里走出来，得想法顺气，气通了，路就畅了。"

包糯米说："豁嘴咋了，又不影响吃喝干事，就是有点儿美观上受损，说不定将来可以修修补补。"

堂爷听了半天，突然冒出一句："老包，我问你，要是帮脱米机房做事，算不算做好事？"

包糯米想了想，说："那当然算，问题是红嘴这事，大队认吗？"

杨疯子说："自从大队有了机械房，他放学就去帮忙，家里啥事都不干了。"

堂爷说："可以找李特判试试，看能不能找个差事做做。娃聪明，青蛙会都想得出来，还怕没给特判增光添彩的机会？只要能把娃从家里弄出来，那就是李特判的功德。"

三个人提着一包嫩杂交苞谷下山，一起去找李特判，刚走到大花梨树下，碰到大队书记邓田鸡和李特判从大队部走下来。杨疯子大步迎上去，讨好地说："包糯米的新玩意，糯，爽得黏牙，特意掰了几个，送两位领导品尝，做个鉴定。"

李特判看看堂爷和包糯米，说："你们几个一道来，不会光是请我们鉴定玉米，恐怕还有其他的事吧？走，回大队部说去。"

来到大队部，堂爷打燃火捻，为李特判点燃纸烟，自己吧嗒了两口旱烟，说："李特判，你真是好干部，为我们雷村培养了一个好苗子，我们是特意来感谢你的。"

李特判一愣："苗子，我培养？你说包老右哇。他本来就是棵好苗子，现在科研出了成果，那是他自己努力的结果，你们帮助，我只是支持，送了些种子，没什么，不值得一提。"

包老右抢着说:"你支持的不仅有种子,还有精神和动力。明年满山种上神农一号裕米,还愁吃不饱吗?这可真是你的功劳,功不可没。"

堂爷一笑:"你不光改造了包老右,还激励了残疾少年——红嘴。杨红嘴积极响应你提出来的要创新的号召,才发明了青蛙大会,还让红嘴押着青蛙上台,第一个发言,那是啥?就是给他机会,培养……"

邓田鸡点着头说:"是有那回事,我当时是连长,负责组织会议。后来去公社介绍青蛙大会经验,受到了表扬,还是特判你推荐的呢?"

"哦……哦……"李特判也点点头,好像想起来了。

堂爷赶紧说:"这娃子不光长一张红嘴,还有一颗红心。每天放学,他都要到机房做好事,为这受了伤,还念念不忘机房的事。"

邓书记疑惑地问:"杨疯子,到底咋回事,我听说是为打赌,碰伤的呀?"

杨疯子带着哭腔可怜巴巴地解释说:"都怪雷黑磨那不争气的儿子逃学。那天,业香排长带着天问找到机房,要求我儿子与天问结对上学,一帮一,那会儿红嘴正在摇发动机,天问递了个桃子,一打岔,就出了那档子倒霉事。不信?李特判你住在业香家,方便问她。"说着说着,哽咽地打不住,把红嘴受伤后的情况统统说了一遍。

堂爷说:"柏树、柿树在你的关心下,都自食其力了,人见人爱，见人都要念叨你的好。难为你，再救救桂树这娃吧，多好的苗子，毁了可惜呀。"

李特判感到为难："啥都一个萝卜一个坑，上哪儿找合适的事情？书记你想想看，有啥办法没有。"

邓田鸡拍拍头说："革委会问过好几次雷子顺的墓，好像很重视。要不安排个人去打扫墓地，修修剪剪，保护维持好一点，万一上面安排人串联过来了，也有个好交代。"

李特判说："算个事，可是太清静，只怕这小娃子他耐不住性子，不肯。"

堂爷撮合说："要不这样，杨疯子先回去安排晌午饭。特判和书记把手上工作放一放，稍后我们一起去，边吃饭边做做工作，给我和老包一个面子。"

柿树和柏树看到李特判，比亲爹娘还亲，兄妹俩各提一壶酒，滑动着枷椅子，咕噜噜去，咕噜噜来，欢快地争着抢着给李特判和书记添酒，比戏里二人转还活跃。酒桌上气氛热闹，房屋里红嘴更加苦闷，杨疯子努了努嘴，示意兄妹俩去把兄娃子弄出来。柏树柿树嘎吱嘎吱进屋，两个枷椅子夹着，把红嘴推到了桌边。

李特判瞅了红嘴一眼，严肃地说："看在堂爷、包老右和你爹都夸你不错，本来，打算交给你一项光荣的工作，可你这怕苦怕困难怕牺牲的样子，受了点小伤就退下了火线，还怎么能争取更大的胜利呀！我看就算了，你饭也不用吃了，回屋继续躲着去吧。"

郑气连忙把红嘴按到凳子上，说："吃饭吃饭。"觉得不妥，慌忙又改口说，"敬酒。"拉着红嘴给特判敬酒。

红嘴鼓足勇气，说："紧跟特判员，就是胜利。"

李特判喝高兴了，从上衣荷包里掏出一包烟来，递给红嘴："给大家发了，里面的金皮纸送给你，贴门牙上，就不显黑了。为你这张嘴，我可是掏了血本，攒半年烟都没舍得抽几根。"

红嘴发完烟，把白锡纸撕了一块粘在门牙上，红嘴顿时大变样。都说好看，亮闪闪的。

李特判自豪地说："神仙本是泥巴做，涂上金粉便是神。打今起，你这闪闪亮的嘴，走到哪里都闪光。"

从此，杨红嘴走出了家门，一个人独来独往，专心专意地打理着雷子顺的英雄墓。墓碑被擦得一尘不染，墓地的杂草被拔得干干净净，重新换上了青松、翠柏和各种鲜艳的花草。村里人打墓地路过，都夸红嘴用心了。

红嘴听了乐滋滋的，越发用心，干得也越发起劲。闲下来没事了，就沿着墓地四周，一点点扩展，把杂树杂草砍了烧了，挖成地，种满了瓜果和粮食，说是参观的人来了，吃起来方便，也能为队里减轻些负担。

太阳快下山时，杨红嘴把几堆半湿不干的枝枝草草点燃，看着它们由烟变火慢慢燃烧，湿柴草烟大，随风转着飘来刮去，红红的火苗子也跟着飘来撩去。红嘴仰面朝天躺着，看见俊巧儿提着篮子上了猪狼洼，不是一次两次，隔三岔五地就能看到俊巧儿上山，说是打猪草，有一次红嘴发现，篮子里不光是猪草，还有一些吃的东西。红嘴心想，猪狼洼是啥地方，男人都不敢轻易上去，她一个女人老往上跑，眼见天要黑了，多危险哪。他丢下柴火，悄悄地跟着，也上了山。

左拐右爬，腿肚子都爬酸了，在山洼中间出现了一块庄稼地。地边上搭着一个地窝棚，俊巧儿钻进窝棚，一屁股坐在木凳子上，解开汗湿的裰子，撸起红兜兜，胸前背后来回擦，嘴里哼着"挖生地，种绿豆，不发财，不回娘屋"。红嘴看望了神，歪了一下，脚下"咔"一响，踩断了一根苞谷秆子，嘴里"吭哧"一声，喊道："巧儿姨。"

俊巧儿惊得一弹，伸手把红嘴拉进窝棚，嗔怪道："你这娃子，不声不响的，吓死个人。不晓得呀，人吓人，吓死人。"说着，连忙用手裰子在红嘴头上脸上擦。

红嘴看到俊巧儿敞开的胸，说："你先擦，看你胸脯子上，都是水。"

俊巧儿听见红嘴喉管里咕噜响了一声，两只眼睛盯在自己身上，灿烂地一笑："看啥看？"伸手拉着红嘴，用手裰子在红嘴脸上擦了又擦，说："来了就是客，等会儿让你尝尝鲜，享了口福再下山。"

红嘴听说有口福享，高兴地抱住巧儿问："姨，啥好吃的，啥？"

不一会儿工夫，俊巧儿变戏法似的从地里搜罗出一衣兜吃的，黄瓜、菜瓜、荆芥、豆角和木耳。

俊巧儿利索得很，三下五除二，菜就好了，荆芥拌黄瓜，木耳炒豆角，虽说没油没作料，可红嘴吃得满嘴冒油，满头流汗，吧唧着嘴，高兴地说："耳子真好吃，我妈从没弄过。姨，你打哪儿弄来的呀。"

俊巧儿忘了这一茬，红嘴一问，立马神色紧张起来，害怕地说："你吃了就咽肚子里哦，千万千万莫说漏嘴了，让人晓得了，姨就会挨批斗，被人割尾巴。唉——"长长地叹了一大口气。

红嘴一拍胸脯，说："打死也不会漏半个字，红嘴黑嘴不漏嘴。姨放心，谁敢斗你，我跟他拼命。"

俊巧儿咻咻笑了："拼命？你才几大点呀，保护得了我？真遇到事了，只怕大吃大喝的人都不会管的。这些年，队里看我一个人没负担，总把工作队往家里安排，人家抛家弃口地来到我们山里工作，进了你家门，不给弄点合口的吃，说不过去呀。有时大队干部也跟着，来求一大帮子，粮呀，菜呀，油呀，打哪儿来？哪儿那多，找东家借西家，多了遭人白眼。我是担惊冒死，偷偷在这远山老林里开了块地，种了点菜和粮食，好贴补一下，顺便弄点稀罕东西，耳子，菇子，芝麻啥的，改改口味。明天李特判轮饭，趁天要黑了，我上山来摘些回去，咋被你个小机灵鬼给撞见了。"

红嘴得意地嘿嘿笑："得亏是个小鬼，晓得姨有好吃的，我早就跟来了，来了就不走了。"

俊巧儿突然一拍大腿："拐了，拐了哇，邓书记晚上安排我跟他商量事呢。快走，再磨蹭晚了，你妈也该喊魂了。红嘴，红嘴，窜哪儿去了。"

走出窝棚，天已擦黑，远处一片红光。俊巧儿说："早霞戴斗笠，晚霞晒收成。看这霞红的，明天又是好晴天。"

红嘴眼尖，看出是燃烧的烟火，说："姨，不像霞，是火，火。一闪一闪的火苗子，你看那儿，黑烟子滚滚神地往山上飘。"

俊巧儿拉着红嘴不要命地往山下跑，跑得越快，噼噼啪啪的火响和救火的呼喊声越大，火林中晃动着救火的村民。郑气左一声红嘴，右一声黑嘴，亡命地叫唤，红嘴边跑边答："妈，我在这里，我在这里。"

跑到近前，郑气一把搂住红嘴，乖儿乖儿地哭了起来。红嘴指着俊巧儿说，没得事，我跟她在一起。

郑气止住哭，破口骂道："你个狐狸精，把我儿拐哪儿去了。"

俊巧儿看到红嘴钻进了郑气怀里，没有搭理，扭身钻进了火海。书记邓田鸡和杨疯子正在指挥灭火，雷盈春喊道："书记，这样扑不灭的，得想法，断火路，断远点。"

杨疯子跟着喊："来几个年轻跑得快的，上山，断火路。"

俊巧儿急中生智，想到了和雷贫协下处子砍过的山道，冲到书记面前，说："沿二道梁子，有一条隔离带，把干树枝叶子两边扒开，能管用。走，我带你们上去。"

书记没好气地吼道："大晚上，你窜哪儿去了。晓得急呀，还不快点带路。"

整整一个夜晚，雷子顺墓地的后面，半个山梁被烧得精光，留下一棵棵烧得黑咕隆咚的树干，零星的火花时不时闪闪发光，叭叭炸响。

俊巧儿累得没有半点儿力气了，躺在黑乎乎的地上，身上褂子被树枝撕扯成一大块一大块的洞，书记喊着俊巧儿从山上出溜下来，把自己衣裳脱了，披到俊巧儿身上。几个年轻人跟着出溜下来，说："多亏巧儿晓得这条隔山道。不是她指道儿，几面山都完了。"

俊巧儿睁开眼，看看四周，想起这个熟悉的地方。那是书记的堂兄，原来的书记邓红鸡和她在一起，温暖幸福的往事已经变得人去物非，不由得伤心地号啕大哭，哭得书记和几个年轻人也哽咽起来。

第二天早上，堂爷和包糯米从大岩屋下来，杨疯子带着扑火的人也从山上下来，在磨棚碰上了，赶巧雷黑磨在磨盘上坐了一夜，听说山火灭了，一激动又犯了羊角风，自个儿向太上老君禀报去了。大家围坐在磨盘上，听着黑磨瞎叨叨：

> 猪狼洼，猪狼霸，　龙王伸腰打哈欠，
> 死去活来打群架，　猪狼喷泉哈哈哈，
> 良民逃下山，　　　粮食堆成山，
> 恶兽逛山洼，　　　娃子满山洼。
> ……

古时候，猪狼洼是一片原始森林，万木争春，古树参天。传说，当初人类由猿向人过渡的时候，那绿森森稠密如人的林子，就是祖先的城市，也是先前人猴集会、练习用手攀爬的工具，第一个皇帝、始皇帝秦嬴政修皇宫后院，也到这里选树伐木。洼里还生活着另外一种猿猴托生的巴山王，头尾不过六尺，瘦小如猴，连威风赫赫的老虎、狗熊都不放过，却和又蠢又懒的野猪合起伙来，占洼为王。

那一年，夜降天火，磨盘大圆溜溜的火球，红灿灿地从天上滚滚而来，黑蒙蒙的猪狼洼被火球滚得红上了天，狼巴子和野猪逃跑了，逃不赢、飞不及的小动物山雀子，都被烧成了肉炭，树木变成了黑桩。一场大火烧出一片良田宝地，成全了雷村百姓，世代繁衍，人丁兴旺，一直过着无忧无虑的生活。

好多年以后，谁都没想到，一场发生在雷村以外的灾难，把懒猪逼上了绝路，拖家带口地从四面八方涌往过去的老巢，在这里发生了一场疯狂的人猪大战，死伤惨重……野猪搬来救兵——巴山王，生性好斗的狼巴子，闻到满洼的血腥味，嗷嗷嗷嚎叫着，与红了眼的野猪兽性大发，把满山洼的大人小孩追赶到了河边……双方达成协议，人不再上山烧荒耕种，猎伤猪狼，狼不会下山叼猪食人，野猪也不进庄稼地抢食，如有违约，以命偿还。

从此，洼上山下，相安无事。村民宁愿吃不饱肚子，也不敢进洼，眼睁睁看着野猪野狼在聚宝盆里逍遥……

大家听见雷黑磨一直在嘀咕：昨夜降天火，是福不是祸，是祸不躲过……

雷黑磨说完，一骨碌爬起来，健步向前而去。

一估堆儿灭火的村民，被黑瞎子叨叨得云山雾罩。有人说，听瞎子胡诌瞎嚼哦，又见到太上老君了，他咋晓得秦始皇盖皇宫用的是这里的树？要那样，这树就叫贡树，可值钱了，我们还穷成这样。

包糯米插话说："黑磨讲的只能当故事听，不一定要当真。可砍树的事，那是有根据的。据史料记载，秦始皇修阿房宫时，确实在秦巴山脉的竹山、房县采伐过上等木料。说不定这深山古树真是贡树，房县在秦朝时就很有名气，也是朝廷倚重的流放地，连一人之下万人之上的宰相，秦皇仲父吕不韦都被流放到这里。只可惜，阿房宫被一把火烧了。"

大家议论说，烧得好。我们的树，凭啥砍去盖后宫，便宜那些妃子，让她们享福。吕不韦也不是啥好货，被贬到房县来，真是糟蹋了好山好水。

艾枣花见有学问的包老右都肯定了瞎子女婿，便长了底气："依我看，黑磨说的也有些来头，还不得不信。

杨疯子挥挥手说："忙活整夜，不累呀。今放工睡觉，工分照记，都回吧。"

堂爷和包糯米被留下来，等社员都走远了，邓田鸡指着杨疯子劈头盖脸地骂："你这个队长真能耐呀，学大寨没见争光，这把火烧得可够风光。想想怎么向公社交代吧，上午李特判来巧儿家吃饭，我要把红嘴绑了，交给他处置。"

杨疯子急了："红嘴咋了？你绑绑试试，凭啥？"

邓田鸡狠狠地朝磨盘拍了一巴掌。"嘭"一声闷响，疼得双脚直跳，胳膊手连摆十来下，然后蛮横地说："你看到，我马上带民兵去绑来。凭啥！凭他放任柴火燃烧，自己跑老林子闲逛。定他纵火犯，治个破坏山林罪不冤枉，我都调查过了，不信你回去问问。"

杨疯子软了："这个不争气的杂种东西。书记你高抬贵手，看在他是个伤残娃子，救救他，我回去一定好好管教。"

邓田鸡："管教，早干啥去了。看看你好儿子，干的都是些啥事，批斗青蛙，打赌阻止发动机转动，纠集同学欺负人家残疾人家庭的娃子。你呀，自己疯，娃子也跟着疯。"

堂爷劝说："书记先消消气，老话说，小子不惹事，长大难成事。红嘴为墓地清理杂草，种菜，也是好心，想多做好事。雷村过去多少代，从没出过进号子的事，这前脚根娃子进去了，红嘴千万不能再跟着后脚进去，那以后谁还敢做好事？外面的人，又会咋看我们雷村。"

邓田鸡想了想："堂爷，你说的理倒是个理，根发的牢饭吃得也确实亏。可大片山林烧了，总得有个合理的说辞，给上面交代吧。"

杨疯子腾地跳起来："天火，黑瞎子说的，往日也发生过，村里人都听见的。"

包糯米附和说："雷瞎子说得没错，这火是祸，也可能是福。既然是天火，那就是自然灾害，不可抗拒。既然天火烧出这大片土地，我们何不借机利用起来，开成生地，种一地杂交玉米，如果收成好，既验证了科研成果，又解决了吃饱饭的问题，还可以多上交公粮，这不是由祸变成了福，一举三得，何乐而不为呢？"

一席话，说得三个人都默默地点头。堂爷吧嗒几口烟，磕磕烟锅，慢条斯理地说："现在全国都在搞'农业学大寨'，虎头山、野狼窝变成了金山粮仓，我们能不能响应号召，学学大寨，把猪狼洼变成神农裕谷，你们说，行不行呢。"

几个人都说："行肯定是行，我们学学，可怎么学？学什么呢？得有好点子，堂爷，你出点靠谱的主意吧。"

堂爷果断而坚定地说："我说个大胆的想法，要是搞砸了，出啥问题，都不许出卖我，书记你要保证，起码不让我挨批斗。要搞好了，书记和杨疯子，你们就是雷村的贵人。"

书记、杨疯子和包糯米一口咬定，说："出卖人不是人，保证，绝对保证。"

堂爷说："真学大寨，就得拿出真架势来，大寨能攻下虎头山，我们为啥不能拿下猪狼洼。集合集体力量，把猪狼洼整架山连片开发成生地，再设法找到猪狼泉，扩宽流水沟，把平缓地，也都改造成梯田，这样，山坡变粮地，山坳变粮田。为了这个粮仓，可以动员大家，人人当愚公，家家去移山……"

杨疯子说："没那么容易，《愚公移山》那是寓言，别说挖山，把树砍完，清干净就难。"

堂爷说："难的是清树，不难的也是清树。队里只需出面，明天给社员说说，啥问题都解决了。以家为单位，分片包林，谁家砍的林子，林地所有的树木都归谁家支配。能做盖房用的大树送给他盖房，能烧炭的交给集体，顶工分作价算钱，花梨树各家做耳架子，收了木耳交集体，也抵工分算钱。这样，谁砍的山多，谁就得的实惠多，这山就不愁砍了。"

田鸡书记站起身，围着磨盘转转停停，停停走走，琢磨来，问过去，最后胳膊一挥："就这么定了，堂爷多准备点猪卵子阳荷，杨疯子拿酒出烟，包糯米去掰嫩玉米，抓几只石蛙，有鱼娃娃更好。上午到俊巧儿家，跟李特判商量，学大寨，进军虎头山……不，猪狼洼。"

九九重阳，金色的太阳，照在猪狼洼高高低低的树枝上，一片波澜起伏的辉煌。密林中，到处是砍山放树的吆喝声，青山倒啰——青山倒啰！嘎吱吱——哗啦啦啦啦——"轰"！一棵大树倒下，压断一片小树。斧头、锯子和吆喝声，此起彼伏，一片片树木倒下去，在原林中开辟出一片又一片天窗，天窗下，是人们忙碌的身影。人们忙来忙去，把天窗连在一起，连成一堆堆青山垛，整个猪狼洼变成了地上的青天。

杨疯子和许大棒槌分东西两路，围着山梁砍出一条宽宽的跑火道，为放荒山、断火路扫清障碍。

放荒啰！放荒啰！开光烧荒，粮油满仓。一起来点火呀，人齐火势大。火越旺，地越发；火不行，火焰神斗不过山地神。

村民们在杨疯子带领下念着点火号子，随着噼噼啪啪的火苗子，一跳一蹦地喊叫着。火光中，树枝树棍呼呼飞上半空，翻几个跟头，又匆匆忙忙冲下来，点燃千千万万个更大的火把，把更多更大的树木送上天去。一只只山雀子扑棱棱来回飞蹿，一股股滚滚浓烟搅和在一起，卷成一床巨大的黑棉被，把红红的太阳一点点地裹起来，越裹越严实，一时间，地红了，天黑了，人乐了。

男男女女都躲进跑火道，谈火势，说木料，想收成……

烟散火尽。青枝绿叶变成了黑灰，无用的杂树烧成了黑棍。人们扛着挖镢，高高兴兴地走进猪狼洼，脚下是肥油油的黑土，心里是红红火火的日子。

雷盈春和几个老农围着杨疯子说："趁天气好，赶紧把地挖出来，种上麦子，明年就不愁火烧馍吃了。"

许大棒槌说："这大架山，光用人挖够呛，平缓地还是用牛犁省力。"

杨疯子说："是的，平地不少，用牛。告诉堂爷，抓紧把黑牯牛骟了，还有几条尖子都一起骟①了，尖子骟了拉犁才有劲。"

这时，半山腰洼里传来一连串喊叫："爹，爹。找到了，猪狼泉，好大呀……"

杨疯子看见儿子红嘴张飞似的狂飞过来，吼道："你不在墓地照料，又到处乱跑。"

杨红嘴上气不接下气地指着山上说："那岩壳里，有个大洞，好大的水呀，哗啦啦地流，都从洞里流走了，渗过来一小股，流下来了。"

---

① 骟：阉、砸。

包糯米提醒道："队长，你忘了？梯田。找到猪狼泉，有水就好改田呀。"

社员们一窝蜂地往猪狼泉飞去。

十八

窑匠牵着黑牯牛在踩泥，围着窑场一大堆黄土转圈圈，含了浆的泥土黏劲大，吸得牛蹄子咕哧咕哧闷响，转几圈下来，窑匠和黑牯牛都大喘气，拔腿抬脚也都明显吃力。

堂爷和拐枣李坐在窝棚边抽烟。拐枣李心疼他的黑牯牛，说："踩泥吃亏，蓄着点，日子长呢。"

窑匠喝停黑牯牛，从窑棚抓一把稻草，说："老伙计了，晓得它啥时候该吃，多会儿该歇。别看它不是人，可比人管用，舍得卖力，我的左膀右臂哦，不会亏待的。"

堂爷说："今天歇了。牵出来，多喂点草，加些豆料，先补一下。"

拐枣李问："真骟呀？像大小伙子，正传种呢。"

堂爷答："没法，等着犁生地拉梯田，队长需要它长劲呀。"

村里近几年想盖房的多了，窑匠从开窑烧瓦，黑牯牛就开始跟着他踩泥，从小牛犊子踩成了大牯牛。窑匠不忍心，说："跟动大刑样，太惨，还不如动一刀。"

黑牯牛正在嚼草的嘴停住了，然后打了一个长长的响鼻，接着，几滴浑黄的泪水从眼角滚落下来。

骟牛场设在土地庙和花梨树中间。

黑牸牛嘴上套着笼头，双眼被一块厚厚的黑布紧紧蒙着，像犯人样被五花大绑在花梨树上，两根碗口粗的长木扛子，一根连着两条牛腿，横绑着两截短棍子，把大牛蹄子和粗杠子撑开，固定得一点儿也不能动弹。牛肚子下面的地上，放着一个大原木凳子，圆滚滚的大牛卵子被搁在凳子上，许大棒槌和几个青壮年死死地抱着两根杠子。杨疯子提着结实的大木槌，堂爷手上捏着牛卵子，嘴里喊着号子，指挥杨疯子照着牛卵子一下一下地捶：

　　大木槌呀，捶牛卵啰，捶尽卵气长力气哟。
　　母牛一大群呀，牛崽一窝窝，好事风光过呀，安
心干农活……

"哞——""哞——"杨疯子木槌砸一槌，黑牸牛就惨叫一声。

堂爷摸一把卵蛋子，接着喊："大木槌呀，捶牛卵啰……"

黑牸牛叫累了，也可能是痛晕了，鼻孔里只剩下喘息，身子和四肢再也无力挣扎。拐枣李靠近牸牛，蹲下身，摸着一起一伏的牛肚子，说："老伙计呀，遭这大罪，都是这卵子害的，想开点哦，母牛生崽不也是遭罪呀。"

窑匠拉起拐枣李，说："对牛弹琴，说这些它听得懂呀。吃亏在卵子上，没错，你那腿咋残的？不也是卵子害的。"

堂爷说："安慰两句，行了。歇一下还要再捶，六根不净，可就麻烦了。"

窑匠抱着牛头，一巴掌一巴掌拍打着它，说："疼伤心了吧？小伙计。让我看看流泪没有，来，给你擦擦，看这眼睛红的，那是泪，看这，这是血呀。"

堂爷大吼一声："想死呀！不能揭开，快盖住。"

已经晚了，窑匠把黑牯牛的蒙眼布全揭开了。花梨树上，人们挂着驱邪和祈福的红布条，随风摇摆，摇得满树通红，也涨红了黑牯牛的双眼，更刺痛了那失去知觉的麻木神经。顿时，黑牯牛爆发出一声愤怒的嚎叫：

"哞忙——"

巨大的气流，几乎要冲破嘴上的笼头，听着让人揪心胆寒。

窑匠吓得双手颤抖，扑上整个身子，好不容易才重新把牛眼蒙住。

堂爷忧心地说："窑匠，你闯祸了。骟牛时，牛眼见不得光，见啥日后顶啥，所以不骟完就不能打开眼罩，让它看见记住了，会寻仇的……"

骟完黑牯牛，还有七八条尖子。

堂爷吩咐许大棒槌卸下木杠子，松开绳索，交代拐枣李把黑牯牛牵回去，关进牛棚，好吃好喝伺候，过一天一夜，不再痛了，把眼罩给它取下来。仍然关牛棚里，再过一天一夜，完全适应了，才能放出牛棚。

黑牯牛被骟以后，牛劲大增，性子也不像以前贪玩调皮了，就像一个突然间长大了、懂了事的孩子，不但踏实吃苦，还特别乖巧听话，只要一套上犁，弓起背，抻着脖子，闷头只顾拉犁，从不打佯黄。停下歇火时，就"哞——""哞——"地叫两声，大家听着，都觉得亲切可爱。

郑气望着枣花说："你家拐子真行，看把牛服侍的，要膘有膘，要劲有劲。"

艾枣花自豪地答："那倒是，莫看拐子种地不行，养牛可是行家高手，看把牯牛喂得，叫起来真好听，像唱歌样的。只要一听到哞哞的儿声叫，浑身都舒坦，累呀疼呀酸呀痒呀立马全没了。"

俊巧儿咻咻一乐："啥呀，你家拐子种集体地不行，种自留地多行呀，看把枣花你侍弄的，谁不花眼？说话也跟唱歌一样，比黑牯子唱得还舒心。"

枣花笑呵呵地说："咋的，眼气？看看俊巧儿，馋嘴了，明叫拐子去帮忙种种，让你也舒坦舒坦。"

许大棒槌和几个光棍汉抢着讨好巧儿，说："我们这俊的巧儿，眼气谁也眼气不到她家拐子呀，就那三条腿，一点儿不利索，是吧？巧儿。凭眼前我们这一身一身的功夫，保管叫你俊巧儿更巧更俊，花儿开得比枣花还美，还耐看。"

一地的男男女女，停下挖镢，笑得炸翻了天。俊巧儿羞红着脸，看到一个个乐得脸红脖子粗，拿自己开心，半真半假地喊："队长，看他们疯成这样，你也不管管。业香排长，队长不管你来管，叫民兵把他们都关牛棚里去，看他们叫。"

枣花说："说得轻巧，她一个没出门的大娴子，管得了你的自留地？"

郑气也说："是呀，队长管得住吗？不是我看得紧，只怕连他自己早都跑人家自留地去了哦。"

雷业香看闹了半天，巧儿一张嘴，哪抵得住众多张嘴。就岔开话题，说："队长，挖生地太累人了，大家都闷着，更累，得想个法子轻松轻松，缓解一下。"

杨疯子答："咋放松？俊巧儿要人种地还不够？非得像枣花那样，才够味嘛。"杨疯子一句话，牵带了两个女人，笑得个个像癞蛤蟆打哈哈。笑完了，有人提议能不能唱唱歌？杨疯子说："也行，唱歌不光解闷还能提神，一人唱大家听，不耽误工夫。业香，你来一首，欢迎排长给我们献歌啰！"

业香说："跟堂爷才学了几首，现买现卖，唱不好别怪。我先唱一首《跟哥干活不觉累》，试试咋样？"说着，就唱了起来：

> 种地不跟哥一堆，做活总是感到累，
> 跟哥一起来干活，轻轻松松真快乐……

业香刚起头唱了几句，大家都兴奋地昂起头来，喊："听你唱歌好快活，再来一首。《天天为你来挖地》，我们要挖地。"

业香唱完《跟哥干活不觉累》，接着就唱挖地歌：

远看妹子在挖地，爬山越岭跑过去。你把挖镬交给我，天天为你来挖地……

歌声惊动了洼里犁梯田的雷盈春和黑牯牛，黑牯牛昂起头，对着山坡"哞——""哞——"叫了几声。

雷盈春用手捧成喇叭，冲山上喊："香排长，唱曲我们老年人听的，好不好？《背篓歌》——"

业香回答说："好的，送你一首大男人的歌。"

哎，老汉我六十多（哟嗬嘿），我爱唱歌（哟哈哈哈——），老汉我六十多哟（嘿的哟嗬咦哟嘿嘿）爱唱（哟的）歌（哟），我小小（的那个）背篓里歌儿（唷）多。旧社会我背的是三座（哟）山（哪），新社会我背的是幸（哟）幸福果，老汉我越背（嘿）我越背（嘿）我越背越快活。想起当年搞建设（哟），我背起背篓上山坡，脚步（那个）快来腰杆子硬（哪），八十斤的石头背两个，垒起梯田（哎嘿嗬嘿哟）层层接云朵（哟）。（那个）接云朵。背起背篓唱起歌（哟），老汉我越唱歌越多，一步一个新起点（哪），一步一个胜利歌，背来社会主义新山河（哟）。哎……

"好，好……"山洼里雷盈春高声喝彩，山上许大棒槌带头鼓起掌来。拍完巴掌，许大棒槌说："好是好，可不尽兴，要整套锣鼓就好了，打着唱着吆喝着，那才带劲。"

杨疯子用挖镢把撑着下巴，沉默不语，也像是在考虑能不能整锣鼓。

男女老少都觉得劳动中有歌锣鼓助威，能提神鼓劲，纷纷支持许大棒槌的提议，要求杨疯子拍板。

许大棒槌见大家兴趣都高，情绪更加激动，接着说："磨刀不误砍柴工，火烧赤壁借东风。古时候打大胜仗靠啥？擂战鼓，李显的唐将班子靠啥？薅草，锣鼓。我们把锣鼓歌师，堂爷请出来，来它个歌声催，战鼓擂，看看男男女女谁怕谁。"

……

秋末初冬的晨风，吹动着一团团棉花雾，一时缠绕着飞上山顶，一会儿又跳跃着涌进山洼。社员们从雾中陆续走来，刚进山洼，就听见"嘡嘡锵锵"的锣鼓声，大约一袋烟的工夫，堂爷放了几声叫口，亮了亮嗓子，唱道：

> 早晨来时（哎是）雾沉（哎）沉（啊），（是）只听见锣鼓（哎）（是）不见（哎）人（哪），双手（的也哎）拨开云和（哟）雾（哎），一阵（哎）锣鼓（呀）一层人（哎）（哪嗬咿呀哎）。

他们轻快地敲打着锣鼓。村民们迈着轻快的脚步，有说有笑地一路往生地走，一边听着锣鼓歌：

山歌本为农人编／神农问世传到今／山歌散到天上去／空中飘起五彩云／山歌散到高山顶／满坡树木绿莹莹／山歌散到河坝里／河塘鲤鱼跳农门／山歌散到茶山去／茶叶格外香喷喷／山歌散到田坂里／五谷长得更丰盛／山歌好比春天风／吹进人心生了根／喜怒哀乐装不尽／山歌农根海样深。

　　堂爷的歌声，磁石般把村民们吸进了生地，也深深地吸引着他们对劳动的热爱及对未来美好生活的向往和期待——

　　　泥巴腿子爱唱歌，唱得泥巴好快活。
　　　唱得山雀喳喳叫，唱得社员脚跟脚。
　　　唱得百花开满山，唱得太阳永不落。
　　　唱得谷子穗挨穗，唱得麦子装满箩。
　　　唱得梯田层层高，唱得石头滚下坡。
　　　唱得草屋变瓦房，唱得穷洼变富窝。

　　堂爷和红嘴站在高处，离挖地社员保持着一段距离。社员们一字排开，听着锣鼓歌，瞄住堂爷站的地方，哼哧哼哧地往前赶，谁先挖到地方谁先歇火，等大伙都到地方了，堂爷和红嘴又选一高处站着，开始下一个回合。

　　歌锣鼓一直盯着大队人马在唱，冷落了山下犁田的，山顶烧炭的和山边排耳杆子的人。堂爷就插空唱了两首《朵朵黑耳朵》和《扬鞭哟嘞嘞》。黄富贵从窑洞里钻出来，喊道："烧炭窑是最苦的活，堂爷，听歌你可不能少了我。"

堂爷就专门为黄富贵唱了一曲《我在深山烧银炭》：

> 我在深山烧银炭，截根粗树劈两半，砍个茬子来划开，狗熊骑到树上玩，楔子掉了夹熊卵，痛得狗熊直叫唤……

歌声刚停，郑气在山上笑开了："黄富贵，可要小心哦，堂爷的大木槌，捶了山上的大棒槌，就轮到捶你了。"

黄富贵和许大棒槌一样，都是一条光棍，自然成了嫂子们开心的笑料。笑着笑着，堂爷突然想起来，忙了半上午了，竟忘了歇火，便又唱了一曲《歇火歌》：

> 唱了一段唐朝戏，击鼓两手打得痛。
> 又唱了一段宋朝文，站得我二人两腿酸，
> 这一阵锣鼓打得紧，打鼓敲锣腰也痛。
> 大家累得汗淋淋，喉干口燥唱不出声，
> 敲锣震得两耳响，住下锣鼓吃烟歇精神。

听到《歇火歌》，大家不等队长发话，纷纷放下挖镬，坐到镬把上休息起来。男人们打火抽烟，女人们从腰间抽出针线，呼哧呼哧纳鞋底，有些手脚勤快的，便插空四处收拾柴火，捆

绑了收工带回家烧饭。

两袋烟的工夫过去了，堂爷站起身，唱道："歇罢火来站起身，莫把黄土当板凳。如今不是闲时节，倒插杨柳也生根。"唱罢，和红嘴拿起锣鼓一阵猛敲猛打，催促大伙下地复工。

"队长，杨队长。八敢，八敢红，带兵串……串联来了。"山脚下一阵呼喊，紧跟着，一瘸一拐地晃出了拐枣李的身影。

杨疯子听书记说过，这两天八敢红要带人来雷村，没想到说来就来了，赶忙问："要我回去？是书记叫的吗？"

拐枣李喘着粗气回答："不，不是。叫红嘴。"

杨疯子见不是喊自己回去，又听到拐枣李叫儿子，火冒三丈。

堂爷接过红嘴手上的铜锣，嘱咐道："打锣鼓唱歌的事，莫说哦，破'四旧'呢。问到包糯米更不能说，啥都不晓得，右派够惨的了。"

杨红嘴点点头，向山下跑去。杨疯子看着儿子的背影，有些放心不下，说："找一个娃子，做得了个啥？雷排长，你也去，人家是客人，帮着照护点。"

看着业香快撵上红嘴，已下到山脚。杨疯子又吩咐俊巧儿："你也回去，先做个准备，怕是会在队里吃饭。"

俊巧儿有些不情愿地说："又没喊我，我去做饭呀？就是做，也没那么多粮食。"

杨疯子提高嗓门说："只是叫你先准备。不做饭更好，就给业香她们搭个帮手，真要做，队里给你粮食。"

八敢他们都和雷业香年龄差不多，看到红嘴的古怪形象，和那小大人的神气，个个笑得前仰后合。

业香热情地介绍说："他叫杨桂树，从小上嘴唇有颗红胎记，后来，摇发动机时，不小心又伤了下嘴唇，留下了黑疤，包糯米叫他看开点，要习以为常。"

八敢理解地点点头。

原来，八敢是县一中的学生，和雷子顺同乡，雷家埝子人。爹妈一连赶着生了八个丫头，就给她取名雷八赶，那年，雷子顺的老首长来到雷家埝子找人，听说她学习特别用功，从小像个小子，学小八路特别像，成天拿根竹竿子，当红缨枪。追着小伙伴满院子跑，赶得鸡飞狗跳，没有不敢干、干不成的事。就把八赶的赶字改成勇敢的敢，意思是肯学敢干、能成大事。

八敢说："这次到你们雷村来破'四旧'……"

杨红嘴带路，业香和八敢红们唱着歌，浩浩荡荡地前进。嘹亮的歌声飞进猪狼洼，回荡在社员的心中。

"哞——哞——"黑牯牛突如其来的吼叫，把歌声淹没了。

正在犁地的雷盈春和黑牯牛远远地听见歌声传来，响遍山洼。黑牯牛突然莫名其妙地疯狂发怒，猛抖身子强甩脊梁，眨眼就挣脱了套犁的缰绳，撒开四只蹄子，怒吼着，朝八敢红狂奔而去。

黑牯牛跑成了一道风景。八敢红受到感染，激情澎湃地连鼓动带喊："勇士们，歌声再放大些。你们看看，连牛都感动了，迎接我们来了。"

他们沉浸在狂热的兴奋中，根本没想到危险正在逼近。

从山上下来的俊巧儿听到牛叫，又看见有一队戴着红袖箍的学生，正迎着黑牯牛走来。

雷业香有些紧张地劝说："稀客呀，贵客们，山里牯牛没见过大阵势，好像被惊吓到了，你们都小心点，千万莫伤到了。"

俊巧儿害怕黑牯牛闯下大祸，苦苦哀求地喊："红嘴，快上山哪，往我这儿跑。香排长，叫她们把红袖子都甩了，快甩吧，黑牯牛见红就发疯，凶飙。发毛的牲畜一根筋哪，牯子红眼了，分不清好歹人。"

黑牯牛已经冲过来了。业香把红袖标朝牛头甩了过去，黑牯牛头一摆两摆，没有看到红旗，哞哞着原地转了一圈，吓得学生们一个个乱跑。只见牯牛偏着头，左一角，右一角，挑起地上的红袖子，狠命地摆头。摆着摆着，看见了正往山上跑的红旗，"哞"一声长吼，朝着杨红嘴嗵嗵嗵直奔，溅得身后一路尘烟四起，两只牛角上的红袖箍，像一团团火焰，随着尘烟翻滚。

俊巧儿没命地喊："快跑，嘴，快，上树。"

杨红嘴害怕了，没命地跑，跑到岩边一棵青冈栎树前，爬了上去。黑牯牛追到树下，挺起坚硬的牛头牛角，对着树干哼哼哼一下下地猛抵。树枝树叶纷纷下落，树干摇摆着，眼看支撑不了多久，树上的红嘴吓得要死，扯着哭腔，绝望地喊："巧姨，姨。红兜兜，黑尾巴……"

俊巧儿灵机一动，学着黑牯牛"哞——哞——哞——"连声大叫，一边叫着一边脱掉了身上的褂子，露出胸前红艳艳的兜兜，直往岩边跑。

黑牯牛寻着叫声，追着红红的巧儿跑到了岩边。这时，巧儿飞身一跳，黑牯牛紧跟着腾起蹄子，追着冲了下去。

业香和八敢红及学生们，眼前陡地红光一闪，跟着黑影一晃，人和牛都没了踪影，只听见岩边树上的杨红嘴一声声哭喊："姨，巧儿，姨……"

杨红嘴从树上下来，冲业香和八敢喊："我找巧儿去了。"

俊巧儿是从岩中间一道洪水槽跳下去的。红嘴在这里看了半天，槽沟好长，又陡又滑，走是下不去的。他坐下来，身子向后一仰，顺着沟直溜溜地往下滑走，眼睛在沟两边瞄来瞄去，遇着弯坎阻挡，就停下寻找。终于，在一块大石头旁边，听见了黑牯牛的喘气声，可是只见牛没有俊巧儿，他爬过去恶狠狠地踢了两脚，又继续下滑。滑着滑着，在一截树桩上，他眼睛一亮，看见了俊巧儿的红兜兜，剐破了一半的红兜兜被树桩缠着，他想俊巧姨肯定就在下面，就放声大喊，希望能听到回答，可回答他的只有回音。

滑过陡峭的山岩，在槽沟拐弯的地方，有一块小平地，俊巧儿一动不动地躺在那里，失去了知觉。杨红嘴高兴坏了，连跑带爬地过去，抱着俊巧儿呼喊，没有回答，摸摸鼻子，有丝丝气息出来，哭着笑了起来，摇着喊："俊姨，你还活着，没死，活着哦。"

俊巧儿被摇晃过来了，轻轻"哼"了一声。红嘴手上一热，感到巧儿光着半个身子，赶紧脱下褂子，往巧儿身上穿，穿了一半，却发现巧儿左胳膊不听使唤，从倒拐子处生生断成了两截，仅剩一张皮连着。

红嘴吃力地背起俊巧儿，一路哭着嘟囔着："姨，你太好了。姨，你是对我最好的人，从不嫌弃我……也不耻笑我……以后，我就是你的胳膊，护着你的尾巴，谁都不许动……"

"快放下来。傻小子，我是狐狸尾巴，不用人护。"俊巧儿被红嘴的嘟囔声唤醒了。

……

拐枣李在雷盈春等人的搀扶下，来到洪水槽的半山腰，他要看老伙计最后一眼，亲自送黑牯牛上路。

在石头旁，拐枣李趴在黑牯牛的身边，他没有听到习惯的"哞哞"声，也没看到那亲切的咕吱咕吱的倒嚼。一身的牛虻扒着牛皮吸血，也不见牯子尾巴来来去去地刷。他脱下上衣，帮着黑牯牛刷跑了牛虻，然后，用手摸着它皮开肉绽的脊背，说："痛吧，我晓得你内伤更痛。平日里，我用鞭子撩撩，你就哞哞叫，你再叫几声我听听呀，叫一声也行哦。"

黑牯牛眼角滚出了几滴浊黄的泪水。拐枣李摸摸牛鼻子，没干，塞一把草，喂不进嘴，扒开牛眼睛看看，通红。

拐枣李眼睛红了，鼻子跟着一酸，也滚出几滴痛心的泪珠，唠叨着说："你是舍不得走吧，老伙计。眼看生地梯田丰收了，好日子来了，该享享福哦，你出力最大，吃苦最多。家家要盖新房，窑匠还等你，盼着你踩泥烧瓦呀，你咋能说走就走哦？"

雷盈春自责地劝道："老拐，都怪我呀，是我没有拦住。我要拦住了，就不会出这档子事。"

拐枣李说："这也是它的命数。都说好人命不长，好牛咋也命不长呢？早晓得你的大限不长，就不该让你去挨那几槌子，也好留个囫囵身子。"

黑牯牛那槌骟过的卵子弹了一下，一股气，鼓鼓地从胯间沿着肚子向上，直通往口腔和鼻孔，最后变成一股微微热的气息，丝丝缕缕扑出来，喷在拐枣李的脸和手上。同时，强睁了两下眼睛，却始终没能撑开眼皮，就那样，绝望地朝着拐枣李的方向，挤出两滴不屈的红泪，随着歪下去的脑袋，躺在了安静的地上。

拐枣李轻轻地抚摩着黑牯牛，来来回回地摸着，念叨着："老黑呀，你走好哦。再莫跑那快，拼死命地奔哪，奔，路上危险，遇到沟沟坎坎，一闪失，就没命了……"

雷盈春见拐枣李太伤心了，晓得他把牛早不当牛，完全是当作人看了。他一个残疾人，黑牯牛从来不给他招惹麻烦，更没添过乱子，处处护着他。刮风下雨，遇到爬坡过坎，还自动趴下身子，驮着他走，莫说是头牛，就算是亲人，又能做到哪样呢？雷盈春细心地劝着安慰他："拐子兄弟，牛死不能复生，可活着的人还要过生活呀。牯子对你亲，你对它也好，再好再亲，像人一样，早晚总有分离的时候。你要离不得，就从它的后代中，挑一个小黑牯子，养好了，不就跟老牯子一样……"

拐枣李说："我要把黑子埋在这里，求你帮我个忙，搭把手。"

雷盈春说:"那咋行呢,杨疯子催了好几遍了,叫快抬下山。你也不想想,全村的人都巴望着吃肉喝汤呀,好牛不敢动,摔死的牛,谁肯放过?你惹得起犯众怒哇!"

许大棒槌带着人,拿着绳子扛子,要强行抬牛下山。

拐枣李见状,一身子趴在牯子背上,横着眼睛说:"要抬黑子下山,得答应我个说法。没得说法,想动?除非你们把我也弄死在这山上。"

许大棒槌说:"啥说法?你说。"

拐枣李说:"把黑子抬回去,要放到大花梨树下。黑子是凶死,凶死勾魂,不能回牛棚院子,让其他的牛望见了。"

许大棒槌说:"这说法我都能答应你,不需要等疯子发话。"

拐枣李又说:"还有一个,必须要队长亲口给个说法。黑子为队上做了那么多事,队上的人不能忘恩负义,要给黑子打代思,送行。"

许大棒槌眼睛瞪得像牛卵子,惊讶地说:"疯子吧,你想,像给人料理后事一样,料理黑子?"

拐枣李肯定地点点头。

来抬牛的人都说:"你说胡话吧,谁听说过给牲畜打代思的。再说了,又不装棺材下葬,打哪门子代思,咋打?谁打?你打呀!"

……

杨疯子出乎人们的意料,同意了拐枣李的要求,不过明确告知，队里一概不掺和，所有费用拐枣李家出。大家都猜想，杨疯子这么爽快地答应，主要是为了安抚人心，平息拐子对红嘴打红旗激怒黑子的怨气，也是想用牛肉解解馋，堵住大伙的嘴。

艾枣花理解丈夫的想法，却不乐意那样去做，劝道："你要给牛打代思，求人又欠人情，耽误工夫不说，还要花钱……"

拐枣李说："女人见识。我给黑子打代思为啥？图个心安，占个理得，牲畜也是一条命哪。让人看看，好牛也有好报。这世道，牲畜都跟着恶人学坏了。缺善良，少良心。"

艾枣花劝不住丈夫，就张罗着，一起忙碌黑子的丧事。夫妻二人来到大岩屋，好歹说服了堂爷，同意出场为黑子闹夜。不过堂爷提出："无棺不绕场，只能是坐着唱。坐唱是坐唱，可锣鼓不能少哇，锣鼓手怕更难得找到。为啥？是给牛打代思，好说不好听，恐怕日后倒了牌子。"

包糯米看着堂爷和拐枣李夫妻愁眉苦脸，想了想说："不就是敲锣打鼓吗？看这样行不行，黑子生前没少帮窑匠干活，请他打鼓，我来敲锣，只要能闹出个响动，不会冷场就行了呗，主角还是听堂爷你唱。黑子在天有知，是歌王堂爷出场，亲自守夜歌唱，也算没枉为雷村的赫赫头牛一场。"

黑牯牛静静地躺在土地庙和花梨树之间。牛角上挂着红袖箍，牛头前摆着一捆稻草，嘴边，放着一盆黄豆掺玉米磨出的精饲料，瓦盆里，燃烧着火红的草纸，三根天香冒着丝丝青烟，一套擦得干干净净的犁具，陪伴在脊背旁边。

天刚擦黑，村民们吃完饭都赶过来了。黑牯牛人缘好，小娃子们陪着热闹玩耍惯了，大人们多是同情惋惜，老年人少不了添炷香烧几张纸，惺惺相惜地叨叨："黑子也算风光了，人走了，也不过这样，恐怕还不如哦……"

　　"咚咚镪，咚咚镪，叮叮咚咚叮咚呛……"包糯米和窑匠三通锣鼓过后，堂爷扬起牛角叫口，放了三声。然后说："为牛打代思不好唱，听我献上《百虫来吊丧》——"

　　　六月里热天气树绿花红，谷出穗豆搭篷玉米吐缨。
　　　灰蚂蚱在草堂身得重病，口不张头不抬脚似硬钉。
　　　芙蓉国请来了斑鸠先生，先生说病情重吃药不灵。
　　　正说着灰蚂蚱蹬脚咽气，苍老婆哭皇天动了悲声。
　　　小蚂蚱跑得快四路送信，惊动了满坡的亲友邻朋。
　　　草鞋爬平地里搭起灵床，小蜘蛛吐白丝扯上天篷。
　　　黄蝎子青蛐蛐两边护卫，卷叶虫萤火虫烧纸点灯。
　　　冰蚂蚱拄哀杖指路送汤，苍螂角带大头哭得伤情。
　　　小槐虫哭一声树头上吊！土鳖子哭二声钻入土层。
　　　红绳子哭三声如同酒醉，黑知了哭四声两眼发青。
　　　小跳蚤哭五声双脚齐蹦，大臭虫哭六声浑身通红。
　　　潮虫子哭七声滚成一团，铁蚂蚁哭八声抓地成坑。
　　　瞎蟑子哭九声晕头转向，胡胡游哭十声不辨东西。
　　　有土蚕哭出声暗暗抽泣，大黄蜂闷声哭嗡嗡不停。
　　　那一些花盖虫不肯穿孝，线花虫贪恋好不去守灵。

蝎虎子心狠毒冷眼旁观，小蛇虫哼哼哼劝它不听。

闲螳螂哆嗦蜂两眼哭肿，哭坏了花丛中蝴蝶蜜蜂。

有豆虫和芹苗也去吊孝，走不动急得它使劲咕容。

叫蝈子土蛰子都来帮忙，蚕留麻鸭子都给它跑青。

拴拴牛小蝼猴跑里跑外，看家狗和寒蛰早晚打更。

屎壳郎推小车办来供品，山草驴推麦面不肯消停。

饭苍蝇厨屋里刷锅洗碗，懒叮当当馒头累得不轻。

放牛小地蝼蛄双双出门，去请那秃驴子前来念经。

屎壳郎和青蛙它不怠慢，致祷语念佛经守在经棚。

有两个念的是苦功悟道，有四个念的是救难寻生。

有六个念的是升天宝卷，有八个念的是五字真经。

吃书虫知文理来管礼柜，磕头虫来吊孝拜个不停。

小蛐蟮细查防四处打探，请来了埋葬虫地理先生。

苍老鼠尿巴牛前去破土，有土蛛和纷蛛挖好坟坑。

小蝼蛄地皮子架起土遁，请来了老匠人棺材做成。

撒拉虫唿唿地解开木板，呱嗒虫照上墨把线放平。

小蜡虫急忙忙开印合缝，有螳螂来监工花棺做成。

赤老婆黑母婆前来入殓，有蜗牛掩棺口动了哭声。

铁筛虫卷上前寿钉按下，有长虫盘上去扎上麻绳。

长尾巴小蛋溜前头领路，众蚂蚁一声号抬起尸灵。

花脚蚊排长队吹吹打打，绿豆蝇在灵前闹闹嗡嗡。

小飞蝗它忙把纸盆摔碎，一时间众亲眷大放哭声。

红娘子哭太爷走得太早，春媳妇叹公公命短寿轻。

苍老婆哭老天杀夫太狠，蜈蚣劝命如此莫怨苍生。

有寿官是门婿林上送殓，干闺女钩蜂蛾泣不成声。

大老角只哭得浑身发绿，登倒山只哭得两眼通红。

山蹦子只哭得腾空而起，草上溜只哭得昏倒草丛。

过冬寒只哭得冷热不分，秃蚂蚱只哭得翅膀难伸。

只哭得天昏昏日光暗淡，只哭得地茫茫百虫伤情。

临下葬放屁虫三声大炮，到秋后严霜打一样皆同。

天已经大亮了，堂爷还在声声吟唱。拐枣李商定的是，从天黑到太阳出山，连唱三夜。

还没等堂爷停唱，杨疯子和一群准备出工的社员来了，大家嚷嚷着，这等好晴天，黑牤子会停臭的，得抓紧处理。

杨疯子拍拍拐枣李说："堂爷辛苦了一夜，你也尽心了，适可而止吧，一夜够了。"

艾枣花赶来，扯着拐枣李胳膊说："听队长的话，黑子不会怪你的。咋说也是集体的牛，你闹过分了，让李特判晓得，还不知道又弄出啥事来。再挨顿批斗，值吗？"

拐枣李被艾枣花强行扯走了。刚走了几步，拐枣李回头，喊："皮和骨头都是我的。"

又走了几步，猛地又转头跑回来，摸摸两只挂着红袖章的牛角说："堂爷，这牤牛角给你了，拿去做两个好叫口，只当黑子还在世上。"说完，转身踉跄着往牛棚跑去。

杨疯子领着大家把黑牤子处理了，大队部门口架起一口大锅，牛骨头在里面咕嘟咕嘟翻着气泡。肉都分了，家家户户飘着牛肉香，热闹得跟过年似的。

艾枣花把领回来的牛肉藏了起来。看着邻居端碗提盒去领骨头汤，枣花馋得喉咙发痒，却不敢出门，陪着拐枣李，待在屋里唉声叹气。

后来，队长派人把牛骨头抬来了，来人对拐枣李说："骨头送给你，牛皮归集体了，留在队里。"

拐枣李扛起挖镢，要把牛骨头埋了。艾枣花有些不忍心，抱怨说："这多骨头，卖了能换不少油盐呢。白辛苦喂那些年，连口汤都没喝到。"

送牛骨头的人见拐枣李在骨头里翻拾，就说："找脑壳是吧？别找了，牛头不晓得被谁偷偷拿走了，队长正派人在查。"

"缺德。连一点人性都没有。"拐枣李气哼哼地出门，把牛骨头扛去埋了……

十九

这天晚半放学早，太阳还没下山，我兴冲冲地直往校门外跑。打算去找八敢红，听他们讲城里头的故事。

刚出校门，被业香一把拉住了胳膊，干脆地说："走，等你好半天了，跟我一块儿去。"

我挣脱胳膊，说："你咋晓得我要去找八敢他们？"

业香说："找八敢？谁说要去找他们了，我是邀你去找红嘴呀。"

我说："红嘴在俊巧儿家，我才不去呢，要去你自己去。"

郑气从业香身边闪出来，眼巴巴地望着我说："大侄子，快跟香排长跑一趟吧，算婶子求你了，帮帮忙，把我红嘴劝回来。"说着，喉咙哽哽的，眼眶也湿了。

业香耍狠带打蛮，生刻刻地拽着我的手："走不走？不是八敢让带上，我才懒得叫你跟着呢。给你说，不想去是吧？好，打今起，你别想再见到八敢，啥事也莫再找我。"

我看业香生气地走了，就说："婶子你回去，我们去找红嘴。"

郑气点点头，走了。边走边擦着眼泪，不停地扭头看我们。

看着郑气婶的背影，我和业香都有些凄惶。多要强的女人哪，争气争气，争来的是一生的气，两个大的天生残疾不说，小的又弄个黑红嘴出来，还处处惹事，一点都不消停。业香感慨地说："可怜天下父母心，红嘴要是魔怔了，叫气婶可咋活哦。"

正说着，遇到天问从许家洼下来，扛着一袋桃子。业香好奇地问："天问，你咋不上课，跑去摘桃子，是不是又逃学了？"

天问从袋子里拿出桃子，递给我和业香。然后说："不读了，读它没意思。"

我帮天问解释说："黑牯牛摔死了，不晓得谁传的白话，说是他爷雷盈春故意放黑子去抵的八敢红，是成心搞破坏。天问受不了同学们起哄说他，攻击他爷，又退学了。"

天问委屈地哭着说："业香姐，求你给八敢说说，带上我串联吧，我要离开雷家，跟他们一刀两断，再不扯瓜葛。"

业香说："想得轻巧，瓜连藤、藤牵瓜，断得开呀。红嘴这才离家几天？也就隔几道梗子，看把气婶急的，你要出走了，非出人命不可。"

我提起桃子，拉着天问一起去找红嘴。

红嘴扶着俊巧儿从屋里出来，走到猪圈边上，俊巧儿右手撸起衣裉子，红嘴伸手帮她解开裤腰带。我看着恶心，拉起天问转身要走，业香说："咋？你就那嫌巧儿，人家哪儿碍你了？"

我说："李特判总在她家吃喝，真讨厌。还让红嘴给她脱裤子，烦人。"

业香呵呵笑："吃醋了吧？工作队吃谁是大队安排的。人家胳膊断了，尿急，憋裤裆的呀？你们都没红嘴有爱心，学学吧。"

红嘴看见我们说着话走来，连忙帮巧儿提起裤子，招呼道："你们哪儿去呀，来坐一会儿。"

业香笑着搭话："巧姨伤咋样了？我们来看看。"

我把袋子放下，好心好意地说："来，尝尝，这是天问刚从山上专门摘的，新鲜桃子。"

红嘴看到桃子，提起扬权，朝天问吼叫："还嫌害得我不够，又拿桃子来祸害巧儿，问问这扬权，该不该打？"

天问吓得连滚带爬地跑了。

业香和我突然想起来，杨红嘴的黑嘴唇就是天问的桃子引起的。我们互相看看，心里有些愧疚，一时又不好提红嘴回家的事，就东扯西拉地在院子里闲逛起来。

俊巧儿张罗着留我们吃饭，开门见山地说："你们是为红嘴来的吧？有啥话，饭桌上说。"

红嘴和俊巧儿在厨房忙碌，我和业香从猪圈转到柴棚，闻到一股浓浓的牛肉香味，仔细一找，在稻草下发现了队里丢失的牛头骨，我心里一惊。业香假装没有看见，迅速把头盖骨重新盖好，拉起我，抱着柴火进了厨房。

饭桌上，俊巧儿亲得不得了，一只手，反复往我们碗里夹菜。业香一边吃一边夸："巧婶，我晓得为啥都馋你了，你的饭菜做得就是地道，怪不得工作队都喜欢来吃，连红嘴都吃得舍不得回家了。"

巧儿看了一眼红嘴，红着脸说："哪呀，你抬举我。我也劝他回家，可他心肠好，看我伤着胳膊，一个人不方便，硬要留下来帮忙。"

业香说："是不方便。这扯骨肉是红嘴帮炒的吧，真好吃，香。要没红嘴搭手，你一只手扯头骨肉，够呛。"

俊巧儿和红嘴都看着业香，同时"啊"了一声。

业香把话岔开，笑眯眯地说："我来是要告诉红嘴好消息的。你的行动感动了八敢红，八敢向李特判和田鸡书记推荐，说你是见义勇为的好少年，应该重用，除了保护烈士墓，还应该在大队里压压担子。"

红嘴马上说："机师，我就喜欢大队机械房，别的不稀罕。"

业香夸道："你跟大队想到一块儿了，田鸡也是这个意思，生地的粮食丰收了，机房打粮任务重。"业香停了一下，又说："还有一个好消息，八敢说接班人要培养，打算接下来带上我们俩，出去见识见识，开开眼界。"

红嘴抢着说："我不出去，巧儿姨伤着，现在要人照顾。"

业香夹一筷子牛扯骨肉，慢慢嚼着，说："你不去串联没啥，可也不能天天在巧婶这儿待着呀。那天破黑牤牛，牛头骨丢了……有人说，在大队部好像看见过你……外面对你们俩还有些闲话，我怕会影响你的前途。"

俊巧儿急了，说："业香，吃完饭，你把红嘴带走，我可不能害了他。"

业香严肃地望着俊巧儿，说："你把他害了事小，大不了不当机师，有啥？他把你害了可不得了，那就是罪人。罪人你懂吗？红嘴。"

红嘴真急了，跳起身子，蹬着脚叫："罪人？咋就是罪人了，我就不信。"

业香说："急啥，坐下听我讲……有人找李特判告状，告俊巧儿私开自留地，偷种粮食和菜，说那场大火就是从自留地引燃的，有人看见你们黑夜里，从山上下来。"

俊巧儿说："种那些东西，都是为了贴补工作队和大队干部吃喝用的。扑山火，我是有功劳的呀。"

业香说："较真起来，你想想，会有人出头为你撑腰吗？不反咬你一口，定你个腐蚀干部引诱少年罪就烧高香了。"

业香继续说："自留地只是一件事。还说你是小地主婆，腐蚀贫下中农子女，和红嘴串通一气。不光勾引人还勾引牛，晓得黑牯子见红发疯，自己事先准备好了红兜兜，把黑子激怒了，引下山岩摔死了。这是破坏集体财产，也是破坏农业学大寨，一上纲上线，少不了治罪吃牢饭。"

俊巧儿和红嘴被业香彻底说蔫了，都低搭个头，不知如何是好。

业香趁火打铁，缓和语气说："只要红嘴听话，事情就有转机。告状的人没有见到李特判，也算巧儿婶运气好，人被我劝回去了，红嘴赶快回家，这事就到此为止，说哪儿搁哪儿。"

红嘴为难地说："我回家了，巧儿姨一只手，上茅房咋办？切菜咋办？"

业香说："叫你回家，不是不让你再来照顾，一早一晚你照样可以来帮忙做饭，劈柴挑水，打杂啥的。只是不能没有节制，弄得像一家人两口子似的。你参妈是谁？也不是不通情达理的人。"

红嘴打断业香："莫说了，我晓得谁告的，没有事我妈做不出来。"

俊巧儿劝说："莫怪你妈，她也是为你好。我难为你了，也难为香子排长。"

业香说："红嘴，我理解，巧婶没你是真有难处，别的事一只手还能凑合，难就难在裤腰带上。"

我和红嘴都说："是呀，一只手咋系？也不能不系，来个人咋办。"

业香说："按理巧姨也是因救人受伤的，队长说了工分照记，每天半个工，所以就不安排人照顾。我要不是跟八敢出去，搬过来住一段，啥都解决了。"

俊巧儿说："那可不敢，这就劳烦你了。"

业香说："我想到个办法，等下吃完饭，我把裤腰带给你缝在裤腰上，带子头留长些，固定个活扣，一扯松开，一拉就紧了，这也是没办法的办法。其他的事，红嘴隔三岔五再帮帮你。"

我陪业香把红嘴送回了家。郑气婶一见到我们，千恩万谢了一番，然后，拉着红嘴上上下下摸，嘴里念着："儿哦，吓死妈了。吓死妈了哇，晓得不……"

院场里放满了一捆一捆的劈棒子柴，还有一捆捆松毛枝和花梨树尖子。我和业香都夸郑气婶嘹亮不说，又勤快又能干，这些柴火咋弄回来的。

郑气说："你们真会夸人呀，我要能有那个本事就好啰。这些柴都是五队六队上学娃子的，他们每天早晨挑下来存到这里，星期天到高枧去卖。心强呀，比红嘴懂事多了，人家爹妈都咋养的，争气。"

卖柴，是山里人换油盐钱的主要来源，也是想读书的学娃子学费和书杂费的指望。

此后，我也加入了星期天卖柴的队伍，天问不读书了，要求和我一起卖柴。我想他年龄小，挑不动几斤重，赚不到钱不说，还容易把人压垮了，说服他不卖柴，卖桃子。

早晨出发时，我们一个队一个院子里的学生一起，说说笑笑地挑着大小不等的柴捆子上路，走一段，就杵着打杵，支起扁担歇歇肩，走一段肩膀磨痛了，就又打杵歇肩。走到七八里，累不过了，就选个有水沟流水的地方，放下担子，坐到地上歇脚，用手捧水喝，有的直接把头扎到沟里，边喝边洗头擦脸。天问一直跟在我身后，两袋桃子不重，跑得不吃力，每当我们坐下来休息时，他就送桃子给我吃，其他人眼馋，天问不给，说去卖的。

奇娃子央求说："我买，你到城里还不是卖钱。"

其他学娃子都跟着说："我们买，只买一个，一人一个，你得现的，还不用挑了。"

天问就伸出手："拿钱来，一分一个。"

大家都没钱，要求赊账。我说："天问，给，柴卖了不就有钱了。"

我们走走歇歇，歇歇走走，走着走着，你队你湾和我湾我院的娃子，连成了一条挑柴的长龙，曲曲连连地沿着河边小路移动，前不见头，后难见尾。天问的桃子早卖光了，空着手，一蹦一跳地跟着我。

走出二十里百裕沟，又进入二十里高坝。我们确实累得受不住，走到挖断坎，再也不想动了，就坐在路边，等着买家，不管贵贱有人肯要就卖了。只有几个气力好的，为了卖好价钱，才把柴挑进城去。

我好说歹说，一担柴卖了三毛五分钱。第一次卖钱，心里高兴死了，拿舌头舔着食指，来来回回数了三遍。刚收拾完，听见天问喊叫着，正在和人打架，我跑过去把天问护在怀里。原来是为桃子钱，路上讲好价，天问坚持一分钱一个，同学们嫌贵，非要一分钱两个。我掰着指头算了算，一分钱两个，八十个能得四毛钱，比我赚得还多，就做主劝天问一分钱两个算了。

早晨我们迎着火红的太阳，挑着死沉死沉的担子，高高兴兴地出山卖柴，晚上我们卖完柴，一身轻飘飘的，空着手哼着歌，更加高兴地回家。没想到，走了没一会儿就不轻松了，脚痛得厉害，脚背脚脖子肿得老高，开始还能忍住，越走腿脚越僵越跛，不得不拄着扁担，一步一拐地向前，有些严重的简直成了螃蟹，横起身子磨着圈挪动。早半的长蛇阵，晚半变成了拐枣李的队伍，歪歪倒倒，跌跌撞撞地走进了漆黑的夜晚。

天黑了好久好久，我一头闯进家门，想给大人一个惊喜，哪晓得一摸荷包，空的。我脑袋一麻，肯定是数钱时被天问打架岔丢了，一句话没说，转身就跑。跑了好远，还听见我妈在后面追着喊："娃呀，回来，先回来吃饭……"

不知是怎么跑出山的，好像一步没跛，一会儿就来到了挖断坎。后来，爹妈是咋找到我的，又是怎么把我弄回家的，我醒来一点儿都不清楚。只听妈伤心地说："娃呀，为那几毛钱，你不要命哪。你命没了，我们还咋活哦。"

远路无轻担，卖柴不易。再后来，我有了经验，专挑看相好、柴质轻的松毛枝，进县城里卖，每次都能卖出好价钱。

我在西街刚卖完柴，正要走，业香不知从哪里突然冒了出来，喊道："走，跟我去办公室，开开眼。"

八敢的办公室设在县一中的学生宿舍。我们穿过一个大操场，围着一栋栋青砖黑瓦房，拐了好几道弯才走到。业香说："星期天，学生们都走了，你随便坐，要看书，都在桌子上，我去打饭。"

我说："莫破费了，不饿。"

业香眼睛一瞪："累一老天，啥不饿。不吃白不吃，免费的。"

我在心里暗暗下决心，一定要好好学习，考进县一中。

夜里，我和业香分别睡在一块白纱布罩着的学生床上，业香说那叫蚊帐，城里人防止蚊子咬的。我睡在蚊帐里，想起了堂爷讲的，城里蚊子和山里蚊子交朋友的故事：

山里蚊子和我们山里人一样，好客，热情。一群城里蚊子飞进山，迷了路，疯狂东奔西闯，不是被蜘蛛网网住腿，就是被酱缸的豆酱粘住翅膀，饿得半死不活，山里蚊子看见了，招呼说："城里的稀客，你们身子金贵，哪经得住这样折磨。"于是救出城里蚊子，然后带进农户，一家一家地招待。城里蚊子吃足了，打着嗝嗝嗝的饱嗝，说："你们山里人真厚道，太舍得了，看着我们吃喝，自己动都不动。"后来，山里蚊子和城里蚊子成了好朋友，就到城里串门。城里蚊子急了，大人小孩都在帐子里藏着，拿啥招待山里来的朋友呢？想了想，就热情地把客人带进了城隍庙，山里蚊子没见过世面，看见这么多大大小小花里胡哨的泥人，飞过去逮住泥人一个一个叮咬，可是忙活了一夜，肚子还是瘪的，就问主人："你们这城里人，咋都没皮没血呢？"

我问业香："你说山里和城里的蚊子能成好朋友吗？"

业香说："堂爷是讲山里人憨厚、老实，城里人聪明、狡猾。也是教我们不要做蚊子，更莫学蚊子靠吸别人的血生活。"

我问："那我们做啥学啥呀？"

业香答："学蜜蜂呀，蜜蜂勤劳，辛辛苦苦地采花，换来的是香甜的蜂蜜。蚊子让人讨厌，跑不掉挨打的下场，蜜蜂靠艰辛奋斗改变命运。"

我说："我相信你能改变命运，我也要改变。"

穿着业香送的绿军装，我满心欢喜地回到雷村，连家都没进，直接往俊巧儿家跑。本想给他们惊喜，到院子一看，连个影子都没有，院门紧闭着，人去哪里了呢？雷村白天是不关门的，我在门槛边坐下，等着他们，从县城回来，累了一路，也正好喘口气。

屋里有声音传来。我侧耳听听，好像是红嘴和俊巧儿在细声说话。

红嘴说："好想猪狼洼，屋里有耳子没？吃了你一回耳子，就再也忘不了了。"

俊巧儿唦唦笑："想吃？黑耳子烧光了，没有吃的。白木耳只有两坨，尝个鲜可以，过不了瘾。"

红嘴说:"黑耳子都给邓田鸡过瘾了,你当我不晓得吧。"

俊巧儿:"给田鸡子吃咋了?人家处处罩着我。"

红嘴说:"罩个屁,你扑火出力了吧,救八敢红做贡献了吧,命稀打会都丢了,他照顾你啥了?只会抱着你,胳膊断了,咋不来抱了?"

巧儿嘿嘿嘿笑了一大气,然后说:"你不在抱吗,人家咋抱?小屁蛋,毛都没长全,还学会吃醋了。人家又没招惹你。"

红嘴说:"我讨厌他,哇、哇地,像癞蛤蟆,吃天鹅肉。"

巧儿笑得上气不接下气,过了好一会儿,才说:"姨是天鹅肉呀。哦,不喜欢人家蛤蟆叫哇,那你是啥?叫个好听的,给我听听。"

红嘴说:"我是斑鸠,咕咕。咕、咕,咕咕咕咕。"

巧儿放肆地笑着说:"说你毛都没长全乎吧,像啥玩意,连点儿力气都没有。啥斑鸠,充其量也就是那田里的秧鸡子,扑腾不出几多水花来。"

红嘴赌气地叫道:"我才不是秧鸡子。是斑鸠,斑鸠,咕,咕,咕咕。咕咕咕,咕咕咕咕。"叫着叫着叫出了响动,越叫越急越欢,响动更加大。

俊巧儿认输了,喊道:"红嘴,我错了,你是斑鸠,猪狼洼的斑鸠,呱呱叫。斑鸠,你叫哇,叫。"

我怕红嘴耍性子,报复巧儿。往门缝里一望,巧儿没事人似的,红嘴躺在她身边,扑哧扑哧直喘粗气。

俊巧儿歪着头,问红嘴:"哎,斑鸠,你为啥对我这么好?"

红嘴说："你救过我的命，我差点儿命都没了。"

巧儿说："就这？还有呢？"

红嘴："还有就是你不嫌弃我，稀罕我，心疼我。"

巧儿："没有了？"

红嘴："还有。还有我不说了。"

巧儿："说，不说挠你痒痒。"

红嘴："你屁股跟胸脯子一样，白……"

过了很久很久，足足半顿饭的工夫，红嘴和俊巧儿好像都睡着了，一点儿声音都没有了。我肚子饿得直叫，也像斑鸠，咕咕咕地不断欠，实在忍不住了，就用手捂住嘴，学着红嘴，"咕咕""咕咕咕咕"地叫了几声。

俊巧儿说："红嘴，你起来，好像门外真有斑鸠，抓来熬汤，给你补补，辛苦了。"

我正准备起身，门从后面"吱呀"一声开了。来不及躲闪，我胳膊随着身子往后，一个仰八叉倒在大门里面。

红嘴也没想到门外有人，更没防顾是我靠在门上，吓得连着后退了几步，然后不好意思地伸出双手，笑着把我拉起来，扭头对床上的俊巧儿说："啥斑鸠哇，这才是只秧鸡子。说，又有啥事。"

我看看床上的俊巧儿，转身背朝里，面朝外，没好气地对红嘴说："没事就不许来了，你先帮她穿好，我再给你说。"

红嘴说："不碍事，她自己能提裤子，业香的法子就是顶用。"

我从袋子里拿出一顶军帽，扣到红嘴头上，说："给，八敢送你的绿帽子，叫包糯米看看，现在红与黑上又加了个颜色，是红绿黑了。"我故意把绿帽子的"绿"字说得很重，表示我的不快。

"好，红绿黑好，我喜欢。"红嘴双手扶着军帽，把帽檐子一下前，两下后地来回梭。

我说："这绿帽子本来是业香送给我配着绿军装穿的。八敢念你扛旗救学生们有功，说是给红与黑加点颜色，就转成你的了。"

俊巧儿穿好了衣服，来到我面前，摸摸红嘴头上的绿帽子，望着我说："难为你了，把你这喜欢的绿帽子给了红嘴，婶明儿照着红嘴的样子，给你做一顶，就怕你嫌弃。"

我摇着头连连后退："不，你还是给红嘴做吧。八敢说重给我弄一顶，业香串联完了就带回来。"

俊巧儿有些扫兴，木区区①地自责："侄儿瞧不起婶子。也是，我这样的，谁看得起呀。"

我感到伤了俊巧儿的自尊心，一边赔着不是，一边从袋子里掏着礼物，说："巧婶，你可莫多心，我是说有，不劳你辛苦做了。看不起你我就不会来了，连八敢都夸你不简单，可看重你了，还专门托我带给你这根军装腰带，让你把受伤的胳膊托起来，吊着方便。"

---

① 木区区：失落，知趣。

红嘴忙着殷勤地把带子往巧儿颈脖子上挂，俊巧儿霜打的脸立马笑成了向日葵："军腰带呀，绑背包扎腰的，土改时我见过。八敢这么重的情谊，我咋经受得起哟。"

我又拿出一个红袖章，递给俊巧儿，说："这是业香找八敢要的，来，套上，固定住胳膊，再吊包袋。巧婶，你可看好了，这上面印的字，八敢红。业香说，叫你戴着别脱下来，往后就不怕有人告你了，有这个护身符，谁都不敢动你。"

俊巧儿摸着红袖章，喉咙哽咽着说不出话来，满眶的泪水，在眼睛里翻滚了几圈，突然像六月的瓢泼大雨，灌灌神地冲了下来。

红嘴有些意外地"哦"一声，瞪大了双眼："那以后，我就不能给她系裤腰带了。"

俊巧儿揉着双眼，在红嘴腿上踢了几脚，嗔怪地说："还不快去烧水，弄点儿茶喝，喜庆喜庆。"

"我们这儿都成《沙家浜》了，阿庆嫂的茶馆，智斗哇。"我看看自己，又看看红嘴和俊巧儿。

红嘴说："我可不是胡传魁，我演刁德一。这个女人不简单……"

于是，一屋子都是笑声。

俊巧儿听我说起革命样板戏《沙家浜》，提议说："这军装啥的都有了，你们也可以成立个办公室，如何？"

我们觉得这个主意好。业香回来后，就鼓动她挂帅，成立了雷村红八连，业香担任连长，就把排长让给了红嘴。

八敢要求我们，不搞大批判，多搞大串联、大宣传，以满足群众的急需为主。

雷村群众最需要的，除了过日子，就是乐日子。过日子的粮食现在不愁，要乐日子却不容易，"四旧"都破了，放电影、看戏，一年难得有一回，比过年还少，家家户户晚上没事干。

我们商量，组织一个演出队，以连队积极分子为主力，吸收部分会吹拉弹唱的乡间艺人，邀请堂爷和包糯米来当顾问。业香决定，要搞就要闹出响动，排一出样板戏为春节献礼。

包糯米说："样板戏好，既紧跟形势，又新鲜热闹。只是，上台的演员阵式大，需要的服装和演出道具多，而且复杂，又临近春节，怕排演不及。"

堂爷闷住气，抽了两锅烟，然后望着业香，微微笑了一下，说："闹龙灯，不晓得玩龙算不算'四旧'。舞火龙，雷村绝活，好多年不见了，保准大人小孩都喜欢。"

业香拿不准，问："啥子是火龙，咋个舞法？"

包糯米来了激情，手舞足蹈地说："我在书里见过，舞火龙，类似于正月十五玩花灯。据志书上记载，房县火龙灯舞，是一种独有的富有民间特色的灯舞，起于汉，兴于唐，从正月十三到正月十六，连舞四个夜晚，庆丰收，迎新年，消灾驱邪，送平安吉祥。舞者赤着上身，头系红绫，腰着短裤衩子，赤脚穿着草鞋，高举龙灯舞耍。逗舞者手持花子、火把，迎着龙头、龙身抛甩，花子越旺盛红火，火龙越欢腾喜庆。唐中宗李显最爱，并赐青小龙一条，与火龙共舞。清乾隆贡生汪魁儒以诗书记述：长街四照烛龙高，彩结灯轮满市朝，光射远山鹜骛海，曲传新阁凤吹箫……有堂爷在这儿，我班门弄斧了。"

"好哇，就火龙了。我们来他个新年新兵新龙闹新春，这不就是破旧立新吗。"业香啪啪啪带头拍着巴掌，大伙都跟着哗哗哗地拍了起来。

堂爷说，年前时间不多，要抓紧准备。扎火龙的事，就交给篾匠拐枣李，上面画画写字就老包了。很多年没闹火龙了，村里没几个人会舞，也要赶紧组织人马排练。还有制花子，早就失传了，得捡起来，花子的效果影响到火龙的气势。

业香问："谁负责带队呢？"

堂爷说："舞龙队还是你连长的头，当然得由你负责带队指挥。让许大棒槌选青壮年，组织一支红胡子黄龙队，红嘴召集少年小子，组成一支黑胡子青龙队，大小龙竞赛，你们觉得咋样？"

"好……好得很。"大家都赞同堂爷的意见。

包糯米说："好是好，只是工程量不小，业香连长要多操心了。"

堂爷和包糯米匆匆走了，留下司令部的人开始忙碌起来。

……

正月十三的早晨，业香连长把莲船队、秧歌队、高跷队和火龙队集中起来，走院串门，拜年启龙。

一排鼓儿灯前面引队，龙灯走在最后压阵。龙灯头前，两个号人拿着过山号，吹号人一手端着长号，一手扶着号嘴，目视前方，口里发出"嘟……嘟嘟嘟……"的巨响，空旷、威武、雄壮。远近村民听到号声便涌过来，鞭炮相迎。游走完雷村一队，正要转回，为晚上出灯做准备时，却被郑家湾大队的父老乡亲不由分说地拉住了，纷纷要求晚上的火龙，无论如何一定要到郑湾舞一圈。

晚上，天刚擦黑，村里就响起了"咚咚咚……哐哐哐……"的锣鼓声，催促舞龙人和观灯人。人们放下饭碗筷，就往俊巧儿家赶，因为俊巧儿提建议有功，火龙队便从她家启龙。舞龙人早已点燃了龙灯里的蜡烛，从两只龙眼到龙尾都闪闪发光，晶莹剔透的火龙，在夜幕里更加威武壮观。

夜幕降临，堂爷首先放了一阵叫口，接着响起三串过山号。业香连长将旗帜一挥，许大棒槌和红嘴带着头系红绫的队伍，赤背短裤，赤脚草鞋，迎着天寒地冻的夜风，浩浩荡荡地正式出灯。两个流星走在龙灯的前边，流星铁笼里装着燃烧的炭火，他们上下左右地在前面环绕着，飞舞流星。火炭是提前用盐水浸泡后晾干的，边燃边炸，火星四散，围观的人群也随着火星前进后退，让出龙场来。

龙灯由龙戏珠开场，走在龙头前面的珠人，面对龙头，珠不离嘴，一时吞进，一会吐出。玩完龙戏珠，紧接着，展示的是"腾、游、转、滚、盘、散"等一系列连环动作。

红嘴和青龙队的小子们边舞边喊："耍花子啊，花子，耍花子啊。"

观灯的人群欢呼着，将花子焰火甩向舞龙人，龙灯在火花四溅中翻滚，在激越的锣鼓声中腾飞。由清一色十几岁娃子舞动的小青龙，活泼灵动，童趣可爱，得到的花子又多又集中，一串串、一坨坨，红闪闪的，噼啪炸响，红嘴的身上和四肢，已被花子烧烫起了不少的疙瘩。花子疙瘩是消灾祈福的良药，能用更多的疙瘩给乡亲们带来幸福和欢乐，是舞龙人求之不得的事，他咬着牙，领着小伙伴们高声喊道："火龙狂，丰收旺。花子伤，少疔疮……"

我和天问，躲娃子及一大帮小子们跟着喊叫："丰收旺，少疔疮……"

俊巧儿眼含泪水，望着业香带着我们龙灯队伍，热热闹闹地离她家而去，赴下家赶场。她嘴里和着村民的呼声，一块儿喊道："丰收旺哇，少疔疮，花子红哦，少疔疮……"

堂爷、业香和我们舞龙的人，谁也没想到，雷村的火龙一夜间火遍了房县。

我们应邀舞到了郑湾，在郑湾，又被山外乡民用鞭炮锣鼓请进了二十里高枧。

在县城与乡村交界的北门河外，桃园村聚集了成千上万的城乡群众，鞭火锣鼓喧天，火龙火花欢腾。许大棒槌使出了十八般武艺，腾飞、游动、盘圈、滚动、转圈、散合，龙珠、龙头、龙尾、龙身在他们手中灵活劲舞，巧妙融合。山外人从山里人舞动的火龙中，看到了房陵人的勇猛与大气，和谐与宽容，激动得把火罐子、手笼子、围脖子一股脑儿地甩向火龙。

一件绣袍正好甩进许大棒槌的怀里，许大棒槌大喊："袍子，谁的袍子。"

人群中有人回答："送你了，柏桃花的。"

这时，小青龙从侧面舞了过来。业香吼道："许大棒槌，快让地场，红嘴青龙来了。"

从正月十三到正月十六，连续四个夜晚，山里山外，城市乡间，被雷村的火龙舞得人人心花怒放。直到正月十七的凌晨，花熄鞭停，火龙和小青龙又回到了俊巧儿的院子里，大家七手八脚地忙着倒灯、焚烧龙架，舞龙人你一块我一块撕下龙皮，拿回家为了孙们做消灾驱邪的肚兜。

红嘴撕下龙王红盖头，塞进俊巧儿怀里，说："还你一个红肚兜，火龙王会保佑你的。"

第七章　麻雀洞石头窝

二十

春天还没到，雷村的人们心里都乐开了花，就像看到百花盛开的蜜蜂，兴奋地窜东飞西，嗡嗡神地叫个不停。

大片的冬小麦，迎着春风伸胳膊展腿，笑得你拉我扯，新种的洋芋急不可耐了，慌慌神地从生地里挤出脑壳来，悄悄地东张西望，一条一条的彩带梯田早灌满了猪狼泉水，期待着秧苗的拥抱缠绕。满山满洼清空了的生地，等待着人们及时开挖出来，趁着季节和雨水播种苞谷、黄豆、芝麻。村民们憨厚的笑声，充满着自得和希望，他们从生地里飘出来的新鲜空气中，感到了好日子的甜蜜。

正月的火龙出山，被山外的人们认识到了雷村"三黑一红"的分量，黑土地、黑木耳、黑银炭和红瓦房反映的不仅仅是生活，而是一种幸福的向往。平原和城里的姑娘又像二十世纪五十年代初期一样，对雷村刮目相看，亲戚朋友和媒婆们相中了雷村，来来往往地忙碌着，为姑娘小伙子们牵线搭桥。

窑匠李子荣走了红运。家家户户娶亲不娶亲，都争着抢着铆起劲盖房，他们要用红瓦房来告别世代相传的茅草屋，以显示真正的成家立业。盖房用的木料不愁，砍生地时各家都备足了料，盖上三间五间不在话下，墙基石、墙土也多得是，就近就地取之不尽，唯独房瓦紧缺，都眼巴巴地求着李子荣。

瓦窑上青烟不断，一窑赶一窑地装瓦出瓦。每天蒙蒙亮时，李子荣就把沉睡的山村吵得鸡犬不宁，吆喝着帮工套牛踩泥，自从黑牯牛死后，由一条牛增加到五条牛踩泥，可踩出来的熟泥也还是供不应求。趁着太阳好，他一刻不停地提着瓦母子，"啪啪"地赶做瓦坯子，瓦坯子一干就赶紧装窑。每出一窑，他都忘不了烧几张草纸，祭祀和告慰黑牯子的魂灵。

黑牯子的死，使李子荣因祸得福。那晚，他应拐枣李的要求，去给黑子打代思守夜，忘了给熄火的瓦窑添水浸瓦，后来他拼命蓄水补救，甚至推迟五天出窑，可还是无济于事。那是他从事烧窑手艺以来的第一回失误，一窑的瓦，没有一块黑的，连半黑半灰的都找不出来，全部烧成了红色，黑瓦房黑瓦房，红瓦怎么能上房呢。

在李子荣愁眉苦脸、欲哭无泪的当口，瞎子雷黑磨打窑场经过，神道道地嘟嘟道：

"太阳当头照，黑窑变红窑，铺天又盖地，红运把门敲。赶不走，撵不跑，来了，来了……"

李子荣一把拉住雷瞎子，像抓住一根救命稻草，央求黑磨快去禀报太上老君，救救瓦窑。

雷瞎子挣脱李子荣的手，径直而去，口中说："龙王口渴，王母水浇，天机无可奉告……"

李子荣蔫头耷脑地来到大岩屋，找到堂爷，还没开口说话，先照自己脸巴子啪啪啪左右开打。然后说："堂爷，我赔罪来了。你预订的这窑瓦烧砸了，红的，全部都是红的哦，歪嘴子吹火——斜（邪）气。"

接下来，李子荣就把来龙去脉细说给堂爷听了，跟着又把上山时碰到雷瞎子，和雷瞎子神道道的话，也学说了一通。

堂爷吧嗒着烟袋既不说话，也不请窑匠坐下。久香急了，说："窑匠，你真是的，这咋能砸呀？我们等着你的瓦盖新房子，好接根娃子回家，冲喜呢。"

包糯米看看沉默不语的堂爷，为了缓和气氛，笑着说："窑匠，没看出来，你还真是茅厕门上的战将——把（屎）式啊，能把一窑的瓦全烧红了，道行不浅哪。"说着，看看大家，又说，"不过，这红瓦在城里也有，一般人还真用不起。有些事逼急了，得换个想法去想，发生在武汉红楼的辛亥革命武昌起义，堂爷知道，就推翻了红墙绿瓦的皇宫——大清王朝，那是被逼无奈，封建王朝结束了，象征新时代的红墙诞生了。李子荣阴错阳差烧出的红瓦，依我看，说不定会是好运的开始。"

堂爷"嘣嘣嘣"敲着烟袋锅，指指石凳让窑匠坐下。然后说："按说这黑瓦是神农祖先时兴起的，不能破了规矩。老包也说了，红楼的民国把大清都破了，还有什么是不能改变的。红红火火的生地，都填饱了肚子，八敢红来串联，都吃到了牛肉，红灿灿的火龙还给光棍们引来了媳妇。就照老包说的，我用你的红瓦，房子照盖，回去吧。莫掖着藏着，直管告诉大家，堂爷要盖红瓦房。"

包糯米解围，堂爷大度相救，令窑匠感激得五体投地，再三谢过，慌忙往山下跑，生怕人们多事，把他的红瓦当废品毁了。

红瓦房人们买不买账呢？窑匠心里没底，静静地坐在窑顶上抽烟，眼睛死死盯着一窑的红瓦，心里说，生一堆娃，咋就出了个残废。又细想想，一串葫芦娃，谁晓得哪个能得济，没准秋葫芦更受用。

他终于想通了，磕磕烟灰，扯起嗓子喊了一声："堂爷要用红瓦盖房子啰！红瓦房啊——"

这时红嘴和光棍麻雀从窑口下面站起身，抻出长长的脖子，冲窑顶上喊："李子荣，你没病吧！气糊涂了。谁会要你的红瓦盖房？不就一窑瓦吗，想开点，有啥大不了的哟。"

窑匠听了气得一哼："关你们屁事，两个二流子。跑我窑门口蹲啥，拉屎吧？滚开点。"

红嘴说："有屎还到你这儿来拉。我们下田棋，顺便把红瓦给你守着，怕你想不开。"

麻雀说："要想不开，干脆把红瓦送我算了，让我走走红运，讨个老婆。"

窑匠说："便宜你。堂爷早买了，要盖新房，这下你有墙打了，又能混几顿好吃好喝。"

麻雀说："真的？不骗人？那我找堂爷去，打墙的事我包了。保管给他多留几个麻雀洞。"

红嘴摇摇头："这话不靠谱，山里山外，谁见到过红瓦房？找一家看看。堂爷那是谁？人精，听你胡掰扯。"

窑匠一脸真诚地说："你就是水井的蛤蟆，没经过大事。包右派说，大城市就时兴这个，红砖红瓦红楼房，你不想想堂爷，那是多精明嘹亮的人哪。"

堂爷盖红瓦房的事，经红嘴和麻雀一吵吵，全村里的人都信了，不光信，还动了心，纷纷找窑匠来订红瓦，害怕晚了，又不知要排到驴年马月，刚给儿子看过门户的人家，都等着盖新房娶新姑娘。

一时间，窑匠和红瓦都成了香饽饽。过去烧黑瓦靠灌水冷窑浸瓦，改为红瓦得自然冷窑，时间长，出窑慢。窑匠找到队长杨疯子，要求添挖一口窑。

杨疯子爽快地答应："挖窑烧瓦，盖房子娶婆娘，好哇，谁不想早点儿脱离草房住瓦房。说，有啥要队里支持的。"

窑匠嘿嘿一笑，说："求你指个地，最好挨老窑近点，好一起照看；还想求你再，再派几个帮手，挖快点。"

杨疯子也指望着窑匠的瓦盖房，好给红嘴娶媳妇，总算爽快了一回，说："行，挨着黑窑挖个红窑，派给你四个人，多了也转不开。"

窑匠没想到铁公鸡会这样爽快，殷勤地巴结说："队长积德扬善，你心里装的都是大家的盼头，明全队都住上了红瓦房，那可是跟着队长你，一块儿走红运呢。"

杨疯子听了高兴，胳膊一扬："走，去看看地方。现在祖国山河一片红，我们也争取早点让各家各户住上红瓦房，红一片。"

窑匠陪着杨疯子走近窑场，看见富农牛洪柱叉开两腿，正对着天上撒尿，明晃晃的尿水从胯裆里喷出来，直冲过头顶，在半空中打个转，回来划了一道弧圈，哗哗地落在黑窑旁边。阳光照射下，那道弧圈雾气闪闪，像雨后的彩虹一样耀眼。

杨疯子喊："行哪你，牛洪柱尿成了彩虹杠，像龙吸水，可惜你不是真龙，成了富农。哈哈……富农。"

牛洪柱吓得一颤，尿了自己一裤子一脚。

杨疯子手指着落尿的地方，说："就挖这里。牛洪柱，你明天带上哑巴儿子，还有老婆和媳妇，一块给窑匠挖窑。"

窑匠问："就派他家几个人呀？"

杨疯子头一歪："咋？两个男劳力挖，两个妇女运，够了，人多了也窝工。你还嫌人家？挖窑烧瓦盖房是啥，是富，人家一家子富农给你挖窑，还不富？"

牛洪柱带着全家早早来到窑场，李子荣在牛洪柱撒尿的地方画了一个大圆圈，牛家一家人便在圈圈里扎扎实实地挖开了。李子荣笑着说："派你们一家人来挖窑，真有意思，公公婆婆，儿子媳妇对挖，亲热，不靠帮。"

连挖了四天，窑筒子已经有了七八分眉目。挖出的黄土把窑场堆起了一个大包，李子荣笑得合不拢嘴，窑挖了，做瓦坯子的土也有了。再往下挖时，土质变了，黄土成了黑土，还夹杂着石头和瓦罐子碎片，越挖碎片越多。

哑巴拿起碎片比比画画，意思说下面可能是坟场，媳妇有些发怵，拦住哑巴不让比画。婆婆说："底下不会有死人骨头吧，连住这儿几个晚上，我都做噩梦。"

牛洪柱想了想，说："不是坟场，就是屋场，该有点儿稀罕物吧。"

老婆子说："你没冲撞到阴曹地府的人，就烧高香了，还想稀罕物，挖出金子都与你没份，只求莫摊上倒霉事。"

于是，牛洪柱把窑匠李子荣叫来，说："这下面瓦块罐片太多了，窝工，万一有个坛哪罐的挖破了，糟蹋了可惜。窑是你的，你明先自己清清，我们歇一天，再挖，反正也差不多了，咋样？"

李子荣蹲下身子，瞅了瞅，他从碎片上判断，像是家户人家的用具，猜测底下可能会有东西。便在心里想，你一家子只怕是担心挖出坟场，霉气。也好，不管屋场坟地，真有宝贝，可是我一个人的，就爽快地说："你们连着累了好几天，也该喘口气，去吧，我清出来了，再叫你们。"

牛洪柱一家走了之后，窑匠回窑棚取了把短把小刨锄，勾着头，细心地刨了起来，刨刨，敲敲，听听。听着声音不对，就用手扒，真的扒出来一只陶罐。他小心了再小心，一点点地顺着陶罐边缘扒了一圈，原来是一口大缸。缸里填满了黑土，他就一捧捧地把土往外掏，心里怦怦怦地直跳，手也跟着颤抖，眼珠子紧紧地往罐土里伸，恨不得立马掏出几件真宝贝来。缸太大太深，挖了好久，他趴在地上，把胳膊伸进去仍够不着底。于是，他转过头来，从缸外挖起，挖到快一人深的地方，见到了缸底。

他有些激动，心跳得厉害，眼皮子直眨，便坐下来，屏住呼吸，点燃旱烟袋，连抽了两锅。等心情稍稍平静下来，抬头看了看窑口，没人，又爬上窑顶，打量了一眼四周，确定真的没人，这才放心大胆地把大缸推倒，伸手去掏东西，掏一把是石头，又一把还是石头，掏来掏去全是石头，长的、扁的、圆的，大大小小的石头堆了一窑窝。他垂头丧气，闷闷不乐地再坐下来，又抽了两袋烟。心想，费天大的劲，挖一窝石头，这是哪家先人，穷得只剩石头了。好在还有一口大缸，让他心里稍稍有点儿安慰。

他坐在缸边的泥土上，抓起一块块石头，生气地反复往泥土上砸。开始时砸的是土，后来是石头砸石头，慢慢地，把一肚子的火气砸消了一大半。又一想：要是这些石头啥用没有，人家为啥子要藏在大缸里，埋这么深呢？要么这不是普通的石头，是啥宝石？兴许就是石头里藏着啥秘密，有大用场。这么想着，希望的火苗子又随着烟锅的火一闪一闪跳了起来，他用烟锅在石头上"哐哐哐"地挨个儿敲，把泥土敲了一地。

突然间，他眼珠子一亮，好几块石头上都有各种各样的痕迹，像是雕刻的字，他见过师傅在瓦坯子上雕的雕版，还看见过大岩屋岩石上刻的字，虽不认得，可形象相仿。

窑匠终于笑了，这些石头有用，得赶紧拿回去藏好。他刚把石头提回窑棚，搬开床板，在床角还没藏好，就听见牛洪柱喊叫着来到窑棚，问："窑匠，你清理得咋样了，明天还挖不挖？"

"挖，接着挖。"窑匠慌忙盖上床板，转过背，牛洪柱正盯着他看。

牛洪柱疑惑地打量着他："你在床上忙活啥，得到宝贝了？"

窑匠兴冲冲地拉起牛洪柱就往新窑走："你说对了，真挖了个宝贝，你快帮我弄回来。"

牛洪柱跳进窑坑一看，又用手指头敲了敲大缸，说："是口好缸，就这，空缸？"

窑匠认真地说："空缸好哇。你有所不知，我窑上缺口大缸盛水，正着急去买，一直没抽出空来，这下好，瞌睡遇到了枕头。你那泡尿管用，有了新窑不说，还白捡口缸。"

牛洪柱见窑匠要把缸放在窑棚口，说："使不得，棚口出进人多，不小心撞破了，多可惜。这缸从土里出来的，应该有些年代，哪天遇上个懂行的，指不定能换些钱。"

李子荣和牛洪柱合伙，把缸移到了灶后的床头。窑匠催牛洪柱早点儿回去歇着，牛洪柱却说："歇了大半天，不累。我去帮你挑些水，把缸装满，小心你不在，缸被人偷了。出土的古物件，那是宝，谁不稀罕？"

窑匠不太情愿地由着牛洪柱忙活，感到富农的话里好像有话，莫不是富农看到了缸里的东西？也可能是他家遇到过这等事，要没意外之财，他们怎么就成了富农呢？越想心里越打鼓，巴不得富农早点儿离开。

富农还没走，这时，艾枣花却来了，打着哈哈说："听说窑里挖出宝贝来了？"看见牛洪柱也在，又说："你这冲天柱没白叫，一尿尿一窑，一尿尿一缸。"

牛洪柱被艾枣花在斗争会上批斗过，心里有些纠结，所以平时总躲着艾枣花，见她来了，赶忙打个笑脸走了，生怕招惹麻烦。

艾枣花用手拍着大缸，说："没见过这么大的缸，还真是个宝贝，就光一口缸？里面没点金哪银呀啥的？"

李子荣嘿嘿嘿笑："枣花你真能说笑，谁会有你那好的运气，一串串的，满树都是宝。"

艾枣花说着话，一屁股往床头上坐下来，床板"吱呀"一歪，差点儿把枣花摔到床下，她站起身说："你们男人，就是粗心，这样的床也马虎凑合，来，我给你弄弄。"

窑匠连忙把艾枣花拉开，说："那可经受不起，平日你和拐子够照顾我了，都不晓得咋感谢呢！"

艾枣花快言快语地说："用红瓦谢呀。说起来吧，你还真得感谢我们拐子。"

窑匠说："那是，那是。"

艾枣花："那天是拐子硬拉你去打代思的吧？因为打代思，才烧了一窑红瓦吧？因为红瓦，一下子吃香了，你才打新窑，是吧？"

窑匠点头："是，是，是那回事，是该好好谢你家拐子。"

艾枣花："光谢拐子不够，必须得谢我，没我就没得你的红瓦。"说着，害羞地笑了，笑得脸通红："这有个秘密，俏密。"

李子荣瞪大了眼睛："秘密，俏、啥俏密？我咋不晓得。"

艾枣花不好意思地笑笑："有点儿说不出口。我家拐子都没告诉，你今问起来，我也不怕你笑话，丑话讲前头，就你，讲哪儿在哪儿，不允许传出去了，丢人。"

李子荣被枣花说得糊涂糊脑的，鸡啄米似的连连点头。

艾枣花说："黑牯牛是不是摔得皮开肉绽，浑身是血？你们打代思，我是不是给黑子又洗又擦，忙了大半夜？一盆一盆的血水哪儿去了，都泼你窑里了。你晓得我为啥子不顺便把血水倒了，非要跑那么远，倒你窑上吗。"

李子荣问："为啥？我只顾打锣，看你来来去去的，谁想那么多。"

艾枣花："夜里，你们一堆人忙着打代思，死鬼拐子，伤心得像他爹走了似的。我陪到半夜，实在憋不住，又不好喊人做伴，也不敢走远，就跑到窑上去尿了一泡。哪晓得忘了那几天来了身子，把窑池的水就染红了，我想你要是到窑上来，看到了不会骂死人？后来，我就想到了给黑子洗澡，把一盆盆血水倒进窑池子，那黑窑变红不是缺水，是血水浇红的。说起来难为情，事确实是那么回事，信不信由你。"

李子荣哭笑不得，指头捣着艾枣花："你呀，你呀，真做得出来。一泡臊尿，弄出这大动静。"

艾枣花笑得咯咯咯直颤："还臊尿，你没好生想想，那是王母娘娘给你洒的圣水。让雷瞎子去问问太上老君，不是圣水点化，你咋平白无故地走了红运。你说，是不是该拿红瓦谢我们哪。"

李子荣想了想，说："谢是该谢。可人家都住着草房，巴望着和你们一样住上瓦房，还有那些等着娶女人的，盼瓦都盼红了眼。你看我先送些瓦给你，你们换个红屋脊，等大伙应过了急，再给你全换，不要钱，咋样？"

艾枣花是个通情达理的女人，双手一拍，笑道："成交。说话算数，天知地知。"

李子荣把艾枣花送出窑棚，艾枣花走了几步，又回头神秘地笑笑："保密哦，千万别外露。"

回到窑棚，窑匠听到肚子咕咕叫，跑到灶上胡乱地弄些吃的，端起碗，却又没了胃口，怎么也吃不下，勉强扒拉了两口，放下碗，掀起床板，提出那包石头。

窑匠端详着这些绿不拉叽的石头，摸着有一股凉气，突然想，会不会是小偷或者土匪强人窝藏的赃物？若是他日被贼人后代找来了可麻烦了。可转头再一想，总该弄明白个究竟吧，又不是偷的抢的，反正是从地下挖的，怕啥。决定先找人搞清楚，再作处理。

于是，他提着石头，连夜爬上大岩屋，叫醒堂爷和包糯米。说："晚半挖窑，挖出来一堆刻字的石头。我这人心小，装不得事，请二位瞧瞧，是啥物件，有多大用场。"

包糯米让窑匠打桶清水来，把石头来回洗了几遍。堂爷瞧着石头上的字，猜测说："像印章。"进屋拿出自己的印章，与石头比对。

李子荣不解地问："印章咋这样子，有的只有一个字，有的好几个字，好生看看，还有几排字的。"

包糯米解释说："看这周、尹、山、水之类的字，极有可能像堂爷说的，是印章，或者是记姓记事记物用的。这连排雕刻的是诗歌、文章，关关雎鸠（哎）一双鞋（哟），在河之洲（哦）送过来（咦哟）。这几句跟我们头顶岩石上刻的一样，应该是《诗经》民歌，没错，久香就会唱呀。"

李子荣有些泄气："弄了半天，是些没用的破歌烂章子呀，还藏那么紧，晓得是这，我弄它干啥。"

包糯米说："对你个人是没啥用处，可毕竟是地下出土的，对国家文物考古，兴许会有价值。这石头也不是普通的石头，应该是绿松石，一种神农架独有的，特殊的石头，又刻着不知来历的字，说不定有些来头。你呀，把它拿去，交给县革委会文管所，就算不是贵重文物，也可能有点儿奖金或物质给你。"

听说有物质和奖金，李子荣又来了精神，把石头收拾收拾，天没亮，就下山往县城去了。

李子荣先来到大槐树下的县革委会，一个披着绿军装的领导拍着他的肩膀，表扬了一番并赠送给他一个拳头大的毛主席像章和一个红卫兵袖章，派人把他领到文管所。在文管所，有个戴着厚厚眼镜片子的老头，拿着一个圆镜子反复照看了几遍，然后，给他开了一个盖着红章子的收藏证明，表示感谢。

"没有奖金啦？我早起饭都没吃，跑了五六十里路，还指望拿了奖金好过早，晌午再下馆子，好好饱撮一顿呢。我这身上一分钱也没有，你弄个红巴巴也不能当饭吃呀，看在这大老远跑来的份儿上，你多少给几个，管餐饭总该吧。"李子荣彻底失望了，伸着长长的手，像个讨饭的乞丐。

老眼镜无可奈何地摇了摇头，从兜里掏出几张毛角子，数了数，一共五毛，分出一半递给了李子荣，又找出四两粮票，说："伙计，实在小气了，惭愧。"

李子荣用老眼镜给的二角五分钱和四两粮票，在西关红卫饭馆买了一碗臊子面和一个白面馒头吃了，这是他人生第一次下馆子吃饭。从饭馆出来，打菜场经过，他看到菜摊上的大姑娘小媳妇，还有白发苍苍的婆婆们，一个比一个抠搜，为了一分半文钱讨价还价，计较得脸红脖子粗，甚至摔摔打打骂骂叽叽的。这时他突然明白了，为啥子城里平原的姑娘们，再远再山都不嫌弃，非要往雷村嫁，联想到老眼镜的寒碜劲，更深深地理解了城里人的不易，大山里的人再不济，吃粮食和菜不用花钱。这样想着想着，就把进城献宝白跑一趟的气全消了，高兴地戴上毛主席像章和红袖章，心满意足地回了雷村。

其实，李子荣这一趟并没有白跑。四十年后，经过专家鉴定，那些石头都是极有价值的文物，为研究诗祖西周太师尹吉甫与诗经，以及后来为"房陵诗经民歌之乡"的命名，都发挥了相当重要的作用。更为鄂西北生态文化圈建设做出了贡献，只可惜，李子荣没有等到这一天，就早早地走了。

李子荣回到窑场时，太阳已经下山了，大老远就看见在自己的新窑场边，堂爷的新宅基地上围着不少的人，他忽然想起来，今天是堂爷选定的挖新房基的日子。他加快脚步，穿过窑棚，直接往宅基地走去，嘴里喊道："堂爷，真对不起，该来帮忙的，忘了，一堆石头把人给闹昏了。"

包糯米打断窑匠的话："莫说那些虚的了，你一个窑匠，挖地基也帮不了啥大忙，说实话，这趟进城得了几多？再掂量掂量这几大堆，能值个啥价钱。"

李子荣咧咧嘴说："值个屁钱，烂石头一堆。"

原来，大家帮堂爷挖基脚，开始挖出了一窝绿石头，像毛茸茸的鸭娃子，后来越挖越多，大的有碾子大，就像阴沟里长满青苔的青石头。谁都没见过这等颜色的石头，觉得稀奇，又听说窑匠拿着这种石头进城换钱去了，都瞅着，指望能赚大钱，也分几个。听李子荣这样说，谁都不信，指指点点地嚷嚷开了。

连长雷业香没有参加议论，她一眼看见了李子荣胳膊上的红袖章，就说："窑匠，他们给了你什么好处，回来欺瞒群众。"

李子荣急了，赶忙对天发誓，发完誓，又说："他们拍了我几巴掌，就送了这袖章和像章，其他啥也没给。文管所的老眼镜给了几张毛票子，还是我要的，少得说不出口。"苦笑着摇头摆手，一副一言难尽的样子。

包糯米催促说："多少都是你的，放心吧，说出来，谁也不会要你的，更不会抢你一毛一分。"

李子荣看看大家，羞答答地抬起左手，伸出两根指头，停了一下，又抬起右手伸出五根指头。

大伙乱哄哄地猜测，二十五块！二百五？见李子荣笔直摇头，大胆地喊，二千五哇？发大了，还做啥窑匠。

李子荣实在憋不过了，说："就，就两毛五，我硬逼老眼镜讨的，在馆子吃了碗臊子面。"

在场的人都很扫兴，看着一堆堆石头，失望极了。也有人替李子荣叹息，大老远跑一天，不值。

麻雀挤到堂爷面前，殷勤地说："堂爷，窑匠说它是烂石头，烂不了，只要从我手里一过，它就是百年大计的石头宝。大石头我拿它给你下地基，稳固。不大不小的砌墙脚，围上两到三层，防雨泡水潮，房子干燥，冬暖夏凉。小石头统统填缝，结实，牢靠。"

堂爷认可麻雀说得在理，大伙也点头称是，说："麻雀摆不成，就是打墙盖房靠谱，会整麻雀洞。"

麻雀的绰号就是因为打墙得来的。乡下盖房，先要固定墙夹板，墙夹板靠两根横木棍在下面支撑，上面两根固定两边墙板，然后把泥土倒进墙板里，夯实，去掉夹板，再取出墙棍，三米长的土墙成型了，又往下进行。夹板棍一抽，墙上便出现了一个小洞，农村收了庄稼，就在墙洞里插上木桩子，挂晾东西，人们便把麻雀留下的墙窟窿眼叫麻雀洞，谁招待得好，麻雀就给谁家墙上多留几个洞，谁对他不热情，麻雀抽墙棍时，顺手就把窟窿眼给堵了，墙一干，再想打眼就难了。

清一色的绿石头砌到了三层，亮眼得很，有人说像久香的围裙，喜庆，馋人。也有人说像皇城根的砖墙，威严降人。麻雀说，绿墙脚再牢靠好看，也缺不了我打的黄土墙陪衬。

堂爷的新房盖得格外顺当，整个打墙期滴雨未下。上梁这天上午，艳阳高照，村民们早早地赶来道贺帮忙，麻雀带着几个打墙土的小伙子，在墙洞里插上木桩，挂满鞭炮，从四层到屋檐顶，一百多个麻雀洞，挂了一百多挂红彤彤的鞭炮，象征一百多副红对联，美滋滋地称其为百雀闹巢，百联贺新。

李木匠领着工匠们更是万事准备齐全，只等上梁仪式开启。

太阳正当顶时，司仪高声喊道："吉日良辰，上梁歌升，有请歌师……"

堂爷和歌师你一句我一句，唱开了上梁龙门阵：

梁开口，开梁口，开个金银对北斗，自从今日开过后，一股银水往屋流。

梁口开东，子子孙孙坐朝中。

梁口开南，子子孙孙做高官。

梁口开西，子子孙孙穿朝衣。

梁口开北，子子孙孙封侯爷。

四方都开交，子子孙孙是英豪。

……

请问梁木来自何处，此木生长昆仑山上，腰圆体壮长又长，鲁班拿来做大梁，头根修起金銮宝殿，二根修起状元华堂，只有三根生得好，做了主东华堂栋梁。亏了张李巧画匠，五色颜料描柱上，两头画的龙和凤，中间画的五彩云，五彩云里出贵人，秤称银子斗金星……

一杯黄酒祭梁栋，代代儿孙在朝中。二杯美酒祭栋梁，代代子孙个个强，一代一个贤宰相，一代一个状元郎。叫你发，你就发，叫你升，你就升，自从今日祭梁后，财发人旺万年春。天也发，地也发，左也发，右也发，代代子孙代代发。请出鼓乐升炮，一齐往上发——

司仪喊道："有请鼓乐鞭炮……"

麻雀站在高墙上，对着点炮手叫道："麻雀洞，洞洞开，红红火火燃起来，噼噼啪啪笑起来……"

鞭炮响过后，司仪招呼工匠们入席。这时，久香看见新打的猪食槽上，也披着一串鞭炮，却孤零零地无人问津，便嚷道："麻雀，给猪槽放鞭。"

司仪歉疚地跑过来，说："男兴屋，女兴猪，这是久香的天蓬元帅，我咋把它给怠慢了，罪过。"

猪槽是用一块板凳长的绿松石凿成的，白天夜里都放光，夜里发出的光格外显眼，贪吃贪睡的猪，一见绿光，就兴奋地哼哼，吃饱了又睡，所以久香喂的猪，比别人家长得都快，村里的妇女们都夸久香的猪槽好，这是后话。

麻雀放完猪槽鞭，又把地上没炸的零星鞭收了一猪槽，点燃放了，对久香讨好说："这猪槽发了又发，猪娃子肯定又肥又大，可别忘了，叫我多喝几顿油汤哦。"

久香笑着说："麻雀洞上都挂满腊骨头，留给你熬汤喝。"

正说着，天上突然飞过一片云彩，接着就有雨点落下来，越下越大。村民和工匠们都停下筷子，议论着："这喜雨下得真是时候。"

司仪一头钻进雨中，张开双臂，叫道："打墙的太阳上梁雨，喜雨，喜呀……"

上过梁不久，一栋三开间的红瓦房，独在雷村人的眼里。

包糯米感慨道："古皇宫红墙绿瓦，新农村绿墙红瓦，旧貌换新颜，换新颜啰。"

二十一

柏桃花来到雷村，第一眼看见路边上的花梨树时，眼睛直怔怔地绿了，她不敢相信，天下会有这般像山一样高大的树，把天地都遮住了。穿过树荫，柏桃花又被堂爷崭新的红瓦房惊得目瞪口呆，她万万没想到，山里人住上了这么阔气的房子，平原人连想都是做梦哦。不知不觉中，冒出一句话来："好美气，好美气的房子哟。"

这话被从机房出来撒尿的杨红嘴和麻雀听见了，打老远一看，是位从没见过的城里姑娘，同时谝道："眼馋呀，家家都在盖。打山外来的吧？好些城里姑娘，都要往我们这里嫁呢。"

柏桃花被两个突然出现的小伙子吓了一跳，摸着胸口定了定神，说："是嘛，有那么俏？你们这是雷村吧。"柏桃花就是听了一批媒婆介绍，才抢先进山，亲自来看个究竟。

红嘴快步走到柏桃花近前，晃动一嘴金牙，豪气地说："雷村，当然是雷村，不是雷村能有红瓦房，能舞火龙？只有我们雷村才玩得了火龙灯。"

柏桃花瞅着上唇红下唇黑中间白的红嘴，愣了一下，指着红嘴的金牙说："龙？青龙，你是小青龙。"

红嘴一半欢喜一半遗憾地说："对，我就是小青龙，你是柏桃花？就晚了一步，没接到你的绣球，叫许大棒槌抢先接到，捡了个便宜。"

柏桃花捂着嘴嘿嘿神地笑："啥绣球哇，是只毛笼子。啊？

我是便宜，你咋说的话。那我问你，捡便宜的住哪儿？"

麻雀抢着回答："许大棒槌呀，你找他？在胯裆崖，我带你去。红嘴要打粮食，走不开。"

红嘴还想多说几句，麻雀已把柏桃花带走了，只好目送他们向河坝走去。看了一会儿，没见人上岸，红嘴就跟着到了河边。听见麻雀说："走过没？有的石步子不稳当，你们城里人，只怕走不习惯，我背你过吧。"

柏桃花回答："不深，我从水里过去。"说着，脱了鞋子，卷起粗裤腿，自己蹚着水过河。

红嘴在河岸边蹲下身子，看到柏桃花走到了河中间，水一点点加深，快淹到裤子时，柏桃花用两只手把粗裤腿提起来，沿着膝盖大腿直提到胯丫子上，两条腿像粗壮的杨树桩，在水里激起一圈圈漩涡。麻雀提着柏桃花的鞋子，一脚一个石步子，在后面跟着，盯着杨树桩看，突然脚下跟跄了一下，"啊"一声踩进了水里。

柏桃花转回头，跟着"哦"了一声，问："咋了？"

麻雀直勾勾地瞄着水中的大胯，大叹一口气："好白呀。"

柏桃花没好气地白了麻雀一眼："没见过女人大胯呀。"

上了河岸，麻雀脱下汗褂子连布鞋一起递过去，柏桃花接过擦了擦，穿上鞋，就那样挽着裤腿上山了。

穿过胯裆崖，来到了许家洼，一大片桃林出现在柏桃花眼前，她被满眼的景象彻底镇住了："哦，这么多呀，比我们桃园大队的桃园还要大好多哟。可惜养在深闺无人识，要嫁接哟，我来嫁。把平原桃和山里桃嫁到一起，搞个联姻。"

麻雀听得莫名其妙，傻傻地跟着呵呵笑，不晓得说啥好。

柏桃花说的嫁，是要把桃园村和雷村的桃子树相互嫁接，麻雀以为柏桃花要嫁进雷村，喜得心里怦怦跳，一阵狂跳过后，又后悔得肚子疼，蹲下身子摸着肚子，哎哟哎哟叫。麻雀心里想，这白的桃花嫁给许大棒槌做三锅头，太可惜，白糟蹋了，本来就不该带柏桃花上山，后悔当时少了个心眼，现在无论如何都不能让柏桃花与许大棒槌见面。正盘算着怎么把柏桃花哄下山，跟着自己，不料许大棒槌听见麻雀的叫声，来到了桃林，麻雀一时六神无主，索性扯开喉咙哎哟哟哎哟哟地叫，叫得树摇山响。

麻雀愤愤不平地找到杨疯子说："火龙是队上的，柏桃花看上的是雷村的火龙，凭啥他许大棒槌得好处，占便宜。我也是舞龙的，还没娶过媳妇，柏桃花得归我。"

杨疯子回答："你是舞龙了，可你舞哪儿？人家棒槌玩火龙头，浑身烧了多少伤疤你晓得吧，姑娘的绣球你接到了吗？不嫌丢人，现在抢媳妇，先干啥去了。"

麻雀争不赢队长，赌气地走了，边走边说："你疯子就是疯子，饱汉子不晓得饿汉子饥，红嘴为啥霸占着巧儿？离了你疯屠夫，照样吃猪肉，我找业香连长去。"

在业香家，麻雀哭了骂，骂了哭，骂完许大棒槌又骂杨疯子，先前不让自己舞龙头，现在又不做主帮自己说话。骂完杨疯子又骂自己傻，没想到先下手为强，把送上门的媳妇给了别人。骂完一圈，就对着业香的眼睛，可怜巴巴地哀求："连长，你是活菩萨，连红嘴和俊巧儿都帮忙，求求你也帮帮我吧，你有文化，又见过世面，说话桃花会听。"

业香有些同情麻雀，三十大几了还打着光棍，可婚姻得看缘分，便开导说："你缘分没到，我能有啥办法啊，是你把人从山下送到山上的，从小在桃园长大的姑娘，看见比家乡还喜人的大桃园，她能不动心。米下锅前你不拦着，做成熟饭了，想抢着吃，会给你吃吗。再说，就是你先下手了，也未见得能成，人家本就是冲许大棒槌进山来的。"

麻雀说："你找李特判帮我说说，吃公家饭的人，有办法。他能把两个残废弄成代销员，把红嘴变成机师，保个媒那不是小菜呀。"

业香翻了翻白眼，说："真拿你没办法，婚姻自主，恋爱自由，吃公家饭的咋干涉？总不能强迫吧！何况李特判本就大公无私。"

正说着，李特判和杨疯子从门外进来，望着麻雀说："杨疯子都给我讲了，你要求的事，那要看人家姑娘的意思。不管咋说，不管嫁给谁，都是天大的好事，喜事，平原上、县城里边的姑娘主动嫁进深山来，说明什么？"

杨疯子说："说明我们雷村在李特判带领下变好了，门缝里吹喇叭，名声响在外。"

李特判说："说明有吸引力、影响力。老话怎么讲的，穷居闹市无人问，富在深山有远亲。过去二十世纪五十年代，就有城里姑娘争着进雷村的历史，柏桃花是近些年，第一个心甘情愿要嫁进雷村的，我们一定不能冷了、伤了、辜负了人家的一片热心。怎么办呢？"

业香说："婚事新办，队里组织，特判你讲话，办得热热闹闹的，吸引更多姑娘到雷村来。到那时，你麻雀就是卖豆芽不用秤——大把抓。"

李特判说："说到点子上了，就这么定了。业香你是女同志，去好做工作，把组织的意思宣传到位。杨队长配合，需要什么，集体解决，不要看成结婚只是许大棒槌和柏桃花的事，要把这个婚礼当成全雷村的大事，当成消灭光棍汉，振兴新山村的大事。"

坐在桃园的窝棚里，望着各种各样的山雀子围着窝棚飞来飞去，忽而钻进桃林跳上跳下，喳喳喳欢叫，时而躲在草丛中捉迷藏，冷不丁逮住蚂蚱叼在嘴上玩耍，柏桃花和业香边欣赏眼前的乐趣，边畅想着女人的未来，令业香万万没有想到的是，柏桃花对女人追求婚姻的想法："女人结婚不能是找靠山，也不是为找个伴，而是为了一个安乐窝，安心快乐的窝。就像林中的鸟儿，它们谁也不是谁的靠山，都不指望谁照顾得了谁，谁是谁的伴，能凑到一块儿，图的是安心快乐。"

柏桃花的话深深打动了业香，也引起了她从未有过的思考，怎么样才能安心，如何算是快乐呢？作为女人，她也渴望自己的安乐窝。

快到吃晌午饭的时候，业香问起这些天柏桃花对雷村、对许大棒槌和村里人的看法，还问起愿不愿留下来。柏桃花说："雷村好，桃园好，大树好，人也好。红嘴很逗人，红的黑的白的，唱戏不用描装，麻雀也好可爱，说没见过女人大腿，谁信呀。"

业香说："麻雀是个孤儿，可怜。盖房子打墙是一绝，留的麻雀洞可受喜欢了。"

柏桃花问："啥麻雀洞？"

业香说："你明嫁过来，盖房子时就晓得了。哦，你还没回我话，嫁不嫁许大棒槌，还有啥想法？其他人只要你看中了，都行，李特判还等我回话呢。"

柏桃花说："你们领导和雷村的人都这么看得起我，不想嫁也只有嫁了。可我也有几个条件，必须答应我。"

业香说："你讲出来，我就是专门来征求意见的。"

柏桃花说："第一，我最看重的是桃园。希望把整个许家洼都变成桃园，用我家乡的桃树与这里的桃树嫁接，长了桃子送到城里去卖。第二，我喜欢堂爷那样的红瓦房。我们可以先将就着结婚，但是婚后，得把草屋换成瓦房。第三，我不喜欢过分的热闹，结婚时闹婚礼咋闹都可以，不允许闹洞房。你们村里光棍多，闹出乱子，难看。"

业香正要回答，这时，一串叫口打桃林边穿过。柏桃花欢喜地叫道："叫口，李师的叫口，堂爷。"

"你也喜欢堂爷的叫口？"业香惊奇地望着柏桃花。

柏桃花说："从小就爱听他的叫口，像唱歌，比喇叭都好听。他还能唱代思歌，几天几夜不歇场，城里城外的歌师都斗不过他。我们那里有头有脸的人走了，专程请他去唱，我明要死了，就请他唱。"

业香拍了柏桃花一巴掌，说："呸呸呸，快吐，正在商量你婚嫁呢，不能乱说。"

柏桃花吐吐舌头，一点都不在乎地说："我才不信这个，要死奶朝天，这地下不是有两个桃花吗，正好桃园三结义，青史留名。"

业香说："结婚的事就那样定了。没工夫跟你尽扯淡话。"迫不及待地追着堂爷的叫口跑了。

许大棒槌和柏桃花的婚礼虽然简单，但场面隆重，大队书记邓田鸡亲自主持，李特判讲话。

李特判讲了三点："第一，感谢社教，文化社教不仅掀起了社会主义建设的高潮，也推动了山里山外文艺联姻的高潮；第二，感谢火龙。火龙舞得桃花闪，棒槌喜得金搓板；第三，感谢桃花报春。我有一个提议，既是为了柏桃花，也为了我们雷村人的未来，喝完了喜酒，大家在这山上一人栽种一棵桃树，祝愿明年满山遍野的桃花，像柏桃花一样飞进我们千家万户。"

李特判讲完话，接下来由业香组织新人问答。业香问新郎："团不团？"许大棒槌愣了一下，连忙答："团，团。"业香又问："团什么，什么团？"许大棒槌一时答不上来。闹婚礼的人就开始起哄："是面团，还是肉团？快说，他不说，我们就揉新姑娘的肉团团。"许大棒槌无奈:"肉团,肉团,像面团。"

业香看场上闹得太欢腾,犹豫着,不知该如何进行。堂爷说:"业香一个没出门的娴子,主持闹婚没谱,还是请老包出场,有经验。"

包糯米用手推推眼镜,说:"好,我来主持,下面继续进行。新人如果回答不上来,可以提问,问答问答嘛,有问就得有答。第二个问题,结不结?请新娘回答。"柏桃花还没等包糯米问完,就抢着回答说:"结,不结来干啥?"包糯米又问:"结什么,什么结?"柏桃花又答:"结婚,当然是两个人结,一个人结个黄昏哪。"包糯米笑笑说:"我问的是结不结实。"柏桃花信誓旦旦地说:"海枯石烂,够结实吧。"

场上哄笑又起:"不是石头烂不烂的事,是问结实不,究竟是棒槌结实,还是你的裤子带结实。"有人开始骚动,凑到柏桃花跟前,我们来扯扯看,结不结实?大伙笑得闹哄哄的。

新婚第二天,许大棒槌就下山劳动,天天早出晚归。柏桃花在城里热闹惯了,一个人在山上度日如年,实在憋不住了,就挑了半担谷子和小麦下山,说是加工粮食,其实是找人说话散心。踏进机房,迎脸望见小青龙红嘴,红嘴也一眼望见了柏桃花,慌忙接过担子,两人都像好些年没见的熟人,说得亲热。柏桃花指着机房前边的山凹,问红嘴:"那边好热闹哇,咋那些人又说又唱的,在唱大戏吗?"

红嘴回答:"是盖新房子,在打墙,唱歌。"

柏桃花好奇地问:"盖房子还唱歌?弄得像唱大戏似的。"

红嘴说:"这是雷村的习惯,上山挖地、薅草,下田插秧、割谷,盖房子打墙、上梁,婚丧嫁娶都兴唱歌。"

柏桃花靠着机房门框,羡慕地朝屋场张望。红嘴理解柏桃花盼热闹的心情,说:"你没见过吧?可有意思了,好玩,去玩一会儿,我帮你打好了,叫你。"

来到屋场,柏桃花一眼看见了麻雀,麻雀正站在高高的土墙上,挥舞着又粗又重的木槌,哟嗬哟嗬地起起伏伏,一上一下地捶打土墙,她忍不住喊了一声:"小心点,危险。"

歌声号了停止了,劳动的人们全都扭头看着柏桃花。有人打趣说:"呵,新媳妇来团结我们了,可莫紧——张啊,小心麻雀。"一句话把柏桃花说成了大红脸。

麻雀接过话:"放心,保险得很。等你明盖房,看我帮你打得结结实实的,保管耐住。"

柏桃花也热情地说:"那可要难为你,有这句话,就先谢谢了。"

麻雀慌忙说:"谢啥,那可经当不起。我们山里人,以后少不了求你城里人帮个这借个那的,难为你的时候在后头呢?"

柏桃花爽快地应承道:"没问题,需要帮啥借啥,只要是有,一句话。"

枣花快嘴快舌地说:"哟,都说城里人小气,没想到桃花这大方。麻雀呀,他最想找你帮忙的是,《借十样》,你全都有。"

柏桃花看看自己,瞪着不解的目光:"借十样,我都有?"

全屋场的人咧着嘴狂笑。艾枣花笑够了,伸手拉住柏桃花:

"开个玩笑，逗你的，就是一个歌子，歌名叫《借十样》。来，堂爷，业香，唱给城里来的新媳妇听听。"

业香有点不好意思："唱个别的吧，《借十样》……"

艾枣花等不及了："扭啥扭，团结紧张都那个了，还在乎《借十样》？"

堂爷清清嗓子，豪气满满地喊道："我向姐儿借十样啰！"

　　喜洋洋（呀里）笑洋（哟）洋，我向姐儿（哟）借十（呀哟呵）样，样样（哟）都在（理呀连理也）姐身上。我一借姐的汪（啊）汪水（呀），（理呀，连理也），二借姐的水汪汪（啊），（牛牛的嘟当海棠花）三借姐的叮当响，四借姐的响叮当，五借姐的鸳鸯枕，六借姐的枕鸳鸯。七借姐的肉包子，八借姐的象牙床。九借姐的荡刀石，十借姐的鲜花救命方。

堂爷唱完十借停住，业香情意绵绵地接唱：

　　喜洋洋（哎哟）笑洋（呀）洋（咧），情歌像我（哟）借十（呀哟）样，样样（哟）没在奴（呀理呀吔）身上。

　　天没下雨哪有汪汪水（呀），（理呀连理吔），小奴家没有桃花哪有水汪汪（啊），（牛牛的嘟当海棠花）。

　　小奴家没开铁匠铺，哪里来的叮当响。小奴家没开铜匠铺，哪里来的响叮当。小奴家没开绣花铺，哪有鸳鸯枕头与哥枕。小奴家没开扎花店，哪有什么枕鸳鸯。小奴家没有开饭庄，哪有肉包子与哥尝。小奴家没开木匠铺，哪里来的象牙床。小奴家不是剃头匠，哪有什么荡刀石。小奴家没有开药方，哪有鲜花救命方。

柏桃花拍手叫好："唱得好，对呀，一样都没有，借啥？"堂爷嘿嘿嘿笑，大家都跟着笑，等着堂爷接唱下文：

桃树开花叶叶香，我向姐儿借十样，样样都在姐身上。

你左眼是我的汪汪水，右眼是我的水汪汪。上牙是我的叮当响，下牙是我的响叮当。左胳膊是我的鸳鸯枕，右胳膊是我的枕鸳鸯。妈妈儿是我的肉包子，小肚子是我象牙床。大腿是我荡刀石，姐儿长得一枝花，花儿就是救命方。我向姐儿借十样，是不是都在姐身上……

山歌赶走了疲劳，麻雀打墙的木槌下得更勤、更实，柏桃花也自动加入了铲土捡筐的队伍。她被这崭新的劳动生活陶醉了，不由得憧憬起自己盖红瓦房的场面来，把打米打面的事忘到了脑后，直到红嘴来喊，才恋恋不舍地离开快乐的打屋场。

柏桃花走了一二十步，回过头，看见麻雀站在几人高的墙上，还痴呆呆地望着自己。心里想，等明盖房，就请麻雀打墙。这时，她听见麻雀在背后喊："过河，小心石步子①。"

她正要回答，又听见艾枣花更大的声音喊："桃花，一样都莫借给他，他要敢借，我们帮助你，把麻雀毛都给他拔光。"

柏桃花挑着半袋米半袋面，满心欢喜地回家，过河时，走在石步子上，尽管有些摇摆，可已经不像第一次紧张了。正过到河中，听见跟到岸边的红嘴在喊：小心石步子。红嘴的话音没落，柏桃花脚下的石头一滚，连人带粮食滚到了河里。这时，六队的二赖子正好经过，哈哈哈大笑，边笑边说着二杆子话："哎哟，新媳妇，多好的米面哪，泼哪儿不行，偏偏泼到河里，亮你的白大胯呀。"

一群学娃子也跟着起哄，大喊："白大胯，白桃花。柏桃花，白大胯。"

红嘴捡起一块石头，朝二赖子和学娃子甩了过去，吼道："幸灾乐祸，滚！滚一边去。"

柏桃花坐在河边伤心地哭了，她不要红嘴帮忙，更怀疑是红嘴故意的。直到太阳下山，许大棒槌放工回家时，发现媳妇坐在河边哭得像个泪人，心疼得一把搂在怀里："谁叫你打粮，谁叫你跑来打粮了。泼了算了，我背你上山，背你。"

"不，我要下山。在山下盖房子，你不答应，我就不回

---

① 石步子：河水中的石磴。

家了。"

许大棒槌连连点头："盖，盖，山下盖，行了吧。"

柏桃花扑哧笑了："拉钩，我要马上盖，盖红瓦房。"

许大棒槌说："盖，也得有瓦呀，张嘴就能来呀，光打个筒子墙，竖着。能住哇！"

柏桃花："先下基，打墙。等瓦，万一一时等不到，就盖上毛草，先把家搬下山，等有了瓦，再更换也行。"

许大棒槌答应过柏桃花的条件，盖瓦房，扩大桃园。本打算就在原地上，将就着把老屋修整修整，新加上间正屋，把老屋毛草一扒，盖上红瓦，就解决了，既省钱又省事，且快，还方便管理桃园，也能照看着地下的两个桃花。现在明白了，柏桃花是要下山，先只说盖新房子，没想到要在山下盖房。是呀，连堂爷都从大岩屋搬下山了，一个平原姑娘长期住荒山野岭中，找个说话的伴都没有，受得了吗？没病早晚也憋出毛病来。再要遇上个大灾小险的，还不吓死，已经谢了两朵桃花哦，这一朵就是用心捂着，拿嘴含着，也要让她一直笑呵呵地开放。许大棒槌睡在床上想：可不能说漏嘴，叫桃花晓得了自己想在山上翻修新房，还有照顾两个前妻的念头。他决定明天一早就去找队里要宅基地，有了地就马上动工，先挖基，等基脚下好了，再请桃花下山，不光要送惊喜，还要献上一片时时为老婆着想的爱心。

柏桃花要住红瓦房，是李特判和大队都表态了的，杨疯子不敢马虎，亲自带着许大棒槌在龙王沟口定下屋场，并许下话，用最短的时间帮忙把新房子盖起来，木匠集中突击，窑匠优先保障红瓦。许大棒槌感觉到柏桃花的到来，大大提高了自己的身价，激动地流出了眼泪，抱着拳直拱："难为队长，难为乡亲老少爷们了。"

有人交头接耳："杨疯子看上人家白大胯了吧？从没见他为谁这样卖力过。"

杨疯子当着许大棒槌和队里社员们的面说："最先看上柏桃花的是李特判，你们这些婆子小伙子说说，谁心里没看中？给你们说，我看上的不是柏桃花的大胯白，是她的心红，她喜爱我们雷村，第一个从山外自己嫁进来。我们帮她了了心愿，使她家尽快住上红瓦房，是要让山外的姑娘们都眼气她，都明白晓得，只要嫁进山就能住进红瓦房，更不愁吃不饱饭。但愿我们所有的小伙子们，都能把城里姑娘娶进家门。"

大家激动地鼓掌。艾枣花说："队长是指望着给红嘴娶城里媳妇呢，郑气，可要给队长争气哦。"

堂爷吹了三声叫口，唱了一曲五言号子。接着，锣鼓鞭炮鸣响，挖基动土开始了。

动工仪式结束后，杨疯子吩咐十来个壮劳力留下开基，又安排三五个妇女帮忙做动工宴席，然后带着其他人出工去了。

龙王沟这块平地虽不大，盖一栋三五间的房子却绰绰有余。风水先生选定的屋场紧靠山根，前基土质松软，后基山脚越挖土质越硬，再往下就挖不下去了，一块前低后高的连山石板躺在下面。许大棒槌看看快晌午了，就说："早半受累了，都到艾枣花家去喝酒，晚半带上钢钎锤子，准备好雷管药捻子，万一撬不动，就轰一炮。"

吃午饭的时候，业香问起柏桃花摔进河里的事，是不是很生气，后悔嫁进山了。又问建房动基成家立业这大事，柏桃花咋没参加？不是赌气没原谅你大棒槌，就是你心疼媳妇，不让人家劳动。许大棒槌大话吹得砰砰响，嫁鸡随鸡嫁狗随狗，嫁给棒槌河里水里必须走，有啥气好生的，自己不小心。

业香就说："你吹吧，吹跑了，又求我们去找人。"

郑气和艾枣花你一句我一句地笑开了："业香你晓得个啥呀，棒槌是担心，人家晒疼了红嘟嘟的小白脸蛋。""还怕晒黑了白大胯。"

许大棒槌说："还说呢，怪都怪你们红嘴吼那一嗓子。"

堂爷说："桃花是个通情达理的孩子，说不定这会儿溜到工地去了呢。"

许大棒槌说："不可能，没告诉她，等墙脚起来了，来个惊喜，让她记得我们雷村人的好。回去多拽几个娇子进山。"

吃完饭回到屋场，走在最前面的麻雀一步跳上早半挖出的石板，正要甩下钢钎时，突然惊叫了一声："蛇！"

一条白蛇盘在石板中间，昂着头看着大家，嘴里红红的信子，像正月十五火龙吐丝一样，吞进吐出，发出凉飕飕的咝咝风响。大伙都被眼前的这一幕惊呆了："快，用钢钎，砸，砸死它。"

白蛇昂着头，无动于衷，盘着的身子一动不动，只听见嘴里咝咝的凉风在响。

堂爷大声喊："麻雀，千万别砸。动了房基，就属家蛇，白龙卧府，大喜呀。只有圣地福地，才会出现盘龙……祝贺棒槌哦。"

大家按照堂爷的吩咐，不打，也不赶，看着等着，让它自己离开。

过了一袋烟的工夫，白蛇就那么盘着，吐着，看着，丝毫没有离开的样子。堂爷劝说许大棒槌歇工，人走了，蛇自然会走。耽误的工，明天一人加把劲就赶回来了。千万不能轻举妄动，破了宝地风水。

第二天，白蛇果然了无踪影。

许大棒槌和麻雀放了一炮，可石头只裂了很小的一个口子，接着又打了两个炮眼，直到第三炮才把石板炸开。石板是青石，石质坚硬，正是下基脚的好石料。大伙把石头砸成一小块一小块，移到屋场中间。移着移着，却发现了稀奇，大石板下面一窝蛇蛋，灰白灰白的。大家议论着，难怪白蛇不走，护着蛋呢。有人提出疑问，蛇不大呀，咋会嬎下这么大的蛇蛋呢？从没见过，都觉得古怪。有人就说，许大棒槌娶媳妇，娶出一串串离奇古怪来。

蛇蛋一窝连着一窝，密麻麻地连成了一片，许大棒槌扒开几窝，用手敲敲，发现是石蛋，窝下有窝，就让麻雀用钢钎往下撬。他一点也没料到越往下，越多，越大，小的只有拳头大小，大的大到海碗粗，大大小小你挤我挨你，躺了一层又一层。许大棒槌蹲在蛋窝里，眼睛盯着石蛋想：蛇蛋咋成了石蛋呢？这么多，一模一样的白，打哪儿来的呀。他正在为石蛋犯难，麻雀碰碰肩膀，问："这蛋咋弄，还要往下撬吗？"

他眼都没抬，回答道："咋弄？撬起来呀，甩了。留地下，只怕不吉利。"

"你敢甩！上天送的龙蛋，吉祥物哇！"柏桃花在胯裆崖碰到了堂爷和久香，听说许大棒槌选的屋场是块风水宝地，地下盘着白蛇，激动地连蹦带跳跑下山，站在屋场边看了好一会儿，刚刚才喘过来气，听见男人的话，气得吼了起来。

许大棒槌只顾乌龟瞅蛋，没有留意柏桃花早就远远地瞪着后背。慌忙起身，脚下石蛋一滚，扑通倒在了石窝里，引得大家一阵哄笑。

柏桃花更加生气："你真是个棒槌。这大的事，敢不跟我商量，还瞒得死死的。"

许大棒槌还没开口，麻雀抢先说："我们都想猛不丁给你个惊喜。"说着，走近柏桃花，讨好地问："你在山上咋晓得的，那石头真是龙蛋？怪不得都说秀才不出门，能知天下事哩，你是活神仙？"

柏桃花哧哧哧笑："啥神仙。想也想得到，对面山上大岩屋是啥？是龙宫，龙宫的龙王有龙王后，还有龙王妃吧。龙王后不妒忌那些妃子？那些妃子在龙宫待腻了，不跑出来找快活？龙王王后一生气，发个威，喷几口水，山塌水淹，还不把妃子都淹埋了。龙胎当然就变成了龙石蛋，听听这名字叫啥？龙王沟，总该明白了吧。这也是我瞎猜的，你们觉得有道理吗？"

在场的人都点头，说不光有道理，还有意思。麻雀啧啧啧称赞："城里人就是聪明，会想，我们住这儿几十年，都想不到这上头来。"

许大棒槌问："那多龙蛋，不甩咋办，放哪儿？有啥用？"

柏桃花朝堂爷新房的方向望了望，把目光收回来，落到满地的石头窝上，想了想，斩钉截铁地说："派上大用场，砌墙。"她看了一眼大家惊奇的眼神，接着说："堂爷挖屋场挖出了绿石头，盖的绿墙红瓦房，好美气。我们屋场挖出了白石蛋，学学堂爷，盖一栋白墙红瓦房，一白一绿，比着漂亮，咋说都是雷村一景。不信，你们等着瞧。"

许大棒槌又问："大龙蛋可以砌墙，那些小石蛋子，卵子大点，做啥用？"

柏桃花眼睛一横："真是棒槌吹火，一窍不通。大派大用场，小有小作用，垒不成墙，铺院场不行？白花花的龙蛋院场，多硬气，谁见过？"

大家嘿嘿嘿坏笑："往下就赶紧生几窝龙子龙孙，满院场爬。那可是人造景哦，够你们两口子忙活的。"

青石块加白龙蛋，砌了四层，确实好看，而且稳固，不怕像大队部那样，被山上筒子水冲垮。从五层开始打土墙，挖土、运土、递土，要的人工多，给堂爷打墙的一帮子男女都来了。麻雀是打墙把式，忙得格外卖力，时不时地找柏桃花问这讨那，殷勤得很。不知是谁最先发现每块墙板下多了一根横杆，由两根变成了三根，就问道："麻雀，咋三根横杆？你弄错了吧。"

麻雀轻描淡写地回了一句："下面石头实，上面土松，多加了一根。"

郑气开玩笑说："堂爷那里咋没见你加呀。哟，这是对柏桃花他们家用心了，把自己加了进去。"

麻雀解释说："这里是沟口，湿气大，多点麻雀洞，通风。"

艾枣花说："哎哟，在柏桃花面前，麻雀简直像变了个人，是不是想'借十样'呀。"

郑气说："他敢借。看看，脸都吓红了。"

柏桃花看大嫂子们都拿麻雀开心，便帮忙解围："有啥不敢的，借，谁不想图个快活，堂爷他们都借了，我们也借。堂爷，连长，难为了，开借吧。"

堂爷亮亮嗓子，与业香唱起了《借十样》。

在堂爷的歌声中，柏桃花家的房墙噌噌噌长高，直到歇墙，一天雨没下。大家都说许大棒槌走人运，三个女人一个比一个好，特别是柏桃花，人好天运也真好，谁家盖房子打墙不遇几场雨。老天爷都帮她，硬撑到上完梁才下雨。

可这场雨下得邪乎，像憋足的尿水，一洒就不可收场。连续八天，下得人都要长霉了。第九天，柏桃花来看房子，拍拍柱头，踢踢墙，毫毛不损，心里喜滋滋的。她拿起扬杈，把发霉的稻草翻开来晾晒，可她怎么都没想到，在后墙脚下的稻草堆里，看见了大家说的白蛇，半盘着的蛇身，被草闷水泡得白生生的，看得她全身直起鸡皮疙瘩，恶心的腐臭呛得肠胃酸水翻腾。默默地过了好一阵，等心情逐渐平静下来后，柏桃花对着白蛇哀伤地说："对不起，是我打扰了你，害了你的性命，我罪过哦。"

柏桃花不能让人知道白蛇死了，包括自己的丈夫。她用蓑衣把白蛇包好，在山后最大的一棵松树下埋了。口中念道："朋友，亏待了，祝愿你在地下随这棵松树万古长青，可也别忘了，保佑我们哦。"然后，双手撑地，连磕仨头。

许大棒槌做梦也没想到，房子盖得这么顺，先动工的几家还在等瓦，自己就等准备搬家了。搬家的头天晚上，他请麻雀和几个小伙子，从许家洼老屋把柴火搬进新屋，点燃灶火，把一大锅水煮得咕嘟咕嘟响，预示兴旺发达。

天快亮时，麻雀一行又来到老屋，抬的抬，扛的扛，把该用的家具都带走了。

柏桃花提着灯，走在最前面，许大棒槌抬着一盆炭火跟着。堂爷高声喊道：

"前途光明，红红火火。乔迁啰……"

山上老友伴送，山下新邻接迎，一路吹吹打打，嬉嬉笑笑地来到了许家新屋。大家在院场上止住了脚步，望着脚下清一色拳头大的龙石蛋，铺出来的花花白的道场，和眼前的白墙红瓦房，个个赞不绝口。山里人没见过这样的场院，比李篾匠编排的竹席子还要强，大人可以在上面睡觉，孩子能光屁股打滚，看着眼睛亮堂心里舒服。堂爷等大家议论得差不多了，开始唱起了《发财人家好气象》：

不觉走来不觉望，　　　红金鸡房顶咯咯叫，

　　不觉来到贵府院场上，　白龙蛋铺得满院光，

　　主东住个好屋场，　　　龙脉子孙一串串，

　　发财人家好气象，　　　人财两旺……

堂爷唱罢，高喊一声："望堂屋啰——"

众人拥着挤着走进正堂。等待堂爷再唱《贵府住的好瓦房》：

　　来在贵府抬头望，贵府住的好瓦房。前头三间金银库，后盖三间米粮仓。金银满堂……

新房里早备好了酒席，款待贺喜的、帮忙的和赶热闹的人们。

晚上，直到送走了喝帮忙酒的所有人，许大棒槌和柏桃花才有空停下来说话。许大棒槌抱着桃花说："咋像做梦呢，莫名其妙地就娶了你，稀里糊涂地又住进了新房，你说我上辈子修了啥福哇。"

柏桃花照许大棒槌胳膊打了两巴掌，说："修的当牛做马的福，从今往后，你可得给我老老实实地当牛做马。不老实，小心你的棒槌。"

许大棒槌嬉皮笑脸地说："我现在就要做你的牛马。走，上马咯。"抱起桃花就要往床上放。

柏桃花挣开身子，说："等不及了？有你做牛马的时候。先上床歇一会儿，累了一天。"

许大棒槌躺在床上，兴奋地睡不着，一遍又一遍地催，快点快点，催得柏桃花憋不住了，停下手里活，就往茅房跑。大半天没顾上撒，尿劲足，蹲下身唰唰唰直滤，也许是响动太大，也许是尿水冲得急，惊动了醉倒在墙边的麻雀，"哼"了一声。柏桃花听见声音，吓得尿响"哗"一声停了下来，正要提裤子起身，麻雀已醉鬼似的扑上来了，满嘴酒气和满身吐的东西，熏得柏桃花身子一软，差点儿掉进茅坑，双手胡乱抓住麻雀，恶狠狠地说："把我推进去了。"麻雀趁势抱紧了腰，桃花双手动弹不得，她挣扎着想把裤子提上，可麻雀死死地抱着，越箍越紧，让她渐渐地喘不过气来，就央求说："快放了我，棒槌在床上，一会儿等不及就出来了。"

麻雀像壮牛一样呼哧呼哧喘着粗气，一只手紧紧箍住，一只手已经从屁股上移到了大腿间。柏桃花害怕得要命，慌乱中说："求你了，麻雀。现在不行，你明晚上来。明晚……"

麻雀摇着头不信，柏桃花打赌说："骗你是王八，你快走。"

麻雀信了桃花，松开手，歪歪倒倒地走了。

柏桃花第二天在家收拾屋子，老是分心走神，不是放错这，就是打碎那，还时不时出门望一眼，生怕麻雀突然来了。出门望一眼，就在心里骂一遍：死鬼麻雀，喝点酒就不是人了。骂过了想想，麻雀人还不错，打墙搬家多卖力呀，像给自己家干活。他要是真坏，昨晚上就趁那个酒劲一耍狠，自己抵挡得住吗？再往下替麻雀一想，一个人，还真不容易，怪可怜的，老实巴交的傻蛋，他要不那么热心把自己送到许家，咋的？真便宜了许大棒槌，这么胡乱想着，不觉得心跳好像在突突地加快，脸也热辣辣的。她连忙拿起镜子一照，果然红扑扑的。

天擦黑时，柏桃花在院子里扫地，一群男女社员从龙王沟放工回来，杨疯子老远就打招呼："柏桃花，搬进新家，可莫夜夜都把棒槌捆屋里，他得上山守苞谷棚子。野猪糟蹋起嫩玉米棒子来，跟他糟蹋你一样，疯狂啊。"

许大棒槌连忙说："不会的，今夜我把家里收拾好了，明晚就上窝棚去。"

人群中的麻雀望着桃花紧张了一下，肩上的锄头一滑，险些砸到脚上，柏桃花的心也跟着揪了一下，紧张得不行。

艾枣花说："桃花，棒槌要睡窝棚，你就找个伴陪你睡，新房得有人，可不能独守。"

麻雀吃完晚饭，筷子一丢，早早来到龙王沟口候着，可一直没有听到动静，候到好晚，好不容易听到许家大门"吱呀"响了一声，赶忙往地上一趴，膝盖在石头上磕得啪一响，他一点儿都没感到疼，只顾瞪大眼睛盯着，却看见出来的不是柏桃花。许大棒槌赤条条地站在门口，朝白石头院场撒了一泡尿，转身把门关了。麻雀巴不得他们早点关灯睡觉，心想睡觉以前，柏桃花肯定要出来撒一趟尿，那是个机会。没承想，直到等到灭灯好一会儿，也没见人出来。心里就有些生气，说好的今晚，骗人王八蛋。转念一想，桃花是个敞亮的人，不会说了话不算数，可能是被棒槌缠住了。麻雀蹑手蹑脚来到茅厕边，在墙根蹲下，耳朵紧贴后墙的麻雀洞，听着里面的动静。

许大棒槌一再催着桃花上床，说我明就上窝棚过夜了，你不会真找个伴进屋吧。柏桃花终于上床了，没好气地说："不放心就别上山。往外滚点，我睡里边。"

麻雀听见屋里面两口子一直在说话，心里嘀咕，完了，出不来。该不会以为我没来吧？这时，麻雀又听见柏桃花说："朝外睡点，我里边挤墙上了。"

柏桃花的声音好大，在麻雀听来像似有意给自己递话，心里一阵狂喜，伸手碰在一根树棍上，眼睛突然一亮，灵机一动，对呀，为啥不告诉桃花我在外面哩，就在昨夜这里等你呀。他拿起小木棍，小心地伸进麻雀洞，轻轻地朝里戳了一下，里面立马把木棍顶了出来。他又慢慢地戳了一次，里面又慢慢地一点点退了出来。麻雀有些激动，柏桃花晓得是我，是的。于是再次把木棍伸进去，点一下，再点一下，连点三五下后，里面把木棍捏住了，一动不动地捏着，过了好一会儿，才悄悄地退出来。麻雀彻底明白了，桃花是在告诉他，叫他等一下，等到她出来，别动别急。

麻雀取出木棍，重新把耳朵贴在墙上，又听见柏桃花的声音："急啥，让一下，我出去一会儿。"

许大棒槌说："尿罐子在那儿，尿屋里，明早我倒。"

柏桃花说："新房子，尿屋里，不臊你呀。"

接着，门吱呀响了一声。麻雀激动得心快跳到嗓子眼了，迎上去抱住了白大胯……

等柏桃花一进屋，许大棒槌就抱怨："尿这长时间。"

柏桃花讨巧卖乖地答："长啥？不是要给你准备顺畅吗。谁晓得你又要捣鼓多长时间？没完没了的。"

许大棒槌等柏桃花一躺下身子，抬腿就上去了。

许大棒槌本来很自卑，觉得娶到柏桃花是癞蛤蟆吃到了天鹅肉。一直担心和桃花过不长，生怕哪一天，一拍屁股走了人，就是不走人也可能会往家里招惹人。可通过盖房搬家，通过今天夜里的举动，他觉得桃花处处为了我这个棒槌，想得多周到，多长远哪。他彻底打消了顾虑，从今往后，再也不猜疑，不防范，更不会冤枉桃花。多好的女人哦，死心塌地跟了我许大棒槌，谁敢想她白大胯，那才是叫癞蛤蟆想吃天鹅肉呢，想也白想，就这么琢磨着，不知不觉睡到了大天光。

天快黑时，许大棒槌扛着被窝准备上山守窝棚，出门进门，进门出门，反复了几道，舍不得离家。柏桃花问："咋！歇一夜不行，不放心？要真不放心，就不去了。"

许大棒槌感激地望着柏桃花："放心，一百个放心，千万个放心。就是你不放心我，我也会放心你。只是丢你一个人睡，太冷清了。"说着，照白大胯拍了一巴掌，兴冲冲地跑了。

夜里睡在窝棚里，许大棒槌想到了任林枝，又想起了死去的两个女人，翻来覆去觉得自己对不起桃花，睡过那些女人。可桃花就他一个男人，真是吃亏了，自己捡了大便宜，无论咋的，今后都得依着桃花，她想咋的就由她咋的去。

这天晚半，一场大白雨突然从天而降，把地里劳动的社员全赶回了家。社员们到家不久，大雨突然停了。麻雀想找几个人去柏桃花家打牌，可打牌的人手早配上了班子。他吃过饭，闲着无事，一个人逛到了龙王沟口，看见柏桃花家的大门紧闭，心想，许大棒槌天没黑就上窝棚了，是场及时雨。来到了门口，想伸手叫门，又怕不妥，万一棒槌在屋呢？那不是给柏桃花找麻烦。他转到后墙沟，想听听响动，屋里没音，从麻雀洞望进去，漆黑一团。他用木棍轻轻试戳了两下，没见反应，再用力一戳，木棍突然猛力反弹出来，把他推倒在地上。麻雀没有防备，心想："咋回事？翻脸不认人了，不至于呀。"正想着，许大棒槌拖着布鞋，吧嗒吧嗒地过来了，问道："麻雀，你做啥？"

麻雀站起身，拍着身上的泥土说："二队演电影，《奇袭白虎团》。我过来叫你们，咋天没黑就睡了？"

许大棒槌不高兴地说："屁相干哪，我问你在那洞洞里做啥子。"

麻雀说："好像有只麻雀钻进洞里了，我把它戳出来。"

许大棒槌更加气恼地说："几十岁人了，不干正事，邪门歪道地乱窜。你去看，我们不去。"

麻雀连唬带骗说："听说比《渡江侦察记》还好看，有个女的，王芳，好勇敢，迎着大炮喊，向我开炮——向我开炮——真值得去看，好过瘾。"

正说着，柏桃花也踢踏踢踏地走过来，说："麻雀，搞混了，那是《上甘岭》，不是《奇袭百虎团》，那仗打的，土都焦了，石头全是弹眼，哪里还有麻雀哦。"说着，呵呵大笑起来，望着许大棒槌问："去不去？你不去我去，进山好久没看电影了，过瘾去。"

麻雀高兴得撒开腿丫子就跑："我在大队部等着，快点哦。"

柏桃花吼道："站住，就在这儿等，我换件衣服一起走。"

麻雀望着河里，许大棒槌说："叫你等，你就等着。桃花这是把你麻雀当人看，晓得不？"

柏桃花身上穿着第一天上山时的红褂子，跟在麻雀身后，有说有笑地走了。

许大棒槌望着麻雀和柏桃花慢慢消失的身影，心里空落落的，有些不是滋味，返身进屋，扑通关上大门。不一会儿，又跑出门，追到山梁上，喊道："早点儿回来，我留着门，不闩。"

二十二

柏桃花家成了我们人人喜欢的第二学校。每天放学，我们走出操场，翻过一个小梁子，成群结队地拥进许家白院场。不管是穿开裆裤的小学生，还是读初中的半大丫头小子，都对从城里进山的柏桃花稀罕得日怪，每天见面都好亲热，少不了甜甜地叫一声："柏姐，放学了。"柏桃花也真把自己当成大姐姐，笑得甜蜜蜜地答："放学了就开开心心的，好好玩，待会儿得闲了，姐陪你们玩。"我们都把书包一甩，脚上草鞋一脱，疯开了。捉老鼠，斗拐腿，下田棋，驴打滚，骨碌碌滚来滚去，扑通通又跑又跳，满院场闹腾。

眼看太阳躲进山背后了，离校远的还有十几里山路，不得不走，桃花姐就叮嘱："快回，晚了大人着急，明天再来玩哦。"

剩下我们本队的，玩得更加自由自在。

柏桃花忙完了，就加入我们的队伍，屁股往石蛋上一坐，两腿叉得开开的，说："来，打牌。"我们就把脚丫子伸到她的大腿边，那大胯好软哪，软和得像棉花，胯丫子也暖和得像炭炉子，直打到看不清楚桃杏梅方上的字，许大棒槌放工回家了，我们才散场。有时，没玩尽兴，回家吃了晚饭，又呼啦一下子跑过来，凑到了一起。

凡是有月亮的夜晚，我们就把磨棚玩的走月亮走到了许家院场："月亮走，我也走，我给月亮赶歌路，一赶赶到龙王沟，红瓦房白石头，火龙接住了红绣球……"

校长谢中杰从学生的兴趣中发现了秘密，找到书记邓田鸡说："给我加个民办老师吧，柏桃花，有了她，我敢保证提高上学率，把那些没上学的、上学逃课的都给你吸引来，定叫公社辅导站对我们雷村刮目相看。"

柏桃花没想到能当上民办老师，虽说教一年级，可认真劲比教我们初中生都谨慎。她拿着一年级课本，来和我们商量，在上"日、月、水、火、土"之前，咋法能叫这些才走出家门的小娃子们，一听就懂，一看就会，一写就像。目的就是使娃子们，一进校门就舍不得离开。

功夫不负有心人，柏桃花真的琢磨出了吸引学生的妙招。

开学第一节课，柏桃花没让娃子们看书本，首先对大家提问："同学们，我们都是什么呀。"大家答："学娃子。"她鼓励道："对，从坐进教室你们就是学生了。动物能进校门吗？动物是不能走进教室的，只有什么才能坐进教室呀。"异口同声："人。"她说："太聪明了，人。我们都是人呢，所以今天我们就从人字学起。"

她在黑板上写了一个大大的"人"字，解释说，人长啥样，上半截是身子，下半截是两条腿，左一撇，右边一捺，就是一个"人"字。记住了，"人"字好写胯要叉，为啥胯要叉得开开的？叉开了腿才站得稳，走得快呀。

教完了"人"字，她说好，你们来学校读书，读着读着就长大了，下面我们学第二个字："大。"给人加一个肩膀，就是"大"，记住，"大"字好写臂要挓，为啥臂要挓得开开的？好做事，有力量呀。你们要好好学习，天天向上，一天天就长大了。我们在大字头上再加一横，就是"天"。这是我们学的第三个字，"天"，记住了，"天"字好写头要平。为什么？因为天是公平的，天下太平，天下平安，天下平等，对大人小孩，对所有人都平等对待。刚才你们认识了人、大、天，三个字。说到小孩，我们再认一个字："小"，"小"字啥样？一竖一勾，两个娃子打秋，看看，像不像两个孩子在荡秋千？

后排有同学喊："老师，这个字我晓得，奶奶教我们猜过谜，说一竖一勾，两个小卵子打秋，是小。"柏桃花说，喜欢猜谜呀，明老师教你。

新入学的孩子很快都记住了柏老师的顺口溜：人字好写胯要叉，大字要把臂膀挓，天字头顶平古塌，小字两坨左右趴……下课了，他们念着顺口溜跑到操场边，看见大年纪的娃子在竹竿上晃荡，扯起喉咙，奶声奶气地叫："一竖一勾，两个小卵子打秋。一竖，一勾，两个小卵子，打秋，打秋……"

竹竿上打秋千的学生吱溜滑下来，揪住喊得凶的娃子就打，打得脸青鼻涕流。柏桃花赶过来，把挨打的孩子搂在怀里，这时，谢校长过来了，望着柏老师和被打的孩子说："大同学敢欺负新来的小同学，这叫啥？大人光腚吊胯蛋，太，太不像话了，太……"

柏桃花说："对呀，太……下节课就教这个字，太。"

麻雀在许大棒槌家墙上留的麻雀洞眼多，平时在树枝上做窝的麻雀找到了方便，喜得喳喳喳地邀群结伙，赶着趱飞进去做窝。只见它们衔着草进去，没多久满墙眼都是黄嘴小头，叽喳叽喳地要吃，一群群老麻雀叼着小虫子，飞得匆匆忙忙，慌乱中把麻雀屎撒得满地都是，时不时落到头上和衣裳上，我们烦死了，弹弓打不住，石头撵不走。后来，我们在院子的石头窝里撒上粮食，支起筛子簸箩，等麻雀钻进去吃得高兴时，一扯绳子，把它们全盖住，一只只地瓮中捉鳖。柏姐见了说："好好抓，抓多了给你们红烧吃。"

我们问："麻雀能吃？"

柏姐说："可好吃了，像鹌鹑。桃园鹌鹑多，麻雀也多，我们用网子网了，拿回家大人下酒，麻雀蛋打汤，比吃猪肉还香。"

星期天，我们没去卖柴，约到一起，搭梯子爬墙，掏麻雀蛋，捉小麻雀，急得老麻雀又飞又跳，叫得不住嘴。躲娃子拍着手说："叫，谁叫你们乱屙……再屙。"

躲娃子个子小，我扶着梯子，他拿着火钳，一个墙洞一个墙洞掏，掏出麻雀和蛋就装进书包里。突然，我听见躲娃子情不自禁地喊叫："嘿呀！一窝大家伙，肯定不少，棍子一戳软乎乎的。"

我昂头望着他，说："慢点，堵住洞口。别让它们飞了。"正说着，梯子往后一仰，躲娃子一个跟头，摔倒在后墙的土坡上，我心里一惊："躲娃子从梯子上掉下来，算完了。"正想着，一条彩带从头顶上飘下来，落在我左脚边，还没等我弄明白是咋回事，那条彩带嗖嗖嗖地窜没了踪影，我觉得左脚好像麻了一下，凉丝丝的，像蚂蚁咬得疼，低头一看，一股针线眼大的血丝从脚踝骨冒出来。我心中有一种不祥的预感，完了，被蛇咬了。柏姐听见叫声，赶过来背起我就跑，一边跑一边拖着哭腔说："哪来的蛇呢，麻雀早掏晚掏，没听说有蛇呀。未必你命金贵，龙王盯上你了。"

柏姐的背，像她胯丫子一样，软溜溜，乎乎热的，我不晓得咋的，趴在上面不一会儿，就晕乎乎地睡着了，直到我妈哭着喊着才把我拍打醒来。我睁开眼，看到一屋子的人围着我，奇怪地问："你们咋的了哇？这吓人。"

柏姐抢着说："谁吓人？你被蛇咬了。谁想到那里有蛇，我该死，还有该死的麻雀。"

我这才想起掏麻雀洞的事，低头一看，小腿肿得比碗还粗，从脚脖子到波棱盖儿绑了三道头发。我妈在柏姐的帮助下，把我直接脱了个光吊脿，又在膝盖上和胯丫子里缠了两道头发丝，我妈那本来就稀少灰黄的头发几乎成了秃子，柏姐夺过剪子要剪自己的头发，我摸着越来越热，越变越粗的小腿和大胯，摇着头说："别剪了，没用。那是毒，剪成光头也扎不住的，莫让我看了伤心。"

短短几个时辰，我的左腿就变成了紫色，小腿和大腿肿得一般粗。有人问，啥蛇呀，这毒？柏姐说花蛇，好像叫野鸡项。

围观的人"啊"一声大叫，连忙捂住嘴，又小声嘀咕："野鸡项，今咬明抬杠，造孽呀。"

我妈听到议论，哭昏在地，已经不省人事。

这时，堂爷和久香奶奶一头闯了进来。久香奶奶伸开双臂，把围观的男女老少推得倒的倒，退的退，然后蹲下身，双手捧起我的臭脚丫子，一口咬住伤口，拼命地吸，吸一口气，吐一口痰出来，大家看到那吐出的不是痰，也不是血，而是黑色的毒汁。

在久香奶奶吸毒的同时，堂爷正把从山上采来的去蛇毒草药喂进嘴里，吧唧吧唧猛嚼，直嚼得叶草变成渣汁，然后沿伤口敷满全脚。敷完药，堂爷对我妈和大家说："都走吧，该做啥做啥去，孙娃子交给我了。"

久香奶奶说："当时被蛇一咬，立马把毒吸出来就好了。等毒进去了，腿肿了，扎头发抵个屎用。"

堂爷抽了一袋烟，问我腿脚咋样，我说凉浸浸的，一丝丝从脚底板往大腿上面蹿。堂爷长舒一口气："见效了。脱层皮，要不了命，都放宽心了。"

然后，望着打扮得有模有样的柏桃花，唱了起来：

> 姑娘出门爱打扮，头发要用颜色染，脸上擦着苞谷面，上个坡，出身汗，眼睛糊得看不见……

柏桃花做个鬼脸，说："堂爷，孙子这样了，您还有心思挖苦别人哪。"

堂爷笑笑说："歌是良药，治伤止疼。信不信，这歌子一唱，脚就不感到痛了，比药还灵，不信再听我唱一个拆字歌，你是老师，一起猜。"

> 一个姑娘不怕羞，她跟男的睡一头，上头嘴对嘴，下头用脚勾。这个"好"字拆得巧，再拆一字来陪到；一个一字不在家，二家去找他，三家找到了，说是在王家，王家门前有棵弯腰树，弯腰树下八个大蛤蟆。这个"马"字拆得好，再拆一字来陪到；四个人儿在四方，四个人儿不相见，远看像"不"字，近看不见面。这个"米"字拆得妙，再拆一字紧陪到；四个"山"字颠倒颠，四个"王"字团团转，四个"口"

字对口子，四个"日"字日相连。谁要拆出这八个字，
我真佩服他是神仙。这个"田"字拆得高，山口桃花
日子俏，白石蛋蛋笑，麻雀日夜叫……

　　我在堂爷的歌声中睡着了，一天一夜醒来，睁开眼，看见
堂爷久香奶奶，柏桃花和我爹妈都对着我笑，我妈笑得眼泪嘣
里啪啦直掉。那一刻，我明白，自己的命有救了。

　　每天，堂爷天不亮就上山去，专程采那些带着露水的草药，
草药上的露水珠，就跟我腿脚上的气泡泡一样，亮晶晶圆滚滚
的。堂爷把刚采的草药连同露水珠，一把一把塞进嘴里，大口
大口地咬碎嚼烂，嚼得腮帮子胀鼓鼓的，青筋直跳，绿茵茵的
药汁从嘴角流出来，他用手捧着揉进草药里，敷在我的脚上。
堂爷嘱咐说，这药力有劲，脚上反应不会小，不管咋发烧、发
痒你都要忍着，不能揭，汤药早中晚喝，一天三碗不能停，不
光是救命，还要疗毒养身，防备留下残疾，祸害一生。

　　就这样，过了一个星期，大小腿的浮肿明显在消退，脚也
不再像针扎的痛了。可令我没想到的是，整个左腿全变了颜色，
乌黑乌黑的，连水泡都成了黑绿豆。堂爷说："药劲到了，黑不
怕，慢慢复原。现在不药敷了，改药熏，把残余的蛇毒和瘀血
都逼出来。"

　　我妈把堂爷采来的熏药放进锅里，煮得滚开滚开，舀进木
盆，木盆上架着架子，我把脚和腿放在架子上，上面盖着布单
子，连盆子带腿包起来，用药蒸汽熏，直熏到开水变冷。六月

天，本来闷热，加上开水蒸烤，热得人头上大汗珠子滚，全身水淋淋地流，一场熏下来，好像骨头都酥了，肉也熟了，更使我加深了对脱胎换骨的理解。

在我最难熬的日子，业香来了，手里端着铜盆，铜盆里装着薄荷。她是听堂爷说铜盆清凉，贵气，放上薄荷，对吸脓、消毒和镇痛有效，就把她伪爷给她妈的陪嫁拿给我用，我不晓得她是怎么说服林枝姨的，除了逢年过节，连业香都不许动用的铜盆哦。我把化脓的脚踩在盆子里的薄荷叶上，一股凉悠悠的感觉山泉水一样流遍全身，我感到脚上的臭气小了，疼减轻了，烦躁的心情也随着平静了好多。脚上的脓水多，一会儿就把青薄荷变成了黄色，腿上黏糊糊的脓液，连带黑水泡里的茵茵绿水，一坨坨滚在薄荷上，渐渐地薄荷清香味没了，一阵风吹来，浓浓的恶臭，熏得人恶心得想吐。堂爷把我脚抬起来，让业香把盆子倒了，清洗干净又换上新的薄荷。我不好意思地说："太难闻了，恶心人，等下我妈来换。"

业香说："你是病人，没啥讲究的。我那会有病，你堂爷还不是把屎把尿的，我们大小差不多，你莫难为情。"

堂爷说："谁没个难处。人一生免不了遇几个灾呀坎的，咬咬牙，扛过去。灾难是苦难，也是磨难和磨炼。爬坡过坎不只是消耗力量，也是增强体力和能力。"

我感激地望着堂爷和业香，强忍着内心的翻腾，不争气的眼泪还是"吧嗒吧嗒"滴在了铜盆上，那声音令我终生难忘。

业香摸摸我的肩膀，说该去上工了。这时，柏桃花风一样刮了进来，喘着粗气说："刚下课，捡了个'耳朵'……谢校长说，下半年高枧高中要特招一个班……你们初中生凭考试录取。我转身就跑来，先告诉一声，看你咋办。"

前几年全国出了个白卷英雄，打那以后，升学就不再考试了。我不太相信地问："真的？咋从没听说过这事，不会造谣吧。"

柏桃花说："是临时通知的，谢校长跟公社辅导组的人，正在学校开会，听说高枧高中的老师来监考呢，你这样，能不能考？"

业香胳膊一挥："考！凭啥不考？等开学，脚不就好了。"

堂爷猛咂几口旱烟，磕磕烟锅说："考肯定要考，机会不能丢。关键是你能不能坚持，还有，人家看你这个样子，让不让进场参加考试，也是个问号。你要咬牙去考，我们就找公社、找大队和学校去争取。"

我说："不考，就像业香一样耽误了，怕以后再没机会。考吧，这脚流的，多臭哇……"

业香说："没事，我帮你，把铜盆带上，多放些薄荷和蒿子。"

桃花说："再弄块布，把脚和盆子裹起来，眼睛看不见，气味出不来。说好了哦，我还要上课，先给校长打声招呼，把名给你先报上。"说着，又一阵风刮跑了。

考试那天，柏桃花和邓红鸡的妹妹一大早就来家里接我，自从邓红鸡书记死后，他妹妹改变了对我的态度，处处格外关心。我被安排在最后角落里，业香、桃花和我妈帮忙，把铜盆、薄荷和脚安置好，用布包严后就离开了。我是怎么考完试，又怎么回到家的，我一点儿都不记得了，只听说两个半小时下来，盆子里流了一小半盆子稠糊糊的脓水，我昏倒在桌子上，是被柏桃花背回家来的，睡到大半夜才醒。听我妈说，睡梦中我还不时喊："有道题错了，等一下，我改了再交卷，改了再交。"

我担心考得不好，心里煎熬得像脚上流脓一样难受。十多天以后，分数出来了，谢校长告诉我，六十七分。我伤心得要命，后悔不迭地向校长检讨："八十分都没考到，给学校拖后腿了，我对不起学校，愧对校长。"

谢校长哈哈哈笑得打雷一样，拍着我的头说："娃子，祝贺呀，你给我们学校争大光了。你不仅是我们学校的第一名，还是全公社的第一名哪，公社辅导站为此专门奖励我们一笔经费。还说要派人来总结经验，看看这所贫穷的山村小学，勉强拖带着初中，怎么考的成绩比条件环境都好许多的平原还出色，而且是整体都好。特别是你这样一个伤病员，竟拿了第一名。"

几个随校长来的同学心里不服，嘟囔着说："都怪他的臭脚，熏得我们没法集中精力，要不我们肯定考得还好。他不怕臭，却把我们熏晕了，自己清醒答题。狡猾得很。"

谢校长说："莫起哄，你们上学是没问题的。他成绩第一不假，但能不能上得了高中，只怕还是未知数。考生多，名额少，争议好大呀……"

堂爷听说录取遇到了麻烦，领着我妈直奔高枧高中。在校门口，从中午一直站到天黑，只要看见有人进出，不管是领导、老师，还是校工，都要把我的遭遇和成绩说一遍："这娃子学习下苦力呀，昏倒在考场上，还要考，天天在家说，没考出好成绩，请给他个机会吧。"

　　从大门经过的人听了，不是点头同情，就是摇头表示无奈。守门大爷被他们俩的诚心打动了，走进院子，从菜地里摘了两根黄瓜，打来两碗井水，说："垫垫吧，一天了。都是为了子孙，不易哦。"瞅瞅四周无人，又小声说："晚上八点确定，等一会儿许主任要来开会，就是去你们百裕沟，监考的许学尚老师，他是教导主任，我悄悄指给你们，找他。"

　　正说着，许主任来了。看门大爷招呼道："许主任，开会呀。大晚上也休息不了，定名单吧。"

　　许主任笑着点头。堂爷一步跨到了前面，热情地说："领导，你是去我们雷村，考试过学娃子的许主任吧？"

　　还没等许主任开口，我妈扑通跪在了许主任面前："求求您大恩大德……求求您了。"

　　守门大爷插话说："他们是遭了蛇难的那个学生家长，可怜哪，站了一老天。"

　　许主任把堂爷和我妈带进了校园，端出两把凳子，安排坐下。然后跟其他人一起，进了一间开会的屋子。会开得很晚，争论得也好厉害。堂爷和我妈轻轻走到屋子外，在台阶上坐下，竖着耳朵听，大气都不敢出，眼睛一眨不眨地盯着，生怕一出气，眨一下眼，机会就跑了，我就被耽误了读书的事。

有人说："既然是考试录取，就得以分数定论。上面提倡的是考而不是推荐，说明白卷并不是英雄。"

有人敲着桌子说："好几百人参加考试，总共只给六十个指标，僧多粥少，你们让我这个分管招生的怎么办，总得去平衡吧。"

终于听到了许主任的声音："是呀，几百人考试，几百个都不及格，我们这教育饭吃得寒碜不说，还窝囊。招一批白卷书生，教导主任感觉丢人。雷村，一个穷山沟里的村小学，十名夹带初中生，六个人及格。一个刚刚遭受蛇难，从死亡线上挣扎过来的孩子，忍着我们成人都难以承受的痛苦和压力，考了第一名，难道我们不应该琢磨琢磨，给这个苦难的孩子一个机会？不应该倡导和弘扬雷小的精神和追求吗？"

堂爷听得眼泪滚出来了，我妈忍不住哭出了声。屋子里突然传出一声喝问："谁在外面？"

许主任出来把堂爷和我妈拉进屋子，说："这就是那个学生的家长，大家可能都见过，在我们学校门口站了一天，更像祥林嫂一样，苦苦地，反反复复地说了一天。"

堂爷抹了把眼泪，深深地弯下腰，给大家鞠了一躬，说："我是劁猪的，我以我身上吃饭的工具，叫口和劁猪刀做证，孩子的伤好得差不多了，不影响开学报名。"

我妈跟着堂爷，边鞠躬边说："我娘屋就是这学校对面朱家湾三队的，我以娘屋的亲人做证，孩子腿肿消了，脓流干了，满腿满脚都长了痂壳，痂壳一脱，就能按时上学了。他大难没死，有劳你们托福了。"接着，失声哭出了屋子。

……

自从接到录取通知，我妈每天吃完早饭，把我们兄弟几个的中午饭预备好，就扛着扁担绳子，提着斧子砍刀出门，直到天黑好久，才挑着一大担橡树皮回家。整整两个月，挑回家的橡树皮堆满了院场，我望着妈忙进忙出，短短的时间，累得腰都佝偻了，心里十分难过。我央求妈别再逞强了，这书我不读了。妈听了先是眼睛一瞪，说："你敢？我们累死累活的指望，都在你学习上。你不争气读书，就不该救你。"说完，摸着我的腿，笑了："看这腿这脚，快好利索了，用不着我们背你去上学了，你爷和我，可是在学校发了誓的。钱的事也不用愁了，从明天开始，我就把橡树皮挑到郑湾供销社，学费伙食费，够了。"

我妈不晓得，我更不知道，这时公社已经下了禁令，剥树皮影响黑木耳产量，不允许再收购橡树皮……我妈卖出去的树皮，全是堂爷出的钱……树皮都堆在供销社的后院，当柴烧了。堂爷怕我妈知道了难过，嘱咐供销社，装模作样地收购，别人一律不要，只收我们的，说那是我妈的希望，让她晓得了，一定会伤心绝望的。

高枧高中过去是大地主的庄园，庄园大得吓人，一半成了"五七"干校。听说都是下放劳动改造的知识分子和领导干部，还有像我们村包糯米那样的右派。另一半园子作学校用，房子清一色绿瓦白墙，两层楼，楼下是教室，楼上是学生宿舍。我平生第一次住楼房，早早铺好被子，和同学们说话。这时，有人过来找我，听着有人叫我的名字，吓了一跳，今天才进校，不认识人呀。走近一看，我惊呆了，简直不敢相信自己的眼睛。是天问，天问自从离家出走，好几年没音信了。

天问说从家里出来，流浪了几年，被一个买菜的右派带到隔壁干校，在食堂打杂，偷偷瞟着学会了做菜。高中招伙夫，就来了，也是刚来不久。

在学校里遇到天问，我算是遇到了贵人。每顿出钱票少，吃得却比别人多。别的同学打饭菜，天问和其他师傅一样，把米饭扒了又扒，松散散地盛一碗，泡的。挖菜时，勺子抖了再抖，到了碗里剩半勺子。轮到我，妥妥实实一勺子菜，一碗饭。我打心眼里感激天问，拐弯抹角地总想告诉他家里的情况，可每次都被天问搪塞过去了。我明白，他不想听，那个特殊的家庭，带给他的痛苦和耻辱太多了，他没法忍受，选择了逃避。

高枧高中的生活是我最幸福的学生时光，在那短暂的时光里，我学会了写戏，创作的小戏《猪多肥多粮多》参加了地区里会演。三个月的学工学农，学会了开拖拉机，当我们开着拖拉机，唱着《我是公社拖拉机手》时，那种自豪比红嘴开打粮机强百倍千倍。班主任许永庭对我们管得很严，早上天没亮就上操，一个不能缺席，晚自习下课后，每人还要额外写三百个小字一百个大字，过关了才能离开。但我们对许老师都很尊敬，每个月供销社来了五分钱一包的大红花烟，全班都去排队抢烟，大红花最便宜，也最难抢到手。许老师的烟瘾像他追求入党的热情一样，孜孜不倦，天长日久，他的手指像他的牙齿一样，又黄又黑，当他伸着手指剜着牙龈发飙时，同学们都乖乖地任他教训，往往这时，他会一只手按着胃部，大汗淋漓。半年后，他撒手离开了我们，我们也搬家离开了高枧高中，搬到了离县一中仅半条街之隔的杨寺庙分校。

当我乐滋滋地沉浸在城里的学生生活中时，意想不到的命运之手，强行把我揪回了雷村小学。许学尚主任谈话时说："全县挑中三人，你是我们学校的骄傲，每月还有二十七块五的津贴。"

我伤心地回答："我啥都不要，就要读书，再读一年就毕业了。"

最终，我还是服从组织的安排，回乡当了一名代课老师，一年高中还没读完，却担当起了初中语文教学重任，虽然荒唐得哭笑不得，又不得不硬着头皮去做。

柏桃花说："晓得是这个结局，当初费那大劲干啥……走，捉几只麻雀，红烧了给你接风。"

我说："算了吧，你那麻雀还是留给你们棒槌收拾，我可不敢蹚那浑水，小命要紧。"

山村小学学生少，老师也少，除了代初中语文，我还担任四班班主任，一个班就是一个年级。在这个年级班里面，有一个特殊学生，他就是和我一块儿掏麻雀掏出野鸡项的躲娃子，野鸡项学名银环蛇，剧毒，说来也怪，躲娃子掏出野鸡项竟然没有被咬，只是吓得从梯子上掉了下来，落在后坡一堆松毛枝上，伤势并不重，可是不爱说话的毛病却加重了，从此很少与人搭话，却迷上了写字，写毛笔字，大字。

刘老师说："躲娃子遇大惊而无险，爱大字却无语……日后，不是奇福，定是怪才。"

躲娃子本来就有一个怪怪的学名。刘老师过去是私塾先生，他是第一个被分到雷村的老师，戴着一副石头老花镜，牛哑巴两口子带着躲娃子到学校报名时，躲娃子怯生，又不爱说话，紧紧地躲在哑巴屁股后头。刘老先生找不见人，问无回音，听哑巴媳妇说姓牛，就幽默了一句："牛哇，你真是个牛躲躲。"哑巴媳妇听了，笑嘻嘻地说："难为先生了，牛躲躲好哇，好，小名躲娃子。"

牛躲躲自从迷恋上写大字，每天放学都不肯离去，一直磨蹭到很晚。我无意中发现，牛躲躲是等大家都走了，用同学的墨汁写字。我隔着门，喊道："牛躲躲。"

牛躲躲慌忙把墨汁放回同学的座位，抓起一堆葛藤叶子塞进书包。我走进教室，把用过的墨汁放进他的书包，说："你字写得比别人好，拿回去，好好练。字要天天练，我们在高中时，每天晚上都有练字的任务。"

牛躲躲向我鞠了一躬，啥话没说，转身跑出了教室。我望着他的背影，心里想：捉麻雀的时光过去了，现在是老师和学生的关系，恐怕以后再难找回小伙伴的乐趣。

第二天早上，我刚从柏树柿树的代销店出来，迎面碰上柏桃花："李老师，李老师，快回去，早操上要亮相。"

"亮相，亮啥相？把你忙活的。"我不紧不慢地走着。

柏桃花说："火烧眉毛，不赶紧就来不及了。你们班上躲娃子，校长要在全校亮他的相。有个同学墨汁不见了，说是牛躲躲偷的，告到谢校长那儿了。"

我感到问题严重了："躲娃子咋说？"

柏桃花："咋说？犟脖子，闷葫芦，不哼不睬，气得校长跺脚，说是阶级本性，不能姑息。"

如果真一亮相，那肯定会在牛躲躲心里留下阴影，随着年龄增大阴影会不断扩大，甚至永远都难以抹去。我对此深有体会，那回，因为书记妹妹的钢笔，要不是业香救场，我也许就被冤枉，委屈地亮相了。还有躲娃子尿滤女厕所的事，没有堂爷出面，非被抓住和牛洪柱同样下场不可，我不由得倒吸一口冷气，嘴里喊道："不能，一定不能。"

当我赶到操场时，谢校长正在点牛躲躲的名字。

我跑上台阶，站在校长身边耳语了两句，对全校师生说："误会，是我搞岔了。昨晚半我批大字没墨汁了，就到教室里桌子上拿了同学的墨汁用。早起，我就去代销店买回来两瓶，一瓶是还同学的，谁晓得回来晚了，真对不起。"

"偷墨风波"平息了，可躲娃子练字的困难难以解决。

堂爷听说了躲娃子练字的事，给我讲了县城刘软匠河滩写字的故事。刘软匠学徒时，天天挑着染色的布到河里漂，一漂就需几个时辰，闲着没事，就用挑布的木棍，在软河沙上画字玩，画着画着画出了模样，后来还有了名气，人称刘软匠，写字大师，专门写门牌字匾。我在县城读书，到处见到刘软匠的题字，没想到写字的大软匠原来是染布的小工匠。

我跟牛躲躲来到黑石方子旁边的河沙滩，把刘软匠的故事讲给他听。躲娃子听完故事，找根棍子画画，还真是那回事，省墨省纸还不用笔。从此，躲娃子有了用功的地方，每天在河滩上都能看到他写字的身影，哑巴媳妇高兴得逢人便说，多亏了李老师，救了躲娃子，又省钱又能学习，还不惹事。

一天中午，我吃完饭正在寝室批改作业，哑巴媳妇犹犹豫豫地推门进来，感激地说："李老师，你是我们牛家的大恩人哪，你救了躲躲，真不晓得咋报答你呀。"说着，眨眼工夫脱得精光，口里念道："莫嫌弃，我一定要报答你，求求你，千万莫嫌弃。"

当我终于清醒过来，明白是怎么回事后，慌忙拔腿就跑，却被哑巴媳妇死死抱住了双腿。

正在这时，柏桃花刚巧闯了进来，看到眼前的情景，转身就跑，剩哑巴媳妇慌乱松手的机会，我急忙跟了出去。柏桃花气哼哼地说："想不到你小小年龄，也花花肠子。要花也花得有点品啥？想啥样的身边没有，眼前现成的放着，你却去招惹坏分子，和富农烂女人搞，还是哑巴女人，真恶心你。"

"真不是你看到的那样。"我不知道该如何解释才好。

"哪样？哪样？还能哪样？你说得出口吗？"柏桃花咄咄逼人地问。

从此，柏桃花对我冷如冰霜，同在一所小学，见面再无言语，我和同学们来到石头院场玩耍，她见了扭头就走。好多次我敲门，试图走进红瓦房，都吃了闭门羹。直到我参军临走前的一个夜晚，她端着一碗油炸麻雀，半碗水煮麻雀蛋，我们一人喝了几碗老米酒，喝完酒都没说话，就那样一直坐到天亮。她站起身，从腰里掏出一条绣着桃花的枕巾，甩进我怀里，昂着头挺着胸，大步地消失在我眼前。我多么希望她突然停下来，回头望我一眼，好让我带着冰释前嫌的快乐和对灿烂桃花的美好向往，投入火热的军营哦。可她就那么疾恶如仇、毫无顾念地走了。

我到部队以后，还时时想起柏桃花，并梦见她家墙上的麻雀洞和一院场的石龙蛋。

没承想，那竟是我们最后一次见面。

第八章　黑山羊白山羊

二十三

根叔在劳改农场种菜园子。他吃苦肯干，早上天见亮就下地，晚上天见不到亮了才收工，菜种得好，两次立功减刑，被提前释放了。

走出劳改农场大门，根叔把肩上扛的铺盖行李往草地上一甩，轻松地甩着胳膊，张开大嘴，大口大口呼吸着监狱外的自由空气。不由自主地喊了一声："蛋疼哪——疼得慌。"

突然，根叔听到身后也传来一声喊："李根发！"他愣了一下，不知谁在喊谁，自从进了监狱，穿上 365 号监衣，365 号便成了他的名字。他对李根发几个字好像很陌生很遥远，跟自己没有半点关系，所以他头也没回，直接往前走去。这时，身后又大喝了一声："李根发——你站住——"他看看身边没有第二个人，发觉是喊自己，立马并拢双腿，响亮地答道："到。"

转身一看，郑管教正望着自己，他再次并拢双腿："报告管教，我错了，不该把行李甩了。膀脏①。"

郑管教走到根叔近前，把一个小纸包递到他手上，说："758 号带给你的菜种。回去好好表现，重新做人，希望听到你的好消息。"

根叔感激地弯腰点头："感谢管教，回头见。"

郑管教笑道："还要回头见哪？千万别。走出农场大门，你就解除了管教，属于自由公民了，轻装上路吧……"

从沙洋农场回家的路上，根叔想起他爹在世时，经常挑窑货到沙洋去卖，赚了钱又从沙洋买盐挑回青峰，他觉得自己稀里糊涂地坐了几年牢，愧对疼他养他的爹，打定主意回雷村之前，必须先去老家一趟，给爹烧纸上香磕头，求爹原谅他这个不孝的儿子。

在过渡湾坐船时，船工给过渡的客人每人发了一件海绵夹背，发到根叔时，船工盯着他身上的 365 号，看了又看，咧着嘴，一脸瞧不起的讨厌眼神。根叔身子缩了一下，自觉矮人

---

① 膀脏：臭、很脏、恶心。

半截，趁大伙穿夹背没人注意的当口，他连忙脱下监衣，光着身子换上海绵夹背，若无其事地和其他人一样，观看着两岸的青山。

根叔身边站着一个大约五六岁的男孩，身上没穿夹背，也没看山，在和奶奶看鱼儿，小男孩抓起篓子里的小土豆，瞄着跳出水面的鱼，一下一下地冲，突然发出激动的欢笑声："砸到了，砸到了，好大个家伙。"小孩的奶奶嘱咐："站稳了，小心掉下去。"

这时，一条大鱼又跳出了水面，只听"啪"一声响，小男孩随着大鱼落进了水里。根叔正好回头，看见小孩落水，跟着跳了下去，等船工发现赶来施救时，他已经把小男孩托到了船边，双手托举着，与船工合力把小孩救上了船。救完小孩，他自己却一头扎进了水里，船工心里一紧正要下水救他，却看见十几米外的水面露出来一个光头，挥着胳膊对船上喊："身上光溜溜了，夹背借我穿穿。"

船工想起了他换下的 365 号监衣，慷慨地招招手："送你，不要了。"老奶奶拉着小孙子喊："恩人哪，还没给你磕头呢。"

一船的人望着水里远去的背影，啧啧赞道："好小伙子呀。"

根叔回到雷村时，没碰到一个人，也不想见到任何人。

他来到大花梨树下，望着砍断的枝丫，记起当时树茬子好白好白，流出来的树浆也是白森森的，几年时间，白茬子长满了黑苔，成了永远的黑疤，就像一只斜着的黑眼睛，怨恨地盯着归来的罪人。他害怕没脸见乡亲，更担心给堂爷和久香奶奶失面子丢人，想等天黑没人了再回家，于是爬上树，躲在枝叶间，一家一户地望，急切地想弄明白村里现在是个啥样。

从村东到村西，从山上到山下，茅草房不见了，房顶全是红的。根叔望着红瓦房，想到了劳改农场，农场里住的全是红瓦房，也有红砖红瓦的楼房。他没看到自己家的房屋，更不知道自己家里也住上了红瓦房，从一片红瓦房望过去，雷子顺的墓地被一大片青草包围着。几只黑山羊在草地里吃草，他望累了，眯着眼回想过去的事……

不知过了多久，根叔忽然听见一阵"咩咩咩"的羊叫，一声赶一声地紧，他睁开眼，看见黑山羊奔命地往山下跑，后面跟着一个放羊的小妮子，两只羊角辫一抖一抖地甩来甩去。小妮子身后跟着一只白羊，根叔纳闷，咋了？她们像在逃命，刚才没看到有白羊子呀。心里像有爪子猛然一揪："不对？狼。是狼，是那只白狼。"

根叔嘀咕着不顾一切地从树上跳下来，摔得"哎哟哎哟"大叫了两声。这时，李特判正好从大队部出来，准备回家，听到叫声觉得有些熟悉，再仔细一看，发现亡命奔跑的人像是坐牢的根叔，心想，李根发坐牢年限还没到哇，咋会在这里出现？莫不是越狱逃回来了？于是大喝一声："李根发，站住。"根叔听到喊声，跑得更快了。

根叔冲到了小妮子身边，捡起石头，朝白狼猛甩，口里不停地喊道："滚，砸死你，该死的狼，滚。"白狼向小妮子扑过来时，被根叔的石头砸中，好像砸在了头上，也可能砸中了狼眼，白狼"嗷"了一声，往相反的方向跑去了。

李特判急了，甩开膀子追："李根发，回头是岸，逃跑罪加一等。"

小娴子和黑山羊还在疯跑，根叔紧追不舍，他担心白狼随时会冲过来，伤了羊和娴子。一直追进村中院子，小娴子被迎面走来的雷盈春一把拉住，问："咋了？娴子，跑啥！"

小娴子指着前面："羊……狼。"

根叔追着喊："羊，拦住，拦住羊子。"

雷盈春被小娴子和根叔喊叫得迷迷糊糊的，黑山羊已跑近井台，儿媳妇怀着孕，正在井台搓衣裳，雷盈春担心黑山羊撞到傻娴子，朝着跟在自己后面的麻雀吼叫道："麻雀，快拦住羊子，傻娴子在井上。"

一只黑山羊蹦上了井台，麻雀跃起身子赶上井台，抱住黑山羊一只后腿，没防备黑山羊一撑，一头栽下了水井，麻雀跟着也掉进了井里。

傻娴子站在井边，笑呵呵地喊："掉下去了，跳、跳进去了。"

"闪开傻娴子，快让开。"根叔喊着，冲上了井台，疯了似的扑向掉进井里的麻雀。

傻娴子先听见熟悉的叫声，又看见根叔上了井台，眼前一亮，伸手扯住根叔的裤腿，嘴里叫道："根娃子，你傻呀，根娃——"第二声娃子还没叫完，整个人已随着根叔去了。

雷盈春被眼前发生的事惊呆了，他张着大口，却怎么叫也叫不出声来。惊慌中，只听见小娲子哇哇哇大哭着喊："来人呀，掉井了，掉井啰——快来人哪。"

附近的村民听见喊声都围上来了。雷盈春缓过神来，奔上井台，头脸对着井里喊："傻娲子，傻娲子。我的孙子……孙娃子呀。"

李特判喘着粗气赶过来，问："李根发，李根发呢？跑得蹦蹦跳，真快，眨眼没影了。"

有人朝井里努努嘴，说："喏，在里面。"

雷黑磨来到井台，挤到了雷盈春身边。雷盈春看见黑磨，眼里滚出混浊的泪水："以后日子咋过哦。"撑开双臂，要下井救人。

杨疯子拦住雷盈春，吼道："下面三个了，还嫌不多呀。"

李特判呵斥道："救人哪，还不赶紧，看啥。"说着，指挥杨疯子，组织许大棒槌把梯子放进水井，用绳子捆着腰，下井救人。

最先打捞出井的是李根发。紧接着，一个一个都被打捞出来了，三尸四命，还有一只黑山羊，水淋淋地躺在井台旁边。

大家弄不明白，远在大牢里的根叔，咋会突然到了水井里，还有麻雀、傻娲子、黑山羊，究竟是啥灾星邪气惹来的横祸啊。一时间议论纷纷，都在七嘴八舌地猜测，想象，同情，替亡命人家伤心难过。

横祸凶死在外的人，尸体是不能入门的，这是老规矩。老规矩还说，水井里淹死的人不能换衣裳，换衣裳露出身子见了天光，不能托生。最急人的还有，水井淹死了的人停尸不能隔夜，第二天一早尸体必须上山，因为水井的井字和埋棺材挖井的井同字，井井不能相重。七七八八的老规矩，增加了料理丧事的难度，也加重了孝家的悲伤。要命的是，这么多人同时凶死，更使全村惊恐得惶惶不安。

上山打棺材井的三拨人出发了，他们要赶在明早天亮前，把三口井打出来，等待下葬。雷盈春把自己养老的棺材给了儿媳妇，傻娴子第一个入殓进棺，安顿下来了。麻雀是个孤儿，棺材没有着落，堂爷和久香奶奶都还没到需要准备寿材的年纪，根叔的棺材也成了问题。

杨疯子让李木匠把保管室的隔墙板拆了，临时拼出两口简易棺材，用墨汁把白茬子刷黑，总算将根叔和麻雀装了。

至悲至哀，惨极失泪。三副黑棺材并排停放在院子当中，没有痛哭，也没有丧吊，村民们不远不近地围城堆，站成坨，静静地看着香纸燃烧，这是雷村最悲惨凄凉的一个夜晚，连知了麻雀都停止了鸣叫，只有颜色咔白①的月亮，冷冰冰地望着三个可怜的亡人。

堂爷的叫口，从下午到天黑吹了无数遍，歌师们匆匆赶来，看一看，与堂爷打个招呼，便匆匆走了，没一个敢留下。李特判发过话："李根发是罪人，劳改犯，人民的敌人，这是个严重的政治立场问题，顶真的事，必须认真对待，谁都不允许参加

---

① 咔白：白得吓人、瘆人。

打代思。"

邓田鸡带着民兵守在村口，负责巡逻清人。

天黑了好久，堂爷实在找不到敲锣打鼓的人，来到傻娴子棺材前，对雷盈春说："根娃子是罪人，傻娴子和麻雀没犯罪呀。再说他们为了黑山羊，那也是保护集体财产，为啥就不许打一夜代思，送他们好好上路呢……老哥子，你心安哪！"

雷盈春拉着儿子黑磨，站起身，说："黑子，走。我们跟着堂爷，给你媳妇赶歌路，打代思去。"

"咚咚，哐哐！咚咚，哐哐。咚咚哐哐咚咚哐。"三通开路丧鼓响过之后，堂爷唱道：

"香一根，纸三张，歌路开得好凄惶，亡灵走得急，慌里又慌张，开歌路——啰！"

雷盈春敲着鼓，雷黑磨提着锣，父子二人从没打过代思，加上又悲伤又气愤，锣鼓打得沉重，混乱得很，听着就像重重的铁锤子，一下下砸在人们心上。

堂爷不管锣鼓打得有没有章法，自个儿有板有眼地唱着开路歌，把雷家父子领到了院中的灵堂前，说："转鼓，进了歌场的鼓腔点，是扑通锵，扑通锵。你们就照这个点子打，莫打乱了。"

傻娴子的棺材摆在灵堂的中央，左边根叔右边麻雀的棺材陪在两边，棺材前摆着黑山羊和羊腿祭品。堂爷从根叔到麻雀，每个亡灵敬完一杯酒，然后站在傻娴子棺材前，唱着《三杯酒敬亡人》：

一（呀）杯酒敬亡人（哪），相送亡人路一程（哪），亡人吃了这杯酒，蓬莱山上（啊）去修行（啰），二杯酒敬亡人（哪），相送亡人路一程（哪），亡人吃了二杯酒（哇），十阎殿上（啊）去托生（啰），三杯酒敬亡人（哪），相送亡人路三程（哪），亡人吃了三杯酒（哇），仙鹤跨海（呀）上天庭（啰）。

……

唱完三杯酒敬亡人，堂爷朝三副棺材看了一眼，没等雷家父子锣鼓响，又接着唱起了《哪有人生他不死》：

亡者在世多健康，谁知今日见阎王，孝家哭得泪汪汪，我劝孝子莫悲伤。

哪有人生他不死，哪有人生他不亡，前朝古人千百样，未见一人在世上。

三皇五帝夏商周，战国归秦汉刘王，司马梁晋随唐王，五代宋元到明清。

哪个免得黄泉路，都掩白骨丘土黄……

堂爷唱毕，等着锣鼓转腔，开启正锣鼓绕棺夜唱。没听到鼓点，却听"哐"一声锣和鼓响，回头观望时，发现两个戴袖章的民兵，抢过雷家父子手中的锣鼓，摔在地上，恶声恶气地说："不晓得'破四旧'，斗封资修哇，这打代思是封建迷信。你们竟违背李特判的指示，还敢给犯人闹夜，连牛鬼蛇神黑瞎子都上场了。"

雷盈春苦苦哀求说："你们就高抬贵手，行行善吧，傻姷子命苦哦。一尸两命哪！"

艾枣花听到傻姷子三个字，一身的悲愤怒气像火山爆发，声嘶力竭地哭喊着，扑上去扯住一个民兵，又撕又抓："欺负老实人。跑这儿来跟死人耍威风，叫你们恶，恶多了遭恶报。"

雷黑磨没声没响，突然扬起锣槌，照着民兵往死里猛打。拐枣李、艾枣花、久香奶奶和麻雀的叔伯亲戚都发怒了，也冲上去，围住民兵拳打脚踢。几个望风的民兵队员赶过来，看见满脸流血的民兵，呼喊着："书记，伤人了。他们人多，快派兵。"

守灵的人和民兵缠在一起，书记邓田鸡带着大队人马包围了灵场，将雷盈春、拐枣李、九香奶奶、艾枣花和几个带头闹架的群众都请进了大队部。

堂爷匆匆赶到大队部，挥着长长的烟袋杆子，威严地说："邓书记，你说了不算，这事闹大了你也做不了主，我们都不难为你，请你转告李特判三点：第一，伤了民兵，是亡者亲属不冷静，民兵也不明事理，情绪失控，也是事出有因；第二，三尸四命死者为大，千万不可伤口撒盐，非逼迫乡亲们不顾安危失了和气；第三，千年锣鼓万年丧歌，打代思祭亡灵，那是雷村亘古不变的风俗。"

说完，堂爷转身出门，直奔灵场。

过了半顿饭的工夫，久香奶奶和艾枣花等不及了，喊着要去护灵照场。这时，业香连长在民兵陪同下，走进了大队部，她趴着邓田鸡耳朵嘀咕了几句。然后，郑重其事地说："堂爷的意见，李特判采纳了，他也托我带三句话：第一，聚众闹事，打伤民兵，性质恶劣，从犯批评教育，主犯移交公社处理；第二，锣鼓歌必须积极健康，不得宣扬封建迷信，更不能为罪犯摆功讲好；第三，特事特例，仅此一夜，亲属以外歌师和锣鼓匠不得参与。"

亡人亲属都被带到了大队部，听代思的村民也各自回家去了，棺材前的纸钱火已经熄灭，几缕单薄的清香细烟，无可奈何地摇摆着升上天空。天上的星星早躲进了云层，忽隐忽现的月亮照射在黑漆漆的棺材上，显得更加孤单凄凉。

直到半夜，代思歌声才在灵场重新响起。久香奶奶挎着鼓，手拿鼓槌，跟在堂爷身后，业香连长一手提锣一手拿着锣槌，紧随久香奶奶脚步，她们唱唱打打，打打停停，围着根叔、傻娴子和麻雀的棺材，一圈圈转过去，转过来。

这是一支奇怪的锣鼓班子，也是雷村有史以来，第一次由女人执掌锣鼓的代思班子。雷家父子和枣花夫妻作为主犯，被民兵看押在大队部里，死者亲属凑不齐锣鼓班子。在堂爷和久香奶奶因为缺少锣鼓手不能开唱的当口，业香站了出来，说："我来打锣，落实李特判的指示，监督你们不准搞封建迷信，更不得为罪犯歌功颂德。若是违规，立马停止。"

这是一场没人吊丧、没人哭灵、没乡邻陪伴的夜代思，整个灵场的夜晚，只有堂爷的歌声和久香奶奶、业香连长的锣鼓咚喤。

"喤咚喤，喤咚喤……"天微微亮时，锣鼓由阴腔变为阳腔，歌唱由阴调变为阳调，堂爷带着久香奶奶和业香，在根叔、傻妠子和麻雀棺材旁各唱了一曲《还阳歌》，接着边唱边离开灵场，把开歌路时请来的各路神仙一一送回。

还完阳，送走神仙以后，亲人与亡灵告别。久香奶奶趴着棺材墙板，把手伸进棺材，摸着根叔的光头说："儿啊，你回来连家门都没进，这就又走了，可要好好的，一路走好哦。"

在久香奶奶的手从头摸到脸上时，好像感到根叔的嘴微微动了一下，便说："儿哦，你想说啥我晓得，你亏，亏死了……冤呀……娘晓得你冤……"

柏桃花和俊巧儿来了，合力拉起久香奶奶，劝说道："人死不能复生，别惊扰了根娃子灵魂升天。让他安心去，自己享福去吧。"

堂爷和许大棒槌、杨疯子一起合拢了棺材盖，立马用铁钉把盖板和墙板钉在了一起。根叔的棺材是临时拼凑的，板子简易单薄，钉子一钉就穿了，劈开一块洞，许大棒槌连忙用手捂着，堂爷和杨疯子一起用绳子捆了，生怕久香奶奶看见更加伤心。傻妠子和麻雀的棺材也在大伙的忙活下捆绑齐备，只等一声出殡，就抬起扛子上路。

"起灵啰——"天刚刚见亮，随着起灵出殡的呼喊声响起，鞭炮锣鼓齐鸣。憋了一夜无声无泪的久香奶奶，号啕着扑向根叔的棺材，哭得惊天动地，艾枣花也抱着傻娲子的棺材哭得死去活来，麻雀的堂家亲人和村里婆婆妇女们，都忍不住失声痛哭。

一时间，从灵场通往坟场的路上，哀哀怨怨，哭天喊地的悲惨声音，撕裂着全村人的心肺。

过去送走亡人，至少也要三夜代思守灵，像这样慌忙急迫地送行，大家都没有心理准备，既接受不了一夜上山的现实，更承受不了三尸四命同时出殡上路的惨景和凄凉。

撒钱的人沿途留下厚厚一路的黄纸，晨风吹过，地上的黄纸一跃而起，漫天飞舞。抬杠的男人们迈着沉重的脚步，嘴里吼着沉闷压抑的号子，把三副棺材抬进了三块不同的坟地。

三副棺材下井后，送葬的人们一人铲一锹土，稍微掩盖，然后下山，去孝家喝酒吃饭。剩下埋土垒坟和固碑的后事，全部留给专门砌坟修碑的班子去做。

参加帮忙送葬的人，一估堆儿拥进了堂爷家院子，一点是大伙都冲堂爷的面子；再一点因为雷盈春被绑在大队部里，屋里就剩一个瞎子，麻雀一走屋里连一个人都没了，还有就是久香奶奶的儿子，根娃子的瓜葛。

活蹦乱跳的三个青年男女，说没都没了。大伙心里憋气，没人说话，都闷着头喝酒吃饭，只听见堂爷的声音："难为你们了，多喝点，吃饱。固坟的还要受累呢，全拜托大家了。"

上山固坟的人吃完饭，扛着工具走了。剩下的人全都是从头天晚半忙到早晨，喝起来只顾着解困，竟忘了时辰，直喝到小晌午。许大棒槌突然大喊大叫地跑回了院子："堂爷，根娃子，跑出来了……来了。"

"魔怔，撞见鬼了吧？"大家放下酒碗，看着满身汗水，脸色惨白的许大棒槌。

紧跟着，牛洪柱的哑巴儿子也慌慌神跑进院子，双手指着身后，"哇哇哇"地比画。牛哑巴正在比画，屁股后头跟跟跄跄跟过一个人来，伸着一只胳膊，快挨近哑巴时，却"嗵"的一声跌倒在哑巴脚边，嘴里嘟囔着："活，我活……"

大家晃眼看着，像是根娃子，凑近定睛仔细一瞅，果真是根娃子，吓得一个个慌张后退，嘴"啊"得比酒碗还大。有嘴快的问："咋？诈了。真的诈尸了？"

堂爷蹲下身子，摸了摸，然后伸手抓住根叔手腕子，提起腰扛在肩上抖了几抖，一股清水从根叔嘴里喷出来，顺着堂爷肩膀直淌。这时，堂爷把根叔轻轻放倒地上，照胸脯子捶了两拳，又用大拇指对着人中狠掐了一大阵。然后吩咐说："来，搭把手，背屋里床上去。快些帮忙，烧碗红糖姜水，灌进去。"

久香奶奶蒙在被子里，不晓得咋回事，听说根娃子活了，回家了，拼命挣扎着要见儿子。柏桃花抱住久香奶奶，说："正在抢救，你先打个盹，安静一下，莫跑去一掺和，帮了倒忙。"

根叔醒过来后，第一眼就找他妈，久香奶奶喜从悲来，一时缓不过劲，张动着嘴唇，却吐不出一个字，只得泪眼模糊地望着儿子说话。根叔好像被死亡吓掉了魂，反复着几句话："我以为再也见不到你了。有人从上把我压进了井底，我晓得完了，见不到你了。昨夜里,我好像见到你了,咋喊都喊不答应,我害怕见不到你了,我要见你……"

祸从天降,喜打悲来。久香奶奶抱着根叔的光头,又哭又笑,把一屋子人晾在一边。一屋子人都说:"根娃子不能小瞧,有奇福,奇运。"

吃晚饭时,堂爷、久香奶奶和根叔都喝了点酒,高兴得有说有笑,仿佛遇到了天大的喜事,把一些不舒心的事全都忘到了脑后。

正说得热闹,李特判和两个穿制服的公安来了。

李特判歉意地说:"堂爷,打扰了。这两位同志来找李根发了解点情况。"

堂爷说:"欢迎,了解吧,请坐下说。"

久香奶奶热情地招呼:"还没吃饭吧?我再炒俩菜,喝杯酒。"

李特判摆手阻止说:"不客气,有偏①了。"

老公安问根叔:"还有两年刑期吧?你是咋回来的。"

根叔回答:"提前放了,我自己走回来的。"

小公安眼睛一瞪,不太相信地问:"提前那么多?不是偷跑回来的吧!"

根叔说:"是政府放的,我有证明。"伸手要掏证明,却发现穿的是船上的夹背。又补充说:"我把365号劳动服忘在过渡

———————
① 有偏:吃过了、不奉陪。

湾船上了，这是船上的夹背，明天我去找回来。"

小公安不耐烦地说："明撒丫子吧？骗谁呀。告诉你，偷公家的夹背，也是犯罪。"

老公安比小公安温和，用商量的口气说："看来这事不是一两句能说清楚的，我们既然来了，就得弄清事实，这既是公安的责任，也关系到你的清白。建议你吃完了，跟我们到大队部去一趟，慢慢说说经过，我们做个笔录，还有黑山羊、麻雀和傻娴子的事，也一并搞明白。"

来到大队部，雷盈春看见李根发，愣了一下，接着，吼吼神地叫："挨千刀的，你真没死。把我们儿媳妇害死了，你咋不死。你这个祸害。活着欺负她，死也骗她。"

根叔说："对不起，盈春叔，我是该死，埋都埋了。估计是这夹背，它救了我。"

公安把根叔带到一间有办公桌的房子，递给他一条板凳，然后面对面坐下来。小公安拿出纸和笔，放在桌子上，老公安从荷包里掏出一包纸烟，抽出一根点燃，问根发："抽烟吗？"

根叔摇摇头，答："不会。"

李特判推门进屋，把放羊的小娴子拉到根叔坐的板凳上坐着，自己走到对面，在老公安身旁坐下。然后问："李根发，你认识这个小姑娘吗？"

根叔答："认得，认得，好像是拐枣李的小娴子。"

李特判："砍树的事是她告诉我的，你晓得吗？恨不恨她？"

根叔："我后来晓得的，害得我好惨，说不恨是假话。"

李特判："心里想过报复她没有？"

根叔："说不想报复那也是假话，可那会儿在牢里，没法报复。后来也想通了，与这个小娲娃子啥相干。"

李特判："你回村为什么不回家？是不是怕人看见。"

根叔："就是怕被人看见，我才躲到树上。"

李特判："然后等到机会了。你追小娲子，是不是要报复她？"

根叔："不是的。我发现了一只白羊子，不，不是白羊子，她放的羊子全是黑的，那是一只狼，白狼。我先前砍树时，在雪地里看见过白狼。五保、雷子顺，可能就是被这白狼咬死的。"

李特判问小娲子："你看见那只白羊没有？"

小娲子点点头："好白的山羊子，盯着我们黑羊子看了好半天，后来就跑过来了。"

李特判又问小娲子："你晓得那是狼吗，以往见过白狼没有？"

小娲子摇摇头："不晓得。没见过，从来没见过。"

李特判问："那你为啥跑？"

小娲子偏着头，想了想："羊子疯了样地跑，白羊子追着我们跑，根娃子也疯了样地跑，我就跟着跑。后来，被干老子抱住了。"

李特判让小公安安排人把小娲子送回家，转头又问根叔："你是因为发现了小娲子，还是发现了我才跑的，拼了命跑。"

根叔："我看见了白狼，狼要吃小娴子和黑羊子，我去救命。"

李特判对老公安说："严队，我问完了，该你了。"

叫严队的老公安看看李根发，说："你身子虚弱，先歇一会儿，好好想想从劳改农场出来的事情，我们等一下和你核实。"

严队、李特判和小公安把根叔晾在一边，走出屋子找雷盈春问话。书记邓田鸡说："雷盈春，蔫了。"

连长雷业香说："捆了一夜一天，还不蔫？他晓得错了，你们审完，好让他回家快吃点东西。"

小公安威严地瞪着雷盈春，说："你知道民兵是无产阶级专政力量吗？打民兵就是和政法作对，是犯法，知罪不？"

雷盈春见公安把根叔又捉起来了，又听说打民兵犯法，紧张得身子连着哕嗦了两下，说："不晓得。知罪，我知罪了。"

小公安问："是你挑头闹的事，对吧？还打伤人。"

雷盈春结结巴巴地答："不是我，是我儿子。在和民兵夺锣时起了争执，我儿子顺手就敲了几锣槌，他瞎着眼睛，摸头不是脑的，没轻没重，把人伤了。村里过去搞惯了，小打小闹总有的事，求青天大老爷高抬贵手。"

小公安说："你不懂法，你儿子更是法盲，都触犯法律了，还是小打小闹？"

雷业香说："这次，给他们点教训，对全村也是一个警告。"然后走到严队跟前，替雷盈春求情："号子就不坐了吧。他儿媳妇刚走，还带走了一个孙子，儿子又是瞎子，怪可怜的，把他一带走，那算折了，这个家就完了。"

严队看看李特判和邓田鸡，停了一下，说："伤的是你们的人，情况又这么特殊，你们自己看着办吧。"

根叔被折腾得太累了，晚上又在家喝了酒，迷迷糊糊地坐在板凳上打起了呼噜，连久香奶奶在窗外呼喊都没叫醒。李特判和公安进屋时，发现久香奶奶正扯着根叔的胳膊往窗边拖，严队大喝一声："干什么，跑了罪加一等。"

久香奶奶放下根叔，翻窗跑了，黑夜里传来一声声哀叫："根娃子苦哇，苦啊……"

严队等李特判和小公安坐定后，说："李根发，该想清楚了吧，那我问几个问题，你要老实回答。"

根叔看着，连连点头，说："听政府的，句句属实。"

严队问："你说是提前释放，证明丢了，那你的铺盖行李呢？"

根叔答："甩在农场门口了，管教说轻装上阵。啊，对了，郑管教还送了一包种子，叫我重新做人。"

严队："你回了村没直接回家，是害怕见人，是吧？李特判看见了，叫你，你听见没有？"

根叔："好像听见有人叫，不晓得是李特判。"

严队："你越跑越快，还骂了人，是吗？"

根叔："狼越跑越快，我骂狼。"

严队："狼呢？"

根叔："被我用石头冲跑了，不晓得去哪儿了。"

严队："狼跑了以后，你并没停下来，还在追着小娴子和羊子跑，对吧。"

根叔："是跟着她们跑的，我怕白狼又从哪儿撺上来，会伤到她们。"

严队："小娴子被雷盈春救了，你还在追黑山羊。"

根叔："……小娴子在山上，是被我救的。"

严队："羊子掉进了水井，你还喊了麻雀和傻娴子的名字，是吧？为啥要喊他们两个，他们后来都在井里淹死了。"

根叔听着严队的问话，觉得严重了，好像是指自己跟他们的死有关。想了好一会儿，才说："反正他们的死跟我没关系，我也是死了的。"

严队："可你没事，都落在一个水井里，你活着，他们死了。"

根叔："我跳进水井，就是为救麻雀，我穿着船上的夹背，可没想到傻娴子扑下来，把我压到水底了。"

严队："你知道穿着这夹背，漂的，淹不死？"

根叔："我在过渡湾，穿着这件夹背，下水救过一个孩子。"

小公安一拍桌子，站起身，吼道："胡说八道，你这种人会下水救人？告诉你，老实点，别想蒙混过关，在严队这儿，要花招没用。"

严队碰碰小公安胳膊，示意小公安坐下，然后和颜悦色地对根叔说："你要真救过人，那叫有立功表现，说明你牢没白坐，我们讲究的就是惩前毖后，治病救人，立功赎罪，重新做人。"

说着，拿起桌上的游泳烟，点燃一根，抽了几口，又接着说："雷盈春指认你欺负过傻娴子，把她压在河里，有目击证人，是强奸吗？"

根叔："我们在玩捉蚂蚁，我不明白啥是强奸。好些人都和傻娴子一起玩过捉蚂蚁，不信，你问村里的娃子。"

严队左手支着下巴，想了想，扭头征询李特判和小公安意见，见二人都摇手摆头，抬起夹烟的右手，猛抽了几口，把没抽完的半截烟屁股甩在地上，用脚踩着踩了几下。然后，一脸严肃地说："李根发，情况差不多有些眉目了。最后我再问你几个问题，你要如实回答，对政府也对你自己负责，只需回答是或不是，听明白没有？"

根叔："明白了，只回答是，不是。"

严队一改刚才轻松的口气，厉声地问道："李根发，第一个问题，你是不是越狱偷跑回来的？"

根叔连连摇头："不是，是提前释放。"

严队提醒说："只回答是，不是，不用解释。再问你第二个问题，你是不是听见过李特判喊，李根发，你站住，敢跑罪加一等？"

根叔："是。"

严队又问："第三个问题，你肯定看见的是白狼，不是白羊？"

根叔："是。"

严队："第四个问题，你跑上去是为了救小娴子，不是去报复她的。"

根叔："是。"

严队："第五个问题，傻妸子是不是你扯下井去的？"

根叔："不是。"

严队："第六个问题，救生夹背是不是你偷来的？"

根叔："不是！"

严队："第七个问题，集体的山羊是不是你撵进水井的？"

根叔张开嘴，刚答了一个不字，觉得不对，又马上停住，想了分把来钟，才苦着脸答："是。"

严队拿过小公安的记录，仔细看了一遍，说："这是我问你答的记录，你认真看看，如果没有出入，就在上面签字，按上手印。"

等根叔按过手印，小公安把记录装进手提包后，严队又温和地说："李根发，你刚死里逃生，按理说，应该让你先在家歇歇身子，缓缓劲，可是法不讲情，在没有把所有问题调查清楚之前，我们必须把你带走。这是我们的责任，也是你的义务，希望你能配合，理解我们的无情，要相信政府，不会冤枉一个好人，也不能放过一个坏人。"

那一刻，根叔彻底被摧垮了，瘫在地上。李特判和小公安架着根叔的胳膊，消失在漆黑的深夜里。

整个雷村，都沉浸在睡梦中，只有猫头鹰和狗，清醒地叫了几声……

二十三

　　根叔又一次坐牢了。

　　两次不明不白的牢狱之灾，来得都意想不到地突然，稀奇古怪，整个把雷村人的头都震蒙了，心搅乱了，眼也晃迷糊了。第一次吧，他好心救灾，说是砍树犯了法，山里人砍山上的树，自古都是跟在自家菜园子里择菜，想不到摊上了事。这一次更玄，热心下井救人，命不该绝，死里逃生，咋又违法了呢？莫非老天不该开眼，放了根叔一条生路？

　　一时间，好人坏人，善慈凶恶，是非曲直，像一团乱麻缠绕着雷村，弄得大家神经兮兮，麻木恍惚。

　　人们聚到一起，张嘴闭嘴都是根叔，以及与根叔坐牢相牵连的人和事。雷盈春挑着两桶水，从河里上来，绕过水井，转了一个大圈，打村口回家，自从他儿媳妇和麻雀在井里淹死后，全院子唯一的水井就废了，吃口水都得下河去挑。雷盈春路过时，村口坐满了人，男人们有一搭没一搭地吧嗒着旱烟袋，妇女们紧一阵松一阵地纳着鞋底子，呼吱吱呼吱吱的麻线声，伴随着一跳一跳的红火青烟，像是时断时续的唉声叹气。

　　男人们喊："盈春，抽口烟吧。"雷盈春扭头看了一眼，没有搭话。柏桃花喊："春叔，坐下歇歇，别累坏了身子。"雷盈春拽着脖子弓着腰，头也不回地走了，脚在地上踏出咚咚咚的闷响。

　　雷盈春本来是一个很随和很受人尊敬的老头，现在变得像个哑巴似的，碰见谁都不搭理，拽着脖子气呼呼地走人，不管他从哪里经过，身后便免不了有戳戳点点、叽叽喳喳的议论："往日多善的人哪，咋说变就变得像个不认识的人了呢？"

不管大家咋戳咋骂，雷盈春一概装聋作哑，只管自个儿咕咕叨叨地走着骂着："该死的根娃子，傻娴子走了，我孙娃子没了，你咋不去死呢？蹲大牢太便宜你了，你该躺在大坟坑里。"

据说，根叔这次定罪坐牢，最关键的证人是雷盈春和小娴子，就是因为他俩的证词，根叔才说不清讲不明，只好认罪受罚。为此，久香奶奶到雷盈春和艾枣花家哭闹过几次，都被堂爷劝回家去了。堂爷对雷盈春和艾枣花说："事出有因，我不怪你们。世事难料哇，你们都要节哀顺变。"

堂爷从雷盈春家出来，正碰上小娴子赶着黑山羊回家，路过村口时，绕了个大弯，避开一堆说闲话的人，走几步又回过头来，左瞪一眼，右哼一鼻子，嘴里不服气地念着："白羊子，我看到的就是白山羊子，不是白狼，是白羊，白羊。"

有人说："小娴子是不是跟她姐一样，傻了？未必狼和羊都认不清。明明是狼非说是羊，村里谁不晓得那山上有只白狼呀。"

也有人说："长大了只怕不是盏省芯的油灯，才多大点呀，就事妈缠身。不是她多嘴多舌，李特判会晓得根叔砍树？能惹出现在这一大些子事来？出卖了根叔不说，硬把黑的说成白的，还嘴硬。"

柏桃花说："娃子小，说话实诚，没心眼。好几天了，她都在山上找白羊子，功课落下了不说，心里多急呀，我们就不要再给她压力了，弄不好真会出事的。"

堂爷知道小娴子一直在山上找白羊子，又听了大家的议论，心里有些担心着急，转身来到拐枣李家，找到艾枣花，提醒说："小娴子这样下去，危险，你们要想办法拦住她，告诉她，根娃子坐牢与她不相干。叫她好生读书，别荒了学业，长大像根娃子似的，没得出息，尽惹事。"

艾枣花和拐枣李劝来劝去，怎么都拦不住小娴子找羊，她认准了白羊子就在山上，早晚能找到。

几天以后的中午，小娴子赶着一群黑山羊扯着一只白羊子，大喊大叫地出现在村口，兴冲冲地喊："找到了，我找到了……就是那天看见的白羊子，都来看看……我没说白话，没骗人吧。没……"

人们瞪着惊奇的目光，看着小娴子和她找回来的白羊子，个个哑口无语。艾枣花摸着小娴子汗淋淋的头发，一把抱在怀里，流着眼泪说："小娴子没说白话，我们娴子从来不说白话，妈晓得你伤心委屈。"

小娴子从艾枣花的怀抱里挣开，跑向羊群，哇哇哇地哭着，把咩咩叫的白羊子直接拉进了家门。从此，白山羊成了小娴子生活中的一部分，上学牵到学校，拴在教室后面的草地上，放学牵上山放养，晚上跟一家人同住。艾枣花和拐枣李拿小娴子没法，只得由着她折腾。

一天下午，小娴子在河边放羊，远远看着躲娃子在黑石方子上写大字，扭去扭来的，又好像不是写字，跟做广播体操一样。看得入了迷，没想到身后有人问路："小姑娘，这是雷村四队吗？"

"是雷村，四队。"小娴子随口一答。

"请问，李根发家住哪儿？"

"李根发？四队没有李根发。"小娴子一转身，发现三个生人站在身边，不好意思地红了脸，冲问话的老大娘说："李根发？你们找错地方了吧，我们队里没这个人呀。"

老大娘有些失望，又有些不死心地说："你再好好想想，是个大小伙子，才从劳改农场回来的，证明上说的是雷村四队呀。"

小娴子只晓得根叔和根娃子，没听人叫他李根发，被老大娘一提醒，连忙说："根叔哇！有，有，堂爷家的根娃子。走，我领你们去。"说着，扯上白羊走在前头，一群黑山羊跟在后头，咩咩叫。

老大娘热心地跟小娴子说："这羊真好看，还听话，白羊耐看。"

小娴子一听，急了，大声说："这是羊，不是狼，不是白狼。"

"我娘牙不关风，她说的也是羊，不是狼。"一直没说话的男子急忙解释。

小孙子放开奶奶的手，一把抓住小娴子的羊绳，笑嘻嘻地说："我奶奶总好把羊说成狼，把狼说成羊。给我们讲故事，总把披着羊皮的狼，说成是披着狼皮的羊，要不就是披着狼皮的狼，披着羊皮的羊。"说得小娲子和奶孙三人都笑了。

尹久香坐在堂屋门槛上择菜，小娲子牵着羊，领着这奶孙三人走进院场，甜甜地叫道："奶奶，他们是来找你们的，找你们根叔。"

久香对小娲子有怨气，屁股都没抬，纹丝不动地坐着，搓起袖子抹了一把眼泪，气冲冲地说："根娃子在坐牢，到牢里找去。你还有脸牵羊带人来找他，都是被你们害的，不是你们的羊子，他会坐牢？"

老大娘啥话没说，扑通跪在久香脚前，又拉过小孙子跪下，咚咚磕起头来，嘴里喊道："恩人哪，我孙子的命是您儿子救的，你们都是恩人，好人哦……"

久香一时怔住了，耳朵里全是恩人和咚咚的磕头声，眼睛里模模糊糊晃动着花白头发，起起落落，扇动得地上灰土飞扬。她扯起衣衫揉了揉双眼，突然醒过神来，慌乱扑到地上，伸出双臂架着老大娘直起身子。在四目相对的一瞬间，老大娘愣住了，接着"啊"了一声："久？久香，你是久香妹子？"

"我是尹久香，大娘你是……"久香一时没认出眼前来人是谁。

"久香妹子，真是你呀。黄香，尹老大家的黄香，你不认得我了？"

尹久香一把抱住黄香，笑呵呵地说："大伯家的，黄香嫂子？好些年没见，都变得认不出来了。看我这该死的眼睛，没长记性。"

黄香嫂子向久香妹子努努嘴:"你大侄子,我们没用的儿子,尹向阳。这是淘气的孙子,尹小军。姑姑见了莫笑话。"然后又对着儿子和孙子说:"这是幺爹家的,尹久香,歌唱得可好听了,快叫久香姑姑。"儿子孙子同时喊道:"姑姑,姑姑。"

"差辈了,爹叫姑姑,小军要叫姑奶奶,香姑奶奶。哎哟,啥子香菇、木耳,叫久香姑奶奶。"

久香也忍俊不禁地眯眯笑,亲热地摸着侄孙子头说:"小孙子没见过我,哪晓得这大山旮旯里,还有个穷姑奶奶呀。"黄香忍不住笑。

小军脖子一仰,说:"我晓得,不信,我唱首儿歌你听。"说着,拍起手,跳起脚唱了起来:

"姑奶奶,线拐拐,纺棉花,做布鞋,张家拐到李家来。关关雎鸠一双鞋,在河之洲送过来,窈窕淑女难为你,君子好逑该不该……"

黄香和儿子向阳难为情地望着久香,忙不迭地埋怨:"这孩子,一点礼数不懂,淘气。"

久香笑嘿嘿地夸道:"小军聪明,嗓音好,长大是唱《诗经》的料。姑姑从南山跑到这北山,为啥?为的是歌师。"说着,看了一眼规规矩矩的尹向阳,又说:"淘好,从小不淘,长大是苕。淘小气成大器,我喜欢小军,姑孙有缘。"

黄香激动地接过话:"不有缘咋的?多巧哇,在青峰碰到,要没你儿子根发搭救,他的小命早没了。"

久香听到儿子根发几个字，满脸的笑一下子僵住了，像霜打的茄子，皱皱巴巴地难受。黄香突然想起久香刚刚说根发坐牢的事，悔不迭地用手拍打着老脸，说："多好的小伙子，咋又坐牢了呢？他救过人命，是大好人哪。"

尹向阳也说："是呀，他跳水救人，有立功表现，是英雄。"

久香拉过小军，问："孙子，根娃子真救过你的命？真的？"

黄香说："那能有假？我们就是专程谢你儿子救命之恩来的呀。过渡湾船上写的有感谢信做证，儿子，快把感谢信拿出来。"

久香让向阳把感谢信连念了两遍，又听黄香嫂子把船上发生的事，从头到尾细细说了说，然后用手摸着，脸亲着大红纸，说："你们要为根娃子做证，他不是坏人，是好人哪。他就是少心眼，一根筋啊，怪我从小教他，莫学簸箩千只眼，要做蜡烛一条芯，谁晓得一条芯，害了他。"

尹向阳从包里拿出一件褂子，递给久香，说："姑姑，这是我妈亲手为根发兄弟缝的衣服。"等久香接过衣裳后，又说："还有一件妈不让给，我觉得应该留着。这是根发在劳改农场穿的衣服，365号，衣服荷包里还有一包种子和一张解除劳动改造释放证明书。"

这时，堂爷从外面回家，黄香看见堂爷，伸着胳膊喊："李，李师，李师傅，我是珠藏洞的黄香，你不认得了？向阳那会儿还跟在你屁股后面学唱歌呢。"

黄香奶孙三人的出现，为堂爷营救根叔带来了希望，特别是渡船上领导写的大纸感谢信和盖有大红公章的释放证明书，使堂爷心里暖烘烘的，他相信红的就是红的，有红太阳升起，黑夜必定过去。晚饭后，堂爷和尹向阳商量："你是老师，懂得政策，能不能用你事外人的身份，仔细调查调查，问清情况，写成诉状，去找找公安局，把你堂弟救出来？"

尹向阳说："堂爷你放心，我一定尽力，根据你讲的情况，加上我们带来的依据，应该问题不大。"

第二天，尹向阳沿着李根发当天走过的路线查看了一遍，又找当事人，一一核对了一番，回到家，信心满满地向堂爷和久香打包票说："根发有救，几个重要证人情况有误，应该矫正。"

黄香说："那是恩人，善有善报，你可要弄实诚了，有啥子想法，都跟堂爷说说。"

尹向阳说："先说雷盈春，关键证人，他主要是怨恨根发，并说不清傻娴子是被拉扯或是被推进水井的。拉的是哪只胳膊，哪条腿，推的是背还是腰，不能确定，所以证人证词模糊，缺乏实证。再说小娴子，对狼和羊的认知，概念模糊，晓得羊长啥样，不知道狼是啥样，见是白的，以为就是白羊子。而且，她现在放的羊有角，那天见的白羊没有角。最重要的是，那只白羊伸着长长的舌头，通红通红的，羊是不可能伸长舌头的。证人证词存在常识性错误，所以不能作为案件定性依据。还有一个证人，李特判，没有找他核实，也没有必要，因为，李特判的证词，属有罪推论，事先认定根发是越狱逃跑，不是释放，以此又认定，根发冲向小娴子和羊群，是试图报复。而根发走时小娴子很小，回来后，从花梨树到放羊处有一定距离，根发不可能认出和确定，那就是举报他砍树的小娴子。现在有劳改农场的证明书，证其清白，还有过渡湾船上的感谢信，证明他救人的先进事迹，应该受到政府表彰奖励。我今晚就把申诉写出来，明天去县里，为根发申冤。"

堂爷和久香听着尹向阳有声有色地讲了半天，虽然有些地方听不大懂，但都点头称是，催着他快快写好，争取早点把人救出来。

早上，天刚亮，久香就把感谢信挂在中堂上，念念有声地叩头作揖。尹向阳临出门时，堂爷说了一句："大恩不言谢，拜托侄子了。"

堂爷把黄香他们一直送到村口，然后，扬起叫口，嘟嘟嘀嘟嘟地可劲吹，直吹到看不见他们的影子。

几天以后，尹向阳蔫头耷脑地回来了。久香一看没戏，扭头哭着跑进了房屋，堂爷长叹一口气，说："侄子你尽力了，也受累了。自古民不跟官斗，哪儿那么容易翻案，翻得过吗！这娃子命苦哦。"

尹向阳解释说："根本不是翻得过翻不过的事，压根就没翻，我们都白忙活了。"

堂爷不解地问："啥，咋回事？"

尹向阳摇摇头，回答："根发说，罪是他自己认的，不翻了。坐几年牢，顶几条命，赎罪。他说只要好好表现，戴罪立功，要不了多久就出来了。"

堂爷摇摇头，不再说话，心里却说："根娃子亮，嘹亮，不出薄。"

从此，堂爷和久香就死了救根叔出狱的心。渐渐地，村民们也不再议论狼和羊牵连死人的事，除了下雨挑水不便时，偶尔抱怨几句，基本上把傻姢子、麻雀和根叔全忘了。

一晃半年过去了，中秋节的下午，久香奶奶听见满院子娃子在唱儿歌："八月十五月亮圆，两口子打架逛到玩，月饼大得像磨盘，子子孙孙个个馋……"

中秋节是堂爷的生日，久香奶奶想到自己和堂爷过了二十多年，也没给堂爷生下一儿半女，心里酸酸地难受，突然又想起不争气的拖油瓶还在牢里，更觉得娘儿俩拖累了堂爷，越发难受得不是滋味。她走出家门，打算去代销店买点月饼罐头啥的，给堂爷过个生日，再买点草纸和香，驱驱霉气。

吵死人的儿歌和娃子们闹得不可开交，讨厌的知了也"苦哇苦哇"拼命地叫。久香奶奶心烦，耳朵更烦，她赌气地扯了一片树叶，搓成坨，把耳朵眼死死塞住，什么都不听，什么也听不见，闷着头笔直走。走到大花梨树下，胳膊被绊了一下，她以为是树枝，就用手狠狠往路边推了一把，没想到不仅没推开，好像更紧了。扭头一看，是一只手拉扯她的胳膊，整个人被推倒在地上，她生气地吼道："你这人，走路都不长眼睛，差点把我都绊倒了。"倒在地上的是个女人，嘴一张一张的，不知在说什么，久香奶奶更气了："你要咋的？大声点，想赖我呀。"
女人松开手，连说带比画，急得满脸汗水直滴。久香奶奶看这
女人面善，不像恶人难缠，就伸手拉了她一把。女人艰难地站
稳身子，挺着个八九个月的大肚子，对久香奶奶说着比画着，
久香奶奶以为遇上了个哑巴孕妇，也急得满头大汗，抬起胳膊
擦汗时，才发现自己耳朵被树叶塞着。她扯出树叶坨子，哈哈
哈大笑了一气，愧疚地说："还以为你是哑巴，原来我是聋子，
对不起，这笑话闹的。"

大肚子女人也跟着笑了几声，连忙止住，摸着肚子说："大
娘，我喊了你好半天，大老远都叫起，你一直走，没搭话，我
才扯住胳膊，吓到你了吧。"

久香奶奶说："我是被吓到了，是被你大肚子吓的，真出点
事，可担待不起。"

大肚子女人说："真出啥事，也与你不相干。请问这是雷
村吗？"

久香奶奶："是雷村，你是有亲戚，谁？"

大肚子女人："没亲戚，我是来找人的，没来过雷村。你们
村有个叫李根发的人吗？半年前，才从劳改农场回来的。"

久香奶奶"啊"了一声，瞪起疑惑的眼光望着，问："你打
哪儿来的，找李根发啥事？"

大肚子女人说："我们是一个农场的，我喂猪，他种菜，我
是从沙洋农场来的。"

久香奶奶眼睛瞪得更大了："从农场来的？是放的，还是

偷跑出来的？女人也坐牢？坐牢还能怀娃？这娃咋来的？你不回家，咋跑来找根娃子……"久香奶奶一句赶一句地问，越问越多。

大肚子女人见问得没完没了，就有些不快，半真半假地说："大娘，哪有你这样的，叫人咋回答呀。我问你一句，你盘问我一大路，像审犯人，公安局审犯人，也让人坐下说，还给口水喝呀。"

久香奶奶这时也觉得失礼了，尴尬地笑笑："难为姑娘了，对不起。先到家喝口水，歇歇脚再说，包给我拿着，你身子重。"

大肚子女人说："那就麻烦老人家了。"便跟在久香奶奶身后，边走边说："我姓熊，叫熊彩凤，你就叫我凤娴子。在农场时，李根发的菜地紧挨着我的猪圈，他勤快，总帮忙做事。人可好了，要不咋一次又一次减刑。李根发临出来时，约好了的，一年后，我满了，他到农场去接我，要不我就到雷村来看他，谁想到我也会减刑，提前出来了，我就从沙洋农场找到你们雷村来，为的就是冷不丁给他个惊喜。"

久香叹了一口气，说："彩凤娴子，难为了，你挺着肚子那老远跑来，真是人家说的，患难见真情。你不晓得，根娃子他亏呀，冤死了。"

说着，来到了久香奶奶家院子，熊彩凤停住脚，两只手撑着腰，盯着绿墙红瓦看了好一会儿，称赞说："大娘，想不到你家住的绿墙红瓦房，好漂亮，比城里领导住的红墙瓦房还要气派呢！"

堂爷听见说话，从屋里走出来，打量着眼前的陌生女人。久香奶奶介绍说："找根娃子的，彩凤，姓啥子来着？"

熊彩凤抢着说："熊，狗熊的熊，云彩的彩，刮风的风里面换个又字。"

堂爷哈哈大笑："啥狗熊，凤凰的凤，八月十五飞来一只彩色的凤凰，好兆头，大吉大利。"说着，冲久香奶奶责怪道，"你这主人家当的，既然凤凰是找根娃子的，还不赶快请人家进屋。"

久香奶奶把彩凤扶进屋，紧挨着桌子坐下，又端来一碗凉茶。堂爷提醒说："加点开水里面，汗出多了，凉水伤身，大人好说，小的事大。"

彩凤感激地望着两位慈善的老人，联想到自己入狱前的公公婆婆，喉咙一酸，眼泪不自觉地流了出来，滴进茶碗溅起一颗颗泪珠。她慌忙端着水碗，一口气喝进了肚子。然后用袖子把嘴一抹，说："汗咸，给茶加了点盐。"

久香奶奶也跟她打圆场说："晓得刚放点盐，汗出多了，没味，你这一路走来，吃大苦了。"

彩凤笑着站起身，把碗送到大桌子上，抬头打量着神柜上面的中堂，发现中堂挂的不是神像，却是一张大红纸，密密麻麻写着字，最上面三个字格外显眼——感谢信。她觉得这封感谢信肯定不简单，要不然不会代替神像挂在这里，神像可是家庭祈福镇宅保平安的魂灵。她读过两年半书，又在农场里补习过文化，虽然感谢信上有些生僻字认不全，可反复看了三遍，大概意思基本看明白了。心里阵阵欢喜，激动得一巴掌拍在桌子上面："好样的，英雄。你没辜负别人，也没辜负你自己，李根发，我们为你骄傲。"

"没事吧，娅子。"她这一巴掌把桌子拍得一颤，也把堂爷和久香震得一愣。

彩凤不好意思自己的鲁莽，红着脸坐回到凳子上，屁股慢慢地刚落下，又激动地重新站起身，自豪地说："根发真不简单哪，你们二老是不晓得，他在农场有多风光哦，前后抢救过两回牲畜，两次立功减刑。我看这感谢信上说的，可是救人，救的是人命哦。"

"啊？"堂爷和久香奶奶都惊大了嘴。

彩凤指指凳子说："坐下，坐下说。"

堂爷在彩凤对面坐下，点燃旱烟袋，久香奶奶走进房屋，冲了一碗红糖水，递给彩凤，说："喝口热水，不急，慢点说。"

彩凤想了一下，说："那是有一年的正月十五，几个半大小子跑到牛棚玩捉迷藏，捉迷藏玩腻了，不知道谁发神经，想出个奇招，把一挂鞭炮拴在一条黑尖子尾巴上，点上火，"噼噼啪啪"炸得黑尖子围着牛棚乱窜。牛棚里一棚牛，大的小的都有，牛棚外都是稻草，要是黑尖子引燃了稻草，冲进了牛棚，还是踩撞到了孩子，都不得了。正在种菜的李根发看见了，提起扁担和粪筐跑过去，追上去照牛尾巴就是一扁担，鞭炮被打掉了，可牛还在发疯地跑。他让小孩躲一边别动，自己抱着粪筐，等疯牛一圈转过来，跑到跟前时，他一蹦上去，连粪筐带草扣在黑尖子头上，然后双手抱着牛头，两只脚缠在牛胯骨上，被黑尖子拖着转了好几圈，直到黑尖子跑累了，没劲了，停了下来，他才从牛身上滚到地上，瘫在那里。队里的几个年轻人，跑过去，把他托起来，抛上抛下，一堆人高喊着他尖叫："365，好样的，365，365……"

久香奶奶紧张得气都堵到了嗓子眼，结结巴巴地说："真，真的？真不要命了哇。"

堂爷佩服地直点头，磕着烟袋锅说："你说的我信，他从小和牛打交道，遇上那事制服得了。再说，根娃子也不是个贪生怕死的人，事关紧要，有没有把握他都会拼着命上。"

久香奶奶抵着堂爷说："你说得轻巧，制服得了，要制服不住呢？命不就没了，拿命赌。"

彩凤说："是的呀，他那会儿就是赌命，当时的场面多紧急，多危险啊。"

久香奶奶："我说吧，你看着都紧张，是吧？"

彩凤："出那事时，我在猪圈喂猪，没亲眼看到。事后，农场开表彰大会，场长称赞李根发的举动，是伟大的社会主义主人翁行为，号召全农场人员都要向他学习，学习他这种公而忘私、舍己救人的精神。听着场长介绍，就叫人紧张得揪心，别看我这会儿给你们说得轻巧，真想起来，可后怕了。"

接着，熊彩凤又讲了一件根发救猪的事，这是她亲眼所见，事情发生在七月七日的雨夜。

进入七月，天就像被捅了窟窿，天河水天天不断线地哗哗流，沟沟渠渠满当当的是水，房屋到处是潮湿的霉毛。七日下午三点多钟，母猪大白哼哼唧唧地往草窝里一躺，憋足了劲开始生产，彩凤准备了两桶温水几块抹布，拉开架式为大白接生，过去几头母猪生产都是她接生，也都顺利平安。大白开始下得也比较顺利，像放屁样的，隔一会儿扑哧一个，隔一会儿又扑哧一个，直到天黑，已经扑哧出八个猪崽来。彩凤用手伸进肚子一摸，里面乱攘攘的还有，就鼓励大白说，恭喜你多子多女，快点生出来，我帮你养着。可是，接下来大白越生越慢，兴许是太累，没劲了，像打哑屁，好半天听不见一声动静。雨又突然加大了，夹杂着狂风闪电，雷像炸弹甩在猪栏顶棚上，猪棚里动了几下，彩凤看见头顶的横梁在往下沉，急得哭着喊快来人救命，可是她沙哑的声音被雨声盖住了。平时都没人走进猪圈，这等雨夜又有谁会来救呢，她做好了最坏的打算，把小猪崽装进一个篓子，棚梁真塌下来，只能丢下大白了，大不了给自己加刑，多一年少一年倒没啥，只是可惜了大白和那些小猪崽。正在她快接下第九个小崽时，李根发突然跑进猪圈，喊道："黑天暴雨，你待猪圈做啥，生了？"

彩凤哭着答："一大窝。快，帮个忙，顶上横梁要垮了。"

李根发吼道："磨叽啥？你把小猪崽子拿走，我把大白抱出去。"

彩凤央求说："不行，不能动，一动大白和肚子里的都完了。你快想法把梁柱顶住。还有几个小崽，一会儿就好了。"

李根发急中生智，挪过饲料桌子，站上去，双手托着下沉的横梁，为彩凤和大白撑起了一块安全的猪产房。大白安全了，不吭不哼，不紧不慢地生一个，又生一个，直生到第十八个才歇窝。彩凤接生完最后一个小崽，抬头一看，横梁已从根发的头顶落到了肩膀上，根发也不知何时从桌子上站到了地上，弓着腰，龇着牙，双手配合肩膀撑着横梁，有血从根发的嘴角和大臂上滴下来。彩凤已站不直腰，跪着爬到根发脚边，想助微薄之力。根发恶狠狠地吼道："出去，大白、你、小崽子，快，再不出去，来不及了。"

就在彩凤和大白前脚走出去，后脚猪棚就塌了下来。大猪小猪都得救了，根发却压在里面。彩凤冒雨喊来管教干部，大伙把根发扒出来，送到农场卫生院，肋骨骨折，治了三个月才恢复元气。

彩凤一口气讲完了根发救猪，接着又一口气咕咚咕咚把水喝完了，对堂爷和久香奶奶说："根发救了十八个小崽和大白，又一次被全场表扬，立功减刑。"

堂爷梆梆梆敲敲烟袋，笑着说："何止大白和十八罗汉，明明还有大熊和一只凤凰嘛。"

天渐渐黑下来了，彩凤心里已经明白，根发就是堂爷和久香奶奶的儿子，嘴上没问，眼睛却不断地往门外瞅，巴望着李根发的出现。

久香奶奶不忍心彩凤煎熬，直截了当地说："凤娲子，冤枉你白跑一趟，根娃子他，又被公安抓走了。"

彩凤目瞪口呆："咋？咋？这大红感谢信……"

久香奶奶忍不住掉下眼泪："他回来，人没进屋，就又摊上事了，差点还没命了。"

彩凤焦急地打听根发被抓的经过。堂爷让久香奶奶生火做饭，自己从根到叶，把根娃子撺狼跳井，死而复生，以及堂兄尹向阳出手营救，统统说了一遍。然后他自言自语地说："命该有灾，生而难逃，不认命不行哦。"

久香奶奶从厨房伸出头来："命，命，你一生不认命，临到根娃子信命了，只怕是担心救不出人，折你面子吧。"

彩凤双手摸着肚子，静静地想了一袋烟的工夫，坚定地说："救人，李根发无罪，我相信他……也相信政府。"

久香奶奶听了彩凤的话，觉得她坐过牢，见过世面，心里有了主心骨，救根叔的渴望更加迫切。一连三天，久香奶奶拉着彩凤和堂爷嘀咕着救人，堂爷被嘀咕烦了，说："救，救，没说不救，商量几天几夜，找到方向没？没有。凤妮子又挺着大肚子，你不住嘴地叨叨叨，倒是叨个法出来，咋救？你说！"

"有法我还求你们，我们娘儿俩拖累你，给你丢人了。"久香奶奶一赌气，回房睡了。

第四天早上起来，久香奶奶不见了，堂爷把猪圈、柴房、菜地，村里村外，可能去的地方都找遍了，找不见人影，家家户户听说久香奶奶又失踪了，都跟着堂爷找人。有人说，怕上大岩屋了，那一年就是在大岩屋找到的，去大岩屋的人回来说没有。有人猜，是不是去城里看根娃子去了，可从山外回来的人说，整个百裕沟，这几天都没人见过久香。也有人说："人躲人，急死人，她成心不让你见，是找不到的，等她自个儿气消了，就自己回家了，不用急着满世界去找。"

堂爷着急，不能不找。彩凤觉得久香奶奶出走与根发有关，提醒堂爷往这方面找。这一提醒，点醒了堂爷："坟，根娃子坟里。"

彩凤跟着堂爷来到坟地，在一大片坟包中，找到了根叔睡过的坟坑，伸头往里一看，久香奶奶长妥妥地躺在散了架的棺材里，堂爷喊着久香久香跳进坟坑，久香奶奶一动不动，没有半点反应。堂爷摇晃着久香，心疼地说："你咋能这样？这样作践自己。想法子，我们想法子，你跟我回家。"

堂爷和彩凤把饿昏了的久香从坑里扯出来，喊人背回了家。

彩凤在坟坑里用力扯拖久香奶奶时，肚子一阵阵地胀痛，她咬着牙忍住了。回到家顾不得歇息，赶紧上灶张罗着吃喝。久香奶奶刚把一碗鸡蛋面吃了几口，听见厨房"哎哟"了一声，接着"咚"一声响，堂爷走进厨房，只见彩凤倒在水缸边，双手抱着肚子，裤腿水淋淋的，着急地喊道："久香，彩凤摔倒了，快来，怕要生了。"

久香奶奶跑进厨房，摸着彩凤的肚子，对堂爷说："快去，把艾枣花叫来帮忙。"

堂爷来到艾枣花家，没人。刚走出门，迎面碰上拐枣李，问："艾枣花咪？"

拐枣李答："窜半晌没人影。找她啥事，久香又不见了？"

"久香找她，有急事，帮忙。"说着，一阵风跑了。

拐枣李望着堂爷的背影，心里想：啥急事，把你慌的，久香找枣花，八成是女人家大事，便扯起喉咙喊了一嗓子："不在河里，你上后坡找找。"

堂爷出去转了一大圈，终于把枣花叫来了。堂爷一脚踏进堂门，便听见房屋里传出奶娃子的哭声，以为是幻听，用手扯扯耳朵，又听到两声啼哭。嘴里不自觉地嘀咕道："这么快？也太顺了吧。"昂头朝房屋瞟了一眼，又说："好顺，顺好。好好好，顺。"

艾枣花端着一盆水从房屋出来，笑呵呵地说："堂爷，给你道喜，大喜呀，一胎生俩，儿女双全，龙凤呈祥啰。怪不得我昨夜做梦，满院子青油油的韭菜，早起一开门，喜鹊子喳喳喳对我叫个不停。"

"同喜，同喜。"堂爷拱手道完谢，转念一想，大喜，喜是降临在我家的，可娃子都是人家的，我们也只能跟着沾得喜气。

晚上，道喜的人都走了。彩凤挣扎着从床上爬起来，跪在堂爷和久香奶奶面前，说："老爷子，老奶奶，我代这双儿女给二老磕头了。"

久香奶奶扯起彩凤胳膊，说："使不得，使不得呀。娴子，地下潮，月子里身子金贵，落下病根是一辈子的事。"

彩凤坚持跪着，央求说："求二老认下，不，是收下，收下我们母子仨。"

堂爷果断地回答："认，认。收，肯定收下，在我们家多事之秋，你给我送来大礼，添大喜，我们还要感激你这个贵人呢。"

久香奶奶拉起彩凤，乐呵呵地说："收下了，认你做干闺女，他们都是干外孙，你站好了，我要抱干外孙，亲亲他们，看看先亲外孙，还是先亲外孙女呀。"

彩凤像做了错事的孩子，怯怯地小声说："不是干的，他们是二老的亲孙子、亲孙女。"

虽然声音很小，可在二老听来，就像是惊雷，不约而同地惊出同一个字来："啥？"

彩凤不好意思地低下头说："不怕二老笑话，根发临走头天晚上的事，丑事，事已这样了，求你们不要嫌弃，给起个名字吧。"

久香奶奶激动得眼泪都笑出来了，乐滋滋地说："谁笑话？啥丑事呀，好事，美事。没想到我根娃子因祸得福，有这好福气。"

堂爷掐掐手指，又拍拍头，想了想说："按族谱该是德字派，该叫李德啥，这俩娃子出生，是你彩凤给我们李家带来的喜气，生得又那样顺顺当当，我看要么叫李德顺、李德喜，要么叫李来顺、李来喜，你们看咋样？"

久香奶奶说："就叫李来顺、李来喜，又吉利又上口，还好叫，好听。"

于是，三个人都来顺、来喜，来喜、来顺连着叫，叫得大人孩子脸上都笑开了花。

来顺、来喜吃完奶，安静地睡了。堂爷、久香奶奶也回房去歇了，彩凤怎么都睡不着，根发断鞭降牛、扛梁救猪崽的影子，不断地在眼前晃来晃去。

她和根发第一次一起喝酒，也是两人最后一次在农场喝酒。她豪爽地说："来，为你送行破个例，我陪你喝。"

根发夺过彩凤的酒碗："场规不能破，你有希望减刑，我可不能害了你。"

彩凤倔强地夺过酒碗："为了几年的友谊，我今晚豁出去了。啥减不减刑的，庆贺你提前走出去，先减轻痛苦，喝。"

"喝，一醉方休。好些年都不晓得酒啥滋味了，你明儿出去，请你喝我妈做的黄酒，那个才够味，这是啥味，像马尿。"

"这是劳改农场，马尿人尿都一个味。来，不说那么多，喝，管它尿哇酒哇。"

"喝，不管它啥马尿，就是你喂的猪尿、你的尿我也喝，都喝。"根发喉结收一下放一下，喉管咕咚咚，咕咚咚，喝了几气，醉眼蒙眬地望着彩凤，说，"我冤哪，砍半枝树杈子，坐好几年牢。"

"莫说你冤，谁不冤哪，我像杀人犯吗？"彩凤愤愤不平。

"你？敢杀个鸟人，连走路都怕踩死蚂蚁的货。自己命都不顾了，要顾一窝畜生崽子的女人，有这样的杀人犯呀。"根发也愤愤不平。

彩凤咬着牙，想了想，伸出舌头舔了舔嘴唇，瞅着根发说：

"说我毒杀人，害死了自己男人，谁说的？是我公公婆婆告的，我有嘴说不清哪。"

"啊？公婆告你。"根发愣了一下，一拳头砸在桌子上，酒碗砰砰响，酒水溅了一桌："天下有这样混账公婆。那可真是擀杖插进磨眼里——大仇（箍）哇。"

彩凤说："我男人在大队小学当民办老师，学校有个女知青，父母是右派，都死了，孤单单一个人好可怜，我男人稀罕她，我比我男人更稀罕她。那天，听男人说女知青病了好几天，我就冒雨上山搞些新鲜松树菇子，做了一大碗鸡蛋菇了汤，我男人送到学校时，女知青已经离开了学校，被送到县医院去了。那碗汤被我男人喝了，不知咋的，就死在了学校，医生说那蘑菇有毒，是中毒而亡。我经常上山采蘑菇回来吃，还晒成蘑菇干，从来没遇到也没听说过中毒的事……"

根发想了想说："兴许是连阴雨，有毒蘑菇躲着偷偷长出来了，混在好蘑菇中间。那也不能判你毒死丈夫呀，这不是往伤口上撒盐、心口上捅刀子吗？"

彩凤："哼。比伤口上撒盐还折磨人，比胸口上捅刀子还狠。公婆咬定我认得毒蘑菇，是成心要毒死女知青，害怕丈夫被女知青夺走了。是女知青命大，躲过了一劫，这才要了他们儿子的命。公安相信了他们说的证言，我死也不认罪，我不晓得有毒，也不会害人命，女知青也出面求情，证明我的为人，替我说了好些好话，最后就定了我一个过失致死人命罪。不是女知青出面，恐怕直接被判死刑了，还能有今天在这儿陪你喝酒？"

根发见彩凤讲着讲着不流泪也不生气了，心里也跟着平静下来，用平淡的口吻说："冤。不是冤家不聚头，我俩都是冤大鬼。可明明是真的，咋讲起来像假的一样，真的像是发生在别人身上的故事。缘分哦，我俩这是哪辈子修来的缘分哦。"

彩凤扑哧笑了："这也叫缘分哪，要是缘分，也叫受苦受难的缘分。"

根发也扑哧笑了，说："猪圈菜园的缘分，也是缘分，等明我们有了儿子孙子，就给他们当故事讲。"

彩凤："亏你想得出来，讲啥？讲坐牢，好意思呀。"

根发沉浸在讲述中："……从前，有一个男人，种了一片菜地，一批一批菜熟了，摘了送给别人去吃……从前有一个女人，养了一大圈猪，一窝一窝的猪崽长大了，杀了送给别人去吃。菜收了又种，猪杀了再喂……女人帮男人择菜，男人帮女人养猪崽……"

"讲呀，往下，莫停。"彩凤催促着根发，同时，她感到一阵阵的热气向自己颈脖子扑来，根发嘴里喘着粗气，眼睛瞪得像狼一样，绿莹莹地发光。不知何时，一只胳膊抱着自己的肩膀，另一只手在胸脯上，束手束脚地揉动着，揉得她又痛又痒，她的呼吸这时好像也急促起来，胸脯子一起一伏的，她心里迫切希望根发把自己抱紧点，莫再松开。

根发说："讲，我不停，不停。这是两个犯人，没住在监狱里，在农场外面，过着自由自在的日子。尽管不是一家人，却像两口子一样，你帮我，我帮你……"

彩凤突然听不到根发讲话了，着急地催："咋停住了，快讲，不准停。"

根发没再讲下去，气喘得更粗了，脸涨得通红，一坨子一坨子的汗珠，砸在彩凤光溜溜的胸脯子上。彩凤没有去擦，任那汗水在全身流淌，热乎乎麻酥酥的，仿佛身子也轻飘飘地在飞……越飞越远。

这时，彩凤好像听见根发在喊自己。

根发："彩凤，彩凤。"

彩凤："嗯，嗯。"

根发："我明天走。"

彩凤："嗯，我晓得，明天走。"

根发："彩凤。"

彩凤："嗯。"

根发："我明一早走。"

彩凤："嗯，我清楚，明一早走。"

根发："熊彩凤。"

彩凤："嗯。"

根发："我今晚不走。"

彩凤："嗯。我明白，想走也走不了。"

彩凤等着根发再继续往下，却听到根叔叹了一口气，那只粗糙的大手突然停在小肚子上面，犹豫了一下，快速抽出来，喷出一口酒气："不，走，我得走。"

"大半夜了，咋走。不怕吵到管教。"彩凤舍不得根发走，她要把他留下来。

根发勉强站起身，往前跟跄了两步，咕咚一声倒在地上。

"李根发。"彩凤伸手没有拉住，也跟跄着扑倒在根发身边。笑着说："你醉了，路都走不了了。"

"你也醉了，站都站不稳了。"李根发也笑着说。

彩凤想站起来，身子软绵绵的，撑了几下又趴下了。李根发讯笑说："莫逞能了，我抱你吧。"

根发把彩凤抱到了床上，彩凤紧紧地箍着，没有松手，根叔就那么头重脚轻地躺倒在彩凤床上……

没想到好多年在一起，相安无事，临分别时，却龙凤呈祥。

早晨，彩凤刚喂完奶，久香奶奶端来了一碗热气腾腾的鸡蛋面汤。彩凤把面汤搁到一边，看着来顺和来喜，向久香奶奶说："老奶奶，根发现在是有儿有女的人，不能就这么不清不白地在牢里坐着，我们得早点把他救出来。"

久香奶奶说："我们一直想救，可愁的是找不到救的路子。妮子，看在来顺和来喜的分上，根娃子有没有救，全指望你了。"

彩凤问："不知道我们有没有报社的门路，亲戚呀，熟人啥的，认识记者的人。"

久香奶奶不解地说："报舍？我们只晓得报恩。哦，你是说舍不舍得呀？舍得，报恩有啥舍不得的。"

堂爷在堂屋里搭话："报社的人吗？有，有。大孙子在部队里，就是写报纸的，还写广播。这事你问她，还不如问红薯，糊涂蛋，她就是苞谷糁里下汤圆——糊涂蛋。"

彩凤兴奋地说："我昨晚想了一夜，根发已经定了案，光凭我们去翻案，那肯定是豆腐渣贴门神——根本不沾板。不说比登天还难，起码也得驴年马月。记得农场里有过几个人平反，那都是记者写材料，在报纸上喊冤，喊出来的。"

堂爷说："你这一说，根娃子有救了。我这就写信，叫大孙子上报纸广播上，喊冤去。"

二十四

一连收到堂爷写来十封信和一封加急电报。我坐不住了，堂爷是一个明事理、顾大局的人，用我们家乡话说是一个亮堂人，像他的叫口一样嘹亮，为根叔的事，这么固执焦急，那也是拼了，就像当年为我上高中一样不遗余力，足以证明事大，但也确实有他不达目的决不罢休的理由。

我陆续回过几封信，把事情的来龙去脉了解了个大概，然后以青年民兵新闻线索为由，向报社争取到了采访任务。得到批准后，我背上包，拿着记者证买了张站票，就登上了 38 次特快。之所以归心似箭，除了采访任务外，还有一个原因，那就是我入伍后，在上前线参加对越自卫反击战之前，只回家住过一夜，提干之后直到现在再没回过家。特快到达武汉后，省军区打算派新闻干事带车陪同我一道采访，但被我婉言谢绝了，因为这次采访有些公私兼顾的嫌疑。

从武汉坐大客车到襄樊，足足颠簸了六个多小时。在沙洋农场，我找管教干部详细调查了根叔在农场的改造轨迹，以及他立功减刑、重新做人的心路历程，管教队长专门为根叔写了一份长长的证明材料。从沙洋穿过谷城、保康，进入房县，在两山峡谷拥挤、河水奔腾中的青峰珠藏洞，找到了根叔救过人的过渡湾渡船，渡船上尹船长热情地接待了我，并找来被救儿童父亲、民办教师尹向阳。

尹老师把他在雷村调查的所有材料，全部交给了我，又拿出一份为李根发请功的申请报告，请尹队长签字证明后，说："托记者转交政府，你是解放军，相信你戴着的领章帽徽，能为尹根发，不，能为李根发证明清白。"

听了尹向阳的话，我心里沉甸甸的，感到肩上担子不轻。我说："你讲的我会认真对待，这也是记者的责任和义务。不过，我还想找几个人了解一下，主要是弄清楚尹根发小时候在这里生活的情况，传说他游手好闲，讨饭时有偷鸡摸狗、打架耍泼的坏毛病。这个很重要，需要证实。"

一个星期后，我回到了雷村。这天上午，天刮着大风，还没进村口，远远地望见了河滩里熟悉的黑石方子，石方子上站着一个类似道长的人，正挥舞着像剑又像道鞭的东西，在随风作法，不时弓背扭腰，挥胳膊、动腿。我在心里想，村里准又是遇上啥神秘莫测的灾难事了，只有那样才会请道长大仙出场。当我走近一看，不是啥道长，而是我的小伙伴，学生牛躲躲。

他拿着一把用毛狗子草捆扎的长长的毛笔，蘸着河水，在黑方子上练习大字，我哧哧一笑，这方法还是我和堂爷教给他的，自己倒忘了，于是喊道："躲娃子，人长高了，笔也用长了。我还以为是哪儿来的大仙，原来是我们的书法大师。"

牛躲躲跳下石方子，跑向我说："堂爷说你这几天要回来，交代我接你，我就天天在石头上写标语，欢迎你呢。"

我握着牛躲躲的手，笑着说："回自己老家，又不是啥大领导下乡视察，还整欢迎标语，那不是骂人呀。"

牛躲躲嘿嘿笑："你现在可是山顶上吹喇叭——震天响，家家广播匣子里经常有你的名字，谢校长可以你为豪了，这几天，天天念叨，叫我一见到你，先领到学校报到。"

在牛躲躲的陪同下，我走进了学校操场。耳朵里突然响起"一竖一钩，两个小卵子打秋"来，这是一年级学生和他们老师柏桃花的声音。抬眼望去，"好好学习，天天向上""团结紧张，严肃活泼"十六个大字被风雨侵蚀得褪掉了红色，仔细辨认，依稀可见隐隐约约的痕迹，这使我不由得想起柏桃花和许大棒槌"团、结、紧、张"的新婚故事，以及我入伍前夜的情景。

校长谢宗杰和老师们熟悉的笑声，把我从恍惚中拽进了校舍。

一番热闹问候过后，校长有些失落地说："我这几年走霉运，前年上山打柴，没想到劈柴时斧子滑落，砍到脚背上，断了脚筋，床上躺了年把。受我的连累，学校一天天走下坡路，越来越不景气，女娃子们自己还未长大，却被家长送到城里，去给人家抱孩子当了小保姆；男娃子不是在家帮忙种自留地，就是跑工地上去打小工讨生活去了。"

应该说，现在政策好了，党和政府对农业、对教育高度重视，农民日子红火了，学校也应该红红火火，想不到雷湾小学却成了这样。谢校长过去一头刚健的大分头，也变得灰白凌乱、稀稀疏疏，像杂乱无章的茅草蓬在头上。过去笔直的列宁装和那支始终如一挂在左胸荷包上的钢笔也不见了，一套灰土土有些肥大的干部服，罩在微微弯曲的身上，显得更加瘦弱和单薄。

我不忍心谢校长继续讲下去，加重他的失落感，就插话说："这可能是以后的大趋势，山里人渴望到城里做事，乡下娃子都想到城里读书，时代在变，世道也在变。"

这时，有学生进屋交作业，看见我穿着军装，睖着眼气的目光，喉咙管一伸一缩地动了几下。我问她几年级了，她吐吐舌头说四年级了，一歪头跑了。我想起自己当过四年级班主任，又想到小娴子应该差不多该读三四年级了，就问谢校长："艾枣花的小娴子读几年级？学习咋样？"

谢校长指着跑出去的同学说："跟她一个班，学习成绩还凑合。"

"凑合啥呀。校长，你高兴糊涂了吧，小娴子早不读了，天天在柏老师屋后头放羊，跟山羊子一个班……"坐在我身边的张绪兰老师正要继续往下说，发现谢校长拿眼直递眼色，就打住了。

我突然发现一直没见到柏桃花，就说："哎，柏老师，柏桃花呢？她不在学校吗。"

张绪兰望了谢校长一眼，遗憾地说："她走了，走半年了……可怜。"

谢校长看我没听明白，解释说："不是回城，是去世了。这事说起来，也是受李根发的牵连。"谢校长清楚，我是被堂爷叫回来替根叔平反的，想了想，又接着说，"其实与根发也没啥关系，只是霉气事都凑到一块儿了，说到底怪她命薄……"

张绪兰说："啥命薄呀？都是麻雀和龙蛋害的。跳井死人的事发生以后，全村人神经都有些紧张，心情压抑。你晓得的，柏老师家盖房子从挖根脚到盖瓦，麻雀是从头到尾参加的。麻雀死了，桃花夜里老做噩梦，不是梦见麻雀拿着钢叉斩白蛇，就是梦见麻雀扬着木槌打墙，留一圈麻雀洞，时不时又从麻雀洞里钻进屋子，找她'借十样'，折腾得桃花病恹恹的，个把星期下不了床。"

刚巧，有一个游方的道长，那天打村里路过，许大棒槌就把道长请去了。

那道长围着院场打量了一圈，然后用脚踢了踢院场的白龙蛋，抬头望着白墙红瓦，摸了摸白胡须，说："白骨精缠身，白成亲，难生。"道长没有进屋，转身直接走了。

"道长，道长，你别走哇，人还没看呢。"许大棒槌攥着道长喊，一直追到河边。

道长在河边离石方子百来米处立住脚，看着正在写字的牛躲躲，没头没脑地又冒出一句话："黑方子写大字——书法。"

许大棒槌望着道长，说："请你到家，就是求你给我女人除邪输法的呀。"

道长没搭理，自顾自说："这人从小受过刺激，读书不行，书法行。"

许大棒槌一听，心想躲娃子掏麻雀洞，被蛇惊吓，差点摔死，活过来后就读不进书了。越发对道长敬佩得五体投地，连声央求道："大师，你真是神仙，求你千万救救我家柏桃花……我给你跪下了。"

道长捋着胡须，朝许家住的房子望了望，问："你家夫人是不是结婚多年未曾有过生育？"

许大棒槌连连点头："道长真是高人，不，高神。"

道长掐了掐手指，说："白夫人是被满院子的白骨精缠了身，别说生育，日子久了命恐难保。"

许大棒槌紧张得打了几个哆嗦，巴巴地恳求着道长。道长神秘地伸出一根指头，说："办法只有一个，把院场白石头全挖起来，甩了。再用黄泥巴，把白墙脚糊住。"

说完，扬长而去。

柏桃花过后真的病好了，又来到学校开始上课。

许大棒槌看柏桃花病好了，晚上又继续上山去守窝棚，把桃花一个人留在家里。一天夜里，柏桃花睡在床上，隐隐听到外面有响声，起床隔着门缝往外看，有几个人影在沟边晃动，像是在捡被甩掉的白龙蛋，她打开半扇门，大喊一声："谁？

干啥！"

几乎同时，那些影子呼啦啦全转过身，一个个花脸长发，吊着长长的舌头，手舞足蹈，念念有词，五六个离得近的，直奔堂屋门口的柏桃花而来，号叫着："拿命来，还我白蛇仙人，白蛇仙人……"

许大棒槌早晨回家，发现桃花昏倒在半掩着的门后，前两天堆在沟边的白龙蛋全都不翼而飞。

柏桃花从此一病不起，没出半月，就丢下许大棒槌走了。临咽气前，许人棒槌耳朵贴着桃花嘴，听见桃花说："风水宝地，金贵……贱命，无福消受……守我七天，搬家，走人。"

安葬柏桃花的同时，许大棒槌就在坟地搭了个窝棚，夜夜守着桃花。第八天早晨回家，好端端的房子，塌了，连砌根脚墙的石龙蛋，也全都没了踪影。

听完谢校长和张绪兰的讲述，我无言以对，更对家乡人的孤陋寡闻感到悲哀。三年前，一山之隔的郧县，考古发现了几万年前的恐龙活化石——恐龙蛋，一时间，成为不法之徒私下疯狂掠夺的财产，柏桃花家的化石蛋，自然成了抢手的猎物，只可惜，柏桃花和许大棒槌不清楚这些，白白送了一条性命。

张绪兰随我去柏桃花家的路上，悄悄对我说，柏桃花相信道长，是有原因的。因为她进山前，和一个插队知青怀过一个孩子，嫁给许大棒槌后，却一直没怀上娃子。还有麻雀，一个男人不中，未必两个男人都不中用，所以，她就相信是白骨精缠了身。

其实，不要说柏桃花，就是张绪兰和其他女人，遇到这种事都会傻乎乎地相信的，因为假道长早已做足了功课，只等着她们入瓮上当。

柏桃花的院场里长满了青草，一只白羊子和一群黑山羊在悠闲地吃着草，发出一声声咩叫。我打算去找小娲子聊聊，被张绪兰拉住了，她说："小娲子现在大脑好像有点那个，像她姐一样，可能是受了刺激的原因。"

晚上，堂爷喊了一屋子人，陪我喝酒，有人说我当了官进了大城市，怕我瞧不起，不敢跟我碰杯，我为了表示诚意，用家乡话说，去屎吧，喝酒，别扯淡啦。大家都端起碗，一饮而尽，说我还是那样，没变，不像有的人呢，一出去就憋起个腔，忘了自己是个啥东西。

我端着酒碗敬了一圈，没发现雷黑磨他爹，以为雷盈春因为傻娲子和根叔的事没来，就问堂爷："没请春叔吗？"

堂爷说："还没来得及给你说，他呀，一两句说不清楚。"

有人抢着说："他走了。不说他，我们喝酒。"

杨疯子说："雷盈春是自己把自己逼死的。精明半世，糊涂一时，就那样毁了清白，他把根娃子坑惨了，自己良心上过不去，脸面上也不好过，谁也不搭理，见人就绕道躲着过，整天一个人不吭不响的，能憋多久？不死也是疯，死了还少受罪，就是苦了瞎儿子……"

久香奶奶提着壶给杨疯子添酒，说："队长说得像哪话，他就是憋死的，活该。生生把别人坑到牢里去，自己没脸见人，钻到土里躲着，未必躲土里就没人戳脊梁骨？"

喝完酒，乡亲们都走了，久香奶奶反反复复说了半夜，来来去去都是雷盈春不是和堂爷对雷家如何如何照顾。说激动了，就把孙子孙女抱过来，一只胳膊一个，两个笑脸对着我，说："看看，来顺、来喜，从睁开眼睛都没见到爹，都是雷盈春害的。这下好，大孙子回来，有指望了，多亏了彩凤。"

熊彩凤把自己的想法和了解的情况向我细细说了一遍，又举了几个发生在农场里平反的例子。然后，用祈求的目光提醒我说："他们判根发的刑有些牵强，操作上、证据上都牵强。我们得让大家知道，都说话，把里面的隐情给它说破，把根发立功的心情，重新做人的表现，告诉公安和政府……"

堂爷说："好了，大孙子才回来，辛苦一路，让他先休息，睡好觉，明天再讲。"

来到雷家老坟场，我在雷盈春坟前大约两米远的地方坐了下来。雷盈春的坟前靠左，是雷家老爷子和老奶奶的旧坟，长满了青草和杂树；坟后靠右，是黄土新垒的，一堆大坟，坟中有个小包突了出来，里面埋着他儿媳妇傻娴子和他未出世的孙子。我感到一阵阵战栗，被一种说不出的恐惧包裹着，我不明白悲剧是如何发生的，又为何会发生这等悲剧，仿佛这都是被一只看不见摸不着的手，一只神秘的黑手制造的。

我想起了雷黑磨在那场绿雪中的咒语，还有昨晚大家的种种抱怨，自从雷子顺掏了狼窝，吃了狼肉喝了狼汤，雷村就不那么顺了，也怨那只白狼，所有山上跑的都是灰狼，偏偏雷村跑出来一只白狼，追着黑羊子催命鬼似的索命。当然，千说万说，根子又怨到根叔身上，不该砍那棵神树，破坏了风水。

雷盈春和傻妠子的坟前，有新烧的纸灰和没有燃尽的香头，坟土也是新培过的，看样子不久前有人来上过坟，新走的人，七七过后是不会再有人顾及的，会是谁呢？天问。只有天问，听说前不久天问回来过一次，也是自打天问离家后头一回回家，结果被雷黑磨狠心地赶走了。雷黑磨拿着一把挖锄，坐在堂屋门槛上，不让天问靠近半步。天问把带的东西放到瞎爹脚边，被瞎爹连挖锄带礼包都甩了出来，无情地吼道："滚，你不是雷家子孙。用这把挖锄，去把你妈、你爷，还有祖坟都挖了，你跟这个家往后再无瓜葛……"

自从我离开杨寺庙高中，再没和天问见过面，入伍后更失去了一切信息。我想，这个灾难对天问也许是致命的打击，可现实就是这么残酷，无论多么残忍，你都必须承受，而承受生活比面对死亡，更要艰难千倍万倍。

我在多灾多难的故乡徘徊了十天，思索了十天。一种从未有过的沉甸甸的压力，像故乡重重叠叠的山峰，压得我喘不过气来。我不得不躲开亲人和乡亲，一个人逃进大岩屋，用三天时间，梳理出缠缠绕绕的线头，写出平生第一篇曲折复杂、极具挑战性的特殊稿件。

违法青年救人"献生"又现身
"幽灵"囚徒人生跌宕怎定论

[通讯]

违法青年抢救落井乡亲死而复生
——事情发生在特殊人物身上，还有待社会作出公断

11月5日—20日，我们调查清楚了被公安部门"强制改造，刑满释放"的青年民兵李根发，在回乡的途中救出落水儿童，回家的当天，为驱狼救人落井"献身"，死而复生的事实。

李根发现年23岁，现为湖北房县高枧公社百裕沟雷湾大队人。原系房县青峰公社尹家寨人，幼时父亲去世，母亲改嫁，与本家多有口角，自行出走讨饭。在与一帮小混混为伍期间，被逼无奈，参与过偷鸡摸狗、骗吃讨喝的勾当。寻母落户雷湾以后，痛改旧习，乖巧懂事，深得乡邻喜爱。1971年5月，雷湾遭遇暴雪天灾，其热心砍千年古树杈送乡民煮饭取暖，灾后参加大队青年民兵打狼队，救粮护猪。此时，不料砍树事发，有人认为他破坏文物古树，于是他被公安机关抓获，收容审查，途中欲强行逃脱，踢伤干警睾丸，被严打重判8年，押送沙洋农场改造。据案卷材料，李根发本人交代，所砍之树送三十户缺柴煮饭烤火的灾民，因不服砍树被抓，打斗伤人。据劳改农场干警

证明，李根发劳改期间表现积极，负责住狱外种菜，先后只身制服疯牛，救人一次；冒雨抢险救生产母猪一头，小猪崽十八头，两次立功减刑，于1982年4月被公安机关释放。

李根发被释放时，对在场的农场管教干部说："我不懂法，受到了教育，要将功赎罪，重新做人，多做好事。"走出农场大门后，又对送他到门外的郑管教表决心："我回去一定好好表现，做个好人，像在农场一样立功，为郑管教争光。这些，你是看得到的。"回到家乡，他还对大花梨树磕头说："我不懂法，伤害了你。往后我会好好保护你，保护乡亲们不受伤害。"

4月7日，也就是李根发从农场出来的第二天，在青峰过渡湾坐过渡船时，救过一个落水的小孩，有船队的感谢信和被救小孩的家长请求政府表彰的申请。

4月8日，李根发回到雷村的当天下午，给古树磕完头，他爬上花梨树歇息，打算天黑后再回家。大约4点钟，发现放羊的小姆子和一群黑山羊受到一头白狼的追赶，李根发跳下树拼命追了过去。这时，驻队干部李特判发现了李根发，以为其是越狱逃跑，发出过"逃跑罪加一等"的警告，李根发没有理会，继续狂跑，白狼被撵走了，受到惊吓的小姆子和黑山羊还在奔跑，一直跑进了村院，跳上了井台，李根发也一直跟着跑到了井台。这时，村民麻雀为抢救黑山羊，扑进了水井，李根发为救麻雀也随之跳进了水井，正在井边洗衣裳的傻娴子伸手去抓李根发，被李根发也带进了井里。傻娴子怀着身孕。队长杨疯子组织打捞，捞出来的是三具尸体，外加傻娴子肚子里的婴儿。按照乡规，外死不得入家，凶死不能隔夜，淹死不可换装，三具尸体草草入棺。当晚，乡民为傻娴子、麻雀和李根发打代思闹夜，被李特判组织民兵制止，李根发的简陋棺材也被冲撞得勉强裹尸。第二天出殡入土后，李根发奇迹般爬出坟坑，"诈尸"回家。后经推论是李根发身着渡船浮水夹背，被傻娴子压入井底，虽呛水溺亡，却是假死，故复得生还。

因为李根发复活，引起了一连串的波折。惊动了公安部门突审问案，疑点有三。疑点一：李特判警告，李根发明明听到却未止步，逃跑嫌疑明显。疑点二：小娴子系当年李根发砍树案指认人，且小娴子确认，追她和黑山羊的是未见过的白羊子，不是白狼。疑点三：李根发坐牢前欺负过傻娴子，并按于水中企图强奸。公公雷盈春认定儿媳傻娴子是被李根发扯进水井，夺走了他儿媳和孙子的性命。据公安部门讯问记录，李根发对所审疑问供认不讳，据李根发堂兄探监得知，李根发认罪态度明确，痛恨自己对不起政府，对不起乡亲和家人，只求日后好好改造，力求戴罪立功，早日减刑释放回家，重新做人。

目前，被救儿童父亲尹向阳连同事发船队，向有关部门递交了要求宣传表彰李根发见义勇为先进事迹的申请报告。放羊女孩的父亲，也向公社和大队有关领导反映，小娴子和黑山羊确实是被白狼追赶，被及时出现的李根发救了，感谢其搭救之恩，请求政府快放好人李根发回家。曾同在农场接受改造现已刑满释放的女饲养员熊彩凤，以自己被救的名义，并代表被救的一头母猪和十八头小猪，呼吁李根发是个慈悲良善的公民，请求给他提供为民多做好事的机会。这些书面的口头的申请报告和呼吁请求，以及李根发本人的情况，在当地接触过李根发的人中，存在着不同的议论。有的说，可以承认他为见义勇为的先进典型；有人说他是舍己救人，救集体财产的失足青年；有的说功过分开；也有的说他是个祸害，死了多好，还能落个好名节？惹出这么多是是非非……

事情发生在特殊人物李根发身上，反映出许多令人深思的问题，有待社会作出公断。

写完这则通讯，我稍稍松了口气，反复推敲了几遍，又觉得意犹未尽，由于消息字数所限，该展开的不能展开，应该说清楚的也没能说得清楚，事情复杂，枝叶牵绊太多，像演义小说缠缠绕绕。那一串串事件、一堆堆人群、一个个声音，在我眼前耳边和心里反复呼叫、呐喊。

我把消息稿子读给大家听，征求乡亲们的意见。堂爷说："不像给根娃子平反的文章，像讲别人的故事，还没有尹向阳的调查有分量。"

久香奶奶说："根娃子做了那些好事，是好人，告诉公安放人，好人就得有好报，你这里面没要求政府放人，等于没写。"

熊彩凤说："要想给李根发平反，就要证明给他定罪搞错了，错在哪儿？错了就要纠正，主要是证据和证人。"

村民们说："不晓得你写这个稿子是做啥用的，听到还觉得有意思的，就是还不够过瘾，没有《三国演义》《水浒传》热闹好玩……"

听了方方面面的意见，我感到有些泄气，还有一丝丝的悲凉。我完全理解他们的心情，可他们是没法理解我的，我必须不偏不倚、客观公正地报道。

于是，我决定再写一篇通讯，尽可能写得清楚明白些，让所有人看了都有话说。

违法青年救人"献生"又现身
幽灵囚徒人生跌宕怎定论
——一个争取社会风气根本好转的新题目

这是一个令人产生兴趣的特殊事情。

被公安机关"强制改造，刑满释放"的青年民兵李根发，在离开劳改农场第三天，回到家乡的当天，为保护羊群和放羊的儿童，追赶白狼，跳入水井救人而献出了"生命"。意想不到的是，第二天下葬后，李根发却从坟坑的棺材里爬了出来，奇迹般地死而复生。接着，李根发又被公安机关收容审查，判刑入狱。李根发从农场回家途中曾救起一名落水儿童，被救儿童的奶奶和父亲百里寻恩人，并上书有关部门领导，恳请释放"赶狼救人"青年李根发回家。这两方面的申请，连同事情的本身，不仅在当地有关部门和干部群众中，还在李根发劳动改造的农场管教干部和犯人中，都产生了——

不同的议论

有人认为，李根发两次舍己救人是英勇行为。尤其是在当前争取社会风气根本好转的现实中，像这样为了他人而不惜牺牲自己的典型不是多了，而是少了，更应该大力表彰。人只有一次生命，在关键的时候，他献出来了，功大于过，本可以追认其为烈士。他死而复生更是罕见的奇迹，说明老天爷眷顾好人，阎王爷都能原谅不收的人，政府更应该厚待。

有的管教干部和犯人认为，"文化大革命"中，很多人稀里糊涂地就违了法犯了罪，经过改造，愿意立功赎罪，重新做人，李根发两次立功，两次减刑，对这些特殊人应该给予特殊的关爱，鼓励他们奉献社会，拥抱新生活。像李根发这样的表现，更应该大力宣传表彰，给正在服刑的人员以希望和勇气。过，改过了，就是新人。功，立下了，就得奖赏。

有的人认为李根发功过相抵。过，不再追究。功，也不必宣扬。他干了违法的事，毁文物踢伤干警，是他自己自觉干的，救人也算是自己自觉干的。后功补前过。

有的人认为，一分为二，功是功，过是过，李根发算是"舍己救人"的"失足"青年，一失足成千古恨，这是他的教训。

还有的人说："李根发死了才好，一了百了，省得一大堆乱事，纠缠不清。"公安部门少了个麻烦，人民少了个祸害，社会少了个隐患。他碰到了白狼追人，麻雀（人名）入井，死了也就把坐牢的罪犯名声带走了，雷村只当从没出现过犯人，自己最后也落个好晚节。

更有人说："他放出来了，自己不说清楚，偏偏又遇上那些怪事，自己又说不清楚，怨不得别人。再说了，你把白狼撵跑就完事了，还追小娥子做啥？有人跳井你也跳井，还带着傻娥子落井里，两尸三命，不是他的过，是谁的过？就算不是他的过，你凭啥不向公安理直气壮地讲清楚，要签字认罪呀，恐怕有鬼，心虚。"

公安人员说："没有人逼供，全是他自己招认的，心甘情愿签字画押。承认了就得承担责任，他说自己对不起政府和乡亲们，要将功补过，争取立功减刑，早日回家，好好做人。就因为认罪态度好，才得到了宽大处理，从轻量刑。"

看来引起这些不同议论的关键，是李根发的过错。这里需要摆一摆李根发——

违法的事实

李根发现为湖北房县高枧公社百裕沟雷湾大队人，原系房县青峰公社尹家寨人，现年23岁，幼时父亲去世，母亲改嫁，随祖母与伯伯叔叔几家吃零工，因与叔伯本家时常发生口角矛盾，自行出走讨饭，被一众大小"讨爷"逼迫，从事过小偷小摸、坑蒙拐骗的勾当。为抢糖吃，抓伤过一个小女孩的脸和颈子，上山打板栗，用栗包刺扎伤过本家兄弟屁股。李根发脱离家庭之后，再没踏进过叔伯家半步，完全过上了流浪生活，他在青峰镇被一名外地做白铁工的青年盗窃犯看中，从此干起了帮助违法青年望风报信、打探消息的事。

白铁盗窃犯在一次作案后被收容审查。据案卷材料记录，白铁青年在被询问时交代："中秋节中午在青峰镇，带李根发（俗称发小）第一次扒窃，得五斤粮票、七尺布票和两块月饼。当天下午又去扒窃被人抓获，被扒人面熟，摇摇头把李根发放了。""中秋节后，又带着李根发在过渡湾船上扒窃过一次，发小胆小，下桥板时，几次出手，又怕大娘惊慌落水，结果眼见包钱的布包没偷到，只从大娘手中抢到五元人民币。都认为发小成不了大器，劝我一脚蹬了他，以防后患。"

　　讨饭的李根发后来被雷村的堂爷在青峰镇找到，回家与母亲久香团聚。堂爷膝下无子，待李根发视如己出。从此，李根发在堂爷和久香的呵护下，快乐地成长，在老家讨饭受人欺负、遭人白眼的他，比其他孩子更懂事乖巧，十分讨人喜爱。

　　无忧无虑的李根发之所以违法，惹官司缠身，源自当年五月的一场雪灾和雪灾中堂爷和久香的善良好心。久香得知村子里好多家庭粮食断顿了，有的甚至连烤火柴都烧光了，窝在床上挨冻受饿，说老天爷怕是要收人，人咋活得连小动物都不如呢。堂爷说你嫉妒大花梨树上的盐老鼠了吧，它们爬上爬下，树洞里肯定藏着吃的。李根发听了，就拿着布袋去掏树洞，久香追出门递给一把斧子，说顺便砍些树枝，连粮带柴一起送给人家。李根发一不做二不休，把古树的半边枝杈砍了，连同掏出的半袋子玉米和杂七杂八的粮食，送给缺柴少粮户救急。大灾过后，公安局来捉人，认定李根发犯了"毁坏文物罪"，途中，李根发试图逃跑，挣扎时踢伤了公安，被重判8年。

李根发在劳改期间，先后制服疯牛，挽救集体财产免受损失，被立功减刑一次，又因保护饲养员和正在生产的母猪及十八只小猪仔，再次立功减刑，得到表彰。劳改农场在释放证明书上写道，李根发"劳动教养期间，两次立功，两次减刑，刑期已满，予以释放"。在离场呈批表上写有：遵纪守法，重新做人，多多立功。李根发被释放时对在场的干警说："我不懂法，受到了惩罚和教育，要将功赎罪，多做好事。"在对送他出农场大门的郑管教表示决心说："我回去一定好好表现，做个好人，像在农场一样立功，为郑管教争光，说到做到，这些，你是会看到的。"

回到雷村，李根发未及时向大队报告，被李特判无意发现后，在明令"李根发，你站住"的呵斥声中仍亡命奔跑。李特判又严厉警告："李根发，越狱属重罪，回头是岸，逃跑罪加一等。"李根发听到警告后，没有回答自己是释放回家，而是边跑边骂："滚，该死的狼，滚。"直扑举报人小娴子而去，小娴子被雷盈春救下后，李根发冲向了井台，与麻雀前后落入水井，麻雀死了，李根发身着海绵夹背，死而复生。据村民证实，麻雀和李根发曾经为进大队民兵打狼队发生过争执，大打出手。这些都是李根发违法定罪的依据。现在，再来讲一讲他——

"献身"的经过

4月8日，也就是李根发被释放的第三天下午，他回到村里，先给自己砍残的花梨树磕头作揖，然后，爬上树歇息，打算天黑后再回家。大约四点钟，突然听见有山羊咩咩咩叫，并伴随有小孩子吆喝声，同时发现远处山边有一个小女孩和一群黑山羊，小女孩跟着山羊慌张地往山下跑，山上林中蹿出一只白狼追着羊群和小娴子，小娴子还冲着黑山羊喊："莫跑，白羊子找你们玩来了。"李根发听到小娴子和黑山羊的喊叫声，心里一惊：完了，狼放不过她们。当时现场没有其他人，周围除他之外，也没发现人影。李根发迅速从树上跳下来，朝着羊群和白狼飞奔而去，奔跑中脚下打滑摔倒过一次，他顺手抓起一块石头，急吼吼地骂。这时，好像听见身后有人叫他的名字，李根发没工夫回答，一边骂一边跑，身后的喊声变成了警告："李根发，站住，逃跑罪加一等。"他不知道是李特判在警告，心里骂道，罪加一等吧，老子是减刑释放的公民，老子要去救人和羊子。就在白狼快接近小娴子，蹲腿弓腰准备撑力猛扑时，李根发出手了，砸在白狼的头上，也许碰中了耳朵或眼睛，只听嘭一声响，紧跟着嗷的一声吼，白狼转了一个360°大圈，像是失去了目标，突然往相反的方向奔了过去。

小娥子跟着黑山羊往村里跑去，李根发止住脚步，稍稍停顿了一下，听听，没有狼的声音，看看，也没发现白狼的影子，打算返回树上休息，可又担心白狼转头重来，伤着小娥子，就一路追着跑进了村子。在院子口上，迎面碰到雷盈春一把拉住小娥子，问："咋了？"小娥子上气不接下气地只顾喊羊，羊子。李根发也疯跑着喊，羊，拉住羊子。雷盈春看见羊子朝井台奔跑，怀孕的儿媳妇傻娥子正在井台上洗衣裳，冲着后面回来的麻雀急喊："麻雀，拦住羊子。"李根发也跟着喊："麻雀，抱住。"这时，傻娥子也笑着喊："掉进去了，掉进去了。"李根发听见傻娥子的声音，又看见麻雀抱着羊脚掉进了水井，嘴里喊着："傻娥子让开。"一个箭步跃上去，抓住麻雀的一只草鞋，跟着跳进了水井。

此时，雷盈春看见儿媳喊着李根发的小名"根娃子，根娃子"，两人几乎同时落入井里。雷盈春怔了一下，接着疯狂跑上井台，对着井口喊："傻娥子，傻娥子，快来人呀。"小娥子跑上井台，喊着姐姐，几个玩耍的孩子和赶来的妇女，哭的哭，叫的叫，喊的喊："有人掉水井里去了！好几个人哪！"雷黑磨从屋里一路小跑，比明眼人还快地跑上了井台。雷盈春说："瞎子，你媳妇被根娃子弄井里去了。孙子，我的孙子。"说着，和儿子雷黑磨争着要下井救人。

李特判赶来，阻止了大伙不顾自我保护，莽撞下井救人的行动。及时指挥杨疯子，组织青年人架梯子，系绳子，有序地下井捞人。半小时后，李根发被第一个救出了井，接着傻娴子和麻雀也被拉了出来，最后捞出来的是一只黑山羊。陆续赶来的乡亲们，相互配合，按人中，灌茶水，喊魂灵，最终无力回天。按照雷村"家外凶死不停隔夜"的规矩，全村人连夜为三尸四命举办丧事，第二天一早送上山埋了。

据村民许大棒槌介绍，李根发睡的是一副临时赶制的简易棺材，经过夜里和早上几番折腾，下到井坑差不多快散架了。早半在固坟时，李根发晃悠悠地从散架的棺材里爬了出来，牛哑巴吓得跳出坑跑了。许大棒槌也以为是诈尸，没命地跑回堂爷家。不一会儿李根发也跟跟跄跄地跟着进了院子。后来发现，不是诈尸，李根发真的没死，也不叫没死，是死了又活过来了，死而复生。李根发"献身"又现生，再次被公安部门收容后，在人们的议论中——

摆出题目

拐枣李和艾枣花都说："我们就两个娴子，小娴子被根娃子救了，捡了条命，要不就喂狼了。傻娴子有些傻，受根娃子牵连走了，还带走了外孙。按说我们是又感激又恨，可我的心里最主要的还是感激，要说一点不恨也不是那回事，可那不叫恨，叫怨。根娃子是为救人，连家都还没回去看看，差点就走了。傻媕子受到连累，那是命数，恨不得别人。再说，老天爷都能放根娃子一马，我们咋就揪住不放，要都能学老天爷那样悲天悯人、积善积德，就不会有那些仇恨了。"

被救儿童的父亲尹向阳说："李根发为救我们孩子，把那么重要的证件都落船上了，为了不要感谢，做无名英雄，船都不上，直接从水里游走了。他后来发生的一些事，应该与没带证件证明有很大关系，我们懂得感恩，还不只是恩的事，是德和义的事，大德大义，高尚无私。请领导批准我们的申请，在全县宣传表彰他的事迹，我不仅要好好教育自家的孩子，一辈子不忘，还要在我校的学生中号召学习李根发救人的精神，一个人做点好事并不难，难的是一辈子做好事，难在时时处处做好事。"

一位退伍军人说："我和李根发在一个青年民兵打狼队干过，我了解他。他小时候无依无靠，受坏人引诱，干过不好的事。在打狼队他做最危险的事，赶仗，寻着狼窝，迎着狼吆喝，收获了猎物总是他主动扛着挑回队，吃苦耐劳，减轻大家的负担。他为困难乡亲砍树犯了法，我们都不晓得砍树会犯法，他有千错万错，一而再救人救物不错。现在社会上有些不好的风气，需要人人努力争取好转。我们要建设精神文明，我们的青年民兵，该不该学习他这种改正错误又勇于实现承诺的精神？"

一位看起来有六十多岁的老婆婆说："根娃子可是为救我们砍的树，说他犯法，他也受到了惩罚。他可是个好人哪！他小时候淘过，那是在老家，来我们雷村没淘过，好得很，人见人爱。跳井死了，是救人，做好事死的。死得风光。没死，又活了，活得好，活得更风光，是活雷锋。"

一位农村干部说："李根发的事，看你如何下结论？他不遇到白狼那个事就没事，要是别人遇到了，也会那样做，乡下人有这个本分。如果是别人，会不会被抓去坐牢？恐怕不会。他被抓进去过，有过前科，公安有说辞，他也应该有说辞，可他认了不说，他是觉得愧对乡亲和受难的几个家庭，甘愿受刑。因为他坐过牢不好说，谁做这件事都是件好事，我们农村人了解情况不多，有没有犯过法又成为英雄典型、成为烈士的？"

一位国家干部说："人犯错误，有的走了斜路，这有的是。李根发违过法，经过公安部门的教育改造，有了认识，能舍己救人，最终死而复活，难道救人就必须得献身吗？不牺牲就不是英雄行为吗？李根发能有这种行为，这一方面说明教育取得的积极成果；另一方面说明犯过错的人也可以改好，这就是我们党、我们国家所希望的。不然，怎么能争取社会风气的根本好转？"

这位干部又说："劳改农场还打算把李根发在劳改期间和走向社会以后的表现，联系起来，进行对照跟踪，以教育大多数人，树一个重新做人的榜样，这对犯人的改造太重要、太有说服力了，信心和力量是指引他们重走正道的矫正器。"

这位干部还说："不讲李根发忘我救人，就是一般犯了错误改正了的人，也应该得到社会的信任和尊重，有成绩就有荣誉。要不然，他好不容易被公安改造过来，又被社会推向反面。再看李根发的全部历史，这里边确实有许多问题值得思考，需要有一个正确的结论。"

雷村的大队书记说："本来很单纯的一个村，被这个事搞得这么复杂痛苦。雷盈春因为指责李根发良心不忍，憋闷而死了。小姤子也为找白羊子变得神神道道不上学了。还有柏桃花也受影响走得凄惨可怜。我们就不能找到一个顺理成章、安慰人心的解决办法吗？为啥子非要人为地增加恐慌，制造仇恨和烦恼呢？堂爷他们唱的《诗经》和《黑暗传》里，那种和为贵、其乐融融的生活，才是我们雷村的根本呀，难道我们再也找不回民风淳朴、与人为善的传统美德了吗？想想真让人后怕。"

......

这些题目如何回答，那就让读者，让听众，让社会作出公断吧！

我揣着写好的通讯稿，以及有关证明材料离开家乡，堂爷、久香奶奶，还有熊彩凤抱着来顺和来喜，一直把我送到村口的河边，反复叮嘱说："回去莫忘了，抓紧哦。"

小娴子站在牛躲躲写字的黑石方子上，一只白羊和几只黑山羊在河边呼哧呼哧啃着水草，这里也是傻娴子平时洗衣裳的地方，我看了看，有些心酸，喉咙哽咽着说："放心，过不了多少天，会有一场关于根叔的大讨论……肯定会有的。"

走了好远，我听见山羊在身后咩咩叫，回头一看，堂爷撩着大布衫子前襟，呼扇呼扇地小跑着，他身后是久香奶奶和熊彩凤，都伸着长长的胳膊。我用双手捧成喇叭，喊："要平反，李特判是一道关——"

我再不敢回头，铆着劲，快速跑离了村口的山湾，只听见堂爷的叫口撵着我，不停地在吹，直吹得我泪眼蒙眬，又听见那道熟悉的歌声响起，《一举成名天下知》：

知之为知之，不知为不知，子章学子路，学而时习之，从小读书不用心，不知书中有黄金，早知书中黄金贵，夜点明灯到五更……

生地醉歌

李德禄◎著

下卷

中国言实出版社

下　卷

第九章　野味久香

二十五

一轮鲜艳夺目的太阳，悄无声息地在岩屋顶上升起来，静静地照进深山，照进村庄，照进田野，照耀得天地一片辉煌，那一闪一闪的光芒和村民们渴求的目光融合在一起，渐渐地燃起无数希望，如一条活力四射的火龙，在古老的雷村狂舞。

业香走到古老的大花梨树下，伸直颈子拽着后脑勺一点点向后，直到五官和整个脸完全朝天才停下来，仰望着鲜艳的太阳，从浓密的枝叶间照射下来，花花点点的，晃得眼睛生疼。

她眨了眨双眼，张大嘴巴，迎着花花阳光唱了一句："阳光啊阳光——"然后，收回头，看了一眼地上大大小小的阳光碎片，挺直腰，走出树荫，她抬头望了望耀眼的艳阳，又转头望了花梨树一眼，长长地叹了一口气，好像被这树一直压得她喘不过气来，今天总算缓过了劲。接着，她冲花梨树喊了一句："板展^①，抻展^②啰！"

停了一下，她又乐呵呵地唱了一句："阳光啊阳光——在希望的田野上……"

唱罢，她笑着对婆婆婶婶和小姐妹们说："就到这儿吧，都好忙吧。"

她要离开熟悉的雷村，到省城去忙了，究竟省城啥样，去了会忙些啥，却一概不知。心里越没底越巴不得快点离开。

久香奶奶拉着业香的手说："都怪我嘴欠，多事。你不同意就不同意呗，何苦非要出走，还去那老远，晓得这样，我管那个闲事？莫说你妈难过，放心不下，婶婶这心里也不好受哇。"

业香说："这事跟你没关系，我早就要出去的，到外面去抻展抻展，被山里紧得绷绷的，闷得慌。"

这时，堂爷的叫口响了起来，不远不近地跟着。送行的人想起那天，久香领着业香和八九个妇女去李特判家奔丧，堂爷的叫口也是不紧不慢地跟着，如果没有那次牵线，业香也许不会出走，大家记得报纸、广播上把李根发的事登出来以后，闹

---

① 板展：平正、好、爽。
② 抻展：平展、舒心。

得响动很大，不断有报社的人、有关单位的领导和公安人员上雷村调查了解，核实情况，堂爷家也是三天两头有人登门走访，带着礼品慰问。热闹风光了一阵过后，慢慢地就没了消息，平反的事又石沉大海。有小道消息说，要想平反，必须过李特判这一关。赶上李特判媳妇去世，一商量，久香就领着妇女们去哭丧，顺便帮忙打杂，堂爷便召集一班歌师去打代思闹夜。李特判受到感动，主动联系公安部门重新调查取证，突出了救人立功，重新做人的环节，淡化了有罪推论的前提条件，终于把李根发从牢里救了出来。后来，久香奶奶看李特判一直住在业香家，对业香不但培养重用，还关怀体贴，业香也尽心为李特判洗衣做饭，分担工作，以为他们彼此都有意思。没承想把窗户纸一捅，却捅出了个窟窿，业香压根没有那层意思。可又住在一个家里，抬头不见低头见，都有些难为情，业香便有了出去的心思。

久香奶奶叹了口气，说："你是被逼走的，咋说都跟我脱不了干系，混砸了，可别恨我；要混出个样来，也莫忘了我哦。"

业香笑着说："咋会呢，一笔写不出两个香字，我们山里山外一定香上加香，重香。"业香这样说，是因为当年的八敢在城里等着她。八敢姐姐参军，在部队里提了干，上了军校，便在武汉成了家，几次来信催促，要她尽快过去。

母亲任林枝摸着业香的头，心疼地说："天天下地，一头一身的臭汗，膀腥气，还香？"

业香望着母亲颈子上的痱子说："我明儿给你带痱子粉回

来，一抹一擦，叫你身上的汗都是香的。喷喷香，香得熏人。"

母亲忍不住眼泪哗哗地流了出来："娘啥都不要，只要我苦命的香在外面少吃苦，就行了……"

业香安慰说："不是你说的，只要吃得苦中苦，不怕熬得不如人，你咋哭了，怕我熬不出人？"

母亲说："可你是女娃子，哪有女娃子一个人出去闯的呀？水笔给你放包里了，记得写信回来哦。"

业香摸着包里心爱的钢笔，深情地回过头，看着山村小学和远山上的大岩屋，不由得想起了白狼和打狼队长邓红鸡，又想起了青窝棚，还有堂爷和包糯米在一起的窝棚生活。久香见业香站着不动了，担心送久了更难舍难分，便把一路攥在手心，沾满了汗水的十块钱，塞进业香荷包，用力朝前一推："赶紧走吧，业香，你走了我们好下地干活。"

母亲追着喊："把钱装好，还有水笔。千万记得写信哦……城里遇到合适的，把自己嫁了……出去了，就莫惦记着山里。"

业香头也不回地只顾往前跑，边跑边答："晓得……晓得了。"

堂爷的叫口追着业香的脚步，也一直在跑。拐过几个山湾后，叫口停了下来，接着堂爷的歌声又追了过来，顺着业香跑去的羊肠小道，绕来绕去地回响……

业香一口气跑出了二十多里的百裕沟，路上没和任何人搭话，快晌午时，才在百裕沟口挖断坎上坐下来歇脚。早上只顾说话，没咋吃东西，这会感到好饿，她掏出糯玉米坨子，咔哧咔哧地啃，从沟里出来卖柴的学娃子打跟前走过，伸着红彤彤的笑脸，对她打招呼："香姐，你进城去呀。"

"业香姐走吧，莫坐，一坐下来，就不想再走了。"

"香姐，晌午在人民饭店吃臊子面，柴卖出去了，有钱。"

这些山里孩子的热情和对进城吃臊子面的向往，深深地触痛了业香的心，她听着孩子们的嘴里和肩上担子共同发出的"哼哧哼哧"的声音，望着那勾着的小头、跛着的小脚和弓着的还不叫腰的细腰（从小大人都说蛤蟆无颈小儿无腰），嘴里嚼着的玉米糌子堵在喉咙管里，吞不进去，吐不出来，直憋得眼泪珠子不断地流淌。

她站起身，朝百裕沟深深地鞠了一躬，踏上了通往县城的平坦沙石路。走过二十多里高枧，来到县城，在正午太阳的陪伴下，她围着县一中的操场转了一圈，停在当年八敢红办公室的楼前，沉思了好一会儿，仰面朝天迎着火红的太阳，长长地吁了一口大气，接着喊了声："展扬①啊！"然后展开双臂，连伸了三个懒腰，轻松地向县汽车站走去。

傍晚，她坐上了县城通往武汉的直达客车，直到第二日天蒙蒙亮时，才终于到达了武汉的房县汉办。

汉办里挤满了搭车和接车的人，多数人说着房县话，也有些人说着普通话和一些杂七杂八听不懂的外地话。汉办门外，一大早上人来人往，一人端着一个碗或拿一串油炸的东西，有

---

① 展扬：轻松、自由。

的边吃边说，有的一路走一路吃。业香的眼睛和耳朵被热闹的早晨吸引住了，她想到了山里的早晨，这时还在床上，听着屋外林子中的鸟叫，也是这样叽叽喳喳的，想得心情有些激动，扑哧一下笑出了声，周围的人也莫名其妙地对着她笑了。

这时，她听到有人喊她的名字："业香，业香。"

穿着吊带短裙的八敢站在她面前时，她吃惊地望着，竟没认得出来，不好意思地说："你是八敢？哎哟妈呀，吓死我了，你咋，你咋？"

八敢伸出手照业香屁股拍了一巴掌，顺势一抱，抱在了一起，嘴里说："我咋，你咋的？不认得我了。"

大伙望着雪白的八敢和黑炭样的业香，被她们拍拍打打的亲热场面，感动得心里直犯嘀咕。

业香悄声说："你一身白的，我还以为没穿衣裳呢？你真敢哪，穿成这个样。"

八敢笑着说："那样，那样……"

走出汉办，八敢介绍说，这条街叫玫瑰街，别看早上冷清，一到晚上，通宵热闹得要命，是武汉三镇有名的"夜香港"，吃的，跳的，样样都有。她指着远处，在那里，有一座江汉二桥，跨汉江的公铁桥，汉江水就是从我们老家流下来的，坐火车跨过汉江，一直通到我们十堰汽车城。玫瑰街属二桥街地盘，二桥街就因这汉江桥得名。我们汉办就在二桥街，这里汉办多，跟房县汉办一样，都属地方的。你去的是部队的基地，称基办。

业香跟着八敢拐了几拐，拐进了基办招待所。八敢把业香领进一个房间，说："那是卫生间，你方便完了，先洗个热水澡，把床上的军服穿上，我陪你过早。"

业香穿上没有领章的军装，脸显得更加黑，双手捂住脸不肯出门，说："难看死了，丢你人。"

八敢说："好，真好，我们特勤队的女兵都这样，可吃香了，这叫油黑脸，追着撵，跛子屁股翘上天。"

业香被安排在招待所上班，说是上班也没做多少事，既没管客房，也不管餐桌，主要任务就是给包房的贵客们唱歌，唱《诗经》民歌，也夹杂点山乡小调，风情号子什么的。遇上没有贵宾领导的时候，也到雅间和厅堂为客人们献歌助兴。没想到，业香到大厅一唱，引起了火热的轰动效应，掌声不断。平时大厅的客人听到的多是斗酒和嬉戏吵闹声，嘈杂得影响食欲，喇叭里邓丽君和港台歌曲早听腻了。业香的《诗经》民歌和山乡小调，令人耳目一新，常客们强烈要求，希望餐餐都能欣赏到这种原生态山歌，并提出以加菜加酒作为打赏和回报。

八敢是后勤助理员，任基办主任，兼管招待所。前两年招待所以内部接待为主，一直亏损，部队放开生产经营后，八敢把招待所外包，鼓励放开手脚搞经营创收，终于从亏损发展到增收保本，实现了扭亏为赢，深受部队首长信任。自从她让所长把业香引进来以后，招待所的效益开始芝麻开花节节高，接着就像七月的江水，噌噌地上涨，浩荡向前，不仅充裕地保障了部队基办的费用，而且成为持续稳定的钱袋子和流通银行。八敢高兴得合不拢嘴，对业香说："首长夸我是活期银行，取之不尽。你呀，就是我这银行的保险箱，我看你改名算了，不叫雷业香，干脆叫雷宝箱，杜十娘不是有个百宝箱吗，我可不能亏待你这馋人的百宝箱。"

业香笑着回答："啥杜十娘百宝箱，过去我是你八敢红的连长，现在我就是八敢主任的八万，你指哪儿我就冲锋到哪儿，叫干啥我就把啥给你干好，岔的。"

日子过得开心，业香的脸色也渐渐红润白皙起来，穿着军装与八敢站在一起，除了没有领章，活脱脱一个女兵，跟八敢几乎没啥两样。有时，八敢带着她出去考察宾馆酒店，逛街看电影，总是招来羡慕的眼光，回头率很高，她心里乐滋滋地想，是看我的多，还是看敢姐的多呢？未必油黑脸真招惹人喜爱。

那天下午，八敢突然硬拉着业香要去烫发，业香不喜欢卷卷毛，说只要衣裳板展，人抻展就行了，咋劝都不肯去改变发型。八敢无奈，递给她一瓶香水，似笑非笑地说："法国香水，去好好洗个澡，弄香点，晚上有稀客要来，跟我去陪，陪好了，有的是好事。"

业香心里琢磨着，陪是个啥意思？咋陪才叫好。不知不觉跟着八敢主任来到了贵宾间，怯生生地望着客人。

八敢讨好地介绍说："首长，她就是我向您汇报过的雷业香，我们老乡，人好歌也唱得好，来招待所的客人都喜欢她。"

贵客一点架子没有，对业香招招手，笑呵呵地说："好，好哇，来来来，坐我身边，这位置专门给你留的。"

业香没想到会让自己入桌，还要紧挨贵客座位坐。她左右为难地看着八敢，求助说："敢姐，我，我……"

首长大度地笑道："怎么，紧张还是不敢呀？这你可得向八敢学习，酒桌上都是平等的人，没有高低贵贱。那年和财政局联欢，你敢姐一人面对八个局长科长们，从这小碟子'月亮'开始，喝了月亮又喝这大碗'太阳'，最后又来了个撒手锏，大啤酒盅套白酒杯，一通'深水炸弹'，喝得那真叫个痛快。哈哈，她喝得痛快，财政经费支持得也很爽快，她可是为部队立了功哦，现在的八敢呀，那可是军队、地方声名远扬哟。"

业香听了，消除了紧张拘束的心理负担，哧哧地笑得直打嗝，逗得八敢和首长跟着哈哈大笑。

等笑够了，业香也坐到了首长旁边。

八敢端起酒杯，站到首长身边，好不荣幸地说："谢谢，谢谢夸奖。我就是为您服务的小助理员，助理小，领导大，您说是啥就是啥。工作上更没说的，领导大，助理小，您叫咋搞就咋搞。来，业香，我们陪领导，先搞一杯。"

首长："真搞？她行不行呀！"首长笑着一扬脖子，把酒干了。

业香站起身斟酒，她未倒过茅台酒，拿着酒瓶子左倒右倒倒不出酒来。首长笑着接过业香的酒瓶子，说："要使巧劲。"

首长看见业香的身子抖了一下，脸跟着红了。首长往业香的盘子里夹了两只对虾，招呼她坐下来吃。业香倒完酒没有坐，学着八敢端起自己的酒杯，脸涨得通红，结巴着说："我，高攀一下，您要瞧得起，我敬您一杯。"说着，一口喝了。

首长很干脆地也喝了，见业香斟完酒没有再敬的意思，就问："就一下？还喝吗？"

业香不好意思地端起酒，又干了一杯。看着酒杯，心里想，这大官没点架子，还看得起我这个乡下来的，豁出去了。于是，拿了几个杯子，一齐倒满酒，学着八敢的说辞，说："民女小，军官大，酒都在杯子里，您说几多，我就陪您喝几下。"

八敢见业香完全放开了，担心她喝醉酒唱不了歌了，连忙拦住说："业香，心意到就行了，你是不晓得厉害，真搞起来，你早就一摊肉泥了。今天是冲你的歌来的，快喝口水，润润嗓子。"

业香喝了酒，比不喝酒唱得更好，一曲《关关雎鸠一双鞋》，唱得首长酒兴大发，拍完巴掌，连饮三杯，说："酒好，歌好，鞋子肯定更好。有味道，原汁原味。"

八敢趁机说："业香，唱个《借十样》，城里人绝对没听过。地道的民歌小调。"

业香说："那你得配合我，男的女的都行，你扮一样。"

八敢摆摆手说："不不不，男唱女唱都是你，更有味道，我一岔，就倒了胃口。"

业香自唱自对，借完一样，鼓一次掌。借完十样，首长站起身喝彩："好，唱得好，唱出了原始的味道，有一种野味香，浓浓的迷人，弥久存香。"

八敢讨好地说："领导高明，跟我们平凡人就是不一样，从歌里都能闻到野味香，享受原生态的味道。"

业香红着脸，不好意思地说："变着法鼓励我，哪香呀。"

八敢和首长亲自端着酒杯，同时走到业香身前，用鼻子闻了闻，说："香，真香。来，为《借十样》，为野味香，干。"

干完杯，又对八敢说："你把业香请来，又立了一大功。她比文工团那些扭屁股晃腰的歌手强多了，招待所有了她，不想火都不行，你可不能亏了她。"

八敢连忙表白说："没亏待，她比其他人工资都高，所长可器重了。"

"你告诉所长，光高几个工资不够，歌唱是艺术岗位，端盘子洗碗、铺床扫地的工资能比吗？要提职、领班，除了工资外，在收入上提成、奖励。在衣着打扮上也要投入，不能总穿军装，又没领章帽徽，时间长了，客人不买账，要舍得投资，量体定制，变换花样，让客人始终保持新鲜感。"想了想，又说："就走原生态、清纯、质朴、高雅之路。记住，千万不能走歪了，搞乌七八糟的那一套，虽说是外包，可这地方是我们的，挂的是基办招待所……"

八敢把领导扶进套房休息后，出来对业香说："别看官大，也是农村出来的，打仗打上去的，看得出来，对农村有感情，对乡间民歌感兴趣，对你感觉不错。你莫看他工作风光，平时一个人却孤独得要命，爱人得癌症死了，没再找……"

业香不明白，为什么要告诉她这些，也没往心里去多想。八敢倒是对刚才的话很上心，第二天就让所长宣布业香当了领班，享受副所长待遇，并明确了唱歌加菜加酒的提成，还硬拖着业香到百货商场挑选衣服，置办了几套唱歌的行头。

自打业香当了领班之后，对招待所的经营更加热心卖力，除了吃饭睡觉，所有的心思都用在招待所的效益上。她一个人，既要照顾包房，又要满足大堂客人听歌的需求，实在应付不过来。于是，苦思好几夜，想出了一个妙招。她挑选了几个长相嗓音都过得去的服务员，专门培训唱歌和道白，根据各种对象，不同相貌和特征的客人，制定出不同的说辞和歌词，见人夸人，以唱捧客。这一招果然灵验，顾客上帝不但慷慨掏腰包，还热情地对外宣传介绍，远近的人便蜂拥而来，不得不排队翻台子候餐。

招待所的生意越来越红火，业香不仅跟着红火，人气更旺，而且攒下的钱也很可观。晚上，客人们都走了，她回到房间，把钱拿出来，一遍遍数，把五块十块二十块五十块分开，一百块一沓摞起来，用小手巾包得严严实实的，藏到枕头下面的床板上。然后平躺到床上，双手交叉垫着脖子，仰头望着蚊帐，想起了堂爷讲的山里蚊子和城里蚊子交朋友的故事，回忆在县一中第一次躺在蚊帐里面睡觉的感觉，浑身剥得光溜溜的，四脚八叉地仰着，急得城里蚊子在蚊帐外面哼哼唧唧地乱嗡嗡。山里穷哦，买不起蚊帐，更别说裤衩和胸罩了。她坐起身，把枕头下的钱拿出来，再数……再包。盘算着回家盖一栋新房子，老房子太破了，四面透风，还漏雨。特别当紧的，是要给母亲买几件衣裳，爹去世后，母亲一直没添过新衣裳。

这时，母亲守苞谷棚子回家和送她出门的情景，突然跳了出来，她打了一个冷噤，猛地想起很久没跟母亲联系了，心里骂着，该死，只顾高兴生意，忘了在家受苦的老妈。于是，她又打开小手巾，抽出一百五十块钱，送到嘴边亲了亲，说："妈，你可别舍不得花哦，女儿现在有钱了，花了我再给您寄，让你活得板板展展的，女儿脸上才有光。"

不知不觉一年多过去了。这天，八敢让所长把业香叫到了自己办公室，还给业香倒了一杯绿茶，以前没有这样正式过，有啥事总是两人边走边说边办。业香心里打鼓，以为哪里出了岔子，就很正规地说："雷主任，我把最近的经营情况，做个汇报，请您盼咐指示。"

八敢告诉她："晚上有稀客要来，还要和你对唱《借十样》，你得好生准备，打扮打扮，把最能显现出山里幺妹子对情歌的那套衣服穿上，要像个对歌的样子，有懂得欣赏的那个情调。好好配合，说不定呀，你俩真能对上。"

业香为难地说："我怕配合不好，配不上。"

八敢说："你只管配合就行了，配不配得上，不是你说了算。"

业香说："我怕不行，上次吃饭过后，我紧张了好几天。要不，我把歌唱班的姑娘，也都喊上……"

八敢说："人家相中的是你，她们能有那个福分？你可别不识抬举，我实话告诉你吧，业香，你享福的好日子来了，天上掉馅饼落你头上了哦。人家要收你做压寨夫人，这可是我们那里小丫头们梦寐以求的美事，个个削尖脑袋要往怀里钻呢。"

业香说："越说越不靠谱了，有你这样拿人耍笑的嘛。"

八敢一脸严肃地说："这等大事，没人发话我敢乱讲呀，你以为只是陪着玩呀？是真心的，让我征求你的意见。大你二十八岁，三儿一女，都参加了工作，你要答应就老两口过，不跟子女一起。家务活也不用你做，有阿姨、炊事员、勤务员，还有司机、秘书。你需用，谁都可指挥。"

业香感到一股子凉气在胸口打转转，血直往脑瓜子涌，身子跟着晃了两下。

八敢起身把业香扶到沙发上，又把茶杯端到业香手上，笑着说："吓到了吧，别说你，猛不丁搁谁遇到这天大的喜事，都会慌神紧张的。要嫁成了，那可是大官太太，立马随军，户口进城吃商品粮，再安排一个体面的工作，进出车接车送。你不是爱好唱歌吗？两人又都喜欢歌，说不定给你举办一个《诗经》民歌演唱会，电视报纸上宣传，那你可就成了雷村飞出的金凤凰，名副其实的丑小鸭变成了黑天鹅。"

业香抿了一口茶，咬着嘴唇想了想，望着八敢，说："你又不是不晓得，我早说过，不嫁人，陪妈。"

八敢说："差的不嫁，大富大贵为啥不嫁？把林枝婶接过来，一块享福。谁不晓得你是逃婚出来的，李特判算啥东西，还想吃天鹅肉？你该不会忘不了雷村其他什么人吧？向前看，把过去统统忘干净。"

业香神情恍惚地煎熬了一天，直到晚上客人都走光了，八敢还没露面，好几次在房门口徘徊，也没听见声音。业香心里紧张了，好害怕不知好歹地把人得罪了，自己没好下场不说，还平白连累好朋友，正打算收拾东西卷铺盖走人时，八敢推门进屋，表情复杂地说："今晚有紧急会议，来不了了，听说是要裁军，大精简，这汉办招待所，有可能也保不住了。"

"那你咋办，也裁了吗？"

八敢说："我咋办，关键是你咋办？只要单位还保留女兵，肯定裁不到我头上。想想你往哪儿去，能做啥？不如趁这个机会，抓紧跟他把事办了，也了却我一个牵挂。"

招待所说停就停了，限时三天，所有外请员工一律离开。八敢让业香收拾东西，跟自己凑合住下，再慢慢打算。业香坚持说："我还是先到房县汉办住下来。遇到这紧要关口，我又给你捅这大娄子，再不能给你惹麻烦。"

业香在房县汉办开了个房间，足足地睡了一觉，然后无所事事地满街乱窜。自从来到玫瑰街，她从没细心打量过什么，更没心思走进任何店铺，一头扎在招待所里，唱歌、陪客、赚钱，以为一辈子就这样过下去，没承想精简整编，把热乎乎的饭碗打碎了。转到下午四点多钟，累了，也饿了，她打算吃点东西，上楼睡觉，刚在汉办门口小摊上坐下，看见三三两两的人，提着大包小包往班车上挤，嘴里不干不净的，全是家乡话。班车是房县汉办的，四天一个来回，她心想，大不了哪儿来哪儿去，这时，开车的师傅对着她喊："走不走？快点，紧磨蹭。"

"啊——"她扭头望着拥挤不堪的车厢，还有那一张张黑汗水流的脸，摆了摆手。她收回目光，注视着街上花枝招展的姑娘媳妇，个个不紧不慢、有说有笑地闲逛着。突然间，她想起和母亲上山守窝棚打猪草的日子，身上一阵发紧，鼻子酸酸地难受，跟着打了一个很响很响的喷嚏。

业香静下心来，从汉办的门面开始，挨个儿进挨个儿看，有些店铺的人认识她，热情地打招呼，说长问短，打听部队的消息。有几家酒店、餐馆和歌厅的老板，还诚恳地要聘请她。可她不急着找事做，想静下来摸摸行情，熟悉熟悉环境。来到一家歌厅门口，听到里面传出邓丽君的《甜蜜蜜》，她停下脚步，抬头看着"四季风"三个字，这时，听见身边有人喊，小姐，欢迎光临。她移动脚步跟着进去一看，不像店铺。服务员解释说，我们洗浴中心的桑拿三镇有名，你要是没来过，可以试试。她听八敢说过，累了烦了去洗洗桑拿，一蒸一泡，就清爽了。在服务员的引导下，她蒸了一个钟点，感到从没有过的清醒，轻轻松松地走出洗浴中心，服务小姐跟着身后喊，欢迎下次光临。

出门碰上八敢，嘲笑说："好哇，叫我苦找，你跑这里逍遥来了。还没吃饭吧？走，猪弯弯。"

猪弯弯生意火爆，桌桌客满。两人坐在街边排队，八敢给业香介绍，这家猪弯弯的特色是味道特殊，汤浓肉鲜，骨离筋松，越啃越有啃头，打出的嗝都香得馋人，开店就得开出一绝。一大盆猪弯弯在桌上煮着，像奶水一样的汤，白里泛黄，两人喝着啤酒，说着话，不经意就啃完了，留下一桌子骨头。

回到房间，业香把自己转的感受和有人要请她的事，一一说给八敢，想听听主意，还特别提到汉办张主任想扩大机关食堂、对外营业的想法。

八敢听了说："说来说去都是给别人打工。现在是商品经济，鼓励多种经营，只要看准了，摸对了路子，再加上肯吃苦、勤劳，做啥都能挣钱，为何不给自己打工？那么多的老板不都是从小摊点起步，慢慢做大的，你能行。"

业香头摇得像拨浪鼓，说："不行，不行，我能做啥呀？全凭你抬举，在招待所混了几天。"

八敢眼睛一亮，伸手给了业香一拳，顺势又捏了一把，叫道："奶呀，就它。谁不爱吃喝，招待所食堂。好好生意。"

业香迷瞪瞪地望着八敢，以为是让自己跟发廊、歌厅、出租屋的那些女人样，做皮条生意。急得脸煞白，手指点着八敢鼻子说："亏你说得出口，丢死人，那事我做不来。"

八敢也把眼睛一瞪："你咋就做不来了？凭身体凭勤劳赚钱，咋就丢你人了……"停了一会儿，又说："好好想想，把招待所食堂改造改造，像猪弯弯一样，弄成个我们山里特色的饭馆，不愁赚不到钱。"

业香扑哧笑了，松开紧绷着的脸，说："做馆子呀？还以为叫我弄那事呢。"

八敢跟着哧哧笑："亏你会想，你就是想干那事，我也会拦住你。"

业香笑了一阵，马上犯起愁来："我一没那多钱，二没做馆子的手艺……你倒是敢想，可我想也是白想。"

八敢说："钱的事我能帮你，师傅可以请，关键是要琢磨出特色来。你知道人家为啥要娶你吗？是喜欢你的野味，说你野味香。我们就在野上做文章，山野菜城里人吃不到，野山歌也听得少，再弄些野味，野兔子、野山羊、野猪肉、野鸡、野鸠雀、野乌龟……用笼子和池子养着，让客人看着选。你说说，到哪儿都是过嘴瘾，到这里来不一样，能吃野的，看野的，听野的，不光嘴快活，心也快活……"

业香忍不住笑："再弄个野人来……白的夜的野，更快活。"

八敢说："野人还不简单，把衣服一脱，粘一身红毛就有了。来，试试。"说着，伸手去剥业香的衣裳，两个人撕扯着滚倒在床上。

一连几天，业香一边和汉办张主任商量改造食堂，一边张罗着到老家请厨房师傅。每趟房县班车去来，她都托人打听，留心观察，这天，她听到有人打听去华中农业大学，觉得声音有些熟悉，仔细看了几眼，又感到不仅声音熟悉，面相也有点熟悉，便主动上前去打招呼："小伙子，你是房县过来的吧？去农大是吧，等一会儿我有个朋友过来，她对武汉熟悉。"

问路的小伙子扭头看着业香，略微愣了一下，抬起手来揉了揉眼睛，又盯着她看了几眼，似认非认地问道："连长？雷连长，你是，业香姨。"

业香吃惊地一怔："你认得我，你是？"

"天问，我是天问哪，你认不得我了？"天问甜蜜蜜地叫着业香姨，桃子、红嘴、堂爷的，说了一大堆。

业香说：“多少年了哇，没个音讯，魂都没见过，咋想到在这碰见。”

她这一说，天问不好意思地笑了，摸摸头说：“辜负你操心了，没混出个样子来，还弄出薄①了，哪有脸回呀。”

业香说：“过去的事一两句说不完，我倒要问你，去农大做啥？要不急，吃了午饭再去。”

天问跟着业香来到猪弯弯坐下。离吃午饭还有点早，没有其他客人，女服务员出来给他俩倒完茶，点了菜，说声等一下，弯弯正在煮，便进了后厨。有浓浓的香味从后厨飘出来，天问拿鼻子吮了吮，喉咙包伸缩了一下，咽下一口唾沫，夸赞说：“这味道好美气，吸鼻子、沾喉咙，生意不错吧，八成不错。”

业香惊奇地看着天问：“汤还没上来，你又没尝，凭啥说不错？”

天问反问道：“姨，你忘了，我在高枞高中不是做厨房的吗？”

“是哦，你是做饭的，说说看，咋不做了？跑武汉来做啥。”业香希望听听他做饭的事情。

天问见业香问起来，就一五一十地讲了起来。从离家出走到高枞高中，又到了县城高中……从公家食堂打杂，再到私人餐馆掌厨。

讲到私人餐馆时，天问突然停下不讲了。这时猪弯弯上桌

---

① 出薄：缩短、倒退，怕出头露面。

了，服务员给火锅点燃火，打开白酒，给天问倒了一玻璃杯。业香自己倒了一杯啤酒，给天问碰了一下，夹起一个猪弯弯放进天问碟子里，说："来，边吃边说。"

天问咬了一口，咂咂嘴，有滋有味地啃了起来。一连啃了好几个以后，站起身，端起酒杯对着业香举了举，一口气喝了半杯。然后，坐下，咬了咬牙："业香姨，我实话给你都说了吧。"

原来，天问离开房县来到武汉是被逼无奈。几年前，华中农业大学一批学生到房县杨寺庙高中基地实习，领队的实习老师，正是下放雷村的右派包糯米。天问见到判若两人的包教授格外激动，亲热得比亲爹还亲。于是，把满满的崇拜和爱心都放进饭菜里，深受实习生的喜爱，野外实习时，需要向导和后勤保障，大伙都要求天问随队，学校领导便安排天问和一名老师同行。一天，从九道梁山中出来，遇上一个扛着猎物的汉子，向学生们吆喝："稀罕野味，不吃馋死，吃了死馋。"包教授看着学生们渴求的目光，便花十块钱买了，天问一看，嚷嚷道："白迷子，白迷子，土里的东西。难得一见，稀罕。"一路走过三家饭店，都说这玩意土腥太重，做不出来。最后，在十堰通往神农架的要道口，天问找到一家大点的酒店，掌厨说："别的可以，就这只能眼馋，饱不了你们口福。"天问二话不说拿刀直接把皮剥了，又烧了一锅开水烫了一下，然后挖个坑把白迷子埋了。实习生们都摇着头遗憾地走进酒店，等着吃饭。中午，一屋子飘着特殊的肉香，大家边吃边说："白迷子好吃，味道迷人，这家伙躲土里，为的就是迷人呀。"酒店洪老板用筷子夹了一块，放进嘴里，品味了一番，又夹块大的吃了，欣喜地问："你是厨师？"天问笑答："厨师不敢，厨房伙夫、大师傅给学校小食堂掌勺，我瞟学了几招。"学生们吃过了瘾，叽喳着说："天问师傅的包子做得那才叫绝。粉丝鸡蛋包子，梅干菜肉包子，还有豆腐韭菜包子……"洪老板更加惊喜地问天问，"你懂白案，还精红案？难得呀难得，待学校大食堂可惜了，屈才，为啥不进酒店呢？这好手艺不是白浪费吗？"在洪老板的热情邀请下，实习老师免费在酒店住下，天问每天抽空到厨房帮忙算作补偿，一个星期下来，酒店生意火了。后来，酒店变成了学校的实习点，天问就这样被留了下来。从此，打十堰往神农架或是从神农架往十堰，凡是路过此地的行人，都专挑洪老板的酒店进餐，土菜和包子格外受人青睐。没承想，喜极生悲，一桩命案把洪老板送进了监狱。酒店历来是从杨寺庙高中隔壁的庐陵王酒厂进酒，一天晚上，有个客人在酒店喝庐陵王酒后，夜里死了，工商和公安调查认定，是假酒致死，天问和酒店的员工都被抓去审查了几天。出来后，酒店没了，学校也不再接收，死者家属跟踪纠缠，攒下的钱很快被勒索光了，天问被逼得走投无路，自从被瞎爹赶出来后，雷村再也无家可归。

业香听了天问的遭遇，安慰说："天无绝人之路，走出绝路就是星光大道，包糯米不就成了大教授？"

天问说："包教授临走时叫我有事了找他，所以我就拿着他的名片找来了，看看他们学校食堂要不要伙夫。"说着，天问端起酒杯给业香敬酒，碰完杯，正要喝时，突然想起似的，说："光说我，把你忘了，业香姨，你日子过得咋样？包教授还一再问到你，让见了你代他问好呢，看我这记性。"

业香说："老包是个好人，你找他肯定会帮忙的。我还凑合吧，先在部队招待所干，后来精简，酒店停了，我攒了点钱，这段日子正在琢磨，打算先把汉办的食堂改一改，开个小饭馆试试。"

天问眼睛一亮："你要在武汉开饭馆？"然后，长叹一口气，说，"唉，钱败光了，要不我就跟姨一起干。"

业香说："你想跟我干那最好不过，钱不用你操心，你有厨艺，就是钱呀，我也正要请厨师呢。"

天问站起身，拿起酒杯，把剩下的大半杯酒一口干了，眼眶里滚动着泪花，哽咽着说："业香姨，打小你就护着我，关心我……"

业香说："不讲别的，你是堂爷的干孙子，看在堂爷的分上，关心照顾你也是应该的，哪晓得你吃了那多苦哇！"

一晃半个月过去了。业香带着天问里外忙碌，食堂改造、门面装饰和台位陈设大体就绪，只等备货试菜，择日营业。实在疲劳至极，业香早早回房往床上一躺就睡了，可刚迷糊了一会儿就睡不着了，兴奋地想七想八。这时，有人敲门，她以为是天问，连忙起身开门，嘴里说："来得正好，我刚想要找你商量呢。"

"你咋知道我回来了，我可是刚放下包，饭都没顾上吃哦。"八敢提着一包东西推门而入。

业香嗔怪地说："鬼晓得是你，正有事想和你商量，鬼影子都找不到，疯够了想起我来了。"

八敢把一包吃的喝的酒菜往桌子上一放，又从包里掏出一个塑料袋，往桌上一拍，说："够了，足够了。那是物质粮食，管饱，这是精神食粮，只管用，行了吧。"

业香看着八敢，打开塑料袋，见是一包人民币，惊得张大了嘴："啊？你抢银行了哇！"

八敢神秘地笑着说："自家银行，不用抢，是取。你投资经营，用得上。这是三万，不够再说。"

业香双手按住塑料袋："我可不敢借，八辈子都还不清。"

八敢生气地说："谁说要你还了？算我们投资，装一间包房，我们部队上来人吃喝，抵账。"说着，把业香按着坐下，打开酒菜："来，祝贺我一杯。那死鬼被裁了……一回老家就和老同学搞上了，人家青梅竹马，我这刚办完手续回来。解放了，自由了，新生了，我得感谢裁军，也要感谢你业香。我现在是首长的人了，八敢坐堂，野味香可是立了头功哦。我不会忘记的，你有啥要求，尽管说出来。"

业香说："就一个要求，开张时，请你们来赏光，顺便给酒店想个名字。"

八敢说："八姐肯定参加，反正他忙，来了你还拘束，能不能来也无所谓。店名？不是早给你取了吗，野味香呀，你忘了？"

业香高兴得一拍脑袋："对对，野味香，有特色。"

天问这时从门口经过，说："业香姨，还在吃呢。"

业香喊道："快来，这有菜，一起喝一杯。"

天问说："不了，你有客人。"

业香扯着喉咙喊："快进来，这也是你姨。八敢红记得吧？小时候你还缠着闹着，要跟她进城当红小兵呢。"

天问开始有些拘束，几杯酒下肚就有些兴奋，加上又都是熟人，就大着胆子说："八姨，业香姨，刚听你们说到店名，野味香，不好，我们那里人一听到这几个字，总觉得是那啥？是做那啥生意的，名声不正。"

业香和八敢不解地望着天问，看天问红着脸，不好意思再往下说，业香和八敢恍然明白过来，哈哈大笑。

天问着急地说："我说的是真的，名声可重要了。你们要觉得野味香好，可以再加一个字，我们以经营野味为主，不光吃野味，还要喝黄酒，房县黄酒也是特色，叫野味酒香，咋样？"

八敢拍手说："房县黄酒是一绝，野味酒香，好。不过，一开始还是打招待所招牌，私下里称野味酒香，等做出名气了，再把野味酒香的招牌挂出来。"

业香想了想，说："酒香……久香。久香姨的黄酒做得好，歌也唱得好，起个长久的久，'野味久香'，咋样？图个吉利。"

八敢激动地端起酒杯："好，太好了，就按久香的话，我们喝他个天长日——久（酒），再来个夜夜酒——（香）。"

二十六

如今的玫瑰街，不光红灯区诱人，更多了个绿食坊馋嘴。民扬四海的房县黑木耳、小花菇，是所有酒店的传统招牌菜，但那都是干货存货，可在汉办吃到的是隔日采摘的，新鲜。自从业香盘下汉办食堂，主打深山土菜、野菜和城里吃不到的特色菜，这些菜都是当天采当天往汉办运，可以日日月月不重样，不仅要让客人们吃得新鲜新奇，还能使人吃得开胃开心，无农药无化肥，全是渣子土粪和农家肥养出来的绿色食物。于是，房县汉办的名气响遍武汉，人们从三镇赶来，吃放心菜，喝老米酒，品诗经民歌。

不知不觉一年多过去了。生意随着口口相传更加火爆，收益也跟着稳定增长，现有的场地已经满足不了经营的需求，眼看春节一晃就到了，业香不忍心大老远跑来捧场的客人，坐在露天地里等着受冻挨饿，好说歹说，把隔壁的几个铺子都盘了过来，扩展了大堂，可供一两百人的宴席，又装修了部分包间，满足不同客人的需求。一切准备顺当，只等正式开业。

业香、天问和八敢商量，过去以房县汉办的名义经营，名不正言不顺，也容易引起嫌疑，让别人以为是公家的，既然重新开张，得把"野味久香"的名号打出去，像娃子大了，总得有个大名好叫。八敢说："打，把'野味久香'的名号打响点。开张时，我到军乐队请几个演奏班的人来，吹吹打打，热闹热闹，搞点阵势出来。"

"不行，不行，民间的活动弄部队来干啥。"业香摆手否定，然后说，"你请人帮我们写几个大字吧，把'野味久香'几个字写气派点，我们做个门匾挂起来。"

天问说："这个必须的，打鼓，放鞭，挂匾营业，这是不能少的礼数。"

八敢说："是呀，不能少，既然不要军乐队，那就请锣鼓班子助威。"

业香望了天问一眼，说："要是堂爷在，就好了，叫口一吹，锣鼓叮咚起来，把开张歌唱得红红火火，晚上再把火龙舞起来，不得把玫瑰街闹翻天……"

说得三个人都笑了。八敢说："你就忘不了堂爷，还在做山梦吧？这是城里，小姐姐，大武汉哪。"

天问笑着笑着愣住了，突然大叫一声："哎哟妈呀，咋把他忘了，躲躲呀。"

"牛躲躲？他也来武汉了？"业香和八敢同时问。

天问手舞足蹈地说："躲躲字写发了，带着几个响器班子，早些年就进了武汉，还说是啥第一人……牛大了。"

八敢说："真是三十年河东，四十年河西，意想不到哇。"

牛躲躲果然今非昔比，再不是那个被蛇吓成一根筋，只会躲到河滩上瞎画乱写的躲娃子了。一副金丝眼镜很得体地架在鼻梁上，大背头像一顺倒的猪鬃从额头飘到脑后，一身大师服高贵雅致，给人以飘飘欲仙的感觉。

紧挨汉办的街边上，一排摆着四张条桌，条桌上笔墨纸砚一应俱全，一架挂着锣鼓火炮的简易架子鼓，放在条桌一边，一个身着黄褂子、腰缠红绸带的小伙子扬起锃光闪亮的铜唢呐，首先吹了一曲《百鸟朝凤》，紧接着，头上扎着马尾巴的青年小伙子弹了一曲吉他，而后架子鼓叮叮咚咚闹腾了一番。

马尾巴吉他手胸挂吉他，手持喇叭，高声喊道："贵宾们，父老乡亲，街坊邻居们，请安静一下。今天，"野味久香"正式开业，我们有幸请到了中国摇滚书法大家、世界摇滚书法创始人、第一人、牛躲躲大师，由他来为大家现场表演，义赐春联。可以说，牛大师的墨宝，寻常求不见，拿钱买不到。为了方便大家一饱眼福，我先做个简单介绍，大家知道，摇滚是世界新潮文化，书法是中华传统文化，牛大师把中国与世界，传统与现代，有机地巧妙融合，摇滚越激烈，唢呐越嘹亮，唢呐和摇滚越默契，牛大师的字就写得越好，像喇叭花怒放，随风起舞。本来是随歌起舞，为何说是随风起舞呢，这里有典故。"

吉他手把喇叭扬了扬，动情地讲："牛大师家境贫寒哪，买不起笔墨，从小是唱着叫花子汉高祖刘邦的《大风歌》——大风起兮云飞扬，练字的，他的字不是在屋内写的，而是在野外的河滩里，随风练出来的。有一个文学大家用两句诗称赞：'摇滚书法喇叭花，随风起舞朵朵发。'提起这个朵朵发，那更有讲究，朵朵，是我们牛大师的名号，也是夸他的字，像一朵朵的喇叭花，为啥就朵朵发呢？因为大师先前是在沙土上写字，一直没有长进，一次涨水淹了河滩，不得已，他就站到河中间的黑棺材石头上，瞧着水写，偶然发现，石棺材上书写顺风顺水，字字神韵，不由得狂吼一声：'天助我也'。原来呀，这个黑石棺材是千万年前埋在深山的矿石，在一场山洪中随蛟龙出世，卧在雷村河中不走了。有那么一说，叫棺材棺材，升官发财，要发呀。在场的不管当官、做生意，或是寻常人家，能得到躲躲大师的真迹，不就是朵朵发、字字金吗？大家要问我们跟大师啥关系，就是摇滚关系，改革开放了，大师进城，写字谋生，字摊设在我们旁边，摇滚一响，他的字龙飞凤舞，路人无不称奇，个个慷慨掏包求字，就这样形成了当代摇滚书法四组合，不是今天庆贺老乡的新馆子开业，你们是难得见到我们的。好了，有请业香经理和躲躲大师共同剪彩揭牌——"

锣鼓鞭炮声中，"野味久香"酒店诞生了。

业香陪着祝贺的客人走进大厅，安排大家坐下，品黄酒、尝土菜、提建议。业香对到席捧场的客人一律免费，只提出了唯一一个小小的要求，请客人们写出下一次再光临时，希望保留的菜名。一顿饭下来，客人们在意见箱里留满了字条，集中起来分为8大类60种品名。业香看着客人认可的菜，高兴地说："招牌菜做成精品，绝不能辜负了食客们的一片诚心。"

天问夸口说："用大红纸把食谱写出来，我保证，客人点啥有啥，吃啥啥爽。"

这时，门外的锣鼓声停了，一阵喧哗传进大厅。业香走出去一看，几个浓妆艳抹的歌女，穿着敞胸露乳的睡衣，叉着腰歪在牛躲躲写字的桌子前，嗲声嗲气地说："大师，我们上夜班，白天要睡觉，你们这样闹，要付我们白天加班费哟。"

街对面又走过来几个大鬈发、喇叭裤，他们提着时髦的三洋，嚷嚷道："这洋玩意儿，你们土老帽能比吗？要不试试音量，看谁分贝高？"

业香赶紧上前，打圆场说："对不起，今日开业，吵闹街坊了。请客不如遇客，请赏光，进店喝一杯。天问，好生伺候哥姐们。"

说着，业香吩咐店外书法收场，把牛躲躲拉进了包房，然后，指着铺好的大红纸，恳请他为客人食谱书法红榜，便于厅堂张贴悬挂，与街面门头上的"野味久香"形成内外金字招牌。

牛躲躲大师想了片刻，提笔写道——美食家醉歌荐食，书法家摇滚记谱。

然后，将8类60种品名及民间食客的意见一一书写记述下来。

书写完毕，摇滚四剑客收起家当，执意打道回府，业香挽留不住，便拿出一个信封红包递到牛躲躲大师手上，说："有劳舟车润笔，不成敬意，来日方长。"

牛躲躲大师略微迟疑了一下，没再推辞，收下红包，与四剑客一同走了。

业香目送牛躲躲远去的背影，突然感觉有一种隐隐作痛的滋味袭来，闷得心里难受。

晚上快打烊的时候，包教授突然来了。包教授虽然离开雷村好多年，却一直惦记着那块土地和那土地上的人。

前些时，天问在华农的小楼里找到了包教授，带去了业香姨在武汉投资办餐馆的消息，回来时也给业香带来好几个联系电话，以及一大堆喜讯：什么科研成果神农一号，科技进步奖得的钱用麻袋装哦；什么带的学生小的十几岁，大到三四十岁，本科生、硕士生、博士生，还有生儿育女的博士后啰；什么教的人比雷村的树都要多哟，等等。最后，天问才指着电话号码说："让你有事找他打电话，这个不通打那个，总能找到。还说要让业香姨你跟他学习读书，学什么乡村经营管理行业，能派大用场。"业香自嘲，一个跑堂子的能有啥大用场？管饱肚子塞满胃就是用场。此后，业香便派天问时不时给包教授送些饭菜去，征求恩师意见。隔三岔五也抽空通电话唠些家常，往人今事，说个没完。包教授多以称赞鼓励为主，感叹今日的大好时光和惠农政策，劝说业香抓住机遇，立足小餐馆，放眼大世界，把"野味久香"餐馆办成乡土特色、乡土产业和乡土精神支柱。业香常常听得云山雾罩，时而迷糊，时而精明，时而摇头叹气，时而热血沸腾，但业香心里清楚，堂爷和老包是她这辈子认定的两个非凡男人，她跟着学定了。

包教授白天有重要的科研课，分不开身，没能亲自参加开业庆典，一再表示遗憾。业香陪着教授里外转了转，然后坐下来，把开业的情景，目前经营现状，以及下一步打算，根根秧秧地给教授捋了一遍。包教授有时点头，有时摇头，当说到牛躲躲时既不点头，也没摇头，嘴角微微翘了翘，眼里流露出一丝不易察觉的忧虑。

业香笑着说："说你是好吓人的大教授，咋看不出来？我瞧着跟原来的包糯米没啥两样，就是比在山里时年轻些，脸也白了些，像小白脸……躲娃子现在……那派头足的，跟李特判样，可神气了。一副土地奶奶嫁玉皇——一步登天的样子。"

包教授指着业香说："到什么时候都别忘了，你姓雷。'野味久香'这个店名好，野代表着山乡，野味是啥味，是山乡那种实在、纯朴、地道的味道，没有奸诈、狡诈和欺诈，这样才能立足长久，香飘万里。"

一席话，说得业香、天问和服务员们喜笑颜开，个个端着杯子围着教授敬酒。荤菜素菜，在包教授面前堆了一碟子一碗，野鸡毛栗、山笋腊蹄、小白菜豆油皮、荆芥麻豆等，包教授样样品尝，个个点评，一声声夸奖雷村水好山好，菜好人更好，天上飞的、水里游的、地上跑的、土里长的，做出来格外好吃。点评完了，包教授说："平时你们拿给我吃，今天我自己登门来吃，俗话说拿了手软，吃了嘴软，我虽说只是个教书匠没啥本事，可也不能白吃。"

业香笑着说："你肯定不会白吃，也不会让你白吃，你是吃学问饭的，我们就指望你给弄出点吃的学问来。"

天问表功："今天这菜都是我掌勺，你吃着咋样？"

包教授望着天问说："作为新开张的馆子，土菜特色还过得去，客人一时也会喜欢，时间一久，可不一定。我不是泼冷水，只是提前打预防针，不是叫'野味久香'吗？拿纸笔来，我送你四句话：土要土得正，特要特得精，去掉大众味，专打乡野亲……"

写罢，包教授看了看，又说："为此，我特别想到一个人，久香奶奶，阳荷猪卵是她发明的吧？味道好，有故事。比如，她做的黄酒，打的懒豆腐、神仙凉粉，可以在馆子里现做现卖，能增强客人食欲和胃口。"

业香说："我明白了，在酒店内当着客人的面，打豆腐、磨豆浆、揭豆油皮、做懒豆腐……"

包教授又说："还有个人，俊巧儿，为啥几多年了，一茬茬的工作队专挑她家吃饭？你细心想想，她是童养媳，专门伺候地主好吃好喝的，那做菜的手艺，别人就是没法比。就像大家公认的，关键是她圆泛，活套，啥都能做，啥都做得能正^①。"

天问嘴一噘，不乐意了："我一个大厨做大菜的，她们做的那都是家常便饭，能上正席，撑得起来席面？"

包教授说："行行出状元，该拜师得拜，你拜一百个师，做精一百道菜，不也是状元。再说了，只怕你们请不动，要能把她们俩请来，厨娘主勺，也是一道特别的风景，秀色可餐嘛。"

天问不懂啥叫秀色可餐，望着业香。业香听着包教授谈到久香和俊巧儿，她的人仿佛又回到了遥远的雷村，眼前晃动着红嘴和俊巧儿的身影，耳朵里回响起堂爷和久香的歌声。

"业香，你这'野味久香'，恐怕与久香奶奶也有关联吧。"包教授把业香的思绪从遥远的家乡拉回现实。

业香不好意思地笑着说："确实，确实。包教授，你说

---

① 能正：美好，合规则。

哪了？"

包教授说："前面都是扯野棉花，说这再那，翻篇，你们经营馆子，自然会操心琢磨。接下来，是我今天来的目的，与老本行有关，也许对你们经营业务会有帮助，弄好了，对家乡致富和产业发展，说不定也能贡献一份力量。有言在先，我说的可是黑板上的字，可留可擦的。"

业香催促说："教授你莫卖关子了，天问，快拿纸笔来，好好记着。"说着，起身拿过笔和本子，自己记了起来。

包教授摆摆手说："不需要记，拿耳朵听就行。我说三样东西，第一样，糯玉米。从五月早玉米出来到十一月秋玉米结束，这有大半年时间，可烤可煮可熬粥。在城里时兴烧烤，满大街烧烤味，是年轻人更是妇女和孩子们的最爱。烤肉烤青菜多，烤玉米没有，我们的糯玉米味道一绝，再用山里银炭火烤，无配料，无添加，无公害，天然绿色。用高温烘烤，外焦黄，内疏松，味香甜，看着闻着想着，非出手不可，货美价廉，既解馋又饱肚，可自食，可馈赠，从春到冬，从早到晚，供应快捷方便。除了烤玉米棒子，还可蒸着吃，煮着吃，打成杂粮粥吃，久食通气顺肠，延年益寿，雷村人长寿秘诀。号称'神农一号'，系农业专家在神农架发现的植物活化石，经过数年选育而来。哈哈，哈哈哈……这都成王婆卖瓜的广告了。"

天问听得双眼发光："烤苞谷坨子，简单。这，真能赚钱？"

业香说："别打岔，听教授的，赚不赚钱，一烤不就晓得了。"

包教授接着又往下讲:"第二样,金丝搅瓜。现在是冬天,冬天的客人都吃热菜,我们给它来个反季节,冰镇金丝搅瓜,图个新鲜刺激。当然也可以炒着吃煮着吃,那是春夏秋季的鲜瓜,冬季就得上冻。这道菜,你们不要轻易上桌,把瓜准备好,选个喜宴客人多的日子,我来现场操作,边讲边示范,客人觉得好,也可以把瓜买回家,年三十团圆,一道喜菜,金辉满盘,金丝缠绕,图个吉祥。第三样,哇鲹石蛙。这是道大菜,营养价值极高,做工极其讲究,能点这道菜的主,非富即贵,平常客人上这道菜,必是有事求人或者真诚谢人。这道菜若能做出招牌,利润空间大,不仅会给小店带来可观的效益,而且将使'野味久香'名气大振,顾客盈门,不发都不可能。若要做出色香味俱佳的哇鲹烧石蛙,非得求助一人不可。"

业香说:"我猜,是久香奶奶。只有久香,还有堂爷和你,才会倒腾出这么稀奇古怪的菜来。"

天问说:"这三样东西,不都是你发明研究出来的嘛。包教授,你跑到我们雷村当右派,当得不亏,值得呀。一回校就成了大教授,这才是土地奶奶嫁玉皇,一步登天,牛躲躲那算个屁。"

业香说:"天问,没大没小,有你这样给教授说话的吗?晚上把教授说的,好好想想,赶紧回老家一趟,年前生意火不火得起来,全指望你这趟了。"

于是，天问就坐上汉办的班车，回到了老家。到村第一件事，天问便提着旅行袋回家看望瞎爹，刚到家门口，只上了一步台阶，看见瞎爹背朝门外坐在堂屋门槛上。天问还未来得及开口叫爹，却听见瞎爹恶声恶气地吼了一声："滚，雷家不接待外人，敢再上一步碴茬子，莫怪打断狗腿。"

天问打开旅行袋，打算把带回家孝敬瞎爹的东西留下。雷黑磨大吼一声："拿走。"哐当关上了大门。

此时，天问彻底明白，瞎爹这辈子都不会原谅自己了，转身来到业香家，把业香和自己带的东西都给了业香妈。林枝对天问说："你爹眼睛瞎，心里明镜似的，他是怕你为他分心，受拖累，东西放这，我替你送去。"

来到俊巧儿家，正碰上红嘴和俊巧儿往屋檐下挂玉米坨子和南瓜，天问说："正好，你就负责收购这些东西，还有山货啥的，交汉办班车带到武汉，我给你收购费。"

俊巧儿说："我以为你在外面风光了，回来光宗耀祖，原来是倒腾山里破烂呀。"

天问说："谁说破烂？稀罕着呢。哦，对了，业香还让把你也捣鼓出去，当厨娘呢。大家都说你这山里的白迷子，论迷人，咋的也比孙二娘强。"

红嘴一听不高兴了："我的厨娘捣鼓哪儿去？"说着，顿了一下："谁？业香？业香要捣鼓她出去。"

天问说："业香是我老板，她不发话我敢瞎说。红嘴哥，你不放巧姨也行，那得让她把侍弄地主的绝活，都教给我才行。"

红嘴和巧儿张着嘴，同时"啊"了一声，问："啥？"红嘴跳下梯子，生气地吼道："天问，你把话给老子说清楚了。"

　　天问说："老地主不是老夸巧姨你手艺好吗，你当童养媳时，服侍老东西吃的那啥好东西，都是咋拾弄的？还有，就是这几十年来，上级领导和各个工作队，都爱吃你做的那些东西，其实都是农村家家有的土菜，为啥他们就专爱挑你的吃？还吃不厌，越吃想越爱吃……"

　　俊巧儿终于听明白了："好你个死天问，说得我一惊。你是说我做的菜呀，笑掉大牙，土得掉渣的东西，能有用？进得了城里馆子？"

　　天问说："是老包，包右派给业香经理出的鬼点子，说管用，乡下土掉渣的东西，现在在大城市吃香……老土老土，吸胃抢口。"

　　俊巧儿笑弯了腰又直起来，说："老包的话，我信。那我就给你说几样，先说豆腐吧，自己磨的豆腐可做好多不同的菜。第一，青菜懒豆腐。黄豆要磨得有瓣有浆，一粒黄豆磨出八瓣大小，一勺子黄豆磨出两碗浆来，青菜只要新鲜的嫩叶尖，剁碎，豆浆煮开了后再放青菜进去，合着煮，煮成渣。现吃用火锅煮，留着吃要多放菜少掺水。有肉放点肉末或鸡蛋更好。第二，黄瓜老豆腐。老豆腐在老上，豆浆点卤水要老，煮老，豆腐脑进箱要压死，压老，把水挤八成半干。黄瓜要老黄瓜，稍稍带点酸味，老黄瓜与老豆腐用大火烧，加点辣椒，点两粒花椒，味长。第三，地鲜嫩豆腐。下雨天地上长的土薜，到处都是。一捡一篮子，到河里用水洗净，不能有一丁点沙土，晒干，与嫩豆腐清蒸，新捡的湿地藓做出来，更鲜，嫩得像小蛾子。"

天问说："我晓得了，这豆腐除了家常做法，还可变着法做。难怪他们干部都爱到你这里来，是喜欢吃姨的豆腐呀。"

红嘴照天问脑壳拍了一巴掌："你个小杂种，咋说的话。人家是喜欢吃你嫂子、你姨做的豆腐菜。话都不会说，还想学艺。"

俊巧儿对着红嘴头顶捣了一手指头，说："就你想得多。天问，听着，我再给你说几个皮子菜。第一，韭菜花洋芋皮。用洋芋粉子面摊成皮，皮子要薄，能照着透亮，和韭菜花干炒，看着青得发绿，白得发光，吃着像肉，满嘴香。第二，薄荷花橡子魔芋皮。魔芋麻，橡子涩，掺在一起磨成浆压成皮，有一种说不出的味道，再掺薄荷花一拌，清凉爽嘴，从喉咙管润到肺里。第三，黄花竹笋皮。平时吃竹笋都把笋尖上的几层皮丢了，好可惜呀，攒起来，晒干，掺黄花菜和腊肉皮子炒，管他啥时候吃，都是一道好菜。"

红嘴等不及了，打断说："这皮那皮，去尿皮。我们还等着收购去。"拉着天问要走。

俊巧儿伸手一拦："光吃菜能饱肚子？再给你说几种馍吧。锅贴馍：用荞麦面做，面要和得秧巴稠，锅底煮汤，沿锅沿贴面，盖上锅盖，全是汽水味。浆巴馍：把玉米磨成浆，半稠半稀，用南瓜叶和红薯叶把苞谷浆包好，放锅里蒸，也可以放锅上炕。火烧馍：家家都会做火烧馍，要做出花来，难。面要和得干，边揉边掺粉，越揉越有筋道。面坨子放进烧红的锅里，全凭拳头上的功夫，一拳一拳地捶，一点点慢慢捶开捶大，捶成一个大圆饼，圆饼上留下的都是一道道一圈圈的花。光有花还不算，上等的火烧馍都是两面有花，两面一样焦黄，掰下壳壳吃，脆绷绷的，不硬，里面的瓤子软和和的，像女人的胸脯子，酥软酥软的。"

红嘴真不耐烦了，眼一瞪，说："越说越没边了。走，天问，我们去收购，回来让嫂子给你边做边说。"强拉着天问跑了。

天问跑出好远，回过头来喊："巧姨，你是真巧哇，不是手巧，是心巧——"

红嘴带着天问，家家户户屋檐墙角翻腾，丝瓜、香菇、竹笋、干豆角、老黄瓜，看得中的，一概都不放过。

天问是最后来到堂爷家的。一进门，就干爷干奶奶地叫，叫得久香和堂爷喜笑眉开，久香接过大包小包的果盒子，说："到爷爷奶奶家，还花冤枉钱。好些年没见，这是发了？"

堂爷笑着说："还用问，多响的名字，能不发。天问哪！亮着呢。"

天问亲热地说："爷奶，这可不是花冤枉钱，十几年没见您二老，总得拿点见面礼吧！再说，我是专程回来拜师的，也是拜师的见面礼。"

久香不解地问："拜啥师？学唱歌打代思，还是要学劁猪，城里能用上这些玩意儿？"

天问嘿嘿笑："奶奶，不难为干爷了。我是业香的厨子，学菜来的，想拜奶奶为师。"

堂爷呵呵笑："她啥时候成大厨师了？我咋不晓得，这样说的话，我天天吃的，那可是大厨小灶哇。"

久香瞅着堂爷，说："咋了？享了一辈子口福，还不知福。没我的手艺，你那叫口，那歌，能那嘹亮。"转脸又对天问说："我那都是乡土野味，真能进城上桌？听说城里都是啥满汉全席，我就是给你说了，只怕也派不上用场。"

天问抢着说："有用，能派大用场。你晓得业香经理开的酒店叫啥吧？'野味久香'，你的大名，在大街上挂着呢。业香派我回来，就是找你讨野味手艺的，说是一铺子的蜡烛，就差你一根芯。"

堂爷笑得眼泪都流出来了："'野味久香'，一个老娴子，一个小娴子，两个娴子一块野，味还不香？"顿了一下，堂爷点点头，"江活，咋说也是新盖的茅厕，就看能不能年长月——啰。"

久香说："还就野一块了，馋死你个老东西。天问你说，莫拐弯抹角的，是不是冲野生哇鱼子来的？"

天问惊奇地问："你咋晓得？那你晓不晓得，是谁点到这道菜的？"

久香顿都没打地说："右派，包糯米，除了他，没人想得到。"

天问更加奇怪："神了，奶奶不出门，也知天下事。"

久香讥讽说："娃娃鱼是你堂爷、老包和业香的秘密，几个老相好的秘密。业香进了武汉能不去找老包？你们堂爷做哇鱼子也有一手，可惜了，人家进城当了老板，早把你堂爷忘山旮旯去了。"

天问忽然想了起来，从包里拿出打火机，说："堂爷，这是业香经理专门给你挑选的打火机。永久牌的，防风，火旺，可好了，刮风下雨都不影响使用。"

久香拿过打火机，一按火苗子一冲，说："好，这下烧火方便了。"

天问望着堂爷。久香说："望他干啥。我们说菜，娃娃鱼先放到，紧他去抓，等你爷抓回来了边做边说。先说扣肉，香椿扣野山羊。野山羊臊味重，煮第一道水倒了，再煮第二道，第二道要加野山椒，干花椒当归做作料，煮好了，把羊皮和羊肉分开切，羊皮放碗底，再放羊肉，肉上面堆放香椿，椿头香味重，吸味。然后把盐油和佐料撒在上面，扣上碗，开笼后，一反碗，就是香喷喷的扣羊肉，家羊子做起来少些麻烦，更省力。豇豆竹笋扣野猪。野猪土腥，油腻，干豇豆和干竹笋吸油，吸土腥味。梅干菜扣五花肉，就不说了。要扣腊肉，一定得用经蒸的新鲜菜打底，千万不能用干菜。再给你说几种丸子，豆腐丸子和绿豆丸子得清蒸，红薯丸子油炸更好吃，外酥肉甜。阳荷炒小猪卵子，豆油筋炒小白菜，野菇子炒小蜂蛹子，我找找看屋里要有，就现炒给你看看。"

正说着，堂爷回来了，说："还没完？唠叨起来没完没了。天凉了，娃娃鱼一时半会儿弄不回来，刚好碰到牛寡子，不晓得他在哪儿抓到两只斑鸠，我要来了，斑鸠也算野味吧。"

天问说："斑鸠是正宗野味，上了我们的菜谱。躲躲大师给酒店写了一大张菜谱，'野味久香'的招牌就是他写的。"

堂爷愣了一下，问："躲躲大师？牛寡子的儿子，牛躲躲？听说他也去了武汉，不会是他吧？"

天问回答说："没错，就是他。弄了个摇滚书法大师的头衔，牛，可牛了。"

久香说："躲娃子躲大河里画字，还是你堂爷教的主意，咋也没见他回家来看看。哎，说起来了，你回屋去看爹了没？不易呀……"

这时，红嘴找到了天问："山上几个队的人家听说你收山货，大挑小挑地来了，一下子都挤满了院子，咋弄？还收不收。"

"收，咋不收。明天叫工送到车站，我随车运回去。"天问挥着手，指着红嘴后背喊："你家就是采购站，巧儿收，你负责运，两天给我运一趟下去，你以后就是酒店的外买采购。"

堂爷和久香看着天问挥手吆喝的样子，相互对了一眼，各自心里说，八成能成气候。

天问走这些日子，酒店凭借开业的人气，更加火爆，每天桌桌客满。业香又把原来在基办招待所唱歌的小姐妹请了过来，弄得酒店像戏园子一样热闹。

这天。酒店进来一个奇怪的客人，怀抱一把三弦，脸上戴着一副黑色的眼镜，说是瞎子吧，却昂着头晃荡，分明是在四下观望。说不是瞎子吧，服务员递上菜单时，他却招招手，指指眼睛，用普通话说："随便安排，有特色的就行。"服务员见他一个人，就安排了一个阳荷猪雀、一个三渣小锅（豆渣、菜渣、猪油渣）、一个花菇子卷卷和一个黑木耳炒豆油皮，外加一壶沭子黄酒，并解释说一个人够了，还有一个特色虫子鸡（山上放养吃虫子长大的鸡）汤泡和尚馍，多了怕你吃不了。客人用手敲敲桌子说，都上。吃完结账时，客人说忘带钱了，提出把琴压下，过两天拿钱来取。几个服务员一听为难了，以为遇到了想吃白食的，没人敢做主，便吵吵嚷嚷地把经理找来了，业香看看客人，觉得气宇不凡，不像是混吃混喝的主，便笑呵呵地说："没关系，谁都有走得匆忙的时候，下次再打小店经过，进来照顾一下生意……你走吧，走好。"

客人不走，执意要把琴押下来，说好让人放心。业香坚持不肯，说你这不是叫我们放心，是打小店的脸，让人心不安，不安心。僵持不下，客人说："这样吧，我把刚才吃的东西串成儿歌，用这把琴，给大家弹唱一曲，如何？"

吃客们都鼓掌欢迎。客人自弹自唱，把自己吃进肚里的东西，全部用歌吐了出来……一曲唱罢，引起了更热烈的掌声。

客人抱着琴，向鼓掌的大伙鞠了一躬，然后对业香说："我看经理是个诚信实在人，你不妨试试，找几个儿童，在酒店当童谣唱唱，如果酒店人气旺，生意好了，派人把琴给我送去，我给留个地址。"

业香把客人送出门外，心里说：神秘点化，定是高人。

果然，不出几天，儿歌便由酒店唱响了整条玫瑰街。

天问还未回到酒店，就听见满街上儿童唱着与酒店有关的儿歌：

> 洑子酒，虫子鸡
> 阳荷猪卵豆奶皮
> 卷卷卷，三渣锅，
> 花菇子耳朵和尚馍（也叫火烧馍）
> ……

天问回到酒店，大家呼啦啦围上来，亲热地问长问短，关心最多的还是问天问学到了哪些野味新菜。

有人说："听到了吧，你的拿手好菜，都变成儿歌了，后厨的师傅都会做。"

也有人说："怕啥？老手艺归其他师傅了，天问有新菜呀，新菜可是天问大师傅的独门绝技。"

天问听了心里有些失落，高兴的笑脸渐渐淡了下来。业香说："你们叽喳啥？天问这趟西天取经，还不晓得弄回多少镇店招牌呢，你们就等着加班加点忙活吧。再说了，生意越来越好，一楼容纳不下，得向二楼扩展，天问也该学着帮我管理，谁要敢偷吃懒睡，只管扬金箍棒——打。"

业香拨通了包教授的电话，第一时间告诉他，金丝搅瓜到了，天问带回来的，两三百个，征求咋个处理。包教授说："都别动，展示出来，腊八那天我来处理。"

腊八这天，"野味久香"按照雷村的乡规，架起火锅，一锅一锅地煮腊八粥，前来进餐的客人一律免费赠送，吃饭领粥的排成了长龙。中午，客人正多时，包教授来了。

业香站到大厅中间，扬起双手拍着巴掌说："今天，我们不光免费送粥，还要免费送一道菜，请大家品尝，这道菜是由我国著名专家、华中农业大学包糯米教授亲自发现、培育、研制出来的，像大家手上拿的、嘴里啃的烤苞谷，'神农一号'糯玉米一样，也是包教授一心研究的成果，我们掌声有请——包教授。"

包教授走到桌前，笑容可掬地对全场点了点头，用右手推了推鼻梁上的金丝眼镜，说："大家腊八好。腊八节是中国传统节日，可追溯到一千多年的历史。我今天要介绍的是一种瓜菜，它诞生的历史可能比腊八更早，也许能追溯到我们的先祖、炎帝神农氏。神农氏在神农架播五谷以利万民，尝百草以济苍生，那就是我们酒店经理业香的老家。二十多年前，我作为右派有幸下放到雷村，一次不慎，跌落进岩洞，被地下水冲入深谷，用一句形容词，叫万丈深渊吧。不幸中万幸，靠一种冷水鱼延续了生命……这鱼叫娃娃鱼，也许某一天大家会品尝到的，不过大家能不能有这个口福，那就看业香经理的了。所幸的是，在那娃娃鱼的叫声引导下，我爬出了深谷，而且还意外发现了几粒瓜子……作为农业学院的老师，我意识到这深藏久远的瓜子的重要，进行了长达近十年的培育。一开始，生长出来的果子，外形与木瓜类似，内瓤却像南瓜和丝瓜瓤子，我就用南瓜和丝瓜与其培育受粉，最后，才形成了现在这个品种。"

"啊！"大家同时张大了嘴，瞪眼看着包教授继续介绍。

包教授拿起桌上的一个搅瓜，说："我把它命名为金丝搅瓜，瓜肉内瓤像一团丝绒，颜色金黄，当地老乡称为粉丝搅瓜。下面我给大家示范金丝搅瓜的制作。首先，用手反复拍打瓜身数十下，离瓤；然后，放置桌上轻柔数圈，再次拍打数下，散籽；第三步，用小刀在蒂把处开一个小洞，插入一支筷子顺时针搅动几圈，再反时针搅几圈，感觉筷子在瓜内正反搅拌自如，不受牵连后，就不再搅了，双手捧瓜晃动，活丝；第四步，沿蒂把洞口切开，倒出瓜丝置于盘中，用温开水过滤，然后放进油盐酱醋、辣椒和些许香菜，一盘时令凉菜金丝搅瓜就成功了。"

全场鼓掌，喝彩声不断，有人甚至拿着筷子争相挤着尝鲜。

业香笑着说："大家坐着别动，每桌都上一盘，请大家免费品尝包教授的手艺。"

凉拌菜大家吃得不少，金丝搅瓜却是头一回瞧见。独特的做工、颜色和味道，把所有人的兴趣都调动起来了。客人们纷纷要求现场购买，拿回家作为新鲜年货。

包教授说："吃了腊八饭，就把年货办。金丝搅瓜虽不是什么名贵山珍海味，倒也不失为一道团年吉祥菜……金丝一盘，辉煌过年。可是，酒店今年货不够充裕，满足外卖需求确有难度，深表歉意。在此，我替业香经理表个态，从今天起，凡来'野味久香'的食客，都可抽签，获得金丝搅瓜一个，为图个吉利，每天抽奖八个，抽中者免费赠送，如何？"

全场再次热烈鼓掌。

业香把包教授请到了酒店二楼豪包，简单介绍说："现在经营形势稳步上升，回头客不少。为满足贵宾和常客要求，我们和汉办协商，把使用率不高的二楼客房都改成了包间，配备了音响、电视、沙发和棋牌。"正说着，天问请教授上桌。

二十多人的大餐桌，摆满了各种野味，包教授说："我们几个人，这一桌子野味浪费了，请他们员工都上桌，一起吃吧。"

业香说："他们是来给你献歌的。听到没有，教授怜香惜玉，唱完歌，坐下陪教授一起吃。"

领班雷晓珊带着三五个唱歌姑娘，一下子齐刷刷站到包教授身边，同声说道："教授教授，课桌教理数，饭桌吃野兽——"

包教授还未明白过来咋回事，几个姑娘已经端着酒杯唱开了：

"包教授长得帅，金边眼镜花领带，肚子小学问大，哪个见到哪个爱——"

一曲唱完，等包教授干了杯，姑娘们又接着唱道：

"教授住在岩窝里，日夜稀罕小大鲵。金搅瓜、银玉米，种子、弟子爱桃李……"

姑娘们一连唱了五首，包教授也被逼着喝了五杯。一时兴起，滔滔不绝讲起了青窝棚和大岩屋，给大伙描绘着新型产业和雷村的未来。包教授喝得尽兴，话也说得多，临走时，一再嘱咐业香："经理再大，也别忘了家乡的发展，别忘了大岩屋，还有堂爷……"

二楼的生意明显比一楼火爆，不提前预订很难订到。订到位置的客人往往吃起来没完没了，吃喝玩乐，唱歌跳舞打牌，夜夜闹腾到很晚，甚至天亮。业香把二楼干脆交给天问全权负责，没特别重要的客人，一般从不上楼。天问以前在私人酒店干过，经营比较机灵泛，楼上的房间不多，每天的收益却比一楼还好。大家都夸赞天问，不仅大厨勺子撅得好，管理经营也是一把好手。

不知不觉到了小年，包席的客人多，一直忙到十二点多，员工才坐下来吃年夜饭。业香在桌上没见到天问，就吩咐人去找，并对大家说："虽说不能在家过小年，咋说酒店也是半个家……等一家人到齐了，再开席。"

这时，几个穿着制服的公安从楼上下来，带着十几个男男女女，拿着照相机，边走边照。天问抱着一个大纸箱子，走在两个公安中间，望着业香直摆头，一脸的无辜和冤枉。

业香拦着公安问："他是我们的员工，犯啥事了？我是经理。"

公安说："配合调查。别妨碍公务。"

天问回过头，喊："业香姨，我没犯法，救我……"

二十七

久歌在电视台工作，已经是小有名气的编导，主持着《寻找·发现》栏目，想搞一期《寻找神农架》节目，与中央电视台合作，不知从何得知我与央视有来往，又在写作《神农架》的长篇报告文学，便盯住我不放。

一出车厢，打老远望见湖北省军区接站的牌子，政治部赵干事双手举着醒目的接站牌，逆着人流向我走来。我们寒暄着，随嘈杂的人流挤出站口，正在东张西望，久歌一把拉住我的胳膊，大咧咧地说："可等到你了，跟我走。"

久歌强行拖着我就跑，把赵干事一个人晾在出站口，我转回身，对赵干事招招手，喊道："辛苦你了，先回去，我有事电话找你。"

赵干事在身后回答："晚上都安排好了，怎么向领导交代呀。"

在久歌办公室里，我们直奔主题。从为什么确定这个选题，在这里面去做哪些探索发现，最终要告诉世人些什么，相互交换意见，你一句我一句，碰了个大概思路。久歌兴奋地抖着大纲说："成了，那是人类的故乡，我们总得给那里做点贡献吧。"

我看他信心十足的样子，提醒说："题目得改。有个作家刚刚在北京发表了一部长篇报告文学，标题好像叫《寻找神农架》，是写二汽的。我看改为《神农架的寻找》，比较好，你本来不是去寻找神农架，而是到神农架去寻找，去发现……"

久歌激动得从椅子上跳了起来，说："高，实在是高。"猛地夺过书包，翻出我的书稿，转身要去复印。

这下我有些急了："这只是部分章节，你看看，借鉴参考没问题，捅出去了，还咋发表？我们写这本书还有一个引题——人与自然的对话。跟你要反映的主题，有相通，也有不相同的地方。我们突出的是一个"野"字，野人、野山、野趣、野事，反映探索千古之谜的男男女女，迷恋绿色王国的中国人和外国人，以及国宝的捍卫者、开发者、破坏者。除了满足好奇心外，重在开眼界，增知识，促思考上做文章。是全景式的，你的节目只需扣住一个环，盯紧一个点，去尽可能地探索、发现就行了。"

久歌把书稿还给我。然后换了身衣服，戴上黑得反光的蛤蟆镜，提着三弦琴，拉着我上了的士。我不明白他的意思，心里想，搞什么鬼，北京、广州时兴化装舞会，难道武汉更时髦，时兴起化装宴会来了？

他望着我，神秘地笑道："天机不可泄露，一会儿你就知道了。"

的士驶过长江大桥，穿越闹市钟家村，再往前行越来越荒凉，给人以都市的乡村感觉。我忍不住问："还要跑多远，这像是？要去乡下忆苦思甜哪。"

久歌拍拍我的肩膀，嘿嘿笑着说："说对了一半，是去家乡忆旧思愁，余光中的《乡愁》，该知道吧。"

乡愁是一枚小小的邮票，余光中用短短几行诗，把乡愁的依恋推向极致。的士从钟家村拐离长江，然后沿汉江边北上，驶过知音桥头时，几声江轮的汽笛和火车的轰鸣，打断了我的思绪，抬眼望去，到处灯红酒绿，一片阑珊，恍惚进入了乡村的都市。

的士终于停了下来，我跳下车，正对着"野味久香"牌匾凝望，服务小姐热情地出来欢迎我光临，我用手指指身后，服务员看了一眼从的士上下来的人，瞪圆了双眼，扭头进店，喊了一个领班出来，领班走到门口，惊得张大了嘴："高——人！歌导——欢迎歌导。"

久歌笑呵呵地说："晓珊小姐，你是认得这把琴？还是记得人哪。"

晓珊伸手挽起九歌胳膊，甜蜜蜜地说："认得琴，记得歌，看见琴更想哥，经理说你是高人，我说你是琴哥。经理，琴哥来了……"

慌慌张张跑过来一个女子，笑着说："把镜子摘了，让我们看看真高人……晓得你是微服私访，搞得像鬼子进村，还化装。"

久歌闪到一边，把我推到前面，说："这才是高人，看看，有点印象没？"

"业香，你是业香姐。"我做梦都没想到会在这里见到业香，更没想到的是，这酒店竟是她开的。

业香激动得直叫："哎呀，哎——呀！昨夜梦见老花梨树，四周都是青韭菜……咋想到是你呀。快，上楼，这里站着影响客人。"

在包房坐定，我对业香说："把蛤蟆镜给他扯了，看看他是高僧还是恶棍。"

晓珊取下眼镜的同时，业香更加吃惊地"啊"了一声："久歌，你个死鬼呀！敢装神弄鬼，欺负你姐。"

久歌苦笑着解释说："用心良苦哦。我这是点石试金……想指点迷津，可能力有限哪，只能暗中使点巧劲，咋样！童谣还有点意思吧？"

晓珊摇着久歌肩膀说："有意思，可有意思了，连那些没牙的老太太都爱哼'虫子鸡，和尚馍'，笑得嘎嘎的。"

我心里暗暗发笑，亏了久歌能想，那么古老乡土的游戏被他用活了。我不由得想起小时候的乡下，那些白胡子老头坐在院场上，抽着烟，逗着光屁股小孩取乐，吧嗒了一口烟，伸手摸一把儿童的小鸡鸡，胳膊一抖一抖地往天上扬，嘴里念叨着："虫虫，虫虫，飞呀——虫虫虫虫，飞呀。爹开膀子，追呀，爹开膀子追呀……"

容纳二十多人的豪包大桌，摆满了家乡土菜，浓浓的乡情缭绕。

炸马叶、炸酥鸡、炸卷卷。腌阳荷、腌蒜苗、腌眉豆、腌韭菜。炖腊蹄、炖羊肉、炖老鳖。炒野鸡、炒野猪、炒野兔、炒蜂蛹、炒马齿苋。凉拌搅瓜、凉拌木耳、凉拌麻豆、凉拌神仙粉。干香椿、干竹笋、干茄子、干南瓜。烤玉米、烤红苕、烤洋芋……

每上一道菜，最先转到我和久歌面前，业香用筷子指着，请我们先尝。久歌眨眨眼，吸吸鼻子，毫不客气地吃着，点评着："嗯，不错。地道，是那个味。"

我感觉好笑："是哪个味呀？这可是正宗的乡情土菜，雷村的满汉全席，我在雷村从小长到大，这有好些菜，也只是听说过没见过，更莫说吃了，你在村里才待几久，能品出地道的味来？"

久歌不好意思地笑道："我在武汉离汉办离雷村近呀，感情深，啥味闻不出来？不像你东颠西逛，天上飞水上漂，容易串味，哪还吃得出纯正地道菜味来？"

这时，晓珊领班带着几个姑娘，个个端着酒杯站到了我身边，业香介绍说："晓珊你不认识，她姑姑你应该记得，当年的八敢红，雷八敢。现在也是部队军官，嫁了个大官。晓珊是八敢的远房侄女，歌唱得好，你们部队文工团如要人，把她收去。"

晓珊笑着说："经理说得好，把我收了吧，姑跟大司令，我跟你大干事，干大事。"

一桌子人哈哈大笑，起哄说："歌还没唱呢，就急着想干事。"

几个姑娘就唱：

"干事名声响，广播喇叭讲，报纸电视好风光，小心美女抢……"

"慢点，让一让。别抢，小心烫着。"这时，厨师端着热腾腾的菜锅上来，小心翼翼地往我和久歌之间一放，嘿嘿笑道："老乡，趁热尝尝，看这是啥菜？"

久歌夹起一筷子，叫道："牛蛙，牛蛙。"

我看着久哥，不能确定是青蛙牛蛙，晓珊连忙替我回答："石蛙，岩屋沟的石蛙。"

师傅白了晓珊一眼，说："就你嘴长，哇哇哇叫得快。"稍顿了一下，师傅又有些遗憾地对我说："这石蛙要是和哇鱼烧出来，那味才叫绝。可惜，天问不在，我没那手艺。"

久歌惊叹地问："天问也在这馆子里？我上次来怎么没见到他人。"

业香解释说："那几天派他回去了，去找久香姨和俊巧儿她们学土菜、野味去了。总要对得起'野味久香'，这几个字吧。"

师傅望着我，欲言又止，要走又不挪脚。业香拿眼示意他离开，忙着往我碗里夹着石蛙。

我对师傅说："去把天问快叫出来，这多菜，坐下来一起吃。好些年没见过他了，也怕不认得了。"

业香为难地说："他这会儿不在店里。下回吧，下回你们来，一定让他给你烧石蛙哇鱼。"

久歌说："不在，去找哇，下回还不晓得驴年马月，他今天就要回京，是我硬截下来的，哥们儿见一面不容易。"

一桌子人全看着业香，业香摆摆头，说："实话说了吧，昨天公安来人，把几个客人连天问一起带走了，我们正着急呢，都快愁死了。"

天问为什么被抓，犯了啥事，是多大的事，业香他们一概不知，派人去派出所打探，丁点消息也没了解出来，大家都感到一筹莫展，不知该从何处下手。业香唉声叹气地说："这孩子命真苦，出身那样个残疾家庭，打小受人欺负，到处流浪，好不容易学点手艺，混碗饱饭吃，碰上假酒中毒案子，险些连累坐牢。来我们酒店死拼硬撑，生意刚火起来，又莫名其妙地摊上事了，还不晓得惹上了啥子事？会不会坐牢，要坐多久？可怜，太可怜了。先没想让你晓得，现在你们知道了，我就全指望你们了，该花钱，花，大不了把馆子关了。"

久歌安慰说："莫慌。急也没用，现在关键是要搞清楚咋回事，省军区在下面有武装部，武装部与公安应该有联系，让赵干事抓紧去摸摸，看是啥情况，请武装部领导给公安打个招呼。"

我问有电话没有，业香说酒店申报了，还没装上，汉办办公室有电话。我在电话里把情况大致向赵干事复述了一遍，再三恳请他帮忙，并说明我会一直在电话旁等待消息。

在等待电话的过程中，业香经理反反复复地自责，说不该安排天问一个人负责管理二楼业务，效益上来了，人却进去了，不值当。每当电话丁零零响起，业香满脸都是惊恐万状的渴望，晓珊也是又讨好，又求助，急不可耐地焦躁。这时刻，我为眼前缺少依靠的少女少妇们楚楚无助、惶惶可怜的神情而震撼，感觉浑身是劲却又无能为力，久歌却像没心没肺似的，一杯接一杯喝茶，一趟又一趟跑厕所撒尿。

赵干事终于传来了信息。原来，派出所当晚接到群众举报，汉办二楼有人聚众赌博。张队长带民警出警，三间包房的人搓麻将，一间豪包的人聚众炸金花，被民警抓了个现行，赌资较大，超出正常娱乐范围，炸金花者更具有豪赌性质。在豪包里，民警还搜出了一个装白云边酒的纸箱子，纸箱内横七竖八甩着半箱十元、五十元、百元现钞，据赌徒供认，是酒店的庄家抽头。公安部门据此认定，酒店涉嫌违规经营，属于开辟秘密赌场，组织经营性赌博，性质严重与否，视讯问结果待定，不排除还将追究法人刑事责任。

　　酒店法人是业香，听到自己也有可能承担法律责任，眼泪哗哗地流了出来："天问哪天问，你咋这么不懂事呢。话说你温善，能布弄，可你倒腾啥呀……"

　　不过，赵干事又说，现在只是待审阶段，具体是个什么情况，有待讯问结果出来。关键是看赌徒的供词对酒店和天问形成多大利害关系，还有天问在赌博中参与的程度，以及获得酬金的数额大小。

　　第二天上午，我们接到通知，带五千块罚金和酒店治安管理整改书，到公安局领人。

　　业香办完手续，把天问从拘留所领出大门时，被一群男女围着追问："你出来了，还有人呢，怎么没放出来？你们不是一起被抓走的吗？为什么只放你一个，留下一大窝？"

　　天问没好气地回答："他们赌博。"

　　有人嚷嚷："你们酒店不开场子，别人能赌？"也有人喊：

"出这么大的事，都是酒店惹的祸……找他们负责解决。"

业香和天问前脚回到酒店，后脚酒店大门就被那群人追过来围了，无论怎么好言劝说都无济于事，而且言辞激烈，情绪越来越失控。业香担心事情闹大不好收场，转头一想，此事跟公安有关，也不是自己能处理的，便差人报了警，请求公安出面解决。

派出所管段民警很快来到了现场，了解完情况后，对大家说："在场的乡亲们大部分我都认识，除了外地来的，相信你们也认识我。被带进去的人，有些是爱赌的主，惯赌。有的可能吃完饭喝点酒，不排除只是带些彩娱乐，有的彩大有的彩小，不论偶赌惯赌，彩大彩小，总之是参与了，而且都是成年人，要对个人行为负责的，公安局已在调查询问，暂时还没结案，有的也不排除还牵连到其他乱七八糟的事情，甚至案件，情况比较复杂。作为家人，你们要是真关心他们，就立刻回去在家里等着，配合调查，争取尽快解决问题。如果胡搅蛮缠，怪酒店怨公安，出现过激行为，只会把事情越搞越糟糕，甚至罪加一等，一切后果自负。请大家想想，赶快散了，围观者也该干啥干啥去，以免影响正常经营。"

我和久歌、赵干事来到"野味久香"时，围观的人群已经散了，可业香憋着的怨气，全部变成了恨铁不成钢的怒火，正对着天问咆哮。业香见了我们缓和口气说："我对他一百个放心，他却一点不让我省心，惹出这么个大乱子，要不是你们出手，我这张脸丢尽了不说，以后还咋混呀。"

久歌笑着说："塞翁失马，焉知非福。说不定坏事变成好事，这大的事都摆平了，你的脸面还不大呀？再往上面多抹点护肤膏，以后就更香了。那才是真正的久香呢。"

天问像一个做错事的孩子，搓着双手，难为情地说："我真没捣鼓他们赌博，哪晓得这么倒霉……"

业香说："自己不板展，跑城隍庙里拉屎——赖鬼。"

多年后的重逢，本应该是热热闹闹、欢声笑语的喜庆场面，却是这样尴尬难堪。我紧紧拉了拉天问的肩膀，热情而轻松地说："快去显显手艺，弄几个好菜，中午有重要的客人来。娃娃鱼可不能少啊，抓紧点，我还要赶飞机，难得一见，可莫让我遗憾。"

虽然只是见过包局长一面，因为都是军人性格，再见便格外亲切。包局长捏着我的双手，狠狠摇了几下，说："为了你赶飞机，我都推了，来得不晚吧。"

包局长坐定后，业香派人把天问从厨房叫来，当面致谢，天问又是鞠躬，又是拱手，只差跪下了。包局长摆摆手说："多大点事呀，搞得像供菩萨似的。要没这档子事，我能尝到口福？快点去把菜弄上来吧。"

天问走后，业香焦急地想搞清楚事情的原委，一遍遍地说难为局长了，难为局长了。我们也都好奇，催促他快说说内幕。

包局长想了想，说："这事还真是不小，放严打时，少说也得坐三年五年，法人也脱不了干系。因为你们违背了治安管理条例，虽然不是有目的的组织集中赌博，但客观上提供了供人聚众赌博的场所，特别是炸金花，赌资较大，而且天问还收取了抽头费，数额不小，这样就具有经营营利性质。不说公安部门，类似情况我们工商部门也是要处罚的，属违规经营。"

我们都倒吸了一口冷气，抽了赌徒的头水，就如同赌场的东家收了庄钱。业香听说有抽钱的事，火冒三丈地把天问又叫来了。

天问委屈地说："钱不是收的，是客人自己给的，也不是给的，是他们甩那儿的。"天问便把经过仔细地说了一遍，炸金花的人多，每夜都炸到三四点，有时甚至到天亮，看天问夜夜守着，热情服务，都说不好意思，不能让酒店吃亏，提出给点茶水费、服务费，反正羊毛出在羊身上，谁赢大了谁出，自觉自愿。开始天问死活不收，都退还给了客人。后来客人们不再商量，谁赢了谁就往装酒的纸箱子里甩，三十、五十、百十元不等，头几天，每夜在箱子里留下的钱都在五六百元上下，再往后，来了几个炸大花的主，甩的钱数也大了，每晚便在三千元以上。天问分毛没要，把这些钱都上了账，二楼的收益就这样比一楼更好。

包局长所说的伸缩性和操作空间就在这里，天问没想收，也没有收，可事实上又得了利。关键是当事人都承认，是自己硬放箱子里的，与天问没关系。除此之外，坏就坏在还牵扯到男女家庭和谐上，打麻将牌的人中有一对相好，打晚了时不时就在酒店留宿，一来二去被老婆知道了端倪，就打110报警，举报"野味久香"二楼有色情服务，想逼丈夫回家，没想到公安部门将其一锅端，把丈夫抓进去了。为了救丈夫回家，自己跑到公安局证实举报有误，这样一来，就变相洗清了天问组织色情服务的嫌疑。

业香听了，对包局长的感激之情溢于言表，对赵干事、久歌和我也是谢了又谢。上了酒桌，业香二话没说，自己端起酒杯喝了三杯，说是先干为敬，表示诚意，让客人自便，我们当然不会随便，也都干了。喝了两巡之后，业香喊晓珊给包局长献歌。

晓珊端着酒杯来到包局长身边，唱道："局长局长包青天，私心杂念不沾边，为民解难巧断案，微服私访野味鲜。"唱毕，端着酒杯往包局长嘴边送，口里说："晓珊敬局长一杯。"

包局长愣了一下，伸手拦住晓珊，问："你叫啥？"

"晓珊呀！"晓珊解释说，"我这个名字还有些来历，说了不怕你笑话。"我妈生我时饿得一丁点力气没有，生我哥姐时就跟母鸡生蛋似的，往窝里一蹲就出来了，可生我在床上躺了一天，硬是生不出来，就让我爹去叫隔壁张婆来帮忙。爹刚出门不一会儿，突然闯进一个贼娃子，就是小偷横在眼前，我妈受到惊吓，扑哧放了一个闷屁，就把我放出来了。我妈扯断脐带收拾完我，看见贼娃子还在翻箱倒柜，就说："你真不会偷，我饿得娃都生不出来，穷成这样有啥给你偷，要不死心就把这娃偷走，反正也养不活……"这时，我爹带着张婆婆回来了，听见屋里有动静，就问："老婆子，你跟谁在说话。"我妈回答："小三。"我上头有三个哥哥，两个姐姐，娴子排老三。

包局长以为是哄他喝酒，怀疑地问："真的假的，有这故事？"

晓珊急了："不信你问我姑。到了招待所，我姑说女孩子叫小三不好，就把大小的小改成拂晓的晓，阿拉伯三，改成珊瑚的珊，说是拂晓的珊瑚更迷人。我要骗人，就随你姓。"

久歌起哄："改他姓，改他姓好，包晓珊，包……"

说了一半，久歌突然想起自己也姓包，就打住话，不说了，望着包局长。

包局长哈哈大笑："有意思，是野味鲜的味道。野、鲜。"接过晓珊的酒杯一饮而尽，接着，又把自己面前和业香桌上的酒都端起来喝了。

这下把晓珊给惊到了，"啊"一声张大了嘴："你不是南下干部哇？爽。"

包局长问："谁南下干部？"

晓珊说："在招待所我们是凭酒提钱的，客人酒喝得多，我们得的钱就多，经常说得口干舌燥，蔫巴巴的了，可有的客人就是不喝。哪晓得你这爽，根本不用劝。"

包局长说："为难一个小女子，还算大男人嘛。就这，都让你受惊了？换大杯满上，我让你再受一次惊。"

业香拦着包局长，说："你先吃点菜，歇歇劲，让晓珊给你献首歌，喜欢听啥？你说。"

赵干事赶忙说："老包喜欢《抱一抱》，这是春节联欢晚会上走红的歌，现在正时兴。"

包局长望着晓珊，怜香惜玉地说："你也喝了不少酒，不抱了吧？算了。"

赵干事不依："那可不行，人家都随你了，包晓珊呀。抱一抱，包晓珊，包晓珊，抱一抱。"赵干事热烈的掌声感染了桌上的人。

我也跟着起哄，以商量的口气说："那就抱一抱吧，盛情难却呀。"

晓珊说："喝这点酒，没事，越喝我嗓子越舒服，音道越畅通。"

包局长说："不抱了，来《一把火》吧，你就像那冬天里的一把火。"

晓珊唱罢《一把火》，包局长一手端着大杯，一手把一大杯白酒亲自递到晓珊手中，说："来，颁奖，颁奖，大家给点掌声，干。"砰一声碰过，把一大杯酒一口喝了。

这时，天问端着菜上来，介绍说，哇鱼烧石蛙。我趁机向包局长推介："这是我老家深山老沟里的动物，虽是人工繁殖，但值得品尝。"

久歌说："那可是海底里烧起来的一把火，不仅是冬天，而且是极寒冷极寒冷的冬天。正是那把火，把遥远的爱送到了我们身边。来，为了遥远的爱，为了我们特殊意义的相逢，也为'野味久香'因祸得福，干杯。"

应了久歌的吉言，自从天问被抓事件之后，业香加强了对酒店的管理，生意不仅没受到影响，反而比之前人气更旺。过去光顾酒店的客人，多是街坊居民、小商小贩和娱乐消遣的人群，之后，进出"野味久香"的客人身份一下子变了，不是报社、电视台的，就是大型企业、大专院校的人，不是包桌，就是包席，而且专挑乡土野味，越贵的特色菜越受欢迎。

离开"野味久香"后，由于工作任务重，加上忙着赶写书稿，出版社催稿的压力大，便很少再和业香联系，只听久歌时不时地传递些许酒店的喜人信息，开发了什么新菜，那些菜还带动了家乡的产业发展，后来又开了连锁店，等等。直到两年后，我调回湖北，才与"野味久香"又有了新的联系，方知家乡的这棵野树苗，已在大武汉深深扎根，并且生长得枝繁叶茂，业香这只野小鸡，也已经变成了黑天鹅，翱翔在两江四岸。

久歌照例为我接风洗尘。我没要车也没让人陪同，一个人步行走出省军区后门，来到八一路，站在美丽的小洪山下，望着八一路上人流与车流和水果湖神秘庄严的省直机关大院，心里想，业香能把带着泥土味的乡下店，开到这么重要的地方，足以证明她的魅力、实力和能力。同时也想到了业香带着天问去找红嘴，以及解救天问请包局长吃饭的场景，一阵莫名的酸楚，涌上了喉咙，不知她吃过怎样的苦，受过多大的压力和磨难，才走到今天哦。

恍惚中，久歌喊着我的名字，穿过车水马龙的八一路，向我跑来，然后带着我走进了一栋喧闹而安宁、幽静中沸腾的院子，院子门口上方"房陵酒家"四个醒目的大字，远远地映入我的眼帘，久歌夸张地喊道："业董，董事长，贵客驾到——快快欢迎。"

业香姐笑盈盈地从"房陵酒家"向我走来，亲热地说："我要去接你，人家久歌怕抢功，偷偷去了。"

天问匆匆从业香背后赶来，久歌见我一边和业香搭话一边往天问背后张望，便说："望啥，这就是董事长，业董，别有眼不识泰山。"说着，一把拉过天问，推到我面前，说："总经理，天总。什么叫时隔三日，当刮目相看，你我都望尘莫及哟。"

业香说："你们当官的，嘲笑我们小老百姓，有意思嘛。"

天问说："经个屁理，就怕你们经常不来理我。"

"我这不是一回来就来拜见了吗，说得好像不亲不疏跟外人似的。"我从一楼上到二楼，从大厅打量到包房，明显感到这里的氛围和档次，与'野味久香'大大不同。不解地问："这'房陵酒家'是……"

久歌抢着说："这是升级版的'野味久香'，武汉三镇连锁，今后你出门不用带钱，报业董和天总的名号，岔的。"

业香咯咯笑："都说'野味久香'好，可总归俗气了些。'房陵酒家'虽说听起来也有点小鼻子小眼，但是骨子里却透着一股大气，所以就把母店保留，叫'野味久香'，子店统称'房陵酒家'。"

我觉得业香考虑得有道理，房县过去一直是帝王将相，皇亲国戚罢黜之地，从秦朝到明朝的1900年里先后有14位帝王和亲信，被贬和流放此地生活，在横跨3500年的历史空间里，流放到此的帝王、宗室、大臣和高知超50000余人，所以才赋予"房陵"之称，酒家呢，确实透着一股烟火气，而且不是一般生存意义上的烟火气，而是都市繁华欣欣向荣的那种气息，给人一种亲切的温馨和知心的归属感。

不知不觉中，我们都喝得有些微醉了，天问还在调动人马，一拨拨地前来劝菜敬酒。业香吩咐人打开电视卡拉 OK，说："边唱边喝，吼吼嗓子醒酒。"

唱歌助兴，伴舞欢歌，是酒桌高潮的雅兴，我默认了业香的提议。望着第一个开唱的久歌，音响里放着《都是我的错》的旋律，久歌深情的投入，让人觉得他真是有错似的，我不知不觉地想到了唱歌敬酒的晓珊，似乎一晚上都未露面，酒桌上也没人提起过，难道晓珊不唱歌了。我有意无意地冒了一句："晓珊姑娘即兴而歌，信手拈来，还是有些情趣的。"

业香望着我又像是望着唱歌的人，轻轻地叹了一口气："唉——她躲清闲，享福去了。"

我有些惋惜地说："那是棵好苗子，你要用《诗经》民歌和房县乡土情歌好好调教调教，说不定能成气候，放走可惜了，是酒店的损失。"

业香意味深长地说："'野味久香''房陵酒家'母子店走红，她是大功臣，可不放不行哪。要说，她也没离开，还是这个店的总管。她的事，一时半会儿说不清楚。明叫她来，陪着喝酒唱歌，慢慢说。"业香轻轻与我碰了下杯，慢慢地递到嘴边，喝得心事重重的样子。

自从我出面做东，把包局长引荐到"野味久香"之后，这位大神便成了酒店的常客，不时带着局里的同事来视察，更多的时候是一个人来品菜尝鲜。人多的时候，晓珊不仅唱歌，还给客人敬酒，也给局长代酒，热情地跟客人碰杯，酒喝得越多，歌唱得越欢，一首歌一杯酒，唱歌连敬酒，客人就得喝双倍，有时客人实在抵挡不住了，想告饶，晓珊不依，说自己喝了酒，音道顺畅，声音放得开，非要用歌再敬一圈，用酒也敬一圈，祝大家双杯圆满。醉歌凯还。人少的时候，包局长只让晓珊陪着坐在身边，不许喝酒，要喝只喝交杯酒。喝完交杯酒，兴趣来了，便要跳摇摆舞，趁跳舞摇摆的机会，捏摸，拍打。这时，晓珊便一脸娇嗔地笑怒："君子动口不动手……"

业香发现晓珊对包局长黏得有些紧，包局长对晓珊也有些过分亲密。不仅私下放肆，当客人的面，有时动作也有些过分，便劝道："眼多嘴杂，你和包局长不要太亲近，免得闲话难听，影响不好。"

晓珊点点头回答："知道，看他总带客人来，对酒店生意好，我才多给他些脸面。"

业香说："我晓得你是为酒店好，包局长人也不错，你掌握点分寸就够了。"

没承想，一封举报信加一道市长热线的缘故，把晓珊和包局长最终搅和到一起去了。

检举信是写给工商局的，举报"野味久香"两个问题：第一，违规经营，超出经营许可范围，贩卖酒水和豆制品。第二，违规广告宣传，涉嫌欺诈和不公平竞争，并有色情嫌疑。检举信反映到包局长那里，在一次饭桌上，包局长轻描淡写地问了问，觉得举报信言过其实，怀疑是竞争对手所为，也没太在意，便让手下写了情况说明存档。谁知举报人迟迟没有见到"野味久香"被整顿和处罚，便一个电话打到市长热线，又把工商局不作为给举报了。

工商局接到市长热线督办件，立即组织联合调查组，深入酒店调查核实。调查结果显示："野味久香"经营合规合法，周围群众和食客口碑良好，特别是自制黄米酒，味好价廉，客人们喝高兴了，就买几碗或连壶带回家，留作家用或赠送亲友。还有就是豆制品问题，酒店为了让顾客了解加工过程，确保卫生质量，吃得新鲜放心，便在大厅支起石磨，手工磨制豆汁豆浆，并且现场加工豆油皮和豆油筋，尤其受人推崇和喜爱。除了现点现吃外，要么多炒一两份熟食，要么买上几斤新鲜豆油皮和豆油筋带回备用。工商局走访住户，一致称赞，是大家信得过的一道美食。

第一个问题排除了，还有第二个，虚假广告宣传问题。经过了解，那首童谣，系一位盲人顾客出门时忘记带钱，吃完饭后，要求以琴作抵押，与酒店服务员发生了口角，惊动业香经理出面，免费送餐，并拒绝食客抵押物品，盲客再三要求抵琴未果，便将吃过的饭菜编成食谱顺口溜，当场弹唱致谢，传为一段佳话，后被街上儿童当作童谣歌唱，广为传诵。关于色情词句问题，一句为虫子鸡，既是土鸡放养，以虫为食，故为虫子鸡。二句奶肚皮，其实指的是用豆奶上面凝固的一层浆，揭起来为豆油皮。三句花菇子耳朵和尚馍，花菇子指房县小花菇，全国各大酒店都采购；耳朵指房县特产黑木耳，曾获国际巴拿马金奖；和尚馍，指一种手工大馍馍，乡间称为和尚馍，同名也叫火烧馍，土鸡汤泡火烧馍胜过羊肉泡馍，是"野味久香"来客必点的一道食品。

工商局把调查报告和老百姓的证明材料上报有关部门，引起了主管领导重视，在报告上批示："童谣传唱是群众口碑的活广告，食客喜爱吃愿意带，说明物优质好顾客需要。"

领导的批示惊动了敏锐的新闻记者们，《都市晚报》及时推出了系列报道——《"野味久香"的乡土特色与挥之不去的都市情结》。连续三天以新闻通讯、图片集锦、街谈巷议进行了全方位追踪报道。电视台推出百姓连线："童谣传过两江桥——昨夜今辰情味了"，用一首童谣，系统解读土乡菜的吸引力和生命力，并预言这将是丰富都市经济的发展之路，必将遍布三镇四岸。

报纸电视不仅为"野味久香"正了名，而且无偿地做了一个大大的广告。酒店的生意更加火爆，并持续强劲，店外的玫瑰街上餐餐排队，等着约号、翻台。

包局长一下子由贵客变成了首席贵宾，酒店上下人见人敬，但凡包大人到，必隆重迎进送出。晓珊对包局长更是刮目相看，称呼也由包局变成了包哥，交杯酒摇摆舞也是任由包哥尽情地发挥，常常是独人独桌享用。每当这个时候，业香便知趣地避开，少不了一句包局长喝好玩好，晓珊多给你包哥唱歌，少灌酒哦，酒喝多了烧人，受不了的。

不知不觉地过了几个月，晓珊跟包局长的关系有了突飞猛进的变化，花费在打扮上的经费和精力也多了，几乎很少再为其他顾客服务，更不要说敬酒献歌了。

包局长对业香说："写举报信的也是家经营户，都私下摆平了，放心。'野味久香'的生意只会稳步上升，你就笑着点钱吧。"

业香感动地说："你真是我们的大救星，该咋感谢你这恩人呢？"

包局长摆摆手说："见外了，见外了。把谢我的钱拿出来，再投资一家酒店，打过长江去，我都替你琢磨好了，到省府水果湖去发展，那里的发展空间比这里大，利润也大，做大做强了，就是对我最好的回报。"

业香望着包局长："你看我行吗，莫搞碰了，鸡飞蛋打。"

包局长拍拍胸："有老包哇！砸不了。你在这里稳住阵脚，把天问和晓珊派过江，先开一家连锁店，形势好了，再往汉口扩展。"

业香明白了包局长的意思，想了想，问："那他们两个谁管事合适？要不都当副经理，一个负责管理经营，一个负责后勤保障。你隔三岔五去视察一番，帮着掌掌舵吧。"

凭借包局长的能量，水果湖店从选址、装修到营业，不到半年工夫就大功告成了，开张这天，来了不少有头有脸的人物捧场，道贺的花篮，从街巷一直摆到院子里面。

业香董事长找天问和晓珊商量，把八一路分店全权委托二人负责，天问推辞说："水果湖大人物多，我笨嘴笨舌应付不了，后厨的保障也很关键，怕抽不出身来管理。"晓珊便自然而然地成了新店总管。

晓珊聪明灵巧，事事精心打理，再加上包局长倾力支持，"房陵酒家"不仅很快收回了投资，而且盈利可观。全店员工月月都能拿到奖励红包，对晓珊百依百顺，把包局长也当作了老板娘的老板，百般呵护。

开始，晓珊忙完了店里的生意，便坐着包局长的车出去应酬，很晚才回来，慢慢地晚上出去，就很少回来了，直到第二天上午才露面。再后来，包局长晚上来了就不走了。

业香听说后，感觉事情棘手，又怕弄出乱子不好收场，就把好姐妹八敢找来劝说。

八敢那天来到"野味久香"，把晓珊叫过去了，对侄姑娘直截了当地说："听说你跟包局长走得很近，是不是钻一个被窝了？"

晓珊说："是他钻我被窝里的，他离不开我，我们也需要他。"

八敢眼睛一瞪："你多大？他多大了。说，是不是贪图虚荣。"

晓珊咬着牙，狠下心说："姑父多大？老都老了。兴你嫁大官，车接车送，保姆伺候，为啥我就不能找个小局长，享享福。明天我就问他，有没有，没车接送没保姆伺候，就拜拜。"

八敢说："人家有家有口，有孩子，你这算啥？"

晓珊说："他说了可以离婚，可以有我们自己的孩子，他就想要个男孩……"

八敢说："你呀，鬼迷心窍，我咋向你爹妈交代呀！"

晓珊说："姑姑你就莫哗拜了，我们包哥说了，买栋别墅，把我爹妈接来，一块享受天伦之乐。"

业香笑着圆场说："晓珊这是斑鸠不下树——数（嗦）里有了哦。"

八敢无奈地摇摇头说："先生领进门，修行在个人。我也管不了你了，自己去跟你爹妈说去。"

晓珊高兴地搂着八姨的脖子说："我明儿带他去看望姑姑、姑父。"

姑姑都管不了，业香董事长自然撒手不管。后来，包局长到"房陵酒家"再也不遮遮掩掩，干脆大张旗鼓地明铺夜盖。

一次，天问偷听到包局长想要男孩的秘密，便殷勤地泡狗鞭酒、鹿茸酒，只要包局长来吃饭，餐餐必上一盘阳荷炒猪卵，想着法给他补肾壮阳。不出三月，晓珊果然中了，半年以后，晓珊住进了东湖别墅，生意上的事，全部委托给天问打理。

后来，晓珊果真生了一个大胖小子，一心一意在家当起了全职太太，虽然还挂着"房陵酒家"的总经理牌子，却再也无心过问酒店的生意。

第十章　榆榔家雀

二十八

　　榆榔树在不知不觉中悄悄地长粗长高，粗得两个人四只胳膊都合抱不住了，树干长到三人高的地方，分开了杈，像一个反写的人字，杈开生长的两根枝干，却像两个相依为命又不得不离开的夫妻，一根高一根略矮，一根粗一根稍细，两根树枝丫都有一抱多粗。榆榔树与大花梨树相隔七八百米距离，生长在那座孤坟头上的榆榔树，应该是地下坟屋主人的家树，先有坟后才有树，树是坟屋的新屋，坟是榆榔树的老家。与土地庙相厮相守的花梨树是棵神树，上千年的历史，不知是先有庙，还是先栽的树，总之建庙植树的人早已作古。

这天，从花梨树方向飞来一只不知名的黑鸟，围着榆椰树上下盘旋，惊起一串串小家雀的慌叫。榆椰树的树枝叉叉上遍布家雀窝，有大有小，上上下下地挂着，最醒眼的是架在夫妻枝中间的天桥窝，从下往上看，就像能工巧匠精心搭建的房梁，层层叠叠地一直攀上枝梢，足有十几层楼，使人猜想不到这是几多代家雀，多少祖祖孙孙一嘴一嘴衔来，一爪子一爪子架上去的，更难以想象在这些层楼里，孕育和繁殖的生命故事。

小家雀的呼救声，召回了一对对出巡的父母们，神秘的黑鸟只身周旋于众多老家雀之间，来来回回地翻飞鸣叫了一阵，独自朝花梨树方向飞去。大小家雀朝着飞去的黑鸟喳喳喳好一会儿狂叫，似乎沉浸在庆祝胜利的喜悦中。

打这一刻起，一批批出巡的家雀飞回榆椰树便不再离开，一连三天，落在树上的家雀越来越多，叽喳叽喳叫个不止。头两天听着，都觉得家雀在唱歌，心想，啥大喜事乐得这样，没白没夜地喳喳，后来听得多了，就觉得像猫头鹰和乌鸦叫，吵得有些心烦。

瞎子雷黑磨来到榆椰树下，绕孤坟转了一圈，念叨说："不是家雀叫得蹊跷，是有蹊跷事发生……"

几天后，四五个陌生人扛着一把大锯来到村里。雷村人没见过那么大的锯子，丈把多长，一米来宽，锯齿比钉耙齿还长，来人说这叫板锯，专门锯大树破大板子用的，不用这种锯锯，靠斧子放倒榆榔树太艰难了。接下来，锯子的威力让村里人确实开了眼界，仅仅两三袋烟的工夫，只听"轰"一声巨响，高大的榆榔树就躺在地上了。家雀窝和家雀蛋散落一地，一群一群家雀疯狂地飞上跳下，平日里欢乐的歌唱变成了绝望的哀鸣，叫得人心里酸酸地难过。

堂爷带着根叔与前来锯树的大高个子在理论，久香点燃香和火纸，在坟头磕头作揖，嘴里念念有词地诉说着。被称为张总的大高个从包里拿出一本书来，说："这是我们张家的族谱，里面记着大清年间，我们太太爷做鸦片生意客死这里，坟头栽下一棵榆榔树，找了这么多年，原来就是这棵树，有谱为证，你们看看再说。"

根叔接过族谱，径直走到母亲身边，一页页撕开，与火纸一起烧了，说："去他的吧，什么族谱，弄几张纸，就想来糊弄老子山里人。"

张总又从包里拿出一本家谱，无所谓地说："烧吧，这本也拿去烧了，包里多得是，不光印在纸上，都刻在心里脑壳里。"

堂爷想了想，问："你那书国家承认吗？是政府印的？"

张总回答："是政府印刷厂给印的，政府印的政府当然得认账，我们张家都认。"

堂爷笑笑，客气地说："政府认不认你，我不管，就是认，也是现在认的吧？早在新中国成立之初，政府就把这树认给我了，那时候只怕你还没出生，土改工作队长亲自划分的，不信把我们队长叫来，一问就清楚了。"

榆桹树被外人不吭不声地放倒了，村里男女老少都感到憋气。太可惜了，那满树的家雀是乡亲们心中的神灵，也是幸福的念想，早上打开屋门，望见家雀子对脸笑，一天都是期盼的笑脸。出工收工，被家雀子又跳又叫地迎来送往，喜不自禁地乐呵，再苦再累的活都不觉累。学娃子上学路上遇见家雀追，兴奋地喊："喜鹊叫，亲戚到，韭菜蛋汤馍馍泡……"

　　可现在家雀窝没了，家雀蛋碎了，家雀的家也散了。造孽哟，连牲畜都不如，做出这伤天害理的缺德事，家雀子也太善良，咋不一起飞上去，啄瞎他们的眼睛呢。

　　看到锯树的外人蛮横无理，还想跟堂爷一家打架，乡亲们不再观望，全都摩拳擦掌地围了上来。不知是谁吼了一嗓子："到这来撒野，谁敢动一指头，叫他走不出雷村。"众人跟着吼道："叫他们把树长起来，长不起来，哼，赔钱都莫想走人。"

　　"不许斗狠，有话好好说。"队长杨疯子赶了过来，先问明白了来人砍树的情况，然后把土改时分房分地的来龙去脉向张总一一作了详细说明，证明从屋场到菜地，包括菜地里的坟和树都归堂爷，不仅政府白纸黑字记着，村里群众上点年纪的都是证人，然后说："你说这坟这树是你们祖上的，有谁为证？仅凭一纸家谱说明不了什么，再说家谱里面是真是假，谁又说得清楚？让一步讲，就算这坟真是你家祖坟，那为什么几十年，从来没见你们来过一个人祭祖，哪怕上一炷香，烧一张纸，倒是久香年年清明给这下面的人烧纸，你看那香纸还烧着呢，不会是你们烧的吧？你们到自己祖先头上动土锯树，就不怕先人怪罪，没想到烧张纸，磕个头，许个愿，祈求祖上饶恕，保佑后代安顺？"

张总被杨疯子说得哑口无言，支支吾吾地道不出所以然来。许大棒槌看看张总，指着拐枣李说："你看他，一个残疾，养的牛死了，还是集体的牛，非要打代思安葬，把牛骨头还埋了，生怕被狼呀野狗刨了，时不时往骨头堆上堆土。你们的祖先连头牛都不如吗？扯淡，我看你们地下的祖先哪，也是土地爷打摆子——吾身（神）顾不得吾身，有你们这样的子孙。"

艾枣花说："对呀，我们拐子对牛，比你们对祖先都好。那大的树，树根把坟都严严实实地照着，你们把树锯了，树根一烂，坟就塌了，不怕你们先人在地下遭难，坐水 hei'an 牢哇！"

俊巧儿望着哀叫的喜鹊，插话说："看看它们多可怜。这坟是你们祖先，那一树的喜鹊就是你们先人家的家雀，神树保佑神鸟，这可好，树没了，你们把它们子孙的家屋都拆了。地底下的人，还不晓得多心疼。"

几个锯树的听得不耐烦了："什么家雀、神树，啥年代了，还牛鬼蛇神，封建迷信横行，小心告你们搞封建主义，破坏精神文明。"

杨疯子受到启发，想了一下，笑着说："这位小同志，你提醒得好，告公安。看到路边那棵古树了吗？少了一根枝丫，就是这位根叔砍的，被人告了，坐了七八年牢，才回来。他还是为乡亲救灾砍的，我还没问，你们来砍这棵古树，为啥？"

根叔转身就跑，喊道："队长，我去报告李公安。"

堂爷喊："回来，慌张啥？弄清楚了再说。"然后，看了一眼张总，又说："我看你也像个有头有脸的人物，要不想把事情闹大，我们就坐下来说说。"

在杨疯子的撮合下，由张总做东，在俊巧儿家摆了一桌，双方边吃边谈。

原来，张总是做木材生意的，见现在人们手里都有钱了，到处都厚葬亲人，便在城边开了一个棺材铺。因为经营灵活，可定制可赊账，可来料加工，各种木材、各种样式的棺材也都任由客户挑选，还可打折，这样既满足了应急所需，又减轻了心理负担，赢得了一个慈善厚道的好口碑，丧家过世专挑他家棺材。偏偏他自家祖父不买账，对铺子里所有寿材一概看不上眼，近年，祖父张老爷子突然得了重症，一卧不起，起因是梦见了一条龙宫的鱼，一跳变成了一棵百鸟朝凤的神树，神仙托梦告知，那是祖先送给他的房屋。

为此，请高僧寒山道士专门做了一场法事。寒山道士做完法事临走时，神秘地留下一句话："孤坟一座，榆榔一棵，百鸟盘巢，整木棺冢。时日不多，张老先生等着这副棺材，抓紧去寻找吧……"

张家子孙追出老远，寻问何处能找到这种棺木。道士止住脚，捋了捋胡须："西山日落处，北方有佳木。"然后念着无量天增去了。

道士走后，张总就放下生意，带着几个工人往西北方向一路打探，寻找着长在坟头上的榆榔树。

杨疯子听了，摇摇头说："你一个经商的老板，哪儿买不到一棵榆榔树，未必你爷睡在床上还能掐会算，晓得是哪儿来的不成。"

张总一脸真诚地说："那可不假，我们做生意的讲究诚信，对一个行将作古的老人，更不能欺骗良心。"张总敬堂爷一杯，用商量的口气说："我们也是心急，没打招呼就把树锯了，现在说啥，那都是正月十五贴门神——晚了半个月。"

杨疯子说："晓得错了、晚了，那就对了，说明你还有救。"

张总望着堂爷说："可我还是要在这里给您赔礼谢罪，望您老网开一面，把树卖给我，随便您开价，我都要了。"

堂爷说："我看你也是亮堂人，话说开就行了，没啥罪不罪的。看你是个孝子，树杈以下我们做两副棺材也够了。树杈上面的两枝，做一副棺材应该绰绰有余，你弄回去，不说钱的话。"

张总说："老爷子要的是整木，树杈的粗度只怕不够。您行行好，把下面匀一副出来，我给您高价。"

堂爷一听高价不高兴了："不是钱的事。我把老两口的棺材板卖了，传出去不笑掉大牙。那不光是丢人，更是骂祖宗的事。"

张总看堂爷话说到这份上，便不再坚持。心里想，虽不是整木，可毕竟是坟头上长出来的榆榔，两根原木合二为一，也算了却了老人一半的心愿，好歹圆了梦吧。在几个工人的劝说下，把两棵树杈锯成几截，收拾收拾，雇人抬走了。

在这中间又发生了一件事。堂爷的养子李毛头听说榆榔树的事，连夜从百裕沟水库赶了回来，走到村口，刚好碰到张总的人，没说几句话就打了起来，左手腕子也在厮打中甩脱了节。他顾不得手痛，自己家的树被人锯了才心痛，一分钱没有得到，更使他气得浑身无处不痛。李毛头生气是有道理的，当年分家时，他啥都没分到，只得了一块菜地，还被坟堆和榆榔树占去一大片。那年大灾荒，因为够不到树上的榆钱花，好些人要合伙砍树，都被他死死拦住，才得以长到今天。现在，树说没就没了，还是堂爷和久香无偿送给别人的，他当然不能善罢甘休。张总本来就没想占便宜，是堂爷坚持不要的，突然冒出来一个拦路要钱的，而且要得理所当然，张总就从包里抽出一沓票子，交给毛头，然后心安理得地跟着抬木头的工人，向山外走去。

得了一笔该得的钱，李毛头心里高兴，三步两步跑回自家菜地，看到榆榔树粗壮的下半身还躺在菜地里，急呼呼地喘了好几口气，放心地摸着鼓鼓的衣荷包，满意地笑了。这时，根叔拿着斧头来了，老远就跟他打招呼："毛哥，你咋回来了，工地不忙了？"

"咋回来了？这树都锯了，不得抓紧收拾收拾，你做啥来了？"

"老爷子叫我趁早把树皮打干净，晾晾，等干了做两副土料。"

"这事用不着你忙活，回去跟老爷子和老奶奶说，这树是分家时分给我们的家当，够我们小两口打两副好土料，难为他们操心了。"

因为这棵能做土料的榆椰树，毛头和久香奶奶又闹僵了。

杨疯子请来大队书记，把两家召集起来开会。李毛头说："说上大天，这树也是我的。我菜地的菜是我的，菜地的树能成别人的，咋可能？"

久香说："菜地分给你们不假，可没说把树分给你。"

"你那时没想到树有用，要想到日后能做土料，连菜地都不会分给我们，现在晓得有用了，晚了。先做得几绝呀，连橙子都舍不得多给一把，我们结婚时，你连新床都占……"

"人要凭良心说话，要没有堂爷，你有今天？会有那么一大家子。就为了两副土料，你还要跟老爷子争到底呀。"久香把堂爷抬了出来。

"人争一口气，到法院打官司我都有理。是你把我赶出来的，还逼着我们解除了养父子关系。"毛头理直气壮。

堂爷坐着一句没吭，一直闷着头抽旱烟袋，见二人吵得实在听不下去了，才狠狠地磕了磕烟锅，笑着看了书记队长一眼，说："领导是来解决问题的，不是听你们吵架的。还是听听书记和队长的意见再说吧。"

杨疯子说："我先说两句。分家时，有些事可能是有些过头，可那毕竟过去几十年了，不管咋说，老的还是有抚养之恩的。孙子得病、考学、验兵，哪件事堂爷不是尽心尽力。久香奶奶对你们小两口，是苛刻些，但她对自己的亲儿子媳妇，不也是那样吗，可对孙子，下一辈那可是没话说，啥好吃的舍不得他们吃了？留也留着，村里人都看在眼里。赌气话也别说了，莫说一笔写不出两个李字，就是孤寡老人，看中你门前树了，你会不给，会至于闹上法庭？"

邓田鸡说："我看杨队长说得在理，当然你们也都在理。关键是要解决问题，我说个方案——榆榔树就归堂爷，因为土改时，那地是给了堂爷的，有政策依据，至于你们分家时的纠葛，那是私下的事。榆榔树贵重些，是做棺材的上好材料，凭堂爷的声望，百年后享用得起。杨队长也在这儿，队上再从山上选两棵好松树，给你们小两口以后用，大队上再给你减五个水利工算作补偿，张总留下的钱也归你了，你回去好好想想，想好了给杨队长回话，想不通，我们再说。要问我为什么这样处理，我是这样认为的，堂爷是我们雷村的魂，镇村之宝，不说大队，家家户户谁没得到过他的照顾，为大队做出过贡献的人，我们不仅不能忘，还应该时刻想着感恩。莫说几截榆木疙瘩，就是我这书记要瞧得起，也一样给他……"

第三天，久香奶奶像热锅上的蚂蚁，跑到坟地转了几圈，又在坟头烧了几张纸，急匆匆地跑回家，对堂爷说："他认了，一大早去了工地。赶紧叫根娃子去拾掇，你也去盯住，早点弄回来，抽空做成土料，等他想反悔时也没用了。"

堂爷只好说："好啦，我去催工，又没老，硬把你急的。"他突然想到自己年龄也不小了，是应该早点为自己准备好地下新家，万一有个三长两短，连睡的地方都没有，老婆子还不急死。

来到坟地，根娃子正抱着斧头在剔树枝，树身上留下不少大疤小伤，伤口上冒出一层白嫩白嫩的浆，像月母子的奶汁。堂爷感到一生最大的伤疤，是久香没能奶上自己的孩子。几只家雀落在木头上，用嘴叼着树汁，一只灰家雀还用翅膀擦了擦树上的伤口。

堂爷回到家，端起碗扒了几口，嘴里没有胃口，放下了。额头有汗在流，眼睛发花，便说："我睡一会儿，你吃。"

久香问："累了吧？病了……"

堂爷说："啥时看我病过？妗人哪。"

睁着眼躺在床上，堂爷怎么也睡不下去，满脑子晃荡的尽是家雀子的影子和声音。他想，那么多的家雀子没了家，它们又会到处飞，不知要找多少棵树，衔多少枝，才能安上新家……

堂爷隐隐听到了家雀子的声音，不是叫，而是在喊他，喊救命。他再也躺不住了，翻身下床，找出一只瓦罐和一个布袋子，分别装上水和玉米，匆匆忙忙向坟场赶去。

一连几天，家雀们围着断树残枝叫个不停，直到树枝捆成了捆，树叶子蔫了，树干剥光了皮被抬走了，它们才停止叫声，恋恋不舍地绕着大树躺倒的地方，盘旋了几圈，然后，呼啦啦，一股脑地向大岩屋飞了过去。

堂爷望着远去的家雀，口里念道："去吧，去吧，那里才是你们安心的地方。"

久香说："你是老了，动不动就忧这愁那的，连家雀的心都操上了，是不是又想老地方了。"

堂爷连住好几天，都像在云里雾里，眼冒金花，头昏脚飘。早上起床前，照旧靠在床头抽了一锅烟，感觉精神好些了，就下床洗脸，然后上桌吃饭，刚接过久香的饭碗，只喝了一口稀饭，噗一声吐了一桌子，接着"咚"一声歪倒在了桌子边。久香吓得"妈呀"一声大叫，费尽了力气才将他扶上凳子。

久香从来没见堂爷这样过，平常连感冒发烧都很少发生，眼前的一幕吓得魂都散了，像个白痴一样，双手摇着堂爷的身子喊："老爷子，老爷子。你咋了？莫吓我哦。你天天精崩的……快，给我刚火①起来。"

正应了乡下那句老话："不怕常病歪歪倒，就怕没病趴一跤。"谁也想不到堂爷这么刚强的汉子，一跤摔下去，便爬不起来了，油盐难进，气喘虚弱，请中医看过，说是劳神过度，急火攻心，扎了银针，开了中药。一连灌进三剂中药，仍不见好转，吃不进饭，下不得床，说话呼吸也越来越艰难。

久香和大家都想不出办法，唯一出路是送县医院，可堂爷死活不让，说医院实行火化，怕走了就回不来了。

后来，久香找了个先生，给堂爷排期掐时，又跑了趟观音殿，找道士问了一卦。先生和道士，一个说碰撞了野鬼，邪气缠身，一个说沾染了不祥之物，毒气侵体。都劝早做准备，赶制"睡屋"，看见了自己的"新屋"，他放心了，也许还有一线

---

① 刚火：刚强，有活力。

希望，能转危为安。

堂爷身子虚行动不便，脑子并没糊涂，知道久香出去请人排算，猜想凶多吉少，就说："木料现成的，去找木匠来，把土料赶紧打了，你就不用犯愁了。"

久香抬手揉了揉双眼，点点头说："听你的。"

堂爷说："打整木的，别人老了都睡拼凑的屋子，像家雀子窝，容易散，我们俩都住整屋，不怕折腾。"

久香又点点头，说："嗯，听你的。"

堂爷说："远近的木匠我晓得，没那功夫，也没那种工具。去城里，找张总。"

久香为难地点点头："我都听你的，去找张总，只怕是蚂蚁戴笼头——脸面小了，人家张总未必听你使唤，请不来咋办？"

堂爷自信地"嗯"了一声："会来的。"然后翻个身面朝墙睡了。

过了两天，张总果然领着师傅带着专用工具来了。师傅们一来，便量的量，记的记，比比画画地忙活着动工前的准备。张总走到堂爷床前，探身问："受气了，还是遭急了？那天我看你身板硬朗的比榆榔树还棒，说话中气比牯牛叫的还足，回去还和我家老爷子说你能活过百岁，让他向你学呢。"

堂爷勉强笑笑，说："闯大世面的人物，说话就是中听，要有那阳寿，请你来做啥子。"

张总说："我来给你做加气站哪，不对，老人们叫它加油站，不是有句说法，笑看加油站，长寿赛神仙嘛。我家老爷子看了榆榔树，像吃了还阳药，精神眼见着又抖起来了。说不定不等我把站房建好，你这病就好了，叫口又吹得震天响。"

堂爷勾下手，让张总靠近了，说出两个要求："第一，要整木整棺，下面可以加底座，上面也可加盖顶。第二，明天动基开锛时我要在场，除了你和大师傅，不许旁人靠近。"

张总指挥师傅们早早摆开阵势，架好原木，请出堂爷坐在原木架子边。一声开工动锛后，大师傅岔开两腿，下身半蹲，双手扬起锛举过头顶，神情庄严地对准原木一侧，稳稳地斜劈下来，一块榆木边皮轻飘飘地落了下来，大师傅和张总清楚地瞧见，这块边皮渣的皮朝下，渣口朝上，正要动手，听见堂爷威严地喊："莫动。"接着一个踉跄扑到近前。

张总和大师傅把堂爷拉回来，重新扶到凳子上坐下后，一转身，却发现那块木渣皮明显变了个个儿，渣皮在上渣口朝下。

这时，堂爷朝厨屋里叫喊道："久香，你来看看。动锛了，第一锛。"

乡下规矩多，为老人做棺材时，往往夫妻两个同做，谁先走了谁先睡，而开锛第一块木渣极为神秘，预示着男女先后走的顺序，渣口朝上为阴，渣皮朝上为阳。

久香低头看了一眼第一块朝上的木渣，扭身冲进了厨房。厨房里立马传出了"呜呜呜"的哭泣声。

堂爷病危的消息传到了千里之外的武汉。业香接到通知后，把几个分店的负责人召集起来，指定天问代表自己行使董事长的权利，拜托大家同心协力支持天问工作，并再三叮嘱："支持天问就是支持我，就是支持'野味久香'集团公司。在我们最困难的时候，久香奶奶支持了我们，没有她的支持，我们走不了这么远，也走不到今天……"

天问反复恳求，自己代表董事长回山看望堂爷，员工们也都主张天问回去，有炊事员甚至提出陪天问一道进山，如果需要，就留山里做个帮手。

业董坚持说："堂爷对我有恩情，谁也代替不了。再说了，这一去还不知道啥情况，会待多长时间。真有事，就打电话给你们，再说，我回去也不仅仅是为堂爷，还可以顺便打听打听情况，为我们扩大经营组织货源。"

于是，业香一个人坐上了长途班车。班车跑了一夜，她也想了一夜，无论花多少钱，都要把堂爷从死亡线上扯回来，只要能延长堂爷的寿命，即使酒店不干了，回来守护照顾一辈子，也心甘情愿。业香觉得堂爷就是她心中的那棵大花梨树，是那避难躲雨的窝棚，也是快乐幸福的民歌号子……

业香走进院子，首先看到的是一副加工好的原木土料，还有一副原木，正在加工中。她顿时心里一惊，紧张地冲进屋子。久香望见业香，眼泪止不住地流了下来，说："你可回来了，我还怕他见不到你呢！好好的人哪，说不行就不行了。"

业香说："可莫狗子咬月亮——望天打胡说。堂爷硬朗得像打杵，啥时软过，只怕是累过了头，歇歇就刚火了。"

堂爷在床上听见了，哼着说："业香，不该回来，你忙呀。"

业香走进里屋，说："你病成了这样？我不回来，还算个人哪。"

久香从榆榔树被锯，堂爷病倒，到请人问卦，以及做原木土料，一样一样像说故事一样，向业香说了一遍。

业香听了，望着堂爷和久香，哧哧笑着说："跟着堂爷也学会说书了。严重啥，堂爷是没受过那种气，又一累一急，赶到了一块，就失控了。我看没大碍，好好调理一段时间，就恢复了。好长时间没听见叫口和山歌，都想死我了，快好起来，吹，等着你吹呢。"

堂爷被业香说得来了精神，就要坐起来，说想下床走走，久香的心情也好多了，两个人扶着堂爷来到大门口，堂爷突然说："加气站，加油……加油站，快起来了。"

业香一愣："啊——加……啥？"

久香笑着说："说你是加油站，给他打气来的。病成这样，还吃到碗里想到锅里……"

业香的脸无意识地红了起来。

堂爷望着打好的棺材，真像加了油的机器，胳膊腿一下子活泛起来，嘴里笑得嘿嘿地喷涎水。久香从屋里搬出两把椅子，与堂爷并排坐下来，用手抚摩着堂爷消瘦的脸，呈现出一幅难得的夫妻恩爱图。业香突然想到了相机，应该用相机给他们夫妻拍个照，留下来。

于是，连忙跑进屋拿出包里的相机，说："别动，坐好了，我给你老两口照个相。"

正要按快门时，久香突然一猛子跳起来，跑开了，嘴里咕嘟道："都快死的人了，照它扒屁，我才不照。"

业香从镜头里看到，堂爷脸上闪过一丝不易察觉的哀凉，头也跟着颤抖了两下，抖得脖子脸上的鸡皮皱上下直跳。业香抬腿狠狠跺了一脚，"咚！"嚓——身子都震动了，堂爷一怔，眼珠子变成了两颗黑珍珠，嵌在明亮的眼眶里，瘦瘪了的嘴唇拢作半圆，一瞬间，困惑、惊诧、刚毅和睿智等表情，全从那褶子间溢了出来。

"好，好风采，板展。坐着莫动，我来陪您照一张。"业香调准焦距，揿下自动快门，抽身坐到堂爷旁边，一只手搂着堂爷的肩膀，只听"咔嚓"，白光一闪，业香笑着拍起了巴掌，堂爷也跟着拍了几下。

"堂爷，真好哇。孝顺、亲。是姑娘还是孙女？"张总拍着巴掌。

站在一旁的久香说："是啥？是……"

堂爷没等久香说出口啥来，拦住说："是徒弟，徒弟。你，啥时候又来了？"

张总回答说："刚到，看你们正照相，就没打扰。来，久香奶奶，你也过去坐，我给你们照一张全的，全家福。"

照完相，堂爷说要和张总单独交代几句，就避开久香和业香，起身向棺材架子走去，还挡开了张总搀扶的手，像压根没生过病一样，和张总有说有笑，对着快完工的土料指指点点。两人好像在商量什么秘密，久香和业香都隐约听到堂爷说，在第一副里掏个暗槽。

张总说：“我估摸得没错吧，加油站一起来，你老病就好了，咋样？”

堂爷说：“托你吉言，好了。加油站……好了。”

久香疑心地望着堂爷，拉着业香的手，悄声说：“一袋烟的工夫，说好就好了……咋像没病人一样，该不会是？回光返照吧。”

业香惊奇地瞅了久香一眼，抽出手，指着堂爷后背，大声地说：“病来一仗雨，病去一阵风。堂爷刚强，挺过大难，往后享不尽的福。”

张总听见了，插话说：“从政府把榆榔树分给堂爷，就注定他有后福，百年榆榔树必将赐福百岁老人。相得益彰，共显风光，你们都跟着沾光吧。”

久香说：“他活成精了，我们跟着沾受罪的光，一辈子伺候。”

张总想了想，提醒说：“不过，我建个议，堂爷好利索了，最好搬家，换个地方去住，长久住这里，对长寿不利。”

业香、久香和堂爷同时“哦”了一声，不解地看着张总，问：“搬家！为啥？”

张总解释说：“为这些石头，我看你家砌墙的石头特别，都是绿的，就带了一块回去，请人检验了一下，别人告诉我，这石头里含有极强的放射性矿物质，辐射重，对身体有害。再说，你就是扒了重盖，不用这些石头，说不定地底下还藏着这样的石头，天长日久，会不会影响健康？那也不一定。”

堂爷笑着说：“你说得对，我早想离开这里了。搬，你不是做好准备，已经安排打前站去了嘛。"

张总嘴惊得像个问号："安排打前站？谁？我？"

堂爷神奇地呵呵笑："家雀呀，都去大岩屋了，那不是你赶，呵呵，你派它们去的吗？"

张总恍然大悟，愧疚地嘲笑："那本来就是你老家的家雀，我不过是给你整整劲，帮了点儿小忙，惭愧。"

业香问："堂爷，你真打算回大岩屋？"

堂爷看看大家，笑而不答。

久香有些着急地说："好不容易才下了山，又要回去？人家可都想法子在往山外跑哇！看看那些出去打工的，哪个不在山外买屋盖房，这山里还剩多少户人家？不是老的、小的、残的，就是妇女。要上岩屋你去，反正我不会去……叫业香跟你去。"

业香笑着说："过去穷，解放军把白毛女从山洞里救出来，现在富了，那些城里的金发女郎，都找古老的岩屋山洞，往里钻呢，叫时髦。"

久香赌气说："你从城里回来，要时髦你们去时髦，再去住青窝棚都行，我不管。我一进那岩洞，身上都发毛。"

堂爷说："住岩屋窝棚咋了，榆榔再金贵，比得上吗？伸了腿闭了眼，管得了土埋水淹？笑话。"说着，对张总扬了扬手，回屋睡了。

张总和木匠师傅做完活，走了，把一个重大的棘手问题，留给了久香和业香她们。

家是非搬不可了，堂爷突然病倒已经提出了警告，张总把严重性也说得清楚明了。回去住岩屋，久香心里不甘，可堂爷认定的事，又不可能改变主意。

业香左思右想，希望找出一个让两人都能接受的办法，抓破了头皮，总算找到一个两全其美的方案。兴冲冲对堂爷和久香说："老岩屋也确实太老了，破败得不成样子。干脆，我来投资，修一条路上去，把岩屋认真改造改造，好好装修出来，装得不比这屋子差，保证比所有人家都好，像城里的风格一样……"

堂爷一听要花费大钱，说啥都不同意，只同意简单收拾收拾，能凑合住就行。久香更是一百个反对："装个皇宫出来，也是孤山野洼。那山上有白狼不说，还有野人，真遇上了，两个老人有啥办法，叫天天不应，叫地地不灵。找鬼去呀……"

业香真没办法了。堂爷的病一天天渐渐好转，酒店一催再催，好些事等着业香回去。时间不等人，久香也想趁业香在定下个主意，省得日夜里胡思乱想。

一日，久香把业香叫到菜地里，背着堂爷，用商量的口气说："小妹子，姐想求你帮个忙。"

业香想都没想，说："帮啥忙，来直的。啥求不求。快说。"

久香说："还记得吧，好些年前，我也是求你把姐带到堂爷婚礼上的。今天，姐求你再给堂爷说说，我要跟他离婚。"

业香惊得嘴巴大开："啥！离婚？和堂爷离婚。我昨就说你是狗子咬月亮——望天打胡说，还越说越没谱了，你们都多大年纪了，为啥离？咋离？你不怕笑话，堂爷是多要脸面的人，你嫌他没病死，要催他的命哪，真是狗子咬月亮……"业香噼里啪啦一顿咆哮，不知所措地盯着久香。

久香说："我晓得猛一下说出来，你肯定接受不了，连我自己也难得承受。可我也不是脑子突然发热，这个事吧，我老早就琢磨过，就是没下决心，这不，有你在，我就有决心了。"

业香："总得有个理由吧。少年夫妻老来伴，老了老了连伴都不要了？说说，咋想的。"

久香："从你一进屋，我就下狠心了。躲着不跟他照相，犟着不去大岩屋，都是有意气他的，为的是一个人。"

业香："我说嘛，无缘无故会提出离婚。我服了，你可真够勇敢，时髦话是思想解放，不，是开放。年轻时一个人从南山跑到北山，把自个儿嫁了，半老徐娘了，又为了一个人，要离婚再嫁？那个人是谁，我认识吗？这山旮旯里，也玩起了第三者插足。"

久香深情地望着业香，望了好一会儿，低下头，小声说："你认得，熟得很。"说了一半，又停住了。

业香眼睛一翻，催促道："说呀，不清不楚咋帮你，再不快说，我可走了。"

久香哽咽着喉咙说："我也是为了堂爷好，也为了别人好。你还记得李特判啥，我撮合过你们。救根娃子出来，他帮了大忙，因为那个事他受到牵连，提前解职，在家休息，一个人也怪可怜的。"

业香："你同情可怜他，你走了，堂爷不可怜呀？"

久香："他人不差，我那会儿瞎撮合你俩，你看不上。我晓得，你心里有堂爷，堂爷人更不差，你稀罕他嘹亮，板展。"

业香张了张嘴，想说什么，可又不知怎么说好，伸手搂了搂久香的膀子。

久香又说："不说话，我就当你认可了。只是，我答应过你爹，说和堂爷一起给你操持婚礼的，要落空了。堂爷那时会恨死我的，还咋见面哪。"

业香扑进久香怀里，双手紧紧抱住久香的腰，久香双手也紧紧箍住业香的后背，两双眼睛都无声地流出了泪水，泪水连着鼻涕，你滴在我的胸前，我落在你的背后。这一刻，两个女人的心里都在翻江倒海。

不知过了多久，两个人的情绪才慢慢平静下来，远远地听见堂爷在呼喊："久香，业香。业香——久香——都哪儿去了。"

接着，就听见嘹亮的叫口声响了起来，这是堂爷病倒后的第一声呐喊。两个女人咯咯咯地笑："不理他，紧着他多喊叫几声，提提阳气。"

回家的路上，久香拉住业香的手指头，说："拉钩，不许反悔。我只有一个要求，请堂奶奶一定成全。"

业香不好意思地笑道："成全，久香奶奶才是成全，难为你成全。"

久香喘着粗气，声音颤颤地说："望你成全，我要带一副榆槲棺材走……"

业香脸上的笑一下子僵住了，沉默了一会儿，眼泪便扑簌簌地直往下掉。

回到家里，两个人心里明镜似的，只有堂爷一个人蒙在鼓里。久香装着很生气的样子，故意不和堂爷说话。

两个女人便各自守着心中的秘密，开始了行动。业香跑县城请来了设计师和装修工，大岩屋装修工程正式开始。久香也跟着业香出山，找李特判去了。

二十九

久香是带着榆椰树棺材自嫁走的。

小晌午时分，人们都下地去了，村里几乎没什么人。从村外走来四个身强力壮的大小伙子，直接进了堂爷家门，一袋烟工夫，来人抬着堂爷家新打好的一口榆椰棺材，有说有笑地走了出来，沿着门口这条小路，向通往山外的大道走去。

久香跟在棺材后面，脚步走得有些凌乱。走出门时，她返身把大门轻轻掩上，上了把锁，雷村平时是没人家锁门的。走到院子中间，她回转身，望着住了多年的绿墙红瓦房，咕哝了几句，然后深深地弯下腰，鞠了一躬，额头几乎着地，抬头时头发带起了一眼的灰土，她揉了揉，慌慌神地离开了。

走到大花梨树下，她又回头望了绿墙红瓦房一眼。接着，昂起头，瞅着高入云天的树顶，那上面结满了橡碗和橡籽，她想起了卖橡碗的情景，又想到了自己多少年来起早贪黑打橡籽，磨橡籽，做橡子豆腐凉粉的经历，尤其令她自豪的是，这些东西送到远在武汉的"野味久香",格外受人欢迎。

直到走过村口，她没和任何人打过招呼。村里也没人出来送她，就像她当年只身进山，没人欢迎一样，此时净身出户也没人欢送，两次把自己嫁出去都是自作自受，怪不得别人。两只眼角明确地告诉她，在屋角、猪棚和树后，有一双双嫌弃的眼睛盯着和一张张气愤的嘴在数落自己。头天晚上，她本来准备挨家串户走走的，几十年的感情，不打招呼说不过去，可没走几家，就被无情的东长西短挡住了脚步：不是我们背后说她，堂爷老了病了不中用了，她也变无情了。有的说她就是贪图李特判是国家干部，有钱享福，势利眼。更难听的是，恐怕老早都搞到一起了，哄着我们几个苕去给人家女人哭丧，凭啥那热心卖力，原来是棵花心菜，还久香，久臭，臭得很……她听不下去了，再听怕和人吵起来，临走了撕破脸，不值。她相信，误会早晚总有一天会消除的。

久香想，自己没有做错什么，应该挺直腰，走得堂堂正正。

"老奶奶，老奶奶，等一下。"在久香快走出村子，正拐进大弯时，儿媳妇彩凤追了上来，把两双新鞋塞进婆婆怀里，说："赶得慌，您和特判爹，莫嫌弃粗糙哦。"

久香一把把儿媳妇扯进怀里，说："凤娴子，难为你了。过去对不起你们，莫怪哦，我也不是非要跟你们过不去，又没有仇，就是看不惯，心里烦……"

彩凤知道婆婆的为人，对外人是豆腐嘴豆腐心，单单对儿媳妇是刀子嘴刀子心，所以和那个儿子媳妇都过不到一块去，分家了，反倒亲热了。彩凤望着愧疚的婆婆说："我晓得，我晓得，婆婆和媳妇就是一对冤家，我顶撞您，那也是火上浇油。您对孙子多稀罕呀，往后隔得远了，可要常回来看您孙子，来顺来喜就亲您，我也抽空带他们去看您老。"

婆媳俩说得泪眼模糊，难舍难分。突然，"嘟嘟嘟"，叫口响了起来，两人同时往远处望去，没有见到人影，循声一听，叫口从村口飞来，巨大的回响震撼人心，久香一把推开儿媳妇，双手举着布鞋疯狂地往山外奔跑。直跑到见不到人了，才扯着嗓子唱道："不要簸箩千只眼哪，只要蜡烛一条芯哎，专心喝它个年长月——哟……"

堂爷从门凳下取出钥匙，打开房门，屋内除少了一口棺材外，其他都归整得有条有理。日常穿的衣服，整整齐齐地摞在床头箱子上面，堂屋正中的神柜上放着一个布袋，他拿下来，打开一看，里面全是切好的烟丝，金黄金黄的，细如丝线，这是堂爷一年的烟叶，被久香全部都给切碎了。望着满袋子烟丝，堂爷眼前晃动的全是久香的影子。

他真弄不明白，久香这么在乎自己和这个家，又为何要离家再嫁呢？在心里想，这里面肯定是有原因的，悔不该最后一晚到了门口没有进家。昨天夜里，堂爷坐在屋门外，一锅接一锅地抽烟，他猜想久香在屋里闻得到烟味，晓得男人就在门外，却故意没有开门，必定有自己难言的苦衷。堂爷本打算回屋陪久香一夜的，想想久香也不容易，跟着自己受了几十年罪，渴望山外的生活，没有错。去吧，奔希望，活着才有盼头，没盼头地活着，那是熬日子。他宁愿自己熬日子，放久香出去，过有盼头的生活。

屋里屋外空落落的，猪卖了，鸡杀了，连房前屋后最爱叽喳的麻雀都不叫了。堂爷感到闷得心慌，拿起久香晒衣裳的竹竿，照着房前枣子树打得哗啦啦响，半青不红的枣子落了一地，他抬起脚，一颗一颗地踢："枣子，枣子，滚吧，枣子。"

儿媳妇彩凤走过来，说："老爷子，莫打，可惜了哇……老奶奶叫我告诉你……她是为了你好。"

堂爷"哼"了一声："谁稀罕！"

彩凤说："老奶奶嘱咐您莫怨恨她，有时间了，她会上大岩屋去看您的……"

听到大岩屋几个字，堂爷突然想到那里面在装修，已经没有啥子意思了，他得赶紧回去让师傅们停下来。彩凤后来又说了什么，他一句也没听清楚，只听见"老奶奶……老爷子"在身后回响。

堂爷气冲冲地回到大岩屋，朝师傅们喊道："放下，都停下。不装了，停工，不装了。"

工头不解地问："咋啦，堂爷，为啥说不装了？"

堂爷说："装它干啥，糟蹋钱，材料不费钱？你们不要工钱。"

工头说："堂爷，关系再好，那也由不得您让停工就停工，我们可是和业香董事长有协议，签了装修合同的，您要违约，业董就得付双倍的赔偿金。谁愿跑这山顶上装修哇，是业董求我们来的，没有业董发话，这工停不下来，你要强行停，也行，停一天，那就得多加一天的工钱。"

堂爷解释说："我一个人，有个吃饭睡觉的地方就可以了，装那好浪费钱不说，也用不上。业香在城里打工，挣几个钱不易，就跟你们一样，挣钱这难，舍得瞎花呀？"

工头哈哈哈大笑，师傅们也跟着嘿嘿嘿笑。笑够了，工头才说："你错了，老爷子。业香可不是打工的，她是大富婆、董事长，手下管好几百号人呢。这装修也不全为你，更不是瞎花钱。"

堂爷更加不解："不瞎花钱是啥？不为我还为谁？"

工头说："为她自己。业董要在这山洞里设办事处，卧山为王呢。"

堂爷看到工头说到业香时崇拜的神气，感到有些大惊小怪，心里咕嘟着："董事长是多大个官呀，有那玄乎，看着真不像官，就是业香，小姩子快成老姩子了。"

过了半个月，业香果然回来了，还把红嘴带进岩屋，向堂爷介绍，是办事处的经纪人，负责山里的业务。红嘴讨好地笑着说："堂爷，业董的办公室在这里，我们少不了经常上山吵闹，来请示汇报工作，等电话线牵上来，能通电话说事，就省得吵闹您了。"

业香望着堂爷，嘻嘻嘻地直笑，笑得有些蹊跷。堂爷望着业香和红嘴，也不由自主地笑了，笑得有些勉强。

从此，业香就在办事处里忙碌，不停地写写画画，隔几天下山一趟，说是去处理经营业务的事。堂爷不清楚业香都在经营些啥事，也不多问，只顾在岩屋周边鼓捣菜地，说是既然来山上安营扎寨了，就得有个过家的样子，菜是必不可少的。业香丢下业务，下地帮忙，堂爷拉着不让她动手，说："你忙你的经营，我家的事有我。"

业香瞟堂爷一眼，说："啥你家我家，总共两个人，凑合着过吧。一个人叫家？趁这会儿不太忙能搭把手，真办起事来，只怕放屁的空都没有，还帮忙，想死你哟。"

不久，电话通了。头两天，业香真忙得吃饭都没空，抱着耳机子讲得没完没了。渐渐地，不光电话多，下山进城的次数也多了起来。从此，堂爷多了一个营生，接电话，传话，自嘲地戏称自己成了业董事的传令兵，业香便调侃堂爷是办事处的处男，授予一个头衔，办事处主任，简称堂主。"堂主"和"业董事"后来就成为他们相互亲昵的称呼。

堂爷正在搅瓜地边拉屎，从水塘对面的板栗树上飞过来一只家雀，落在不远的地上望着他。堂爷扬手赶了赶，家雀跟着手势跳了跳，又原地望着。堂爷说："拉屎有啥好望的，去去。"又赶，还是赶不走，堂爷专心拉完，站起身说，"不陪你了，没你有闲工夫。"

家雀喳一声飞到屎堆边站着，堂爷奇怪地问："咋了？你是享福的主，吃肉虫，不吃屎呀。"

家雀又喳喳叫了两声，堂爷又说："噢，我明白了，香，你是闻香，对吧。好好闻闻，香不香？够闻几天的，香好久呢。"

话一出口，堂爷心里就打了一个顿，想起了榆榔树上的家雀，榆榔树没了以后，它们就飞这里来了。家雀家雀，你们念旧念家，不咋喊你们喜鹊呢。由这家雀堂爷又想到了久香，长叹一口气："唉，久香要有你这样念旧念家该多好，只怕她有了新家，早忘了旧家哦。"

　　这时，一阵急促的电话铃声打断了堂爷的思绪。他怔了一下，拔腿就跑，没想到一脚踩在刚拉的屎堆上，一个仰八叉便滑倒在地上，他爬起来时，铃声不响了，便把脚在松土里狠狠地蹭来蹭去，蹭完了把右脚鞋子脱下，捡起一根树枝轻轻刮着鞋帮上的残屎，又扯了几片菜叶，一点点擦干净。弄完这一切，抬头看见家雀站在菜架上，正冲自己喳喳叫，他从地上捡起土疙瘩，向菜架子甩去，没好气地说："笑、笑、笑，都是被你害的，香个狗屎，香。"

　　电话铃声突然又响了。堂爷离开家雀，大步往岩屋赶，快到岩屋口，头顶有鸟飞过，他感到好像有东西掉到头上，因急着去接电话，就没在意，边走边说："阴魂不散哪，跟着我。"快到办公桌前，铃声响得他耳朵疼，心也烦，气呼呼地说："像个活鬼，催命，鬼电话。"

　　"堂主，堂主，你跑哪儿去了？"堂爷拿起电话，听见业香在电话里喊自己，因为心情不太爽，没像平时那样亲切地叫业董事，而是略带抱怨地对着听筒回答："还能上哪儿去？菜地。催鬼，催得踩我一脚屎。"

　　业香在电话那头笑得打噎，笑够了才说："我还以为处男被野美女缠住了啰，一脚屎怕啥，只要不把黄泥巴弄裤裆里去……"说着，又咯咯咯地笑开了。

堂爷缓和了语气："业董事，你懂事吧？笑得出来呀！"

业香开始正儿八经地说话："我告诉你，从神农架林区来了一个馆员，找到我们县文化馆，点名要跟你采风，向你学唱代思歌、《黑暗传》，人家说了，不白学，付费。呵呵呵，我们办事处的堂主，也要坐堂收费了。"

堂爷问："你见我唱歌找谁收过费？林区的，咋找到我了。"

业香说："你名气大呗，人家说打小听你唱代思，在松柏镇。人家特别嘱咐，要看你的歌本，问有没有？还问啥时候能听你唱代思，请你确定个时间。"

"歌本？"堂爷愣了一下，伸手抓抓头发，感觉头发上黏糊糊的，不知什么东西，朝手掌上一看，一把雀雀屎，心情马上坏了，烦躁地说："啥时候？等死了人的时候，没死人，咋唱代思。"

放下电话，堂爷连忙洗手，边洗边想："撞见鬼了，啥邪气都往一堆凑，踩哪儿不行？偏踩屎上，哪儿不能屙？正屙我头上，怕不是啥好兆头。"

走出岩屋门，门口树上站着一只家雀，又冲他喳喳叫。堂爷气不打一处来，真的烦了，转身端来一盆水，朝树上的家雀子泼了过去。

家雀子扑棱棱飞走了，一眨眼，又飞回来，抱着堂爷站的岩屋口转了一圈，然后，一声不吭地飞进了山林。

堂爷心神不宁地望着家雀子飞去的山林，只见大树小树上搭着好多家雀窝，猛然想起久香说的歌本子来。拔腿没命地朝山下跑去，冲进老屋，打开榆梆棺材盖子，在横头又摸又找，找了一气什么也没找着，一屁股坐到地上，背靠棺材唉声叹气地捶胸拍头："咋就没想到哦，你呀，明晓得那是我的土料，你把它弄走了，把你的留给我，这是为啥？为啥呀！连歌本子都带走了，你是要我的命哪，要我命，你救我做啥？还不如让我病死……"

不知在老屋里待了多久，直到太阳落山，他才头重脚轻地回到岩屋，然后倒头便睡。隐隐地，他好像听到电话响过几回，又好像听见业香的喊声，可他没任何心思，连眼睛都不愿睁一下。

业香回到岩屋，堂主、堂爷地连声叫，却没有回音，屋内也没有点灯，漆黑一团。她照着电筒来到堂爷床前，伸手一摸，额头热得发烫。于是她打了一盆凉水，解开堂爷衣服，上上下下擦了一遍，又拧了一个半湿不干的毛巾，敷在堂爷头上，然后偎到身边，握着手脖子，一声声焦急地问："爷，你咋了？可莫吓我哦。堂爷，我的爷，你真是我的怨爷，大半天没见，成这样了……"

堂爷在业香连叫带晃中微微睁开了眼睛，说："吓着你了？我没事，睡一会儿就好了。"

业香："还没事，都快吓死我了。没事就好，先躺着，我给你弄碗汤来。"

堂爷喝了鸡蛋汤，吃了大半碗面，精神好多了，就把棺材里藏着《诗经》民歌和代思歌本的秘密，跟业香讲了。

业香问："棺材里藏得住吗，不怕人发现拿走了？"

堂爷说："发现不了，我叫师傅开了个暗槽，封上槽口，既防潮又防偷，不是知情人想都想不到。"

业香说："怪不得那天你跟张总神神叨叨的，就办这事呀。"

堂爷一副伤心的样子："可她把我藏歌本的一副棺材抬走了，一辈子的心血呀，不光我，还有别人的心血，那都是用命换来的哦。"

业香笑笑说："啥别人，哄鬼。就是老情人，青青姑娘呗，谁不晓得？"

堂爷只笑不语，眼巴巴地望着业香。

业香说："几大个事，就难倒我们堂主了？搞得死去活来的，想个办法，去把歌本弄回来。"

堂爷为难地说："说得轻巧，咋弄回来？李特判晓得歌本，肯定不会给。"

业香想了想，说："也是，只能智取，不可强要。有特判守着，就是久香想还你，也不一定拿得出来，更何况，她要是成心留的念想呢？更没戏了。"

堂爷："……"

业香朝堂爷身边靠了靠，肩膀挨着肩膀，盯住堂爷的眼睛，看了一会儿说："换。找个正当说辞，用这副，去换那一副。可为啥要换，得合情合理，要不被人起疑心。"

堂爷想了想，说："木匠师傅说过，榆榔树上有一个啄木鸟啄的洞，他们用木料补上了。我们说在那洞里放了个叫口嘴子，想着怕李特判家发现了犯忌讳，所以换回来。是真的，我在放歌本时，真是放了一个叫口嘴嘴在里面。"

业香狡黠地一笑："这好办了，万一不信，可以把封口打开，给他们看，一副完好无损的棺材，换一副有瑕疵的，应该能行。"

堂爷仔细想过了，到了邓家营先把久香叫出来，私下商量，能不能顺利换成，全看久香的态度。说不好，久香能悄悄把东西拿出来，不换棺材也行，更好。

到了邓家营大渠，老远能望到久香的新家。堂爷让把棺材放下，吩咐根叔和彩凤去看看他妈，顺便把人约出来见面。邓家营过去驻扎着部队，粮食消耗快，就从大河里挖渠引水，建了一个很大的水磨坊，两个车水轮子足有两三人高，把水哗哗地往磨坊里冲。水渠两边长满了柳树，久香的新家、李特判的屋子紧挨着水磨坊。

堂爷和几个小伙子坐在柳树下歇息。不一会儿，根叔从水轮子方向跑来，连打手势带喊，慌里慌张的，巨大的水响把声音都盖住了，直到根叔扑倒在堂爷脚前，大家才听清楚："妈走了，不在，不在……"堂爷急了："站起来，好好说话，你妈不在，去哪儿了？"

根叔不仅没站起来，反倒跪下了，泪水像车水轮上的珠子飞溅，哭着说："我妈走了，走了哇——丢下我们，她自己走了——"

"走了！走？"堂爷愣了一下，大步朝李特判家跑去，把棺材和抬棺材的人都晾在大渠上。

李特判见到堂爷的那一刻，他们同时都僵住了，四目相对，默默无语。片刻过后，两个伤心的老男人，老泪纵横地喊出了同一句话："想不到哇……"

久香来到李特判家，不仅带来了温暖，也带来了雷村对李特判驻队几十年的认可。

他们吃饭睡觉说的都是雷村，雷村的菜和粮食，人和事，风灾雨害，苦难祸福，喜怒哀乐，说高兴了，特判就鼓动久香唱上一两曲诗经民歌和山乡小调，间或附和着哼上几嗓子，凑凑兴。久香说，特判驻雷村几十年，虽然高枧有个家，可过的是跟没家一样的日子，老天偏偏又不长眼，还活生生地把半个家给拆散了，退下来不住村了，家里冷火秋烟，连个说话的人都没得，所以才嫁过来，也是代表雷村的一份感情，说是一种报答也不为过。

久香的话说得特判心里暖乎乎的，心里想，堂爷享了久香那久的福，临老了也让我享享，虽说没为雷村做出啥大贡献来，可扪心自问，在那种动荡的灾难年代，起码没像别的工作队，做出伤天害理的事，成为助纣为虐的祸害，唯一不能原谅的是，两次把根叔送进了监狱。久香能来到身边，是上天和雷村的恩赐，甚至觉得是久香对自己的怜悯，感到能与久香共享天伦之乐，真是一种奢侈，更加珍惜。

知道久香爱树爱鸟，特别是树上的家雀子，平原里少树少鸟，这是一大遗憾，为了满足久香这个喜好，李特判已经在门前挖好了树窝子，开春就栽。平时吃完饭，李特判就带着久香沿大渠走，看渠边的柳树，树枝上的鸟窝，为飞来飞去的鸟记数，每一对从鸟窝飞出的小家雀，他们脑袋里都有数。可万万没想到，没想到幸福来得突然，走得更突然。李特判对堂爷一遍遍说："谁想到啊……我该死，我真该死……"

那天天气好，李特判拿着铁锹，把院场边的渣子肥往新挖的树窝里铲，久香坐在院中间，捧着碓冲糯米，特判说冲他个屁，久香说冲了做点米酒，早晨下米酒汤圆吃。这时，头顶飞过一只喜鹊，久香昂头看了一眼，想起山歌来，慢慢地哼起了《喜鹊飞到碓窝里》："婆媳二人去舂米，喜鹊飞到碓窝里，叫儿媳拿棍棍，赶啦，赶啦！赶啦赶过去。飞呀！飞呀！飞到半天的。落呀！落呀！落在树丫里。早朝东啊，晚朝西，嘴儿尖尖梳毛衣，叫哇！叫哇！叫到日落西，叫哇！叫哇！叫得好苦凄……"唱了一遍接着又唱，第二曲没唱几句，突然停了下来，扯起晒衣服的竹竿就跑，边跑边说："打哪儿来的老鹰，追家雀子去了。"特判说："老鹰追家雀，和你有啥相干啰！回来！"

久香头也没回跟着追到了大渠上，老鹰围着窝里有小家雀的几棵树来回飞，吓得小家雀昂着毛茸茸的小头，张开小黄嘴"喳喳喳喳"拼命地叫。刚飞回的一只大家雀顾了这窝，顾不住那窝，久香就跟着来回飞的老鹰来回撵，正好被从磨房出来的邓师傅看见，问："特判婶，你在干啥？危险。"久香回答："小家雀才危险。快撵，有老鹰。"邓师傅摇摇头捡起石头往树上砸，只听扑通一声响，老鹰不见了，以为石头打中了老鹰，再一看，人也不见了。

原来久香随竹竿掉到了大渠中间，竹竿随水流走了，久香却被大水车送上了半天空，落下来，又随水冲进了下一个水轮，又送往老高，落进浩荡的水流，冲进了磨房。邓师傅喊着："快救人，特判婶，特判婶。"磨房的人跳进水里，七手八脚合伙把久香抢上了岸，简单地进行了一番脱水处理，便把人给送回了家。李特判见到久香时，人已奄奄一息，什么都没问，便吼道："去大队医务室找医生来，抢救。"双手抱起久香后腰脱水，水没出来，却从嘴里喷出了一大口血。李特判见状，一声声喊道："久香，久香，医生马上就到，你可要忍住哦。"

小邓医生赶到时，久香已经进入弥留之际，瞳孔放大呼吸微弱，打针喂药也已失去作用。在李特判的要求下，小邓医生出于人道，又进行了半小时的象征性施救，眼看确实不行了，才说："李特判，赶紧问问她有啥要求，不然来不及了。"李特判意识到生离死别的时刻到了，反而冷静下来，耳朵贴着久香的嘴，问："有啥要交代的？你说。"

久香没有反应，又问："见谁吧？通知娘屋人，李家人？"久香微微张了张嘴，吐出两个字："没……不……"再问："一个不见？根娃子和孙娃子见不见？"久香紧闭着嘴，眼角两滴混浊的泪水，缓缓滚落下来。

李特判沉沉地叹了口气，想了想，又摇着久香的手问："堂爷还是来送送你吧？看一眼。"见久香没有反应，又大声重复了一遍。

久香眼睛缓缓撑开一条夹缝，直瞪着特判，断断续续地吐："地下，长、年、月——见，榆榔……"特判赶忙说："榆榔是你的，放心。"

久香嘴角翘了一下，笑着走了。

彩凤跪在久香的遗像前，流着泪问："婆婆，儿子是您身上掉下的肉，孙子孙女流着您身上的血，为啥这狠心，谁都不见，您是咋想的？咋想的呀？是儿媳不孝吗？"

李特判把彩凤拉起来，说："你婆婆生前说，她嫁出雷村，有你一个人送她，就知足了。你送她的新鞋没舍得穿，作为老鞋送她上路了，也算你们一片孝心。"

根叔上了炷香，说："妈，我不怪您。您为了我，心操碎了，您做啥决心都是为了我，一条心。"

李特判内疚地说："根发，让你坐牢，使你们母子分散。让你妈改嫁，又使你们分开，这一次永远分离了，我是你妈的罪人，你有啥想法，就直说吧。"

根叔脱口而出："我要见妈一面。"

李特判一怔："见面？你妈已入土为安，见不了了哇，总不能动土开棺吧？没这个先例呀。"说完，看着堂爷。想了想，又说："堂爷送她的榆榔，她可金贵了。周围人没见过整棺，都像瞧稀奇一样来看，她守得紧，谁也不许动，只能过眼瘾。"

堂爷说："给你实话说了吧，那副土料的木头被帮雀子啄过，有洞，是工匠补了的，我也是才发现，让女人带差的走，像啥男人。这次我们来，是带着土料来调换的，谁想到啊，这天降不测风云，把久香收去了。"

李特判看看堂爷又看看李根发，抖着手说："你们不会怀疑，怀疑久香睡的土料有问题吧？"

堂爷说："那咋可能？你的为人，别人信不过，我还信不过。根娃子想看他妈一眼，也不是没有他的道理，他们母子确实多灾多难，就这样阴阳两隔。连最后一面都没见，太残忍，太凄惨了，将心比心，人之常情哪。"

李特判说："理是那个理，可事不能那样干。她出山时，你们都躲着没见，是不是因为太伤心了？走的时候她才咬牙不允许你们见最后一面，要真是那样想的，我让你们开了棺，不是惹她更伤心？那样，地下的人骂我不说，地上的还不指我脊梁骨骂。"

堂爷觉得李特判说得也很在理，一时僵住了，想不出办法，一锅又一锅烟抽。抽了个把时辰后，堂爷和李特判商量说："能不能这样，让根娃子给他妈做个道场。我们几个人，陪久香唱唱歌，哭哭魂，在坟上过一夜，你看行不行？就一夜。"

李特判看看堂爷，瞅瞅根叔和彩凤，既不说行也不说不行，昂头望着远山黄土岗上的坟地。

堂爷心想，你没点头没摇头，也算一个态度。棺材换不成就不换，久香走得孤单，就让歌本和叫口嘴嘴陪着她吧。能做场法事，再唱唱代思歌，也算尽尽心，了了愿。堂爷果断地扬扬烟袋杆，说："就这定了。根娃子你去，跟他们把榆榔抬回去，告诉业香请道士做夜法，再找两个跟久香好的，会唱歌哭夜的姐妹来。哦，别忘了捉两只喜鹊来，要活的，一定莫忘了。"

根叔听完吩咐，答应一声忘不了，拔腿就跑。彩凤追着屁股喊："把来顺来喜领来，莫忘了，来顺、来喜——"

久香喜欢喜鹊不假，可人已经走了，弄喜鹊来干啥。李特判不解地望着堂爷，彩凤转回头也望着堂爷，憋了半天，看堂爷没有说的意思，就问："老爷子，老奶奶就是为家雀走的，给她做个道场，您咋还弄家雀子来？"

堂爷没理彩凤，也没看李特判。两眼空洞洞地望着大渠上的柳树，自言自语地咕哝道："拉屎你盯着我，走路你跟着，害我踩一脚屎，摔一大跤。你还撵到岩屋口，往我头上屙屎，害我摸一手屎。屎，屎，家雀屎，人屎。死——屎，屎——死……"

彩凤和李特判听得糊里糊涂的。堂爷莫名其妙的话，和丢魂失魄的样子，使所有人担心。彩凤害怕堂爷出现闪失，脸吓得煞白，伸出巴掌在堂爷眼前直晃，揪心地问："老爷子，你咋啦，魔怔了？"

李特判说："堂爷，你是个刚强人。久香说来就来，说走就走，像梦一样，我比你更难受，可人死不能复生，我们都得想开点……"

堂爷猛不丁"叭"一巴掌拍在脑壳上,叫道:"屎,死。你是变成家雀子来给我传信,糊涂啊!我咋没多一个心眼。该死,就是多一百个心眼,我也想不到哇。你肯定是去给我报信,喊我来看你最后一眼……"

在彩凤和李特判的再三追问下,堂爷把前些时遇到家雀子纠缠和发现棺材的经过仔细地诉说了一遍,听得李特判默默无言……因为那正是久香去世的时间。

"老奶奶呀——老奶奶。"彩凤听得泪流满面,双手捂着脸跑进屋,跪在遗像前号啕大哭起来。

堂爷忧伤地说:"久香是个重情重义的女人。为了我堂爷,她从南山,一个人跑到雷村。为了你李特判,又不顾所有人反对,一个人来到你们邓家营,她是为啥?为了还情报恩,你救了根娃子。"

李特判点点头,又摇摇头,说:"我承认她有这份心,从她介绍业香起我就知道了。可我今天也要告诉你,她决定和你离婚,嫁我,表面上说,是为了我,骨子里是为了你,她亲口说的。"

堂爷惊讶地反问:"为了我?说书吧!"

李特判郑重地说:"信不信由你,她真是个有大爱心的女人。为了撮合你和业香,她才选择离开。她说你看重业香,业香心里更有你,大几十岁了,一直不嫁人,她说自己也是女人,不忍心业香一辈子这样,更不忍心你受煎熬,两头操心。她还说很早就有过这个念头,那回你得重病险些送命,业香回来服侍你的神情告诉她，不能再拖了，必须让你们能在一起过上一段好日子，所以就想到了离婚的办法，她离开了，你也可以舒心地跟业香进城享福。"

堂爷听完，默默地抽了一袋烟，然后说："我不信神灵，可我相信久香，家雀子就是她。"

"你们一起生活几十年，喜鹊可能就是一种意念，或者说心灵感应吧。"李特判说。

堂爷说："不管啥意念，啥感应，多说无益。我就相信久香，等家雀子来了，我们把它放到久香坟头上，家雀子要是飞走了，算我瞎猜胡说，要是家雀子不肯飞走，那就证明久香同意开棺，是要见我们。家雀子通灵性，也就是你们说的什么意念感应，我们都听它的，它代表久香的意思。"

李特判无可奈何地摆摆头。

天黑前，久香坟头搭起了宽大的灵棚，根叔和彩凤，还有来顺来喜都披麻戴孝。俊巧儿、枣花和几个妇女赶到坟前，抓着新鲜的黄土失声恸哭。道长远游，无人主持道场，原定的法事改由隔壁张婆跳大神代替，唱代思的锣鼓匠"叮咚锵、叮咚锵"地一路敲打着，走进坟场，代替了开歌路、请神入灵堂的庄严仪式。

天完全黑定下来，堂爷首先吹响三声叫口，锣鼓紧跟着打过三通之后，李特判悲痛万分地对着坟头，呼唤道："久香，吵闹你来了，没受到惊吓吧。你说要安安静静地走，不惊动青峰娘家和雷村老家的人呢，我听你话做到了。可今天老家的人来了，没人报信，是他们来换榆榔才知道你走了，非要陪你一夜，堂爷把你的亲人和乡亲姐妹都找来了，来看你呀，我答应了，你不会怪我吧。乡情亲情手足情，你出山时没人相送，今夜，就让他们送你一程吧。"

根叔、彩凤和来顺、来喜跪倒在地上，磕着响头。枣花和一众姐妹在一片哭声中唱起了《人活世上有什么贵》：

> 人活世上没得什么贵，　风儿一吹团团转，
> 昨晚睁眼还在床上睡，　亡人面前一盏灯，
> 今晚眨眼入了棺材内。　风儿一吹乱纷纷，
> 黑漆的棺材不留门，　亡人面前三张纸，
> 棺材里面装的是亡人，　风儿一吹飘飘神。
> 亡人面前三炷香，　　飘飘神，神飘飘，
> 风儿一吹乱嚷嚷，　　早晨过桥桥还在，
> 亡人面前三盘菜，　　晚上过桥桥塌了，
> 风儿一吹乱赛赛，　　站到奈何桥上把手招，
> 亡人面前一碗饭，　　断了阳间路一条。
> ……

哭声歌声混合在一起，充满人生苦短、世事炎凉的辛酸凄楚。业香脑子里闪现出红彤彤的久香，闯入堂爷家婚礼大堂纵情歌唱的景象，双眼不由得红了，她瞪着红得发紫发蓝的眼睛，对着堂爷和李特判躲闪的眼神，大喊一声："我给久香姐唱一曲

《关关雎鸠一双鞋》。"

关关雎鸠哎，一双鞋哟，在河之洲送哦过里啊咦
哟……来哟……

业香的歌唱得声嘶力竭，好像每一个字都是从心底喊出来
的，不是唱而是吼，吼得大家纷纷想起了遥远的过去和过去的
往事。业香瘫倒在久香的坟头，悔恨自己不该答应姐姐的要求，
久香要求她嫁给堂爷，好为堂爷生下一男半女，说堂爷无后，
一身的手艺和一肚子的经歌不失传了嘛。根叔和彩凤拉起业香，
堂爷看到业香一个劲地颤抖，动心地说："你的心意久香领会得
到。"业香恶狠狠回道："就怕她的心意别人领会不到，好心当了
驴肝肺。"

根叔望着业香，不知她咋对老爷子突然这么恶狠狠的。业
香又朝根叔吼道："你们做儿女的，就没想到给老娘唱几句？白
养的，白眼狼呀。"

彩凤赶紧说："我们想请老爷子领着头，一起给老奶奶唱一
首《报母经》，可怕老爷子，他……"

业香又瞪堂爷一眼："怕啥？他不是娘老子生的，从石头缝
里蹦出来的。"

锣鼓响起，堂爷清了清嗓子，带着根叔彩凤，跟在锣鼓手
身后，围绕久香的坟，唱起了《报母经》：

别的闲言都不论，听唱一本报母经。

提父母养育恩如地如天，为了子费尽力日夜难安，
人生在世世上各有父母，老抚幼幼敬老理所当然。
个别人只知道妻儿饱暖，竟忘了二爹娘养你一番，
说父长道母短意见一片，就不怕别人笑说你不贤，
请君看娘生儿报母经上，讲明了娘养儿千苦万难。
娘怀儿一个月提心吊胆，只恐怕有差错如临深渊，
娘怀儿两个月草上露水，茶不思饭不想百病来缠，
娘怀儿三个月形容改变，每日里头难抬昼夜难眠，
娘怀儿四个月四肢生长，一时阴一时阳心神不安，
娘怀儿五个月五脏发现，腰膝酸腿脚软痛苦难言，
娘怀儿六个月心慌意乱，三分人七分鬼如坐刀山，
娘怀儿七个月刚分七窍，食娘肉饮娘血肚疼不安，
娘怀儿八个月八宝长全，坐不安睡不宁心似油煎，
娘怀儿九个月就要分娩，周身的骨和肉好似刀剜，
生几回死几回才见儿面，赤条条血浴身抱娘怀间。
说不尽娘怀儿十月之苦，养育恩比山重不是一般，
生下儿娘心喜难关已过，受尽了人世苦度日如年，
坐月间好美味不能下咽，喂奶毕端屎尿娘才能餐。

奶若缺煮米喂昼夜几遍，三九天夜煮米并不说寒，
出天花和豆疹把心操烂，恨不得替我儿渡过此关，
为父的请医生脚腿跑软，老娘亲神灵前祷告苍天。

好东西到嘴边不能下咽，无奈何口与口喂与儿餐，
左边尿右边睡胳膊当枕，两边尿不能睡卧娘胸前，
每日间为儿忙心甘情愿，儿啼哭母心酸何曾安眠，
屎一把尿一把娘心不厌，三九天洗尿布不怕水寒。
一生子两岁时经常怀抱，只累得两膀酸娘无怨言，
三生子四岁时学说学走，走一步叫声妈娘心喜欢，
五生子六岁时刚会玩跑，怕火烧怕饭烫又怕水淹，
到七岁送学堂来把书念，怕我儿不聪明又怕师严，
怕同学到一起欺侮与俺，怕我儿不用功惹事生端，
好田地为我儿荒废一半，吃与穿尽儿用自己不沾。
二爹娘到此时用尽血汗，为父的请媒人又把婚办，
好彩礼她要的不计其数，室内的好家具样样俱全，
二双亲此言语眼中流泪，为的是儿与媳使用百年，
东也借西也借倾家荡产，众亲友和邻居都来支援，
盼望儿成家后传宗接代，到百年两鬓白有个靠山。
我只说媳妇到了却心愿，哪知道一辈子操心不完，
听起来公婆二字很蜜甜，哪知道儿媳到家婆作难，
每日里收干晒湿忙家务，伙房里烧火做饭抱孙玩，
老公爹就好似帮人的汉，婆母娘忙碌碌似小丫鬟，
懂事的好媳妇知道温暖，不懂事三天就把脸来翻，
说公长道母短满腹意见，与兄嫂和姐妹大闹一番，
兄弟多个人抱着各意见，媳妇们张王李赵不一般，
养育恩骨肉情全然不念，听妻言鼠目寸光顾眼前。

兄弟们分开住轮流养赡，总不肯留爹妈多吃一餐，
岳父家来做客鸡鱼肉蛋，看见了二爹娘就把眼翻，
二双亲到此时肝肠痛断，茶不思饭不想病在床前，
特别是青年人细心盘算，将二老比自己与心何安，
只知道抱亲生娇生惯养，二爹娘抱你时如此一般，
眼看着年迈人时光有限，你应该尽子情安慰老年，
知父热和母冷双亲温暖，可不能恶言恶语把脸翻，
五更鼓手按胸膛想一想，问自己怀中抱子为哪般。
孝顺儿还会生孝顺之子，忤逆儿生的是忤逆儿男，
请君看屋檐水点点相照，狸猫儿睡屋脊代代相传，
小羊羔吃奶时双膝跪下，小乌鸦报母恩一十八天，
南烧香北拜佛是何用意，不尊父不孝母所为哪般，
每日间磕头烧香为什么，你家中也有二老在堂前，
请诸君想一想时光有限，转眼间就轮到你的头前。
老抚幼幼敬老祖辈教导，敬忠良孝父母代代相传，
个别人当父母心存偏见，护姑娘损儿媳与理有偏，
你应该儿媳也当姑娘看，新社会家规不比那样严，
这一本《报母经》请君细看，改恶习去行孝流芳
百年。

　　……

　　整个夜晚，堂爷不让其他歌师张嘴，一个人唱了一首又一
首。从山歌、田歌、风俗歌、灯歌、号子小调、《诗经》民歌、

劳动歌、生活歌、比喻歌、情歌、仪式歌、传说歌、叙事歌、谐趣歌、战歌、儿歌，唱到即兴歌，凡是久香喜欢听的歌，唱了个遍。直到鸡叫三遍，锣鼓歌声骤然停了下来。堂爷让根叔打开喜鹊笼子，两只家雀子在笼里憋了半天半夜，走出笼子弹弹腿爪，扑腾扑腾翅膀，左瞅右看了一番，"扑嘟"跳上了久香坟头，转身抬头望着灵棚内的人，灵棚里的人又都望着堂爷，惊奇家雀子竟然没飞走，莫非堂爷和久香私下有过约定？

堂爷目光炯炯有神地望着李特判，李特判六神无主地望着久香坟头，哀求道："老婆子，堂爷说你托喜鹊请他来见你一眼，还有儿子媳妇和你的乡亲，见是不见？全听你的，地下有知，就让灵鸟传个信息吧！"

说完，眼巴巴望着喜鹊。站在坟头上的两只喜鹊同时"喳喳"叫了两声，又望着灵棚里的人。李特判见状，表情复杂地叹了一口气，然后无声地离开了灵棚。

堂爷立马对根叔和大家说："上香添纸，叩拜久香！"

大家齐刷刷跪在久香坟前，根叔拿着香纸绕坟一圈点燃。这时，锣鼓敲响，几个拿锹挖土的人喊着久香名字，一锹一锹地扒开了黄土未干的新坟。

根叔脱下褂子，把棺材盖上的土渣擦得干干净净，在马灯的照射下，黑漆漆的榆榔棺材放射出明晃晃的亮光，照得在场的人个个眼冒金花。

锣鼓戛然骤停，堂爷纵身跳下，立于棺材头前，高喊："开——"棺字还未喊出，这时，只见一只家雀子跳了下来，站在棺材脊骨上，两眼盯着堂爷张开的大嘴。堂爷一个激灵，接着喊道："关——关坟！"

堂爷一个猛子跃出坟坑，坑上坑下的人齐问："不见了，咋又不见了？坟都开了呀。"堂爷重重地重复一遍："关坟！"

灵棚内，所有的人同堂爷一道，虔诚地掀铲培土，很快把久香的坟恢复了原样。来顺来喜在堂爷手把手的帮助下，把从雷村带来的榆榔小树苗，栽在久香的坟头中央，正浇水时，来顺不知咋的心血来潮，掏出雀雀，喊："奶奶，我给树苗浇水上肥，肥尿。"

栽完了树，堂爷感到缺少了什么，瞪着双眼，在灵棚内穿梭，寻来找去，终于发现是家雀子不见了踪影。大家恍然记起，从合坟的那时候起，就再没见过它们。

天色粉亮时分，久香坟上的灵棚拆了，周围收拾得干干净净。

堂爷带着大家，静悄悄地离开了久香，留下一堆堆纸钱，忽明忽暗地燃烧着，映衬着天边的晨曦。

三十

久香奶奶去世的信息，我是从大队书记邓田鸡的口里知道的。

那天，我去省委宣传部开会，刚到省委省府门口，看到房县汉办的张主任站在那里，我跳下车正要握手，张主任一把拉住车龙头，着急地说："你来得正好，帮我个忙，你们村里的书记来省里上访，县里领导指示无论如何要把他堵住。"

"邓书记来上访？"我一怔，又问，"为啥？鬼不拉屎的山旮旯儿，有啥值得上访的。"

张主任："撤队合村。三个大队合一个村，还带了个民兵连长来了。"

我突然想起今天开的就是一个民兵连长上访的会，已经捅到媒体上去了。看到张主任急得满头冒汗的样子，我说："这个会跟你堵人一样重要，耽搁不起。要不这样，你先把他请到'房陵酒家'，就说村上的老乡要给他们一起商讨上访的事。我留个条子，你交给他，如何。"

张主任无奈地说："如何？只能试试呗。"

我从包里拿出笔记本撕下一页，写道："邓大书记，听说你大驾光临，因会有失远迎。你可是我调回湖北，村上来的第一位干部，无论如何请你赏光，我们在'房陵酒家'一聚，天大的事，相见面议。有劳张主任代我恭候你，多年不见的乡亲。"

开完会已经快一点钟了，我有些忐忑，害怕张主任没把邓书记拦住，赶到"房陵酒家"看到邓书记和张主任都在包房坐着，绷着脸焦急地张望，我心里的一块石头落了地，拦访成功。

原来，邓书记来到省府门口打听去哪里上访时，被等在传达室的张主任热情地请到了酒店，一等等了一上午，好几次起身要走人，都被张主任好言劝了下来。张主任只字没提阻拦他上访的事，只说我上午在省委开上访的会，了解政策精神，认识大领导，关系广，路子多，帮得上忙，建议邓书记耐心等待。

见了邓田鸡书记，我想起上次见面还是为根叔的事，一晃好多年过去了，他除了头发花白得多了一些，其他没多大变化，就说："邓大人，对不起，叫你久等了。多年不见，一见你还是那么精神，刚强啊。"

邓书记笑着说："刚强啥？老了。"

我说："岁月老了，你人却越过越年轻，要真说老，也是为父老乡亲操心劳累的，好几十年，你为雷村可是做了大贡献的。"

邓书记摆摆手说："老懂答了，沓嗑呀，把村子都掰弄没了。啥贡献？眼前把村子都要贡献出去了。雷村呀，多古老多响亮的名字，马上就变成朱家湾村，雷村的名没了，谁心甘哪。我们这次来省城，也是叫花子朝武当——尽个穷心。"

生我养我的雷村，历史悠久，古今闻名，虽不敢说人杰地灵，可说它是山清水秀，圣地厚土真不为过。猛然间撤销了，失落感、失败感、失衡感可想而知，难道在改革开放的大潮中，雷村真的就没着落了，颓废了，跟不上时代，没有希望了吗？

我不无惋惜地问："真撤？总该有个原因吧？为啥？"

邓书记气得火冒三丈："原因就是人。生的人少了。恢复政策了，二十世纪五六十年代城里下放山里来的人家又回去了，城里人就是精，哪儿好往哪儿跑，那时吃不饱肚子，削尖脑壳往山里钻。开放了，外出经商打工的也多了，一出去就是肉包子打狗——有去无回。人心变了，这山望着那山高，嫌弃老窝了哇。女娃子拼了命往外嫁人，男娃子铁了心往外当上门女婿，但凡子女经济有点指望的，砸锅卖铁，卖老房子租屋住，也要往沟外搬，人都走空了……"

我感到不可思议，时代的山洪大潮，竟把一个古老而温馨的村庄，冲击得支离破碎。这一冲击，带给我的震撼是巨大的，我开始有目标地了解和寻问村里的情况，邓书记也有问必答，毫不隐瞒。原来，仅我们一个四小队就出走了一百二十余人，四十六户人家仅剩十二户残缺家庭。王家、杨家等几户下放进山的人家几乎全部返城，唯一剩下的一个人，是因为有碍观瞻的杨红嘴。李自成兄弟五家三十一人，分别各奔东西，连从神农架被清理而来落户的富农，牛洪柱和哑巴儿子媳妇都搬入了神农架风景区，吃上了旅游饭。当然，我家也因父亲在抢夺榆榔树时，左手受伤留下残废，丧失劳动能力，被兄弟们搬到了城郊的李家埝子居住。"

邓书记告诉我，白庙子小队除了一户五保，一户守庙的老夫妻，其他人家全都搬走了。这是令我万万没想到的，这个小队可说是雷村的精英，大多数住户，都是县城或城郊集中下乡来的，其他人家不是娶了城里姑娘，就是招了平原女婿，大队小学的老师和大队卫生所的医生，多半出自该队的郑家和黄家，他们一走，应该是雷村的一大损失。没想到邓书记轻描淡写的回答，更令我大大吃惊，小学生源少，早撤了，卫生所也关门停诊了。学校和诊所，对偏远的山村来说是多么重要啊，我听得身子发凉，脑子发麻。没承想邓书记补充说道："山里人小病扛扛就过去了，大病老天要收人躲也躲不过。更别想读书了，现在都认钱，识几个字认得钱就行了，谁还对上学感兴趣呀。"

我摇摇头，问："雷村这样，下面的大队，郑湾呢？他们离平原近，是不是要强一些。"

邓书记头摇得像拨浪鼓："莫提了哦。我们两个大队，现在加一块，只怕都没得过去两个中等小队大。"

我说："那你为什么还反对合村？"

邓书记回答："如果是把雷村和郑湾合并，叫雷湾村也还想得通。可县上面方案是把雷村、郑湾，并到朱家湾，合成一个大村，叫朱湾村。活生生把雷村吞了，你想想这能答应？再说了，平原的人，花花肠子多，我们山里人直肠子，合到一块，还不是看着他们捏到手里盘。"

我说："动乡动村，都是要经过上面的，连改个名称都要层层上报，这么大的事，方案批都批下来了，你不答应又能咋办？再说，党员干部、支部书记，总不能对着干吧，你得服从组织呀。"

邓书记又气得眼睛一翻："你说说，三个大队合并，只给雷村一个文书，文书是啥？统计账催粮款的，我这大年纪，给他们做这些事，想都别想。"

我笑着说："你嫌官小呀？让给他，叫连长去干，你还图个清闲。"

连长陈延军是我教过的学生，连忙说："老师，这玩笑开不得，邓书记威望多重哇。"

我说："你急哪，我就是开个玩笑。邓书记，我们下面谈正事，你要上访，准备说些啥？这么远来，不说出个一二三，被领导几句话打发了，不是白跑路，活受气？正好县里张主任在这里，都不是外人，他对信访有经验，让他帮你拿拿主意，如何？"

邓书记说："就一条，不合。理由是群众，不答应，我们是代表群众来反映情况的。"

张主任想了想，看着邓书记说："这不行，要有充足的理由，才能打动和说服领导。比如说，保留这个村的价值，目前的发展形势，下一步的规划目标。有些什么发展潜力大的经营项目，经济效益稳定的村办企业，还有什么能够带动乡亲致富的支柱产业。总之，你要有与别的村不同的优势资源、不同的发展路径、不同的腾飞基础，这样，你就有底气说，我们村不合，保证比合的村发展得更快更好。说不定领导听了，发现新大陆，派工作队去一调查，真改变了思路。"

邓书记听了，兴奋地说："你这一说，还提醒我了，有，都有。这'房陵酒家'就是我们的支柱，业香董事长，在我们那里设有办事处，专门负责组织种植、养殖，收购乡土特色产品，保障酒店供应。"

张主任点点头，说："这倒是值得一提。业董作为带头人，村民是合伙人，关键是看规模，有多大投入，多少产出，多少农户参与。"

邓书记说："明人不说暗话，这些都是业香公司自主经营，我们大队并不掌握，跟她打交道的也都是些老人和妇女。也没多少户人家，搬的搬，走的走，剩的本就不多，现在缺的就是人。"

陈延军说："书记说的是实话，要不是业董那两支队伍，死了人，连闹夜抬扛都困难。要说那也算是产业吧？远近都请他们，可赚钱了。"

我知道城镇的丧葬服务，形成了一条产业链，没想到业董的经营头脑这么灵活，引进山乡里去了。张主任和我都觉得新奇，便打听业董成立了两支什么队伍。

原来，业香拉起的是一支"女子哭唱队"和"女子抬杠队"。说是两支队伍，其实是一班人马，不同时段发挥不同的作用。

这事起因还得从黄大贵家说起。黄家的情况我知道，兄弟三人，只有老大黄大贵捡了个讨饭媳妇。大集体时代，黄家男劳力多，人人都能吃，又没有个女人持家，日子越过越穷，三条光棍一个也找不到媳妇。一年，村里来了一个家乡受灾，出来讨生活的女人，黄大贵发现后，带回家，煮了一锅玉米糁子，女人吃饱后就留下来了，成了黄大贵的媳妇，虽然智力上有些障碍，但是洗衣做饭不受影响。上次我回家时，听说黄大贵病死后，这女人就和两个同样脑子不太清楚的小叔子凑合着过上了生活。邓书记说一个傻女人，哪经得起两个大男人夜夜折腾，终于撒手走了。兄弟俩刚过惯白天有人做饭洗衣服，傻女人一走，甜滋滋的日子一下子变苦了。为此，少不了互相埋怨，你指责我，我骂你，往日的小打小闹，变成了真打恶斗。在一次夜晚争斗中，动起了刀子，双双捅死在屋里，过了几天才被发现。

黄家兄弟无亲无故，死后连个哭灵的人都没有，加上又是凶死，村里本来人就很少，妇女孩子都吓得不敢出门，显得更加恐怖，到处阴森森的，害怕。业香就家家吆喝，把妇女们叫去哭灵守夜，亲自陪堂爷打锣鼓唱代思。临出殡上山时，由于郑家湾请的杠人没有赶到，两副棺材凑不齐人数抬杠，情急之下，业香吼了一嗓子："姐妹们，不哭了。上杠，抬棺，送黄家兄弟上路。"

就这样，16个男人和16个女人，各抬一副棺材把人送到了坟地，这是雷村第一次出现女人抬杠。

事后，业香给每个女人发了一份哭灵抬杠的辛苦费。后来，哪里老了人，只要业香一招呼，妇女们都纷纷出动，哭得比孝子更加哀伤动情，唱得比男歌师更加感天动地，不但得到喜家和孝家重赏，还赢得人们一片称赞，十里八乡有了红白喜事，都专程请业香主事，红事负责唱，白事负责哭，名声越闹越大。再后来，业香就乘势而上，说服姐妹们，成立了女子哭唱队和妇女杠子队，把哭嫁唱喜，哭灵唱哀和抬杠送棺，做成了一条产业链，既带活了人气，又带动了经济。

我一边听一边琢磨，觉得这真是算得上乡间文化产业。尤其是文艺社团萧条，乡村文化生活单调，把唱功做足，能满足人们的生活需求，把哭功做实，能起到服务群众的功能。我打心里佩服业香，总能在困境中找到出路，打出一片自己的天地来。我对邓书记说："有业香在，你还上啥访哦。村子合了更好，你可以跟着业香干，成立一个合作社或者经营公司，可以给乡亲们带来更多的实惠，带动山里人共同致富。留下的人都过上好日子了，搬出去的指不定又求你，要回来呢。"

张主任趁机说："我觉得有道理。你当了几十年支书，是乡里能人，能与有经营头脑的业香联合，必定干出一番事业来。那些人为啥走？因为看不到希望，你干出个样给他们看。"

邓书记和陈延军互相望了一眼，说："也是啊，干了几十年苦差事，也该富富自己了。行，延军，小文书是你的了。"

我和张主任拍手大笑。并且心有灵犀地互看了一眼。

邓书记也笑着说："那就这样说定了，你们可要帮我们啊。"

我爽快地答应："没问题，只要用得上，尽管说。你们记得把堂爷和久香奶奶的作用发挥出来，那可是两个能人，对业香又亲。久香奶奶酿黄酒的手艺可是一绝，我见武汉三镇'房陵酒家'，还有其他酒馆商店，到处都有房县的黄酒卖。"

张主任激动地说："房县黄酒哇，那可是中国国家地理标志产品哟。起源于周朝，兴盛于唐朝，早在隋唐时期，就作为钦点贡品而誉满京师，是延续千余年的历史特产，时至今日，仍是我们招商引资，招待贵宾客商的特色礼品。"

我说："你们汉办，没少往外送吧，拿得出手吗？"

张主任兴奋地一挥手："吗字去掉。上，拿黄酒。"

邓书记也兴奋了，说："房县人都说'没有黄酒不成席，白酒再好不稀奇'，只要到过我们雷村大岩屋，没有不对黄酒上瘾的。"

张主任更加激动了："你们不见得晓得它的真正魅力，我来科普一下，房县黄酒，性温和、酒味甘醇、绵长，具有特殊的馨香，鲜甜可口，不上头，养生不伤身。它富含 18 种氨基酸，每升酒中的必需氨基酸高达 3100 毫克，同时含有丰富的无机盐及微量元素，经检测无机盐 15 种之多，包括钙、镁、钾、磷等多种常量元素和铁、铜、锌、硒等微量元素，还含有大量的蛋白质、维生素、碳水化合物、酯类物质及矿物质。现在人们时兴养生，所以房县黄酒吃香走俏。据史书记载：房县黄酒最早被称为'白茅'，后有皇酒、米酒、白马尿多种名称。唐中宗李显被贬房县时特别钟爱这种黄酒，曾赋诗称赞：'此酒只应天上有，瑶池天宫量也无。他日龙驾回长安，每年送朕三千斛。'据说，房县黄酒出名虽始于尹吉甫进贡周宣王，被封为'封疆御酒'，可制作工艺成熟名誉天下，那还得益于庐陵王发现神水制作，呈请武则天诏封为'房陵御酒'。"

我突然记起在神农架听到有关房县黄酒来历的传说：据说，古时候房县南山住着一户黄姓人家，户主黄老中无缘无故失踪了，两年多以后，他突然又回家了，还抱回一个全身长毛的毛孩，守寡的老婆喜出望外……原来黄老中是被一个野女人打昏了，搂进了一个悬崖峭壁上深邃的山洞……几个月后野女人生下一个小子，小野人长得快，不到一岁就能攀崖爬树，力气也大，常和野女人外出觅食。一次野女人独自外出后，黄老中便吩咐小野人搬开洞口巨石，背着自己爬下山崖，跑回了家。后来野女人找到了黄家，天天蹲在沟边一棵大树下，要寻找机会抢回孩子，老婆把黄老中和儿子关在屋中，不让他们出门外半步。时间长了，见女野人饿得伤心，她便端了一盆子米饭送到沟边，野女人没吃，一连几天降雨，米饭发酵了，发出一股刺鼻的味道，米饭变成了发黄的酒，把野女人彻底醉倒了……

邓书记说："你那是传说，不能当真。堂爷说得不假，有一年房县大旱，百姓无水可吃，纷纷弃家逃荒，庐陵王来到大岩屋求天告神，发现岩屋口有个泉眼，泉水不大，却流成了黑龙潭，庐陵王捧起水来一喝，水味清甜可口，随行的匠人们用这水制出酒来，味道好得没法说。庐陵王是真龙天子，又发现了龙潭的圣水，做出来的酒便被称为正宗黄（皇）酒。大岩屋的潭水你们是知道的，旱涝从不间断，河水暴涨，潭水不涨；干旱无雨，潭水不枯，这种水做出来的酒才叫好酒，庐陵王饮用此酒成瘾，才有了'日饮黄酒三小杯，不辞长作房陵人'的'品酒郎君'名号。"

我见邓书记越说越兴奋，我也跟着兴奋了："原来用黑龙潭的水，经久香奶奶的手，做出来的酒才是正宗黄酒哇。久香的酒好、酒香，和大岩屋一样响当当的地理标志，如果业香和久香联手做成产业，必定成为支柱产业，这可申请非物质文化项目，久香奶奶就是那非物质文化遗产——黄酒的传承人。我要写封信请你们带给久香奶奶，让久歌给她做一期探索——发现节目，题目就叫，'久香酒香——传世佳酿'。"

陈延军惊奇地问："你不晓得呀？久香早走了。"

我吃惊地反问道："走了？她也走了，她能走哪儿去？"

陈延军说："和堂爷离了，嫁给了高枧李特判，就是那个驻村干部。"

连久香奶奶这样的人物都离开了雷村，是我万万意想不到的，更何况还与堂爷离了婚，又嫁给了李特判。恍惚间，我眼睛里闪动着无数的问号。

陈延军见我惊呆的样子，又大声说："还有你更想不到的，嫁给李特判没过多久，她就走了，走时，一句遗言都没给堂爷留下。"

"遗言？"好像是一颗炸雷炸在头上，我被彻底炸蒙了，傻怔怔地望着陈延军，半天没说出一句话来。当我清醒过来，意识到久香奶奶是真的走了时，我愤怒了："什么时候走的？为什么没人报个信！业香在哪里，她有电话，为什么不给我打电话？为什么……"

在我平静下来后，邓书记安慰说："久香走得意外，雷村没有人晓得，连堂爷也是事后才晓得的，那时已经过去很久了，三七都过了，堂爷和业香带着根娃子，还有哭唱队去坟上闹了一夜。"

我意识到自己情绪失控，在大家面前失态了，便缓了口气，说："你们不晓得久香奶奶是个多好的人，不理解她对我们有多好。我就不明白了，业香到现在都没给我透露半句，为啥？"

邓书记说："可能是不好向你说吧，久香改嫁，就是为了堂爷和业香，我们也是久香走了之后，才明白过来的。久香是个了不起的女人，想啥做啥，一心为别人好。"

我喝多了，下午没有上班，在酒店里同书记连长张家长李家短地聊了一下午。

晚上，久歌来了，说起久香奶奶唏嘘不已。久歌出生是久香接生擦洗的，久歌的名字也是他爸妈和堂爷久香共同起的。久香奶奶对他也像对我一样好，我们两个搞文字的人，都不知道用什么语言表达内心的感受，只顾闷着头碰杯、喝酒，喝得连话都说不清楚。久歌反复地喝着说着："我后悔，后悔呀，为什么没想到给久香奶奶做一期节目，做一期她唱《诗经》民歌的节目，把她永远留给后人……"

我们不由得唱起了《诗经》民歌："关关雎鸠，关关雎鸠……"唱着喝着就睡着了。

第二天早上醒来，邓书记和陈延军已经走了，留下一张纸条，上面写着："转告天问，他瞎爹——黑磨快不行了。"

我想起晚上邓书记对雷黑磨的评价："他眼睛瞎了，心里比谁都亮堂。敬老院再好也不去，死也要死在村湾子里，守着那磨棚和黑磨。人们用不上磨了，他照样放不下推磨。一点没错，他推的，就是雷村的日月生活。"

自从大队有了加工机房，雷黑磨推磨的活少了，多余的时间就帮乡亲们打草鞋。他打的草鞋经久耐穿，草不磨碎，绳子不会断，穿到脚上不磨脚不打泡，大人孩子把脚伸过去，他用手一拃，尺码就出来了，穿起来特别合脚，我参军前一直穿他打的草鞋。外村的人也喜欢穿他打的草鞋，跑老远的路找上门来，有钱就给几个，没钱的，拿把草和几片麻匹子，换了新草鞋高高兴兴地回家，一跑上路，听见脚下嘎吱嘎吱响，啧啧啧地赞不绝口："瞎子是个人精，要不瞎，了得。"

雷盈春和傻娴子死后，雷黑磨狠下心一个人过，把天问打出家门，断绝了父子往来。业香回村后，雷黑磨摸着路跑上大岩屋，打探天问的情况，回家后，逢人便说天问当经理了，混出了人模狗样，对得起他爷他妈了，我死也瞑目了。原先我还觉得不可思议，琢磨透了邓书记的话，我恍然明白，那是雷黑磨对天问的大爱，一种超出常人的大爱，他要给天问追求幸福生活的自由，必须斩断牵绊和影响儿子快乐生活的绳索，把儿子从世俗的笼子里放出来，像鸟儿一样飞翔。我在心里发问：久香奶奶改嫁出走，是不是像雷瞎子赶走天问一样，充满了人间大爱呢？我迫不及待地要找到天问，劝他立马回家，趁瞎爹还没闭眼，去尽一份儿子的孝道。

服务员告诉我，天问已经三四天没回酒店了，自从包局长被检察院带走后，老婆姑娘成天上门找麻烦，保姆也被赶走了，雷晓珊不得不请天问去帮忙壮胆，一开始是抽空去，处理完事就回，现在住哪里了，根本见不到人，说是晓珊大人娃子遇到了危险，这关键时候，他不能撒手不管。

说起来包局长和晓珊也算天问的恩人，在天问被关局子里时，人家是出了大力的。现在人家落难了，天问不全力以赴，也说不过去。要命的是天问认了晓珊作干妹妹，晓珊和包局长混到一起，他都是积极支持的，在业董面前也没少打掩护，甚至在怀孕生孩子问题上，他都是动了脑筋，用了不少心思的，哥哥帮妹妹，也是天经地义。

一年前，晓珊和包局长出现危机时，天问就找过我和久歌出谋划策。

孩子一天天大了，晓珊既担心上不了户口，又害怕带出去见人，左邻右舍问起来不好回答，更要命的是上不了幼儿园，没法与其他孩子一块玩耍交流。晓珊催着包局长赶快离婚，催急了，包局长说老婆咬死不离，强行打官司离婚，可能会出人命。只得再等等，慢慢来，拖得没有了生活基础，烦了，厌倦了，自然水到渠成。

晓珊便等了几个月。没见动静，又催。包局长耐心地劝，连劝带求，越求晓珊越伤心，又哭又闹，包局长干脆不求了，三下两下把衣服脱光，对着嘴说："快快快，我们再生一个，娃子一落地就跟她离，我们双喜临门。"

又过了一段时间，晓珊在屋里实在待闷了，想出去散散心，又不想惊动司机跟着，就一个人搭车去了东湖，偏巧遇到包局长和老婆女儿在那里闲逛，有谈有笑，亲热无比，根本没有夫妻离婚的迹象。晓珊大大方方走过去，在包局长肩膀上拍了拍，暧昧地笑着说："老哥，陪夫人逛？蛮亲热呀……亲热。"

包局长尴尬地笑笑，嗯呀哦地回了几声，夫人女儿不友好地瞟了晓珊一眼。

晓珊心没散了，装了一肚子气回家，晚饭都没吃就上床睡了。刚睡下不久，包局长来了，一来就哭丧着脸说："完了，你今一闹腾，更离不了了，老的小的都起了疑心。"

"完了？完不了。她不离，我不成二奶了。必须离，马上离。"晓珊斩钉截铁地说。

包局长小心地说："当二奶也没啥，先等着，找准时机再扶正。你要不想等，就趁年轻去找一个，孩子我领养。"

天问听说干妹妹受到这么大的委屈，就请教我和久歌，怎么做才能逼迫他们离婚。万一他们不离，就去告他，该咋告？有啥程序。

晓珊不愿告，只想他们离。虽然没扶正，夫妻俩的感情还是很深的。

我想了想说："根据情况判断，包局长离的可能性小，除了非常手段，几乎不太可能。非常手段有可能违法，告了又伤害感情，也有可能鸡飞蛋打。老包这个人不错，你们感情也不错，不如好聚好散。我出几个方案供你们选择：第一，晓珊干脆找包夫人直截了当地摊牌，看看她什么态度，如何处理；第二，争取一笔青春损失费和孩子抚养费，这笔钱要能管你到老，养孩子长大成家，你不要孩子那又另当别论；第三，找个合适的成家，不要吊死在一棵树上，浪费了青春，不值得。"

天问看着晓珊，晓珊看看天问，说："我得好好想想，过去没往这方面想过。听听久歌的意见，你们在电视上见得多。"

久歌抓耳挠腮，端起茶杯喝了一大气，又沉思了一下，抬起头说："天问，干脆把晓珊娶了，我看你们干兄妹蛮般配，要不是老包插一杠子，说不定早成一对了。"

晓珊踢了久歌一脚，说："人家都急死了，你还有闲心开玩笑。"

天问脸立刻红了，插话说："业董在老岩屋遥控指挥，你也别闲着了，回公司把副董的担子挑起来，我们几个经理跟你一起铆足了劲干，谁也不靠，靠自己山里山外，做大做强。我就不信，离了谁还活不好了，咋的？"

没想到，这边晓珊还没动作，那边包局长却先摊上事了。

我猜想，天问一准被久歌点醒了，掉进温柔乡爬不出来，忘了酒店的业务。于是拨通电话，先问了问晓珊的情况，又把邓书记说的话转达了一遍，然后说："我过些时，要到神农架去征求书稿意见，你们把酒店安排好，也一起回去看看吧。"

临出发的头一天晚上，我们几个人在"房陵酒家"相聚，晓珊带着儿子来了，我们争相传抱，看到白白胖胖的小子，简直和晓珊一模一样，都说要是个姑娘，长大了又是一个美人坯子。久歌咋呼道："小子，叫爸，叫久爸。"

晓珊笑着说："还十爸啰，九爸。问问天问，答不答应。"

久歌哈哈大笑："你真上了天问这棵歪脖树了？一朵鲜花呀，插牛粪上了啰。"

大家都哈哈大笑。我说："你这半个媒人，线牵得好，天问一家三口明天回去拜望老大人，你可说是善事一件，功德圆满。敬酒，敬酒。"

我到神农架，第一个把书稿送给了宣传部李部长审阅。李部长翻看了一遍目录对我说，不行，全方位写神农架，少了一章，《黑暗传》、创世纪史诗啊，必须加进去，书稿我慢慢看，你先去采访文化馆古月干事。

在一间伙房、住宿和办公"三位一体"的矮小房屋里，我见到了有些邋遢的古月干事，一身又肥又大的灰布衣，皱皱巴巴地裹着瘦骨伶仃的躯干，他眯缝着双眼起身招呼我时，乱蓬蓬的头发一抖一抖的。就是他采撷了一朵奇葩——发掘整理出了汉民族首部创世史诗。得知来意后，他滔滔不绝地给我讲起了《黑暗传》的价值，《黑暗传》不光叙述了"神农尝百草"的故事，还生动地勾画了神农一生的完整轮廓，勾画了昆仑形象和盘古的来历，勾画了盘古之前最古老的混沌形象。创世史诗是一个民族叙述古代人的设想和追忆的天地，日月的形成、人类的产生、家畜和各种农作物的来源，以及人类的早期生活。在国外有著名的古罗马《荷马史诗》，我国北方有著名的藏族《格萨尔王传》、蒙古族《江格尔》和柯尔克孜族《玛纳斯》，南方各民族也都有流行的创世史诗，但汉民族没有发现史诗，不是没有，而是没有被发现，它就流传在房县神农架一带，在歌师们的口中、在丧葬锣鼓代思歌中传承了几千年。

古月干事拿出了著名神话学家原珂写给他的信，信中称《黑暗传》是中国民族创世史诗的首次发现，具有极为珍贵的价值。他说为了收集《黑暗传》，他变成了奔丧的夜游人，成了婚嫁喜宴上歌师们的虔诚小学生，成了怀揣纸笔走四方的文化乞丐。说着，他还沾沾自喜地又拿出一本《黑暗传》手抄本，无不自豪地炫耀说："为了这个手抄本，我给一个老歌师切了一天一夜的烟丝，手上磨出十几个大泡，就是它奠定了《黑暗传》能得到专家们认可、横空出世的基础。"

看到古月干事手中的手抄本，我心里咯噔了一下，那饱经沧桑的牛皮包纸，仿佛似曾相识。当我接过歌本，打开牛皮包纸，一眼发现贴在封面上的那张图案时，顿时惊呆了。图案上的画像无疑是堂爷，穿着长长的大布衫子飘飘欲仙，右肩挂着长长的旱烟袋，上面烟嘴齐肩，下边烟锅齐膝，左手握着喇叭远扬的叫口，高昂的头望着喇叭延伸的远方，恰似一幅临风傲骨图，去掉长衫和烟袋，又可使人联想到战场上调动千军万马的号手。这是包糯米的妻子精心为堂爷画的，可是那歌本连同封面画，不是被久香奶奶带进棺材埋在地下了吗，怎么会出现在古月干事家里呢？我猜测久香奶奶会不会是被人掘坟开棺了，气得张口结舌地问："这，这画，这歌本……你这是打哪儿弄来的？"

古月干事被我过激的表情吓住了，也结巴地说："你，你咋了？这歌本是我在堂爷那讨来的，咋啦！"

我又问："堂爷！哪个堂爷？"

古月干事肯定地答："大岩屋的堂爷呀，除了他还有谁叫堂爷。吹叫口，劁猪，做手艺的，唱代思的，家家户户远山近山，谁不晓得他呀。"

看我愣着没有搭话，又满脸疑惑，古月干事笑着解释说："意外吧，我也觉得是意外的收获，也算我幸运吧。很早，在房县文化馆与业香董事长相遇，她替我联系了堂爷，约定等堂爷去谁家打代思时，我去采风，当面请教，我还有一个奢望，就是想看到堂爷保存的手抄歌本。可万万没想到，出了那么多事，久香又把歌本带进了坟墓。"

"是呀，进了坟墓的东西，你是怎么得到的。"我更加纳闷，等着古月干事的答案。

古月干事嘿嘿笑，从我手里要回歌本，重新包好，摸着牛皮纸，说："宝，国宝哦。"

原来，古月干事零零散散收集了部分歌师们口口传唱的《黑暗传》片段，在一次民间文学和民族神化乡土文化座谈会上，引起了与会专家的重视。遗憾的是没有书本文字记载，缺乏整体系统性和权威性，后来听说堂爷能唱《黑暗传》里两百多首歌，可以几天几夜连续唱几千上万句不重样，从天地形成、人类起源、一直唱到各个朝代的兴衰，便买了一部收录机，又在薛刚反唐与纪鸾英扎寨的大九湖，买了一大捆高山金丝黄烟叶，跋山涉水找到了雷村大岩屋，心想歌抄本入土了，歌词还在堂爷肚子里，能把堂爷肚子里的词句记录下来，不也是《黑暗传》大全吗？

在大岩屋，堂爷告诉古月干事，土改前在一户大地主家见过一部木刻本《黑暗传》，好像有几大部分：《先天》讲述天地起源；《后天》讲述盘古开天辟地；《翻天》讲述洪水苍天人类再造；《活世》讲述三皇五帝功绩；《现世》讲述历朝各代英雄事迹……老地主怕抄家被人抢走，就把它藏到了岩洞里，可惜后来去取时，已经被毁坏了。堂爷的手抄本就是请人从那上面抄下来的。之所以要藏到棺材里，为的就是防止毁坏。

古月干事激动地站起身，手舞足蹈地对我说："当时我一听，可激动了。就拍着胸脯对堂爷保证，你完整地唱出来，我完整地给你录下来，回去整理出来，长久保存，绝对毁不了。"

我高兴地问："你都录下来了？"

古月干事丧气地回答："录个屁，堂爷一听说要录音，干脆不唱了。管他唱不唱，我就是不走，赖在那里，见事找事做，也不提《黑暗传》的事了。我见他烟瘾很大，鼓鼓的烟荷包没几下就瘪了，瘪了就到一个大袋子里又装满，那个袋子里装的都是切好的烟丝。我一想，自己背来一大捆烟叶，正好没事，都给他切成烟丝。"

我听说久香奶奶临走时，给堂爷切了一大袋子烟丝，能管几年，那哪是烟丝，是情丝哦。

古月干事说："我用一天一夜切完了烟叶，不知装到哪里好，业董就把堂爷装烟的口袋打开，让我往里装。这时，堂爷大喊了一声，干啥子？冲过来，一把夺住口袋，这一夺把口袋夺翻了，烟丝撒了一地。同时，掉下一个纸包，'咚'一声落在烟丝堆子上，堂爷盯着纸包就像刚才我给你拿出纸包一样，一下子愣住了，眼睛直勾勾的。业董弯腰捡起来，把纸包递到堂爷手上，只听堂爷深深地叹了一口气：啊，久香……堂爷抢着纸包进了里屋。后来，我们才知道，那就是堂爷珍藏的《黑暗传》手抄本，还有一个《诗经》民歌手抄本，原来久香并没带走，而是给堂爷留在烟袋子里。堂爷把歌本看得比命都金贵，生怕我动一指头，更别说抄录了。"

我说："那你是咋弄到手的。堂爷认定了的理，轻易不会改的。何况还有久香奶奶的情谊在上面。"

古月干事说："是写血书借来的，我咬破食指写的借条，三年为期，出书奉还。"

我说："你拿血书借？就是拿命借，没有说得通的道理，也是白搭。"

古月干事说："还是业董有水平，是她帮了我。她劝堂爷，久香姐为啥不带走？因为这是你的宝贝，是你看得比命都重要的宝，就像神话大家原珂和这干事说的，是国宝，你不是叫国堂爷嘛，你堂爷也是国宝，国宝就是国家的宝，你让他干事借去，就是为国家做贡献。久香姐在地下知道了，也会高兴的……"

离开古月干事家门时，他在我背后突然冒了一句："你是堂爷的孙子吧？堂爷说他有个孙子在部队，是搞写作的。"

我没有回答，心里想，在这样简陋的房屋里，竟然走出了一位世界名人，而这又与堂爷和堂爷的手抄本有着直接关系。可堂爷曾经把这么重要的手抄本交给我，伴随我在部队度过了好几个年头，直到探亲时才物归原主，我那时都未曾打开看过一眼，竟与如此重大的汉民族文化精髓失之交臂，这不能不说是一个遗憾，或者说是遗恨。

在遗憾中，我赶写出了一个新的章节，创世纪史诗——《黑暗传》，并完成全书意见征求和修正后，我带着书稿绕道房县，来到李家垭子新家看望父母。父亲一直为失去榆楠棺材，愤愤不平，更为左臂因此留下残疾恨之入骨。母亲无比的平和大度，深深地震撼和打动了我，母亲说："身外之物，能享用是福，享受不起是祸……"

遵照母亲的吩咐，我特地为久香奶奶定制了一个灵屋，仿照她喜爱的样式，给制出绿墙红瓦房，房子一角，是一棵欣欣向荣的榆楠树，树上架满鸟巢，有大有小的家雀子或飞或立……来到久香奶奶坟前，焚香烧纸磕头完毕，我将先前刊登在报刊上为根叔鸣冤叫屈的文章，与灵屋一同化为灰烬。

在离开久香奶奶坟地，转头回望的瞬间，我仿佛看见一只黑白喜鹊，站在久香奶奶坟前那棵孤单弱小的树上，朝我"喳"地叫了一声。

那是不是久香奶奶的化身呢？我不信神，所以没法弄清个究竟。

第十一章　金鸡凤凰

三十一

　　谷雨这天，包教授来到大岩屋，这是右派包糯米离开雷村后第二次来到大岩屋。去年，他带着两个实习研究生来这里，一方面是为了学生的毕业论文，另一方面也是为了金丝搅瓜的扩大种植，更重要的还是人工养殖大鲵。几十年的感情，放心不下哦，虽说人回了大学，心都一直系着老岩屋和老岩屋的人。隔不了几天，就电话联系一次，千里之外遥控指挥，关切的程度，比堂爷和业董还尽心。

业董心里想着，包教授还带着两个学生一起来，一定是为糯玉米、搅瓜、大鲵和油桃而来，为种植和养殖而来，为雷村乡亲奔小康而来，作为下放这里又返城回校的农林牧大专家，能做到这样，确实令人敬仰和佩服。一阵寒暄过后，业香拿出笔记本，准备正儿八经地向自己的老师汇报。包教授摆摆手说："你打住，现在没闲心听你那些数字。我这次来，不光是关心发家致富问题，更重要的是，要解决成家立业的事。"

堂爷笑笑说："大善人哪，你为了他俩的事，还专门跑到这里来一趟，太心诚了哦。打个电话，业香去道喜，不就是了。"

包教授没有搭话，挥手指挥着两个学生拿出自备的物品，张罗着把岩屋装扮成婚礼殿堂。堂爷和业香是岩屋的主人，能在这里给两个大学生置办婚礼是多荣幸的事哦，不仅给自己，也是给千年老岩屋争光。

堂爷说："老包你坐着不动，我跟业香来，你有啥想法，直管说出来。包你满意。"

包教授看着堂爷、业香和两个学生高兴地忙碌着，乐得合不拢嘴，他背着手臂，哼着小曲，摇头摆脑地瞧来走去。大红的双喜字挂在中堂，四根立柱上贴着红对联，喜糖、果盘摆了一大桌子。一切布置停当之后，包教授从提包里拿出标注着新郎新娘的红花，给两个学生戴在胸前。这时，堂爷突然喊叫一声："等一下，我去放几声喜叫口，传传信、报报喜，好让山上山下同喜、同庆。"

跟着，嘹亮的叫口声响彻山谷。等堂爷吹完叫口进屋，包教授已将新娘的红花挂在了业香胸前，又拿着另一朵新郎的红花，笑眯眯地向堂爷走来。堂爷不知所措地说："老包，你疯了。"两个同学笑嘻嘻喊："大姐夫，快戴上吧，我们学姐都等不及了。"

包糯米脸一沉："咋了，我没资格做主？没资格当主持司仪？你记不记得，四十年前的今天，在山下你堂爷的堂屋里，是不是我这个右派，为你们父子两对新人主持婚礼……同喜同喜，天地同庆，老少同喜……你忘了？"

堂爷难为情地犹豫着。业香大方地拉住堂爷的胳膊："扭捏啥。在你心里，我早是你的人了，对吧？还不好意思承认。"

包糯米说："她们三个都是我的学生，业香虽说是函授毕业，毕竟是我教的。你算是我老师，司仪老师嘛，今天，我就用老规矩，为老师和学生做司仪，请配合一下，可不许拆我的台。"

……

新婚之夜，堂爷和业香说了大半宿话，直到天快亮了，堂爷才安静地睡下。业香睡不着，早早起床把早饭做好，然后坐到办公桌前，拿出计算器算起账来。

去年的收入，哇鱼子是大头，赚了一百一十多万元，加上金丝搅瓜、油桃、阳荷和糯玉米毛收入近两百万元，这些收入都有包教授的汗水和心血，黄米酒坊八万元和收购站十七八万元，也与包教授的推介宣传分不开。这是业香回乡设办事处以来的大丰收年，头几年收入在山里人看来虽说也不少，终归还是薄本生意，小打小闹，办事处今日能走上良性循环之路，多亏了包教授。除去修路、修敬老院、扩大再生产的投入和给办事处打工的村民分红，剩下二十来万元得留着发展用。刚到账的十万元定金，那是买娃娃鱼的预付款，必须从中给包教授分五万块红包，这是应该得的智力补偿，不管包教授多有钱，看不看得上这点小钱，都必须给。

包教授到山林里早锻炼去了，业香拿着计算器等他回来，人刚一进岩屋，她就叽叽叽地报了一串数字，最后，有些不好意思地把分红包的事说了。包教授听到要给自己红包，眼睛一瞪，火了："咋的，昨天高兴过头了，今天糊涂了。要你的红包，在'野味久香'和'房陵酒家'不早要了，还等到跑这山里来。"

业香像做了错事的孩子，红着脸争辩说："你总得讲点情理吧，我们这也是投资。"包教授更火了："给我投资？投资大鲵去，我已经给你订了五千尾娃娃鱼苗，你有钱没处用，那就再增加几千尾吧。"

争吵声惊动了床上睡觉的人。堂爷知道为啥争吵，也明白是这个结果，所以没有起床，只是从被窝里抽出半截身子，靠着床头，抽起了旱烟。金凤枝和云梦泽不知老师和业香发生了什么事，穿着睡衣，慌忙跑了出来，包教授这时已往岩屋门口走去，金凤枝追到包教授身边，突然一声尖叫：

"哇！凤凰，凤凰。"手指着不远处树上起舞的鸟，惊叫道："哇！哇！哇！凤舞九天，我见到了。大岩屋，我美丽的家园。"

金凤枝冲动的神情，把生气的包教授和业香都逗笑了。

那不是凤凰，是雷村最喜欢的金鸡，大名锦鸡，或红胶锦鸡，俗称"十样锦"。因为它们金丝羽冠，窈窕玲珑，身披红、黄、紫、橙、蓝、青、褐、黑、白、灰等十种颜色，鲜艳夺目，华丽无比，常常于太阳出山之际轻歌曼舞于绿枝之间，有"森林早晨的舞女"之雅号。

包教授说："没见过吧，少学问了。这种金鸡是名贵的山珍野味，肉鲜嫩，味芳香。那一身金丝皮毛更是宝贝，即使干枯了的羽毛，仍始终闪耀着耀眼的金属光泽，从不同角度看去，可得到不尽相同的色觉，随着光线变幻出奇妙的颜色，如雨后的彩虹，是国际市场畅销、价值昂贵的装饰品，你这么喜爱，让堂爷大姐夫去弄一只回来尝鲜，皮毛留作纪念。金鸡假凤凰，学姐学弟共乐乎。"

业香笑着说："啥真鸡假凤凰。我们包教授就是一只能下金蛋的真金鸡，更是一只一飞冲天的真凤凰。学弟学妹你们说说，他应不应该得到红包奖励？"

包教授说："奖励谁都没奖励你重要。你为我们农大学子提供了论文研究的第一手资料，使他们能够把科研论文刻在这片神山圣土之上。你为雷村延续了旺盛的人间烟火，使搬走的乡亲们燃起了回来兴山发家的希望。你才是金鸡，不，是凤凰，一只从深山落荒而逃，在经过浴火重生之后，又义无反顾回归山林，忘我地深情鸣叫、展翅翱翔的金凤凰，多姿多彩的凤凰神……"

凤枝和梦泽兴奋地望着包教授，说："好美呀，太美，太文学了。老师，你何时由农学家改为文学家哪，这界跨得有些远吧。"

业香这时突然想起了桃园，"哎哟"叫道："彩凤今早要到桃园杀虫，等我送药去呢。"

包教授带着两个学生赶到许家洼桃园，彩凤背着喷雾器，一手摇把一手举着喷枪杆，吱吱地往桃花灿灿的树上喷洒，浓烈的六六六粉刺得他们直打喷嚏，包教授一边打喷嚏一边喊"住手"。彩凤不知喊谁，不理不睬地继续喷洒着，包教授走上来，一把扯下喷雾器，把彩凤扯了一个仰八叉，药水淋了一身。彩凤泼辣，不问青红皂白，爬起来就把包教授也推了个仰八叉，嘴里骂道："你谁呀？戴一个驴笼头，跑这儿来装大尾巴狼，闲得管到老娘头上来了。"

业香见彩凤还要动脚，厉声喝道："彩凤，他是教授，不许无礼。"

彩凤气愤地说："禽兽，跟女人动手动脚。他才无礼，欺负一个八竿子搭不上的女人，禽兽不如。"

凤枝和业香一人一只胳膊把包教授拉了起来，梦泽从草地上捡起变色镜架到他鼻梁上。包教授伸手抬起眼镜，从镜片下方打量着彩凤，嘲讽地问："你就是毒死过丈夫的，熊彩凤？真狠哪，难怪对男人下手这么狠，对根叔也这样？"

彩凤闹了个大红脸，心想，眼前站的莫不就是大家传说的包右派。

包教授去年离开时，反复交代过，果品蔬菜一律不准打农药，雷村的食品要走一条"高山纯自然"品牌之路，尤其是油桃更不能沾染农药，以确保口味奇特，要能吃出桃子的鲜、梨子的甜、苹果的脆，既能生吃，又能加工成桃子罐头、桃子蜜饯、桃子果酱。如果油桃受到农药侵蚀，就会改变味道。可是村里人不以为然，桃子树最招蚂蚁和虫子，蚜虫、介壳虫、冥蛾、卷蛾、尺蠖、叶螨，这些虫子都特别爱吃嫩叶、花芽、花骨朵和成长中的桃子，今年春上花苞刚开，被蛾子盯上了，根叔就让彩凤洒药，保证收成。

彩凤解释说："业董是不让我喷药，说是保证桃子的品位和看相，可花骨朵都被啃了盯了，那还有啥看相、啥品位。再说就是长成几个，能卖几个钱？"

包教授说："农药才出现几年，桃子的历史多悠久，王母娘娘蟠桃会上的桃子，洒过农药没？没有，你看那多鲜艳，当然，那是神话。从古至今，多少皇亲国戚贬到这大山里，他们吃桃子吗？肯定吃，贬到哪里他们也忘不了享受。从古至今，有多少与桃子有关的诗歌、唱词。我们不要依赖农药去保产量，植物也有依赖性，农药接受多了、依赖久了，油桃有可能就不是原先的油桃了。办法有没有？可能有，也可能没有，得试验，试验成功了就有。我研究了一种方法，你们可以去试，就是用干辣椒和干花椒煮水，对桃树进行喷洒，在桃树打花骨朵时节喷洒，浓度要稀，量不要过大。效果如何，真不敢说，几个月以后就能见分晓。"

彩凤半信半疑，说："根发在劳改农场种了好多年菜，从来都是打农药，好像用得最多的是敌敌畏，没听说过辣椒水和花椒水能杀虫。这招要真能行，还花钱买农药干屁。"

业香问："根叔怎么没来？"

彩凤回答："在地里给搅瓜上肥。哦，顺便问一声教授，辣椒和花椒水对搅瓜秧子有用吗？青油油的叶子呀，都被肥嘟嘟的青虫子吃得大窟窿、小眼的。"

"走，我们下山去看看，这也是凤枝研究的项目。"包教授说走就走，人伙一块跟着下山。

众多农户搬走了，荒芜的剩地多，为成规模发展金丝搅瓜提供了空间。业香动员根叔组织没走的乡亲种瓜，房前屋后、沟沟坎坎、坡地平地长满了瓜秧。站在半山腰往山下一看，包教授乐了："两个月，两个月之后，这片片浓绿必将是一大片金黄，满山尽带黄金甲……业香喜抱金娃娃啰！"

熊彩凤说："好种出好苗，好葫芦做好瓢，有了教授的好种，不光业董，人人都抱金娃娃。"

包教授看看大家，笑嘻嘻地说："对，对，抱，人人都抱，凤枝也抱。"

业香调侃道："科学家也有不懂的科学，金凤抱的是金凤凰，那可不是两个月的事。培育瓜种归你教授负责，抱金娃娃那得瓜秧说了算。"包教授说："没有好种，能长好苗？会产好瓜？我们这金丝搅瓜，就是雷村独有的好品种。"

大家站在山腰上像是开起了金丝搅瓜研讨会，这种搅瓜适应于15℃—27℃生长，具有抗病毒、耐储藏的功能。雷村全年处于30℃以下，是生长优质多产搅瓜的绝佳之地。只要施肥管理得当，结出的果实壮如西瓜，瓤如粉丝，可热炒、凉拌，味道鲜美，清热解毒。含有十八种维生素和丰富的氨基酸、蛋白质、碳水化合成分，尤其是含有其他瓜品没有的葫芦巴碱，具有调节人体新陈代谢之功效，营养丰富。瓜味清香、微甜、脆爽，天然粉丝，纯绿色佳品……久藏不失鲜美，常年随时都可尝鲜。

业香高兴地告诉包教授，金丝搅瓜已经成为办事处除了娃娃鱼之外，第二大既赚钱又吃香的产业，连续几年都供不应求，所以，今年把适合生长的地都种上了搅瓜，交由李根发全权经营管理。长势好了，我们还打算开一个金丝搅瓜客户见面会，把有关酒店、菜店的供货商请来，赏瓜、品瓜、订瓜。

包教授激动了："遍地金黄呀，山野飘香，人来人往。一条黄丝带环绕着雷村飘荡，不，黄色产业带，还有神农一号黄玉米。不不不，还有红油桃，还有娃娃鱼，红、黄、黑，一条龙产业带形成了。报社、电台、电视台一定要请。凤枝，从现在起，给我盯紧了。"

梦泽也激动了："老师，你可要带我一起来啊。我们要听你讲述，丝瓜、南瓜变搅瓜的由来，讲述搅瓜的营养价值，讲述搅瓜的养生功能。"

包教授说："能不能成行，我们说了不算，关键是看种瓜人——李根发的能耐。"

"还有我，我们拼了命，也得让你们在会上跟大家见上面。"彩凤见过根发两次在大庭广众之下受表彰，可那是在监狱的操场内，搅瓜见面会要在家门口开，多风光长脸的事哦。她迫不及待地要把喜讯告诉男人，挥着手臂，疯狂地往山下跑去，边跑边喊："根发，根发，要见面了……你，你又要上报纸了……"

根叔在给瓜苗浇肥，看到业董带着教授一行来到身边，连忙把手在衣服上擦了又擦，他知道，教授一定会和他握手。包教授手上握着，眼睛却盯着粪桶，看了看，问："浇的啥肥？好像没有粪味。"

彩凤抢着回答："化肥，都化了，你看。"抓起水瓢在粪桶里搅。

包教授把握着的手用力一甩，眼珠子一瞪，镜片里闪出两个黑白的问号："谁让你浇化肥的？没人告诉你不能上化肥吗？我再三嘱咐，多施有机肥、土杂肥，不施氮肥。你是要倒口味，砸牌子吗？这是败家子败家败业呀。知道立一个品牌多不易吗？食客的口味、口感、口碑倒了，你种再多做啥用，沤肥呀！"

根叔望一眼业董，为难地说："人走得差不多了，连猪、牛都没几头了，没有那多农家肥，打哪儿弄呀？原来学校肥多，现在学娃子也没了，都变成了五保。"

包教授摇了摇头，说："业香，你给我把住关，化肥一律不准用。没农家肥就杀青，围着地边，多挖几个池子，沤青肥。"包教授说完肥，又想起了药，便蹲下身在瓜秧子上捉住一只肉虫，说："在瓜秧结花苞之前，可以打一道药，主要是防止咬叶啃心。开花蒂瓜之后就不用再打药了，在育瓜种时已经注入了病虫害抗体，搅瓜自身带有抗病功能。"

根叔心里有底了，一块沉重的石头落了地，便轻松地问包教授和业香，打听见面会的事是真是假，见他们都点了头，精神头一下子来了，斜着彩凤说："你长地里了？一点眼力见儿都没有，教授来了，还不快去弄好吃的。把那只金鸡子烧了，我这就去，捉一条哇鱼子回来。"

彩凤扭着屁股，一摆一摆地往家跑。教授说吃饭还早，剩有时间，去看看养娃娃鱼的情况。一行几个人，又有说有笑地离开了瓜地。

大岩屋那片高山峡谷的娃娃鱼全是野生，经过包教授当年保护性开发繁殖，食物链和生存空间基本饱和，业香采取的策略是维持平衡，重在育苗，卖哇鱼种每年能卖多少。其他沟壑适应野生养野生，不适宜则以人工育苗投食放养为主。更多的是采取农户寄养，小户五十尾，大户三两百尾，山里人家房屋多挨山而建，农户便靠山搭盖偏房，朝山里挖出深洞，阴凉潮湿，适应哇鱼子低温生存。成本低、收益高，代养积极性大。人工养殖多了，鱼食便成了问题，业香就把半条河沟给租了下来，从县鱼池买来大批小鱼苗，放进河里生长，供养殖户捕捞。河水是流动的，鱼是活的，哇鱼子喜食，不仅生长得快，而且肉嫩味鲜，深受买家喜爱。

包教授从室内的室温、水温和通风、通水，到室外养鱼的河水质量，都一一问过。最后用喝水的杯子取了一杯样水，交给梦泽带回学校检测。他说大鲵是第四纪冰川期存活下来的生物活化石，气温、水质和食物是特殊三要素。包教授要研究这种生物活化石对生存环境、食物养生、人体细胞的贡献价值。再说了，新盖的厕所三天香，再好的东西也有厌烦的时候，歌星影星谁保得住一直光亮，何况吃的东西能一直火下去。退一步说，就算能一直火爆，别人不眼红？你能人工养殖，人家不能？

业香说："肯定都能养，遇到大主，包几面深山峡谷，盖几栋大车间，啥都有了。"

凤枝说："现在时兴广告，人家找个大腕明星，拍成电视片一播，弄不好，孙子变成老大，反过来告你侵权欺诈呢。"

包教授说："所以，搞清楚它的由来历程和潜在价值是重中之重，抢占制高点，唯我独尊是当务之急。所以该开的见面会要开，不要怕花钱，该讲的我也要讲，我不怕谁会说我给你们站台，一个教授站一个村的台，全国要富多少个村哪。不光哇鱼子、金丝搅瓜哦，我再重申一遍，包括油桃、糯玉米，这下该明白我说的红、黄、黑产业了吧。"

业香点着头，不停地说明白，根发手里捧着哇鱼子，不停地"哇哇"叫，几个人的肚子也跟着咕咕叫。

哇鱼子真香。大家边吃边说，包教授研究培育哇鱼子的功夫深，烹饪哇鱼子的手艺更精到。干脆把教授辞了，开个哇鱼子养生馆，不出几年，绝对成为亿万富翁。

这时，随着一声"好香哇，哇鱼子"，闯进两个人来。

"狗鼻子呀！"业香连忙站起身，说："啥会儿回来的？快，站近点，让我看看你嘴。"

包教授和梦泽、凤枝看着业香，感觉她的举动有些怪怪的。业香摸了摸来人的嘴唇，笑着说："红嘴呀。教授，红与黑，不是你给他起的洋名吗，忘了？"

红嘴说："业董说业务需要，掏钱给我做了整形手术。"

包教授恍然大悟："啊？红嘴，红与黑呀，都不认得了。"

彩凤从厨房跑出来，瞅着红嘴看，根发说，乌龟瞅蛋哪，没完没了地瞄。彩凤摇着头说："红嘴子，黑嘴子，牙上贴着白纸纸，都看习惯了……这弄得红不红、白不白的，看到好不舒服，好像不是你了。"

红嘴邪皮地说："来，亲一口，试试还是不是我，舒不舒服。"

一屋子人哄笑，跟在红嘴身后的来人也尴尬地笑着。业香发现冷落了客人，嗔怪说："红嘴，请这位客人入座，贵姓？"

红嘴说："光顾高兴了，范总，贩哇鱼子来的。"

来人拿出名片，一人发了一张，说："我姓范，做水产贸易，可不是贩鱼的二道贩子。上午打电话给业总，有个叫堂爷的人接电话，说你陪教授下河了，冒昧来打扰，请见谅。"

红嘴说："我们是在村口才碰到的，没搞清楚情况。也没多问，老远闻到香味，慌着赶口福来了。"

彩凤说："你呀，是裁缝掉剪子——只有尺（吃）了，啄鸟子死到树洞里——吃亏一张嘴，听听你嘴里冒的屁，还有人味吗？"

大家听着红嘴说话的声音确实不大对味。

业香觉得红嘴是办事处副主任，负责收购站的对外贸易，代表着公司的形象，所以才动员他去做手术整形，可想不到嘴唇整好了，却把声音整变了，变成了娘娘腔，不男不女，心里有些纳闷。红嘴晓得大家为什么都像不认识他一样望着他，便说，手术做得很成功，就是说话有些不利索，专家就让学仿声，天天对着一盘磁带，学鸟叫，还说只要鸟音找准了，自己的本音就自然回来了。我想，山里鸟多，学鸟叫还不如回来学，不能浪费业董的钱，没等恢复利索，就提前出院回来了。

凤枝说："这是好事，白学一门绝技。仿声学可是一门学问。说不定能派上大用场，你看电视上的口技演员、相声表演者都受追捧。"

范总听说过业董回山打拼的事迹，而且是在村民走的走、搬的搬，差不多村快空了的时候回山的。此时，当面听了业董自掏腰包为员工美容，以及包教授实施哇鱼子、金丝搅瓜项目的来龙去脉后，他激动地一拍皮包，动情地说："我本来是冲着哇鱼子来的，而且我也只做水产，从不沾蔬菜生意。冲这顿饭，不白吃，我下二十万元定金，十万元养鱼十万元种瓜，现在就写合同。"

业香按住范总的手，说："局气。一看你就是爽快人，先不说钱，你亮堂，我们也亮堂。哇鱼子我可以给你，人工培育和半野生各一半，生意嘛，总得留些余地。金丝搅瓜我答应不了你，我们计划了，要召开供货商见面会，你先给我买走了，我咋开会？拿啥给客人签合同呀。"

范总想了想，说："我把订购合同先签着，先不拿瓜。开会时我也是客商，我就当着其他客商的面，与你再签一次，我第一个签，就算起个抛砖引玉的砖头瓦块，这总可以吧。"

包教授认为这主意不错，既不影响见面会，又能起到示范引领效应——业香卖瓜，范总现夸。

本来，范总是奔哇鱼子订购合同而来，签完手续下午就应该回城，可他额外捡了一笔大单，却不忙着走了，跟着业香和包教授满山转悠起来。你不得不承认商人捕捉商机的头脑，比一般人更加灵敏的嗅觉，使范总对雷村的特殊资源产生了浓厚的兴趣，看了油桃园订购油桃，走过阳荷沟订购阳荷。红嘴不解地问："你一个水产商，咋对水果和蔬菜动起了脑筋？"

范总认为："商机商机，生意经营得好坏重在把握商机，机会来了没把握住，就会错失良机，就像打仗，兵无定法，瞬息万变，掌握战机就掌控了制胜的主动权，谁规定做水产的就不能经营水果蔬菜了。商人商人，就是能琢磨商业秘密的人，机会有时是人琢磨出来的。奸商奸商，其实应该叫见商，说奸商不准确，就是能看见别人看不见的机会，看见了就要削尖脑袋往里钻，钻对了路子，就能看见更大的商机。当然，商人嘛，无利不起早，免不了干一些利己但不损人的事，这不能算奸。就像孔乙己说的，读书之人，窃书不为偷。"

说着，范总拍拍钱包，说自己是胡说八道，堆起一脸的坏笑。

　　业香说："领教了。范老板是商界高人，别光顾自己发财，请你为我们也指点些发展的商机。"

　　范总说："业董占山为王就是商机呀，不过，山和林的作用还没显现出来。山中游、林中乐，应该有文章可做。还有一个，就是你们的酒，黄米酒做了，但做得不大不强，为什么不把神农一号做成糯玉米酒？或者就叫老岩屋黄米酒、老岩屋糯苞谷酒，白酒绵柔，黄酒甘甜，姊妹花，夫妻乐，比翼双飞。你做，我给你代理。"

　　业香受到启发，想到了野外的原始休闲旅游，又想到了餐桌上的养生，辽参小米粥为何不能改为糯玉米辽参粥、糯玉米鲍鱼、糯玉米香茶？业香沉浸在憧憬中，范总连叫了几声都没有反应。包教授摇摇手说："让她想想，不久的将来，你说的话可能就被她变成了现实。"

　　这时，一只金鸡扑棱棱从林中飞过，鲜艳亮丽的羽毛在阳光下闪闪发光，长长的五彩尾巴，在林中划过一道道弧线，忽而如雨后彩虹，不时又像夜空的彗星飞去。凤枝兴奋地惊叫："凤凰、凤凰，你为何不鸣叫？"梦泽纠正说："不是凤凰，是金鸡。"凤枝固执地叫道："金鸡凤凰——，我要听你鸣叫。"

　　"叽叽——叽。叽叽——叽——叽。"此时，突然又响起了金鸡的叫声，动听的声音仿佛就在身边，凤枝身前身后找了一圈，再抬头时，金鸡已飞得无影无踪了。业香回头看了一眼红嘴，没有说明。范总说："大学生这么喜欢鸟，我回头送你一只八哥，不仅会叫还会说话。"

凤枝问："范总也喜欢鸟？会说话的八哥，太好了。"

范总回答："我是养鸟协会的，家里鸟不少，可没有这林中的自然鸟可爱。"

红嘴插话说："只要凤枝同学喜欢，自然的野鸟还不容易，明早，我给你抓一只回来。"

凤枝说："真的吗？我要金鸡凤凰，和我一起陪着业香姐这只凤凰。"

梦泽瞪大了眼睛，问："你不走了？"凤枝点点头，抱住了业香的肩膀。红嘴热烈鼓掌，包教授和梦泽愣了一下，也跟着鼓起掌来。

晚饭后，包教授把凤枝和梦泽叫在一起开会。包教授开宗明义地问凤枝："是深思熟虑下的决心呀，还是一时冲动？留下的目的和打算是什么？梦泽怎么办？"凤枝说："从开始填志愿选择上农业大学，就想过要为农业农村做点什么，从农村走出来不易，所以更明白农村的艰难。改革开放了，政策好了，农村特别是深山的农村，却跟不上时代，落伍了，农民们放着满山的金娃娃，跑到城里讨生活去了，成了不受欢迎的流民和贱民，处处招人白眼。"包教授理解凤枝的心思，从业香走出山村，在城市打下一片天地，又毅然反哺山村，能为深山的发展烧起一片燎原之火，这足以说明，山村更需要有知识有胆识的带头人。

凤枝告诉包教授："我是您的学生，从本科读到研究生，您应该了解我的志愿。现在要我留校任教，我觉得自己年轻，正是到一线打拼的时候，有了实践经验，再站上大学讲台，我才能胸有成竹、理直气壮。我申请，请求学校给我三年时间，我要把博士论文写在雷村的土地上，娃娃鱼、糯玉米、金丝搅瓜、油桃——红黑黄产业的由来发展及价值，就是我论文的大纲。"

包教授被感动了，自豪地说："我为有你这样的学生骄傲，我相信，学校也会为有你这等的未来博士骄傲。申请的事我负责，你的博导不是我，应该是你的学姐——业香。"

业香拍着巴掌从房间来到大厅，伸开双臂抱住凤枝，笑着说："我抱到，可以天天抱到。博导还是老师的，想撂挑子呀，不行。"

堂爷也笑哈哈地走出来，说："白天你抱到可以，晚上谁抱到她呀！看看这大红的喜字，梦泽咋办？"

凤枝说："好办，他要愿意，可以一块留下来。两地分居也没关系，一时间也不慌要孩子，他在城里留守，我在山里坚守。堂爷你在山里守了一辈子，业香为你也守了三十多年，终于守出了一番大业。我们只守几年，咋了？还值得怀疑呀。"

夜里，睡在床上，梦泽说："我也想留下来陪你，可我学的是电子专业，在这山里发挥不了作用。电子更新换代又快，耽误几年就全耽误了。"凤枝理解梦泽，并不强留，只是心里还是有些不爽。她想，发誓唯我马首是瞻，一切围着我转，跟我转就应该配合我的行动，那才叫爱。转念又一想，觉得有些苛刻，自己突然决定留下，又没和他商量，是不是爱得有些自私。梦泽想，自己是理解凤枝的，凤枝和业香一样，性格豪爽，又有自己的主张，心强好胜，梦想美丽，追求的目标远大，看准了的事是改变不了的。特别是凤枝看到业香和堂爷的爱情，能不激动？看到业香为红嘴为乡亲们，为敬老院的五保老人做的事，能不感动？看到业香发展红黑黄产业链的壮举能不冲动？可是，梦泽对凤枝还是有些不理解，你有这种想法总该先商量一下，听听自己的看法吧，当着那多人张嘴一句"留下"，也太不给面子了，是不是没把自己当回事，或者根本就不爱自己，只爱她的事业呢？梦泽就这么翻来倒去，胡思乱想地进入了梦乡。直到凤枝捏鼻子扯耳朵才把他弄醒，两人如胶似漆地缠绵了一阵，天已经大亮，有鸟鸣声清澈地传进岩屋。

凤枝走出岩屋，伸了个懒腰，听见树上鸟叫，抬头望去，一只五颜六色的金鸡正对着她笑。她转身把梦泽从床上拉起来，跑到岩屋口，指着树上的金鸡喊："金鸡，金鸡——你好。"金鸡好像听懂了她的问候，更热情地对她欢叫。凤枝听了好大一会儿，金鸡间断地叫着，她挥手催金鸡离开，谁知金鸡赶也赶不走。业香和堂爷走过去，看见金鸡腿上有根绳子，一头捆在树枝上。堂爷把金鸡逮回家，找了个鸟笼子装起来，金鸡吃着食，叫得更加欢快。

业香说："红嘴叫得跟金鸡一模一样……"

包教授和梦泽走了，临走时，凤枝把他们一直送到山下，然后把心爱的金鸡交给了梦泽。

红嘴知道梦泽带走了金鸡，担心凤枝孤单。大城市生活惯了的女学生，猛然过上了孤山野洞的生活，难免不太适应，虽说有堂爷和业香住一个岩屋内，毕竟各住各屋，无聊时连个说话的对象都没有。一连好几个早晨，红嘴天不亮就上山，模仿金鸡叫，好不容易又逮住了一只金鸡，他仿照先前做法，又用麻线绳把金鸡绑到树枝上，金鸡不停地叫。凤枝睡不着觉，早早起来，刚好看见红嘴从树上下来，便双手捧成喇叭，小声喊："笼子，没笼子。"红嘴吓了一跳，扑通摔在树下。

　　红嘴爬起来，捧着金鸡来到凤枝跟前，说："我晓得你一时间睡不好，就想给你弄个说话的陪伴。这是只母的，我用它再弄只公鸡，一起送来。"

　　凤枝问："能行吗？"

　　红嘴说："金鸡早上求爱，它一叫，公金鸡就飞来了。它不叫，我会叫哇，我帮它求爱，还怕公鸡不来？"

　　过了几天，凤枝早上又听见金鸡在叫，出岩屋一看，红嘴果然提着两个鸟笼子，一公一母，一红一灰。两人咪咪笑，业香在屋里听见声音，问："凤枝，大早上，你做啥？"

　　凤枝没想，脱口回答："求爱。"话一出口，突觉不妥，又说："金鸡，金鸡求爱。"

　　业香披着衣服出来，看了说："红嘴，真有你的，为了凤枝留下，你费心了。"

　　红嘴嘿嘿笑："人家为办事处留下来，我们连这点喜好都满足不了人家，还叫啥办事处。再说，没有办事处，我能有这嘴上功夫。"

堂爷走出来，说："红嘴，你会嘴上求爱，那就抓紧多求几只，金鸡成群，也好为金丝搅瓜见面会增添一道景色。"

业香和凤枝为产业忙碌。堂爷说："我为你们喜爱的金鸡忙碌，早上让它们笑着送你们出门，晚上陪它们喊着你们回家，争取给你们生一窝小金鸡，说得两个女人像打了鸡血，兴奋地跑进跑出。"

金鸡自由飞翔惯了，堂爷不忍心它们关在笼子里，发出一声声哀怨的鸣叫，后来红嘴又送来几只，鸟一多，叫得使人听到更难受。堂爷便选了两个较大的侧洞，用藤条编织成网状门，把金鸡放在里面。虽说是小范围自由，可给足了它们求爱的时间，后来，果然生出了一窝窝小鸡。

凤枝欣赏着可爱的小金鸡说："了不起呀，没想到堂爷的金洞银窝里，竟会飞出这么多像学姐一样迷人的金鸡凤凰。"

业香不好意思地对凤枝说："梦泽不走，你们的小金鸡也差不多了。"

三十二

山上糯玉米漫野青翠，山下金丝搅瓜遍地金黄，山上山下处处丰收飘香，娃娃鱼在缺少娃娃的山乡里此起彼伏地歌唱。

金丝搅瓜见面会改成了金丝搅瓜丰收节。村上乡上的领导来了，远近往来和无往来的客商来了，甚至连部分从雷村搬走和外出打工的乡亲们也回来了。熟悉和不熟悉的来人，都不得不承认，一个人口所剩无几、被撤并的山村确实变了，变得有生气有活力有希望了。丰收节虽然是业香董事长自办的，村上考虑到有镇里领导，又有客商和新闻记者参加，便决定由村文书陈延军主持仪式。

丰收节主要是看现场，没有正式会场，来宾统统站在地头和河岸上。雷村自从实行责任制，分田分地大包干后，就没这样热闹过，更不要说聚集这么多外地人，东一堆西一坨，南腔北调地嚷嚷，从山外回老家的人，更是大眼瞪小眼，叽喳喳闹腾地止不住嘴。

陈文书扯破嗓子喊道："金丝搅瓜丰收节，第一项：百鸟朝凤，金鸡凤凰迎宾。"

没等陈延军的话音落下，山锣鼓就从一家农户的房顶上骤然响起，一阵激烈的锣鼓之后，声音由高变低。堂爷双腿叉开，站在房顶正中，左手叉腰，右手高执叫口，冲天吹了三声，然后随着锣鼓点唱了一曲《百鸟朝凤》。红瓦屋顶上，堂爷和锣鼓匠在阳光下的造型，吸引着人们的眼球，大家还没收回目光，陈文书又喊："金鸡凤凰——迎宾——"

这时，瓜地坡坎上缓缓站起一个男人来，只见他伸开手臂，做翅膀状扇了几扇，又缩回双臂，两手在嘴前拢成喇叭形，跟着发出一连串鸟鸣。突然，沿着瓜地四周的山林中，跟着传出众多鸟鸣声，此起彼伏，长长短短，激起一片悦耳动听的涟漪。

来宾们循声张望，陡然发现，野林中呈现出无数的青灯笼，笼子里五颜十色，随着阳光和树荫的不同而变幻莫测，所有的眼球都被吸引住了，瞳孔放大了，眉毛夯开了，嘴唇张圆了。大家清晰地望见，笼子中有鸟在扇动翅膀，像贵妇人抖动着五彩被面，足有一尺多长的花尾巴，翘上翘下，宛如苏州刺绣真丝围巾在随风飘动。奇妙的天籁鸟音，就是从那林间笼中传出来的，巨大的鸟笼是拐枣李特制的，能容纳鸟儿们在里面自由活动。远道而来的客人们惊呼道："凤凰……凤凰……"

雷村的乡亲们纠正道："金鸡，金鸡。"几个妇女议论道："豁嘴子不豁了，啥时候会学鸟叫了？"几个男人奇怪地问："山里住几十年，没见过这么多成堆的金鸡呀？才走几年呀，它们打哪儿来的呢？"

议程第二项：包糯米教授产业科普讲座。

包教授招手向大家致意之后，说："我今天来，是为了庆丰收的，十几年前，我就是雷村的社员。可以毫不忌讳地说，我见证了雷村在党的领导下，从农业合作社发展到今天的规模。尤其是见证了雷村的金娃娃，从孕育到出生，再到壮大的全过程，什么是雷村的金娃娃？金丝搅瓜就是，不仅这是，还有培育改良而来的哇鱼子、糯玉米、油桃都是，我把它们称作红金、黑金、黄金娃娃，红黑黄产业，就是我们产生金娃娃的富矿。讲座就不讲了，大家都站着，也没地方坐，我要说的叫——金娃娃的心路历程，也叫金娃娃的由来和创新发展价值，都写出来了，印在纸上，发给大家自己看，你们认为有点益处，就留着，要觉得没用，尽管撕了，擦屁股也行……"

乡长说，包教授讲话站得高望得远，风趣幽默，带头鼓掌。大家"哗哗哗"都热烈鼓掌。陈文书等掌声停息下来后，说："下面，请来宾尝瓜品酒，地里的瓜现摘现搅，管够。酒是才试酿的糯玉米白酒，请大家品尝之后，留下宝贵意见。"

　　地头上摆着两张大桌子，客商们纷纷下地选瓜，问长问短。业香、凤枝、彩凤、俊巧儿、根叔、红嘴一边忙着跑腿服务，一边积极地解释宣讲。

　　水产商范总边吃边喊："业香董事长，拿纸笔来，我要签约。搅瓜、娃娃鱼各十万元；玉米酒五万元。"

　　李文书乘势宣布，第三项：来商签约。

　　业董呵呵笑："不忙，吃完再签，跑不了。"

　　范总放大嗓门嘿嘿笑："我要签的是第一单。跨界了，水产、水果、粮酒一齐上，记者同志们，值不值得上头条哇。"

　　记者们一窝蜂上来，把范总和业董站着的桌子围得严严实实。其他客户也想签约，却挤不进身子，叫喊道："让一让，让一让，签约是我们的事。"

　　业香见现场有些乱，一蹦，跳上了桌子，对大家喊道："你们是我们请来的大神，你们的到来是为我们赐福，赐给我们力量，无论签不签约，都是最珍贵最神圣的客人，让大家站在地头路边，怠慢了，我业香心里过意不去，你们平时都是进宾馆坐沙发。我们办事处在'山里人家'准备了薄宴，为大家接风，请大家赏光、移步，到屋子里去商量签约的事，好不好？有劳大家了。"

蔡乡长赶忙跳上桌站到业香身边，拍拍手掌说："激动人心哪，我感动、震动、好冲动，从没见过这样简陋、这样热烈、这样实实在在的签约仪式。我要代表乡党委乡政府感谢客商和所有来宾，更要感谢三只凤凰。包教授称金丝搅瓜是金娃娃，我刚刚在想，不仅仅是金娃娃，也是金凤凰，是一鸣惊人的金凤凰。之所以能一鸣惊人，有三只凤凰功不可没，她们是'种瓜凤凰熊彩凤''育瓜凤凰金凤芝''售瓜凤凰雷业香'，希望记者们多多宣传三只凤凰的事迹，包括支持凤凰起飞、在幕后默默支持的所有护凤的人们。"

乡下人喝酒讲究，认死理，怪酒不怪菜，菜好菜差都没啥，只要酒好喝，喝得好，就够了，主人家待客的诚意都在酒里面。业香不这么认为，自打从城里回来后，把规矩改了，招待客人必须把菜放第一位，菜比酒重要，讲究色香味和特色，山里人家的特色菜，是她手把手把俊巧儿教出来的。客商们南来北往，见得多吃得多，没想到在雷村农家，吃出了从来没有过的味道，称赞说："这山里真是飞凤凰，连下酒菜都爽得惊人，这酒馆要放到城里肯定一座难求。"于是，抢着要名片和联系电话，表示有重要客户一定带来进餐。俊巧儿说刚刚开张，还没对外营业，所以没有名片，也没联系电话。

业董说："怎么没有电话，办事处的电话就是你的联系方式，今天就算开张营业，"山里人家"特色酒菜馆，欢迎大家光临，欢迎各位宣传，今天来的贵宾以后再来，一律八折优惠。"

客人们高高兴兴地陆续离开了，剩下蔡乡长和朱村长一桌，边吃边谈工作。蔡乡长突然问："你们这儿有没有一个叫金狗子的小伙子？"邓田鸡因为撤队合村的事，对乡长和村长有些意见，心里不痛快，听到问话，没好气地答："没有，撤了村，银狗子都跑没影了。"

业香圆场说："李成华家的老大，好像是叫金狗子吧？"俊巧儿抢着说："是是，是叫金狗子，老二叫瓶娃子。"蔡乡长点点头："瓶娃子，兄弟俩，是吧。五斤呢？是不是你们村人？"

邓田鸡又没头没脑一句："不是，在城里发财，早走了。"

蔡乡长望一眼朱村长，说："是你们村的吧？我说嘛，派出所能搞错？"

朱村长辩解说："派出所说他们是雷村的，我们是朱家湾村。"

蔡乡长说："合并了，那就是一个村，这事你得管。"

业香有些紧张地问："咋了？出了啥事，派出所逮了？"

朱村长说："偷鸡摸狗不说，竟敢盗窃国家财产。逮算啥，非得蹲个几年，给个教训。"

邓田鸡筷子一放，站起身说："我们村从不出坏人，就李根发蹲过牢，那还是救灾救乡亲们，后来平反了，还上了报纸，是典型。不信，你们问问，他现在是种瓜经理，致富带头人。"

蔡乡长说："公安正在调查，也没到坏人份儿上，他们承认自己是雷村的，咋说呢？"

邓田鸡跟乡长杠上了："没合村前，他们在村里是好好的娃子。后来搬出去了，变坏了，与雷村无关，我们不承认他们是雷村的人。"

业香为了缓和气氛，端起碗敬了一圈，敬到邓田鸡面前，说："老书记，我们先把这碗酒干了。"同时用筷子夹了一只野鸡腿，放到老书记碗里，轻声细语地说："老书记，这野鸡打小在这山林子里出生，长大了，有腿又有翅膀，满世界飞，不管飞到哪儿，它们的窝在这儿，你不能说它们不是雷村的，是吧？就像金狗子他们，人家打小在这儿出生长大，喝的是百裕沟的水，吃的是雷村的粮，喊你伯伯，叫我阿姨。我们仔细想一想，谁不希望自己家的孩子长大了飞得高、走得远，飞着走着，有的成了气候，有的免不了折翅瘸腿，不管好也好、坏也好，他们的根总归在雷村，他们就是雷村的孩子、雷村的人。我们得帮他们、救他们，不能往外推他们……"

堂爷插话说："就是推，你也推不出去呀？人家还是说是雷村的，人家身份证上写的是雷村的呀。人家没地去了，没出路了，没办法了，想到的和指望的，还是雷村呀。"

乡长和村长都赞同业香和堂爷说得在理，邓田鸡不再搭话。业香看看大家说："请乡长回去给派出所打个招呼，人不要往公安局送，我们明天去派出所。老书记，我陪你一起去。你看咋样？"

邓田鸡说："你忙，叫红嘴陪我去。"蔡乡长拍拍邓田鸡的肩膀："这就对了，放下包袱，老书记出马，一个顶俩。明天中午，我请你吃食堂。"话说到这份儿上，邓田鸡心里的气也消了，陪着业香为乡长、村长送行。

金狗子在县水泥厂打工，扛包上下车，按件计费，他条子单薄，生得不算啷经，可挣的钱却不够吃喝。碰到小伙伴五斤进厂捡破烂，听说废铜烂铁比纸箱和塑料瓶子卖得贵，能赚大钱，他便想到厂里到处堆放的机械零件，顺手塞了几件在五斤的蛇皮袋里，果然卖出了好价钱。晚上，五斤喊金狗子出厂喝酒，金狗子又把在食堂打杂的疤子手和弟弟瓶娃子都叫到一起，吃完饭几个人在厂子周边晃荡，等到夜深人静时，金狗子和疤子手翻墙入内，五斤和瓶娃子在外，里应外合，轻而易举弄了几袋子破烂。过了几天，卖破烂的钱化光了，五斤提议搞几件大的，藏到院墙外慢慢卖。金狗子说搞大的都得上，但人一多，时间要得又长，怕被守门的发现。最后想出了一个办法，在必经路口，像处獐子一样，下了个绊处子。结果守门人夜里听到响动，追着影子跑过来，就被处子吊上了树。金狗子听见"哎哟"一声，晓得大事不好，喊着几个人跳墙跑了。没想到守门的张大爷不经处，把脚脖子吊断了，派出所来人从绳子顺藤摸瓜，把金狗子四个人，网进了派出所。

邓田鸡了解了事情的原委，劈头盖脸对几个小子一通乱吼："看看你们一个个的，真有出息，几天没见，长大本事了，成了翻墙越货、明偷暗抢的小强盗。嫌山里穷，待山里窝囊，一个个往平原跑、往城里跑，这可好，混得连饭都没得吃，吃上班房牢饭了，真有出息。"

金狗子低着头，疤子手斜着偷瞟了一眼邓田鸡，咕嘟道："大白馒头，白花花米饭，比山里强。"

邓田鸡提高嗓门："说啥？絮絮叨叨的，大声点。有脸就把头抬起来，真丢雷村的脸，还敢说是雷村的人，再多几个你们这样的，还不把雷村的名声给糟蹋臭了。"

五斤大着胆子，抬头顶了一句："雷村本来就臭，穷得腥臭，臭得恶心。"

邓田鸡气得手直颤抖："雷村没有你们这样的不肖子孙，永远不许再进雷村，滚。"

半天没吱声的金狗子发话了："田鸡叔，公安不发话，我们滚不了。是不是雷村子孙，回不回去，现在你说了也不算，你不是书记了。"五斤和疤子手附和说："不算，雷村就是被说了算的人害苦的，看看别的村，好日子过的。"

几个孩子不轻不重的话，却深深刺痛了邓田鸡，几十年支书的自尊心，被几个犯事的娃子像甩泥巴一样，摔在地上。他本来是来解决问题、教训人的，可没想到，反过来被教训了，他无地自容。一气之下，扬长而去。

红嘴追着喊："书记，你犯不着跟几个愣头青一般见识……"

派出所教导员也追出门喊："老邓，蔡乡长交代，等你来妥善处理，问题还没解决，你不能走。"

邓田鸡重新回到派出所，脸色铁青。教导员板着脸，对几个孩子说："你们违反了治安管理，还伤了人，至少得在拘留所关上十五天，好好听书记训话。看你们的态度，再做处罚。"

红嘴说："田鸡叔是你们的长辈，是专程救你们来的，你们怎么这么不懂事,小小嘴巴出口伤人。实话给你们说,是蔡乡长想挽救失足青少年,要不是堂爷和业香求情,书记会来?你们父母都管不了,谁愿管这个麻烦事,还不快给田鸡叔认错。"

金狗子打头,五斤、疤子手和瓶娃子挨个儿鞠躬,一口一个书记难为了。鞠完躬,怯怯地站到邓田鸡面前,等待训话。

邓田鸡没有像刚才那样训斥,用轻描淡写的口气问:"你们是坐班房,还是想现在出去?"

"现在出去,求求您了。"

"你们有钱交罚款没?家里有吗?"

"没得。家里也没得。"

"出去以后,还会不会干这种鸡鸣狗盗的事?"

"不会,打死都不会了。"

……

邓田鸡说:"好,这可都是你们红嘴白牙亲口说的,我信一回,替你们把罚金交了,记住,罚款的钱是业香出的。罚完款,教导员给你们签字画押,画完押,跟我一起回山,去见堂爷和业香。"

金狗子几个听了,"啊"了一声。教导员说:"啊啥啊?罚款是轻的,还有大头,守门老头脚骨折了,费用都得你们出,钱不到位,就是派出所放人,厂里也放不过你们,看咋办吧。"

邓田鸡和红嘴都没想到这一茬,还有医疗费用,事到如今,只得借派出所电话,给业香打电话。业香不在,堂爷接的电话,堂爷在电话那头呼哧呼哧了几声,说救人救到底,送佛送到西,医疗费用办事处承担，相信业香不会吝啬。

有了堂爷的话，后面的事办得一切顺利。中午，金狗子他们走出派出所后，邓书记就近安排吃了一顿便饭，便让红嘴带着他们回山交差，自己如约到乡政府找蔡乡长汇报。

金狗子和五斤几个人跟着红嘴，说着笑着来到了挖断坎，翻过挖断坎就进入了百裕沟。五斤提出歇歇脚，方便方便，好轻轻松松进山，金狗子晓得五斤的意思，就这样跟着红嘴回村还不丢死人。趁方便时，两个人偷着溜走了。疤子手等了一会儿，不见人，说去找他们，也跟着溜了，剩下瓶娃子更不愿走了。红嘴返回乡政府找邓田鸡，邓田鸡说他们跑了，就那几个小卵子，也没脸见村里人。

其实，金狗子几个人并没跑远，等红嘴返回乡政府，他们撒蹄子就往山里跑。路上听红嘴闲扯，夸搭得眼气死人，说鸟不下蛋的雷村变成金窝窝了，业香回村成立了办事处，组织剩下的村民们发展红黄黑产业，赚了不少的钱，连坐过牢的李根发都当上了经理，用哇鱼子招待客人。他们不信豁嘴瞎呼扇，想偷偷回去看看，是不是像红嘴说的那回事，从业香交罚款和赔医疗费的大方劲看，不像是吹牛。他们几个分头摸进村子，没有被人发现，却发现满地的搅瓜，在李根发家，又发现了一池子一池子的哇鱼子，便抓了一条大的，用衣服包着，跑回了老屋。

邓田鸡和红嘴回了村，正在向业董反映去派出所救人的情况，根叔和熊彩凤火急火燎地来到了收购站。彩凤哭着说："业董呀，遭贼了，哇鱼子没了。"彩凤家是养殖大户，大中型鱼多，才进的一批鱼苗没来得及分给农户，都放在那里，被偷了将是重大损失。

业香吃惊地问："都没了？"根叔说："大的，最大的没见了，其他的没顾得数。"业香又问："会不会爬走了？"彩凤说："严实得很，爬不走，过往从没出过这事。肯定是该死的贼娃子。"

邓田鸡说："家家门都不上锁，啥时候出过贼娃子呀。"业香问见没见有生人来过，守店的杨柏树和杨柿树摇头。俊巧儿说山里人家今天没开火，根叔一直在村口瓜地锄草，碰见人肯定会打招呼。业香对邓田鸡说："书记累了一天，住得又远，你早点回去休息，我带红嘴和根发找找看。"

来到根发家，业香让他们两口子仔细清点核实了两遍，丢失大鱼一条。从根发家出来，红嘴说一条鱼事小，性质恶劣，坏了风气事大，建议报警。业香心里想，雷村民风淳朴，没有报警的先例，打破先例给村民带来的心理阴影，事更大。她望着远处一户闲置的房屋，房顶上有缕缕烟火飘上云天，说："那冒烟的是李成华家的老房子吧，哪来的烟火？走，去看看咋回事。"

走到门口，根发推开门，看见金狗子、五斤、疤子手和瓶娃子四个人围着瓦盆，一人一双筷子，正夹着哇鱼子海吃，气得他猛冲上去，一脚踢翻瓦盆，照着鱼块狠踢死踢，嘴里喊道："吃，叫你吃。吃死，吃了去死。"

"找死呀。"金狗子起身抓住一根棍子，五斤等人也抓起柴棒子，要与李根发斗狠。业香走进门来，大喝一声："住手。"红嘴跟着喊："住手。"

金狗子这才发现，根叔后面跟着红嘴和业香，自知偷吃娃娃鱼理亏，又刚受到业香搭救的恩惠，转身却干下这等勾当，更觉羞愧，恨不得找个地缝钻进去。他眼睛望着地下，喉管里哽咽着："业香姨……"其他几个也小心地喊了一句："业香姨。"

业香心痛地望着满地的哇鱼肉，围着四个人，脚步沉重地走了一圈，并在每个人头上摸了摸，然后站到他们对面，足足盯着看了五六分钟。房屋里死一样的寂静，除了喘息声，甚至能听到咚咚的心跳，空房子发霉变质的腐烂气味，闷得人喘不过气来。

憋了好久好久，金狗子长喘一口粗气，说："香姨，我们错了。"

业香平静地问："错了？错在哪儿了？"

"不该偷吃根叔的哇鱼子。"

"晓得这条鱼值多少钱吗？"

"不晓得，好几块吧。"

"……"业香看着金狗子，没有答话。

根叔弹跳起来，恶狠狠地跺着脚，吼道："一两万啦，一下子没了。前些时，范老板开一万四，彩凤都没舍得卖。这一转眼，被你们几个活活祸害了。"

"每个人吃了多少块钱，知道吗？你们嘴金贵哟，一口几百块，几筷子几千块。"业香也心痛地说。

"……"

"你们错在哪儿？错的是这种行为，这种德行，人，但凡德行坏了，就没救了。"

红嘴指着疤子手，问："你爹走了，你知道吗？咋走的，舍不得几十上百块钱的药费，硬撑，拖死了。你走了，丢下你爹不管，你爹咋上的山知道吗？是业香董事长，她组织的女子哭唱班哭的灵，妇女杠子队抬的棺，是堂爷请的锣鼓匠打的代思……村里就剩那些老人和妇女，大家一起，风风光光地把你爹葬了。你的心被狗吃了哇，黑良心哪，一人吃几千块，吃的是董事长的产业哦。"

疤子手"嗵"地跪到业香面前，磕起了响头。金狗子、五斤和瓶娃子犹豫了一下，跟着也要下跪，被业香一一拉了起来。问："明白错哪儿了？"

几个人都抢着答："明白了。"

五斤说："谁想去偷摸呀，可我们也是河里打围墙——没鳖爬的路了哇。真的，金狗子瘦是瘦，还算烈倔，瓶娃子、疤子手多嘟经哪，要有点法子，打死也不会……"

业香脸上有了笑容："明白了，就得改。肚子饿不饿？"瓶娃子大着胆子答："饿。"其他人没敢回话，肚子却咕咕在叫。业香说："走，跟我去'山里人家'，罚你们吃悔过饭。"

瓶娃子一脸茫然："忆苦思甜哪。"红嘴说："忆甜，思苦。"业香笑着，往前面走了。

金狗子没想到，俊巧儿在这山旮旯儿里开起了饭馆，菜炒得比水泥厂那个酒馆子的味道还好。而且隔壁房间，坐的好像是城里经商的老板，院子里停着两辆桑塔纳轿车。红嘴提着壶给每人上了半碗，说："尝尝，这是我们自己放的，糯苞谷酒，客人可喜欢喝，俏。隔壁桌上的哇鱼子更俏，那可是要出大价钱的，不像你们，白吃，偷了抢着吃。"

疤子手说："不白吃，我会做菜，明替巧姨帮一天厨。"业香望着疤子手，惊奇地问："你也会做菜？"疤子手不好意思地答："工厂大锅菜，能弄熟。"

业香笑笑，严肃地说："好，打明起，就罚你到这馆子跑堂，抵娃娃鱼款。"疤子手问："能算数？只怕巧姨不干。"俊巧儿扑哧一笑："傻蛋，董事长的馆子，她说了不算，谁算。"

疤子手激动地和金狗子碰杯："太好了，我不陪你们去水泥厂打工了。"碰了金狗子又碰五斤，"再不掺和你的破烂了，害得跟你一起蹲牢房，不是香姨心肠好，现在还在里面关着。"

五斤心事重重地喝了，说："不值钱的破烂，越来越不好收了。"

业香对五斤说："不好收，是吧？那就不干了，罚你到红嘴的收购站，收值钱的东西——金娃娃。算命的不是说，你五斤聚五金，能发在斤两上吗？好好发一个，给我瞧瞧。"

五斤转忧为喜，夸嘴说："香姨罚我在收购站多待几年，肯定给董事长多聚几个金娃娃。"红嘴说："不光只给业董聚，是给雷村的乡亲们聚。话说前头，坏毛病不改，我可留不下你。"

疤子手和五斤有了着落，金狗子慌了神，央求说："香姨，要罚你罚我呀，哇鱼子是我捉的，偷工厂零件是我领他们去的，就连处子也是我下的，他们哪有那本事呀。"

业香眼睛一瞪说："嘀，漏了你这个大功臣呀，不是你的处子，能多出六七千块医疗费？照这么说，我得好好感谢你啰。"业香见金狗子眼泪快出来了，心想话有些重，对小字辈玩笑开过了，便笑呵呵地说："咋不经逗呀。姨晓得你主意多，能成事。就想着交给你个大任，你是金狗子，金狗子是啥？是镇山的猎狗，有围处子降野兽捕飞鸟的本事。我正让邓书记筹建林业队，叫林业养殖公司也行，你去给他当个副队长，把珍奇的鸟禽和动物，弄他几个野园子，吃、卖、观赏一体化，为下一步发展旅游业做准备。人家红嘴凭独门口技，弄来一批金鸡，在丰收节上可是出尽了风头，我也是从那儿受到的启发。"

一听这话，金狗子活了，急着问："红嘴，你，豁豁呢？豁没了，咋还学会口技了。"

红嘴叭叭嘴，就把业董送他去整形的经过说了一遍，听得几个人目瞪口呆，疤子手搓着手上的疤，眼巴巴地望着业香和红嘴，问："手能整吗？那得不少钱吧。"

业香说："能，植皮要不了多少钱。想要手好看，你就用心帮巧儿，把'山里人家'办好了，面包会有的。"

大伙说得热热闹闹，唯独瓶娃子被晾在一边。可瓶娃子是几个人中唯一上过高中的，而且还在镇上学习美发手艺。瓶娃子闷闷不乐地坐着，很少插上话。金狗子问业香能不能给兄娃也找个事做，业香说瓶娃子混到了镇上，又有手艺挣钱，恐怕回来大材小用。金狗子用筷子敲敲碗，提醒说："瓶娃子，你到底咋想的？快给香姨个准话。"瓶娃子说："咋想的，我在想，香姨从大山里逃到大武汉，又从大城市回到乡村里，究竟是咋想的。我想给业董拎包哇，又怕董事长嫌弃，不要我。"

业香笑着说："你闷了半天，是在琢磨我呀？难怪人们说秀才花花肠子多呢。我可没想那多，就知道这里是我的家乡，我能做点事了，应该回来，和乡亲们一起开辟这片生地，千万不能让它荒了。"

瓶娃子说："那我也回来，和乡亲们一起拓荒。"

业香说："要的就是这句话。听说你作文不错，我希望你认真研究研究雷村，包括雷村的山、雷村的水、雷村的树、雷村的动物和人，把雷村地老天荒的故事都写出来，你就是未来乡村旅游的导游。红嘴负责把山里人家搭建个美容美发室，这样，你一边给客人美发，让客人一边享受荒天野地的传奇，这可是新兴产业，也是未来你们年轻人的事业。"

业董的话，说得大家热血沸腾，不仅有了糊口的营生，而且能赚钱，还可以干一番事业，事业呀？谁敢想呀，业董要让它变成现实。金狗子按捺不住感激之情，拉起四个人要给业香下跪磕头。

业香说："我是人，不是菩萨，千万磕不得，一磕就不灵了，你们还想不想干一番惊天动地的事业了？要不想，你们就只管磕头。等一会儿，我把板凳挪正，坐直了，你们再磕。"说得大家哄堂大笑，端起碗和业香砰砰当当地干杯。

金狗子几个人回山里打工的事，传进了搬出山的乡亲们耳里，有人悄悄溜回山一看，再仔细一打听，把心搅乱了，原来我们走了，他们在我们地盘上偷偷发财，这不是吃独食吗？有人就嘀咕，要回搬，反正老房子还在，地也在。留在山里的人家听到信，不乐意了？谁让你们搬出去的，走了又想回来，不行，地我们都种了，刚过上几天好日子，他们就想回来抢饭吃，没门。

在这里面，抵触情绪最大的是老支书邓田鸡。他发下狠话，凡从这儿搬走的，一个都不允许回来，谁敢回来就把谁撵出去，滚得远远的，他们抛弃雷村在先，雷村现在不认他们，合情合理，说到哪儿都不为过。贱骨头，不都想出去活泛吗？跳钻不起来了吧，歪嘴子吹火吱吱响，邪得扑扑神，惯他们日怪。他伤透了心哦，就因为这些人搬的搬、走的走，村子合并了，支书抹掉了，土地荒了，要不是业香回来支撑住，恐怕村子早就野猪老狼遍地，人畜无几了哦。

其间，偏又发生了一件大事。许大棒槌回了一趟山，看见根叔在他的地里种满了搅瓜，提出要收地，搅瓜收入分成。根叔想到乡里乡亲就答应分一成给他，地不退，可许大棒槌不答应。彩凤更不答应："凭啥。后悔了？当初为啥子要走。"许大棒槌说："我不是伤心吗，都是被霉运逼的，只当我出去避邪、散心、讨饭去了，还不行吗，现在我回来了，不靠地吃啥？"

彩凤嘴毒："哦，你运霉出去避邪，见我们发了又跑回来，想把霉运邪气带给我们？妨人哪。快走，快走远点，自己倒霉还要连累别人。"

许大棒槌一听，赌上气了："走？我哪儿都不去，就赖上你家了，我不光要地，山上桃园也要。我打听清楚了，你们卖油桃、搅瓜，赚不少钱，不拿钱出来，我就去屋洞里逮你哇鱼子。"

彩凤眼睛一瞪，左手叉腰，右手指着许大棒槌："你敢，给你两个胆，试试。"

许大棒槌被激怒了，嘴里叫着看我敢不敢，一身邪劲往屋里闯，彩凤见状，一个箭步进屋关门，门没关上，却被许大棒槌推了个四仰八叉，"嗵"一声仰倒在堂屋里。根叔见媳妇吃了亏，拎起一根棒子照许大棒槌头上夯了一棒子，接着冲进堂屋，扶起彩凤。许大棒槌没防顾挨一闷棍，身子晃了一下，伸手朝后脑勺一摸，好大一个包。这一下，两个男人真打起来了，一个骂道："你个霉气鬼，还真想动我的鱼，那鱼比你贱命都值钱。"一个骂道："你个劳改犯，还真恶毒，敢在背后下黑手，过去我可怜你，今天跟你没完。"

彩凤担心打红了眼，哇鱼子会遭殃，刚损失一条，去了一万多，再弄死几条，可就赔大了。大吼一声："大老爷们像个泼妇，打架是吧，要打，滚院子打去。"

两个男人撕扯着从门里扭打到院场，彩凤"吱"的一声把门关上，"咔嚓"一把锁锁了。嘴里喊着："打架了，要出人命了。"飞身往大岩屋狂跑。

许大棒槌和根叔打架的事引起了堂爷和业香的警觉，这不是一般的吵嘴斗气，是一件大事，弄不好会把雷村毁了。堂爷对业香说："他俩的事被我平息下来了，许大棒槌也很给面子，可我觉得，指望面子靠不住，面子服得了一人服不了众人，管得了一时管不住久远。三村合一，天高皇帝远，指望不上。"

业香忧心地说："威望还是起作用，要没你这面子，还不晓得这会儿闹成啥样了。远的指望不上，我们就指望自己。你说说看，咋办？"

堂爷说："打架这只是一个苗头，往后日子长，还不晓得会冒出啥蹊跷古怪来。不是一两户的问题，也不是搬出去和留下来的人的问题，它牵扯到土地和山场问题，更牵扯到致富发家和发展问题，这么多这么大的问题，凭你和我的力量扛不下来。"

业香说："总得有人扛呀，眼睁睁看着闹翻天？把这好的发展势头、美好前景都给毁了？"

堂爷想了想说："应该有个组织，有个领头人。"

业香为难地苦笑："你又不是不晓得，老支书那态度，坚决得像铁块，他不通，能说服谁通。只怕他呀，巴不得看那些人的笑话呢？"

堂爷说："他还是党员吧，你们可以开党员会，讨论。劝不通不劝，只谈发展，谈公司，公司需要人吧，人未必都要吊死在土地上？"

业香"吧吧"在堂爷脸上亲了两道印子，心里说，咋把这茬子忘了，姜还是老的辣。

留在村里的党员不多，扳起指头算就五个人，邓田鸡、业香、红嘴、文书陈延军，还有老杠头。老杠头年纪大，住敬老院，开会时，堂爷派人把老杠头抬上了老岩屋。老杠头在红嘴搀扶下，把老岩屋里里外外转了个遍，乐得花白胡子在山风中直抖。中午吃饭时高兴，强行要酒喝，给大家互相敬杯，一碗酒没喝完，恍恍惚惚地醉了，扶上床就打起了呼噜。

吃完饭，党小组开会，四个党员，加一个德高望重的村民代表——堂爷列席会议。会议开了一个下午，业董先谈集团公司，再谈雷村投资的发展规划。老支书讲林业队的筹备进展，红嘴汇报了贸易公司和"山里人家"的经营状况，大家被不同产业的喜人形势吓了一跳，对未来的发展讨论得热火朝天，反倒把小组会真正的主题忘到了一边。

到太阳下山，该准备晚饭的时候，堂爷提醒说："前几天许大棒槌回来闹了一架，估计往后这种事，会越来越多，你们党小组应该引起重视，早做打算，以防万一。"

大家都望着老支书，嘴里说堂爷提醒的是个大事，然后就冷了场。业香说："鸟无头不飞，党小组应该有个组长，我建议请老支书担任，如何？"

这时，老杠头晃悠起来了，说："我赞同。我还提个议，业香做副组长，村里也没个妇女主任，副组长兼妇女主任。"

老支书说："人家是大企业家，给你当妇女主任？婆婆妈妈的，绊手绊脚，咋干大事。"

老杠头说："就是婆婆妈妈才需要管，她要不管，我不流落荒山了。我杠子头给别人抬了一辈子杠……真担心明死了，给我抬杠的人都没有……全指望业香那妇女杠子队了，田鸡组长，我们总不能自己爬坟里去吧。这山里不能没人哦，一时糊涂搬走的人，现在想回来，是大好事，我们应该欢迎他们回家才对，公司有了人，才能红火得起来，你们说呢？"

杠子头的话，深深地打动了老支书，也感动了在座的所有人，大家一致鼓掌。最后商议决定，凡是愿意回的，一律欢迎，如果他们回来了，说明啥？说明雷村有希望了，有活力了，有奔头了，这事传扬开了，是多大的脸面、多大的光荣啊。

堂爷说："我代表群众，举双手支持老杠头的意见。另外我提个建议，田地山林就不要再一家一户地侍弄了，公司统一负责管理，把回来的人都安排了，用自己的人知根知底、熟门熟路，对乡亲对公司都好。还有一个，就是他们的房子，长久失修，漏的漏、垮的垮，既然让人家回家，就别让人寒碜、寒心。"

业香接过堂爷的话说："我看这样，派红嘴先去摸摸情况，核实一下哪些人家想回，有多少户决定回来，我们提前做好准备。该捡漏捡漏、需盘灶盘灶，该补墙粉面的，一道汤弄了。每户按五百块打算吧，这笔费用我出了。"

邓田鸡最后说："这事就这么定，也不举手表决了，你们觉悟都比我高。嘱咐一句，延军你只是现在大村的文书，老村的事，就不要向新村里汇报了。"

红嘴带着瓶娃子出山去摸底，刚走到郑湾水库，碰上十几个妇女带着一群孩子，背着被子褥子，看样子打算强行回山居住的。红嘴伸开双臂拦着，正要说话，突然被几个妇女按倒在地，打得鼻青脸肿。瓶娃子大声喊道："婶婶姨呀，你们错了。"妇女们七嘴八舌说："谁错了，你们也错了，为啥你们能回我们不能？"瓶娃子说："红嘴就是负责来接你们回去的。业香姨还安排人要给你们修房固灶抹墙呢，等都拾掇好了，择日子接你们快快活活回家。"大家不相信地问："真的假的？你个屁孩，毛都没长全，学会诓人了。"瓶娃子急了："信不信随你们自己，谁信谁就找红嘴登记，他现在是经理了，没登记的就莫怪红经理不给你们机会了。"

妇女们一听全乐了，哈哈哈大笑着扶起红嘴，讨好地问长问短："哎哟，谁下手这重，把豁嘴都打肿了，看不见豁了。""谁有手袱子快帮忙擦擦，一脸泥巴呀。""嘿嘿呀，都破皮了，伤口在流血，谁有奶，快给挤点抹抹。"

红嘴受不了这份亲热，把挤奶的小媳妇直往外推。"哟哟哟，人家红嘴只认俊巧儿的奶，旁人的奶哪瞧得上。"笑声更肆无忌惮起来。

乡亲们回村这天，山里没走的村民全来到村口欢迎，路边的墙上、花梨树上，都贴着大红标语，欢迎场面跟丰收节一样热闹，堂爷叫口，锣鼓响器，歌声嘹亮。

红嘴一串口技过后，大花梨树上彩笼晃动，一只只金鸡雀跃欢鸣。

三十三

包糯米得益于在雷村的下放生活，为他成为著名的农业教授奠定了雄厚的基础，业香正是在他的指导下，完成了一个由农村妇女—打工妹—小老板，到拥有高等学历董事长的蜕变。受他们俩的影响，我才选择了攻读华农在职研究生，二十世纪九十年代学历风盛行，逐渐由专科、本科向研究生蔓延。在南湖岸边那间阶梯教室里，我一个穿着军装的中年学生，坐在那里，显得格外扎眼。从 1996 年开始，已学完大部分学业，不是一场突如其来的洪灾，当年就该毕业了。

这天，是个星期天，我准点走进教室时，黑板旁站着一位女学生模样的老师，她朝我望了一眼，这是两年来从未见过的新面孔，我也朝她望着点了点头，当我找座位坐下，打开《市场经济学概论》课本，抬头望向讲台时，眼睛不觉一亮，身体随之抖了一下。老实说，不仅是因为她的魅力，还有写在黑板上的板书的题目。连续多年大学扩招，老师的素质参差不齐，有些老师的字真是不敢恭维，一个年轻的女教师能写一手漂亮的粉笔字，确实令人惊讶。更令我惊讶的是那个题目——日中为市与商品经济。我翻开课程表，记住了她的名字——金凤枝。同时，脸上闪过了一丝讥笑，心里说，多雅的美人偏偏起了个俗气的名字。金老师像是对我又像是对大家望了一眼，然后，开始了日中为市与商品经济的讲述。

《汉书》中记载："《洪范》八政，一曰食，二曰货……生

民之本，兴自神农之世。食足货通，然后国实民富，而教化
成……"她的声音很美，像她的人和她写的字一样美，还带有
韵味。她正讲得津津乐道，突然响起了"嘟嘟嘟"的 BP 机声，
我感到腰间一阵颤动，悄悄伸手按下了暂停键。金老师朝我望
了望，稍稍停顿了一下，又继续讲道：

炎帝神农氏，是中华民族原始商品交换的创始人。当时，
由于耒耜、弓箭的发明以及医药的兴起，原始社会生产力出现
了空前发展的局面。业已出现的对畜群和奢侈品的私人占有，
引起单个人之间的交换，使产品变成了商品。种植的粮食、猎
获的东西，不仅能填饱肚子，而且有了剩余。于是，各部落人
民要求相互调节产品的愿望便应运而生，生活在中原一带的炎
帝族和黄帝族，希望用粮食换取兽皮草；西部的犬戎族和东部
的夷族希望互换毛皮品；北部的荻族与南部的蛮族希望得到茶
类和麦类。炎帝是在伏羲氏和轩辕氏之间的百族之长，因此，
组织社会生产大交换的重任，便历史性地落到了他的身上……

这时，放在课桌上的提包"咚咚咚"地撞击着桌面，我赶
忙打开提包，在丁零声响起的同时，按下了停止键。我把摩托
罗拉设置为振动加振铃，因为是防汛期间，以防万一临时接到
任务。金老师苦着脸嘲笑道："商品时代的业务真忙，周末都停
不下来，不会是约饭局吧？我理解你们在职生，应酬多、忙，
绝不拖堂。"听得出来，金老师已经有些不快，甚至产生了讨厌
的情绪。

我正襟危坐，心里祷告千万别再来电话，昂着头，一本正

经地盯着金老师听讲。

在神农架，神农氏采用"日中为市"的办法，组织了社会产品开展原始交换。《易经·系辞》说："神农氏作……日中为市，致天下之民，聚天下之货，交易而退，各得其所。"《洛史世说》："聚金货，通有亡，日中为市。"所谓日中为市，就是在日中（午时）的时候开市，进行交易。日中之前，各族百姓带着自己的剩余产品，或辗转从远方换来的东西，或从四面八方赶往国都、都城的繁华处，把自己的产品陈列在货台案桌之上，待到红日当顶，神农氏隆重祭过人帝列祖，便手执柴檀木手槌，"咚、咚、咚"击鼓三声，宣布集市开始。此时，市场沸腾，生意兴隆……

而此时，我的摩托罗拉也"咚咚咚"地响了几声，紧接着，就丁零零地响起来。我猜想一定是要事，便打开看了一眼，上面显示着防汛指挥部的机号。金老师终于沉不住气，彻底火了，张开红樱桃小嘴，喊道："解放军叔叔，你有事，就请离开教室去处理吧，别影响其他同学宝贵的学习时间。"我拎起书包，点头弓腰地说着"对不起"，仓皇逃出了教室。

这时，我分明听见金老师说："一介武夫。雄赳赳，气昂昂，应该去上战场嘛，进错了门，跑到大学讲堂来了。"接着是哄堂大笑，我能够感受到身后那鄙夷的眼神和嘲笑的口吻。我顾不上那么多，快速拨通了指挥部的电话。

荆州石首县小河口民院垮堤，数千群众在暴雨和洪水中挣扎。我受领紧急任务，率领抢险部队和抢险物资沿汉宜高速火速驰援，车队在毛咀驶离高速，进入国道，沿途数十公里，蜿蜒着一眼望不到尽头的汽车长龙，长江汽渡停航，所有车辆禁止前行，看见了我们抢险军人的车队驶来，司机和路人冒着40多度的高温，相互指挥挪挤退让，为我们让出了一条救援的生命通道。来到监利通往石首的渡口，江水已近堤岸，风急浪高，船长与我们签署了生死状，然后组织船员冒险把十几台军车运抵对岸。在我们驶向小河口的崎岖小路上，只见冲出江心洲，结伴逃亡的麋鹿群呼啸而去。这群大逃亡的麋鹿们，又将迁徙至何处生存呢？所幸这群麋鹿最终得救，成就了石首国家级麋鹿自然生态区。是夜，小河口的群众得救了，全部住进了临时帐篷。

在风声雨声水声交织的黎明，我终于坐了下来，翻看手机来电显示和扩机上的留言。其中一条是业香留下的："请回电，切记，勿忘。"我拿出手机，拨通了大岩屋的电话，刚响铃一声，那边已提起了话筒，还没等我"喂"字出口，听筒里就传来了埋怨的问话："你咋才回电话？"

"我在石首抢险，刚停下来，才看扩机。"我猜想一定是发生了什么大事，要不然，业香不会一直守着电话，直守到现在。一种不祥的预感，可能堂爷出事了。

业香在电话里紧张地说："抢险？你没事吧。好险哪，你堂爷差点被洪水冲走了哇……"说着，有抽泣声从听筒里传来。

听说业香和堂爷拜堂成亲了，按规矩应该叫她堂奶才对。从电话里，我明显感觉到业香对堂爷的依恋。刹那间，我深深理解了这一对老夫少妻几十年的坚持，因久香奶奶而堵在心中的怨气也豁朗释然。堂爷险些被冲走，对业香的惊吓和恐惧可想而知，我关心地问："堂奶，堂爷不碍事吧。"

业香在听筒里顿了一下，扑哧笑道："啥？你叫我啥？"

"堂奶，堂奶呀！咋了？不该叫你堂奶，你跟我堂爷……"我不解地反问。

业香哈哈哈笑，手把桌子拍得啪啪响，说："你叫我堂奶？我看算了吧。你叫得出口？叫得出我也答不出呀，你说是吧？我们还是各做各叫，叫业香，亲切，顺嘴顺耳。"

……

见我没答话，业香接着说："今年天漏了大洞呀，下得搁不住了。昨天我在山下办事，突然下起了筒子雨，两顿饭的工夫，好几面山上都发了洪水，等我回到大岩屋时，你堂爷不在，我左找右喊没得一点音讯，只听见一堂屋金鸡子扑腾，叫得瘆人，见天都是堂爷喂它们，逗它们玩，它们对堂爷亲。这时，又飞来一群家雀子，围着岩屋口，可劲地叫，我猜想可能是堂爷遇上事了，它们都是来报信的。我冲出岩屋喊了几声，不知从哪里找起，一回头，看见一只金鸡对着我一边叫一边摆头。莫不是它能给我带路？管他的，我提起鸟笼子，朝着金鸡头嘴叫的方向跑，最终在黑龙潭的石壳缝里找到了堂爷，他是被山洪冲到那里的，吓死我了。等他醒来后，还问我，我咋在这？我气得吼了一顿，这大的暴雨山洪，你跑黑龙潭干啥？不要命了，找死啊。你猜堂爷咋答？找哇鱼子，要钱哪。气死我了，他和金鸡子还对着我笑。"

我想，堂爷冒着山洪爬岩屋顶，不知遇到了多大的危险。可再大的危险他也要去，人工哇鱼子是钱，也是命，市场价值大，他要为业香的产业尽心尽力，这就是商品经济的魅力吗？我不由得想到了华农讲台上的金凤枝老师和"日中为市与商品经济"的题目，由衷地为业香挺进大岩屋的魄力所感动。

"惨哪，亏死了，那是一笔巨资哦。"业香在电话里又说起了哇鱼子，洪水从四面八方下来，把哇鱼子生活的深潭、浅沟和石壳洞，冲的冲、填的填、淹的淹，不少鱼都被冲走了、呛死了，没跑没死的还不晓得在浑水中能不能坚持活下来。几多鱼呀，钱损失了不说，关键把小鱼苗毁了，破坏了它们的生活环境。我还指望着它们，发展岩屋树屋旅游产业啊。

我安慰说："即使不遇到山洪，难道就不会发生其他的天灾人祸？无论什么，都不可能一帆风顺。堂爷没事比啥都重要，舍财免灾。"

业香说："也只好这样想了。可是这么大的损失，给不给包教授通报？该咋说呀，那可是他的心血啊！几十年没遇见……偏被我赶上了。"

我说："天灾不可抗拒，告不告诉他都能理解。"

灾难往往祸不单行，山洪带来的损失过去就过去了，怕只怕天灾人祸连着来。我提醒业香，那么多人又搬回村，多半是冲着利益回来的，大灾之年要防止出事，弄不好就酿成大祸出来。这时，我听见听筒里传出堂爷的声音："提醒得好，天亮了下山去，马虎不得。"跟着是一声声金鸡的鸣叫，我猜想，堂爷早起，该是正在遛鸡，说明身体并无大碍。

十来天后，我从防汛主战场荆江大堤回到武汉，久歌和天问在"房陵酒家"为我洗尘，说是祝贺前线归来的抗洪英雄。天问脸上挤出的笑容给人一种不真实感，不时显出心不在焉的样子，我猜想天问有心事瞒着我，晓珊也一直没有露面，肯定与晓珊有关。趁天问出去招待客人，久歌告诉我："晓珊惹了点麻烦。"

原来，老岩屋发生山洪冲走哇鱼子之后，引起了在深山河沟养鱼户的担心，便打电话找天问，想把半野生鱼赶紧出手卖了，变成现钱免得也打了水漂。天问没在意这事，说是要买卖也得跟业董商量。本来这事已经过去了，偏偏从广东过来一个黄总找到晓珊，自称是包局长的哥们儿，与包哥联手做过不少生意，包局落难了不能不救，计划筹一笔钱，把窟窿填了，人就可以放出来。晓珊将信将疑，说听老包讲过广州有个黄总很讲义气，他现在进去了，过去的朋友也都散了，多一事不如少一事，难得你还惦记着，可我没见过你呀。黄总用广东话说："珊小姐真是贵人多忘事哪，那一夜，白天鹅，还记得啊。豪华包厢，黄金宴，叽哇田鼠……总统套房。"晓珊仿佛记起与包局长在白天鹅风流的往事，不好意思地笑笑，歉意地说："对不起，那是我第一次，晕晕乎乎的，都是你买单呀，太谢谢了。可要救老包不是小钱，我现在嫁人了，也不方便哪。"黄总说："你只需牵线搭桥，做个中间联络就好好的。"黄总告诉晓珊，深山哇鱼子在大酒店火爆，一条值好几万块，能弄个几百上千条，不仅可以救出包局长，还能余下一大笔平分。晓珊想起雷村要卖鱼的事，觉得是个机会，便背着天问揽下了这笔生意。为此，晓珊以看望瞎公公的名义，专程回了一趟雷村，私下里与养鱼户做了交易。黄总见到哇鱼子，喜出望外，当着晓珊的面给公司财务打电话，吩咐赶紧打三十万元预付金过来。然后给了一张自己的名片，又要了晓珊的银行账号，亲自押着鱼回了广东。说好预付金一天到账，余款四天到账，晓珊等了几天，一分钱都没收到，再打黄总的手机又关机，名片上的座机全部是空号……

雷村的养鱼户一连好多天都笑得合不拢嘴，特别是回村户更甭提多高兴了。除了鱼秧子，稍大一点的鱼都出手了，只等大救星毛老爷子进屋。乡亲们知道瞎子儿媳妇是个人物，会来事，城里住的大别墅像皇宫一样，带着孙子回家，把瞎子房子装饰得亮堂堂的，连拉屎都不需要上茅房，在屋里坐着屙。还把雷老爷子和傻娴子的坟也修得好气派，墓碑跟门板一样高，又厚又结实。乡亲们说，能不能耐？不看看那是谁，是雷八敢的侄姑娘，一家子大军官，关系广着呢。没有晓珊媳妇的关系，我们的鱼能卖出那高价钱？等着数钱吧。

业香跟着堂爷在峡谷中奔波，为的是多救下几条鱼种。直到清理完峡谷的鱼潭水道，才歇下一口气。这天，她下山在田间地头转了转，看到搅瓜没有受到大的影响，心里高兴，又到几户人家走了走，看到一个个笑呵呵的，说话嘴上像抹了蜜，把业董叫成了香姐。业香觉得大家的笑怪怪的，心想，遇到啥喜事了，捡到金娃娃了？可又觉得不对劲，哪能家家都捡到金娃娃。她从根叔家出来，又往山上走，打算去看看河谷的哇鱼子。

许大棒槌站在龙王沟口，说："董事长莫往山谷去了，那里没鱼了。"业香笑着说："咋会没鱼了？这里又没发山洪。"许大棒槌走到业香跟前，神秘地说："你不晓得吧，他们把鱼都卖了，瞒着你呢。"业香不解地问："瞒着我干啥？"许大棒槌说："怕你阻拦，瞎子媳妇帮他们卖的，价钱高一倍。"业香说："有这事，我去问问。"

彩凤见业香又反转回来，晓得暴露了，心想早晚得见公婆，索性竹筒倒豆子，把卖哇鱼子的经过统统说了。业香说，卖就卖了，能多赚钱也是好事，只是可惜了正在长个儿的那些鱼娃子，再长大点，不止那些。还有，钱到手没有？没一手钱一手货，只怕遇上骗子，那可就惨了。

业香离开彩凤，从包里拿出砖块样的大哥大，在地边转着身子"喂"了几声，又向山上走去，走走停停，可着嗓子又"喂"几声，又走，彩凤追着喊："好些天没见老爷子了，叫他下山来吃晌午饭。"

其实，彩凤是想跟着业香探听消息，随着山风东一句西一嘴，还真听了个大概。业香喂着喊着往大岩屋去了，彩凤从业香急促的话语里和那慌张上山的脚步上断定，卖出的娃娃鱼出了问题，不是被骗就是私吞了。彩凤是什么人哦，能在监狱里怀上娃子，挺着大肚子千把里孤身来到雷村，赖上根叔家不走了，能吃亏放过雷瞎子家？她放下活，绕村子喊叫："雷瞎子媳妇蛇蝎心肠，连乡亲们血汗钱活命钱都骗，卖鱼的人家，你们都来，我们都不能吃这个亏，找雷瞎子，让他儿媳妇回来，给我们交钱。"

彩凤嚷嚷着，把卖鱼的和没卖鱼的都嚷来了。雷黑磨家，屋里屋外乱哄哄的，都是人，像天问带着儿媳妇头一次回家一样，人挤人，闹腾得喝喝神。

雷黑磨开始不明白原委，只听大家说你养了个好儿子，娶了个好媳妇，留不少钱在家吧？他笑呵呵地回答："不多，够生活开销，娃子大了，娶了女人，懂事了。"彩凤说："他们对你来说是懂事了，对乡亲可做缺德事了。"雷黑磨这才听出来，大家是来找事的，便不再搭话。

许大棒槌安慰说："黑磨，这事与你无关，要说你儿媳妇那是能耐，能把这些人都说动心，他们要不是财迷心窍，能上当受骗？"后来的人就问是咋回事，咋上当受骗了，总不会一分没有吧，辛辛苦苦养了一场，没出本钱可赔了工夫钱哪。红嘴说天问不会做出这坑害乡亲们的事来，他和业香在武汉经营的酒店越开越大，三镇都连锁了，不靠诚信能做大做强？他回来大家也都看到了的，多慷慨豪爽呀。有人说现在城里的骗子都豪放，没听人讲，吹不了牛，赚不到大钱。

彩凤说："都说你黑瞎子眼睛黑心里亮堂，没想到弄出来个黑心狼崽子出来，还拐带个黑狐狸，狼狐狸奸，合起伙来坑害乡亲。"

　　文书陈延军打路口经过，听了一会儿，说："这事不像是天问干的。天问是总经理，做这种决定必须和董事长商量，最起码也会告诉办事处的红嘴一声，红嘴是这里的主任呀。"红嘴一口咬定不知道，从没听说有这事，他们合伙防贼呢。陈文书说："八成是晓珊背着天问干的，指望着背地里发笔横财；小三嘛，做得出这种事来。"大家追问是啥意思，陈文书神秘地笑，一副天机不可泄露的狡黠。

　　雷黑磨等大家的愤怒稍稍平息下来后，起身从里屋拿出一个小布包，一层一层打开包袱，把一摞子面值不等的人民币放到桌子上，说了一句："我没有儿子媳妇，也花不起这钱。"然后推开众人，走出了门。

　　屋子里的人们愣了一会儿，疯狂地向放钱的桌子扑去。就在乡亲们扑去抢钱的时候，雷黑磨走上了傻娴子洗衣服的井台，朝井口扑了过去。

　　这时，一只大手猛力把雷黑磨扯了过来，吼道："瞎子，做啥？你心也瞎了。"雷黑磨号啕大哭起来："堂爷，我没脸再活了哦……"

　　天问知道晓珊闯下大祸，差点逼得瞎爹跳井，想到自己本来在乡亲们心里名声不好，这档子事一出更是臭名远扬，横下一条心，要与晓珊离婚。晓珊明白为救心上人鬼迷心窍，犯下了不可原谅的大错，在天问面前痛心疾首地大哭了一场之后，平静地说："离就离吧，虽说是过路夫妻，也不能给你留下污名。

事是我弄出来的，给我几天时间，去雷村摆平了回来，跟你上民政局去办手续。"

晓珊来到公爹家，雷黑磨家又一次热闹了。晓珊客气地给大家上烟倒茶，一口一个对不起。彩凤问咋回事，红嘴问咋回事，有关没关的人都问咋回事，山里人善良，没有像城里人那样上来就兴师问罪地为难晓珊，更多的是关心、焦急和忧愁。晓珊说："乡亲们，我晓得大伙养鱼不容易，一家子的盼头，鱼拉走了，时间过了期限没见到钱，都担心着急。你们问咋回事，咋回事呢？商品经济时代，紧俏的市场就是个黑洞，水深得很，弄不好就掉进去，栽了，砸了，血本无归，就这么回事。不过，请乡亲们放心，与办事处无关，与我老公天问和我公爹都没关系。我把住的别墅卖了，钱带来了，当然，还不够。不过，余款你们也别担心，我会给大家打欠条，分期分批还，保证分文不少。但是我得说明，这个收购价得按现在市场价了，当时说的那是个天价，本想跟大伙一起都赚一笔，可事与愿违。但我告诉大家，我已经报了案，只要抓住骗子，能得到合同上的钱款，我会按那个价再补偿给大家。"

有人说："我们相信你，凭你能来，又有这个态度，我们认你。"也有人问："你这精明，又这实诚，咋就被骗了呢？"晓珊说："我就是太诚信了。我看人家当我面给财务打电话拨款，又是过去朋友的熟人，就少了个心眼，谁想到那是个笼子。不说了，请你们拿条子来领钱，我说了，按现在市场价发给大家，剩下的打欠条，欠下的钱也都是我的账，与任何人无关。虽说我回去后就不再是雷家的媳妇了，可我是业董公司的人，公司在这里有办事处，我还算半个雷村人，跑不了的。"

彩凤问："咋了，为什么天问要和你离？太不是人了吧。"

雷黑磨这时突然说："红嘴，让业香给那个不成器的怪种打电话，告诉他，晓珊到啥时候，都是我们雷家的媳妇，我死后，还指望这个儿媳妇带着孙子上坟烧纸呢。"

晓珊从雷村回到武汉后，就带着儿子到了汉办，重新住进了"野味久香"。久歌说："晓珊是从哪里起步，转了一圈又回到了原点。"我问："真离了？他们可是在老包出事那样艰难的时候走到一起的呀。"

久歌说："就是因为晓珊筹钱要救老包，天问才不原谅。"

我说："劝劝天问，他进局子时，人家晓珊非亲非故，不也是拼了劲救他？何况人家跟老包一起生活了那么多年，这正说明晓珊为人善良，有情有义，天问真为这离婚，只能说明心胸狭隘，度量太小。"

在我们快吃完准备走时，天问匆匆忙忙进来了。久歌叫道："把两个老哥晾这么长时间，好意思啊，泡妞去了？晓珊还没离呢，就等不及了，罚酒，罚酒。"

天问端起酒杯，一仰头干了，说："抱歉抱歉，董事长找我有急事，娃娃鱼又出大事了。"

我和久歌同时问："晓珊不刚处理完吗，咋又有事了？"

"不是，是哇鱼子市场，整个市场的事。"天问说。

进入七月下旬以来，哇鱼子市场就出现了动荡，先是降价，所有客户都把价钱一压再压，几万块一条的大鱼降到了几百、千把块钱，越大越卖不动，先前不太受客商钟爱的中小型鱼，还勉强撑了个把星期，近几天突然也没人问津了。以往三天两头往山里跑的联系人，全都消失得无影无踪，要么联系不上，好不容易联系上，也是一推六二五。关键是年初订的货，全都退货了，最大的客户范老板，话说得好听，特殊时期，顾不上哇鱼子了，再三请求业董原谅。可话好听有啥用，又不能变现。

天问愁容满面："业董把旅游产业的摊子都铺开了，大把的钱投在里面，等着哇鱼子的指望，资金链要断了，可就完了。"

久歌说："市场波动属自然规律，起起伏伏免不了，要有耐心，更要有信心，百年不遇的大洪灾呀，不仅湖北，波动全国，哪个行业不受影响？洪灾过后，市场总会慢慢恢复的，我相信市场，更相信业香。"

我说："灾后重振需要时间。特别是高端商品市场，一旦下去了，上扬起来比较艰难，要想恢复到原来的高度，可能性更小。你们得利用好自己的连锁店，再辐射到各类酒店，尽可能稳住一个基本的消费盘，不求大利，少赚不亏，就是胜利。"

天问说："业董也是这么说的，要我们无论如何，都要自己坚守住，再想办法扩大对外营销，只要这条销售链不断，哇鱼子的产业链就断不了。"

久歌突然哈哈笑了起来，说："哇鱼子滞销，对晓珊是大好事呀，降低了收购价。"

天问说："好屁好，她充老大，给农家都打了欠条，和我们都撇清了关系。"

晓珊是个敢作敢为有担当的女人，这时候更需要温暖。我和天问商量，过两天就是"八一"，把晓珊和她姑姑八敢都叫过来，一起庆祝建军节。

八敢未能赴约，部队接到命令，担任节日期间战备执勤任务。不像我，出省军区后门就是酒店，一旦有任务，拔腿就到，我全副武装，随时准备出发的样子。一进酒店，晓珊见到我，吃惊地"啊"了一声，极度夸张地问："你咋这黑呀？"

我打量了晓珊一眼，笑着说："我黑吗？再黑也没你黑呀，背着我们自个儿赚大钱，连老公都卖了。天问你说说，黑？谁黑。"

久歌打趣说："灯一关，都黑。把衣服一脱，谁都白不过晓珊。信不信？"

笑声掩盖了尴尬，我们说笑着走进包房。服务员打开电视，我们认真地观看着防汛抗洪的画面，谁都不提哇鱼子的事。

突然，电视画面上的一组前线快讯图像，像磁石般吸住了我的双眼，那是我们部队咸宁前线抗洪抢险指挥长的身影，他正带领抢险部队迎着后撤的群众，往一处堤垸进发。我无意识地叫了一声："不好。有险情。"我起身拔腿就跑，这时，手机响了，指挥部紧急命令，马上集结。

嘉鱼簰洲湾决堤了，指挥长带领战士们迎着洪水冲进了堤垸。晚上，在后勤部长亲自指挥下，我们从天河机场乘直升机来到簰洲湾上空，拼命地向下投掷救生衣，水面上电花闪闪，战友们掩护着还未撤走的老乡们，大树小树上全都是星星点点的人头。

在这次抢险中，数十名战士献出了宝贵的生命。"在抢险的危险堤段突然溃口的危难时刻，把人民的利益放在首位，把个人的利益置于脑后，把生的希望留给别人，把死的危险留给自己，这是一种非常高尚的精神，非常可贵的品质。"在荆江大堤随时面临分洪、抗洪抢险处于危难的紧急关头，党和国家领导人的视察和关心，对全国军民无疑注入了一剂强心剂。

这时，电视台决定火速拍摄一部电视剧，展现伟大的抗洪精神，受祥林导演委托，我用三个通宵写出了《英雄抗洪》剧本。

《英雄抗洪》剧组是在剧本酝酿的过程中成立的，可说是事先无准备、无经费、无踩景的三无剧组，从演员到后勤保障，全靠社会各界慷慨支援。没想到我家乡的"房陵酒家"，也成了剧组食宿的临时营地。

这天深夜，从金口拍摄回来，我和一号男主角正在房间研究第二天的台词，房间门突然被打开了。由于时间关系，张导演是不允许演员随便进屋，找我加戏说戏的。我听见门响，怔了一下，扭头一看，彻底地愣住了，是业董，业香，她端着一个冒着热气的盅子，笑嘻嘻地向我走来。坐在床头的刘老师站起来，转身面对着业香，我看见业香仿佛被电击了一下，身子一晃，瞪着双眼，张着大嘴，突然惊叫道："周总理？"她摆了摆头，又恭恭敬敬地喊了一声"周总理"。

我连忙上前，接过业香手里的盅子，放到桌台上。刘老师也热情地拉起业香的手，笑呵呵地说："我是演员，不是周总理。"

业香喜欢看有关长征和三大战役的电视剧、电影，对毛主席、周总理老一辈革命家有很深的感情，猛一下看见酷似周总理的刘老师，还以为碰上了真人，激动得连搓手带扯衣服，不知所措。

我说："他是解放军总政歌舞团的演员，演周恩来的特型演员，你在好多电影、电视剧上看到的不是周总理，是他。明天，你到大堤上去看，他又是抗洪的英雄战士。"

我问业香："山里刚遭天灾，哇鱼子又受到重创，你怎么回武汉了，有啥大事吗？"

业香说："抗洪不是大事嘛，全国的大事。听说演员住进了饭店，我能不来啊？刚好，这锅鱼汤慰问两位英雄了。"

我和刘老师喝着汤，谈起了明天的拍摄提纲。业香临出门时说："我想组织酒店的员工去堤上防汛，可天问打听了，不让上堤，你们明天拍摄，我们能去慰问吗？"说完，望着我们，满怀希望的样子。

刘老师看看我，说："好哇，欢迎，人民群众是战胜洪灾的真正英雄啊。"

江堤上，骄阳似火。剧组人员和本色出演的解放军抗洪战士们，冒着40多摄氏度的高温，抢拍了一个上午。中午时分，午饭到了，剧务总监把大家召集进了帐篷。

远远地，几辆面包车驶来。我看见业香带着晓珊、天问和酒店员工，抬着塑料箱子和塑料大桶，一个帐篷一个帐篷地送饭分汤。我扬起胳膊招手喊了一声"业董"，业香也抬起胳膊向我招手说："等着，马上送到。"

我闻见帐篷里飘出一股特殊的香味，吮了吮鼻子，享受着似曾熟悉的味道，听见战士们议论："什么鱼汤呀？这么鲜嫩。"有人答："江鲢。"有人答："江鲢哪有这个味？我家是养鱼的，从没吃过这种味道，不像鱼。"

"鱼当然是鱼，可不是一般的鱼。"我听见晓珊说，"这是深山峡谷里的哇鱼子，莫说没吃过，就是想吃也吃不起，我们董事长晓得你们辛苦了，特意从老家大山里弄来，专门犒劳大家的。"

业香的声音传来："就你话多。快陪小金他们送饭去，你不饿，别人累了一上午，不饿呀。"这时，有人从背后把一盒饭送过来，同时，又把一碗汤捧到我面前，嘱咐道："端稳，这汤来之不易，趁热喝。"

听到这悦耳的女声，我身子抖了一下，似乎想起在大学教室里听到过，这是一种极不普通的普通话。我扭过身子，抬头的刹那间，僵住了，对方同时也愣住了。我陡然忘记了称呼金老师，惊叹道："你！日中为市。"

金凤枝老师也惊叹道："啊？你上前线了！"一脸的意外和歉意。

我说："对不起老师，我对日中为市与商品经济印象太深刻了。"

凤枝老师握着我的手，摇得像打架，只差没抱到一起了，摇够了，才说："这就是日中为市呀？业董用她珍贵的哇鱼子，来交换你们奢侈的精神，难道这不是神农氏'互利天下，普惠万民'的初衷吗？"

刘老师看我和一个年轻女子说得热热闹闹、玄玄乎乎的，笑着说："你们互惠互利，不能忘了我哦。"说着，看见业香走过来，又补充道："业董的哇鱼子，我可受益了。"

业香和刘老师听了我和金凤枝一课之师的故事，都笑得合不拢嘴。笑过之后，业香对我说："啥一课之师。记住，一日为师，终身为……"说到一半，觉得为父为母都不合适，自个儿又说："凤枝是我师妹，她的博士论文，日中为市——市场经济，就是在雷村的大岩屋里写出来的，你们就，终身为师兄妹吧。"想想，又觉不妥，说："差辈了，差辈了，她是老师。"

我对刘老师说："你吃的哇鱼子，是河对岸华农包教授下放我们村时，发现和培育的产业，业香和金老师也包括我，都是包教授的学生。特别是业香，我们一个村的，她从一个村姑，一路走来，进城打工、兼职攻读函授大学，成长为明星企业家，又回村报效家乡，带领几乎快消失的村庄乡民，走上了产业致富的道路，就像一只凤凰飞来飞去，飞成了冲天惊人的金凤凰。"

业香眼睛一斜说："谁是金凤凰？她，金凤枝，她是，我顶多算是山林子里的一只金鸡。"

刘老师一边拍手，一边喊："来来来，合个影，和金凤凰合影。"

我说："快快，刘老师和金凤枝合影了。"

业香、凤枝、晓珊围在刘老师身边，天问偷偷挤过来，却被晓珊一脚踢开："凤凰合影，你一只秧鸡子，瞎掺和啥？"

这时四周喊道："凤凰，我们都是凤凰，凤凰都来啰！"一群女子哗啦啦跑过来，蹲的蹲、站的站，把演周总理的刘老师包围了。

不少女孩子从说笑和衣着上看，不像是酒店的员工，我一打听，原来她们都是留校的学生，随凤枝一道到堤上来慰问的。许多战士也从帐篷里跑出来，看着这边热闹，有女学生热情地喊："兵哥哥，来一张。"

我见有些战士按捺不住地往这边走来，便大声喊了一嗓子："抗洪英雄们，来，抗洪英雄和金凤凰，合影了。"

战士们全从帐篷里跑了出来，嘴里唱着"团结就是力量"。高亢响亮的歌声，感染着参与照相的每一个人。

这时，一辆黑色小轿车从大堤上疾驰而来，剧务总监老向迎上去，从车上拉下一个胖子，喊道："等一等，等等这位无名英雄。抗洪英雄合影可不能少了他，他是无偿捐资，无名英雄。"

刘老师笑着说："来吧，都是英雄，人人英雄，全民英雄。"

来人挤到刘老师身边，业香见了，热情地伸出手，两只手快握到一起时，业香突然扬起拳头，朝来人狠狠砸了一拳："该死的老范。"

原来，来人就是跟业董毁约的范总。业香对范总印象一直很好，大气，诚信，靠谱。可偏偏在业董哇鱼子经营受挫时，干了件不靠谱，甚至很不地道的事。不仅推翻了预订协议，一条鱼都不要了，而且不接电话，不见面，不讲理由，人间消失了一样。业香说："冤家路窄，一点不错。"

范总也没想到在防汛的武金堤上会碰到业董，照完相，两个人聊开了，一个说："我没理由给你毁约，可我急用钱，不毁不行哪。赚钱事小，救灾为大呀，这种情况下，叫我拿啥脸见你。"

业董说："就你伟大呀，你就是个五大三粗的小人。你不买的哇鱼子，我都煮肉熬汤，送给他们喝了。"

两个人说着笑着，走进了拍摄现场……

临近天黑时，剧组拍摄抢险逃生一节。需要大量群众演员，业香、范总、凤枝、晓珊和所有上堤的人，都加入拍摄的群众演员队伍中。一辆辆军车，迎着决口的洪水冲去，一批批战士掩护着群众向后撤离，人们背着粮、扯着猪、牵着羊、抱着鸡，拼命地奔跑，哭喊呼叫声一片。

刘老师站在车顶上喊叫："乡亲们，快呀，快离开这里……"

群众喊："快跑，洪水赶上来了……"

洪水中，用身体组成人墙的战士们，唱起了《团结就是力量》。

这是八月一日夜晚簰洲湾的真实写照。这时，业香抱着的大红公鸡突然从怀里挣脱了，扑腾着翅膀，咯咯咯叫着飞向天空，在夜空中划过一道彩虹。我听见业董和乡亲们在喊："鸡，我的鸡呀。"

　　我看见滔滔洪水淹没了一切。

第十二章　八哥小红

三十四

　　我是怀着纯粹的休闲避暑心情回雷村去的。

　　久歌和我分别带着夫人，我们四个人驾驶一辆兼有轿车和越野功能的跨界丰田。爱人早我几年退休，由于我要上班的缘故，几乎没有外出休闲过，久歌夫妻俩三四十年没回过雷村，所以大家心情都比较激动，更多的是一种躁动和期待，究竟期待些什么也说不上来。轿车驶过挖断坎，稍稍向左一拐，便进入了百裕沟口，翻过沟口的垭子，便是百裕沟水库。我把车子停在水库大坝上，拍照留影，向里看群山绵延，向外望一马平川。山风迎面扑来，不仅送来舒适的凉爽，仿佛还带着丝丝香甜。

进山公路虽然弯弯曲曲，可质量却不比城市水泥路面差，只是过于狭窄，仅供一辆车和行人通行，好在每间隔一段便设有错车带，方便双向通行。久歌说村村是通了。我说："过去在那蛇形小道上，人跟着人，全都是我们卖柴的学生，前面一打杵歇肩，后面都停止脚步打杵，有些像城市里堵车，只是城市堵车是一路红灯和咚咚的发动机声，我们打杵歇肩时，是绵延几里路黑乎乎的人头，嘴里都喷着呼哧呼哧的白气。像红军长征的队伍，虽然艰辛，甚至破衣烂衫，歪东倒西，可身上充满力量，那真是一道美丽无比的风景。"

我爱人嘲笑道："打杵，那算啥风景，太原始了，还有西洋景，咋不说出来听听？"

爱人说的是提着高跟鞋走赤脚，拉着自行车爬山坡。第一次跟我回雷村时，爱人一进百裕沟水库，心情无比好，她祖籍是河南人，唱着豫剧《朝阳沟》《木兰从军》，哼着电影插曲《谁不说俺家乡好》，唱着唱着走不动了，就问还有多远，我回答说快了，拐几个弯就到。拐了几个弯又问，到了没？我又答前面大弯拐过去，越过一个小弯就看见了。拐过大弯和小弯，看见几排房子，有人家屋顶冒烟，她高兴地问："总算到了吧？"我无奈地回答，快了，真的拐个弯就到。她不走了，坐在地上，脱下高跟鞋一看，脚背红肿，脚底打起了水泡，再走时，她把鞋给我，自己打着赤脚。我一手挎着行李包，一手提着高跟鞋走在前面，走到最后，她脚几乎不敢沾地，只得趴着我肩膀，一点点挪到了家……后来修了机耕路，我们借了自行车骑车回家。那年腊月三十，我们早上从县城出发，打算中午赶回家团圆，谁知后半夜下起了雪，从县城到挖断坎还算顺利，一进山，自行车就不听使唤了，平路勉强可以骑骑推推，上坡爬坎不仅推不动还往后滑，推几步就得停下来，用石头和树棍清理塞在钢圈里的泥巴，后来泥巴都结块了，搓不干净，上坡时不得不把车子扛在肩上走。天上下着雪，凉风飕飕地吹，可我们的衣服都湿了，外面是雪水，里面是汗水，解开扣子冒着腾腾热气，一直折腾到天黑，还是兄弟们半路接回的家，一家人从中午等到晚上才吃到团年饭，吃完饭，爱人就发烧病倒了。

久歌夫妻听了我们的故事，直夸我爱人伟大，花木兰从军真不简单，我爱人接着就给他们打了一个谜语猜："两个鳖一个爹，爹爱鳖，鳖疼爹，走路鳖驮爹，过河爹扛鳖，打一物。"久歌爱人想了好一会儿，突然笑哈哈地说："自行车，自行车。不光一个爹，是两个鳖两个爹，还有一个婆婆，管爹的爹……"

路上，一辆摩托与我们擦身而过，摩托开的速度比我们小车要快，车上的小伙子侧脸朝我们小车望了两眼，一晃就过去了。没过一会儿，小伙子又反转头追上来，超过我们后停了下来，一只脚踩地，瞅着驾驶室问："你们，是打武汉回来的李、李大伯吗？"

久歌从副驾驶座上伸过头说："我们是从武汉来的，就他姓李，其他三个都不是李大伯。"

小伙子笑着说："那就对了。我是李自成的孙子，李成华的小儿子，叫瓶娃子，大伯教书时我还没出生，前些年你回来，我刚上一年级。"

我说："哦，李成华的儿子，好像有印象。听说你们一家几十口，全都搬走了呀。"

瓶娃子说："我被公司又招回来了，负责旅游宣传。堂爷和业董派我来，专程接你们的。"

"欢迎，欢迎。"两声亲切的鸟叫，摩托车把手上的鸟笼子在动，叫声就是从那里传出来的。

车里的人都伸出头呼唤："鹦鹉你好，你好鹦鹉，你好。"

瓶娃子说："不是鹦鹉。是，是八哥。"

八哥又热情地扇动翅膀："你好，你好，欢迎。"

两个女人下车，走近摩托说："八哥你好，哈哈，你真热情。我们叫错你了，呵呵，对不起了哦。"

八哥说："上山，欢迎上山。"大家没领会八哥的意思。

瓶娃子解释说："它说上山，就是欢迎你们贵客，上大岩屋。说进山，就是欢迎客人去雷村。走时，老堂爷和业董交代过的，它可听话懂事了，最会察言观色。"说着，打开笼门，八哥飞出来，冲我们连说几声欢迎上山之后，一溜烟飞走了。

自从堂爷上次被山洪冲失踪以后，业董就请驯鸟师傅特意为堂爷培训了这只八哥。平时董事长忙，八哥就飞来飞去传信，陪堂爷说话，人情味很浓不说，凡事一教就会。堂爷给八哥起了个名字，叫"快嘴"。

"快嘴"飞走后，我又驾车前行，瓶娃子跟着车子，嘱咐我开慢点，前面路上有块大石头。过了郑家湾水库，路中果然有块大石头横着，路下边住着几户人家，有几个人朝路上指点。我下车看了看，不偏不倚，刚好拦着一个轮子的路。我望望路边的山体，自言自语地说："没垮瘪子呀，打哪儿来这么大块石头。"

远处站着几个小伙子，挤眉弄眼地笑着说："早前垮的。这还着不出来？"

我问："能移开吗？"

"能，这有钢钎，还有铁链子，撬着几拉再拉就移开了。"小伙子扬起钢钎和铁链子，来回摆荡。

"那就难为你们，帮帮忙吧。"我吩咐久歌，快走，去上烟。

这时，一位年长的汉子扬着手，向我走来，右手手指在不停地搓动着。瓶娃子这时支好摩托车车支架，跑着喊："我来，我来。"

年长汉子没有搭理，笔直走到我跟前，止住脚，望着我愣了愣，搓动的手指，瞬间弯成了巴掌，朝我伸过来。嘴里说："李，李老大？"

我扭头向四周看了一眼，都没反应，确实是在叫我，没想到这么短一段路程，我由李大伯又变成了李老大，很有点黑社会头目的味道。

来人也怔住了，问："你不是雷村堂爷的大孙子嘛，不认识我了？我是郑湾五队的，戢运林哪，在雷村读书时，我们还同过一年学呀。"

好多年以前的往事在我脑海里浮现出来。那时，修郑湾水库把郑湾小学拆了，五年级以上的学生包括几个初中生，都合并到雷村小学来读书，戢运林是初二学生，我读初一，一年以后他就毕业了，只记得他成绩不好，经常被罚站，我语文不错经常被点名提问。几十年过去了，虽然他变得比实际年龄显得苍老些，但那张大胯嘴和大眼睛的轮廓依稀还在。

两双老同学的手，紧紧地握在了一起。我疑惑地问："我个子一直很小，怎么成李老大了？在这沟里，我的名声不好吗？"老同学笑着说："说哪儿去了，就是你名声太大，名声太好了。大名鼎鼎的堂爷有个大孙子，在大武汉的大部队上，还是个当官的。是这沟里出去的大官，所以雷湾、郑湾两村谁不晓得里沟出了个李老大呀。嘿，真是的，有些不恭敬哦。"

老同学说着，吩咐小伙子们快搬石头，硬拉着我们去家里坐坐，喝口水再走。

两口子忙着给我们砸板栗、拿杨桃和花生吃。我了解了一下，他家不算富裕，大件电器就数神柜上的小电视机了。每年喂两头猪，一头换钱，一头过年，吃粮吃菜都是自己种的，收入来源除了一头猪钱，其余全靠山货，春上竹笋出来卖笋子，夏天杨桃熟了卖杨桃，秋天野栗子裂开了卖栗子，偶尔有点紧俏山货和稀奇瓜果，便在村子路边换点小钱。儿女孙子都搬到了打工的地方去住，老两口日子倒也过得清闲自在，无灾无痛无"三高"。唯一令老戴心不甘的是，没有评上贫困户，拿不到政府补贴，更得不到精准扶持。

久歌两口子在车上议论，全国马上都消灭贫困奔小康了，想不到还有人羡慕贫困户。议着议着议到我身上来了，久歌玩笑说："这么响的名号，李老大。是怕我们分你的保护费呀，咋的？瞒得真严实，我们咋从没听说过。"我爱人说："莫说你们了，连小名都瞒着我们母子俩，到现在都不清楚呢。"我争辩说："瞒啥？有了李老大大名，小名不就出来了。"久歌夫人看着我，想了想，笑着说："哈，我知道了，李小小，老小，小小——对不对？"几个人瞪着眼睛，我说："啥小小，老小，就一个字。"都笑开了："哇！小，小，多亲切呀。""小……多可爱呀。""小——小——不老小了哇……"

不知不觉，来到了瓦屋寺，瓦屋寺有一个风洞，风洞以下过去是郑湾大队，过了风洞就是雷村的地界。从我们四队到风洞有十五里地，不管上山或下山，走到这里都会坐下歇脚。我们车子还没到风洞口，爱人就喊着停车，然后跳下车，自己步行着往前走了。久歌夫妇不知为何，以为是生气了，都喊，坐车走呀，为啥不坐了。他们不清楚，当年我爱人就是从这里脱下高跟鞋，赤着脚进山的。更不知道，她一到这里，就犯恐惧症。那一年，我们第一次开车回家，开的是吉普车，走到这里遇到了难题，风洞上面是一块鹰嘴石，鹰嘴伸出来正好顶住车顶，要想通过只得小心地靠右，右边是悬崖，右车轮一半在路上，一半悬着空，她吓得打哆嗦，说啥都要走过去。我不能下车，我一下车剩司机一人，就没信心和勇气开了，我坐到副驾驶座位上，双手紧紧抓住挡风玻璃下的扶手，眼睛死死盯住前方，短短二十多米，开了五六分钟，停下车时，我和司机满头大汗，后背的衣服全汗湿了。那是惊心动魄的一幕，后来回到家，又听说，就在那个地方发生过一起灾难，有个在县里给领导开小车的司机，端午节开车带老婆回家，在经过风洞口时，车子不慎翻下了悬崖，车子报废了，孩子摔死了……从此，我爱人经过那里，就不再坐车，坚持步行。

我们走进"山里人家"，那只可爱的"快嘴"热情地喊："你好，欢迎欢迎。"业香早早候在门口，一边和我们打招呼，一边冲屋里喊："老爷子，到了。"堂爷在屋里答："好好好，快请进屋，洗把脸，开饭。"

一屋子人都站起身，我伸着手，一路伸到堂爷面前握手，喊道："老老爷子，我先下跪，给您磕一个吧。"

久歌接着喊："我也磕一个，您给起这个好名字，多响呀，久歌。"

堂爷说："久歌说话就像唱歌，响亮，你爹妈没一起来？"

久歌媳妇说："他们都在忙着写论文，出书，叫问您老好呢。"

堂爷说："好得很，他们来了更好，都是托他们的福。哇鱼子、搅瓜、糯苞谷酒，尽兴。"

久香要扶堂爷上席，堂爷却先招呼我们一一入座，然后自己坐到了上席。邓田鸡、红嘴和根叔分别坐在下首。

桌上摆了八个凉菜，八个凉菜过后才上热菜。没等热菜上席，我和久歌已喝得微醉了，久歌抱怨起路来，说是乡下干部就是短视，路修那么窄，执行村村通有偏差。邓田鸡看看业香，答："这可冤枉乡村干部了，他们的计划是双车道，可业董和我与郑湾商量后，给否决了，我们百裕沟只通单车道。"

业香说："单车道不影响通行。双车道一修，什么大卡车、大货车都进来了，山里的珍禽异兽、名贵树木、药材就要遭殃了，祖先就留下这么多资源，经不起折腾。不像喝黄酒，越折腾越红火、热闹，越热闹越有味道，有品头。"

堂爷说："对呀，这多文化人，喝酒热闹，不能少了《酒令》，我先出一个《猜字谜酒令》，猜中了我喝，猜不中，你们客人喝。"

　　——黑不是，白不是，红黄更不是，和狼狐猫狗仿佛，既非家畜，又非野兽。
　　——诗也有，词也有，《论语》上也有，对东西南北模糊，虽是短品，也是妙文。（各打一字）

我们几个猜来猜去都没猜对。我小时候猜得最多的都是什么"一点一横长，一撇在南阳，南阳两棵树，长在石板上"，谜底是磨。什么"一点一横长，一撇在南阳，南阳两个客，睡在土包上"，谜底是座。业香忍不住，提醒说："猜，猜谜，猜谜呀……"

这才恍然大悟，我们根本都没想到猜谜两个字上去，更别说猜了，只得喝酒。

堂爷说："我再出一个你们文人拿手的，《拆字令》。"

——山石岩下古木枯，此木为柴。

其中山与石为岩，古木又成枯字，此和木为柴，都是把字拆开又合上，成一副上联。内有三个字：岩、枯、柴。堂爷出了一个拆字，叫我们对一个比较公正的下联拆字出来，对不上罚酒一碗。

我们又对不上来，还是业香解了围，她看看两个夫人，笑答。

白水泉边女子好，少女为妙。

这下联也拆得好，白水为"泉"字，女子为"好"字，少女是"妙"字。上联是山中，下联是水下。

堂爷又拆了一联。

——寸土为寺，寺旁言诗，诗云："明日送僧归古寺。"
——双木成林，林下示禁，禁曰："斧斤以时入山林。"

"怎么样，这等小把戏，我都难不住，还想考他们。"

业香没等我们琢磨，直接答了出来。而且天衣无缝，堂爷引用唐诗一句落尾，业香引用了《孟子·梁惠王上》中的一句话。

久歌自愧不如，嚷嚷道："高人在民间，文化藏山中。"而我从中领略到的却是，只有在这美好闲适的山乡，才会有这等夫妻的默契、生活的乐趣。同时，我也深深明白和理解了，业香毅然回到雷村的初衷。

这时，红嘴对久歌出了一个令字谜：——寺旁一头牛，二人抬木头，西下有一女，火烧阴间楼。出完谜，把长长的胳膊伸到九歌面前。

我抢着说："久歌，快上烟。这四句各含一个字，叫'特''来''要''烟'。"

接下来，邓田鸡和红嘴两个人打起了《分字令》官司：

　　两物相仿茶和酒，品字分来两个口，不知哪个口喝茶，不知哪个口喝酒。

　　两物相仿糜和黍，圭字分开两个土，不知哪个土种糜，不知哪个土种黍。

　　两物相仿椽和柱，林字分开两个木，不知哪个木作椽，不知哪个木作柱。

　　两物相仿锡和铅，出字分开两座山，不知哪个山出锡，不知哪个山出铅……

房县喝酒令多如牛毛，《古人饮酒令》《划拳令》《颠倒令》《支客令》《恭贺令》《请酒令》《戴花令》《告席令》……随便提起什么都能成令。几个令听下来，我终于听出门道，这是在解释，为啥通山公路只修单行道，皆因要保护这山里的资源。

这时，业香提议再来一个"黄酒令"。业香说："今天招待的不是老师就是医生，还有就是作家记者，反正都是文人，还是不一般的文化男人和女人，针对文化人，转个杯吧。"

堂爷接茬："我看行，喝个月月红吧，以花名药名带古人，中间要夹着三字经。令照出，酒照转，你们谁喝不了，就接碗往下传，重在参与，图个乐趣。"说着，就先行来了一段：

正月里来是新年，通草开花朵朵鲜，带花美女吕玉莲。人之初，性本善，性相近，习相远。观其所，由其然。药名栀子加黄边。前朝古人唐李渊，秦琼救驾临潼山。喝一碗，转下人。

二月里来是百花明，梅子开花翠粉粉，带花美女李兰英。三才者，天地人。三光者，日月星。孔子门下出贤人。药名甘草加黄芩。前朝古人穆桂英，保定宋王坐龙庭。喝一碗，转下人。

三月里三月三，桃子开花朵朵艳，带花美女潘金莲。苟不教，性乃迁。教之道，贵以专。生死由命，富贵在天。药名人参加桂圆。前朝古人王宝钏，寒窑受苦十八年。喝一碗，转下人。

四月里来满山春，兰草花开香喷喷，带花美女玉堂春。匏土草，木石金。与丝竹，乃八音。药名肉桂高丽参。前朝古人是韩信，宫后刀下丧残生。喝一碗，转下人。

五月里来是端阳，石榴开花红堂堂，带花美女是孟姜。三传者，是公羊。有左氏，有谷梁，逍遥公子飘荡荡。药名芒硝加大黄。前朝古人是宋江，杀人才把梁山上，喝一碗，转下人。

六月里来天气热，茅草开花遍地白，带花美女胡二姐。如囊萤，如映雪。家虽贫，学不辍，齐天大圣孙行者。药名白果加木切。前朝古人高怀德，沿街要饭受磨折。喝一碗，转下人。

七月里来七月半，菱角开花出水面，带花美女薛金莲。兴武兴，为东汉。四百年，终于献。鸳鸯戏水把头点。药名朱砂加冰片。前朝古人是勾践，卧薪尝胆受煎熬。喝一碗，转下人。

八月里中秋来，桂花飘香十里外，带花美女祝英台。昔孟母，择邻处。子不学，断机杼。凤鸟不争，大山不出。药名薄荷加紫稠。前朝古人是刘秀，王莽追他在后头。喝一碗，转下人。

九月里来是重阳，菊花开得遍地黄，带花美女孙二娘。夏有禹，汤有商。周武王，称三王。林英寻夫南山上。药名当归加生姜。前朝古人李三娘，磨房生下咬七郎。喝一碗，转下人。

十月里来小阳春，芍药开花当中心，带花美女刘金定。魏蜀吴，争汉鼎，号三国，迄两晋。十八反王动刀兵。药名麦冬加天丁。前朝古人程咬金，他在唐朝当大臣。喝一碗，转下人。

正在这时，接我们进山的瓶娃子慌里慌张地跑到业香跟前，对着耳朵小声叽咕。堂爷跟大家正转在高潮上，被打断了，生气地说："大点声，都不是旁人。"

瓶娃子直起腰，说："郑湾水库上，几辆来雷村的小车不愿交钱，被强行拦住，撕巴起来了。"

业香说："这个戢运林，咋又打起蛮来了。红嘴，去把客人接来，带点钱去，好好说，莫扯皮。"

红嘴起身就往外跑，业香喊："把'快嘴'带上，热情欢迎客人。好生些哦，传个信回来。"

我问："五队的戢运林吗？他是挺实在的一个人，咋和你们扯皮？"

邓田鸡说："想钱想疯了，收买路钱，一个个的，长虫吃扁担——硬棍一条，拿他咋办。这村穷吧，别人瞧不起；富了吧，别人又眼红。"

堂爷说："我早说，得来个彻底了断，老这样子下去，会坏大事。"

业香说："咋了断？该想的办法都想了。就依你说的，把他安排到雷村来，人家愿不愿来先不说，就算他走了，会不会又有第二、第三个戢运林出来呢。"

邓田鸡说："我还是那话，干脆报公安，捉人。要么就告他，上法庭。现在不讲以法综合治理嘛，我就不信了。"

业香说："咋说都是喝一条沟的水长大的乡亲，过去卖柴路过人家门口，谁没喝过人家的水？坐人家凳子歇过脚，为了几个小钱，报公安，打官司？这不是我们雷村人的做法。"

久歌和他爱人都说："不对，不是大钱小钱的问题，这事牵扯到发展环境，影响营商氛围。"

我爱人也说："这就像医院的医闹一样，会引起连锁反应，他能收买路钱，别人不能变其他法子，来敲诈你们？"

经这么一说，大家都感到了问题的严重性，就像一个毒瘤，不动手术，只会不断恶化。

在我的印象中，郑湾修水库时，就移民外迁了不少人家，水库蓄水，把原来的好田好地淹了一大半。记得邓田鸡在武汉上访时说过，雷村和郑湾被朱湾兼并，就是因为人口消失太多。我想了想，问："郑湾现在有几个小队，还剩多少户人家？"

邓田鸡鄙视地说："还几个队？一个队都不足，就二十来户人家。"

我说："照这算，也就一两百人的事。"

邓田鸡答："人不多，可线长，十好几里路，东山一户，西坡一家。"

我想到了如火如荼的城镇化建设，乡镇往小城市扩，小城市往中等规模城市发展，摊大饼摊出来一堆的城市病。为什么不能反向思维一下，把郑湾的人口往山里集中，把雷村建成一个山村小镇呢？我把这个不成熟的想法抛了出来。

大家望着我不再说话，业香想了一会儿，说："你的意见值得考虑，这也是一种思路。"

邓田鸡直接反对："我不主张捅这个马蜂窝。想想看，我们雷村的外迁户返村时，惹了多少麻烦？几多扯皮拉筋的矛盾。现在村里人家都过上了好日子，你让外村的人家搬进来，抢大家的饭吃，分大家的油水，大家会答应？那不又得闹翻天，就问问根叔，看他同意不同意。"

根叔答话："我肯定不答应，估计也没人答应。好田地、好山林、好屋场，就那么多。"

我只想到集中盖几栋房子，把郑湾一二十户人家安置到一块居住，没考虑到土地和山林的问题。但是雷村现在要发展旅游业、养殖业，劳动力和服务人员也是需要的。人多了，有些产业还可以扩大规模，上新项目。关键是要有一个前瞻性的规划，林田也可以根据需要留转嘛。

业香说："随着发展，确实需要人，尤其是能稳定下来的人员。"

堂爷抽了几口烟，说："乡亲的情绪肯定是会有的，矛盾也不会少。前几年，人都搬走了的时候，想扯皮呀，找谁扯？去吧，连打架的人都没有。把郑湾的人都收拢进来，应该是一件好事，这山里几千年就只是个村，一家一户的，要是建成一个小镇，管他多大，比村影响更大吧。请文人们帮忙，琢磨出一个两个村的人都能接受的名字。心合先要面合，对吧，面合心合先得求个合字。"

我们都朝久歌看，他是电视台的，跑得多，见多识广，起名字的大事，非他莫属。

久歌说："你们都看我干吗，我的名字还是堂爷和……和爸妈唱歌时起的。"他差点说出是堂爷和久香起的，这么个场合要提起久香，肯定会很扫堂爷和业香的兴，为防酒多失言，节外生枝，他毫无思索地补充说："名字早摆在那儿，雷镇呀。"

"雷镇？"大家异口同声地重复了一遍，其实也是质疑了一遍。

仔细琢磨了一下，大家又都啧啧啧咂嘴，觉得这雷镇太好了，贴切，自然。雷字自不必说，妙就妙在镇字上，和郑湾的郑谐音。

我带头叫好说："神来灵作呀，多一字嫌多，少一字嫌少。"

大家都跟着一起鼓掌叫好。

业香鼓完掌，不再说笑，都以为她对雷镇这个名字不满意，便说都再想想，想到最合适的名字再定。其实都领会错了，业香对雷镇两字很喜欢，只是觉得把雷村改为雷镇，公司怎么办？如果公司不能与雷镇联系起来，仅仅以"野味久香"集团办事处出现，又不太满足和舒心。看着她闷闷不乐的样子，我想一定得让她的公司，在雷村有一个合适的、立得住、叫得响的集团名称。

在我的目光与业董的目光相遇时，心里猛然咯噔了一下，脱口而出四个字来："雷镇百业。"

"雷镇百业？"大家瞪着疑问的目光，猜想我是什么意思。

我盯着业香问："业董，你觉得……"

业香笑眯眯地反问："刚想的？说说，咋想出来的？"

我说："雷镇就不解释了。堂爷业香，供一个谐音，合二为一。百，既代表白手起家，清清白白，又代表百裕沟，百姓安居乐业，百业兴旺发达……雷镇百业集团。"

大家都认为"百"字好，业董的名字就是百姓的名字，堂爷也称赞这个"百"字，业董的公司本来就是百姓的，所以办公司本身就是为百姓创业。百又是一个吉利数字，个十百千万，百字居中，百尺竿头……前头千千万万。

可堂爷吧嗒着旱烟琢磨了一会儿，又觉得少了点什么味道，少什么呢？他问大家，你们说我整天吧嗒着烟袋，为啥？快活呀，过瘾。大家猜谜图啥？唱歌图啥？喝酒闹酒图啥？图的是个快活乐和，业香从城里跑回山，为的也是让百姓们快乐地生活，雷镇百业好是好，就是缺少点快活。

有人提议叫雷镇百乐集团，也有人说少了个业字，又体现不出堂爷和业香的含义，干脆去掉雷镇，叫百业乐，或百乐业集团。

我爱人和久歌夫人笑得合不拢嘴："百乐门……百乐氏……百事可乐。真逗，又来一个百乐业百业乐。"

久歌说："不行，不行，太趋同化。还是雷镇百业，霸气，大气，有生气……含金量高。"

业香说："雷镇百业就雷镇百业了，刚不是说了，多一字多，少一字少嘛，变一字又变不好。我们就在集团公司下面，成立一个子公司，专门负责乐业的事。"

大家都鼓掌通过，说董事长大，谁大谁说了算。

业香笑着说："谁大？论官，武汉来的都比我大。论威望，百岁寿星大。"

邓田鸡笑着说："堂爷威望再大，还不是你业董的堂办。赶紧把集团公司成立起来，给堂爷筹备快乐寿宴吧。"

堂爷说："我早声明过了，第一，不办祝寿宴，还是那话，老岩屋从不做寿，千年万年，皇帝年年万岁天天万岁，有几个活过百岁。第二，集团公司总部放河里来，方便业务来往，省得上山下山来回跑。"

业香笑眯眯地说："怎么，堂办敢违抗董事长的命令，要撂挑子？那你说了可不算。不是我对着镜子作揖——自己恭维自己，我这董事好歹都带个长吧。"

我们一齐上阵，拿堂爷逗乐："堂办不听招呼，那可不行，董事长的权威何在？外当家的呀，家法何在？一言九鼎。"

堂爷认真地说："反正我不做寿。要想个借口热闹快活一下，那我出个主意，中秋节，搞一个雷村风土民俗欢乐活动，叫大家把十八般武艺都亮出来，和旅游的客人、往来的商户，一块快活，也让人们都见识见识真正的雷村。"

这一提议得到了邓田鸡和业董的拥护，我们更是热烈欢迎，激情期待。虽说生于斯长于此，但我对村里的乡土风情、经典文化知之甚少，特别是在那大灾荒大动乱的年代，生活和生存都成困难，谁还快活得了呢？

这时，"快嘴"从门外飞进来，打断了我们兴奋的议论。"快嘴"一路喊着："欢迎进山，欢迎进山。"直接落到堂爷的肩膀上，才安静下来，我们知道，又有客人要到了。过了不大一会儿，红嘴果然领着三个客人走进了包房。

业董迅速起身，跟着走进包房。大约过了五六分钟的时间，业董领着客人出来了，来给我们敬酒。

原来，新来的客人是教育辅导站的高站长，身后跟着孙老师，听说"山里人家"名气大，慕名而来，顺道了解雷村留守儿童上学的情况。高站长上桌首先端起碗，说："这一杯，欢迎远道客人，我自己先干了。下面我从老人家开始，再分头敬起。"

高站长站到堂爷跟前，说："堂爷，你是我们县的文化符号，看您这身体，硬朗得跟您的名气一样棒，来，我特敬您老人家一杯。"一张口，咕咚咕咚喝了。

堂爷看客人这么热情，就站起身，笑着调侃说："我不是加号？是负号，负号好不好哇？好像包糯米说负号是减数，减分的呀。"

酒桌上哄堂大笑，都为堂爷的回话叫好。高站长说："堂爷真幽默，智人，高——"

久歌伸出大拇指："文化，这就是文化。地道的文化地标，标高——可与大岩屋等同。"

高站长请堂爷坐下后，问久歌："客人知道大岩屋？那得敬你一杯，大岩屋可不简单，尽出大人物，你讲的文化地标，中国两大文化高峰上都有堂爷的身影，汉民族文化史诗《黑暗传》，中国第一部诗歌总集诗经，堂爷可是正宗的传唱大师。业董，那也是地地道道土生土长出来的大企业家，民营企业，尽的那可都是国企的责任。还有响当当的大教授——包糯米，包糯米的名字，就是从大岩屋得来的……说起来话长，喝酒。"高站长把久歌当成了游客，津津乐道。

　　业董和一桌子人都望着久歌大笑，笑得高站长丈二和尚摸不着头脑。业董笑着解释说："站长，包大教授就是他爸爸，他这久歌的名字也是从大岩屋得来的，人家现在是电视台的台柱子，旁边的是他夫人，也是教授级别，特级教师。"

　　久歌笑着说："惭愧，我这台柱子充其量就是凑热闹。不比大岩屋的石柱子，那支撑的是历史，像我们教育站长这柱子，那支撑的可是未来。来……为历史和未来，干。"

　　在高站长和久歌干杯的时候，我提前起身端好酒杯等着，高站长笑着对我说："你可是雷村走出去的大名人，房县的骄傲哦，听说你在这小学教过书。"

　　我说："名人就是有名字的人，我们谁没名字？说起教书更好笑，放现在简直不可思议，一年高中没读完，回来教初中，不说误人子弟，起码算滥竽充数吧，搁今天，没有教师资格证，能上讲台？"

　　高站长说："特殊年代，越穷越生，那时还讲一个都不能少，学生多教师少。现在反过来了，富裕了，老师多，读书的却少了。留守儿童，多半成了流浪儿童。这村里三十个学生不到，连办学条件都达不到哇，还多亏了业董，重视教育。"

业香主动端起碗与高站长喝了。高站长眼眶有些湿润："希望小学够不上哦？精准扶贫，为啥不精准教育。"

久歌的爱人说："精准扶贫，强调不落一户，学生教育能落一人？"

堂爷与业香咬了几句耳朵。业香端起酒碗说："堂爷对我说了，精准扶贫不落一户，优质教育不少一人。高站长车子被拦，就说明扶贫需要政策，教育更要攻关。请站长放心，我们已经制订出了一个方案，哪怕一个学生，我们也要全方位投入，包括优质教师资源，我们不叫希望小学，叫雷镇小学，从这里走出去的学生，要威震八方，只求辅导站认可，给雷镇小学一个名分。别看现在只有一二十个学生，说不准很快就是一两百个学生，将来甚至是一两千个学生，雷镇百业集团公司准备打造一个全新的雷镇。雷小的学生会少吗？不会少的，他们也不再是留守儿童，而是企业员工子弟。"

邓田鸡带头鼓掌，说："在我这个书记任上办不了的事，在业董的手上，啥都能梦想成真。我看高站长也别进包房了，坐下来，跟我们打成一片。"

高站长上桌，给大家敬了一轮。客人回敬过后，邓田鸡带头出了门杯，其他人也跟着门杯、转杯一齐上，不一会儿，一排酒碗就摆在高站长桌前，大家面前没了酒碗喝酒，都催高站长快喝了，等着还碗。

红嘴看其他人都干等着，有些冷场，说："缺碗少酒气，无歌不成席。"客人们先前行了猜字令，下面，我给大家唱首颠倒歌，凑凑兴，醒酒：

> 喝酒等碗扯话说，听我唱个颠倒歌。
> 前门上白菜吃了牛，后门上萝卜吃了猴，
> 老鼠吃了猫子头，报母鸡撵毛狗，
> 哈巴狗跟到金钱豹走，姐在房中脚包手，
> 外头来了个人咬狗，捡起狗子打石头，
> 石头咬了人的手，捡起石头去告状，
> 一走走到衙门上，看见两个瘫子在翻墙，
> 两个瞎子看文章，两个聋子一头睡，
> 嚯嚯咙咙叙家常，谁有好歌他不唱，
> 尿脐子长在他脸兜上，坐板疮长在他嘴唇上，
> 所以他不能把歌唱……

唱完，红嘴挤眉弄眼地瞄着邓田鸡。我们都明白那是啥意思，隔山打炮——将军，边笑边劝邓书记唱一个。邓田鸡拖着腔一个劲地嚷：扯尿淡哪——莫瞎扯。可磨不过大家挤对，又拉不下脸，只好说，我真不会唱，既然将上了，那就凑合一首，扯溜子歌吧：

远道客人耐心坐，等着站长把酒喝，听我唱个扯
溜歌，昨天看见牛下蛋，今天看见马长角，高高山上
鱼繁子，积水潭上鸟做窝，秧田当中烧大火，大火中
间拾柴火，道场的石磙风吹起，风吹碾子过大河，灯
草过河沉到底，江中漂的是秤砣，聋子赶会听唱歌，
哑巴唱得阴阳错，身后赶来一个人，瞎子打灯找老婆，
瞎子打灯嫌不亮，拉拉聋子悄悄地说，叫声贤妻往前
坐，这样好歌没听过，聋子一听直瞪眼，叫声老哥莫
瞎胡说，这歌我听过几百遍，

一个字眼也没错……

在我们喝酒中途，"快嘴"先后两次对着酒桌喊："上山，
上山，欢迎上山。"可是没人理会它。这顿酒从中午直喝到太阳
落山，因为既猜谜又听歌，还夹着故事，所以并没意识到时间
多长，反倒觉得过得好快，一晃天就要黑了，高站长由孙干事
搀扶着上了车，临走时，舌头还打着弯说："雷镇小学，一定。"

送走高站长，我们都不愿再动，只想睡觉，所以就在"山
里人家"住下了。谁都没吃晚饭，半夜时，俊巧儿喊我们起来
吃夜宵，我听见屋外的夜空里，传来几阵梆梆响，夹杂着喊山
的声音。我问："现在，还有人上山守苞谷窝棚吗？"

俊巧儿笑着答："那是老皇历，如今村民都不守夜了，上山
睡窝棚守夜的，都是跟你们一样，外面来的城里人。"

我"哦"了一声，然后和九歌喝了两碗黄酒，半醉半醒地

各自回房睡了。

早上，在鸟儿欢快的嬉戏中醒来，我漫无目的地走到河边，老远看见久歌拿着摄像机，站在石方子上拍录清晨的风景。我跳上黑棺材，站到久歌身边，呼吸着山里新鲜空气，想起了牛躲躲，对久歌说："过去这棺材在水中间，不知何时水改道，流一边去了。那时，躲娃子家买不起笔墨纸，就是在这石棺材上练字的，没想到练出一个怪才，成了书法家，还是世界摇滚书法大家。"

久歌说："不知你听说没有，我听人传说，有人打着摇滚书法家的幌子，四处招揽弟子，骗色骗财，不知是不是他？"

我掏出手机拨通了天问的手机，是晓珊接的。我问："最近有没有牛躲躲的消息。"

晓珊说："没有，三两年都没见过踪影。好像在深圳，又说去了国外。哦，天问说几年前他到那个国家去办书法展，找业董筹过款，业董可能晓得他的情况。"

天问"哼哧哼哧"的声音从听筒里传出来，好像在做早课，晓珊心不在焉地问我们玩得咋样，开不开心。我说你们开心就行了，迅速挂了电话。

我感到莫名的惆怅，突来的失落，破坏了第一个兴奋的早晨。从河里上来，我们向我过去读书和教书的小学校走去。远处，我爱人和久歌爱人布谷正向我们走来，爱人喊："等一等，猜你们不是去看石方子，就是去学校了，真的在这里。"我们放慢脚步，等着她们。

这时，小学校里突然传出国歌声。我们循声望去，发现学校正在举行升旗仪式。一位独臂女老师站在前面，身后站着两排看起来有些特别的人，在参加仪式，第一排站着十几个高矮胖瘦不等的孩子，另一排是十几个头发有黑有白，腰身有弓有直的五保老人。他们眼睛里放射出亮晶晶、火辣辣的光芒，望着缓缓升起的国旗，嘴里高唱着国歌，在一片"前进、进"的激情中，显得是那么的庄严而虔诚，既沧桑昂扬又青春激荡。我爱人和布谷都激动得流着眼泪，跟着一齐歌唱，久歌握着微型录像机一边摄录，一边叫喊："手机直播，快，直播……"

可以说，这是我亲身参加的最特殊、最震撼人心的一次升旗仪式。不一会儿，手机里就传来不断的嘀嘀声，一条一条赞不绝口的留言和一个个夸张的表情包，可是我来不及细看，独臂女教师正笑嘻嘻地向我走来，她那空荡荡的左臂袖管，在晨风的吹拂下，如旗杆上的旗帜，迎着初升的朝阳飘扬着。女教师喊着我问："大哥，你不认得我了？四班的，小娴子，放羊的小娴子。"

我吃了一惊，咋回事？小娴子不是像她姐姐一样傻了吗？话在心里打着问号，手却握在了一起："你是？真是小娴子……"

小娴子老师狡黠地笑着说："咋哪？你丢下学娃子走了，不许我接着教哇？是不相信我有本事教书，还是怕我教一堆傻学生出来啊。"

原来，那次我从雷村走后，小娴子依旧疯疯癫癫的，天天赶着羊子上山找白狼，不慎摔断了胳膊，死活也不去医院治疗。后来根叔放出来了，去家里看她，一见到根叔，她傻乎乎地跳起身问，你咋出来了？白狼，没事了。跟着就喊："妈，我要上医院。"可是晚了，胳膊已经严重感染，恶化了，不得不锯掉。她却说："锯就锯，有命在就行，我还有一只胳膊是好的，脑子也好了，我要上学读书。"后来，大队照顾她，说她有残疾，做别的不方便，教学娃子可以，就这样，她成了小学的民办老师。再后来，村里人外迁，小学拆了，她同学校一起合并，去了高枧教书。再后来，业香回山办企业，陆续有小孩子回村，在业香的动员下，她辞了职，又回到雷小，当起了雷村的娃子头，还顺带管起了一帮五保老人。

在我和小妠子正要谈学校的情况时，一位五保老人走上前来，一把拉住了我的手，喊道："老大，你还记得我吗？胯子……叉。不错，你和业香可都是我们村走出去的，叉开腿走的，堂堂正正的人。"

"人字好写……"我握着老杠头的手说。

"胯子叉……"老杠头摇着我的手接着说。

老杠头曾经是我们雷小的贫宣队长，他到我们学校讲的第一回话，我至今都还清楚地记得，就是"人字好写胯要叉，我们都要叉开腿，做堂堂正正走路的人……"

过去在雷村，老杠头是除堂爷之外，第二个有威望的人。谁家娶媳妇，他就是花轿头，领着几个轿夫，玩花轿，一路唱一路颠，唱得喜庆，颠得匀称。哪个人不老哇？老了临走时，他就是抬杠的杠子头，号子声声，情真意切……想不到，一晃竟老了，住进了敬老院，与一群娃娃子做伴，享受着别样的天伦之乐。老少共聚，老少同乐，这可都是托业香的福哦。

老杠头看看小娴子和追着嬉闹的孩子们，一脸真诚地对我说："老大，我替娴子校长，还有这些学娃子，给你提个要求，行吧？"

小娴子不好意思地红了脸，说："杠爷，十几个娃子头，哪来校长呀，谢谢您老为学校操心。"

还没等我答话，老杠头说开了："你看能不能像我那会儿那样，你来给小学当个名誉校长，如何？也算给雷小一个好名誉，说出去也排场，稀罕。你要不答应，那我就当是蚂蚁戴笼头——脸面小了。"

嬉闹的小娃子听见了，一齐喊："校长，校长。"

小娴子也说："你就答应吧，算我高攀大哥了。"

久歌笑嘿嘿地说："老大，快答应吧。你这可是公鸡戴帽子——官（冠）上加官（冠）哟。"

我看看爱人和所有在场的人，想了一下，喊道："久歌，去吧，把车子开来。"

车子开进了小学，我钻进去，打开天窗，伸出半截身子，喊道：

"同学们，叔叔阿姨、爷爷奶奶们，打现在起，这辆车子就是你们的了，它代表我跟我爱人和久歌布谷的一片诚意。祝雷镇小学，天天向上。"

"天天，向上……天天向上……天天，向上……"小学生和五保老人们异口同声地呼喊着。

三十五

"欢迎，上山。欢迎上山……""快嘴"飞来，催我们上大岩屋。

刚进岩屋沟口，迎面碰上来接我们的业董。业董让红嘴和瓶娃子回去招呼其他客人，自己陪我们上山，临分手时又嘱咐一句："晚上山上来吃饭，听堂爷款古。"

朝大岩屋望去，有两条路呈现在我们眼前，一条沿河沟直上的毛狗子小路，杂七杂八的鲜花野草几乎掩盖了路面，有溪流泉水叮咚作响，潮湿的路面上长满了青苔和小蘑菇，和我儿时记忆中的小路没多大区别。另一条是可供摩托和机动三轮通行的机耕路，灰突突的砂石路面，像一条乌梢蛇，弯弯曲曲地盘旋而上，两条路时而会合，时而分开。业董陪我们走了一段盘山公路，说："你们沿大路慢慢上，我习惯走小路，拐几个弯就碰面了。"

我们四个人走在砂石路上，明显地与业香拉开了忽远忽近的距离，常常拐个弯，一抬头，发现业香就站在前面一棵树下的浓荫中，像一个绿色天使，美丽迷人地朝我们招手。过一会儿，再直起身，又看见她坐在高高大大的石头上，身披金灿灿的太阳，像一尊慈眉善目的活菩萨，似笑非笑地望着我们，头顶上的发夹映射出闪闪的光芒。

业香见我们头冒汗、嘴喘气、脚打战的样子，连忙招呼我们坐下休息，不停地说："辛苦了，辛苦了。脚下苦中苦，身上山中山。"

她告诉我们这是堂爷的话。从沟口上大岩屋有五里多路，坐车就十几分钟的工夫，可堂爷不让修汽车路上山，说是"上下十里路，起伏十年寿。天天十里路，活过老彭祖。"

传说彭祖活了八百八十岁，我们都活那久，不成老精怪了。

再往上走时，我想陪着业香说话，就说久歌你陪着两位女士走大路，我去找找毛狗子小道的感觉。久歌说，你要重温旧梦呀？是不是那河沟小树林里藏着小芳。

业香问我，为啥那么多著名的寺庙，都修在深山高顶中间，逼得人们非要攀着爬着去敬香朝圣吗？堂爷说山都是有灵性的，那些高僧大道，就是要让人们在这个过程中，磨炼性子，感悟人生。城里人车来车往，忙忙碌碌的生活不易，进山了还不能放慢脚步，走走看看想想，去尝尝休闲自在的味道，那又何必出来呢？这才是堂爷不让汽车上山的道理，也是他的一番良苦用心。听了业香的话，我心里豁然开朗，原来这毛狗子小路，也是人间大道啊。在我心里，对那些智者高人隐于山野乡间，有了进一步的理解，也更加佩服这位每天上下山的百岁老人。

走近大岩屋，正要上台阶时，又听见了"快嘴"那熟悉的"你好，欢迎上山"的叫声，我们都客气地回答道："'快嘴'，你好，我们上山了。"

这时，突然传来一声"嗷"的狼叫，声音苍老却不失余威，听得两位女士胆寒，不由自主地躲到了身后。我问业香："是狼叫吧，这山里还有狼啊？"

一只全身白毛的狼，站立在岩屋口，头顶上站着"快嘴"八哥。八哥在狼头上热情地喊："欢迎，欢迎。"

这种特殊的欢迎仪式，不仅女士，连我这个土生土长在山里的男人都被吓住了。打小就听说过白狼，特别是根叔事件，更证实了这雷村确实有白狼，可我从没见过真的白狼，一时也紧张得连忙后退。

业香笑着对我们说："忘告诉了，'小红'是在欢迎你们。"接着，业香朝白狼招了一下手，喊道："'小红'，坐下。"白狼果然听话地坐了下来。

"小红"？一只白狼却有这么好听的名字，明显是只老狼，嗷嗷叫时都有些跑风透气，偏偏叫"小红"。我们既好奇又纳闷，最主要的是胆怯，生怕"小红"像小孩子一样，突然耍个小性子朝前扑来，吃了我们。堂爷从岩屋里走出来，用手摸了下"小红"耳朵，说："进屋，听话。""小红"真的进了岩屋，尾巴翘着，直摆直摆的。

堂爷笑着招手说："看你们多尊贵，'快嘴'八哥出山接，白狼'小红'门口迎，我这个老爷子插不上，成了多余的人。"

刚走进岩屋，我们又被一阵鸟鸣声包围了，中堂的四根柱子上，堂顶和边墙上都挂着鸟笼子，笼中的金鸡你一声我一声，争相欢迎着我们。久歌爱人布谷激动地欢叫："凤凰。哇，真漂亮，凤凰。"久歌说："不是凤凰，是金鸡，也叫十样锦。管它十样锦还是凤凰，都不如我的布谷鸟漂亮，咕咕咕咕，叫起来甜，想着馋。"布谷回道："馋馋馋，属猪的呀？就知道馋。"

业香笑着说："中午红烧，解馋。你爸爸和他的学生金凤枝都好这口。"布谷问："凤枝也喜欢吃金鸡？是喜欢看吧，香姐，别烧了，可惜。"业香说："山珍慰问贵客，没啥好可惜的。过去是用枪打，难得弄到，这会儿就一声口哨的事，有。"

布谷问："口哨就能唤来？那不跟家养的一样？"业香指着满屋的鸟笼子说，你看看，几多？堂爷这时打开了鸟笼子，一群金鸡飞出来，围着大家跳上跳下，有只金鸡跳到布谷腿上站着，长长的尾巴拖到地面，彩色羽毛和布谷身上穿的五锦丝裙难分彼此，相互映衬得美轮美奂。

业香指着布谷和金鸡："啥不爱美哟，红嘴为了把美女留在村里搞试验，用口技给金枝逮了一只金鸡，又用这只金鸡逮回了一群。堂爷呀就装修了一间岩洞，专门养它们，养着养着，大的又抱养小的，越来越多，这岩屋就快成金鸡园了。我们的'小红'呀，也成园长了。"说着向蹲在岩角的白狼招了招手："'小红'，来，把它们赶洞里去，莫把客人衣服弄脏了。"

白狼缓缓走出来，呼啦呼啦扫动大尾巴，把金鸡全都扫进了偏洞。

不大一会儿，两只小金鸡偷摸着又跑出了偏洞，探头探尾地朝客人观望，白狼发现了，"嗷"一声扑了出来，吓得小金鸡飞身往洞子里钻。我们几个正坐着说笑，被这突如其来的嗷叫和"小红"往前扑的样子吓蒙了，从凳子上跳起身就往堂爷和业香身边扑。堂爷笑着说："没事，它吓唬雀子的，放心坐着。"久歌说："狼不吃你们，可能是跟你们有了感情，我们可都是生人。"我爱人问："狼连鸟都不吃，那是狼吗？"

业香解释说："开始也少不了偷鸡摸狗吃过两只。一次，刚好被红嘴上山撞见了，捞起杠子就要下手，堂爷狠着红嘴放下杠子，又对白狼好一顿训斥和劝说。堂爷耐着性子对'小红'说，你和我一样，都老了，要改性子，丢掉坏毛病，老习惯会害了自己。你饿了，没吃饱，你叫我呀，我想法子去给你弄。堂爷和红嘴就想着法保证白狼的吃喝。后来，白狼真醒了事，不光不吃自家的金鸡，出去下山，见了人家的鸡鸭猪狗也再不张狂。"

狼性的改变令我们都不可思议，俗言讲，狗改不了吃屎，狼改不了吃人，连有思想有文化的人，要改造起来都难，要不然，怎么会有"禀性难移"这一词呢。业香明白我们的疑问，说："你们都感到好奇是吧？我一开始也很好奇，这事得从那年山洪说起。"

堂爷被业香从黑龙潭救回大岩屋以后，很快就恢复了，各方面都很正常，就是夜里时常做噩梦，梦中老喊"狼、狼"，不仅吓得业香睡不着觉，有时堂爷自己也被叫声惊醒。业香就劝说堂爷，过去的事就过去了，不要再去想它，自己惊吓自己，再吓出个好歹来，堂爷答应不再去想，可时不时还是会在梦里想起来。后来，堂爷的举动变得有些古怪，上山出门时总是有意躲开业香，还偷偷拿了肉上山。有一次，业香就悄悄跟着，堂爷上到一棵花梨树前，坐了下来，打燃火抽起了旱烟，抽完一袋烟，就从随身布袋里抓出了一坨肉，甩向树后的岩石壳，抽完一袋再甩一坨。偶尔伸长脖子念叨："咋哪，嫌肉不好？不新鲜？想吃带鲜血的是吧，下回，下回给你弄有血的。"又抽了几袋烟，把最后一坨肉甩了，站起身，抖抖布袋，说："都没吃呀，不吃也没有了。"转身走时，听见有响声，脚下又犹豫了一下，问道："咋？想吃我不成？那可不行，你吃了我，以后就再没人送肉给你了，弄不好连你也会被人打了，炖肉吃。"

业香慌忙跑到半山腰，躲在一棵树后，堂爷经过时，笑嘻嘻地突然跑出来，两臂一挥，笑着说："哈哈，总算被逮住了，背着我干啥？跟谁说悄悄话，不交代清楚，我可要去当面对质。"堂爷想业香一定是瞧见了，瞒也瞒不住，就说："跟谁对质呀？不要命了，那是狼。"业香惊得"啊"一声摔倒在地，堂爷边拉边笑着说："就这大点胆子，还要去对质。"业香拍拍屁股，吼道："谁不要命了，是狼你还去撩，不怕吃了你。"堂爷说："这狼救过我命，人要知感恩，没它，你到哪里找我去。早被冲进大河喂王八了。"业香捶着堂爷后背："您就是老王八蛋，这大的事也瞒着，那狼真救过你命呀？"堂爷说："能假？那天被山洪冲得迷迷瞪瞪的，眼看要被冲进黑龙潭了，一只毛茸茸的爪子抓住了我的左手，我一看好像是狼，伸着长长的舌头，狼死命一挣，从狼爪子中挣脱了手，这手上的伤印子就是那狼留下的。没想到手挣脱了，长布衫子却被狼爪子又抓住了，就这样水往下冲，狼往上扯，我听见衣衫子嘶啦啦响，狼爪子又扯住了我的裤腰带，好像是被拖到了水边，心里想呀，这辈子算完了，没被水吞了，却被狼吃了，香娴子只怕连骨头渣渣都见不到了，就那样一下子昏过去了。再睁开眼看见你时，还以为是狼呢，心里说这狼真好，咋没吃了我？还留我条活命，逗我玩吧……"

　　堂爷与狼结下了不解之缘。为了让狼吃上带血的食物，业香陪堂爷逮了两只鸠雀子送上山，怕鸠雀子飞了，就用草绳子把翅膀绑起来，把两只鸟的腿连着，来到花梨树前，堂爷照旧先抽烟，把鸠雀子放在脚边，抽一袋烟，把鸠雀子提起来，扬扬说："看看，新鲜吧，饱口福了。"业香伸着头看，没见到狼，就问："哪有狼呀？你哄鬼吧。"堂爷放下烟袋，拉着业香往前凑了两步，指着岩壳里一团白石条样的东西，说："那，看到没？在动，伸腿在。"业香心里"啊"了一声，白狼，抱着堂爷，大气都不敢出了。堂爷搂着业香慢慢退到花梨树下，正要坐下，两只鸠雀子扑棱棱从脚边飞进了树林。业香说："八成是你烟锅烧断了草绳子。看你喂狼，拿你自个儿喂吧。"堂爷想了想说："你坐着，等着。"拔腿往岩谷里跑，业香慌忙跟着跑，嘴里喊道："你个黑良心的，把我丢这儿喂狼呀。"堂爷从溪谷里抓来两条哇鱼子："喂它，喂它，它飞不了。"业香扑哧笑了："狼吃鱼呀，又不是猫。"堂爷说："老包好像说它们都属猫科。"说罢，又肯定地说："吃，绝对吃。那天我身上背着三条大鱼，后来我去黑龙潭找过，只剩下鱼尾巴，不是它，会是啥吃的？"业香和堂爷又回到花梨树下，堂爷照旧先抽烟，业香大着胆子甩了一条鱼进岩壳，看见白狼吃了，悄声对堂爷说："吃，吃了，一舌头就光了，不够塞牙缝的。"说着，又把另一条甩了过去，看着白狼吃完了舔着舌头。堂爷磕磕烟锅，说："伙计，知道吧，我们都不容易哦。我估计，你八成是病了，奔不了了，卧在这儿等死，我撞见了，能让你饿死吗？你那些狼子狼孙哪儿去了？没良心哦。"说完，拿眼看着白狼，白狼瞪着绿眼也望着堂爷。没一会儿，白狼眼角流下了混浊的黏液来，业香看不下去了，哽咽着说："你个大老爷们儿，跟个牲畜叨叨，犯得着嘛。"堂爷用手擦着业香的眼泪，说："哟哟，我被洪水冲不见了，都没听到你号两嗓子，为了一只病狼，搁这儿流起眼泪来了。你犯得着呀！"

我们正听得起劲，突然被岩屋外传来的几声鸟叫声打断了。听见外面鸟叫，偏洞的金鸡们扑棱棱全飞出了岩屋，"小红"一个猛子也扑了出去，"快嘴"飞到岩口的树枝上喊着"欢迎欢迎"。我们走出岩屋，看见金鸡一只只站在不同的树枝上，点头摆尾，叫声不断，真像是在欢迎什么贵宾。毛狗子小道口缓缓走来一男一女两个身影，男的是红嘴，嘴里吹着口技。金鸡们不愧为森林的舞女，随着口技喧嚣欢腾，看得两个女士心里痒痒，恨不得随之起舞狂欢。红嘴昂着头，笑着说："把我当猴把戏看哪，这阵势，可经受不起哟。"

我调侃着回答："可惜呀，业香把猴嘴红屁股给抹褪了色，这把戏看不过瘾哦。"

俊巧儿接茬说："谁叫你们看他红屁股哇，看我呀，看我一会儿给你们弄几个绿色美食尝尝，不让你过瘾过得下不了桌，才叫日怪。"

久歌嘿嘿笑着说："是下不了桌，还是下不了床呀？不许反悔哦，今夜我倒要试试，你巧在哪儿？"

俊巧儿是专门上山为我们准备晚餐的，一进岩屋，水都没喝，直接进了厨房。红嘴坐下来，陪我们说了一会儿话，问业香："业董，今天来的那些客人，对守窝棚都很感兴趣，你看咋安排好？是一起，还是分开。"

业香琢磨了一下，说："看窝棚虽然是守夜，也得守出个乐趣来，不能倒了客人胃口。先安排大家熟悉熟悉山乡生活，适应一下，然后再去守窝棚，最好把几面山的窝棚都安排满，不要零零散散的，少了乐趣。久歌他们几个刚来，这两晚上先睡岩屋，听堂爷款古。"

吃完晚饭，半个月亮飘在空中。树林间，萤火虫一闪一闪的，像星星眨着眼睛，叽喳了一天的知鸟和山雀子都安静了下来，只有不知疲倦的啄木鸟和猫头鹰，像耕夫一样，隔一会儿，哪哪敲上一阵，吆喝几声。我们都喝得有些兴奋，嚷嚷着要听堂爷和大岩屋的故事。堂爷说，大岩屋的来历你们都知道了，讲讲大岩屋经历过的人吧，那得先从大人物讲起，最大的人物是谁？那是我们的始祖——神农炎帝，他在这里播五谷；接下来，要属周朝国师尹吉甫，他在这里采风编诗经；唐中宗李显在这里祭坛焚香，复位还朝，一统天下；李时珍在这里采草药，写出了《本草纲目》……我就是在这岩屋里生长的时间长久些，从第一声唱着出生，到现在唱成了白胡子老人……布谷是音乐老师吧？哦，是美术，差不多的，久歌没出生就在这岩屋口听歌，要不咋来久歌。我就从歌祖、神农氏说起吧。

……听包教授讲，古书上记载，炎帝在这里每年都要"率万民，蜡戏于国中，以报其岁之成"。在蜡戏盛会上，他都亲自抚琴唱歌。他削桐为琴，练丝为弦，以弹琴通神明，合天地。他制作的七弦琴，长三尺六寸六分，有五根琴弦，为耕种和庆丰收弹唱，据说，直到现在还在沿用。他还手把手教给鼓、延、枢几个重孙子，做出了钟、土鼓和苇管，这就是我们用的皮鼓、随州的编钟和全国流行的吹奏乐器。说这些东西，布谷可能都知道，我还是给你们唱几段《黑暗传》吧：

久闻歌师有学问，能知地理与天文，今要与你谈古今。什么是黑暗与混沌，什么是盘古来出身，盘古拿的什么开天斧，日月又怎么上天庭？歌师如果知得这根古，今在鼓上拜师尊……

空旷深沉的歌声，把一种无际的情感扩散在寂静的山野里，使久歌不禁想到了屈原，我们自然联想到浩瀚的宇宙、生命和人生。

说的是远古那根痕，无天无地又无日月星，一片黑暗和混沌，天地茫茫无一人。乾坤暗暗如鸡蛋，迷迷蒙蒙几千层。

　　盘古生在混沌内，无父无母自长成……

　　神农炎帝本姓姜，南方丙丁火德王，二号炎帝为皇上。

　　提起神农有根痕，他是少典亲所生，母亲乔氏女贤能，安登夫人是她名，配合少典结为婚。生下两个小娇生，长子石莲次神农，姜水边上长成人，故此姓姜立为君。

　　他今教民耕稼事，女子乐桑蚕吐丝……

　　堂爷说："《黑暗传》从天、地、人的形成，一直唱到各个朝代，各个版本要唱全得几天几夜。《诗经》民歌要唱下来也得三五个白夜，你们是文化人，要不嫌土气，我把两个手抄本子拿出来，给你们慢慢看。"

　　久歌抢着说："我看，我看，这可不土。要说土，那也是厚土、沃土和净土。真是想象不到，看似闭塞落后，不但没有禁锢文化，反倒保存了文化，还丰富滋养着文化……堂爷，你把原始和现代、神话和文化、民歌和史诗，全都揉成了泥土，让我们在你的歌声中，听出了沉甸甸的分量。"

　　堂爷起身走进岩屋，从榆榔棺材中拿出《黑暗传》和《诗经》民歌手抄歌本，交到我和久歌手中。我捧着歌本，不知不觉地想到了久香奶奶……耳边突然响起"关关雎鸠一双鞋"的歌声来……

清晨，我走出岩屋，听到一阵阵鸟鸣。沿岩石走过去，看到一个大大的网罩，从岩顶一侧罩下来，里面的鸟像进了动物园，野鸡和金鸡居多，地上跑着家鸡。原来，从岩屋的偏洞直通树林，金鸡就是从那里自由飞进飞出。地上白花花散着东一个西一个的鸡蛋，还有比鸡蛋小的，可能是野鸡或斑鸠蛋，灰不溜丢的。我拨通爱人的电话，让她把久歌、布谷都叫起来，捡野鸡蛋丰富早餐。

吃完早饭，业董要陪我们转山，我和九歌觉得自己转更自由，两个夫人也说："董事长忙，你跟着，电话一会儿响一会儿叫，影响我们的闲心。"

业董说："那行。沿着有路的地方走，不是岩屋就是树屋，你们自己先熟悉一下环境也好，看准了地方，就搬进去各住各的，自在，久歌不要私密吗？绝对没有打扰，自由得很。"

这时，"快嘴"飞来了，叫道："危险，危险。"

业香笑着说："'快嘴'是怕你们出山不安全，要跟你们去，让它跟着吧，有啥事了，好回来报信。"

"嗷嗷，嗷——"白狼也跟着来了。业香又说："'小红'也要去，也好，让它去保护你们吧。"

久歌和两个夫人说："让它们保护？这保镖，也太滑稽了吧。"

业香哧哧笑："是太热情了，你们受宠若惊了吧。"

我这时突然想到一个忽略了的问题，就问："哎，业董，'小红'是怎么来到你们岩屋的？它有些什么喜好哇，你总得让我们有所了解，才好放心带上它吧。"

久歌附和说："是啊，是啊，让我们与狼为伍，总得有个说法。即使不伤我们，万一伤了其他游客，可不好交代。"

业香笑着说："好，好，不就是想了解堂爷跟白狼的秘密吗？扯那多野棉花做啥。我告诉你们，'小红'有今天的生活，不仅仅是堂爷，还有八哥'快嘴'的一份功劳。"

白狼躲在岩壳的日子里，堂爷三天两头上山，送野雀子、野兔和一些杂七杂八与肉搭界的东西吃，既不怕雨淋，也不怕其他动物打扰，野兽怕人，听见堂爷上山说话的动静，全溜开了。堂爷上山不光是给白狼送吃食，也有陪伴和关心开导白狼的意思。业香听堂爷和白狼东拉西扯地逮啥说啥："你生病了，孤单了……该晓得自己老了吧？不服老不行……逞强行吗？也不行，你撑不住啊。没儿没女、没子孙后代在你身边……难不说，还可怜，你得学会自己照顾自己，快些好起来吧，能动弹，不躺倒就是福。"

有一次，堂爷对白狼说："我晓得你对有些人有恨，有怨气，想寻仇报复。那年下绿雪，雷子顺和雷贫协掏了你们的窝，断了你的子孙后代是不是？我估摸着是的，可他们也遭到了报应，都不在了，再说，你不也在村子里叼猪衔鸡，祸害过好多人家吗。老了，就不要再去村里惊扰乡亲了，乡亲们生活不易。

缺吃的了，林子里真寻不到东西饱肚子了，就到大岩屋来，这里有我这个老东西在……饿不死你。"

有时，隔两天弄不到吃的东西了，堂爷就跳进峡谷抓几条鱼给白狼送去，免不了念叨一气："伙计，好得差不多了吧？能动弹了，就自己动弹，这吃的一是不好弄，二是怕你躺久了，没灵性了不是？又给你逮两条鱼来，这鱼金贵啊，人都舍不得吃。晓得你吃鱼，那回在河谷对岸，你冲我叫，我甩过去一条，你一口就叼走了，我可没忘。"

白狼好像听懂了，"嗷嗷"了两声，从石壳里钻出来，踉跄着，消失在山林里。

从此，山林里再没白狼出没。堂爷找了几片山都没发现踪影，连粪便、蹄爪印都消失了。业香陪着堂爷牵挂了好久，互相劝慰着，野兽嘛，有它生存的去处，说不定又浪迹到哪里，占山为王去了呢。渐渐地，就把白狼忘了。

一天早晨，"快嘴"从林子里转山回来，落到堂爷肩膀上，爪抓嘴喊："危险，危险。"堂爷摸着"快嘴"羽毛，问："大清早有啥危险，哪有危险哪？""快嘴"叫着"危险"，一翅又飞出了岩屋，堂爷顺着"快嘴"飞的方向看了看，只见"快嘴"落在了岩屋旁菜地边。堂爷来到菜地一看，惊呆了，好久没影子的白狼躺在地上。堂爷说："伙计，咋的，憋不过，还是找我来了？说了几句，你还生气了。起来，走，跟我进屋。"

白狼微微抬了一下头，两只后爪吃力地蹬地撑了几下，前爪却一动不动。堂爷大着胆子蹲下身，近前一看，白狼两条前腿血淋淋的，肚子一鼓一鼓的，上气不接下气。急忙朝岩屋里喊："业香，香娴子，你快来呀，白狼，白狼不行了。"

业香慌里慌张地跑来，什么都没拿，着急地问："咋回事？咋弄的呀？"堂爷说："忍住点哦，伙计，跟我回家，救你。"

堂爷抱着一条前腿，叫业香抱住另一条腿，合力把白狼抱着，拖进了岩屋。仔细一查看，右腿血肉模糊，露出白森森的腿骨，左腿骨折，爪子与腿连着一层皮。堂爷赶紧跑出门，采了一大把带露水的草药回来，细细嚼碎，敷在白狼右腿伤口上，用布包住。又起身砍来两截木片，把左腿骨折处固定起来。然后自言自语地说："这是咋回事？两条前腿都伤这厉害，靠两条后腿能爬过来，说明你心里有我们哦。"

业香端来一碗鸡蛋肉汤，堂爷摇摇头说："狼啊，你先照着……我去抓只鸠雀子给它吃。"

在堂爷和业香的精心呵护下，白狼总算恢复了元气，尽管前爪还不能站立，狼性明显地透出精气神来。这天，业香下山筹办雷镇百业集团成立的事情去了，堂爷忙到半晌午时去菜地摘菜准备做饭。这时，根叔和熊彩凤在许家洼忙完了活，来大岩屋找老爷子，没想到一踏进堂屋，"老爷子"三个字还没喊完，"嗷"一声吼叫，吓得两口子转身就跑，跑了几步，听听身后没有动静，又转回身来到堂屋，想看个究竟，接着又听到一声嚎叫，比第一声叫得更凶猛，是那种随时就要吃人的狼叫，两人朝里正眼一望，好大一只白狼，吐着红猩猩的长舌头，两眼怒放着绿光，两人心里都咯噔了一下：岩屋里打哪儿来的白狼？老爷子又不见人影，莫非被……

根叔抄起一根扁担，准备与狼搏斗，定眼一看，白狼腿上绑着夹板动弹不得，便冲彩凤喊道："去，到灶房，找根铁链子来，绳子也行。"

"快嘴"这时飞进堂屋，看见根叔正要对狼下手，一路叫着"危险"又飞出了岩屋。堂爷隐约听见白狼的叫声，又见"快嘴"一路喊着危险，慌忙跑回岩屋，只见根叔手中的铁链子已套住了白狼。

"住手，它是我的客人。"堂爷大声呵斥根叔鲁莽，不问青红皂白就敢在岩屋动粗。根叔委屈地争辩说："老爷子，那是狼啊，你忘了东郭先生？"堂爷双目瞪得圆滚滚地说："长能耐了？啥时候轮到你来说教了。"

熊彩凤赶紧说："老爷子，他也是好心性急，怕伤到您老，咋理解得了您宅心仁厚，把狼都当贵客，请到家来了。"说着，夺下铁链子，也斜了根叔一眼。

堂爷说："我晓得，你跟狼有仇，有仇就冤冤相报哇？还当着我的面撒野。狼对人没仇哇？它是受了伤，不受伤，早把你撕巴得稀烂。"堂爷蹲下身子，又对白狼说："谁没有个灾呀难哪，叫花子上门那也是客呀，何况你找到我们门上了。你是谁呀，你是威震群山的兽王，响当当的老巴子呀。"

熊彩凤听了老爷子的话，笑着说："老爷子就是菩萨心肠，行善积德，那会儿要没您收留，我会有今天的日子。"便挨着老爷子蹲下，一起陪着说话，突然，彩凤哈哈哈傻笑了几声："它还真是个老巴子哦，老爷子，你看，白狼的脑壳上，有一块伤疤，就像公安局的红疤疤印章，这老巴子，名副其实。"

根叔挤过来一看，愣住了。愣怔过后，没头没脑地说："扯屌淡吧，是它？是它！肯定是。我那一石头，正砸中它的天顶盖，晕着头转了一圈，跑反了方向，这才救了小娴子。"

彩凤望着根叔，问："跳井那回……那白狼？没那巧吧。"

堂爷说："无巧不成书，没根不是由。都说冤家路窄，窄道上就不兴挤出感情来？明给你俩说了，它不光是客人，还对我有恩，是贵客，它老了，又受了伤，需要补养，我给它炖红烧肉。没它，我早被山洪冲没影了。"

彩凤说："照老爷子的话，这条白狼有贵气。人说猪来穷，狗来富，老巴子比狗金贵，那不是又富又贵？它自己上门，是送富贵来的，不，是送红运来了，看看那头顶，是红运当头哇。"

堂爷对着彩凤满意地直点头，说："凤丫头，你像《红楼梦》的王熙凤，嘹亮，灵性，啥事一过脑子，就通通透。根娃子你呀，跟凤娴子在一起，那就是戴着斗笠亲嘴——差一帽子远。根娃子你学着点，遇事多动动脑筋，往后，经常给白狼拾掇些吃的来。"

根叔满口答应："吃的好说，包我身上了。可我还是有些担心，您这岩屋是大本营，来谈生意的、旅游的、听歌听故事的人多，一听说有狼，谁还敢来呀？我们说狼不吃人，可别人会信吗？万一要是再误伤了谁，咋交代？"

堂爷说："你的担心有些道理，这要看我们咋个去调教了，马戏团的猴子、狮子，不都是被驯服的，我们'快嘴'不也是被驯服得跟人一样会说。"

彩凤本来进了厨房，又跑出来，说："那都是做了专门驯化的，还精心包装过，我们要不也包装包装，不叫白狼，村里人对白狼都犯忌讳，叫红狼咋样？它头顶那一坨子本来就是红的，叫叫就习惯了。"根叔说："不行不行，红狼白狼不都是一个狼，不要这个狼字为好。"彩凤又说："那干脆叫'老红'。这么老了，说得过去。"

堂爷想了想，说："'老红'是说得过去，可听到有些别扭，不亲热。老小，老小，把老改成小，喊'小红'，咋样？"

"'小红'好，'小红'亲切，招人喜爱。"业香走进岩屋，说："大老远都是你们的声音，白狼红狼吵个不停，就'小红'了，这名字美气。'小红'，你好！"

业香伸手和白狼打着招呼，白狼静静地望着，好像没明白自己就是"小红"，"快嘴"也没明白白狼成了"小红"了，飞到白狼头上，对着堂爷、业香、根叔和彩凤，一人叫一声："你好"，独独撇下了好伙伴——"小红"。

我们在深山密林中转悠，钻一片林子，爬一段山坡，眼前就出现一个岩壳。岩壳有大有小、有高有低，林间土路连着石台阶，直通岩壳，岩壳从外面看起来原始古朴，吊挂着枝枝蔓蔓的浓绿，随风晃动，各式各样的小花鲜艳盛开，石面上长满青苔，像公园里绿油油的草坪。进入岩壳内，别有洞天，锅碗瓢盆生活用具一应俱全，家具书桌和床上用品井井有条，坐在茶几前喝茶聊天，似乎连时间都静止了，如果不是猛然抬头，看到那古老多姿的岩石，还以为自己是身在闹中幽静的别墅里。

走出别墅式的岩屋，在不远处，竹林掩映着一座树屋，树屋造型别致新颖。久歌第一个发现了秘密，喊道："活树哦，当年神农结木而居，住的就是这种树屋吧。"

我们沿树屋走了一圈，四五棵大小不一的树，从半中腰用横木连接起来，往上是睡觉的卧室，卧室上面盖着茅草坡顶，屋顶是几棵树尖青枝交织的浓荫。往下四周围着木棍和木板，我们从木门走进去，里面的空间不小，相当于80多个平方米的住房，虽然陈设不多，但小巧玲珑，生活必需品一样不少。沿树梯上到二楼，里面布置得像一个温馨的鸟巢，把头从鸟巢伸出窗外，看到的是绿莹莹的天、雪白雪白的雾和苔痕斑驳的树，披挂着金丝线黄玛瑙似的阳光，在幽静的树间，跳动着山雀子清脆的鸣叫。

我爱人和布谷在鸟巢中望见了山下遥远的五星红旗，下楼来对我和久歌说："雷小在升国旗，我们看见了，还听见了唱国歌的声音。"业香说："这间树屋地势高，脸朝河站上面，正好望见小学，静下心来，能听见孩子们的声音。"

布谷不解地问："每个岩屋紧挨着就有一个树屋，为什么不把树屋集中连片建呢？"

业香答："集中一块，没有了距离感，也就失去了树屋的特色。更重要的一点，岩屋和树屋不远不近、不离不弃，说难听点不伦不类，但就是这样子，才更有卖点和吸引力，便于游客和住家生活。如果是一家人或几家人，或者是一群朋友，有的喜欢安静，有的喜欢热闹，有的喜欢住野外，有的喜欢住屋里。想聚了挨得近，一起动手撮一顿，打打牌。想看书观鸟的，住树窝里，一躺，自由自在。再说了，岩屋图的是冬暖夏凉，树屋乐的是春夏秋冬，当然啰，不怕冷的，想像鸟雀子一样享受雪景、冬凉，也会有另外一种乐趣。"

布谷又问："这岩屋和树屋卖吗？像恩施利川的苏马荡、黄冈英山的桃花冲，它们卖得可俏了。"

业香干脆地答："哪有卖的哟，总共就三十几个岩壳，根本顾不住游客预约，我还恨不得打几个岩洞呢？"

布谷有些失落地"唉"了一声，遗憾地望着久歌和业香。

业香和久歌几乎同时惊问："你想买？……疯了吧……"

布谷想了想说："我刚刚突然有个想法，反正退休没事了，我想每年用几个月时间，来村里支教。如果能买个岩屋，既避了暑，又能发挥点余热，还满足了自己的爱好，这不两全其美嘛。"

我爱人赶紧说："好，支持你的想法，我也可以陪你支教，业董就把我们看作业余村民，将岩屋树屋卖我和布谷一套，只当是批给我们一小片宅基菜地，这不过分吧。"

业香笑着说："咋不过分哪，才来多大一会儿，校长老师的位置占了不说，还打起了岩洞树屋的主意，你们这是要割唐僧肉哦。割吧，我就是砧板上的肉，任你们割……慈悲为怀，阿弥陀佛。"

我们两家住了岩屋住树屋，有时凑近住，有时跑老远各住各的，乐意了自己做饭吃，不想做了就一个电话，"山里人家"做好了送来。日落月出……夜风晨露，鸟鸣花香……激起了我们唱歌、画画、摄影、写作的兴趣。渐渐地，每个人都进入了状态，各自开心地忙碌着。

红嘴这天突然上山，通知我们晚上去猪狼洼守窝棚。我们早早吃完晚饭，赶到"山里人家"，等着红嘴带队上山。三三两两的游客拿着电筒，背着水壶，兴奋地议论着。我看着一张张期待的脸和一双双探秘的眼睛，心里想，昔日山里庄稼人生活所迫的守窝棚生活，今天竟成了城里人奢侈的快乐享受，还美其名曰户外运动、野战生存寻踪。爱人问："你小时候去守窝棚，大概没有这兴师动众的激情吧？"布谷说："守窝棚刺激吧，遇上野兽怎么办，是躲起来还是赶走？"久歌说："还是想想今晚遇上野人怎么办吧，逮着一个，那可是轰动世界的奇迹。"

他们的对话，使我想起了四十多年前守窝棚的生活。

夏秋时节，漫山遍野的苞谷、黄豆、芝麻，还有其他不是主粮的农作物，比着赛争强好胜地生长，有的青苗苗壮，有的含苞待放，有的孕果含浆，这时节，也正是野猪、野山羊、狗獾子和其他野生动物孕子疯长的旺盛时期，有时一个夜晚，一大片苞谷林就会被它们毁于一旦。辛苦劳累了一天的农民，天一黑就不得不背着铺盖上山，去睡苞谷棚子。有的家庭没有男劳力，或者壮劳力生灾害病了，妇女小孩们便拉扯着顶替上山。壮男劳力一晚三分工，妇女孩子一夜记两分工，不上山守夜被发现了，倒扣三分工。所以家家都很自觉，不论天晴下雨，夜夜上山，除了能得几个工分外，还可以节省一顿晚饭，守棚人从半山腰开始，东掰一个西抓两个成熟的苞谷坨子带上窝棚，烧火烤了填饱肚子。所有人吃完了，都会把苞谷秆子烧掉，不会留下痕迹，更不会动自己棚子附近的苞谷，发现了会被扣工分。最喜欢看棚子的，是麻雀和二愣子等光棍汉们，集体地里一收工，便早早上山藏了起来，偷偷瞅着谁家女子要上山，谁家妇女进林子掰了苞谷，逮住了便要无赖，满足不了，便要在广播里嚷嚷，不少妇女便忍受了生活的艰辛和屈辱。我们小孩子，也还是喜欢偶尔上山守夜的，既能饱肚子，又能听歌，敲梆鼓、吼野猪，比在家多了不少乐趣。

"哐、哐、哐"几声锣响，把我从遥远的记忆里拉回现实。红嘴说："猪狼洼分为东坡、西坡、阳坡三面坡，等一下，大家跟着我集体行动，到了苞谷地后，我们分成三小队，每队有一个领队，带领大家去一片坡，每面坡上有十到二十个窝棚不等，有的在山梁，有的在山洼，有的在山腰，谁想守哪个窝棚就找领队申请，领队会把客人们一个一个地送到窝棚。这里强调一下，因为是野外拓展活动，安全是第一位的，每个人每个家庭的习惯爱好不一样，不管你有啥爱好，有多好奇，都要注意安全，夜里不排除会有野猪、野狼啥的出来，都别怕，有我们处置，你们只管睡到窝棚里，敲梆梆鼓、吹竹喇叭，绝对是安全的。"

三个领队说："管它是狼啊，还是野猪，你们都吹牤筒、敲梆鼓，莫下来，只管在窝棚里待着。"

两对青年男女问："我们好几个一起来的，能不能相互走动、串门子呀？就是窝棚。"

红嘴答："山路滑，夜里不方便走动，大家就不要串窝棚了。"

一对老年夫妻问："我们年纪大，夜里尿多，方便不方便。"

红嘴回答："窝棚边上有简易厕所，窝棚一楼，预备的还有尿盆和夜壶，腿脚不利索的，可以带上二楼。"

二三十个游客跟在红嘴身后，浩浩荡荡地进了猪狼洼。在半山腰分手时，久歌选择了西坡山梁最顶上的窝棚，说是一览众山小，方便录像，特别是方便直播日出，我们陪久歌也选择西坡山洼上的窝棚，便于和他们喊话。三个领队确定了各自的客人后，红嘴说："领队把大家送到窝棚以后，接下来就靠自管自个儿了，我再申明两条：第一，大家愿吃烤苞谷随便掰，地里的苞谷是专供客人品尝的；第二，大家明天还想继续在窝棚里住，也可以不下山，打电话订饭菜，有人送上山来。"

我和爱人来到山崖，观察了一下周围环境。窝棚虽然比树屋简陋，但与我们小时候住的窝棚，明显阔气多了，不仅配备了临时生活用品，二楼还挂着蚊帐。天快黑时，一个个窝棚里都燃起了火光，我和爱人吃着嫩得冒浆的苞谷坨子，感到从未有过的香甜。爱人说布谷他们还没爬到吧，一直没见动静，别的窝棚都在冒烟。我望了一眼，喊道："久歌，布谷没这样爬过山，你们慢点哟。"

久歌答话了："早到了。你们窝棚有啥好吃的没有？我们的窝棚搭在板栗树上，毛栗子不大，可嫩得很，清香，水甜，你们馋不馋？馋了就上来。"

我看看架在橡子树上的窝棚，除了爬着青藤好像没有别的。对久歌喊："多砸点毛栗子，别吃光了，留点明天吃。"

这时，爱人在棚子上喊："快快，八月榨，有八月榨，七月杨桃八月榨，九月毛栗子笑哈哈。哈哈哈哈……"

天完全黑下来了，星星点点的火苗在各个窝棚跳跃。有人敲着梆鼓，有的吹起了牤筒喇叭，有熟悉的朋友隔山喊着窝棚，也有情绪亢奋地唱着歌，喊着呼山号子，不同的声音、不同的心情，此起彼伏地碰撞着，在山野里引起一串串回响。喧闹了几个回合之后，大家终于安静下来，和沉寂的黑夜一道进入了梦乡，只有满山的萤火虫在无声地歌唱。

半夜里，不知哪个窝棚里传出一声惊叫："野猪，野猪来了。"接着是一声大一声小的"哼哼"叫，大家被野猪叫醒了，互相询问着野猪的方位。最先发现野猪的窝棚，叫声清晰而慌张："啊，两只大的，跟着一群小崽子，跑下去了，苞谷秆子咔嚓嚓地断，怎么办？"我想，他们也许真遇上了野猪，正束手无策地惊慌，便对大家打气："不要怕，野猪怕吼，梆梆、喇叭，都用起来。"

一时间，深山沸腾了。喊叫声，说笑声，喇叭声，飞越窝棚环绕群山，想不到吼野猪的乐趣，还如此痛快过瘾，这是我儿时守窝棚所不曾有过的体验。

　　吵闹一阵过后，群山又归于寂静，我猜想有人在兴奋中睡着了，也有人可能会在兴奋中通夜难眠。爱人睡不着，干脆坐起身，听我讲述过去守苞谷的传奇故事。过了一个多钟头，我正讲到这深山里曾经有一种神秘的小狼，人称巴山王，精瘦精瘦，头尾不过六尺，却能在五百七十多种兽类之中称雄，能斗过威风凛凛的老虎、顽熊及浑身带箭的豪猪。这时，我突然听到了"嗷嗷"的狼嚎，声音粗犷而高亢，刚刚深睡的山谷，又一次被狼叫醒了。

　　"嗷——嗷——"野性的魔力摄人心肺，人们这次比听见野猪叫更加惊慌："狼啊。狼来了！真有狼哦！"有人喊："快看，山洼里，两只狼眼绿莹莹的。"嚎叫声随着那绿莹莹的光，一抖一抖地发颤。我在心里发笑，对爱人说："一个夜晚，先是野猪又是狼，太巧了吧？猪狼洼，猪狼洼，猪狼通常是不一道出动的。"爱人说："这狼有诈？是人装的？"我笑笑说："红嘴会口技。"

　　大家有了吼野猪的经验，都放开嗓子吼起狼来。这狼在大家的怒吼声中终于停止了嚎叫，绿光也没了踪影。可仅仅过了十来分钟，又有人喊："又有狼来了，西坡梁子上，正往山崖下来了。"更有人惊呼："是只独眼狼，眼射红光……山崖下的窝棚小心了。"我配合着大家的喊声，敲起了梆鼓，爱人伸出头朝山梁上一望，一道红光正向我们窝棚射来，担心地问："不会是冲我们来的吧。"我嘿嘿嘿笑："肯定是冲我们来的。等着吧，冲好吃的东西来了。"

红光接近我们窝棚不见了，东面山上问："西坡的，没事吧？狼不见了。"我和爱人回答："谢谢关心，没事，狼也怕人。我们不伤它，它就不会伤我们的。"

久歌和布谷来到我们窝棚，我爱人说："装神弄鬼，不怕吓死人哪。"

久歌回答："老鼠子搁不住隔夜粮，布谷非要给你们送毛栗子来呀。"

布谷不满地说："听他瞎掰扯。明明是你睡不着，非说来一起讲故事，热闹。"

天刚刚亮，堂爷的八哥飞来了，快嘴快舌地叫："你好，上山……"

三十六

过了秋分，秋风凉爽极了，像一把既温柔又有质感的鹅毛扇子扫来扫去。秋风扫着树枝上的树叶，沙沙沙响，你亲亲我，我抱抱你。秋风扫过地里的苞谷秆子，哗哗哗响，你捶我一坨子，我捶你一坨子。秋风扫进岩屋树屋，呜呜呜呜响，环环绕绕地东碰西撞，使人们的心里不再平静，自自然然地想到了上元节、中秋节和重阳节，三个节日挨得不远，都和家庭和亲人关系密切。雷村现在富了，钱多了，想法也多了，都想做点什么事，折腾些响动出来，好有个机会，对亲戚朋友们说说，让远村近邻的人瞧瞧。人们早早地忙碌开了，进进出出都神神道道的，既相互躲着瞒着，害怕旁人晓得了，又相互张扬炫耀，生怕别人不知道。

中秋节这天，所有的忙碌都进入了高潮，热闹的场面和喜庆的氛围在雷村从未有过。村湾里，到处是村民匆忙的脚步和说笑的声音，避暑休闲的客人们全都拥进了雷小，从四面八方赶来凑热闹的本村人和外乡人，全都聚集在一起，南腔北调地大呼小叫着。熊彩凤逢人便嚷："那个拿话筒的，看到没有，是我们俩子，来喜，金话筒。"

来喜的出现，确实给雷村中秋民俗活动增添了喜庆。来喜大学读的是播音主持专业，参加过一个"金话筒"大赛，获得"金话筒"新秀奖，上过众多报纸电视和网络媒体，目前正在电视台实习。来喜手捧话筒，对大家、更是对视频里的观众说：

"我是来喜，来到了这个谜一样喜人的老村。这古老的村庄不老，正青春靓丽。这里的民俗不俗，它惊世骇俗。雷村，你让人没法不爱你。"

来喜正要往下煽情时，来了两辆面包车，哗啦啦下来二十多个穿制服扎腰带的人。红嘴一惊：公安怎么来了？业香心里也咯噔了一下，生怕出啥意外，影响了堂爷和大家的好心情。仔细一看，来顺从驾驶室里跳了出来，大大咧咧地喊："董事长，路上堵车，晚来了一步。"业香虎着脸说："来顺，你搞啥名堂？把公安都弄来了。"来顺回答："不是公安，他们是保安公司的保安，专程来搞服务保障，维持治安搞接待的。你放心，有他们在，保证平平安安、顺顺当当。"

保安们立正稍息，向前看齐，左右两路跑开，各自立于一米间隔的位置上。标准的动作、严整的军姿，给热烈的活动现场又增添了几分隆重。保安们刚刚站定，两辆小轿车驶进操场，在保安的手势指挥下停了下来，两名保安上前，热心而又礼貌地拉开车门，车上叽叽喳喳下来七八个帅男美女，朝来喜边跑边叫："来喜，我们捧场来了，欢不欢迎哪……"

人们大着嗓门喊："欢迎，热烈欢迎。"大家像对待贵宾一样闪开一条道，让他们拥向来喜。这时，威风锣鼓突然响了起来，接着，挂在四周的鸟笼全部揭开了布罩，一只只金鸡在百鸟朝凤的歌声中欢快地鸣叫，人们激动地喊："凤凰，凤凰。"

操场上一阵骚动，民俗活动在动人的凤凰暖场中，拉开了序幕。

来喜手持话筒，激动地说："人人都是金话筒，个个都可以代言直播。来到雷村，就是珍贵的客亲，雷村用最新鲜的果品招待亲人。眼前的水果，都是早上踏着露水采摘来的，看看，还沾着露珠呢，水淋淋的。亲人们，尝鲜耶——"

人们随着来喜走向果品摊桌尝鲜，所有好吃的果子，都是各家各户奉送的，有些品种别说吃，见都没见过。八月榨、九月红、黄丫杆、杨布奶、刺草莓、巴核桃、红油桃、毛杨桃、青梅子、拐枣子、烘柿子、毛栗子、野葡萄、野山楂、野甜瓜、野柚子、野木瓜、野花红、野地瓜、野花生、马憋果、山药果、五花果……五花八门、奇奇怪怪，酸酸甜甜、涩涩麻麻，吃得客人五味杂陈，喜笑颜开，眼、手、嘴都忙得不可开交。男女金话筒们更是忙中添忙，不失时机地把大家吃水果的场面传上了视频，大家看着自己过瘾的吃相，笑得不亦乐乎。

来喜看大家吃得差不多了，喊道："吃开了胃了吧，开胃没有？对不起啊，让大家胃受罪了。不能只便宜胃受罪，下面，请大家跟着我，去受眼累。亲们，挂眼科啰——"

紧挨着水果摊子是一长排木板架子，上面放着山里的干货。干柿饼、干葡萄、干枣子、干香椿、干地耳、干豇豆、干腊肉、干豆油巾、干豆油皮、干蜂蛹、红薯干、梅子干、萝卜干、茄子干、竹笋干、梅豆干、莴笋干、豆腐干……还有制成的麻豆、臭豆、酱豆；腌韭菜、腌梅豆、腌黄瓜、腌阳荷、腌香椿、腌独蒜、腌蒜薹、腌红豆、腌刀豆、腌白菜、腌阳姜、腌辣椒、腌花椒、腌鸡子、腌兔子、霉豆腐、梅干菜、霉豆角……瓶瓶碗碗、缸缸罐罐，散发着各种不同的味道，浓烈刺鼻。不同口味的客人，挑选着各自的钟爱。来喜提醒说："亲们，先别着急出手，等一下给大家专门时间慢慢挑选。现在，我们去看活蹦乱跳的山珍海味。"

走过干货和腌制品摊子，客人们瞪大了眼睛。哇鱼子叫了几声，石蛙跟着叫了几声，野兔子和刺猬子在笼子里安静地趴着。一条一尺多长的白蛇，把大家的目光和脚步都吸住了："哇！白蛇，真有白蛇呀。"一片啧啧声吐出各自心中的疑问。白蛇吐着红红的芯子，细长细长的，一伸一缩。有人问："白蛇是在召唤许仙吗？"也有人问："除了白蛇，还有其他白色动物吗？"

有些在这里住了一段时间的客人回答："有哇，听说有啥白喜鹊、白野猪、白迷子，还有白狼呢。"人们直起腰问："啥，白狼？"就在大家转身的刹那间，发现三个铁笼子里三双眼睛正直射而来，大喊道："狼？"三只笼子里分别关着香獐、羚羊、麂子，看起来区别不大，都和狼相似。来喜分别向大家介绍了香獐、羚羊和麂子的知识。然后说："下面，我要隆重地给大家推出，今天的主角，有请——"

小学中间的两扇木门缓缓打开，人们第一眼看到的是"小红"，齐呼："狼，白狼。""小红"礼貌地"嗷"了一声，移动四肢，站到了门口。人们惊吓得纷纷后退，"白狼呀，白狼"，一个个像狼一样嗷嗷叫着，转过后背打算逃跑，也有部分胆大的客人，慌忙扬起手机抢拍视频。这时，只听一阵"你好，欢迎"的声音传来，一只黑鸟飞向白狼，落在白狼的头顶上，对着客人昂头鸣叫："欢迎进山，你好。"已经吓走的客人又都转过身，有客人热情地和狼头上的八哥对起话来："八哥，你好，是你欢迎我们吗？你比狼待客热情，我们喜欢你……"八哥昂起头点了几下，叫道："'小红'，欢迎，'小红'欢迎。"客人们相互瞅瞅，不知谁是"小红"。来喜哧哧哧笑，用话筒一指白狼，说："它，它就是'快嘴'叫的'小红'。'快嘴'，再叫'小红'欢迎客人哪，热情点哟。"

八哥用爪子抓抓白狼头皮，"小红小红"连叫好几声，白狼温顺地抖抖身子，低眉顺眼地望着客人，然后轻声慢气地"嗷"

叫了两声。大家都被"快嘴"和"小红"逗乐了，笑得前仰后合，鼻涕眼泪流，议论纷纷：这飞的跑的，鸟和兽都成主角了，我们这些人，却都变成了它们的看客，有意思，有点意思，新鲜。不知是谁的手机里传来了远方的闲话："啊，没搞错吧。'快嘴'？'小红'？成人了哇……稀罕。"一个个的手机都炸开了锅，连照带说，还疯抢着现场直播。

来喜不失时机地在话筒里喊："亲，我亲亲的客亲们，你们拍好了没有哦？主角，主角在这呢。"

大家凝神　看，从大门里颤颤巍巍走出一个老人来，鹤发童颜，神采奕奕，身着飘逸得体的灰布长衫，妥妥地垂到脚背，右手拄着一根长长的旱烟袋，乌黑笔直的烟杆上凸凸凹凹，缠绕着一圈圈的竹结疤，证明着烟杆年代久远的身份，铜质烟袋锅敲捣得地面梆梆响，白玉石烟袋嘴在阳光下，与黑烟杆和铜烟锅，放射出三位一体、和谐多彩的光芒，身边的白狼和黑八哥，含情脉脉地昂头望着他。越过他们身后的校舍，是一眼望不到边的绵延青峰，一时间，大家被这人、兽、鸟以及大自然浑然共融共生的美景图震撼了，仿佛进入了一个神秘的童话世界。

"今天的中秋民俗活动，就是这位百岁老人——堂爷他老人家提议举办的。"

来喜走到堂爷身边，拉住堂爷的手说："中秋民俗不亦乐乎，祝堂爷，福如大青山，寿比老岩屋。"然后趴在堂爷耳朵上，开心地说了几句悄悄话。接着伸手摸了摸"快嘴"和"小红"，说："我告诉大家一个秘密。堂爷出生时，险些夭折，被一只白狼救了过来，是不是这只'小红'不得而知，如果是的话，这白狼也算返老还童。不过，1998年堂爷被山洪冲走，很可能就是'小红'扯住这长布衫子，救了堂爷一命。此后，就有了这只八哥，'小红'现在是堂爷的好朋友，'快嘴'可是堂爷忠实的传令兵啰。"

来喜还在喋喋不休地叙说，客人们已经迫不及待地围了上去，唤鸟，看狼，拍照，争着抢着与堂爷合影留念，反复叮嘱："狼和鸟一定要拍进去。""快嘴""小红"和堂爷不仅成了真正的主角，还成了网红。有人把手机递到堂爷眼前，喜不自禁地说："嘿嘿嘿，大老爷子，爆红哦，全是大拇指和表情包，今天开眼界了。您这形象酷毙了。"

堂爷平静地说："你们高兴，喜欢雷村，就算没白忙活，你们也算不白来。"

客人们说："不白来，百分之百不白来，我们不光和您老照相，沾了福气，还要多采买一些东西回去，让亲戚朋友都跟着沾光，享口福、添福气……"

照完相的客人，有人在抽烟聊天，有人围住果品干货摊子。来喜在话筒里喊："亲，下面是自由拍照、观赏和采购买卖时间，半个小时以后，我们去第二现场，参加传统风俗喜宴，吃酒席。"正说着，话筒被抢走了，"亲，亲亲的亲，听我说，你们听我说几句。"

抢话筒的是一个其貌不扬、矮小干瘦的小伙子，叫朝五斤。

朝五斤说，大伙看到的都是山里的东西，不值钱，有想买的，够个意思就行，钱多钱少不当真。不方便带，又需要买的，请登个记，我们包装好寄过去就是，只当是帮我们闭塞的山村做宣传广告，宣传我们这大山也走进了市场经济、商品流通的新时代。大家可能不晓得吧，市场经济呀，打先就兴起在我们这里，不是美国、英国、法国啥的。几千年前，我们的祖先神农，就在这里开始了商品贸易市场——日中为市，愿天下之货，各得其所。

客人中有学问的知道"日中为市"的来出，对朝五斤刮目相看，也有人质疑道："你知道啥叫日中为市吗？说得玄乎。"

朝五斤回答："就像现在这样，太阳当顶，我们不正在互惠交换吗？"说着，羞涩地笑笑，补充说，"这可不是我说的，是来帮我们发展产业的教授、华农的博士后金凤枝研究出来的。大家想不想听听她的'红黑黄'三大生态产业、健康养生食品呀？她就在你们中间，请她亲自来给大家讲讲吧。"

金凤枝因为扎根雷村研究生态农村，顾不上家，丈夫与她离婚，重新组建了家庭。现在凤枝和五斤处上了对象，五斤是雷镇商贸物流公司经理，帮凤枝将绿色营养食品推向销售市场，成为商场超市的香饽饽。村里人都说，想不到过去收废品的五斤，今天能抱上金凤凰，客人们听了乡里人的议论，都在心里感叹，时代不同了，一切都在变。

在大家准备离开小学，前往"山里人家"时，十几个青年男女突然闯进了操场，领头的两个人红嘴认识，是郑湾村搬到百裕沟口居住的郑大炮的三娲子郑心雨和小儿子郑明。瓶娃子曾经因为给郑明理发，郑明不满意发生过纠纷。瓶娃子见他们呼啦一下来这么多人，以为是来闹场子的，就对红嘴说："他们是冲我来的，好些年的事了，这会儿又找上门来，你陪客人走，这里交给我处理。"红嘴说："不能马虎，事闹大了，你我收不了场，必须问清情况，向业董汇报。"瓶娃子还没开口，郑明先发话了，说："瓶娃子，你好风光啊，剪头不行，藏山里讲故事来了。"瓶娃子笑着说："也不是剪得不行，是你太新潮，想赶时髦又没讲清楚，误会。"郑心雨插嘴问："和我弟为剪头打架的是你呀。看我新潮不？你给我盘盘。"瓶娃子赔着笑脸说："今天客人多，改天，我专程上门服务，万一你要今天剪，我们去屋里再说。"

红嘴觉得这姐弟俩不是善茬，担心他们是来找乱子的，慌忙把董事长请来。

业董一看几个小青年，形象都不错，个个伸展又张扬，笑着说："今天这是啥风呀？刮来这么多美女帅哥，早上来了几个金话筒，跟你们一样朝气蓬勃，你们不会又是银话筒吧。也不像旅游的呀？管他啥，来了就是贵客，走，跟我们一起去参加午宴。"郑明想说什么，却被心雨拦住了。郑心雨扑哧一笑，说："业董，你真厉害，我们佩服死你了。"业董笑着问："佩服谁？我厉害？你们这没头没脑的阵势，才叫厉害，把我们红嘴经理和瓶娃子都吓住了。"郑明抱怨说："我说吧，姐，装过头了。"

郑心雨红着脸说："我就是想试探试探，看看这里的待客之道和旅游氛围。实话向董事长报告，我早想进山来看看了，今天在网上看到你们的民俗活动，太棒、太吸引人了。我们这几个导游培训班的学员都被迷住了，课上到一半硬请假跑了过来，就是想亲身体验感受一下，以后可以带游客进来，不知业董你接不接纳。"几个年轻人抢着说："业董你放心吧，我们义务带人进来，不要提存。"

业董认真地说："该给的提存必须得给。那可说好了，以后你们就是雷镇百业集团公司的编外职工，还有早上来的几个金话筒，我也聘了。红嘴经理，去让来喜到现场宣布，这些人才今后都是我们的宝贝。"

"山里人家"一片忙碌，为了中午的喜宴，从司仪到大厨和杂工头，两天前就开始张罗，他们要让所有来到山里的客人，都能感受到传统喜宴的地道风味。比如哭嫁，这是姑娘出嫁前必不可少的。

穿过一片竹林，进入山里人家岔道口，突然有深情的哭声传来。有人听出那是《十劝姐》，也叫《陪十姊妹》：

一劝（哪）姐（呀）要孝（啊）顺，你孝顺（一个）公婆（哦）老年（哪）人，（姐啰咜）人人（那个）都是（啊）父母（啊）生。

二劝（啊）姐（呀）莫孤（啊）巴①，来了（那个）客人（哦）要招（啊）架，（姐啰吨）烟是（那个）烟来（呀）茶是（啊）茶。

三劝姐，回娘家，回家不要传淡话，莫把亲戚疏远嗒。

四劝姐，莫嫌贫，富贵不是天生成，勤扒苦做过光景。

五劝姐，要勤快，晚点睡，早起来，早起三日做双鞋。

六劝姐，管好家，莫把五谷来抛撒，艰难辛苦记心下。

七劝姐，待人好，高下三等要知道，大是大来小是小。

八劝姐，莫吃酒，吃酒人儿好丢丑，莫和人家把斗逗。

九劝姐，要俭省，莫学当日田三婶，上顿不顾下一顿。

十劝姐，劝不尽，背起包包转回程，望你能做人上人。

十姐妹哭过之后，姑娘们一块儿嘀嘀咕咕了几声，像是打

---

① 孤巴：倔、严厉，小气。

闹，又像是在耍贫嘴取笑新娘。她们在嘲笑新媳妇，有了心上人，巴不得早点离开姐妹们。待嫁人的姑娘解说不清，便唱起了《临走难舍又难分》：

> 一更里来敬双亲，爹娘嫌儿费心情。小来生怕长不大，长大又是别家人，端茶递水伺候别人。
>
> 二更里来好伤心，又怕哥哥费心情。从小把我引到大，从来未有打和骂，生怕别人来打她。
>
> 三更里来好伤心，又把嫂嫂叫一声。针线茶饭都教尽，我和姑子有感情，临走难舍又难分。
>
> 四更里小妹哭得狠，叫声姐姐泪淋淋。姐把妹子叫一声，灶前灶后都是你，处处做事要小心。
>
> 五更里天要明，母女哭得好伤心。从小跟娘长成人，一点一点拉扯大，出嫁成了别家人。

听完哭十姐妹和哭嫁女之后，我知道接下来新娘母亲要对姑娘哭劝，教她明理知事，学好针线茶饭，孝敬公婆，勤俭持家，做一个贤妻良母，用美德维持家庭，团结邻里等之类。刚刚走了几步，果然听见了《娘哭女》，因为是方言哭唱，怕客人们听不大懂，特地在山墙拐角处贴着一张红纸，上面写着《娘哭女》唱词：

> 姑娘十八春，婆家要接亲，娘劝我的女，你要熬

成人。

正月是新年，为娘说的话，嘱咐我的儿，你要记心田。

你往婆家去，学些好针线，大鞋学会做，小鞋要学全。

大裁和小剪，样样学全还，都说好手段，我女好针线。

二月是花潮，嘱咐儿记好，可莫学张道，少跟旁人狂。

莫跟别人笑，叫人谈论你，有娘引无指教，惹得旁人笑。

三月是清明，为娘说的话，嘱咐我儿你记清。

夫妻要和气，公婆要尊敬。跳到黄河洗不清，旁人来谈论。

四月麦儿黄，嘱咐记心上。早早下厨房，做干饭煮米汤。

端到桌子上，公婆吃毕饭，忙把茶递上，人说我女嘹亮。

五月端阳间，学些好茶饭。蒸上一笼馍，擀上一盆面，

干的馍上前，稀的也有面。扣碗席炒宾盘，谝女好圆泛。

六月热难当，嘱咐记心上。你往婆家去，好好置

家当。

丈夫强于你，夫妻常商量。丈夫不胜你，个人拿主张。

家务料理好，样样比人强，人家都说我女儿嘹亮。

七月七月半，人缘记心间。外头来了客，端茶忙奉烟。

高的高打发，低的低款待。或是留客玩，或是吃顿饭。

人家说我女儿结人缘。

八月中秋节，持家要记得。你往婆家去，家务巧安排。

屋内勤打扫，门外要清洁，女屋内男在外，我女是人才。

九月是重阳，孝顺二爹娘，公婆教调你，可莫把嘴犟。

若要犟了嘴，棍打你身上，句句骂你娘，我无脸把门上。

十月天气短，喜期到跟前，样样准备好，上轿莫迟延。

到了婆家去，拜堂要伸展，夫妻双双并头眠，为娘多喜欢。

"快嘴"早早守候在"山里人家"，客人们一到便不停地

"欢迎"，问候"你好"。酒店院子里摆着长长的两排条桌和板凳，司仪邓田鸡站在院子中间，大声喊道："贵客光临，烟酒茶——鼓乐师——伺候。"

还未等客人坐定，鼓乐师首先致辞：

> 花鼓打得花又花，全都打的富贵家。昨天打的丞相府，今天又打帝王家。高朋满座贵气大，吃烟吃酒吃喜茶。

致辞完毕，鼓乐师向客人深深鞠一大躬，锣鼓喧天地一阵敲打。

客人刚刚坐定，装烟的师傅便走上前来，致辞：

> 此烟不是云烟，且听愚下说根源。单二哥打马山东过，带了三斤四两烟，一两送给汉刘备，二两送给关云长，三两送给张飞将，后送长坂坡前赵云郎。位位将领都奉上，各位贵客把烟尝。

这时，司仪邓田鸡大声喊道："中秋节，秋高气爽天不凉，可是火盆不能缺，图个红红火火，风风光光。铲火上炭啰——"

一人端着火盆站在门口，致辞：

> 火锹端手上，炭火放红光。火锹不敢摆荡，怕

得烧了衣裳，料子布一挨，就是个框框。夏天倒凉爽，冬天难把风挡。虽然不要赔偿，脸上确实无光。闯——啊——闯。

上完火盆，上茶水的接着出来了，喊道：

茶壶拎在手上，茶水烧得滚烫，壶儿不敢摆荡。倘若洒到身上，宾客就会烫伤，你们给我脸面，我自己也觉无光，闯——啊——闯！

客人们抽着烟，喝着茶，品味着山乡风俗礼仪。这时，司仪邓田鸡又喊道："良辰吉时已到，上菜开席啰——"
端着盘子上菜的执事喊道：

山珍席不是席，只是打个牙祭。托盘端在手上，宾客闪到两旁。我托盘要到中堂，饭菜要到席上。谨防油汤油水，糊脏了你的料子衣裳。就算宾客原谅，我自己脸上无光。闯——啊——闯！

条盘执事单膝跪地奉上，服侍生从条盘中取出大碗小碟，一一摆上席桌。说一声："请慢用。"酒菜上席之后，司仪发出了《支客令》：

今天站在中堂上，我把主人家底亮一亮。我接来客人三百九十双，杀了猪肉三百八十八斤零八两。烧酒放了两大盆，黄酒做了几大缸。前来喝酒要喝醉，只当赶了蟠桃会。前来喝酒要喝好，人与人好酒才好。恭请大家共举杯。一起干："喝"。

酒宴开席不一会儿，正席上便开始发酒令：

有理无理，老的先起。一人喝大家看，我把酒碗转个遍……

由此打开了五花八门的敬酒令。出令杯、找对家、对挖、对面笑、隔空跳、出杯打圈、同登磨角、赶麻雀、跑暴、放排、打杠子……酒桌上高潮迭起，喝笑声不断。发完令，又开始猜字谜，唱敬酒歌，有《传杯歌》《八杯酒》《十杯酒》《五句子》等。

主桌上唱起了《十杯酒》：

一杯酒来满满筛，杨宗保和穆桂英。一来收她为妻子，二来要她破天门。二杯酒来满满涮，梁山伯与祝英台，二人同学又结伴，同床不知女裙衩……八杯子酒八月八，包拯端坐在南衙，包公头上月亮疤，断阴断阳他说话。九杯子酒来是重阳，逼死霸王在乌江，

霸王死在乌江岸，蚂蚁子拱来虫子爬。十杯子酒十月
一，孟姜女子送寒衣，走一路来哭一里，哭断长城
十万里。

唱到这里，有人喊暂停，提出安静一下，要歇歇耳朵。也
有人要求来些不太吵闹的字令游戏，紧跟着，正席便出了一个
《颠倒令》：

闲似忙：蝴蝶飞过矮院墙。忙似闲：鹭鸶忍饥立
河滩。
动似静：明月当空悬古镜。静似动：长桥卧波漾
春风。
喜事哭：新婚嫁女哭满屋。哭事喜：棺材停屋歌
声起。

客人中有文采的便和久歌一样大声喝彩，而我则从最后一
段，强烈感受到了"哭嫁"和"白喜事"，这样一种独特古老
风俗，所显现出来的地域文化特质。这时，酒桌外，突然传来
《八月十五月团圆》的歌声：

八月十五月团圆（哪），不见我的情郎哥，这几天
（哪）如同半年（啊）。自那日相亲奴没到手（啊），你
今也在这缠，明也在这缠（那个），不是来喝茶，便是

来吃烟（你），扯起一个故调（你）说它半天。小女子有心将姻缘许（呀）配，又怕你（哟）在外面胡说乱言，奴为你这几天心愁闷倦，奴为你（哟）这几天（我）茶饭难（啰）沾（哪），奴为你这几天绣房里踏板问卦，为冤家这几天厨房里头筷子抽签，都说是武当山老爷灵（啰）验，小女子我在山前（哪）许下香烟，身保佑夫妻今晚上可见一面（哪），不少你（哟）那三天小女子便把愿还（哪）。

……

不知不觉酒宴从中午一直喝到了黄昏。喝的人喝得高兴，下席的人坐在一边喝茶，吃零食聊大天，兴奋得忘记了一切，不知身在何处。情真意切的歌声，使大家陡然记起今天是八月十五，抬头望去，一轮明月已挂在天际。

金话筒们和导游班的少男少女，把红嘴和瓶娃子围成一圈，商量着如何与业董合作，宣传推介好雷村。业香、田鸡、五斤子和凤枝教授、久歌夫妇、村文书商量着产业发展，扩大商贸流通和风俗文化传承的大事，他们希望把雷村进一步打造成有梦想、无忧无虑的快乐生地，永保山喜人、人爱人、酒醉人、歌迷人的魅力。而我看着院场外忙着装扮的孩子们，心里想的却是雷村的下一代，对他们的关爱可关系到雷村的未来哦。

这时，一支由十几个孩子组成的青龙队，走进了"山里人家"院场，孩子们头上戴着青叶花环，赤裸的上身，缠绕着青枝树条，细长的枝条和肥大的树叶罩着全身，半黄半绿的稻草鞋，包裹着他们细小的赤脚丫子。孩子们在客人面前站定后，迅速摆动了几下举着的青龙，嘴里连喊三声"嘿、嘿、嘿"，从龙头到龙身和龙尾，在呼喊中完成了造型。威风锣鼓同时也配合着敲了几下，紧接着，一条黄龙出现在院中。高举黄龙的是二十几个壮年汉子，个个头扎红条巾，身着红裤衩，脚穿红布绳绑着的黄草鞋，"嘿、嘿、嘿"，他们也在锣鼓声中喊过三声，威严地立于青龙一旁。

来喜用喇叭喊道："亲们，喝完了喜酒，我们来欣赏焰舞。这个焰可不是大家心里想象的那个艳，而是焰火，火焰的焰，为啥说他是焰舞呢？因为舞火龙是在焰火的互动中进行的，焰火越旺，龙势越高涨，等一下，客人们既是观龙客也是逗龙人，都可以朝舞龙者施烟甩火助兴。大家肯定观看过无数的舞龙表演，但我可以武断地说，你们绝对没有见过这种火龙，因为舞火龙在中国，甚至世界上绝无仅有，这是雷村精神的象征。据说舞火龙源自神农，传之汉武帝，盛于唐中宗李显被贬房县十四年之际。大家看到的那条青龙，全是十二三岁的娃娃，传说与李显三太子在房陵遇难有关……"

有人问："玩龙灯是正月十五的节目，你们八月十五玩龙灯，有这个讲究吗？"

来喜回答："确实没有中秋节玩龙的先例。但是今年有些特殊的缘由，一是你们这两三百客人来这里过中秋，在雷村是第一次；二是我们举办中秋民俗活动也是第一回；三是有一位百岁老人今天过生日，这在雷村更是第一人。舞火龙是我们雷村最有代表性的民俗，最拿得出手的东西，如果不献给大家欣赏，岂不是失礼少趣。再说了，正月十五，八月十五，都共一个圆月亮，我们何乐而不为呢……"

火花四溅，锣鼓震天，火龙飞舞。客人们向黄龙和青龙抛甩着烟花和宝珠，龙在火花中跳跃、腾飞、翻滚……锣鼓声、喝彩声、惊叫声连成一片，客人和主人都沉浸在浓厚的地域特色和乡土气息之中，一下子逾越了城里人山里人、老年人和青年人的鸿沟，其乐融融地交流着轻松愉快的心情。

黄龙舞了几个回合之后，离开"山里人家"向河滩舞去，留下青龙在宽阔的场院里与客人同欢乐、共嬉戏。他们天真顽皮的动作，盎然超脱的童趣表演，令大家激动和疯狂，不少客人不顾火焰飞舞，冲向青龙头与孩子们玩起了"戏龙珠""戏月亮""戏铜锄"，在戏逗的过程中，趁机把赏钱塞进孩子们的手中。孩子们玩得更加火爆，高潮一浪高过一浪。

来喜在喇叭里喊了几次转场，可看客们仍然喝彩声不断，舞火龙的小子们更是热情不减。她感叹道："这真是乾隆年间贡生们记述的真实写照哇——长街四照烛龙高，彩结灯轮满市朝。光射远山桀鳌海，曲传新阁风吹箫啊。转场，转场啰——"

人们跟着青龙吹吹打打地向河滩而去，期待着下一个高潮来临——打代思。

天彻底黑了下来，明晃晃的月亮，像巨大的手电筒照在河滩上。河滩一侧的黑石棺材微微泛着亮光，高高翘起的棺材头前，摆着猪头、馒头、狮子头等供品，沙石上的瓦盆中烧着纸钱，两炷青香飘着缕缕烟丝。黄龙、青龙两支火龙队走进河滩，站立在石棺材的两旁，旅客们三五成群地站在两边的河岸上，看着几个妇女围在黑棺材旁边哭泣倾诉，过去往来，心酸短长，哭得情动心伤，以为真的到了代思歌场，其实这歌场，只是借用石棺材举行的现场演绎。这时，"叮咚锵"，"叮咚锵"，三声锣鼓响起，远处小道上缓缓走来两三个锣鼓匠，身后跟着一人燃纸烧香，《开歌路》的歌声传来：

> 一二三四五，金木水火土。歌郎一到此，哎，镭动（哎）（你）三阵（嘞）鼓（啊）。天地开张，制天制地，制下日月三光，有了那天地日月和星斗（哎），又制下我歌舞二（哎）郎（哦）。……天上凤凰叫（哎），地下麒麟游（哇），两班文武现（啊），国正圣人出（啊）。时良日吉，天地开张（啊），制田制地（哟），制下日月三光（啊），先制下日月星斗，后制下歌鼓二郎（哦），歌郎歌郎，快把那歌路开上……

歌师锣鼓手一路打打、停停、唱唱，来到石棺材正头前，集中打唱一阵之后，鼓手在前、锣手居中、歌师居后，绕石棺材转唱，夜锣鼓正式开始。久歌和夫人布谷向身边人解释说：打丧鼓唱丧歌，并不只是为了祭祀亡灵，也不仅仅是为了哀伤，而是弘扬中国传统音乐"乐而不淫""哀而不伤""怨而不努""发乎性，止乎礼仪"的表达形式……在雷村被称作"白喜事"。

唱着唱着，歌师们激动起来，争着抢着上场，最动人的是女歌师们也不让须眉，争相与男歌师"打歌擂"斗歌：

> "唱罢一声又一声，你变兔子我变鹰，你变兔子满山跑，老鹰抓你脊梁筋……""歌师唱歌好攀比，你比我来我比你，你比我是秦始皇，我比你是老龙王。我赶山填海压太阳，你龙王这才着了慌，忙着龙女和孟女，上岸与我配成双……""说我是鳖就是鳖，在你们堂屋香炉里歇。逢年过节来烧香，你辈辈敬我鳖老爷"……

不知不觉，过了大半夜，萤火虫渐渐稀少，夜露落在头上脸上和胳膊上，感觉秋凉里有了些寒气。业董用喇叭劝道："山里后半夜潮气重，大家辛苦了一天，还是早点休息吧，这代思只是一个形式。不过，没瞌睡又有兴趣的客人，也可以继续，还可以参与打打锣鼓，唱几嗓子，也是一个乐趣。"

客人们结伴朝"山里人家"和各自住处走去，有的打着喷嚏，有的打着哈欠，明显感觉疲倦了。也有人说着笑着，回味着一天的情节，感到意犹未尽。

我和爱人离开河滩时，不知怎的突然想到了躲娃子在石棺材上练字的情景。同时，又想起了久香奶奶，以及她躲在坟坑棺材里装死的往事，心里酸酸地难受起来……经过小学门口，爱人撞撞我的胳膊，指了指那辆白色丰田，突然问："明天星期几，我想看他们升旗。"我打开手机，看了看回答："明天星期一，正好升旗。赶快回去休息吧，明天早点起来。"爱人纠正说："是今天。"

我们回到房间，爱人忙着刷牙洗漱，我急不可耐地往床上一倒，便迷迷糊糊地进入了梦乡。爱人洗漱完毕摇醒我说，雷村的故事太有意思了，随便一个人、随便一件事，都有说不清道不明的故事，像网络小说和电视连续剧一样，一集套一集，活灵活现的。我说："这是活了几千年的古老村子，老村子活的就是人和故事，没有了人和故事，村子就没有了。"爱人说："堂爷就是一本故事集，歌唱了一辈子故事，串连了一串串有故事的人和事。为什么没人把他写出来呢？你写吧，反正你熟悉，又退休了，有的是时间。"

我觉得爱人说得有道理，现在退休了，有时间写我自己想写的东西。其实二十世纪八十年代，在写完《神农架之野》长篇报告文学之后，我便动过写长篇小说的念头，打算把这块土地上的人和事写出来，由于部队工作太忙抽不出大块时间，便陆陆续续写作了一个生地系列，后来集结出版了中短篇小说集《神农架迷宫》，长篇的事就一直搁下来了。爱人一提起来，我的心就动了，恨不得坐起来就动笔，今天一天都是灵感，仿佛被点燃了。我说这主意不错，书出来了可以拍成电视剧，久歌今年就退休了，导演就是他了，久导，你和布谷，还有红嘴他们，都可以在里面客串个小角色。

"那可不行，这点子是我出的，业香女主角，久香奶奶女二号，我出品个女三号总可以吧。"停了一下，爱人遗憾地说："抗洪英雄那会儿，就该露露脸的，当时，太谦虚了。"

我说："好好。为了女三号，我就在这山里住下来，安心创作了。可住哪儿呀？总不能长久住堂爷家吧。"

"住别墅哇！不是决定买岩屋树屋了吗？那应该算联排别墅吧。"爱人开始规划了，你写你的，我去小学教学生，互不打扰，等你书写出来一节，我就给他们讲一课，让他们从小就熟悉雷村，热爱家乡。

我这时的思绪已经不知飞到什么地方去了，村里过去的那些人和事，统统跑了出来，像万花筒一样在眼前跳动着，多姿多彩、活灵活现。

爱人推了我一把："听到我说话没有？好不好哇！"

我大脑里的人和事在相互打架，争吵得我有些迷糊，甚至困倦。我说："好是好，可我现在好想睡觉，好好地做个梦。"

说完，我真睡了，好像还听见了自己的打鼾声，不知不觉地进入了梦乡……

堂爷的百岁寿宴被民俗活动代替了。业香和彩凤商量，百岁大喜没搞祝寿，应该吃餐便饭热闹一下。便把我们夫妻、久歌夫妻、根叔夫妻、红嘴夫妻、凤枝和五斤一对准夫妻，加上邓田鸡、瓶娃子请到了大岩屋。岩屋中堂的大桌子上摆满了山珍海味，堂爷等大家都坐定后，没让业香开口，便抢先说："民俗活动搞得圆满，实诚喜庆、亮堂嘹亮，等于给我过了生日，也是为大岩屋和雷村祝了寿。今天这顿便饭，就是答谢大伙的，都辛苦了……来，祝雷村、雷镇百业集团更加红火，兴旺发达，我们喝一碗。"大家站起身，端起酒碗，不论男女，把第一碗酒全都干了。

按照堂爷的规矩，大家都不说祝酒词，也没上礼送红包，更不允许鞠躬磕头作揖，尽兴喝酒吃菜。要想说点啥，就只许说今后怎么把雷镇白业发展好，他有几个想法：一是尽快把镇子建好，把郑湾和从雷村走出去的人都吸引回来；二是怎么把土地和山林流转到总公司，由总公司规划，分公司集中经营管理；三是建一个老旧古物看管站，把四百多件飞禽走兽的皮毛和上千件农村生产生活用具集中起来，让人们知道它们、记住它们……堂爷的提议得到了一致的赞同，一二条比较好办，公司已经在运作之中，只是老旧古物收集起来困难，也比较麻烦。邓田鸡说："有些动物，有的用具，连我这个岁数的人，都只是听说过没见过，怕稀罕找到。"堂爷说："就是难找到，才要抓紧找，趁还有些老人在，往后更找不到了。"瓶娃子起身拿出一个小本子，说："老爷子，您是最古老的文物，我先从您这记了。"

一句话逗得大家都笑了，酒桌上，立马拼凑起各式各样的东西来，你一句、我一句，说了一大堆用具：

类子、碾子、吊锅子、钉爪、扬杈、连枷、风车、对臼、晒席、簸箕、摇窝、抓耙、蓑衣、斗笠、夜壶、尿罐、梆梆、叫口、碾槽、背篓、箩筐、犁耙、瓦桶、夯子、秧马子、线拐子、驴罩子、虎夹子、脚掌子……这些东西，有的从远古沿用至今，有的早已废弃，甚至失传，能找到收集起来的不是残缺不全，也可能会破破烂烂，但它保存着沧海桑田的记忆，是古老雷村的历史见证。说完了工具又谈动物，根叔说前些年家家有猎枪，好些野兽都打断了种，能卖的皮子也卖了，哪想到要建馆收藏。堂爷说："能收到啥是啥，又不赶时间，慢慢找，紧金贵的稀缺的快消失的收集，那些牲畜明儿都失踪了，人活得还有啥劲。国家现在看重山水文化，不也就是这个道理嘛。"大家都说堂爷就是站得高、望得远。难怪把田产卖了，拿去买不当饭菜的歌本子，城里的福不享了，跑回来钻岩洞子，牵着业香也跟着拱岩屋，原来蹊跷在这儿，谁能猜得出来，理解得了呀。

邓田鸡终于明白堂爷所有奇奇怪怪的想法和举动了，惭愧地说："堂爷，您是看到胡子白，越活越火舍[①]，越老越拓实，豪旺得像小伙子哦，我几十年支书白当了，让堂爷您老失望了。我自罚三碗，算是特敬，也算是赔礼道歉。"

久歌插话说："跟着明白人就能活明白。来，我们都一起，特敬一杯明白酒。"

邓田鸡说："堂爷您是全村的寿星，我不会唱歌您老是晓得的，今天我要献上一首《祝寿歌》，也是代表全村乡亲，向您祈

_____

① 火舍：精力健旺。

福祈寿，讨个彩头。"

我们都拿起筷子敲着酒碗，配合着邓田鸡歌唱：

> 头戴双甲子，手牵六代孙，一旦真富贵，迈进寿堂门……
>
> 寿桃尖尖，春饼圆圆，寿饼春桃摆桌间，荣华富贵万万年……
>
> 天有一寿，日月同昼。地有一寿，五谷丰收。
>
> 山有一寿，树木长绿。水有一寿，乃古长流。
>
> 寿星佬一寿，添福添寿。高寿长寿，家家户户、子子孙孙的盼头。
>
> ……

堂爷坐在板凳上，腰身微微向酒桌前倾，左手扶着酒碗，右手捏着筷子，胳膊肘撑着桌面，安详和蔼地微笑着。

唱完歌，鼓毕掌，大家随老支书向堂爷敬酒时，八哥突然从神柜上划过酒桌，向岩屋外飞走了。彩凤问了一句："老爷子，'快嘴'咋一直没吱声哪？"

堂爷仍然端坐着，微笑着没有回应。业香扭头瞟了一眼，伸手抱住堂爷的身子，红着眼睛喊了一声："老爷子——"眼泪哗啦啦直往酒碗里滴。

根叔和彩凤慌忙跑过来，扑通跪在堂爷身后，哭喊着："老爷子，老爷子，您太累了哇……"

堂爷是多么喜欢热闹的人哪。自己连一个简单的庆寿酒席都不让办，却想着中秋节全村人和所有游客的欢乐，看到全村上下高高兴兴的，他满足了，舒坦了，开心了，回到大岩屋，无牵无挂地走了。

他是喝着酒听着歌，笑着走的，走得嘹亮，就像他来到人世时，唱着"亮堂"一样嘹亮。这里是他的出生地，也是他追求和向往的极乐世界。他是歌王，把诗经民歌、《黑暗传》和山乡情歌唱了一辈子，一辈子都是人们听着他唱，临了，他听着别人的歌，走了。

堂爷走了。酒桌上的人这时才明白，他的三点想法，原来是在交代后事，把全村的大事都交代了，唯独漏了自家业香。业香哭着说："老爷子，我晓得，你是放心不下啊——"邓田鸡说："堂爷，您放心走，走好啊——"久歌、布谷，我和爱人跟着喊："堂爷您放心走好，我们住下来了，业董不会孤单。"红嘴、俊巧儿、瓶娃子、五斤扑通都跪在地上，金凤枝一个大学教授也跟着五斤跪了下来，一齐呼喊道："走好啊——堂爷。"

雷村的第一个百岁老人走了。按规矩活过六十的人，死了，丧事便是喜丧。全村的人都来了，外村的人也来了，远近的歌师锣鼓手组着队来了。一时间，从雷村到大岩屋像赶大集似的，来来往往的人川流不息，时断时续的哭声，传出的也不全是悲伤和哀怨，更多的则是惋惜和哀叹。吊丧的人来一拨，女子哭唱班便尽心尽力地哭唱一阵。根叔和彩凤与哭唱的女人一道唱出的《父母恩情儿难报》，更是催人泪下。

（哎咳）人生在世（哎咳）（哎呀）（啊哈啊哈）多辛劳（哇），父母的（呀）恩情忘不了；

孝敬的儿孙有多少（哎）。（哎咳）山珍（哪）海味（咳也，哎呀）（啊哈啊）该多少（哎）；

我的（那）父母未吃（哎）到，哀哀父母，生我够辛劳，生我育我顾我复我把心（嘞）操；

绫罗（那个）绸缎该多少（哎），我的（那）父母未穿（嘞）到；

生我（吖）养我多辛劳，父母的恩情儿（啊）难报（哎）……

唱着唱着，根叔和彩凤的声音完全变成了哭号，唱诗班的女人们也由哽咽变成了哭泣，乡亲们哭声一片，每个人都从父母恩情儿难报中，体会出了各自的酸甜苦辣。

根叔请来阴阳仙为堂爷安葬择期。阴阳仙姓辛，人称辛先生，辛先生问过堂爷及亲人八字，又问过死期和临死时的状况，然后翻开一本破旧的厚书，又用笔写了一系列数字。然后，轻捻下巴胡须，闭目想了一会儿，说：

"前几日夜观天象，知西北方有高人驾鹤而去。今日入府旦见寿星高卧中堂。掐指前后左右排算，堂爷命硬，恐冲犯五杀，须待尸五日方可出行……若是八月十五日离世，则要待尸半月，老人嘹亮，走得干净利落，二十日出殡，女主须棺顶执镜照耀，千载难逢的黄道吉日。内保家亲和顺安康，外助乡邻和睦兴盛……善哉，无量天尊。"

堂爷的丧事办得很热闹。

灵堂前，业香对着榆木棺材念叨说："都来了，老爷子，都来了哦。你爱热闹，都赶来陪你热闹。我晓得你肯定念着包糯米，念着他的书出来没有，你说你不是难为别人吗？人家一个农业专家，你非要人出一部《黄黑红产业发展》专著还不够，硬要人再写一部《诗经民歌论文》，人家老包给你写出来了，带着一部新出的书和一部才写成的书稿，明天就到。"

根叔问："歌师和锣鼓班子都到了，有主唱《黑暗传》、诗经歌、《四游八传》和唱《英雄朝代》《民间传说》的，都想开歌路唱开场，咋整呀？"业香说："老爷子打了一辈子代思，从来都是他'起歌路'，《黑暗传》开头，开场起歌路和收场还阳，都交给唱《黑暗传》的班子。"根叔点点头，本想再问啥，却没问出口。

《黑暗传》由民间传说的《四游记》故事组成，包括天上王母娘娘与八仙的《东游记》，观世音菩萨修行的《南游记》，唐僧去西天取经的《西游记》、祖师爷修行的《北游记》。附带八传，混沌开天的《黑暗传》；斩将封神的《封神传》；王昭君出塞和北藩的《双凤传》；伍子胥过昭关的《火龙传》；秦琼保驾潼关的《说唐传》；李存孝统兵定江山的《飞龙传》；岳飞的《精忠传》；朱洪武登基的《英烈传》。内容多，歌词长，仅这个班子一唱开，那么多歌师都要被晾了起来，业香又补充说："开完歌路，把神农氏唱完，由他们自己打歌擂去吧。"

歌师们明白业香的意思，堂爷敬畏神农，神农不仅是中华始祖，更是百姓的衣食父母。于是，开完歌路，唱罢混沌开天，接着转唱起《神农制五谷》：

　　檀木鼓槌拿在手，听唱神农治五谷，不知哪本书上有。

　　神农上了七十二架山，去把五谷来找遍。神农上了羊头山，仔细找来仔细看，找到粟子有一粒，把它寄到枣树上。忙去开荒下种子，八种才能收粟谷，后人才有小米饭。

　　大梁山中寻稻子，稻子藏在草中间，神农寄在柳树中，忙去开荒下谷种，七种才有稻谷收，后人才有白米饭。

　　万石山中寻小豆，一颗寄在李树中，一种成小豆，小豆可煮粥。大豆出在维石山，神农寻来很艰难。一颗寄在桃树中，大豆种平川，豆熟堆成山。

　　大小麦长万石山，寻来二粒心喜欢，寄在桃树中。耕种十二次，后人才有面食餐。武石山寻芝麻，寄在荆树中，一种收芝麻，后人炒菜有油下。

　　神农初种五谷生，皆因天树来相伴。斩木做犁来种地，才有农事往后继。神农教人兴贸易，互通有无同得利。

　　……

不知不觉到了半夜，歌师们停下锣鼓"打哲"，在歌师们喝酒消夜的当口，哭唱班又开始号啕大哭，女人们拍打着棺材"吵灵"，各自哭着各自的辛酸，直哭到锣鼓叮咚锵锵地重新响起。

在歌师们你来我往的吟唱中，天渐渐亮了。这时，歌师们唱道：

> 一盏孤灯照灵位，两腿长伸家不归，三魂渺渺归泉内，四路冥钱化成灰，五服孝家齐悲泪，六亲都把麻衣披，七七超度亡魂罪，八经八薄念慈悲，九九思念何日会，十王殿上等轮回……

唱毕，转唱夜锣鼓停了下来，等在门外的锣鼓手，接着开始白日坐唱，迎接着一拨又一拨吊孝上香的人们。

堂爷的喜丧闹到第三天，山外远地方来给堂爷吊孝的人仍然络绎不绝。本来从八月十五老天一直红着脸，没想到偏偏到节骨眼上变脸了，先是轰隆隆滚过几个炸雷，跟着刮了几阵狂风，暴雨突然稀里哗啦地下了起来。所有的人都没防备，一个个落汤鸡似的跑进大岩屋，头上脸上水淋淋的。邓田鸡说："老天爷哟，你落下这多眼泪，也是给堂爷哭灵的吗？"不知是谁接了一句："老天有泪不轻弹，只是没到伤心处啊。"

彩凤跪到岩屋门口，点香烧纸磕头作揖，对着雨蒙蒙的苍天哭道："老天爷呀，这是喜丧，你咋伤心成这样？求求你了，发发大慈大悲的善心吧。"

雨越下越大，几袋烟工夫，沟沟壑壑的洪水都满了，夯夯神地往山下河里奔流。风也越刮越猛，山林里的树枝像扯布一样"嘎吱吱"响，断枝残叶满天翻飞。第四天，山下传上话来，河里桥柱子被洪水冲走了，河桥垮塌了。村子里挤来一堆堆的人过不去河，没法上山……

红嘴焦急地喊："坏菜了，坏菜了啊，说好的，杠子队今晚上山，没人抬棺，明早咋出殡哪。"邓田鸡想了想，喊道："根娃子，山上你照护住。红嘴，赶紧召集些身体壮不怕水的，跟我下山，我们砍树搭桥。"

邓田鸡和红嘴刚翻过胯裆垭，突然听到一声山崩地裂的轰响，腿脚随着泥土抖了两下，滑倒在地。再起身时，红嘴突然惊叫了一声："花梨树——"邓田鸡和大家朝山下河对岸望去，一个个惊恐地问："树呢？大树哪儿去了？"

大风和泥石流连刮带推，把千年大花梨树推倒了。村里人像敲铜锣似的喊叫："垮憋子了，垮好大的憋子呀！土地庙和大树，都垮没了……"

花梨树倒了，密密麻麻的树根被生生扯断，翘在半空，粗壮高大的树杆横躺在小河中间，像一座绿色的天桥。浓密的枝叶在哗哗的风雨中摇摆，好似正招着手喊：来吧，来吧。树枝上，一只只家雀子飞上跳下，喳喳喳地叫：过呀，过呀。

"好造化。"邓田鸡心里想，堂爷造化真大啊，连老天爷、花梨树和家雀子都帮他铺路搭桥……人活到这份上，值了。

邓田鸡组织村民迅速修理枝干，又用铁丝绳子紧紧捆住树身，牢牢地固定在两岸的石头上，一座独木河桥，赶在天黑前造成了。等着上山的人们纷纷拥向树桥。这时，天边突然射来一道霞光，金灿灿的，呼啦一下子铺天盖地。邓田鸡扶着包糯米夫妇首先通过了树桥，三五成群的歌师，一拨拨锣鼓班子过河了，远近赶来吊丧的亲戚朋友过河了，全村的人都跟着过了河，他们要上大岩屋，好好陪堂爷热闹最后一夜，明天为他送行。

代思打到第五个晚上，也是最后一晚了，各路歌师们互相盘问对答，斗诗斗词，翻墙擂歌，歌场高潮一浪盖过一浪，比去比来分不出高低胜负，黑暗班和诗经班为了能唱《还阳歌》，更是争得难舍难分，互不相让。眼见天已发白，接下来便要送神还阳，业香无奈之下打算亲自出马为堂爷还阳，可两套班子都说堂爷唱了一辈子《黑暗传》和《诗经》民歌，最后一程万万不能少了我们两班送行。于是，商量决定，业香和两个唱班各唱一段以表各自心意。

业香首先唱道：

还了阳（来）还了阳（哎），（咙咚咙，咙咚咙），阴歌变成了阳歌唱（啊）。（咙咚咙，咙咚咙），阴歌好像（那呀）阴间女（呀）。（咙咚咙，咙咚咙），阳歌好像那杨六郎（哎）。（咙咚咙，咙咚咙），杨六郎（哎）把守在三关上（哎）（咙咚咙，咙咚咙）。忠心耿耿保宋王（啊）。（哐咚哐，哐咚哐）……

诗经班没等业香唱完便跳下歌场，跟着锣鼓手的鼓点唱开了：

还了阳来还了阳。阴歌改为阳歌唱，写封书信下厨房，炒些祭菜来见亡。

还了阳来还了阳，写封书信下经堂，多多拜上先生来，快快洗脸来送亡。

还了阳来还了阳，财神老爷坐华堂，财神老爷多保佑，保佑孝子老少都安康。

还了阳来还了阳，阴间更比阳间强，阳间吃的大米饭，阴间喝的亡魂汤。

还了阳来还了阳，阳间更比阴间强，阳间住的高楼房，阴间住的纸糊墙。

还了阳来还了阳，阳间也比阴间强，阴间过得阎罗殿，阳间过得红太阳。

还了阳来还了阳，阴间又比阳间强，阳间要用钱打点，阴间只用纸一张。

还了阳来还了阳，阴间要比阳间强，阴间住的琉璃瓦，阳间住的土墙房。

还了阳来还了阳，阴间要比阳间强，阴间吃的琼浆饭，阳间吃的五谷杂粮……

三十斤毛线打把锁，四十斤黄麻合根绳，麻绳捆住生死簿，铁锁锁住地府门。铁锁锁，麻绳捆，村里以后不死人……

《黑暗传》歌唱班早等不及了，生怕错过了时辰，直接下场替代了诗经班，唱道：

看到外边天已亮，督官催我快还阳。还了阳来还了阳，阴歌当成阳歌唱，唱阴歌为亡人打鼓闹丧，唱阳歌把亡人送上山冈。还了阳来还了阳，阴歌当成阳歌唱，落了月亮换太阳，月亮照在鬼门关，太阳照在阳关大道上。还了阳来改了腔，改了越调唱二黄，丧鼓改成阳锣鼓打，阴歌改为阳歌唱。还阳还在武朝门，战鼓打出一朝门，孝男孝女送亡魂。孝男哭得如酒醉，孝女哭得断肠根。锣鼓打出二层门，孙男孙女送亡魂，孙女哭得年级小，孙男哭得还没娶亲。锣鼓打出三层门，孝眷乡党送亡魂，送完了亡魂你可莫慌精，孝家准备了美酒待乡亲……别的闲言不多讲，下面我接住就还阳。日吉日良，天地开张，今日还阳，大吉大昌，请孝官们到丧前站立一旁，听我歌鼓几人赞叹歌唱。歌郎的口，无量的斗。说发就发，说有就有。发发发，代代儿孙插金花。有有有，金银百斗千斗，做生意一本万利，种田地万担归仓，鸡鸭成群，鱼满池塘，牛

马猪羊都兴旺。还了阳来要辞亡，房屋里辞了象牙床，
自从今日辞过后，永世不再到绣房，要得亡人再相会，
除非南柯梦一场。辞了亡来要还阳，尊声孝官听端详，
香三炷来纸三张，相送亡者上天堂……

　　唱完还阳歌，在一阵持续激昂的叮咚锵、哐咚哐声中，夜
锣鼓收场。哭唱班的哭声骤然响起，孝子、亲戚朋友和村民们
哭声一片。要殓棺告别了，业香走在前面，揭开了堂爷脸上的
火纸，解开脚脖子上的绊脚绳，摸了摸长长的烟袋和发光的叫
口，捂着嘴没有哭出声来，他不想让堂爷看到自己哭的样子，
拼命挤着眼要给老爷子一个笑脸。全村的人围棺一圈，看着堂
爷安详的笑脸模样，都说，好人啊：几辈子修来的福分。
　　天麻麻亮，开始出殡，按照阴阳仙的吩咐，业香骑坐在榆
榔棺材头顶，捧着一块四四方方的照子，镜面亮光朝前，为堂
爷驱杀气，指引前路，众人将堂爷的灵柩移出岩屋，安放于扛
架上。十六抬扛轿，前八女后八男杠子队，都是经过挑选出来
的扛人。业香坐在棺顶，不担心里面的堂爷受到颠簸和惊吓。
杠子队吼一声："起棺——走啰！"
　　堂爷的棺木离地，根叔把举在头顶上的火盆在棺前摔碎了，
火盆落地，纸灰四飞，锣鼓喇叭响了起来，全村的人都为堂爷
戴了孝。
　　天黑前，堂爷的坟修好了。根叔在坟周围点燃了三堆柴火，
老爷子刚到阴间，人生地不熟，孤单，烧了"怕火"就不怕了，

壮胆。根叔把《黑暗传》和《诗经》民歌手抄本放在坟头前烧了，又拿出包糯米的论文稿翻了翻，说："老爷子，老包让把稿子献给您，说让您放心，他当上雷镇百业的顾问了，顾得上就经常来向您讨教，顾不上让您别怪他。"

根叔烧完书稿，站起身准备离开，一抬头，发现堂爷坟头的火纸上，趴着一只喜鹊。他怔怔地望着喜鹊，喜鹊也脉脉地望着他，还微微扇了几下翅膀。他不知道喜鹊什么时候来到堂爷坟头上的，也不晓得趴在这里看了多久。他和喜鹊相互望着，望着望着，想到自己的母亲久香和久香坟头的榆榔，"嗵"一声跪在地上，"叭叭叭"磕了三个响头，心里说："老娘哦，您终究是放心不下老爷子呀。我记得您和老爷子说的话，明年开春，就在这坟头上栽一棵榆榔。"

白狼"小红"在根叔离开后，来到了堂爷的坟前，两只后爪跪在地上，昂着头，有一声没一声地嗷叫，八哥"快嘴"也从林子里飞过来，落在"小红"头上，"小红"昂头"嗷"一声，"快嘴"就扇动翅膀点一下头。从早上出殡到天黑，人们都没有看见"小红"和"快嘴"的影子，更没有听到过它们的叫声，这时坟场一个人都没有了，它们合伙来了，来给堂爷磕头作揖，为堂爷喊魂、做伴来了……

我好想听见"小红"声嘶力竭的叫声，又看见"快嘴"从山上飞下来……在窗口一声赶一声地叫唤："上山，上山！"

猛一个弹撑，我从床上惊坐了起来。

爱人正在打鼾，我来不及告诉她，披上衣服，拼命地往大岩屋跑。路上，好几次滑倒在地，我以为昨夜下过小雨，其实，是早上的露水落在地上。

　　原来，我光着脚在跑。